밤은 두 개의 이름을 가지고 있다

밤은 두 개의 이름을 가지고 있다

밤은 두 개의 이름을 가지고 있다

지은이 한하연
펴낸이 이형기
펴낸곳 도서출판 가하

초판인쇄 2018년 6월 5일
초판발행 2018년 6월 12일
출판등록 2008년 10월 15일 제 318-2008-00100호

주소 서울 영등포구 양평로 67, 1209 (당산동5가, 한강포스빌)
전화 02-2631-2846 **팩스** 02-2631-1846

www.ixbook.co.kr

ISBN 979-11-300-3011-1 03810

값 13,800원

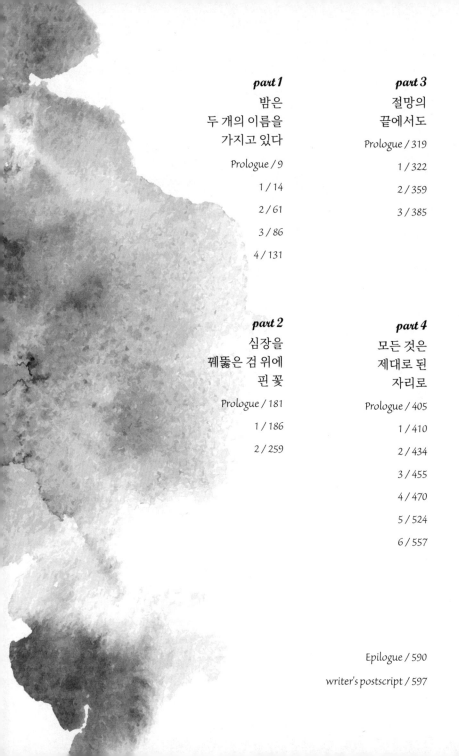

part 1

밤은
두 개의 이름을
가지고 있다

끈적끈적한 어둠이 감겨든다. 느슨하고 묵직해서 잠에 취한 몸으론 쉽게 떨쳐낼 수 없었다. 위기감이 들어 눈을 떠야겠다 싶지만, 한편으론 아무 생각 없이 그냥 이대로 있고 싶다. 가만히 드러누워 뜨듯하고 질척한 늪에 서서히 빨려가듯 조금씩 가라앉고 있다. 새카만 밤에 그대로 잠겨 있는 기분.

눈을 떠야 해.

뜨고 싶지 않아.

떠야 해.

뜨고 싶지 않아.

일어나야 해!

그렇게 로즈는 눈을 떴다. 차가운 새벽 공기가 무거운 몸에 휘감겼다. 제 뜻대로 움직이기를 거부하는 몸을 일으키려 애쓰다, 로즈는 이불 밑의 제 몸이 나신이라는 걸 깨달았다.

그리고 허리에 둘러져 있는 묵직하고 건장한 남자의 팔. 그 팔은 마치 제 일부나 된 듯 너무나 자연스러워, 처음에는 이불이라 착각할 정도였다. 하지만 그 무게감과 촉감은 당연히 인간의 것이었다. 로즈는 날카롭게 소리지르며 절 안고 있는 팔을 떨어트리려 했다.

팔은 떨어지지 않고 도리어 더 온전히 그녀를 감싸 제게로 끌어당겼다. 맨살과 맨살이 닿더니 쩍, 소리를 내며 붙었다. 잠에 취한 목소리가 로즈의 귓가에 속삭였다.

"또 악몽을 꿨군. 쉬이, 괜찮아. 다시 자. 내가 옆에 있어. 당신은 혼자가 아니야. 괜찮아."

가장 납득할 수 없는 존재가 바로 이 남자인데, 외려 안심시키려는 듯 저를 부둥켜안는 손길이 경악스러웠다. 로즈는 비명에 가까운 소리를 냈다.

"무, 무슨 소리예요? 악몽이라뇨? 내 몸에서 손 떼요!"

그러나 남자는 별일 아니라는 듯 마구 밀쳐내는 로즈를 재차 꼭 끌어안았다.

"모두 꿈이야. 괜찮아. 지금 그대는 꿈에서 깼어. 그러니까 무서워하지 마."

로즈는 거의 미쳐버릴 지경이었다. 꿈이라니, 이 무슨 말도 안 되는 소리란 말인가. 혼란한 와중에, 지금 알몸의 남자 품에 저 역시 알몸으로 안겨 있는 현재가 꿈인지도 모르겠다는 생각마저 들었다. 현실감이 들지 않는 무거운 몸뚱이와 심하게 지끈거리는 머리가 어쩌면 이게 꿈인지도 모른다고, 그러니 그냥 잠이나 더 자라고 말하고 있다.

하지만 꿈이라기엔 남자의 숨소리와 체취, 피부의 감촉까지 생생했다. 남자의 움직임을 따라 제 긴 머리카락이 흔들리며 몸을 찔러댔다. 로즈는 남자와 그녀 자신을 감싸고 있던 부드럽고 얇은 이불을 확 제 쪽으로 당겼다.

"어떻게 된 일인지는 모르겠지만, 우선 내 몸에서 손 떼요!"

도통 알 수 없다. 어째서 자신이 이런 곳에 벗은 채, 벗은 남자와 누워 있는지. 자신은 평범한 가정교사다. 작위는 없지만 부유한 상인들의 자녀를 가르치는 그런 가정교사.

잠들기 전은 여느 때와 똑같았다. 다음 날 아이들에게 가르칠 교재를 보고, 읽다 만 책을 조금 읽다 피로감에 잠이 들었다. 약도 술도 먹은 바 없다. 마지막으로 음식을 먹은 건 저녁식사 때로, 그 후엔 입에 댄 것이 없다. 별다를 것 없는 평범한 밤이었다. 그런데 왜 자신은 이런 곳에 있을까.

어스름한 새벽녘 빛으론 명확히 보이진 않지만, 방이 꽤 크단 건 알 수 있었다. 상단을 두 개나 가지고 있다던 상단주 저택에서 일할 때도 이렇게 큰 방은 없다.

어른어른 비치는 벽면은 고급스러운 대리석과 황금으로 장식되어 있고, 가구들은 얼핏 보기에도 고가의 것이다. 제가 몸을 누이고 있는 침대 사방에 자리한 기둥 중 하나만 뽑아 팔아도 가정교사 월급 1년치는 나오지 않을까 싶을 정도다. 거기까지 생각하다, 기둥에 보석들이 박힌 걸 알아보고 로즈는 생각을 정정했다. 내 월급은 비교도 안 되겠다.

혼란스러움에 생각이 중구난방으로 튀어, 안 그래도 묵직한 머리가 더 아팠다. 이런 자질구레한 잡생각은 중요치 않다. 중요한 건 바로 자신이 왜 여기서 이런 모습으로 정체불명의 남자와 누워 있는지였다.

로즈가 불안해하고 있다는 걸 눈치챈 남자는, 그녀를 조심스럽게 불렀다.

"에아기네스, 평소보다 심한 악몽을 꾼 모양이군. 진정해."

남자가 저를 낯선 이름으로 부르자, 로즈는 마치 남의 몸을 바라보듯 자신을 훑었다. 그러나 샅샅이 살펴보기엔 불행히도 눈앞에는 남자가 있고 거울은 너무 멀다. 게다가 사방은 어스름하기까지 했다. 그래도 적어도 제 몸이 어딘가 달라지지 않았다는 것만은 확신할 수 있었다. 손으로 대충 더듬어본 얼굴 윤곽은 눈, 코, 입과 턱선 모두 제가 알던 위치에서 제가 알던 생김을 유지하고 있으니까.

어째서 에아기네스라는 여자로 착각당하는지, 왜 이런 곳에 이런 모습으로 있게 되었는지 전혀 알 수 없지만 그래도 아닌 건 아닌 거다.

"뭔가 오해가 있나 본데, 나는 에아기네스가 아니에요."

로즈는 제 몸에 두른 이불을 좀 더 단단히 말아 쥐며 항변했다. 그러자 남자는 놀람도 당혹도 없이 침착하게 물었다.

"에아기네스가 아니라고? 그렇다면 너는 누구지?"

남자의 침착한 태도에 로즈도 흥분을 약간은 가라앉힐 수 있었다. 그러나 이내 남자가 그녀에게 다가왔고, 탄탄한 맨몸이 가까워져 그녀는 당황했다.

"내 이름은 로즈……."

로즈는 다음 말을 이을 수 없었다. 어스름에 뚜렷이 보이지 않던 남자의 나신이 남자가 그대로 몸을 일으키는 통에 그녀의 시선을 강탈했기 때문이다. 그녀는 필사적으로 외쳤다.

"지금 당장 돌아서요!"

남자는 전혀 부끄러워하지 않았다. 로즈는 그가 자신을 제 옆에 알몸으로 붙어 자던 에아기네스라고 확신하고 있음을 알았다.

"에아기네스, 지금 너무 흥분한 것 같은데 진정해봐. 어차피 매일 보던 몸인데 그렇게 민감하게 굴 이유가 뭐가 있어?"

자신의 이야기는 남자에게 조금도 전달되지 않았다. 로즈는 거칠게 뒤로 몸을 빼며 외쳤다.

"난 에아기네스가 아니에요! 내 이름은 로즈예요! 어찌된 건지 모르겠지만 제발 좀 가까이 오지 마세요!"

남자는 더 성큼 그녀에게 다가왔다.

로즈는 결국 침대 가장자리를 제대로 보지 못하고 뒤로 넘어갔다.

몸이 완전히 기울자, 로즈는 반사적으로 눈을 감았다. 그러나 바닥에 부딪혀야 하는 몸이 단단하게 받쳐져 안정감 있게 멈췄다. 로즈는 조심스레 눈을 떴다. 예상대로 남자가 신속하게 움직여 그녀를 받아들었다.

알몸으로.

날카로운 비명을 지르며 버둥거리던 로즈는 결국 남자와 함께 침대로 완전히 엎어졌다. 남자의 나신을 온몸으로 느끼며, 로즈는 생각하기를 멈췄다. 너무 기가 막혀서, 눈가에 눈물이 맺혔다. 머리가 너무 아팠다. 차라리 기절이라도 하고 싶다.

1

로즈는 몸에 이불을 둘둘 만 채 남자와 대치를 지속하다, 결국 이대로는 아무것도 해결되지 않으니 차분히 대화를 해보잔 남자의 제안을 받아들였다. 상대가 아무리 미남이라 해도 초면인 남자의 나신을 보았다는 충격적인 현실은 사라지지 않았다. 어디 보기만 했나. 접촉도 했지.

부끄러움과 혼란과 두통이 전신을 강타했다. 이렇게 비현실적인 상황이 아니었다면 차라리 그대로 침대에 누워 푹 자고 싶은 심정이다. 수면이 부족한 상태에서는 생각날 것도 제대로 떠오르지 않을 것 같다.

하지만 이곳은 낯설다. 본능적인 경계가 삐쭉삐쭉 솟아나 피로에 지친 신경만이 날카롭게 곤두섰다. 창틈으로 노랗게 햇살이 비춰 들어오자 어스름한 꿈같은 상황이 이제 현실의 옷을 입기 시작했다. 부정하려야 부정할 수가 없다.

로즈는 헝클어진 머리를 한 손으로 대충 쓸어올려 정돈했다. 외간 남자 앞이다. 비록 옷은 안 입었을지언정 사람 꼴을 하고 맞대면하고 싶다. 로즈가 경기하듯 기겁한 탓에, 남자는 옆에 놓여 있던 긴 가운을 적당히 걸쳤다.

슥, 남자가 부드럽게 뺨을 어루만졌다. 익숙하면서도 낯선 손길이라 얼른 물러나려다 남자의 시선이 너무 곧아 그럴 수 없었다. 사람의 눈길을 순식간에 강탈하는 강렬한 눈빛인데, 자신에게 닿은 시선 끝이 매우 부드러워 더할 나위 없는 애정이 느껴질 정도였다.

"에아기네스. 내가 당신을 뭐라 부르면 되지? 로즈라고 부르면 되나?"

잘생기면 뭐하나, 자상하면 뭐하나. 이 남자, 말귀를 못 알아듣는다. 로즈는 몸은 무겁고 머리는 아팠지만, 그래도 단호하게 답했다. 자신을 향했으되 저 달콤한 속삭임은 제 것이 아니다.

"전 에아기네스가 아니에요. 로즈입니다."

로즈의 단호한 답에, 남자가 순순히 손을 뗐다. 그러나 표정은 심각했다. 새카만 머리카락은 남자의 인상을 강하게 만들어주었지만 투명한 황금색 눈동자는 상대적으로 맑아 곧고 다정한 느낌을 주었다.

"그러면 로즈. 지금 뭔가 필요해 보이는데, 뭘 주면 되지?"

"옷을 입고 싶어요."

지금 하고 싶은 것 영순위는 당연히 몸을 가리는 것이다. 속옷조차 걸치지 않은 완벽한 알몸은 쌀쌀한 아침 공기로 인해 소름이 돋아 있었다. 찬 기운으로 인해 이불 밑에서 돋아난 유두의 흔적을 발견한 로즈는, 그 위로 이불을 한 번 더 감았다.

남자가 느슨히 대꾸했다.

"도와줄 이를 부르지."

남자가 침대 옆에 있는 기다란 여러 개의 끈 중 하나를 잡아당겼다. 곧 가벼운 노크와 함께 문이 부드럽게 열리고, 똑같은 옷차림을 한 여자들이 열 명 넘게 조용히 들어왔다. 그들은 침대로 가까이 오지 않은 채 시선을 바닥에 고정하고서 말없이 정렬했다.

에아기네스라는 여자는 도대체 어떤 위치였을까? 이 남자의 아내?

남자는 상당한 지위에 있음이 분명하다. 보통의 귀족여인, 또는 평민이어도 부유한 집안이라면 여인의 아침 성장 때는 세 명 정도의 시중인이 붙는다. 부릴 수 있는 시중인의 수에 제한이 있는 건 아니지만, 머리수가 늘어날수록 그만큼 부담해야 할 비용이 커지기에 적정선에서 멈추기 마련이다. 귀족가에서 일했던 적은 없지만 제법 부유한 상인가문에서의 경험이 있어 로즈는 상류계급의 대략적인 생활상을 알고 있다.

가장 빠른 방법은 남자한테 물어보는 거였지만, 우선은 옷부터 입어야겠다. 이대로는 남자에게 휘말려버릴 듯하다.

"당신도 나가 있으면 안 될까요?"

로즈의 조심스러운 권유에 남자는 미미하게 웃었다. 황금빛 눈동자가 웃음과 함께 반원을 그렸다. 시선을 단박에 끌 정도로 매혹적이었다.

"그래. 에아기네스도 그랬지. 여자의 화장과 성장은 보는 게 아니라고 말이야. 하지만 난 그대의 뒷모습을 바라보면서 나신에 옷이 걸쳐지는 걸 보는 게 좋았어."

로즈는 황당했다.

"변태셨어요?"

직선적인 질문에도 남자는 그저 사랑스럽다는 듯 로즈를 바라보았다.

"아니, 그만큼 사랑한다는 뜻이야."

심장을 찌를 듯 낮고 매력적인 음색이다. 저를 향한 눈빛도 다정함도 말도 아니건만, 로즈는 심장이 쿵쿵거렸다. 한편으론 로즈는 자신을 에아기네스라고 부르며 친밀하게 구는 사내가 조금 안쓰러워졌다. 영문은 알 수 없으나 에아기네스는 사라졌고, 그 자리에는 아마도 에아기네스와 무척이나 흡사한 용모를 지닌 자신이 밀어넣어진 거다. 얼마나 닮았기에.

저 남자는 자신이 사랑했던 여자가 없어진 이 상황을 받아들일 수 있을까? 저렇게 정사 후 옷 갈아입는 모습만 봐도 흐뭇하다는 남자가? 상당한 권력가인 거 같은데 내가 에아기네스가 아니라고 판단하면 처벌하지 않을까?

안쓰러움과 두려움이, 긴장과 피로가 단숨에 몰려왔다.

로즈의 표정이 어두워지자, 남자가 시녀들을 향해 가볍게 손짓했다. 시녀들이 푹신한 카펫 위로 발소리 낮게 다가왔다. 그들은 눈을 내리깐 채 옷과 장신구들을 재빨리 가져왔다. 나이가 제법 있는 시녀 하나가 로즈에게 다가와 정중하게 물었다.

"씻으시겠습니까?"

"아니, 오늘은 우선 옷부터 걸치기로 하지. 간단한 차림으로. 씻는 건 나중에 하고, 그때 다시 부르겠다."

남자가 로즈 대신 익숙하게 명령을 내렸다. 혼란스러워하는 로즈를 위한 배려이리라.

"알겠습니다."

답한 시녀는 더는 말이 없다. 주인의 명령에 순종하는 데 익숙한 듯했다. 시녀들 몇이 더 다가와 로즈에게 속옷부터 차례차례 옷을 입혀주었다. 연한 붉은빛이 감도는 흰색의 가벼운 실내복이다. 몸을 스치는 옷감은 아무것도 모르는 로즈가 봐도 값비싸단 걸 알 수 있을 정도다.

남자는 그런 로즈를 물끄러미 바라보다, 그녀가 제 시선을 부담스러워할 걸 알았는지 작은 탁자로 손을 뻗어 얇은 책자를 집어 들더니 읽기 시작했다. 로즈가 옷을 다 입을 때까지, 그는 책에서 눈을 떼지 않았다.

아침의 일상인 듯, 시녀 둘이 티세트가 담긴 작은 수레를 밀고 왔다. 남자가 익숙하게 창가에 놓여 있는 작은 테이블 앞 소파에 앉으며 로즈에게도 이리로 오라 가볍게 손짓했다.

로즈가 남자의 맞은편에 앉자, 남자의 앞과 옆에 찻잔을 늘어놓던 시녀가 순간 멈칫했다. 하지만 노련하게 당황을 비치지 않고 로즈 앞으로 티세트를 세팅했다. 에아기네스는 평소 남자와 나란히 앉아 살갑게 차를 즐겼던 듯하다. 상당히 사이가 좋았던 모양이다.

남자가 눈을 가늘며 품평하듯 제 앞에 놓인 차를 보았다.

"내 차가 달라졌군. 에아기네스 그대가 얼마 전부터 마시기 시작한 차인데."

"에아기네스 님이 좋은 차라 하여 오늘은 함께 끓여보았습니다."

노란빛이 돌며 새콤한 향이 나는 차였다. 차에 그다지 깊은 조예가 없는 로즈로서는 처음 보는 것이다. 남자가 뭔가 골똘히 생각하는 표정이어서, 로즈는 저도 모르게 말했다.

"그 차는 버리고, 원래 드시던 걸로 주세요."

남자의 정확한 신분을 알 수가 없어 로즈는 막연한 표현을 썼지만, 시녀는 단박에 남자 앞에 놓인 차를 치웠다. 로즈가 남자의 의사를 묻지도 않고 명했음에도 이행되는 걸 보아, 에아기네스가 가진 권한도 꽤 큰 듯싶다. 남자 또한 어느 정도는 에아기네스가 하는 행동들은 허용하는 편이었나 보다.

로즈의 돌발적인 행동에도 남자는 전혀 불쾌해하지 않았다. 오히려 기쁜 듯 웃었다. 그러더니 로즈 앞에 놓인 차를 들어 옆에 있던 화분에 그대로 부었다.

"이 차는 당신에게도 어울리지 않는 듯싶군. 앞으로 그대가 마실 차는 아주 좋은 것으로 내가 직접 선별해주지."

시녀는 침착하게 남자에게 차를 올리고, 로즈의 것을 마련하려다 멈칫했다. 남자는 그 틈을 놓치지 않았다.

"왜 그러지?"

시녀가 머리를 조아린 채 차분히 답했다.

"에아기네스 님이 다른 것은 맛이 없으시다며, 아까 차를 내올 것을 특별히 지시하셨었습니다. 그래서 어떤 차를 끓일지 잠시 망설였습니다."

"이 차를 먹기 전에 내오던 걸 가져오면 돼. 갑자기 준비하기 어렵다면 지금 내 차와 같은 것으로 하도록."

"알겠습니다."

시녀가 제 실수를 만회하려는 듯 답과 함께 민첩한 동작으로 에아기네스 앞에 차를 두고는 조용히 물러갔다.

주변의 사람들이 모두 사라지자, 로즈는 침착해지려 애쓰며 눈앞의 남자에게 말을 걸었다. 두통은 여전히 심했고 속이 울렁거렸다.

"새벽에 격하게 반응한 건 이해해주시길 부탁드려요. 누가 되었든 그런 상황이라면 소리를 질렀을 테니까요. 통성명부터 해야 할 것 같네요. 제 이름은 로즈 에밀린입니다. 평범한 가정교사고요. 당신의 이름은 무엇인가요?"

"이거야, 참. 에아기네스 그대에게 내 이름부터 알려줘야 하다니, 기가 막히는군."

남자가 황망하게 중얼거렸다. 평범한 투덜거림조차, 남성적인 매력을 덧입어 색기가 흘렀다. 로즈는 홀리지 않도록 정신을 바짝 차리며 정정했다.

"죄송하지만 로즈입니다."

반사적으로 남자의 이름을 부르려다, 제가 아직 남자의 이름을 알지 못함을 깨달았다. 로즈의 침묵에 남자가 입을 열었다.

"내 이름은 루크워렐 션 라우리드센."

남자의 성을 듣는 순간, 로즈의 얼굴이 확 굳었다. 라우리드센. 제국의 이름을 성으로 쓸 수 있는 이는 직계 황족밖에 없다.

루크워렐은 로즈의 반응이 재밌다는 듯 유려하게 웃었다.

"하는 일은, 이 나라의 황제로군."

높은 사람이리라고는 짐작했지만, 벗은 몸으로 맞대면했던 사람이 황제이리라고는 생각조차 못 했다. 현 황제의 황비는 타국의 공주다. 그렇다는 건, 에아기네스는 황비는 아니라는 뜻이다.

지금 있는 거처는 황실인가? 만약 황실이라면, 황비 외에 황제와 이렇게 친밀하게 지낼 이는 소문의 그녀밖에 없다.

황제의 애첩.

"그대는 에아기네스 프린 알키다스. 본인이 매우 총애하는 귀비다."

예상대로의 답에, 손끝이 차가워졌다. 생각보다 더 복잡하고 커다란 일에 얽힌 것 같다.

루크워렐 황제는 타국에서 온 황비와는 동침조차 하지 않은 채 에아기네스와만 잠자리를 갖는다고 평민들 사이에서도 소문이 자자했다. 황비와 사이가 좋지 않다는 말도 돌았는데, 공식석상에서는 늘 친밀한 모습을 유지했기에 기우라는 이야기도 있었다.

에아기네스는 어떤 이들에게는 요부였고 어떤 이들에게는 지성과 아름다움을 지닌 매력적인 여성이었다. 어지간한 창부는 저리 가라 싶게 침대 위에서 허리를 흔들어댄다는 혹평과, 자애롭고 자선을 즐기는 선량한 성격이라는 호평이 동시에 존재했다. 평민들 사이에서는 소문에 소문이 덧입혀져, 그녀에 대한 평가는 극단적이고 일관성이 없었다. 뒤집어 말하면, 그녀는 세간에서 그렇게나 주목할 만큼 황제와 가까운 여자였고 권력의 중심지와 밀접히 연관되어 있다.

긴장하여 입이 바짝 말랐다. 나라의 최고 권력자가 그토록 아끼는 여자가 하룻밤 새 갑자기 사라졌다는 말을 믿기나 할까? 저쪽에서는 자신이 에아기네스라고 확신하고 있을 정도로 닮았는데? 객관적으로 제 외모는 아름다운 편이나, 황제의 총애를 받는 여인과 닮았다니 당황스럽기 그지없다.

"매우 송구하오나, 저는…… 저는 폐하께서 애정하셨던 귀비가 아닙니다. 어찌된 영문인지는 모르겠으나, 저는 로즈 에밀린으로 귀족 출신조차 아닌 평민입니다."

더듬더듬 로즈가 제 입장을 재차 밝혔다. 루크워렐이 간단하게 로즈의 이야기를 정리했다.

"그대의 말을 정리해보면, 그대는 내가 아는 에아기네스 프린 알키다스가 아니다. 에아기네스의 얼굴과 몸을 하고 에아기네스의 목소리로 나한테 말하는 그대는 에아기네스가 아닌 로즈 에밀린이고, 에아기네스는 사라졌는데 어디로 갔는지 모른다. 이게 맞는가?"

"네."

목소리가 떨려 나왔다. 최악의 상황으로는, 자신은 에아기네스가 어찌되었는지는 모르지만 루크워렐은 제가 에아기네스를 데려간 이들과 한패라고 생각할 수도 있다. 그냥 에아기네스라고 믿게 뒀어야 했나. 그랬다면 목숨은 부지했을지도 모르는데.

아니다. 어차피 밝혀졌을 거다. 자신은 황실의 법도라곤 모르고, 분명 습관도 다를 테니. 그리고 무엇보다도 에아기네스인 척하려면 황제라는 눈앞의 남자와 잠자리를 가져야 하는데, 그럴 자신이 없다.

루크워렐은 잠시간 말이 없었다. 그는 앞에 놓인 차를 한 모금 마신 후 로즈를 똑바로 바라보았다. 그 시선이 강렬해 로즈는 조금 머쓱해졌다. 그나마 다행인 건 상대가 강압적으로 추궁하는 대신 자신과 대화를 하려 한다는 사실이다. 자신이 총애하는 여자와 닮은 여자에게 마음이 조금이라도 약해졌기 때문인 것 같기도 했다. 어느 쪽이든 자신에게는 다행이다.

"납득이 가는 이야길 듣고 싶은데."

루크워렐이 눈을 가늘게 떴다. 로즈가 진실을 말하고 있는지 확인하고 싶은 눈치였다.

"나는 그대가 일어나 에아기네스가 아니라고 주장하기 전에, 그대를 품에 안고 격렬한 정사를 벌였지. 그런 후 평소처럼 알몸의 그대를 안고 잤는데, 그사이 무슨 일이 있었다면 대번에 알아차렸을 거야. 하지만 그대는 내 품에서 곤히 자더군."

루크워렐이 빙그레 웃었다. 무슨 생각을 하는지 전혀 알 수 없었다. 본인 입으로 말한 격렬한 정사를 다시금 떠올렸는지도 모른다.

"언제나 그랬지. 그대는 내가 옆에 있으면 곤히 자곤 했어."

망했다. 저쪽 논리는 손색이 하나도 없다. 어느 간 큰 인간이 황제의 품 안에서 알몸으로 자는 여자를 고스란히 빼내어 다른 여자로 바꿔치기할 수 있을까.

그렇지만 서글프게도, 실제로 그 일은 일어났다. 바로 이 자리에 있는 자신이 그 증거다.

로즈는 침통하게 답했다.

"……죄송합니다만, 폐하. 폐하께서 총애하시는 에아기네스 님과 제가 몹시 닮았나 봅니다. 그녀는 사라졌고, 제가 이 자리에 있게 되었지요. 제가 생각해도 몹시 비상식적인 이야기입니다만, 저는 확실히 로즈입니다. 제가 이 기이한 현상의 증거이자 증인이죠."

루크워렐은 로즈를 사랑스럽게 바라보았다.

"말을 참 잘하는군. 에아기네스도 그래."

"저, 그러니까 저는 에아기네스 님이 아니라고 말씀드리는 겁니다."

"응, 근데 에아기네스가 맞는데."

대화는 원점으로 돌아갔다.

아아악. 로즈는 속으로 비명을 질렀다. 머리끝부터 발끝까지, 몸뚱이부터 정신까지 자신은 오롯이 로즈다. 로즈는 최대한 자신에 대한 사실을 객관적으로 설명하려 애썼다.

"저는 프릴란력 341년 아프란 달 15일에 태어났습니다. 이름은 계속 말씀드렸다시피 로즈 에밀린입니다. 가족은 절 아껴주시는 부모님과 오라버니, 그리고 예쁜 여동생이 있었습니다. 평범한 집안이었습니다. 다만 안타깝게도 열다섯에 돌림병으로 가족을 모두 잃고, 그후 장학제도를 이용해 난텔샤 학교를 졸업하고 가정교사가 되었습니다. 스물셋인 현재 내일 아침 아이들 교재로 쓸 책에 대해 고민하다 잠들었는데, 깨어보니 새벽이었고 폐하의 옆이었습니다. 몸이 바뀌었다든지, 그런 말도 안 되는 이야기는 아닙니다. 아무리 살펴봐도 제 몸이 분명하니까요."

로즈는 제 왼팔을 들었다.

"이 왼팔에 있는 가느다란 별 모양 흉터는 제일 처음 가정교사로 간 집 말썽꾸러기 아들이 펜촉을 던져 생긴 겁니다."

곧바로 제 치맛자락을 들어올려 오른쪽 발목을 보였다.

"오른쪽 발목 부근 하트 모양 붉은 점은 어릴 때부터 있던 겁니다. 이게 제 몸에 있는 흔적 중 가장 특이한 모양들입니다. 아마 폐하의 귀비이신 에아기네스 님에게는 없을 흔적이지요."

자신이 자신임을 증명해야 하는 일이 이렇게나 힘든 거였나. 로즈는 자신이 로즈라는 또 다른 증거를 떠올리기 위해 잠시 말을 멈추고 숨을 골랐다.

루크워렐이 느긋하게 대꾸했다.

"내가 사랑하는 에아기네스 프린 알키다스는 프릴란력 341년 카스단 달 15일에 태어났지. 작은 시골 귀족가의 여식으로 평탄히 크다 어릴 적 마차사고로 가족을 모두 잃었어. 평소 그녀의 부모와 친분이 있던 수도 귀족 중 하나가 그녀를 가엾게 여겨 양녀로 입양했지. 그때 나이가 스물셋이었다고 하더군. 숙녀로서 1년여 교양을 쌓고 뒤늦게 수도 사교계로 들어와 귀비로 들어온 지 벌써 1년이로군. 에아기네스의 현재 나이는 스물다섯이지. 지금 로즈라 설명하는 그대와는 두 살 차이가 있군. 에아기네스도 왼팔에 가느다란 별 모양 흉터가 있어. 소녀 시절 산책하다 나뭇가지에 긁혔다 했지. 오른쪽 발목 부근 하트 모양 붉은 점은 어릴 때부터 있던 것이라 하더군."

루크워렐이 로즈의 발목 부근을 유심히 바라보며 묘한 웃음을 띠었다.

"나는 거기에 키스하는 걸 즐겼어. 그러면 그대는 간지럽다는 듯 발목을 빼곤 했지. 그러면 나는 더 단단히 그대의 발목을 잡곤 했어. 기억하지, 에아기네스?"

자기가 내민 증거가 모조리 막혔다. 상대가 황제라는 자각이 있어 비명을 내지르지는 않았지만, 얼굴에 저도 모르게 강렬한 감정이 떠오르며 대꾸하는 목소리엔 힘이 실렸다.

"폐하, 어떻게 그런 신체적인 특징까지 닮았는지 미천한 저로서는 알 수 없습니다만, 제 정신이 제가 로즈라고 말해주고 있습니다."

루크워렐이 그런 로즈를 유심히 바라보았다.

"그래, 다른 건 있군. 에아기네스는 언제나 예절에 엄격했지. 늘 빈틈이 없었어. 정사 중에도 감정을 내비치기보다는 억제하는 쪽이었지."

루크워렐의 눈빛은 여전히 상냥했지만, 그 뒤에 비치는 이지는 날카로웠다.

"그대는 다르군. 솔직해."

첫 대면이지만, 로즈는 루크워렐이 그저 그런 권력가가 아님을 단박에 깨달았다. 웃는 얼굴 뒤에 감춰진 내면은 단단해 보였다. 여전히 둔탁한 두통이 로즈를 압박하고 있었지만, 경계를 쉽게 풀어서는 안 되었다. 로즈는 침착하게 답했다.

"폐하 앞에서 어찌 거짓을 보이겠습니까. 저는 정말 에아기네스 님이 아닌, 로즈입니다."

"그렇다면, 내 에아기네스는 어디 있지?"

로즈는 순간 말문이 막혔다. 그러나 가장 무난한 답을 골랐다.

"저도 그것이 가장 궁금합니다, 폐하. 오해는 말아주십시오. 저는 이 사태의 제공자가 아니라 피해자입니다. 가장 합리적인 방법은, 폐하께서 폐하의 권한으로 에아기네스 님의 거취를 찾고 이 상황을 만든 이들을 색출하는 것입니다."

"만약 그대가 정말 에아기네스가 아니라면, 그대가 이 일에 연루되어 있지 않다는 걸 어찌 믿지? 그대가 내 에아기네스를 없애고 에아기네스인 척 내 옆에 누워 있지 않다는 보장이 있을까?"

순식간에 자신을 피해자에서 가해자로 뒤바꾸는 질문에, 로즈는 최대한 정신을 바짝 차려야 했다. 새벽부터 지금까지, 지독히도 곤란하고 당혹스러운 일의 연속이다.

"폐하의 말씀대로 제가 이 일에 연루되어 있다면, 새벽녘 폐하를 보자마자 소리를 지르는 것이 아니라 최대한 에아기네스 님인 척했을 것입니다. 제가 제 이름을 밝히기 전까지, 폐하는 제가 에아기네스라고 믿을 정도로 저는 그분과 매우 흡사하니까요. 그리고 폐하의 총애를 이용하여 이 궁을 어떻게든 빠져나갔겠지요. 이런 어리석은 방법으로 폐하의 의심을 사고 사건을 폭로하지는 않았을 겁니다."

루크워렐이 고개를 끄덕였다.

"그래, 그대의 말에도 일리가 있어."

로즈가 안도의 한숨을 몰래 내쉬며 최대한 황제의 비위를 맞추려 애썼다.

"믿어주시니 감사할 따름입니다."

"그렇다면, 지금 그대가 할 일도 아주 잘 알고 있겠지?"

루크워렐은 만만치 않았다.

"네?"

"현재 에아기네스가 사라진 것은 그대와 나 외에는 아무도 몰라. 내 궁 안에서 내가 총애하는 귀비가 사라지다니, 결코 가벼운 일이 아니지. 만약 그게 사실이라면, 나는 취침 중 목을 따여도 이상하지 않을 정도로 위험한 상황에 처해 있던 것이니. 난 이 사실을 공론화할 생각이 조금도 없어. 내 허점을 남에게 보일 까닭이 없다. 그러니 내 사랑스러운 에아기네스를 되찾고 이 사태의 주동자를 비밀리에 찾아낼 때까지, 그대는 이곳에서 에아기네스로 있어야겠어."

로즈는 저도 모르게 언성이 높아졌다.

"그런……! 저는 에아기네스 님에 대해 전혀 아는 바가 없습니다. 그런 제가 에아기네스 님의 대역을 훌륭히 해낼 수 있을 리 없습니다."

"안타깝게도 그대에게는 선택권이 없어, 에아기네스."

"제 이름은 로즈……."

"둘이 있을 때는 로즈라 부르도록 하지. 혹여 다른 이가 들으면 새로 만든 애칭이라 하고. 하지만 다른 이들이 있을 때는 에아기네스라는 이름에 익숙해지길."

로즈는 저에게 선택권이 없다는 걸 깨달았다. 오해는 받지 않고 살아남았다. 하지만 황궁에서 빠져나갈 길은, 우선은 에아기네스 역할을 하는 것뿐이다. 적어도 황제는 반신반의하면서 제 말을 믿어주었으니 에아기네스처럼 대해주겠지만, 원래 하던 잠자리 요구까지는 하지 않을 터. 우선은 그것만으로 만족해야 했다.

"……알겠습니다."

"납득이 빠른 건 닮았군. 그렇지만 조금 아쉽기는 해."

루크워렐이 로즈를 유심히 바라보았다.

"에아기네스는 제가 가진 매력을 충분히 이용할 줄 아는 여자였는데."

이 상황에서 뭘 더 어쩌겠는가. 심리적 압박이 심해졌는지 두통이 더 격렬해졌다. 하지만 머리가 아프다며 상대의 말을 끊을 수는 없다. 에아기네스라면 가능했겠지만 자신은 로즈고, 눈앞의 남자는 황제다.

"안타깝고 죄송스럽게도, 저는 에아기네스 님이 아니니까요."

"그렇군."

계속 제자리에서만 뱅뱅 도는 이야기에서 벗어나 조금이라도 정보를 얻어야 했다. 그리고 머리가 너무 아파서 두통이 더해지기 전에 중요한 부분을 짚어둬야 했다.

"그럼 폐하, 저에게 에아기네스 님에 대해서 알려주실 수 있으십니까? 우선 제가 꼭 숙지하고 있어야 할 주의사항부터 말씀해주십시오.”

“맨입으로?”

“네?”

“모닝키스.”

루크워렐이 장난인지 진심인지 알 수 없는 태도로 몸을 비스듬히 로즈에게 향했다. 뇌쇄적이란 표현은 이럴 때 쓰는 것이리라. 지금 루크워렐의 모습에 그보다 더 잘 어울리는 단어는 없었다.

“에아기네스는 아침에 일어나면 나한테 키스부터 했지.”

시험인가? 에아기네스로 행동하면서 예상치 못한 일에 어떻게 대응하는가를 보기 위한? 의도를 알 수 없는 그의 말에 로즈가 말끝을 흐렸다.

“죄송합니다만, 에아기네스 님이 돌아온 후 폐하께서 다른 여자의 입맞춤을 받으셨다는 걸 알게 된다면 기분이 좋지 않으리라 생각됩니다…….”

루크워렐이 낮게 한숨을 쉬었다.

“그래. 그대는 정말 스스로가 에아기네스가 아니라고 생각하는군.”

“네, 에아기네스 님이 아니니까요.”

루크워렐이 혼잣말처럼 읊조렸다.

“에아기네스를 빨리 찾으면 좋겠어. 나는 그녀 없이 살 수 없거든.”

그러더니 로즈에게 손을 뻗어 부드럽게 얼굴 근처에 흐트러진 머리카락을 정리해주었다. 손길은 자연스럽고 친밀했다.

“우선은 에아기네스인 척하고 있어. 오늘 아침에는 회의가 있어 그대를 교육할 시간이 없어. 엉뚱한 행동을 해도 괜찮아. 나와 간단한 내기를 했다고 둘러댈 테니. 누군가 뭔가를 묻거든 네, 아니요, 그 외엔 답하지 마. 어느 쪽으로도 대답을 하기 어렵다면, 그냥 도도하게 나중에 알려주겠다 해."

햇살에 녹아드는 다정한 손길. 지끈거리는 머리를 스치는 감촉이 주는 편안함에, 로즈는 차마 남자의 손을 뿌리칠 수 없었다.

"시간이 별로 없군. 그대는 경우 없는 사람은 아니라 믿고 있으니, 시녀들에게 시킬 일이 있으면 무엇이든 불러서 지시하면 돼. 초록색 끈은 잡다한 일을 해줄 시녀, 은색 장식 끈은 시녀장을 부를 수 있어. 황금색으론 나와 관련된 시종장을 부를 수 있지. 에아기네스는 전속 시녀를 두길 싫어해 시중드는 이들이 매일매일 바뀌는 편이야. 해야 할 업무나 변경된 업무는 그네들끼리 인수인계를 하지. 오늘 에아기네스에겐 공식일정이 없어. 하지만 개인적인 만남까지는 내가 다 파악하고 있진 못하군. 그건 알아서 대처할 수 있다고 믿어."

안도감을 주는 손길에 로즈는 못 하겠다고 외치고 싶었다. 엉엉 울고 뻗대며 대책 없이 굴고 싶었다. 별거 없었지만 평온했던 가정교사로 돌아가고 싶다. 하지만 로즈는 제가 에아기네스인 척하면서 어떻게든 시간을 벌고, 진짜 에아기네스를 데려간 이들의 정체가 밝혀지고, 진짜 에아기네스가 나타나야만 이 일이 끝난다는 걸 너무도 잘 인지하고 있다.

로즈가 급하게 입을 열었다.

"폐하, 바쁘신 건 알겠지만 제가 일하는 곳에 기별 하나만 넣어주십시오. 마메크 성곽 바로 앞에 있는 상인의 집입니다. 상인의 이름은 호시오고 아이들의 이름은 잭슨과 샤멜입니다. 부디 부탁드립니다."

가정교사가 야반도주하듯 갑자기 사라졌으니 그 집안에서는 어리둥절할 터였다. 그녀가 첫 직장으로서 일했던 집안이 갑자기 외국으로 이사를 가는 바람에, 추천서를 받아 구한 두 번째 직장이다.

루크워렐이 고개를 끄덕였다.

"알겠어. 로즈. 꼭 찾아내지."

미련은 어느새 갈무리했는지, 루크워렐은 담백하게 몸을 일으켰다.

"그럼 건투를 빌어. 로즈."

루크워렐이 떠나고 난 후, 시간이 흐르는 속도가 느려졌다. 홀로 있자니, 정제된 순도 높은 매 순간순간이 로즈의 곁에 머무는 듯했다.

호화롭고 품격 있는 거처. 에아기네스의 자리.

로즈는 건너편을 바라보았다.

황제이자 에아기네스의 남자가 앉아 있던 곳.

두통과 묵직한 피로가 다시금 그녀를 엄습했다. 이대로 앉아 있는 건 도움이 될 것 같지 않았다. 생각을 정리하고 피로를 씻어내고 싶다. 로즈는 제 것 같지 않은 몸을 일으켜 초록 실로 장식된 끈을 당겼다.

대기하고 있었는지, 시녀들이 들어왔다. 부름을 받고 명령을 위해 조아린 시녀들을 보자, 로즈는 첫 번째 난관에 봉착했다.

자신은 일하던 곳의 사용인들에겐 하대한 적이 없다. 똑같은 고용인이지만, 학력이 높다는 부분과 고용주의 자녀를 가르친다는 권위가 다른 이들보단 위에 있단 인식을 주어, 가정교사 중 다른 사용인들에게 거만하게 들먹이거나 낮은 사람 대하듯 구는 이도 꽤 있다.

로즈는 존칭은 쓰지 않아도 존중은 하는 편이었다. 하지만 에아기네스는 어땠을까? 황제의 곁에 있지 않은 에아기네스는, 이들을 어떻게 대했을까? 전혀 알 수 없었다. 로즈는 최대한 말을 짧게 하기로 결정했다. 어차피 뒷수습은 황제가 해줄 것이다.

"씻을 준비를."

간략한 명령에 시녀들이 재빠르게 움직였다. 그들은 로즈가 에아기네스가 아닐지도 모른단 일말의 의심도 품지 않았다. 이 상황에 헛웃음이 나왔다.

뜨거운 물이 항시 준비되어 있는지, 길지 않은 기다림 끝에 시녀들이 로즈를 이끌었다. 침실 옆 드레스룸을 지나 욕실로 들어가니, 스무 명은 족히 들어갈 만한 거대한 탕이 나타났다. 김이 모락모락 올라오는 가운데 정체를 알 수 없는 향유 냄새와 꽃향기가 가득했다.

시녀들이 말없이 로즈에게 달라붙어 옷을 하나씩 벗겨냈다. 간편한 차림이었던 터라 금방이다. 시녀라 해도 생전 처음 보는 여자들에게 알몸을 보인다는 게 쑥스럽고 어색했지만 에아기네스로 보일 필요가 있어 로즈는 꾹 눌러 참았다.

뜨거운 물에 들어가자, 묵직한 피로감이 옅어졌다. 로즈는 어떤 얼굴을 해야 할지 애매하여 최대한 무심한 표정으로, 시중들기 위해 가지런히 기다리고 있는 시녀들에게 지시 내렸다.

"탕 안에 있는 동안은 혼자 있고 싶네요."

"네. 그러면 필요할 때 불러주십시오."

시녀들이 일사불란하게 욕실을 벗어났다. 탕의 허공에도 줄이 몇 개 드리워져 있었는데, 이렇게 시녀들이 욕실에 없을 경우 필요하면 당겨 부르는 용도인 것 같다.

여태 살아온 제 삶과 전혀 다른 생활상에 로즈는 편안하다거나 부럽다기보다는 남의 옷을 억지로 꿰입은 듯 불편했다. 그러나 다행히 계속되던 두통과 몸의 피로는 좀 풀려 생각은 원활히 할 수 있었다.

뭐가 어떻게 된 것일까. 책이나 연극에선, 가끔 서로의 몸이 뒤바뀐 이야기가 나오긴 했지만 지금 상황은 그런 것 같지 않았다.

첫 번째 가설은 에아기네스가 이 성을 떠나고 싶어 비밀리에 본인과 꼭 닮은 사람인 자신을 찾아내어 밀어넣었다는 것이다. 그렇다면 황제가 눈치를 못 채게끔 생각한 방도도 있을 터다.

에아기네스는 황제인 루크워렐을 아주 잘 알고 있으며 어떻게든 방법을 강구해서 몰래 바꿔치기하기 가장 좋은 입장이기도 했다. 가정교사를 하는 집에서 곤히 잠들어 있는 자신을 약 같은 걸로 취하게 한 후 비밀리에 황궁으로 데려오고, 옷을 벗긴 후 황제가 눈치채지 못하게 그 옆에 뉘어놓는다. 눈을 뜬 황제가 대역이라는 사실을 깨달아도 그때쯤이면 도망갈 시간을 벌었으니 충분하다.

만약 이 가설이 사실이라면, 어째서 에아기네스는 황궁을 떠나고 싶어 했을까? 황제는 에아기네스가 없으면 못 살 것처럼 애정을 표현하고, 매일 밤 황비보다는 애첩을 택할 정도로 힘을 실어주었다.

마시는 찻잎 하나에도 신경을 써주는데, 다른 건 오죽했으랴 싶다. 넓은 처소와 거대한 욕실만 봐도 그렇다. 로즈는 직감적으로 에아기네스의 소유가 이게 전부가 아니라는 걸 알 수 있었다. 황제의 태도로는, 어디 영지라도 하나 떼어주고도 남을 분위기다.

혹시 다른 사랑하는 사람이 생겨서? 잘생기고 능력 있고 권력까지 가진 데다 자신에게 자상한 남자가 옆에 있는데 다른 사람한테 쉽게 눈이 돌아갈 것 같지 않다. 집안일 때문이라고 판단하기엔 에아기네스도 자신만큼이나 가족이 없었다.

죽을병이라서 황제에게 점점 비참해지는 제 모습을 보이기 싫어서 나갔다? 그렇다 해도 황궁에는 명의가 넘쳐날 텐데, 이곳을 벗어나는 건 명줄을 재촉하는 길밖에 안 된다.

너무 말도 안 되는 생각까지 하게 되는 것 같아, 로즈는 물을 떠 얼굴을 씻었다. 참방, 물소리가 맑다.

그렇다면 황비가 범인일까? 타국의 공주이니 굉장한 대우를 받고 컸을 텐데, 여기 와서는 황제의 애정을 전혀 받지 못한다. 공식석상에서 친절하게 대해주고 황비로서의 권한도 주지만 그게 전부다. 여자로서 전혀 애정 받지 못한다는 건 괴롭고 슬픈 일일 터.

황비가 수를 써서 에아기네스를 없앤다. 그리고 에아기네스의 죽음에 분개할 황제를 속이기 위해 준비한 대역을 밀어넣는다. 대역의 겉모습은 에아기네스와 매우 닮았지만 에아기네스가 아니기 때문에 결국 황제는 크게 낙담하고, 슬퍼하는 황제의 곁을 황비가 차지한다…….

다만 정사 후에 바뀌었다는 점이 걸린다. 같이 잠자리를 하고 곯아떨어졌기로서니 옆에 있던 여자가 바뀐 것도 모를까. 아니면 에아기네스가 정사 후 잠든 황제를 깨우지 않고 스스로 방에서 나오게끔 유도했다. 그리고 약 같은 것에 취한 자신을 들쳐 업어다 방에다 넣어두고……. 그렇다면 여기에 황비의 조력자가 있나?

아, 모르겠다. 로즈는 물에 몸을 깊숙이 담갔다. 어떻게 닮아도 이렇게 닮을 수 있지? 그녀가 말을 해도 루크워렐이 어색해하지 않는 걸로 보아선 목소리도 비슷한 것 같다.

혹시 자신은 에아기네스와 쌍둥이인가. 쌍둥이를 불길하게 여기는 부모에 의해 버림받아 다른 가족에게 입양되어 컸다. 쌍둥이들은 생활습관이나 그런 게 닮는 경우도 많다니까, 제 몸에 난 흉터나 점들도 우연히 비슷한 시기에 생겼다.

추론만으로는 아무것도 결론나지 않았다. 로즈는 우선 생각을 멈췄다. 뭐가 되든 우선은 부딪혀봐야 알 수 있을 것이다.

에아기네스를 끔찍이 아끼는 듯한 황제도 기실 아주 짧은 시간만을 봤을 뿐이다. 황비는 아예 구경도 못 했고, 시녀들은 잘 모르겠다. 황궁에 드나드는 이만 해도 상당할 테고 그중에 에아기네스와 연관이 있는 자도 꽤 많을 것이다. 그리고 여기에는 에아기네스가 전혀 모르는 사람들도 관련이 있을 수도 있다.

황제인 루크워렐이 도와주겠다고 했으니, 적어도 이런 일이 왜 벌어졌는가에 대해선 실마리라도 잡을 수 있겠지.

아, 그나저나 오늘은 잭슨이 받아쓰기를 잘해서 상을 준다고 했는데.

야반도주하듯 사라진 선생님으로 인해 시무룩할 꼬마 제자를 생각하자, 로즈는 조금 미안해졌다. 사과의 말이라도 전하고 싶었지만 지금으로서는 연락을 취할 방도조차 없다. 황제가 잘 처리해주기만을 바랄 뿐이다.

로즈는 손을 뻗어 줄을 잡아당겼다. 우선은 움직여야 했다. 시녀들이 조용히 들어와 나란히 섰다.

금방 끝날 줄 알았던 목욕은 장장 두 시간이 넘게 진행되었다. 그나마도 평소보다 짧게 해달라는 로즈의 청이 있었기에 가능했다. 오늘은 에아기네스에게 별다른 일정이 없다는 루크워렐의 말은 사실이었던 듯 시녀들은 열과 성을 다해 그녀를 씻기고 향유를 부어대며 마사지를 해댔다. 덕분에 두통과 피로는 꽤 많이 사라졌지만 온몸이 노곤해 미칠 지경이었다. 간단한 점심식사까지 마치자 졸음은 극에 달했다.

"평소처럼 낮잠 준비를 할까요?"

머리를 바짝 말린 후 꽤 노련해 보이는 시녀가 넌지시 물었다. 그녀가 보기에도 로즈가 꽤 피곤한 기색이었나 보다. 한편으로는 황제와 격렬한 정사 후 별다른 일정이 없으면 씻고 낮잠을 자는 게 에아기네스의 일상이었던 듯싶다. 하긴, 미모를 유지하려면 휴식은 필수지.

정말 피로하기도 해서, 로즈는 가볍게 고개를 끄덕였다. 조바심을 낸다고 해서 일이 해결되지 않는다. 게다가 아침 회의가 있다던 황제는 꽤 바쁜지 점심이 지났는데도 모습을 비치지 않았다.

"그럼, 그렇게."

로즈의 명이 떨어지자, 시녀들이 또다시 분주히 움직이며 로즈를 끌었다. 에아기네스의 낮잠은 다른 곳에서 이뤄지나 보다.

어마어마한 장서가 보관된 서재를 거쳐 햇살이 잘 드는 방으로 안내되었다. 바깥 복도가 따로 있는 듯한데 에아기네스는 복도를 통하지 않은 채 이동할 수 있었다. 에아기네스가 다른 이들과 마주치지 않고 움직일 수 있도록 모든 방이 연결되어 있는 것 같았다.

아기 요람 같은 포근함을 연상시키는 아늑한 침상으로 안내되었다. 시녀 둘이 그녀에게 입힐 부드러운 소재로 만든 가벼운 옷을 꺼내는데, 소리 없이 다가온 시녀 하나가 에아기네스에게 전언했다.

"귀비님. 약속이 예정되어 있던 드미트리가 조금 일찍 도착했습니다. 기다리게 할까요, 보실 건가요?"

드미트리? 그 사람은 또 누구야?

공식적인 일정은 없지만 사적인 약속은 있을 수 있다고 했지. 로즈는 미련이 담긴 눈빛으로 침상을 바라보았다. 자고 봐도 될 것 같았지만, 지금 잠들면 언제 일어날지 장담할 수 없다. 차라리 빨리 처리하고 돌아와 쉬는 게 낫겠다.

"안내를 부탁해요."

"그러면 귀비님을 좀 더 치장해드리도록 하겠습니다."

"오래 걸릴까요?"

"그렇지는 않습니다. 시간을 절약하기 위해 이곳에서 바로 시작하겠습니다."

로즈는 승낙의 표시로 가볍게 고개를 끄덕였다. 이내 그녀가 앉을 의자가 놓이고 시녀들이 줄줄이 에아기네스에게 달라붙어 신속하게 움직였다. 에아기네스에 대한 사전정보도 없이 그녀의 흉내를 내는 건 쉽지 않다고, 로즈는 눈을 감고 얼굴을 내맡긴 채 생각했다. 처음 만나는 에아기네스와 관련된 사람. 어떤 사람일까?

남자 이름이긴 하나 혹시 모를 변수도 염두에 둘 필요가 있다. 시녀가 자신을 부르는 호칭을 더 우위에 둔 걸로 보아 작위는 에아기네스보다 낮은 편이다.

라우리드센 제국의 귀족계급은 넷이다. 황제와 황비는 황족에 속하니 제하고, 귀족 중 윗계급은 프린과 아이시타스다. 그들은 미들네임으로 그들의 계급을 드러냈는데, 대부분의 높은 작위는 그들이 독식하고 있다. 다만 아이시타스는 10년 전 미수로 그친 반역사건에 한 가문이 연루되어 멸문당한 후로 프린보다는 힘을 못 쓰는 중이다.

그보다 낮은 계급은 다란과 레오스였다. 그러나 무시할 수 없는 게, 다란은 기술 쪽을, 레오스는 예술 쪽을 후원하고 발전시켜온 오랜 역사가 있어 문화에 지대한 영향을 끼치기 때문이다.

프린과 아이시타스는 동등하다고는 했으나 현재 실세 중에는 프린이 더 많다. 그다음이 다란과 레오스 정도로 볼 수 있다. 그중에 귀비인 에아기네스의 입지는 묘할 수밖에 없다. 라우리드센 제국은 특이하게도 본처 외의 후궁은 두지 않았기 때문이다. 재혼을 한다 해도 그건 이혼을 하거나 전 황비가 사망했을 때의 이야기였다. 후사가 없는 경우에는 황족인 형제의 자녀를 양자나 양녀로 입양해 후계를 잇더라도, 공식적으로 후궁이 인정된 경우는 없었다. 에아기네스 외에는.

그래서 에아기네스는 신분상으로는 원래의 프린 계급으로 대접받았다. 귀비라는 명칭은 명예직처럼 주어졌는데, 그나마 그럴 수 있었던 이유는 두 가지였다.

황제의 극진한 애정, 그리고 그녀가 모계인지 부계인지 먼 조상 쪽으로 황족의 피를 이었다는 점이다. 실상으로는 이미 몇 번이나 혼인을 거듭한 끝에 황가의 핏줄이라고 보기는 어려웠지만, 근친이 아닌 황족의 피가 서로 만나 후계자를 낳을 수 있다는 이점이 사람들에게는 설득력 있게 작용했다.

게다가 황비의 조국인 틸레안 제국은, 라우리드센과 서로 보이지 않게 힘겨루기를 하고 있는 나라여서 다들 은근히 황비에게서 황실의 핏줄이 나오는 걸 꺼린다는 점도 한몫했다. 황제와 황비는 공식석상에는 늘 적당한 친밀함과 존중심을 보여줬지만, 황제가 사석에서 황비와는 평생 잠자리를 갖지 않을 뜻을 넌지시 비쳤던 사실을 아는 사람은 다 알고 있었다.

그 점은 에아기네스가 황실에서 자리를 잡는 데 상당히 크게 일조했다. 다만 에아기네스 이외에는 다른 후궁을 두지 않고, 이번 대만의 특혜로 그치기로 약조된 상황이다.

한낱 평민인 로즈가 이러한 사정과 귀족계급에 대해 상세히 알고 있는 까닭은, 가정교사가 되기 위해 공부했던 필수과목 중 하나였기 때문이다. 모든 가정교사가 귀족가로 들어가는 건 아니고 실제로 로즈도 부유한 평민 가정에서 일했지만, 기본적으로 아이들이 계급에 대해 배우는 건 가정교사를 통해서였다.

귀족가문은 당연했고, 부유한 평민이라면 하급귀족이라도 한둘 알고 지내는 일은 흔하다. 그런 상황에서 실수를 한다면 최악이기 때문에, 부모들은 모든 교육과정 중 계급에 대한 교육을 상당히 중요시했다. 그게 이런 식으로 도움이 될 줄은 몰랐다.

로즈는 능숙하게 머리를 말아 올리는 시녀의 손길을 느끼며 눈앞에 놓인 거울을 가만히 바라보았다. 검은빛에 가까운 짙은 갈색 머리. 진한 초록 눈동자. 덤덤한 체하려 하나 긴장으로 다물어진 입술. 하얀 피부는 정성스러운 마사지 덕분인지 외려 윤기가 흘렀다. 확실히 꾸미니 평소보다 더 아름다워 보였다.

분명 어제와 같은 하루가 될 예정이었는데, 어째서 이렇게 되어버렸을까. 지금 풀리지 않는 의문에 끙끙대봤자 소용없다. 우선 드미트리라는 사람을 만나보는 수밖에 없다.

로즈는 드미트리가 기다리는 응접실로 향했다. 금실로 자수를 놓은 차분한 느낌의 베이지색 드레스는 로즈를 더 지적으로 보이게 해주었다.

에아기네스와 드미트리가 만난 건 처음이 아닌 듯, 시녀들은 로즈가 안으로 들어가는 걸 확인하고 복도에서 문을 닫은 채 들어오지 않았다. 아마 드미트리를 만날 때는 따라오지 말라, 에아기네스가 일러

됐나 보다.

로즈가 보이자마자 사십 대 초반의 남자가 벌떡 일어났다. 드미트리인 모양이다. 약간 살이 붙은 몸에 평범한 인상의 소유자다. 태도가 약간 부산스러운 걸로 봐서 성미가 급할 것 같지만 행동이 빠릿빠릿하진 않고 굼떴다. 옷차림은 제법 고급스러웠다.

"예정보다 일찍 와서 죄송합니다. 에아기네스 귀비님. 전에 말씀하신 고아원 설립비용이 다 모였습니다. 착공이 더 빨라질 것 같아 기쁜 마음에 얼른 뛰어왔습니다. 저희 재단에서도 귀비님이 나서주셔서 아주 기쁘게 생각하고 있습니다."

"그렇군요. 우선 앉고서 이야길 하면 좋겠는데요."

"이런 결례를. 어서 앉으십시오."

아무렇지 않은 듯 최대한 우아하게 웃으려 애쓰며 로즈가 응접실 의자에 앉았다. 하지만 태연을 가장한 태도와는 달리, 심장은 쿵쾅거리며 뛰었다.

세간에 알려진 대로 에아기네스는 자선사업을 제법 하고 있는가 보다. 드미트리란 귀족도 그와 관련되어 만나는 사람인 것 같다. 풀네임도 모른다. 계급도 알 수 없다. 프린이나 아이시타스는 아닌 듯했으니, 다란이나 레오스이리라 추측만 할 뿐이다. 다행히 남자는 수다스러웠다.

"사실 열 달 전에 이 일을 착수할 때만 해도 그리 희망적이진 않았지요. 수도권 내 고아원이 포화상태인데도 사람들이 관심조차 갖지 않았으니까요. 거기에다 빈민가에서 버려지는 아이들을 위한 고아원이라니, 그런 게 생긴 걸 알면 빈민가 사람들이 더 애들을 버릴 거라는 비난여론까지 일어났었죠. 앞이 캄캄하다고 생각했는데 두 달 전 귀비님께서 나서주신 이후로 모든 일이 일사천리로 해결되었습니다. 두 달간 귀족들에게 받은 후원금으로 적당한 건물을 매입해 보수 중입니다. 이건 해당 금액이 어떻게 쓰였는지 알려주는 명세서와 후원자들 명단입니다."

드미트리가 로즈에게 종이묶음을 내밀었다. 로즈가 고고하게 그것을 받았다.

"읽어보겠어요."

무슨 말을 어떻게 해야 할까 고민할 필요는 조금도 없었다. 드미트리의 이야기가 계속해서 이어졌기 때문이다.

"이번 사업이 너무 잘되어서, 귀비님의 선의를 한 번 더 부탁드려도 괜찮을까요? 아, 지금 당장 답을 주지 않으셔도 됩니다. 여기 또 다른 사업안이 있습니다."

드미트리가 호들갑스럽게 보랏빛 벨벳으로 감싸인 서류케이스를 꺼내더니 공손한 태도로 건넸다. 로즈가 우선 고개를 끄덕이며 케이스를 받아들었다.

"새로운 사업을 시작하기 딱 좋은 날입니다. 햇살은 화창하고, 새들은 지저귀며, 꽃들은 화사하고, 일은 아주 잘 풀리고 있습니다. 게다가 귀비님께서 이리 힘써주고 계시니 설레고 신나서 견딜 수가 없습니다. 귀비님의 노고에 이루 말할 수 없이 감사하고 있습니다. 설리반 님도 매우 기뻐하고 계십니다."

설리반? 설리반은 또 누구지?

로즈는 궁금증을 꾹 누르며 그저 빙긋 웃었다.

"그렇군요. 좋게 평가해주시니 감사하네요."

지금 캐물어 굳이 의심을 살 필요가 없다. 나중에 황제에게 물어보기로 마음먹으며 로즈는 우선은 드미트리의 말을 듣고 그를 관찰하는 데 초점을 맞추기로 했다.

그 이후에도 드미트리는 별다를 게 없는 주변 이야기를 떠들어댔다. 길바닥에 굴러다니는 돌도 화젯거리가 될 정도로 그는 수다스러웠다. 점점 그 의미 없는 소리들에 버거워질 무렵, 드미트리가 몸을 일으켰다.

  "귀비님을 뵙고 기쁜 나머지 너무 떠들었군요. 다시 말씀드리지만 자세한 건 전해드린 서류를 읽어보시면 알 수 있습니다. 이만 저는 일어서겠습니다."

  "네, 알겠습니다."

  평소 에아기네스도 그리 말수가 많진 않았는지 단답에도 드미트리는 전혀 위화감을 느끼지 않는 듯했다. 드디어 기나긴 수다에서 벗어나 좀 쉴 수 있으리란 생각에 로즈가 속으로 안도의 숨을 내쉬는데, 드미트리가 몸을 돌리다가 다시 말을 붙였다.

  "참, 귀비님. 전에 저희 딸인 로라에게 선물해주신 머리핀 말입니다. 로라가 너무 마음에 들어 해서 어느 공방에서 제작한 건지 알고 싶은데, 슬쩍 알려주시면 안 되겠습니까?"

  로즈는 작별인사만 남았다며 긴장을 풀고 있다, 순간 심장이 툭 떨어졌다. 머리핀을 만든 공방이라니 알 리가 없잖아!

  로즈는 약간 어색한 웃음을 머금었다.

  "그런 걸 묻다니 의외군요."

  "하하. 제가 이래 봬도 딸바보랍니다."

  "아, 네."

  "그래서 말인데, 공방은 어디입니까?"

  나이가 있는 사내의 기대 어린 눈빛을 받는 건 상당히 부담스러운 일이었다. 게다가 묻는 말에 대한 답을 전혀 모를 때는 더더욱.

  로즈는 가정교사로서 아이들한테 답하기 어려운 난감한 질문을 받앉을 때를 필사적으로 되새김질해보았다. 교사로서의 권위를 살리면서, 답을 모른다는 걸 들키지 않고 근엄하게 굴 수 있는 방법. 돌려답하기.

"제가 비밀리에 거래하는 곳이라, 알려드리기 어려울 것 같군요. 여인의 즐거움을 빼앗지는 마시기 바랍니다."

이게 정답일까? 에아기네스 같았을까? 혹시, 평소의 에아기네스 같지 않다는 걸 새삼스레 느낀 걸까?

드미트리가 로즈를 빤히 보다 갑자기 박장대소했다.

"하하하! 역시 귀비님이십니다. 여인들의 일은 여인들이 해결해야 하는 법이죠. 선물하실 일이 많아 감추고 싶은 그 마음, 이해합니다. 너무 많아지면 희소성이 없죠."

다행히 에아기네스로서 통과했다. 로즈의 속마음을 알 리 없는 드미트리가 빠르게 덧붙였다.

"하긴, 희귀할수록 가치가 높아지는 법이죠."

드미트리의 눈이 잠시 번들거렸다. 그러나 순간이라, 눈여겨볼 정도는 아니다. 알겠다는 듯 고개를 주억거린 그는 다시 공손히 인사를 했다.

"시간을 많이 빼앗아 죄송합니다. 다음엔 더 좋은 소식으로 뵙겠습니다."

"평안히 가세요. 오늘은 피곤하여 길게 배웅을 못 하겠군요."

드미트리가 다시 한 번 머리를 깊숙이 숙이고 자리를 떴다. 드미트리가 응접실 밖으로 나가자, 로즈는 긴장이 풀려 풀썩 의자 깊숙이 몸을 기댔다.

피곤해서 못 해먹겠다.

에아기네스는 세간에 알려진 대로 자선사업에 관심이 많았다. 자신이 나서서 모금활동을 할 정도로. 그게 진심으로 자비로운 마음이었는지 일종의 계산속이었는지는 알 수 없었지만 확실히 그랬다.

드미트리는 자선사업 관련으로 자주 만나던 사람이다. 에아기네스보다는 낮은 계급의 귀족. 사업계획서를 전해주고 결과를 전달할 정도면, 나름의 신뢰관계를 쌓은 듯하다. 아니면 꽤 이용할 만한 고위층이라고 생각했든지.

자녀가 있다는 건 적어도 결혼은 했다는 뜻이다. 귀족들은 사생아를 제 자녀라고 언급하는 경우는 아주 드무니까. 에아기네스가 딸에게 선물까지 했다는 건 자선사업 외에도 나름의 친분이 있다는 뜻일 수도, 혹은 에아기네스가 다른 이들에게 선물을 잘하는 성격이거나 별생각 없이 준 걸 드미트리가 크게 받아들이고 있는 걸 수도 있다.

어느 쪽이든 에아기네스는 여성과 관련된 선물을 고르는 데 꽤 감각이 있단 뜻이다. 딸이 그녀의 선물을 매우 마음에 들어 해 또 갖고 싶어 했다는 걸 보면 말이다. 또한 에아기네스는 선물을 많이 하는 편인 것 같기도 하다. 드미트리가 그런 느낌의 언급을 약간 했으니까.

드미트리가 언급한 제3의 인물인 설리반. 여기에 대한 정보는 전혀 없다. 우선 얻은 건 여기까지.

로즈가 곱게 정돈된 머리가 흐트러지든 말든 머리를 의자에 완전히 기댔다. 고급 천으로 감싸인 푹신한 의자는 다행히 매우 편안했다.

황제가 오면 우선 드미트리와 설리반의 풀 네임부터 알아놔야겠다. 얼마만큼의 친분인지 전혀 알 수 없는 만큼, 조사는 필수다. 다른 사람은 모르겠지만 적어도 폐하는 정확한 정보를 주겠지. 사랑하는 에아기네스를 위해서니까.

어쩐지 가슴 한복판이 간질간질해진다. 황궁에서 지내본 것은 처음이고 이제 첫날이지만, 벌써부터 마냥 수월한 동네는 아니라는 느낌이 든다. 게다가 만나는 이들마다 혹시 에아기네스와 어떤 연관이 있는지, 이번 실종과 무슨 관련이 있는지 생각하고 경계하며 살펴야 한다. 겉으로 보이는 호의나 악의나 진짜인지 연기인지도 헤아려야 할지 모른다.

아마 황제는 어린 시절부터 수차 겪어왔겠지. 그런 삶 속에서, 공식적인 명칭이야 어찌되었든 서로 아끼고 사랑할 사람을 만났다. 몸과 마음이 하나가 될 수 있는 사람을 만난다는 게 얼마나 기쁘고 행복한 일일까.

그런데 그렇게 사랑하는 사람을 잃어버렸다. 겉으로야 태연한 척해도 속은 말이 아니겠지. 마음 같아선 지금 하고 있는 모든 직무를 던져버리고 모든 걸 총동원해서 에아기네스의 행방을 찾고 싶을 거다.

그 애타는 마음이 안타까워졌다. 실종이 자의인지 타의인지조차 알 수 없고, 황제가 사랑하는 여자니 만큼 위해를 가하진 않겠지만, 혹시라도 어딘가에서 시체로 발견된다면? 견딜 수 있을까, 그 사무치는 슬픔을?

사랑하는 가족을 일순간에 잃어버렸던 로즈는 그 치명적인 상실감을 아주 잘 안다. 어느 날 갑자기 사랑하는 이들과 격리되고, 전혀 만날 수 없게 되어버린다. 전염병이었기에 시체조차 제대로 보지 못했고, 화장해버려 제대로 된 묘조차 없다. 그래서 더 믿기지 않아, 당장에라도 '로즈!' 하고 부르며 나타날 것 같은데 그러지 않는다.

허전함과 당혹과 슬픔과 불신이 깃든다. 믿을 수 없다. 이렇게 세상에 홀로 남겨졌다는 사실이, 보고 싶어도 볼 수 없다는 사실이. 마침내 그 사실을 받아들이게 되면, 눈물이 차오른다. 슬픔이 잠식한다. 깊고 깊은 우울감이 똬리를 틀고 한입에 집어삼키려는 독사처럼 저를 맞이한다.

루크워렐은 이런 슬픔을 겪지 않았으면 좋겠다. 에아기네스를 꼭 찾으면 좋겠다.

저도 모르게 황제의 존함을 속으로 부른 사실에 흠칫하며 로즈가 아무렇게나 늘어뜨린 몸을 일으키는데, 때마침 가벼운 노크와 함께 부름이 들렸다.

"귀비님, 들어가도 되겠습니까?"

로즈가 흐트러진 적 없는 척 몸을 꼿꼿이 세우고 대답했다.

"들어와도 됩니다."

시녀 하나가 들어섰다. 머리를 단정히 틀어 올린 젊은 시녀였다.

"손님이 가고 나서도 한참을 나오시지 않아 혹시 잠이 드셨나 해서 들어왔습니다."

"그렇지 않아요. 잠깐 생각할 게 있었어요. 안 그래도 막 일어서려던 참입니다."

"그러시군요."

다른 시녀들은 밖에서 계속 대기 중이고 혹시 잠이라도 들었는지 확인해볼 겸 조용히 혼자 들어온 듯했다. 그대로 낮잠 자는 방으로 갈까 하다가, 로즈는 시녀에게 질문을 던졌다.

"보기에 내가 잠이 많나 봐요? 낮잠이 들었나 걱정할 정도인 걸 보면."

시녀가 가볍게 손사래를 쳤다.

"아닙니다. 에아기네스 귀비님만큼 부지런한 분도 없지요. 다만 요즘 들어 피로가 누적되신 탓인지 자주 낮잠을 주무셔서 그리 생각했습니다. 전에 없이 아예 낮잠시간을 배정하시기도 했고요. 오늘 낮잠을 못 주무셨기에 혹시나 해서 말씀드린 것뿐입니다.”

“손님맞이를 끝내고 방으로 못 들어가고 잠들었다 생각할 정도로 내가 조는 모습을 많이 보였군요.”

잠시 망설이던 시녀는 머뭇거리며 긍정했다.

“그렇습니다. 저…… 주제넘은 말씀인지 모르겠으나 혹시 불편하신 곳이 있으면 의사를 불러보시는 건 어떨까 합니다. 저번에도 거절하셨으나 요즘엔 정말 걱정이 됩니다.”

시녀의 얼굴에 어린 근심은 진심 같았다. 전속시녀를 따로 두지 않는데도 이 정도 염려를 받는 걸 보니, 에아기네스라는 사람은 적어도 시녀들에게는 괜찮은 주인이었던가 보다. 로즈가 시녀의 경계를 풀기 위해 부드럽게 웃으며 채근했다.

“원래 몸의 이상은 본인은 잘 모르는 경우도 있지요. 내가 그간 어떻게 안 좋아 보였나 한번 이야기해주겠어요? 진지하게 생각해볼 테니.”

시녀가 입을 열어 답했다.

“두어 달 전부터 평소와 달리 잠이 지나치게 느셨습니다. 드시는 양도 많이 주시고. 기억력은 여전히 총명하셨으나 공식석상에서 무리하시고 나면 휘청거리시는 경우도 많아졌습니다. 무척이나 강하게 당부하셔서 폐하께 말씀은 안 드렸으나 제 앞에서 코피를 흘리신 적도 있어요. 몸이 뭉치고 뻣뻣해지는 강도도 세어지고요. 임신은 아니고 단순한 피로라고 하셨지만, 안색도 많이 나빠지셨어요. 너무 걱정이 됩니다.”

“그렇군요. 단순한 피로라고 생각했는데, 그 정도까지 염려를 끼치고 있는 줄 몰랐어요.”

로즈가 시녀를 바라보았다. 주근깨가 박힌 귀여운 얼굴이다. 시녀로서 조심성 가득한 몸가짐을 하고는 있지만, 발랄한 인상이었다.

"그래도 내가 나쁘지 않은 윗사람이었나 보네요. 이렇게 걱정해줄 정도면."

별 뜻 없이 구색을 맞추어 대꾸한 것뿐인데, 시녀가 입술을 꽉 깨물며 잠긴 목소리로 속삭이듯 답했다.

"전에…… 아픈 남동생에게 필요한 약재를 구해주셨잖아요. 비싼 약재였는데도 귀비님께서 사재를 털어서까지 구해주셨습니다. 사람이 살아나는 것 말고 더 크고 중요한 일이 뭐가 있느냐면서. 덕분에 앨튼은 아주 건강해졌어요. 그래서 요즘 귀비님이 안 좋아 보이셔서 걱정이 많이 되었어요."

진짜 좋은 사람이었잖아, 에아기네스.

로즈는 속으로 감탄했다. 그리고 그녀가 병약해져 황제의 곁을 떠났다는 가설과 동시에 누군가 그녀를 해치려 했는지도 모른다는 가설을 떠올렸다. 아니면 정말 그저 피로 때문이었는지도 모르지. 에아기네스가 얼마만큼의 일을 하고 있었는지 나는 모르니까.

로즈는 우선 판단을 보류하기로 했다. 불확실한 게 너무 많다.

"그렇군요. 건강에 좀 더 신경을 쓰도록 하지요. 이름이…….."

"에밀리예요, 귀비님."

제가 생각해도 이름을 물어보는 게 좀 어색했지만, 전속시녀를 두지 않는 데다 선행을 많이 하는 귀비라면 자기가 선행을 베푼 수많은 시녀의 이름은 기억 못 할 수도 있지 않을까 하는 판단으로 질문을 던졌고, 다행히 에밀리는 이상하게 여기지 않았다.

"대화가 너무 길어졌군요. 이만 쉬러 가야겠어요."

"시간을 너무 많이 빼앗아 죄송합니다, 귀비님."

에밀리가 넙죽 인사하며 로즈를 자연스럽게 인도했다. 로즈는 아무렇지도 않게 에아기네스인 척 걸어 나갔다. 우선은 쉬고, 루크워렐을 만나 정보를 좀 더 얻는 게 좋을 성싶다.

에밀리 외 여러 시녀들에게 둘러싸여 아까 낮잠을 자려던 방으로 돌아왔다. 사람의 막으로 겹겹이 둘러져 있는 것과 마찬가지인 인생이니, 귀족들이야 익숙할지 몰라도 로즈는 조금 번거롭기까지 했다. 로즈는 들고 있던 서류뭉치를 작은 탁자에 놓고, 시녀들을 모두물린 후 푹신해 보이는 침대로 몸을 던졌다. 이불이 봉긋하게 솟아올라 있어 그 푹신함에 파묻혀버리고 싶었다.

쉬고 싶다. 머리도 너무 아프고.

그런데 이불의 감촉이 조금 달랐다. 푹신한 솜만이 아니라, 단단한 뭔가가 걸렸다. 익숙한 감촉이다.

"하아."

참 일관성 있다면 일관성 있다. 로즈가 이불을 확 제쳤다. 이번엔 놀라지도 않은 채 로즈는 지친 눈빛으로 상대를 바라보았다. 이번엔 다행히 옷은 제대로 걸치고 있었지만, 침대 위의 불청객이라는 점은 여전하다.

"어서 와, 로즈. 수확은 있었나?"

에아기네스를 부를 때처럼 달콤하고 고혹적인 목소리. 이불 속에서 비스듬히 누워 한쪽 팔을 펼친 채 누우라는 듯 손을 까닥대는 모습엔, 아무래도 적응이 되지 않는다. 치명적일 만큼 매력적인 외모를 저런 식으로 아무 데나 발산하면 쓰나 싶다.

"폐하. 놀람은 한 번으로 충분합니다."

루크워렐이 조금 쓸쓸한 눈빛으로 로즈를 바라보았다.

상처 주려 한 말이 아닌데 상처받은 것 같은 모습은 마음 한구석을 아릿하게 했다.

"이렇게 전처럼 침상에 같이 누워 있으면, 그대 본인이 에아기네스라고 해줄 것 같았다."

로즈는 한숨을 푹 쉰 후, 몸을 바로 하고 침대에 걸터앉았다.

그래. 안쓰럽다. 안타깝기도 하고. 에아기네스는 어떨지 몰라도 황제는 진심이었다는 걸 알겠다. 어디에 있는지 자신이 찾아서 눈앞에 데려다줄 수 있다면 그러고 싶을 정도다. 그러면 저렇게 슬픈 눈으로 날 바라보진 않겠지.

"차라리 제가 정말 에아기네스 님이면 편하겠습니다."

"그대는 진심으로 자신이 에아기네스가 아니라 생각하는군."

"전 다른 사람이니까요, 폐하."

"참으로 안타까운 일이야."

루크워렐이 갑자기 로즈를 확 잡아당겨 목덜미에 얼굴을 파묻었다. 갑작스러운 행동에 로즈의 얼굴이 순식간에 달아올랐다. 목에 닿는 감촉이, 숨결이 오싹한 쾌감을 선사했다. 로즈가 몸을 비틀어 뺐다.

"진짜 에아기네스 님이 돌아오시면, 폐하가 자신과 비슷한 여자에게 이리 행동했다는 걸 알고 슬퍼하실 겁니다."

"정말 아닌 건가?"

이 정도 집착은 있어야 황제를 하는 건가.

그렇게나 아니라고 하는데도 미련을 버리지 못하는 루크워렐을 보며 로즈는 생각했다. 한편으론, 하룻밤 새 제 연인이자 귀비였던 여자가 사라진 상황에선 현실을 부정하고 싶기도 하겠다 싶었다.

"아닙니다, 폐하. 저는 로즈 에밀린입니다. 아침에 말씀드린 대로, 저에 대해 조사해보시면 금세 아실 일입니다. 정 의심스러우면 초상화라도 그려 제가 가정교사를 하는 집에 물어보시면 됩니다."

루크워렐의 손이 로즈에게서 떨어졌다. 어째선지 미안한 마음이 들었지만, 실상 피해자는 저라고 생각하며 로즈는 그 감정을 꾹꾹 눌러 담았다.

"조사에는 진전이 있나요, 폐하?"

"아직까지는 밖으로 나간 흔적을 찾지 못했어."

"에아기네스 님이 스스로 나간 것이 아니라면, 혹시 성내에 에아기네스 님을 감추고 있는 사람이 존재하지 않을까요?"

"내가 다스리는 이곳에서, 감히 내 눈을 피해 그런 일을 할 작자가 있을까?"

"원래 등잔 밑이 어두운 법입니다, 폐하. 가장 의심이 가지 않는 곳에 감추는 것도 하나의 방법이지요. 혹시라도⋯⋯."

혹시라도 심하게 다쳤거나 죽었을지도 모르는 일 아닙니까, 하고 말하려다 로즈는 말끝을 흐렸다. 사랑하는 여자를 잃은 남자에게 채 하루도 지나지 않아 죽음과 같은 소리를 운운하고 싶지 않았기 때문이다.

차마 입 밖에 내지 못한 로즈의 속마음을 읽은 듯, 루크워렐이 부드럽게 말했다.

"에아기네스는 안전할 거야. 그건 내가 장담하지."

"어떻게 확신하십니까?"

"그녀를 이용하려는 사람이 있다면, 그녀가 살아 있는 편이 훨씬 이용가치가 있을 테니까."

루크워렐이 쓰게 읊조렸다. 감정에 치우친 듯해도, 현실적인 감각을 잃지 않고 완급을 조절하는 모습을 보면 확실히 황제는 황제구나 싶다. 아마도 마음은 모든 일을 내팽개치고 그녀를 찾으러 가고 싶겠지. 에아기네스는 정말 사랑받고 있으니까.

"……짚이는 데가 있으신가요?"

"아직은."

많은 뜻이 함축되어 있는 말이다. 단순하게 아직은 모르겠다는 뜻일 수도, 심증은 있는데 물증이 없다는 뜻일 수도 있다.

권력의 중심이란 힘들구나. 사랑하는 여자를 지켜주고 싶은 게 남자의 본능일 텐데, 분쟁에 휘말렸을지도 모르는 제 여자 하나를 구하는 데도 재고 판단해야 하는 게 많다.

어쩔 수 없는 일이었겠지만, 애초에 타국의 공주가 아닌, 에아기네스를 황비로 맞이했다면, 적어도 혼란 하나 정도는 막을 수도 있었을 텐데. 뭐, 평범한 사람은 모르는 사연들이 있었겠지.

루크워렐이 침상에 길게 기대 누워 로즈를 바라보았다. 황금빛 눈동자가 선명한 색을 띠었다.

"로즈, 그대는 뭔가 수확이 있었나?"

로즈가 고개를 끄덕였다. 황제는 자신을 너무 편하게 생각하는 것 같다. 자세만이라도 좀 바꿔줬으면 좋겠는데, 감히 그런 걸 요청할 처지가 못 되는지라 로즈는 그저 순순히 답했다.

"아, 네. 오늘 에아기네스에게 손님이 왔어요. 드미트리란 사람이었는데, 자선사업과 관련된 이야기를 나눴어요. 그리고 설리반이라는 사람이 이번 자선사업의 성공으로 기뻐할 거란 이야기도 했어요. 둘 다 누군지 알고 싶어요."

황제는 오래 생각하지 않고서 금세 답을 내어놓았다.

"드미트리. 드미트리 다란 케샥이로군. 크지도 작지도 않은 자선 단체 하나와 철이 나는 광산이 있는 영지를 소유하고 있지. 무난하고 굼뜬 인상이지만 실상은 손익계산이 굉장히 빠른 인물이야. 아내 이름은 캐서린. 천식이 있어서 대외활동이 많지는 않아. 조용한 성미로 기억해. 딸이 하나 있는데 이름은 로라. 사교계에 막 데뷔했는데 어머니와는 달리 상당히 수다스러워. 예쁘장하게 생겼는데 자기 외모에 자부심이 상당해. 심각하진 않지만 구설에 두세 번 오른 모양이더군."

설리반에 대한 설명이 이어졌다.

"설리반. 설리반 프린 프란. 젊고 잘생기고 부유한 데다 대대로 공작위를 소유한 가문에 속해 있지. 미혼이어서 사교계에서도 신랑감으로 노리는 사람이 많아. 친절하고 다정다감하고 마음이 넓다는 평이 대다수인데, 글쎄. 적어도 그가 철저한 성격에 제 평판을 아주 잘 관리한다는 건 알겠어. 그쪽도 자선단체를 가지고 있어. 드미트리와 비교되지 않게 큰 곳인데, 만들어진 지는 그리 오래되지 않았어. 드미트리와는 자선단체 일로 종종 만나나 보더군. 드미트리 입장에서는 힘도 있고 재력도 있는 설리반과 친해져서 나쁠 게 없으니까. 에아기네스가 자선사업에 관심이 많고 그에 관련해 그들과 가끔 만난다는 건 알고 있었어. 하지만 일이 이렇게 된 이상, 좀 더 알아보도록 하지."

황제인 이상은 귀족들에 대해 상당히 잘 알 테지만, 고위귀족이 아닌 사람의 가족사항까지 꿰뚫고 있다니, 그가 꽤 머리가 좋거나 치밀한 성격이라는 방증이다.

로즈는 순수하게 감탄했다.

"귀족들이 상당히 많을 텐데, 이렇게나 금방 대답해주시다니 굉장하네요. 폐하."

루크워렐이 빙긋이 웃었다. 싱그러운 웃음이었다.

"에아기네스의 목소리로 칭찬을 들으니 기쁘군."

존재감이 확실해 눈길이 가는 사람이다. 젊은 여자가 이렇게나 매력적인 젊은 남자를 앞에 두고 설레지 않을 수 없다. 그러나 그건 그저 멋진 남자에 대한 설렘이지 사랑은 아니다. 그런 감정에 휩쓸리기엔 상황이 심각했다.

"에아기네스 님을 빨리 찾으면 좋겠어요."

좋은 옷을 입고, 대우를 받고, 무려 황제인 남자와 이렇게 대화를 나눠도, 로즈는 이것이 제 몫이 아니라는 사실을 아주 잘 안다.

고용주가 준 적당한 크기의 방이 자신의 자리였고, 아이들을 가르치고 휴일에는 시내로 놀러 나가는 평범한 일상이 자신에게 더 걸맞다. 언젠가는 사랑하는 남자를 만나 사랑이 넘치는 가정을 만들고 잃어버린 가족을 이루는 것, 그게 그녀의 꿈이다. 그편이 더 평화로웠다.

"그대는 가정교사라고 했으니, 귀족계급에 대해서나 예의범절은 잘 알겠군. 그 점은 다행이야. 그것까지 가르칠 필요는 없어졌으니."

"그래도 이론과 실제는 다르니, 혹여 실수할지도 몰라요."

"가정교사라면 학교에서 실기도 하지 않나."

"그렇기는 해요. 무엇보다도 중요하긴 하니까요."

"그럼 익혀야 할 건 실제 귀족들의 이름과 직위, 가족관계와 성격, 하는 일 정도인가."

외우는 거야 노력하면 된다. 중요한 건 범위다. 열 몇 명과 백 명 단위는 들여야 하는 시간과 정성의 질이 다르다. 로즈가 어색한 미소를 띠었다.

"에아기네스 님이 귀족들 전부를 다 알고 지내신 건 아니었겠죠?"

"그렇지. 하지만 에아기네스는 머리가 좋은 편이었어. 대부분의 귀족들은 꿰고 있었지. 그게 어려우면 우선 주요인물부터 외우면 돼. 범위가 꽤 줄겠군."

루크워렐이 로즈를 바라보았다. 그 시선이 어떤 의미인지는 루크워렐이 굳이 입 밖에 내지 않아도 로즈는 알 수 있었다.

망했다. 주요인물만이라고 하더라도 수는 꽤 될 터. 거기다 에아기네스는 귀족 대부분을 알고 지냈다 하니 전부 외우는 게 좋을 거란 뜻이다.

선생으로만 있다가 다시금 학생의 입장으로 돌아가 배울 생각을 하자 까마득했다. 게다가 루크워렐이 어떤 인물인지 아직은 파악 못했지만, 아까 그녀의 귀족에 관한 질문에 술술 대답해준 걸로 봐선 머리가 꽤 좋거나 제법 성실하거나 혹은 치밀한 성격 같다. 어느 쪽이든, 그녀에게 분명 어느 정도 수준을 요구할 거다.

로즈가 포기한 얼굴로 루크워렐에게 요청했다.

"귀족들에 대한 이름과 초상화, 관련자료가 있으신지요?"

"서고에 가면 있겠지. 하지만 귀족들에 대해 어느 정도 정통한 있는 에아기네스가 갑자기 그런 곳을 찾으면 이상하지 않겠나?"

"그럼 폐하께서 중요한 인물 위주로 적어주실 건가요?"

"그래도 되지만, 굳이 그런 흔적을 남길 필요는 없지."

"알려주시고 바로 태워버리는 건 어떨까요?"

"그것도 괜찮은 방법이긴 하군. 허나 이론은 실제를 못 따라가는 법."

자꾸 말꼬리를 붙들고 늘어지는 게, 좋지 않은 예감이 든다. 로즈가 말없이 루크워렐을 바라보자, 루크워렐이 태연히 말을 이었다.

"일주일 동안 귀족들에 대해 대략적으로 알려주겠어. 일주일 후에, 작은 무도회를 열도록 하지. 티파티부터 시작하게 해주고 싶지만, 티파티에는 내가 동석하기 어려우니. 무도회에서 내 옆에서 잘 듣고 배운 걸 사용해보도록. 춤은 잘 추나?"

확실히 그것만큼 빨리 익힐 수 있는 방법은 없지만, 한편으론 그만큼 위험부담이 큰 게 없다.

"기본적인 스텝은 다 밟습니다."

"다행이군. 가정교사라. 그것만큼 귀족들의 생활에 가까운 직업도 없지."

"차라리 에아기네스 님이 지독한 독감에 걸려 열흘가량은 아무도 못 만날 것 같다고 해두는 게 어떨까요? 그러면 사람들과는 최소한의 접촉만 해도 되고, 폐하께서는 에아기네스 님을 찾을 시간을 벌 수 있지 않을까요?"

"조금이라도 다른 낌새를 비치면, 에아기네스를 데려간 이들이 뭔가 눈치를 챌지도 모르지. 그리고 난 약점을 드러내고 싶지 않아."

"에아기네스 님이 자발적으로 이곳을 떴을 가능성은 염두에 두지 않으시는 건가요?"

루크워렐이 로즈를 똑바로 바라보았다. 아까와는 눈빛이 매우 달랐다. 맑은 황금색 눈동자에는, 단단한 의지가 빛나고 있었다. 입술로도 웃고 있지 않았다.

"그녀는 자기 목숨보다도 더 날 사랑해. 그런 날 두고 갈 정도라면, 분명 끔찍한 음모에 휘말렸겠지."

"그만큼 믿을 수 있는 사랑이라니, 멋지네요."

순수한 부러움과 감탄이다. 로즈는 살아가는 데 바빠 제대로 된 연애를 해볼 겨를이 없었다. 배경과 환경을 떠나 사랑의 열렬함은 그녀에게 감동을 주었다. 그 사랑이 시간이 지날수록 무르익어 숙성된 향을 풍기는 오래된 술같이 감미롭다면 더할 나위 없다.

그러나 로즈의 감탄에 루크워렐의 표정은 묘해졌다.

"그대 입으로 그런 말을 들으니 기분이 묘하군."

이제 익숙한 패턴에 로즈는 덤덤히 답했다.

"절 에아기네스 님과 너무 겹쳐 보지 말아주세요."

"노력하지."

로즈는 당부를 하면서도 크게 기대는 않았다. 조금 곤란한 점은, 에아기네스에 대한 애정 어린 행동들이 저한테 자꾸 쏟아지니 감정의 동요가 일어난다는 사실이다. 제 것이 아닌 간질거리고 느른한 감정이 심장으로 스며드는 게 견디기 힘들었다. 달달한 감정은 설렘을 동반하고, 제 몫이 아닌 설렘은 불필요한 자극이 된다. 자칫 착각해 거기에 취해버리면 곤란하다. 그건 분명 제 것이 아니므로.

로즈는 문제로 다시 돌아갔다. 어차피 제게 거부권은 없다. 무려 황명이니, 행해야 한다. 게다가 해내야 한다면 최대한 성실히 임하는 게 좋다.

"무도회라 하면, 에아기네스 님은 자신의 의상을 직접 고르시는 편이었나요, 아니면 시녀장의 의견에 따르거나 드레스 가게에 맡기는 편이었나요?"

"어느 쪽이었을 것 같나?"

한 번에 답해주는 게 없다. 제 속은 쉽게 보여주지 않는 성미가 묻어나는 듯했다.

로즈는 망설임 없이 답했다. 어차피 정답은 크게 의미 없었다. 어느 쪽이든 에아기네스의 취향을 알 수 있었으니까.

"옷에 대한 감각이 좋은 분이셨을 것 같으니, 본인의 취향도 있으셨을 것 같네요. 하지만 자신의 취향만을 강조하지는 않고 드레스 가게의 의견도 참조하시기도 했을 것 같습니다."

"왜 그런 생각을 했지?"

"드미트리 딸인 로라에게 장신구를 선물했다고 하더군요. 로라는 아주 맘에 들어 했고요. 여성의 장신구는 상대방의 취향을 어느 정도 파악하고 있어야 하고, 거기에 덧붙여 미적감각이 있어야 호평을 들을 수 있죠. 그렇다면 본인의 취향도 어느 정도 있을 거고, 귀비로서 유행에 뒤처질 수도 없으니 아마 적당히 절충했겠지요."

"훌륭한 추리력이군. 그 추리력으로 에아기네스를 찾는 데 큰 힘이 돼주면 좋겠어."

"바라는 바입니다, 폐하. 미흡한 능력이나마 보태겠습니다."

에아기네스의 실종과 관련된 범인들과 한패로 몰리지 않은 것만 해도 다행이다. 그래도 신경을 다시 써서 그런지 날카로운 두통이 몰려왔다. 저도 모르게 찌푸려지려는 얼굴을 바로 하고 이마로 올라가려는 손을 이성으로 붙잡아 매는데, 루크워렐이 몸을 일으켜 부드럽게 로즈의 이마에 손을 댔다.

"머리가 아픈가?"

"네."

루크워렐이 손이 이마를 스치고 올라가 부드럽게 머리카락을 쓰다듬었다. 흘러내리는 손길이 머리카락에서 떨어져나갔을 때, 로즈는 저도 모르게 가벼운 한숨을 흘렸다.

"오늘은 이만 쉬도록 해. 많은 변화가 있었으니 그대에게도 힘든 하루였겠지."

"감사합니다, 폐하."

가까워진 거리에 눈을 마주치기 어려워 로즈가 시선을 떨구었다.

그런 로즈의 얼굴을 루크워렐이 가볍게 들어 저와 눈을 마주치게 하였다.

눈은 그 사람 자체를 담고 있다고 했던가. 안타까움과 상실감이 어린 황금색 눈동자를 마주하고 나니, 뭐라 표현하기 힘든 감정이 밀려왔다. 그 와중에 손길에는 배려가 담겨 있어 사람의 마음을 약해지게 했다.

"로즈. 시종장에게 명해서 특별히 그대에게 좋을 찻잎을 골라뒀어. 이제 아침마다 나와 함께 마시도록 해."

"저는 차에 대해서는 알지 못하기에 어떤 것이라도 상관없습니다, 폐하."

"에아기네스에게 해주고 싶었던 거야. 그냥 받아. 궁의에 따르자면 아주 좋은 차라더군. 그대의 건강에도 좋겠지."

이 남자도 혼란스럽겠지. 갑자기 사라진 사랑하는 여자 대신, 자신에게 자꾸 이런 모습을 보이는 걸 보면. 진짜 에아기네스에게 부탁하듯, 달콤하고 사랑스럽게 속삭인다.

"나와 에아기네스는 특별한 일이 없으면 매일 아침 함께 차를 마셨지. 설령 밤을 같이 보내지 않은 날이라도 말이야. 아침 시간은 그리 보낸다는 걸 꼭 알아두도록."

"……알겠습니다."

그때, 루크워렐의 시선이 탁자 위 서류뭉치로 향했다. 루크워렐이 로즈에게 떨어져 서류를 들어올렸다.

"이건 뭐지?"

"드미트리가 주고 간 자선사업 관련 자료입니다."

루크워렐이 서류를 하나씩 훑어보았다.

"별다른 건 없어 보이는군."

"그래도 참고삼아 읽어보려고요."

자선사업 결과와 다음 사업 기획이라고 했다. 특별한 내용이 나올리 없다. 하지만 드미트리와 또 만날지도 모르니 읽어두는 게 낫다.

"정말 성실하군. 에아기네스도 그랬지."

"에아기네스 님을 찾으시면 좋겠습니다."

이런 대화가 벌써 몇 번째인지 모르겠다. 그렇지만 황제 입장에서도 에아기네스의 부재에 대해 나눌 사람이 자신밖에 없을 테니 이해하기로 했다.

루크워렐은 아쉬운 얼굴로 중얼거렸다.

"……원래대로라면 오늘 밤도 에아기네스와 함께할 예정이었지만, 당분간은 공무가 바쁘니 낮에 잠시 보는 걸로 하지. 다만 사람들의 눈을 속이기 위해 함께 자는 척은 해야 할지도 몰라. 그대가 원하지 않는 일은 없을 테니 걱정은 하지 않아도 돼."

"알겠습니다, 폐하."

"그럼 쉬기를."

로즈가 예를 갖추어 정중하게 고개를 숙이며 배웅하자, 루크워렐이 복잡한 표정으로 그녀의 곁을 떠나갔다.

루크워렐이 가고 난 후, 로즈는 의자에 앉았다. 아침보다는 많이 좋아졌지만, 묵직한 두통이 여전히 그녀를 휘감고 있다. 로즈가 줄을 당겨 시녀를 불렀다.

"폐하께서 주신 차를 한 잔."

로즈가 청하자마자 시녀들이 곧바로 가벼운 다과와 함께 티세트를 들고 왔다. 뜨거운 김이 오르는 투명한 옥빛 찻물에 시녀 하나가 로즈의 바로 눈앞에서 붉은 씨앗 두 알을 떨어트렸다. 그러자 씨앗에서 붉은빛이 가느다랗게 춤을 추며 번져나가 차를 분홍빛으로 물들였다. 말린 꽃 향과 함께, 청아한 향이 어우러져 방 가득 퍼졌다.

"혼자 있고 싶네요. 다 마시면 부르겠어요."

"알겠습니다, 귀비님."

시녀들은 조용히 방에서 사라졌다. 홀로 된 방에서 로즈는 드미트리가 건네준 서류를 몇 장 훑었다. 고아원을 설립하기 위한 부지 구입비용이나 건축비용 등에 관련된 딱딱한 내용들이다. 지금은 보고 싶은 기분이 들지 않아 로즈는 종이뭉치를 내려놓았다.

"빨리 돌아오도록 해요, 에아기네스. 당신은 이렇게나 사랑받고 있잖아. 왜 사라졌는지, 까닭이 무언지는 남아 있는 우리가 알아낼 테니까, 나도 원래 자리로 돌아가야 하니까."

어디에 있는지 모르는 에아기네스를 향해 로즈가 간절히 말했다.

"그러니까 꼭 돌아와줘요."

찻잔을 들며, 로즈는 그렇게 중얼거렸다. 차를 몇 모금 넘기고 나자, 하루 종일 그녀를 괴롭혔던 두통이 잦아드는 것 같았다. 심신을 안정시키는 차인 것 같다. 루크워렐이 제법 신경을 써줬음이 분명했다.

2

차를 먹은 후 나른해서 잠이 들었는데, 눈을 떠보니 이른 아침이었다. 잠옷으로 바뀌어 있는 걸 보니 시녀들이 조용히 들어와 갈아입혀준 듯싶다. 다른 사람이 몸을 만지는데도 깨지 못한 걸 보면 무척이나 긴장되고 피로한 하루였나 보다.

차 덕분인지 숙면 덕분인지 찌를 듯한 두통은 많이 가셨고 몸은 한결 개운했다. 여전히 찌뿌드드한 느낌은 있었지만, 타인의 삶을 대신 흉내 내는 긴장 탓이라 로즈는 생각했다.

어제는 입맛 하나 없었는데 오늘은 배가 고프다. 식사도 제대로 못 하고 거의 하루를 꼬박 잠으로 까먹었으니 그럴 만했다.

다행히 아직 황제가 차를 마시러 오기 전이었다. 황제가 왔다면 어떻게든 자신을 깨웠겠지. 커다란 창을 가리고 있는 커튼 사이로 노랗게 햇빛이 스며왔다. 시녀를 부를까 하다가 혼자만의 시간을 즐기기로 했다. 로즈는 손을 움직여 커튼을 걷었다.

촤르륵, 커튼이 움직이는 소리가 경쾌하게 울렸다. 격조 있는 커다란 방으로 햇살이 가득 몰려왔다. 순식간에 환해진 방은 기분을 밝게 만들어주었다.

역시 사람은 햇볕을 쬐어야 해. 무도회가 일주일 후라 했나. 그 전에 에아기네스 님을 찾을 수 있으면 좋을 텐데.

아이들에게도 댄스 스텝을 가르쳐오기는 했지만 기본적인 것으로, 다들 무도회 데뷔를 중요시했기에 가정교사와는 별도로 선생을 두는 경우가 많아서 사실 한 곡을 오롯이 춤춰본 지는 오래되었다.

잘할 수 있을까. 에아기네스 님은 아마 완벽하게 췄겠지.

로즈는 가장 흔히 쓰이는 춤곡의 스텝을 생각하며 햇살이 노랗게 비추는 너른 바닥에 발을 뻗었다. 빠른 곡이 아닌 느린 춤곡이라 일어나자마자 몸을 움직이기는 무리가 없었다. 상대가 있다고 생각하고 허밍하며 스텝을 밟으니 무난하게 움직여졌다. 빙그르르, 돌자 치맛자락이 붕 떴다 물결치며 다리에 휘감겼다.

그때였다. 가벼운 노크와 함께, 시녀의 목소리가 들렸다.

"황제 폐하 들어가십니다."

로즈는 당황해 그대로 멈췄다. 한창 몰두하던 중이라 어정쩡한 자세 그대로 루크워렐을 맞게 되었다. 루크워렐은 잠옷 차림인 로즈와 다르게 완벽하게 성장한 채였다. 로즈가 황급히 자세를 추스르고 몸을 숙이려는데, 루크워렐이 성큼성큼 다가와 로즈의 손을 맞잡았다.

"요즘 무도회가 좀 뜸했지, 에아기네스. 아침부터 이리 손을 맞잡으니 좋군."

루크워렐이 춤 상대역의 빈자리를 얼른 채우며 로즈를 부드럽게 리드했다. 허리를 감싼 손이 든든했다. 로즈가 당황할 새도 없이, 그들은 어느새 춤을 추고 있었다.

그가 하는 허밍은, 놀랍게도 로즈가 콧노래로 부르던 춤곡이었다. 멋진 목소리와는 달리 음감은 그다지 좋지 않았다. 음이 들쑥날쑥해서, 그걸 어떻게든 바로잡아보려 같이 흥얼거리던 로즈는 루크워렐의 완벽한 음 이탈에 참지 못하고 웃음을 터트렸다. 루크워렐은 개의치 않고 로즈를 계속해서 이끌며 똑같이 웃음을 머금었다.

"어제 일 이후로 그대가 웃는 건 처음 보는군."

그제야 제정신으로 돌아온 로즈가 정색했다.

"죄송합니다, 폐하. 제가 그만 결례를 범했습니다."

루크워렐이 눈에 띄게 실망한 얼굴을 했다.

"지나치게 격식을 차리지 않아도 돼. 우리는 그런 사이가 아니니까."

로즈가 방에서 나가지 않고 저 멀리 서 있는 시녀들을 흘낏 보았다. 모두 태연한 척했지만 몇몇은 부러운 듯 얼굴이 발그레해져 있다. 그러나 놀라지 않는 걸로 보아 에아기네스와 루크워렐은 이런 일이 일상이었던 듯했다. 로즈가 적당히 맞장구치려 그에게 다정히 몸을 붙였다.

"폐하를 너무 사랑하여 폐하를 향한 제 존경이 무뎌질까 그랬습니다."

제가 말하고도 간질간질해 루크워렐을 잡은 로즈의 손이 참지 못하고 오그라들었다. 그러나 둘 다 스텝을 밟는 걸 잊지 않았다.

로즈의 속마음을 눈치챈 듯 루크워렐은 슬며시 웃다가 시녀들에게 명을 내렸다.

"차를 준비해 오도록. 모두 나가도 좋아."

시녀들이 소리 없이 나가고 문소리가 들렸다. 춤도 마지막을 향해 가고 있다. 두 사람의 그림자가 햇빛 아래 엉켰다 떨어졌다를 반복했다.

마지막 스텝이 끝나고, 손을 맞잡은 채 서로를 마주 보며 춤이 마무리되었다. 다행히 기본실력은 남아 있었는지 루크워렐의 발은 단한 번도 밟지 않고 끝났다. 로즈가 손을 빼려는데, 루크워렐이 놓아주지 않았다.

"여전히 잘 추는군, 에아기네스."

"로즈입니다, 폐하."

루크워렐이 아쉬움을 얼굴 한가득 담았다. 안쓰러웠지만, 현실은 현실이다.

"현실을 부정하고 싶은 마음은 알지만, 폐하 앞의 저는 에아기네스가 아닌 로즈입니다."

"그래, 로즈."

"다행히 폐하의 발목을 잡을 것 같지는 않네요. 춤 솜씨가 녹슬지 않았나 봅니다. 학교에서 댄스과목은 늘 최고점을 받곤 했거든요."

"에아기네스도 춤을 잘 췄었지."

"다행이네요. 의심은 피할 수 있을 것 같습니다."

발목 부상이니 기분 저하니 해서 무도회에서 춤을 피할 수도 있지만, 건강 핑계를 댄다면 그날 만날 수 있는 사람도 한정되어 귀족들 이름을 외우는 데 방해가 될 터다. 이왕 하기로 한 거 최선을 다해 협조하는 게 나을 성싶다.

루크워렐을 본 로즈는 제가 아직 잠옷 차림이라는 걸 새삼 깨달았다.

"폐하, 시간을 주시면 옷을 갈아입겠습니다."

"여인의 치장은 오래 걸리지. 차를 마시는 데 아무런 문제도 되지 않아. 에아기네스와 격식을 차리고 싶진 않군."

계속해서 에아기네스라 칭해져도 로즈는 이번엔 아무 말도 하지 않았다. 마침 시녀들이 티세트가 담긴 수레를 밀고 왔기 때문이기도 했다. 신선한 과일과 달콤하고 새콤한 디저트들이 가득한 다섯 단짜리 접시가 가운데 놓이고, 어제 루크워렐이 직접 지시한 차가 로즈의 잔에 따라졌다. 루크워렐 앞에는 다른 차가 놓였다.

"폐하의 차는 다르네요?"

"그대의 차는 여인에게 좋은 것이라 하더군. 내가 먹는 게 이상하지 않겠나."

루크워렐은 그리 대구하며 익숙한 향의 허브티를 먼저 마셨고, 로즈는 어제와 똑같은 연한 분홍빛 차를 머금었다. 마실 때마다 느끼는데, 두통에 탁월한 효과가 있는 것 같다. 온전히는 아니었지만 머리가 꽤 맑아지는 느낌이 상당히 좋았다.

루크워렐이 시녀를 모두 물리자 로즈가 입을 뗐다.

"에아기네스 님의 행방에 대해선 좀 찾으신 게 있으신지요?"

"행방에 대해선 어느 정도 감을 잡았어. 다만 연관된 자들이 확실치 않아 낚시를 좀 해보려고 해."

로즈가 슬며시 물었다.

"우선 에아기네스 님의 신변보호가 먼저지 않겠습니까?"

"그것만큼 확실한 게 없어. 에아기네스는 아주 안전해. 그러니 내가 이렇게 움직일 수 있는 거지."

"……관련된 자를 모두 낚으실 때까지 제가 필요하신 거겠죠."

"맞아. 다 말해줄 수는 없지만, 그대가 지금 이 자리를 지키고 있는 것만큼 그들을 효과적으로 낚을 수 있는 방법은 없어. 그대의 역할이 매우 중요해. 쉽진 않겠지만, 계속 도와주면 좋겠어."

에아기네스가 그들에게 속아서 제 발로 나갔는지 혹은 납치되었는지 루크워렐의 설명만으로는 확실히 알 수 없었지만, 에아기네스가 음모와 관련되어 있고 그들을 교란시키기 위해선 현재 에아기네스가 건재하다는 걸 보여줄 필요가 있는 듯했다.

좀 더 자세히 묻고 싶었지만 루크워렐이 딱 잘랐기 때문에 답을 듣기는 어려울 터였다. 그나마 다행인 건, 에아기네스가 무사하다는 사실이다. 사실 로즈에겐 높으신 분들의 권력다툼보다 더 중요한 일이 있었다.

"그러면 모든 일이 끝나면, 제 원래 자리로 확실히 돌아갈 수 있는 것이겠지요? 혹시라도 불이익을 당하고 싶진 않습니다."

불이익이라 빙 돌려 표현하긴 했지만, 이 사태가 정리된 후 이번 일과 조금이나마 관련이 있단 이유로 어딘가에 감금되거나 죽임이라도 당하는 건 사양이다. 로즈가 자세히 묻지 않는 또 다른 이유이기도 했다. 자신같이 평범한 사람에게 있어 비밀이나 기밀은 많이 알수록 위험한 것일 뿐이다. 모르는 편이 살아남을 확률이 높아진다.

"나는 그렇게 포악하거나 몰인정한 사람은 아니야. 모든 일이 끝나면, 그대를 원래 자리로 꼭 돌려보내주지."

"폐하께서 그리 확언해주시니, 믿겠습니다."

"지금 같아선, 믿는다는 말만큼 고마운 게 없군."

"마땅히 해야 할 일입니다."

"그래도 그대가 날 믿어준다는 게 고마워."

루크워렐은 진심으로 고마워하는 것 같았다. 사람 사이에 신뢰는 중요한 부분이긴 하다만, 루크워렐이 그러는 데는 어쩐지 다른 까닭도 있는 듯싶다. 로즈로서는 그 속을 온전히 알 길이 없다.

루크워렐이 차를 한 모금 더 마신 후 물었다.

"오늘 일정은 어떠한가?"

"아직 일정에 대해선 들은 바가 없습니다. 일어나자마자 폐하를 뵌 거라서요. 제가 머물고 있는 곳은 파렌치에 관입니까?"

"맞아. 나는 파렌치에 관을 그대에게 줬지."

"에아기네스 님에게 파렌치에 관을 준 파격적인 행보는 워낙에 유명해 알고 있었습니다."

파렌치에 관은 대대로 황비에게 주어지는 별관이다. 아름다운 정원에 둘러싸여 본성에 있는 황제의 침실에 연결된 가장 가까운 곳으로, 서로의 침실에 얼마든지 드나들 수 있다.

그 파렌치에 관을 황비가 아닌 귀비인 에아기네스에게 하사했다는 건 대단한 총애가 아닐 수 없다. 황비는 대신 아몰리에 관을 받았는데, 원래는 아틀리에로 쓰이던 곳을 개조한 건물이다. 그곳도 아름답기로 유명했지만 파렌치에 관의 웅장함과 고풍스러움은 따라갈 수 없었다.

"오늘 특별한 일정이 없으면 정원을 좀 산책하고 싶습니다. 햇살을 쬐고 싶네요."

"로즈, 얼마든지 그대가 원하는 대로. 그대는 이곳의 주인이니 내 허락을 청하지 않아도 돼. 혹여 다른 곳을 가고 싶다 해도 마찬가지야."

"에아기네스 님인 척하는 동안만이라는 걸 아주 잘 알고 있습니다. 그래서 주의하고 있습니다. 폐하도 제가 귀비님의 흉내를 수월하게 하도록 그런 식으로 말씀하시는 건 알겠지만, 착각하지 않게 도와주십시오."

"그렇군."

루크워렐이 안타까운 얼굴로 로즈를 바라보았다. 눈빛에는 그리움이 묻어 있었는데, 에아기네스 본인이라고 해도 믿을 만큼 꼭 닮은 로즈를 바라보며 에아기네스를 그리는 듯했다.

"성장을 하고 식사를 할 시간이 필요할 테니 나는 이만 가도록 하겠네."

"식사는 하셨습니까?"

"아침 일찍 일이 있어 이미 마쳤지. 그렇지 않았으면 그대와 함께 식사를 할 터인데, 아쉽군. 대신 저녁은 가능하면 함께하기로 하지. 어제처럼 자고 있으면 깨우진 않겠네. 그대도 심히 고단할 테지."

"신경 써주셔서 감사합니다."

"그럼."

루크워렐이 습관처럼 로즈에게 다가와 그녀를 당겨 끌어안으려다 멈췄다. 채 내밀어지지 않은 손이 아련했다. 루크워렐이 뭔가를 참듯 제 손을 바라보더니, 로즈의 손을 살며시 잡고 손등에 가볍게 입맞춤했다.

"그대의 하루가 아름답기를."

로즈가 답하기도 전에, 루크워렐은 자리를 떴다. 사랑을 잃은 남자의 뒷모습은 지독히도 쓸쓸하여 마음을 울렸다.

파렌치에 관은 정원이 아름답기로 유명했다. 날씨는 좋았고, 에아기네스인 척 방에만 틀어박혀 있다 해도 별다른 의미가 없다. 식사를 마친 로즈가 정원을 잠시 산책하고 싶다고 하자 시녀들은 어제와 마찬가지로 일사불란하게 로즈를 씻기고 꾸며주었다.

가능하다면 황궁 도서관을 찾아가 귀족들에 대해 찾아보고 싶었지만, 루크워렐의 말처럼 눈에 띌 만한 행동은 지금은 자제하는 게 낫겠다 싶었다.

새싹같이 부드러운 색조의 연두색 드레스가 입혀지고 짤랑이는 은색 장신구들이 덧붙여졌다. 모든 걸 혼자 했던 과거와는 달리 남의 손에 의해 입혀지고 꾸며지는 데 이리 쉽게 적응하다니 놀라울 따름이다. 물론 정원에 줄줄이 따라 나오는 시녀들에까지 적응이 된 건 아니지만.

저 멀리 군데군데 경비병들이 보인다. 확실히 에아기네스를 납치하려 했다면, 쉬운 일은 아니었으리란 생각이 들었다. 그만큼 황궁 내부 사정에 대해 밝은 이가 아니면 안 될 터. 치밀하게 준비해야 했겠지.

눈앞에 펼쳐진 너른 정원은 그야말로 푸름 그 자체였다. 사방에 피어난 화려한 꽃들은 형형색색의 자태만으로도 사람을 황홀하게 했다. 하얀 자갈이 깔린 길 끝에는 흰빛 대리석으로 꾸며진 커다란 연못이 자리했고, 그 위로 파랗게 물든 하늘이 높게 펼쳐졌다.

천천히 생각을 정리하며 걸었다. 풍경이 몇 번이나 바뀔 정도로 한참 걸었는데, 저쪽에서 무리를 거느린 여인이 천천히 걸어오고 있었다.

여인은 소녀같이 앳된 얼굴이다. 아름답게 구불거리는 금발이 어깨 위에서 넘실댔고, 푸른색 눈동자는 하늘을 닮아 있다. 소녀 같은 연한 분홍색 드레스가 아주 잘 어울렸다. 다만 아쉬운 점이 있다면 키가 좀 작다는 것이지만, 그녀가 귀엽고 사랑스럽단 사실은 변하지 않았다.

로즈가 상대가 누군지 알아보기도 전에 여인이 로즈를 발견하곤 빙긋이 웃었다. 그러더니 친밀하게 말을 붙였다.

"에아기네스, 오랜만이야. 여기까진 어쩐 일이지? 내가 평소보다 멀리 나오기는 했지만, 산책로가 겹칠 줄은 몰랐네."

상대가 누군지 알 수 없어 로즈는 당황했지만, 우선은 예를 갖추어야 했다. 에아기네스는 프린이니, 여인은 적어도 프린 이상의 계급일 터. 로즈가 입을 열기도 전에 상대가 빠르게 말을 이었다.

"루크워렐의 말이 맞나 봐. 요즘 심한 두통에 시달려서 예전보다 반응이 느려도 이해해달라고 했거든."

그러더니 여인이 옆에 있던 꽃을 꺾어 로즈의 귓가에 꽂아주며 밝게 웃었다.

"꽃이 참 예뻐. 그대는 처음 봤을 때처럼 여전히 예쁘네. 사랑받는 여자는 역시 달라."

로즈는 벼락을 맞은 듯 놀랐다. 황제를 이름으로 지칭하고 에아기네스에게 하대할 수 있는 위치의 여자는 단 한 사람뿐이다. 지금 보니 뒤에 따라오는 이들은 시녀였다. 옷차림이 제가 부리는 시녀들과 달라 바로 눈치채지 못했다. 몇은 다양한 옷차림을 한 걸로 보아 귀족가의 딸들일지도 모른다. 로즈가 황급히 몸을 숙였다.

"에아기네스 프린 알키다스. 황비이신 스칼렛 뤼지냥 라우리드센 님을 뵙습니다. 예가 늦은 점, 용서해주시기 바랍니다."

조금 늦긴 했지만 예에 어긋남 없는 우아한 인사였다. 에아기네스와 황비의 사이가 어떤지 전혀 알지 못한다. 만남이 잦은지 뜸한지조차도. 한 가지 확실한 건 예정에 없던 만남이라는 사실이다. 황비와의 만남이 약속돼 있었다면 시녀들이 언질을 주지 않았을 리 없다.

어차피 황궁 자체도 여러 개의 관으로 구분되어 있으나 결국에는 하나로 이어져 있는 것처럼, 정원도 매한가지의 구조인 듯했다. 어디서부터 어디까지가 경계이고, 어디서부터 어디까지가 이어진 곳인지 알면 주의했으련만, 자신이 경솔했다. 하지만 이미 맞닥뜨린 이상 도리가 없다.

"괜찮아. 편하게 대해도 돼."

"황비님의 산책을 방해하려던 건 아니었습니다."

"알아. 그렇겠지. 그대는 조심성 많은 성격이니까."

순수해 보이는 얼굴을 한 스칼렛의 입에서 칭찬인지 빈정거림인지 명확하지 않은 단조로운 말이 흘러나왔다. 외모로는 로즈가 더 아름다웠지만, 스칼렛은 소녀 같은 순수한 이미지가 있다. 상식적으로 제 남편의 사랑을 빼앗아간 여자에게 아무런 질투를 하지 않고 좋은 감정을 가지기란 어려운지라 그 속을 더더욱 알 수 없었다.

"칭찬 감사합니다."

로즈는 우선 무난하게 답하며 되도록 말을 길게 섞지 않고 자리를 피할 때를 노렸다. 제가 무슨 실수를 하든 루크워렐이 뒤를 봐준다고 했으나 이렇게 사전정보도 없이 황비를 맞닥뜨리는 것까지는 아니리라. 게다가 황비의 뒤에는 아직 인사조차 나누지 않은, 귀족영애로 보이는 이들까지 있다. 누군지도 모르는 사람들이다.

황비가 꽂아준 꽃이 귓가에서 흔들거렸다. 황비와 닮은 작고 연한 분홍색 꽃이었다. 의도를 전혀 파악할 수가 없었다. 황비가 해준 걸 무례하게 뺄 수 없어 로즈는 어울리든 어울리지 않든 그대로 두었다.

"실은 어제도 만날 수 있을까 싶어서 와봤었는데, 보지 못해 아쉬웠어. 오늘 이렇게 예쁜 모습을 볼 수 있다니 기쁘네. 몸이 안 좋은 것 같다고 루크워렐이 걱정을 많이 했거든."

스칼렛이 정말 아쉽다는 듯 로즈에게 말을 붙였다.

어제도 일부러 이쪽으로 왔단다. 게다가 사실 한 남자를 사이에 둔 경쟁관계인데, 굳이 루크워렐이 자신에게 친밀하게 말을 걸었다는 걸 강조한다. 자기가 진짜 에아기네스였다면, 겉으로야 태연한 척해도 속으로는 질투가 나지 않았을까.

저 순진한 얼굴은 진짜일까, 가짜일까. 그래도 한 나라의 공주였는데, 기본적인 처세술을 모를 리 없다. 굳이 상대를 자극할 까닭이 없을 텐데. 혹시 황비가 범인일까.

에아기네스가 사라지자마자 이렇게 파렌치에 관으로 와 만나려 했다니. 본인이 에아기네스를 납치했는데 다음 날 아무런 소동도 일어나지 않아 확인하고 싶던 걸까? 루크워렐이 알 것 같다고 한 범인은 황비인 걸까?

"그러셨군요. 괜한 심려를 끼친 것 같아 죄송합니다."

"안색이 정말 예전 같지 않아. 물론 여전히 예쁘지만. 몸이 좋지 않다면 특별히 내 전속의사를 붙여줄까? 틸레안 제국에서 데리고 온 의사가 있어. 여자인 데다가 실력도 훌륭한데 특히 부인병을 아주 잘 보지. 혹시 어의가 남자라서 말하기 어렵다면 내 친히 보내줄게."

자신은 에아기네스가 아닌 데다가 정신적 충격도 상당했고 뒤바뀌기 바로 전날까지 아이들과 씨름했으니 원래 에아기네스와는 달리 안색이 안 좋을 수도 있겠지만, 몸에 문제가 있는 건 아니다. 게다가 의중을 알 수 없는 황비의 제안을 받아들이는 게 결코 득 될 리 없어 적당히 거절하려는데, 황비의 뒤에 있던 무리 중 하나가 슥 나섰다.

"황비님, 아직 이쪽 법도에 익숙하시지 않으셔서 그러시겠지만, 누가 봐도 귀비의 처소에 황비님의 의사가 드나드는 게 올바르지는 않답니다. 귀비님을 곤란하게 만들 뿐이지요."

로즈는 그 여자를 바라보았다. 붉은 머리카락에 붉은 입술을 한, 삼십 대 여인이다. 딱히 틀린 말은 아니었지만 맞다고도 할 수 없다. 황비가 호의로 어의를 보내주겠다는데 제가 하라 마라 할 수 있는 권한도 없는 데다, 법도 운운하는 게 위하는 척하면서 은근히 황비를 무시하는 것 같았다.

"그런가?"

정작 스칼렛은 크게 신경 쓰지 않은 것 같았다. 저를 은근히 무시하는 처사를 눈치채지 못한 것인지, 아니면 대수롭지 않게 여기는 것인지 태평하기만 한 답변이다. 붉은 머리 여자가 싱긋 웃으며 에아기네스에게 친밀하게 말을 붙였다.

"아름다운 귀비님을 뵙습니다."

붉은 머리 여자가 제 존재감을 내세우고 싶었는지 싱긋 눈웃음치며 인사를 건넸다. 아까 황비를 대할 때의 꼿꼿한 태도와는 완연히 달랐다. 로즈는 그녀가 원하는 바를 조금은 알 것 같았다. 황제에게 여자로 사랑받지 못하는 타국 출신 황비는 은근히 무시하고, 그런 모습을 귀비인 에아기네스에게 보여 눈에 들고 싶은 것이다. 하지만 자신은 에아기네스가 아니다.

여자의 무례를 전혀 지적하지 않는 황비를 앞에 두고 로즈가 물었다.

"어디 가문의 누구죠?"

여자가 제 속셈대로 되었다 생각했는지 얼굴에 함박웃음을 띠었다. 황비를 쫓아다닌 지 오래되어 그 성격을 파악하고선 저를 제지하지 않을 거란 확신이 있었던 듯했다.

"카트린느 다란 블리아입니다, 아름다운 귀비님."

최대한 기품 있게 보여라. 기품 있게.

답을 들은 로즈가 속으로 중얼거리며 얼굴에 은은한 미소를 지었다. 속눈썹을 최대한 내리깔며 시선은 도도하게 여인에게 향했다.

"황비님과 이야기하는 중입니다. 우리는 그대가 이야기에 끼어드는 걸 허용하지 않았습니다."

그리고 로즈는 곧바로 황비 쪽으로 몸을 돌렸다. 누가 봐도 확연히 여인을 배제하는 태도였다. 카트린느라 제 이름을 밝힌 여인의 얼굴이 순식간에 확 붉어졌다.

"죄, 죄송합니다."

로즈가 자애롭게 말을 이었다.

"사과를 받으려 했던 건 아닙니다. 다만 황비님과의 시간이 소중하여 그렇습니다. 호사가들이 우리가 척지고 다투고 있다 떠드는 소리는 거짓이니까요. 때가 되면 부르겠습니다, 카트린느."

"알겠습니다."

카트린느가 얼굴을 붉히곤 훅, 무리 속으로 사라졌다.

딱히 황비를 편들고 싶었던 건 아니었으나, 로즈는 기회주의자를 경멸했다. 저렇게 다른 이를 깎아내리면서 유리한 쪽에 붙는 사람은, 이쪽이 구렁텅이에 떨어지면 단물만 빨아먹고 대번에 멸시하기 마련이다. 황비는 용의선상에 있지만 범인이라 확증된 것도 아니니 아직은 적대시할 까닭도 없다.

카트린느인가 하는 여자가 악의를 품으면 어쩌나 하는 생각에 심장이 쿵쾅거렸지만, 그래도 저런 식으로 설치는 꼴은 보기 싫었다.

미안, 에아기네스. 내 멋대로 질러버렸어요.

로즈는 속으로 사과하며 스칼렛을 향해 부드럽게 웃었다.

스칼렛은 로즈의 미소에 또다시 꽃을 하나 더 꺾어 로즈의 머리에 꽂아주었다.

"전부터 느끼지만 우리 에아기네스는 말을 참 잘해. 속이 시원해. 화환이라도 만들어줄까?"

"아뇨. 괜찮습니다."

벌써 충분히 풍성해졌다. 스칼렛이 로즈를 붙들더니, 제 쪽으로 잡아당겨 눈높이를 맞추고 조그맣게 속삭였다.

"다음에 조용히 이야기하자, 에아기네스. 지금은 보는 눈이 너무 많네. 조만간 한번 부를게."

로즈에게만 들리게 말한 스칼렛이 재밌다는 듯 혼자 웃었다. 한 가지 확실한 건 애같이 굴고는 있지만 심지가 있단 점이다. 스칼렛이 손사래를 홀홀 치더니 산뜻하게 인사를 건넸다.

"산책을 너무 오래 했어. 내 거처에 가서 식사라도 같이 하자 권하고 싶은데 오늘은 좀 힘들 것 같아. 조만간에 초대장을 보낼게, 에아기네스."

"알겠습니다, 황비님."

깍듯이 인사를 건네며 로즈는 속으로 한숨을 내쉬었다. 하루하루가 예상치 못한 일의 연속이다.

황비의 무리가 사라지자, 로즈는 황비 못지않게 제 뒤를 따르는 시녀들을 바라보았다. 다들 아무 일도 없었다는 듯 질서정연하게 로즈의 뒤를 따르고 있었다.

훈련이 참 잘되었네.

전속시녀가 없다는 말이 맞는 듯 어제 봤던 에밀리는 오늘은 보이지 않는다. 제 습관을 잘 아는 이가 시중을 들어준다면 편하단 장점이 있는 대신, 한편으론 서로 너무 익숙해지고 친밀해진다는 단점 아닌 단점도 있다. 에아기네스는 지나치게 친밀한 관계는 원하지 않았나 보다.

전속시녀가 있었으면 에아기네스에 대해 더 잘 알 수 있었을까? 하지만 뒤집어 생각해보면 전속시녀가 있었다면 제 주인의 변화를 누구보다도 빨리 알아챘을 거다. 외려 다행이라고 생각할 만했다.

무도회까지는 앞으로 일주일. 그 전에 에아기네스를 찾을 수 있으면 좋으련만.

화창한 날씨의 정원은 지독히도 평화로웠다. 에아기네스는 사라지고 엉뚱한 사람이 그 자리를 대신하고 있는데도 전혀 개의치 않는 것 같다. 현실감이 전혀 없는데, 어떻게든 적응해 하나씩 해나가고 있다. 로즈가 생각하기에도 놀랍도록 빠른 속도다.

어쩌면 거기에는 생존 외의 책임감은 없어서가 아닐까. 에아기네스를 어찌한 범인과도 아무런 연관이 없으며, 그저 살기 위해 성실히 대역을 하고 있을 뿐이니까.

뭔가 놓친 게 있는 것 같아.

그게 무언지 생각하려는데, 머리가 또다시 묵직해졌다. 저도 모르게 인상을 찌푸리면서 이마에 손을 대는데, 누군가 후다닥 달려와 제 몸을 붙들었다.

"괜찮으신가요?"

밝고 낭랑한 목소리였다. 제 몸을 붙든 이를 보니 이십 대 후반의 예쁘장한 시녀였다. 새빨간 적발이 인상적이었다. 대체로 침착하게 말하는 다른 시녀들과는 달리 목소리 톤이 꽤 높았다. 로즈가 간단히 인사말을 건넸다.

"붙들어줘서 고마워요."

"브렌다예요, 에아기네스 님."

불필요한 말은 하지 않는 다른 시녀들과는 달리 브렌다는 제 이름을 당당히 밝혔다. 그런데 그 모습이 건방지기보다는 애교 있게 느껴지는 걸 보니 저것도 하나의 재능이다 싶다. 에아기네스의 시녀들이 다 말수가 적은 건 아닌가 보다. 하긴, 어딜 가나 사람 성격은 각각이니 시녀들도 성격이 제각각일 수 있다. 로즈가 가볍게 덧붙였다.

"브렌다, 고마워요."

"천만에요. 에아기네스 님을 보필하는 게 저희 일인걸요. 안색이 좋지 않으신데 저쪽 의자에 앉아 쉬시겠어요?"

로즈는 가볍게 도리질했다. 괜찮다 괜찮다 생각은 하고 있지만, 몸은 긴장상태를 쉬이 벗어나지 못하는 모양이다.

"그 정도는 아니에요."

"그러면 파렌치에 관으로 돌아가 목욕을 준비하라 할까요? 목욕하고 나면 늘 편안해하셨으니까요."

이것저것 권하는 모습이 에아기네스의 일상을 꿰뚫고 있는 듯 능숙했다. 시녀들과 거리를 두었다고는 하나 자주 찾는 시녀 하나쯤은 있을 법했다. 늘 말없이 로즈의 명을 듣던 시녀들과는 달리 적극적으로 이것저것 권하는 걸 보니 이 시녀와 에아기네스는 친했을지도 모른다.

그러나 로즈는 그녀가 그리 편하지 않았다. 제 매력이나 특성을 아주 잘 살리는 데 익숙해 보였기 때문이었다. 영특한 이는 좋지만 영악한 이는 피곤하다. 로즈는 본능적으로 브렌다와 자신이 잘 맞지 않으리라는 걸 알 수 있었다.

초면이니 그저 편견일 수 있다. 게다가 어차피 자신은 에아기네스가 오면 돌아갈 사람이다. 카트린느에게는 이미 선을 그어버렸지만 황비 뒤에 서 있었던 사람이니 굳이 편을 나누자면 황비의 사람이었고 제가 편들어준 이는 황비이니 큰 탈이 나기는 어려웠다. 하지만 에아기네스의 시녀와 굳이 껄끄러워질 필요는 없다.

로즈는 그저 미소 지었다. 부드럽지만 힘이 있는 미소였다.

"내가 알아서 하겠어요. 걱정은 고마워요."

"알겠습니다, 귀비님."

브렌다는 눈치 빠르게 멈춰야 할 때를 잘 잡고 물러섰다. 때맞춰 머리를 묵직하게 하는 두통도 적당히 가라앉았다. 방으로 돌아가면 루크워렐이 준 차를 마셔야겠다고 생각하며 로즈가 파렌치에 관을 향해 발걸음을 옮기다, 갑작스러운 깨달음에 뒤를 한번 돌아보았다. 뒤에는 그녀를 따라오다 그녀처럼 움직임을 멈춘 시녀들이 주르륵 서 있었다.

에아기네스가 납치건 제 발로 나갔건, 어쩌면 이들 중에 조력자가 있을지도 모른다. 사람 하나가 그렇게 갑자기 사라진다는 건 쉽지 않은 일이니까. 그리고 그 조력자는 제가 가짜라는 걸 알고 있을지도 모르지.

섬뜩한 기분이 스며들었다. 성안에 있으면서 가장 무서운 일은, 자신이 어떤 가설을 세우든 확실한 증거 없이는 참인지 거짓인지조차 알 수 없다는 점이다. 확증하기에는 모든 것이 부족했다.

그로부터 사흘이 흘렀다. 다행히 에아기네스는 별다른 약속들은 없었나 보다. 다음에 다시 보자던 황비는 일찍 볼 생각은 없었는지 잠잠했다. 다만 매일 아침 티타임을 하자던 루크워렐은 그날 이후로 방문하지 않았다. 대신, 바빠서 못 온다는 전언이 담긴 간략한 쪽지와 함께 커다란 꽃바구니, 무도회에 참석할 귀족들의 목록이 정리된 서류가 도착했다. 예상대로 숫자는 꽤 많았다.

로즈는 아침에 일어나 루크워렐이 골라준 차를 마시고 목욕을 했다. 에아기네스는 시녀들의 목욕시중을 받아온 것 같았으나 로즈는 영 적응이 되지 않아 이때만큼은 모두를 물렸다.

따뜻한 물에 몸을 담그고 생각을 정리하는 그 순간만큼은, 에아기네스가 아닌 로즈로 있을 수 있었다. 천천히 식사를 하고, 서재로 가 책을 읽고, 정원을 산책하고, 루크워렐이 준 명단을 훑고, 다가올 무도회를 위해 춤을 연습했다.

해가 져 어둠이 내리고, 촛불에 너울진 기다란 그림자가 너풀너풀 바닥 위를 날았다. 이제는 정말 완벽해진 스텝을 마지막으로 밟다가, 루크워렐과 춤을 추었던 순간이 떠올라 로즈는 우뚝 섰다.

만난 지 얼마 안 되는 사람. 이 나라의 황제. 원래대로라면 만날 수도 없는 존재.

처음 만남은 최악이었다. 홀딱 벗은 몸으로 다른 사람으로 오인받았고, 자기는 소리만 질러댔다. 그렇지만 그 순애보와 닿을 듯 말 듯 스치던 그 손길이 떠올랐다. 몇 번 보지도 못한 사람인데, 친밀하게 접할 만한 사람이 적은 탓인지 묘하게 진한 인상을 남겼다.

정확히는 믿을 만한 사람이겠지.

자신이 에아기네스라면 알고 있었겠지만, 안타깝게도 자신은 에아기네스가 아니다. 잘 알지도 못하는 사람들과 에아기네스인 척 의중을 파악하는 건 피곤한 일이다.

개중에 그나마 솔직하게 자신을 보일 수 있는 건, 자기가 에아기네스가 아닌 로즈라는 걸 아는 루크워렐뿐. 그래서 더 관심이 가고, 그래서 그의 호의가 저를 향한 것이 아님에도 자꾸 눈이 가고 생각이 나는 거다. 로즈는 루크워렐에 대한 감정을 그렇게 정리했다.

긴장과 혼란 탓인지 두통은 어느새 가라앉았다. 황제가 직접 선별한 차의 효능은 며칠 만에 극심한 두통을 가시게 하고 계속 처지던 몸을 꽤 개운하게 해주었다.

로즈는 손을 뻗어 루크워렐이 전한 쪽지를 들어올렸다. 황금빛 작은 종이에 적혀진 깔끔한 글씨체. 로즈는 글씨가 새겨져 오톨도톨한 지면을 손가락으로 쓸었다. 올록볼록한 감촉이 손끝에 붙었다 떨어졌다를 반복했다.

오늘도 오지 않으려나.

로즈는 애써 생각을 떨쳤다.

황제 폐하. 어차피 이 상황이 종결되면 다시 만날 일 없는, 다른 세계의 사람. 다른 여자의 남자.

남자를 사귀어본 적 없는지라 모든 게 처음인 탓에 자꾸 쓸데없는 관심이 생기는 거다. 로즈는 그렇게 생각하며 잠옷 차림으로 침대에

풀썩 걸터앉았다.

그때, 갑자기 문이 벌컥 열리며 루크워렐이 들어왔다.

"폐하?"

갑작스러운 등장이 황망해 로즈는 예를 갖출 생각도 못 한 채 몸부터 벌떡 일으켰다.

따르는 시중인은 물렸는지 아무도 없었다. 성큼성큼 걸어오는 루크워렐의 얼굴엔 그동안 봤던 여유로움은 없었다. 잘생긴 얼굴에는 베일 듯 날카로운 그늘이 져 있었고, 형형한 기세는 로즈가 절로 움찔하게 만들 정도였다. 마치 새끼를 잃은 맹수처럼, 루크워렐이 로즈의 어깨를 거칠게 잡아챘다.

"에아기네스, 그대가 정말……!"

황금색 눈동자에는 슬픔과 절망, 그리고 그걸 뛰어넘는 안타까움과 애정이 듬뿍 묻어 있었다. 로즈가 최대한 침착함을 유지하려 애쓰며 제빠르게 답했다.

"폐하, 진정하세요. 무슨 일이 있으셨습니까? 에아기네스 님에게 무슨 일이 생겼나요?"

로즈의 말에, 루크워렐의 입이 기가 막힌다는 듯 벌어졌다 다시 다물어졌다. 일그러지는 눈동자가 시야에 가득 찬다고 느낀 순간, 루크워렐은 그대로 제 입술을 깨물더니 로즈의 어깨에 머리를 파묻고 채 참지 못한 말을 잇새로 흘려냈다.

"에아기네스, 그대는 정녕 나를 사랑하긴 한 건가?"

"폐하……."

"에아기네스, 그대는 나를 좀 더 믿었어야 했어. 그대를 사랑하는 남자를. 그렇게 혼자 도망가버리면 안 되는 거였어."

"폐하……."

저는 에아기네스가 아니라 로즈라고 하려다, 로즈는 입을 닫았다. 남자는 뭔가를 알아낸 눈치였고, 그 사실이 그에게는 너무 충격적이라 가둬두었던 감정이 터진 것 같다. 도망갔다는 표현을 쓴 걸 보니, 에아기네스에게 다른 남자가 생겨서 떠난 걸지도 모른다는 생각까지 들었다.

제자리를 잃은 자신도 이렇게 황망한데, 한순간에 사랑하던 여인을 잃은 남자는 오죽하겠나 싶어졌다. 루크워렐을 제게서 떼어내려던 로즈의 손이, 대신 제 어깨에 얼굴을 묻은 루크워렐의 등줄기로 천천히 향했다. 로즈가 천천히 루크워렐의 등을 쓰다듬었다.

"괜찮아요. 진정해요. 현재야 모르지만, 에아기네스 님은 아마도 폐하를 사랑했을 거예요. 이렇게나 진심으로 부딪혀오는 남자에게 어떻게 마음이 흔들리지 않을 수 있었겠어요?"

탄탄한 등이 옷감의 감촉과 함께 손가락 끝에서 흘러내렸다. 한 번 해보니 두 번은 어렵지 않았다.

힘들겠지. 힘들 거야. 황제도 사람이니, 아니 어쩌면 황제이기에 더 힘들 거야.

대부분의 남자는 사랑하던 여자가 사라지면 눈이 뒤집혀 찾으러 뛰쳐나갈 것이다. 루크워렐도 마음은 그럴 터였다. 하지만 그러지 못한 채 대역을 내세우고 아무 일도 없었던 것처럼 다정을 연기한다. 에아기네스의 안전을 바라며 비밀리에 조사를 하고, 애타는 마음은 모두 감춘다.

대역인 자신이 유일하게 솔직해질 수 있는 사람이 루크워렐뿐이듯, 어쩌면 루크워렐에게도 에아기네스가 사라져 괴로운 감정을 유일하게 토로할 수 있는 사람이 자신밖에 없을지도 모른다.

몇 번이고 등을 쓰다듬어주자 루크워렐은 진정이 된 듯 몸을 떼어냈다. 짙은 슬픔이 가득한 눈동자를 마주하니, 마음이 절로 약해졌다.

"내가 너무 감정적이 되었군. 그대도 힘들 텐데……. 오늘은 이곳에서 자기로 하지. 오자마자 자리를 뜨면 시중인들이 이상히 생각할 터이니."

"그러면 제가 조용히 다른 곳으로 가는 건……."

"그대가 원하지 않으면 손끝 하나 대지 않을 테니 걱정 않아도 돼."

그러더니 루크워렐이 먼저 베개에 머리를 묻고 등을 돌렸다. 아무리 그래도 남녀가 한 침대라니. 당혹스럽기 그지없어 너른 소파에라도 가서 잠을 청할까 하는데, 남자의 엄중한 목소리가 울렸다.

"소파에서 잘 생각은 마. 만약 꼭 그래야겠다면 내가 새벽에라도 그리로 옮겨갈 테니. 걱정이 된다면 날 침대에 묶어놓아도 좋아. 누가 본다 해도 새로운 잠자리 기술이라고 생각하겠지."

슬픔이 묻어 있는 은근한 목소리는, 어둠에 섞여 달콤하게 들렸다. 제 몫이 아님에도 그 달콤한 향에 자꾸만 눈이 가는 뜨거운 초콜릿처럼.

"어서 들어와."

어째서 이 남자에게는.

로즈는 젊고 아름답고 지성도 있다. 치근대거나 관심을 표하는 남자가 없지 않았다. 하지만 그 누구도 로즈의 마음을 흔들지는 못했다. 그런데 왜 며칠 보지도 않은 저 사람은, 자신을 자꾸 흔드나.

마치 파리지옥으로 들어가는 하루살이가 된 것 같다. 자신은 모든 벌 위에 군림하는 여왕벌도 아니고 제 몸을 날카롭게 지킬 줄 아는 사마귀도 아니다. 그저 흔하디흔한 하루살이처럼 평범한 여자다.

"어서."

채근이 이어졌다. 남자는 괴로움의 한복판에 있으면서도 자신을 달콤하게 유혹하고 있다. 그런 의도가 아니어도, 제 마음이 흔들리면 이미 그건 유혹이다.

황제의 명이어서 어쩔 수 없는 거다. 그런 거다.

"폐하의 명을 받듭니다."

로즈는 아주 조심히 침대로 올라가, 루크워렐이 덮은 이불 속에 제 몸을 묻었다. 침대는 넓고 이불은 아주 커 몸이 닿을 일은 없었지만, 이불 안에는 사람의 온기가 배어 있었다. 그 아늑함이 사람을 묘하게 흔들리게 했다. 그래도, 짚고 넘어가는 게 좋을 문제가 하나 남았다.

"폐하. 힘드시겠지만, 하나 여쭈어도 괜찮습니까?"

"그렇게 해."

"에아기네스 님의 일에 관해 뭔가 새로운 걸 알게 되셨습니까?"

저 너머에선 침묵이 이어졌다. 역시 답하기엔 좋지 않은 때인가 싶었지만, 제 생존과 제자리에의 귀환이 관련된지라 묻지 않을 수 없었다.

잠시의 침묵 후, 낮은 목소리가 흘러왔다.

"알고 있던 모든 것들이 갑자기 바뀌어서 혼란스러운 걸 알아. 눈을 뜨고 일어나니 모든 게 달라져 힘들 것도. 에아기네스와 관련된 일은, 확실해지면 그대에게 모두 알려줄게. 지금은 아닌 것 같아. 그건 그대를 하찮게 여겨서도 아니고, 전에도 말했듯 배후를 전부 알아내지 못했기 때문이야."

"네."

"그러니 지금은 자. 밤은 누구에게나 공평하게 찾아오니, 밤의 휴식을 누리길."

어둠에 잦아드는 목소리는 안도감을 주었다. 그저 옆에 있어주는 것뿐인데도, 어둠은 사람을 더 가깝게 느껴지게 했다.

　이건 상황에 흔들리는 거야. 이 감정은, 사랑도 호감도 아니야.

　로즈는 눈을 감았다. 마음이 녹아내린 초처럼 흐물거린다. 로즈는 눈을 꼭 감고 잠을 청했다. 옆에 있는 남자는 생각하지 않으려 애썼다.

　루크워렐은 눈을 떴다. 에아기네스가 사라진 밤처럼, 새카만 어둠이 그를 향해 내려앉았다.

　원래 그는 잠을 깊게 자는 사람이 아니다. 수면시간도 길지 않았고 불면도 심했다. 어린 시절부터 그에게 주어진 책무와 특별한 위치가 그를 그렇게 만들었다. 그는 다감한 대신 예민한 데가 있었다.

　옆에 누워 있는 이의 가느다란 숨소리가, 안정을 주었다. 그녀는 원래 잠을 깊이 자는 사람인 것 같았다. 추측으로 마무리할 수밖에 없는 건, 황궁에서의 에아기네스는 자주 악몽을 꿨기 때문이었다. 그러나 그녀는 제 품에서만은, 온전한 신뢰를 드러내며 악몽 없는 숙면을 취하곤 했다.

　지금에야 그 악몽의 까닭을 알았지만.

　루크워렐은 제 옆에서 색색거리며 깊이 잠든 여인을 바라보았다. 잠든 여인의 얼굴은 어둠 속에서 가느다란 곡선을 그리고 있었다. 제 이름이 로즈라 말하는 여인이 자는 모습은, 에아기네스와 꼭 닮았다.

　루크워렐은 아릿한 그리움과 슬픔과 분노와 배신감을 느꼈다. 모두 다른 감정들이었지만 생각하고 생각하다 보니 어느새 엉킨 실타래처럼 제 색을 뚜렷이 유지한 채 하나의 응어리로 형태를 이루었다.

그리고 그 모든 감정의 까닭은, 바로 그가 에아기네스라는 이름의 여인을 진정으로 사랑했기 때문이다. 이 모든 감정을 뛰어넘어 그녀가 되돌아오기만 한다면 그녀를 안아주고, 용서해주고, 사랑해주고 싶었기 때문이다.

그 여인이 사라지기 전에, 그녀를 좀 더 제대로 꼭 붙들지 못했단 자책감과, 그녀가 끝까지 저를 믿지 않았다는 데 대한 배신감이 제 안에서 다시 소용돌이쳤다.

아아, 그렇지만.

루크워렐은 깊이 잠든 여인의 얼굴을 살며시 쓰다듬었다. 부드러운 감촉이 손바닥에 맴돌았다. 여인은 귀찮은 듯 잠결에 손을 내저었지만, 그 모습조차 사랑스러웠다.

에아기네스가 되돌아온다면, 자신은 결국 그녀를 다시 사랑하고 말 거다. 애초에 사랑하지 않았다면 모르지만, 이미 사랑해버린 이상 그럴 수밖에 없다. 슬프고도 안타깝게도, 제 안의 사랑은 그랬다. 자신은 그런 사람이다.

루크워렐은 여인에게 뻗었던 손은 거두고, 다시 잠을 청했다. 언젠가는 다시 되돌아올 에아기네스와, 옆에 누워 있는 제가 로즈라 주장하는 여인에 대해 생각하며.

3

로즈가 황궁에서 눈뜬 지 일주일이 흘렀다.

루크워렐은 사흘의 부재 이후로는, 특별한 일이 없는 한 로즈와 한 침대를 쓰고 아침에 꼭 티타임을 함께했다. 로즈는 처음에는 한 침대를 쓰기를 경계했으나, 가끔 에아기네스로 착각하고 끌어안는 것 외에 루크워렐은 그녀에게 손끝 하나 대지 않았다.

그 와중에 로즈는 남자를 옆에 두고도 너무나도 푹 자는 자신이 민망하기까지 했다. 한편으로는, 남자를 이렇게 가까이 겪어본 적은 처음인지라 한 침대에서 잠을 자도 아무렇지 않을 수 있는 게 맞나 싶은 생각까지 들었다.

게다가 자신을 에아기네스로 착각한 초반을 생각하면, 그는 여자에 대한 욕구가 없는 것도 아니다. 로즈는 혹시라도 불편하다면 굳이 같은 침대를 쓰시지 않아도 된다 말하려 했다. 솔직히 말하자면, 이런 상황을 여과 없이 받아들이는 자신이 불편했다.

그때 루크워렐의 잠자는 모습이 눈에 들어왔다. 처음 만났을 때처럼 인영이 겨우 분간될 정도의 어스름한 새벽녘이었다.

가족이 사라지고 난 이후에는 늘 혼자였다. 대체로 인간관계는 무난했으나 일부러 특별하거나 친밀한 사람은 만들지 않았다. 사람이 싫어서가 아니었다. 잃어버릴까 두려웠다. 어느 순간 소중한 사람이 갑자기 사라지는 그런 경험은 두 번 다시 하고 싶지 않았다. 그래서 소중한 사람을 만들지 않았다. 아니, 만들 수 없었다. 무서워서.

그러나 그 적당한 거리감 사이에는, 늘 외로움이 공존했다. 온기가 그리웠다. 그런데 바로 옆에 그 온기가 있었다. 묵직하고 균형 잡힌 남자의 몸이 한 이불을 덮고, 한 침대 위에서 존재감을 드러냈다. 낯설지만 그리운 그 느낌이 로즈를 사로잡았다.

그래서 로즈는 루크워렐을 온전히 밀어낼 수가 없었다. 속으로는 황제의 명을 거역할 수 없어서, 살기 위해 하는 것이라고 되뇌면서도, 눈길이 그에게로 조금씩 향하는 것마저 막을 수는 없었다.

무도회 날이 되었다.

루크워렐이 밤늦게 처리할 일이 있어 따로 잤기 때문에, 로즈는 아침이 되자 저도 모르게 그가 기다려졌다. 같은 침대를 쓰고, 같이 티타임을 갖고, 같이 아침식사를 하는 단순한 일과일 뿐인데도 습관이라는 건 이루 말할 수 없이 무서웠다. 함께 잠을 못 자고 아침을 못 먹는 때는 있어도 어지간하면 티타임은 늘 가졌기 때문에 어느새 기대감이 생겼다.

하지만 오늘은 쉽지 않을 거다. 습관적으로 시녀에게 두 사람 몫의 차를 준비시키며 기다리면서도 실망하지 않기 위해 속으로는 계속 그가 오지 않을 수 있다 스스로에게 주지시켰다.

어젯밤에도 매우 중요한 안건이 있었다고 했다. 음지에서 대규모의 밀거래를 행하는 이들과 제국의 고위귀족이 관련된 증거가 포착되었다고 한다. 비밀회의라 소수의 사람들과만 공유된 내용이었다.

그 사실을 알려주며 밤은 함께하지 못할 것 같다고 직접 설명하러 온 루크워렐의 표정이 복잡해, 로즈는 손을 내뻗어 그를 안아주고 싶었다. 그러나 당연히 그녀는 그렇게 하지 않았다. 저번은 특수한 상황이었다. 그걸 마땅하다 여겨선 안 된다.

그는 다른 여자의 남자다. 도망을 친 건지 납치를 당한 건지 알 수 없는 여자의 남자. 이런 남자를 두고, 어디로 가버린 건가. 만약 타의가 아닌 자의였다면 에아기네스, 당신은 나빠.

그런 중요한 일들이 있었으니, 루크워렐이 티타임을 위해 시간을 할애하기는 어려울 거다. 알면서도 로즈는 테이블에 자리를 잡고 그를 기다렸다.

오늘 차시중은 브렌다가 들었다. 차를 준비하는 손길은 능숙해 군더더기 없고 깔끔한 동작들이었다. 그럼에도 불구하고 브렌다는 다른 시녀들과 다른 색채가 있었다.

"물을 계속 덥혀놓을까요?"

"그렇게 해요."

브렌다가 싱긋 웃으며 다시 말을 붙였다.

"오늘은 폐하께서 오시나요?"

"그건 폐하의 일정에 달려 있겠지요."

바로 이런 점. 브렌다는 다른 시녀들과는 달리 로즈에게 자주 말을 걸었다. 얼핏 건방지게 느껴질 수도 있는데도, 묘하게 경쾌한 느낌을 주는 게 색달랐다.

만약 납치범이 있었다면 조력자도 있었을 터.

혹시 브렌다가?

브렌다는 조력자라 보기에는 로즈에게 너무 스스럼없이 굴고 튀는 행동을 많이 했다. 조력자라면 지금 같은 시기에는 잠잠한 법이다. 가짜 에아기네스라는 걸 알지언정 황제가 눈앞에서 왔다 갔다 하는데 이상한 사람이 여기 있다고 광고하지는 않을 테니까.

"그러면 에아기네스 님의 차를 먼저 따를까요? 아니면 폐하께서 오시면 같이 드시겠어요?"

로즈는 바로 답하지 않고 잠시 생각했다.

"내 차를 먼저 따라주세요."

"알겠습니다, 에아기네스 님."

브렌다가 척척 움직이더니 순식간에 세팅을 하고 쪼르르, 차를 따랐다. 루크워렐이 특별히 마시라고 한 차가 연한 분홍빛을 띠며 우러났다. 로즈가 손을 막 뻗을 때다.

"오늘 티타임은 일찍 시작하고 싶었나 보군."

이제는 익숙한에서 그리운으로 바뀌려 하는 목소리에, 로즈가 몸을 일으켰다.

"폐하를 뵙습니다."

로즈가 유려하게 루크워렐을 향해 인사했다. 루크워렐이 손짓하자, 브렌다가 말없이 그의 차까지 준비하고 다른 시녀들과 같이 밖으로 사라졌다. 루크워렐이 미소 지으며 로즈를 바라보았다.

"놀란 것 같군."

"실은 오늘은 안 오실 줄 알았습니다, 폐하."

설렘을 들킬 것 같아 최대한 내색하지 않으려 애쓰며 로즈가 대답했다. 루크워렐의 미소가 더 진해졌다.

"에아기네스, 내가 약속했잖아. 가능한 한 티타임엔 꼭 오겠다고."

에아기네스라는 호칭을 듣자마자, 로즈는 자기도 모르게 이맛살을 찌푸렸다. 그래. 이 호의는 내 것이 아니다. 날 향한 호의도, 날 향한 감정도, 날 향한 사랑도 아니다. 그런데도 나란 사람은 저 목소리에 기대하고, 저 태도에 담긴 신뢰에 흔들리고, 자신에게 향하지 않은 약속을 질투한다.

"폐하, 에아기네스가 아닙니다. 로즈입니다."

평소 가볍게 정정하던 투의 톤이 아니다. 질투에 절로 힘이 들어갔고 가슴이 두방망이질한다. 화가 나서 눈물이 날 것 같다.

"아아, 울 것 같은 얼굴이로군."

얼굴에 손이 닿았다. 남자의 손은 크고 따뜻했다. 든든한 손가락이 섬세하고 부드럽게 눈가를 훔친다. 정말 울어버릴 것 같다.

"슬퍼하지 마, 로즈."

나지막하게 제 이름을 부르는 목소리는, 따스하고 든든하고 은근해서, 마음이 금세 풀어질 것 같다. 그러면 안 되는데, 이성적으로 생각해야 하는데, 뭔가에 홀려버린 듯 자꾸만 눈길이 간다.

"그대도 소중히 생각하고 있어. 그러니 울지 마, 로즈."

다른 남자가 그리 말했다면 바람둥이라 욕했으리라. 제게서 에아기네스를 보지 말라며 소리질렀으리라. 그런데 어째서 자신은 이 남자에게는 이렇게나 약할까. 억울함과 분함에 결국 눈꼬리를 타고 눈물이 한 방울 흘렀다.

"이런."

루크워렐이 어린애를 추스르듯 그녀를 부드럽게 안아 눈꼬리를 입술로 훔쳤다. 서늘했던 가슴에 온기가 차는 듯했다.

"괜찮아, 로즈. 괜찮아."

성적인 느낌이 아닌, 그보다 더 따뜻한 애정이 느껴지는 포옹이었다. 그래서 로즈는 루크워렐에게 더 속절없이 빠져드는 걸 느꼈다.

이 사람은 치사해. 내 약한 면을 이렇게 파고들면, 밀어낼 수가 없잖아.

로즈는 눈물을 꾹 참고 잠긴 목소리로 내뱉었다.

"……괜찮지 않아요."

루크워렐이 로즈의 등을 가볍게 토닥였다.

"그러면 괜찮으려면 어떻게 해야 하지, 로즈?"

"여자가 있는데도 달콤하게 속삭일 줄 아는 남자를 조심하라고 했어요."

잠겨서 웅얼거리는 목소리로 로즈가 어린애처럼 말하자, 루크워렐이 박장대소했다.

"하하하. 그래. 맞아. 그대의 논리대로라면 난 정비가 있고 사랑하는 애첩이 있는데, 그 다음으로 세 번째 사람인 그대에게 다정하게 속삭이는 거로군."

"……네."

로즈가 눈물을 꾹 참느라 고개를 숙이자, 루크워렐이 속삭였다.

"그런 모습은 다른 남자한테는 보이지 않는 게 좋겠군. 제법 귀여우니까."

그러나 루크워렐은 로즈를 안은 팔을 풀지 않았다. 로즈도 말과는 달리 그를 힘차게 밀쳐내지 않았다. 로즈가 진정이 되자, 그제야 루크워렐이 제 품의 로즈를 풀어주었다. 로즈는 그 사실에 아쉬움을 느끼는 자신이 싫어졌다.

루크워렐이 손을 뻗어, 로즈 몫의 찻잔을 들어올렸다. 그리고 울음을 참느라 목이 잠긴 로즈의 입가에 대주었다. 미지근한 찻물이 입술을 타고 목으로 넘어갔다.

"자, 다 마시도록 해."

루크워렐이 로즈를 어르며 차를 모두 먹였다. 액체가 천천히 부드럽게 꼴깍꼴깍 넘어갔다. 천천히 차 한 잔을 비우자 로즈는 진정이 되었다. 루크워렐이 살짝 골리듯 속삭였다.

"입으로 넘겨주기를 바랐나 보군. 아쉬운 얼굴이야."

"폐하, 그런 게 아니……."

"에아기네스도 아주 가끔 그런 표정을 짓곤 했지. 허나 자주 보진 못했어. 그녀는 제 약점을 감추는 데 능숙했거든. 실은 아주 여린데도, 그렇지 않은 척하는 게 특기였지."

루크워렐이 로즈의 왼팔을 잡더니, 거기에 새겨진 작은 별 모양 흉터를 애틋하게 손가락으로 쓸었다. 로즈의 가슴이 차갑게 식었다.

그래, 이 남자는 나를 보고 있지 않아. 이 얼굴과 이 몸으로 보는 건 에아기네스다. 나는 그저 대역.

로즈는 최대한 냉정하게 대꾸했다.

"폐하, 저는 에아기네스 님이 아닙니다."

"그래, 알고 있어."

루크워렐이 로즈의 왼팔을 부드럽게 올려, 흉터에 입 맞췄다. 입술이 살짝 벌어져 이가 닿았다.

"전에도 말했었지. 그대가 더 솔직해. 그래서 좋아. 마음껏 응석부려줘."

로즈가 팔을 잽싸게 뺐다. 루크워렐은 순순히 로즈를 놔주었다.

"저는 폐하의 장난감이 아닙니다."

루크워렐이 낮고 다정한 목소리로 긍정했다.

"그래, 그대는 내 장난감이 아니야. 소중하고 사랑스러운 여인이지. 저녁 무도회를 기대하지. 저녁시간은 힘들지 모르니 낮에는 푹 쉬도록 해. 무리하다 쓰러지면 마음이 아프니까."

로즈가 가볍게 한숨을 쉬었다. 이런 식으로 사람 마음에 훅 들어왔다가, 저를 에아기네스라고 불러 가슴을 쪼개놓는다. 애초에 말도 안 되는 관계다. 이 정도야 젊은 여자의 흔들림 정도로 보일 수 있어도, 상대가 선을 넘는다고 같이 넘으면 안 된다. 로즈는 루크워렐을 똑바로 바라보며 최대한 냉정히 대꾸했다.

"폐하, 아까도 말씀드렸듯이 그런 식의 말은 저를 힘겹게 합니다."

"어째서? 그대는 나에게 아무런 마음이 없는 게 아닌가?"

"폐하!"

반복되는 실랑이였다. 로즈의 음성이 커지다, 상대와 제 신분을 자각하고 언성을 낮췄다. 그러나 루크워렐은 전혀 기분이 상한 표정이 아니다.

"그래, 그대는 그렇게 솔직한 게 좋아. 그대의 감정을 볼 수 있어 기쁘군."

"폐하, 전에도 말씀드렸듯이 저를 통해 다른 이를 보는 건 현명한 태도가 아닙니다. 폐하에게도 현명하지 않으시고, 저에게도…….'

"그대에게도 현명하지 않다?"

"……그러합니다."

루크워렐이 재차 낮게 웃었다. 공식석상에서의 모습은 본 적이 없지만, 여태 본 바로는 참으로 웃음이 많은 남자다.

"로즈. 난 그대가 내 앞에서 솔직한 것만으로 무척 기뻐. 그대는 내 심정이 어떤지 모를 거야. 내 심장을 꺼내서라도 보여주고 싶군."

끝나지 않을 돌림노래 같은 대화에, 로즈는 화제를 변경했다.

"어제 심각한 회의가 있다고 하시지 않으셨나요. 잠은 잘 주무셨는지 모르겠습니다."

"그대가 회의의 결과가 아닌 내 안위를 먼저 물으리라고는 생각 못했어."

별다를 바 없는 상식적인 배려였는데도, 루크워렐의 반응이 색달랐다. 로즈는 단순하게 정리했다.

"일보다 사람이 더 중요한 법입니다."

"그래. 그대는 그런 사람이었군."

"에아기네스 님은 사람보다 일 이야기를 먼저 하는 분이였나요?"

도를 넘은 질문 같기는 했지만, 어차피 자신은 에아기네스의 대역이다. 루크워렐은 그녀에게 원래 성격대로 행동해도 된다고 하곤 했지만, 로즈는 불안했다. 에아기네스는 귀족들을 두루 아는 편이지 딱히 큰 친분을 쌓진 않았으니 상관없다고는 했지만, 제가 아무리 닮았던들 에아기네스와 왕래하던 이라면 차이를 느낄 터.

로즈가 느끼는 에아기네스는, 차분하고 기품 있으며 이성적인 데다 소소한 선행을 행하는 이지만, 그것만으로는 부족했다.

"그대가 그걸 물으리라고는 생각 못 했어."

"대역으로서 당연한 겁니다. 앞으로도 에아기네스 님에 대해 종종 물을 거고요."

로즈는 루크워렐이 반응이 좀 과하다고 생각했다. 좀 더 체계적인 사항이 있으면 좋으련만, 안타깝게도 루크워렐은 그렇게 해주지 않았다.

"그래. 그것도 나쁘진 않지."

루크워렐에 고개를 끄덕였다.

"아까 질문에 대해선, 온전히 해결되지 않았기 때문에 많이 자진 못했어. 지금도 피로감을 느끼지만, 워낙 중요한 사안이니 미룰 수 없어. 상세한 결과나 정보가 필요한가?"

"아니요. 어차피 저는 들어도 모를 터이니 굳이 여쭙지는 않겠어요. 기밀에 속한다고 하셨으니, 실수로 제가 중요한 정보를 흘려도 큰일이고요."

"이것도 기밀이기는 하지만, 그대에게는 이야기해주지."

루크워렐이 웃음기를 거두었다.

"에아기네스와 관련된 일에 대해 증거와 증인들을 어느 정도 확보해두었어. 에아기네스만 연루된 것이 아니라, 지금은 그들을 칠 때가 아니야. 좀 더 기다려야 하지. 그들이 이쪽에서 알아챘다는 걸 눈치채지 못하게 덫을 놓는 게 중요하니까. 누군가 그대에게 내 행보나 일에 관해 묻는다면, 그대가 원하는 대로 말하도록 해."

기밀이라면서 대놓고 이야기해준다. 에아기네스에게라면 이해할 만했지만 자신은 타인인 데다 대역. 무슨 생각인지 도무지 알 수 없었다.

"원하는 대로라니, 무슨 뜻이신가요?"

"문자 그대로야. 정보를 전달하고 싶다면 해도 되고, 입을 다물어도 좋다는 뜻이야. 난 그대를 믿고 다 털어놓았으니, 그에 따른 결과도 내가 책임져야겠지."

이건 도대체 무슨 소리일까. 캐물어도 제대로 답해줄 것 같지 않다. 루크워렐은 자신을 소중하고 친절하게 대해주고 있기는 했지만, 중요한 문제에선 두리뭉실하게 설명하곤 했다. 성격 자체가 그런 면으로 흐린 것 같지는 않아, 의도를 가늠하기 어려웠다.

로즈는 딱 부러지게 대꾸했다.

"마치 이중첩자라도 된 기분이군요. 저는 아무것도 모르니 정확한 답을 주시지 않은 폐하께서 책임을 지시겠다는 것은 맞는 말이지만, 한편으론 제 행동에 대한 책임은 제가 지는 게 맞는다는 생각도 듭니다."

"방금 그 말은 정말 에아기네스 같았어."

"……칭찬으로 알겠습니다."

에아기네스에 대한 이야기가 더 나왔다간 정말 기분이 나빠질 것 같았지만, 어차피 루크워렐을 대할 때 나오지 않을 수 없는 부분이기 때문에 로즈는 더 말 않았다. 한편으론, 루크워렐이 이렇게 눈치 없는 양 에아기네스를 한 번씩 언급해줘서 다행이다. 그렇지 않다면, 그의 친절이 오롯이 자신을 향한 것이라 착각하게 되니까. 마치 독처럼, 자신에게 그를 향한 감정이 파고들 테니까.

로즈는 제 앞에 놓인 빈 잔을 바라보며 생각했다. 마셔버린 차처럼, 제 감정도 모두 흘려버려서 없던 일로 만들어야 했다. 그렇지 않다면, 루크워렐에게 끌리고 있다는 사실을 인정해야 했으므로.

루크워렐이 티타임을 마치고 간 이후에는, 꾸미길 최소화했던 전과는 달리 굉장한 몸치장이 기다리고 있었다. 다른 건 몰라도 우르르 사람들이 욕탕으로 몰려와 저만을 위해 대기하고 있는 상황만은 적응되지 않아, 사람을 모두 물려왔고, 당분간은 욕탕에 있을 때만은 혼자 있고 싶다는 말에 대부분이 토를 달지 않고 따라주었다. 대부분이라고 표현한 건, 브렌다가 '심경의 변화가 있으신가 봐요.' 하고 특유의 발랄한 톤으로 물었기 때문이다.

하지만 오늘은 아니다. 정성스레 씻겨지고 몇 번이나 향유로 마사지를 받은 후, 아침부터 드레스를 골랐다. 에아기네스 소유의 드레스 자체도 많았지만, 다행스럽게도 루크워렐이 제 복장과의 맞춤으로 드레스 몇 벌을 보내줘 선택의 폭이 줄어들었다.

황금빛과 흰빛, 붉은빛과 푸른빛, 옥빛과 보랏빛, 색색의 드레스가 열 벌 정도 앞에 전시되었다. 선택한 드레스를 알려주면, 비슷한 느낌의 디자인으로 입고 나가겠다는 루크워렐의 기별까지 있었다.

이쪽은 귀비인데 황비의 대우를 받는다. 철저하게 배제된 듯한 황비의 존재에 로즈는 난감했다. 한 나라의 공주였던 사람이다. 저번에 봤을 때 꽤나 독특한 면이 있는 듯도 했지만, 그래도 기본적으로 늘 대우받던 사람이다. 그런 사람이 한 나라의 황비로 와서 이런 대우를 받는다면, 견뎌낼 수 있을까?

그러나 그것은 자신이 책임질 몫이 아니다. 명확히는 에아기네스와 루크워렐이 책임져야 하는 부분이다. 로즈는 옆에 기립해 있는 시녀장에게 물었다.

"시녀장 생각에는 어느 드레스가 괜찮아 보이나요?"

제국의 시녀장 정도가 되면, 그저 시녀를 통솔하는 데 그치지 않는다. 말 그대로 한 나라 안살림에 크게 관여하는 황비나 귀비를 지근에서 시중드는 자이니, 여러 분야로 뛰어난 이를 앉히기 마련이다. 특히 귀족여인들에게 크게 중시되는 옷차림에 관해선 감각이 없는 사람이 맡을 순 없는 중책이다.

"예전 무도회에서는 푸른빛을 입으셨으니 그 색은 배제하시는 게 좋겠습니다. 오늘은 큰 의미가 있는 무도회가 아니고 교류의 장 정도이니, 다른 부분에선 크게 제약은 없을 것 같습니다. 황금빛과 흰빛, 붉은빛 드레스가 오늘 귀비님과 썩 잘 어울릴 것 같습니다. 어느 색으로 하시겠습니까?"

"혹시 황비님께서 입으실 드레스에 대해 아시는 바가 있습니까?"

그러자 시녀장이 평소보다 좀 더 감정표현을 했다. 약간의 한숨과 함께 답했다.

"황비님은 분홍빛에 심취해 계시지요. 분홍색이 황비님께 매우 잘 어울리기는 하나, 다른 색에는 눈조차 잘 주지 않으십니다. 혹시나 해서 여쭤봤습니다만, 이틀 전부터 분홍색 드레스를 골라두셨답니다. 그러니 색이 겹쳐 서로 불편해질까 염려 않으셔도 됩니다."

여태 들었던 시녀장의 답 중 가장 길었다. 로즈는 저도 모르게 미소를 머금었다. 비웃음이 아닌, 그때 봤던 알 수 없는 성격의 황비가 조금 귀엽게 느껴졌기 때문이다. 자기 색이 굉장히 뚜렷한 사람이었다. 그렇다고 해서 그녀가 에아기네스에 호의적인지 아닌지를 판단할 수는 없었다. 로즈는 최대한 신중해질 생각이었다.

루크워렐도 스칼렛 황비가 분홍색 드레스를 입는지 알았나 보다. 보내온 드레스 중 분홍색은 없었다. 평소라면 색이 겹친다고 문제 될 일은 없겠지만, 여러 귀족이 모이는 공식적인 자리에서 동일한 색의 드레스를 입는다면 도전으로 여겨질 수도 있다. 로즈가 생각에 잠기자, 시녀장이 덧붙였다.

"혹시 이번 무도회에 분홍색 드레스를 입고 싶다면 알려달라고 황비님이 말씀하셨습니다. 분홍색의 매력에 빠진 걸 흔쾌히 축하하며 다른 드레스를 입으시겠다 했습니다."

로즈가 시녀장의 표정을 보고 웃음기를 머금은 채 농을 했다.

"시녀장은 황비님이 한 번쯤은 다른 색 드레스를 입었으면 하나 보군요. 그걸 고려하면 제가 분홍색을 한 번쯤은 골라야겠어요."

정말 그러고 싶었는지 시녀장이 아주 진지하게 되물었다.

"그러시면 분홍색을 준비할까요?"

"아뇨. 그저 농이었어요. 어찌 감히 황비님이 고르신 드레스를 바꾸겠어요?"

로즈가 제 앞의 드레스들을 찬찬히 살펴보았다. 아직 정오지만 여인의 치장에는 하나부터 열까지 이루 말할 수 없이 긴 시간이 소요된다. 남자들의 무기가 검과 방패라면 여자들의 무기는 드레스와 장신구다.

황금빛 드레스는 기품 있었다. 장식은 적은 편이었지만 무늬가 고급스러워 상당한 무게감이 있었다. 오늘은 특별한 무도회는 아니라 했으니 너무 힘을 주지 않는 편이 좋을 듯했다. 붉은빛 드레스는 붉은 바탕에 좀 더 진한 붉은색으로 장미 무늬가 새겨져 있었다. 그 위를 귀한 털로 장식하고 허리 부근은 금장식이 박혔다. 흰색 드레스는 허리라인을 강조하고 그 밑으로 은은한 자수가 놓인 천이 폭포수처럼 다리 부근을 휘감는 디자인이다. 가슴부근이 살짝 파인 것이 마음에 걸렸지만, 전체적으로 우아하고 깔끔한 느낌이다.

"흰색으로 하겠어요."

"알겠습니다."

시녀장은 머리를 조아리고 제 옆에 기립해 있는 시녀들에게 눈짓했다. 곧, 수많은 시녀들이 그녀의 치장을 위해 들러붙었다. 화장부터 장신구 착용까지, 꽤 시간이 걸렸다.

"귀비님. 드레스 뒤쪽이 벌어졌습니다. 정리해드리겠습니다."

로즈는 말없이 등 돌리고선 고개만 끄덕였다. 바로 손질하리라는 생각과는 달리, 시녀의 손은 바로 닿지 않았다. 뭔가 달 것이 또 있나 보다 가볍게 생각하는데, 등에 뭔가가 내려앉았다. 시녀의 손이 아니다. 그리고 곧, 뜨거운 한숨 같은 목소리가 등 뒤에서 흘러나왔다.

"정말 예뻐."

루크워렐이다. 놀란 로즈가 몸을 돌리려 하자, 루크워렐이 그대로 뒤에서 그녀를 끌어안아버렸다. 이 남자는 늘 갑작스럽게 다가온다. 처음부터 지금까지. 그런데 이상하게도 점점 익숙해진다. 익숙해지면 안 되는데도 불구하고.

다행인지 불행인지, 심장의 술렁임은 루크워렐의 다음 말로 바로 깨졌다.

"에스코트하러 왔어, 에아기네스."

에아기네스라고 불리자마자, 로즈는 제 위치를 자각했다. 주변에 늘어선 시녀들과 화려한 옷차림, 그리고 자기를 애지중지하는 남자는 결코 제 몫이 아니다. 가질 수 없는 것을 탐하는 건, 종내 자신을 망치는 법이다.

"황비님을 에스코트하셔야 하는 것 아닙니까?"

"스칼렛은 그런 데 연연하지 않아. 그녀에게 중요한 건 그런 것들이 아니지."

"그래도 한 나라의 공주였던 분입니다. 황비로 온 이상, 다른 이들의 눈을 신경 쓰지 않을 리 없습니다."

정확히 말하자면 로즈가 신경 쓰는 건, 그로 인해 에아기네스의 입지가 흔들리는 것과 그래서 지금보다 더 혼란한 상황으로 빠져들게 될지 모르는 제 처지다. 제겐 생존이 달려 있었다. 느슨한 하루하루로 인해 긴장을 설핏설핏 놓치게 되는 건 스스로에게 좋지 않았다.

"그러면, 그대는 내가 한 손에는 황비의 손을, 다른 손으로는 그대의 손을 잡고 무도회장으로 들어가길 바라는가?"

"그 모습도 썩 좋지는 않아 보일 듯합니다."

"그러면 이대로 달음박질이라도 쳐 그대는 내치고 황비의 손이라도 잡기를 바라나?"

"그것이 도리라면 따를 것입니다."

"재미없는 대답이군."

루크워렐이 로즈의 얼굴이 보이도록 로즈를 휙 돌려 잡았다.

"솔직하게 말해봐, 에아기네스. 그게 그대의 진심인가?"

"황실의 규범과 평온을 위해서라면 그게 맞습니다."

로즈가 루크워렐의 시선을 피하며 단정히 답했다. 함께한 시간이 길지 않다. 아침의 티타임과 다정한 사랑고백, 그녀를 우선시하는 태도 모두 저를 향한 게 아니다. 그럼에도 불구하고 자신은 어째서 이 사람한테 떨리는가. 감정은 제어하기 어렵다는 걸 알고는 있었지만, 그래도 이렇게나 무분별하게 떨리고 흔들리나.

루크워렐이 로즈의 턱을 부드럽게 잡아, 시선을 고정시켰다. 진지하게 바라보는 황금색 눈동자에 시선을 빼앗기고, 심장이 술렁거렸다. 로즈는 최대한 태연을 가장했다. 그래야 했다.

루크워렐이 유혹하듯 속삭였다.

"말해봐, 나와 함께 가기를 원한다고."

"어느 쪽이든 저에게 선택하게 하시면, 그 책임 또한 저에게 오게되어 있습니다."

로즈는 몸을 꼿꼿이 세운 채 딱딱하게 답했다. 흔들리는 마음을 보여 좋을 게 무에 있을까. 자신은 대역. 언젠가 나타나게 될, 이 남자가 열렬히 사랑하는 여자가 되돌아오면 돌려줘야 하는 자리에 서 있는.

루크워렐이 가볍게 한숨을 내쉬더니, 재차 달콤하게 속삭였다.

"어차피 답을 알고 있잖아, 에아기네스."

그 순간, 로즈의 몸이 기울어졌다. 사람 사이의 접촉이 얼마나 마음을 흔들어놓을 수 있는지, 로즈는 요즘 들어 아주 절실히 느꼈다. 애절한 그리움이 묻은 목소리로 루크워렐이 속삭였다.

"나는 그대와 갈 것이야. 다른 여자가 내 옆자리를 그대보다 먼저 차지할 일은 없어. 여인은 자기 남자를 다른 여자와 공유하길 원하지 않는 법이지. 나는 그걸 아주 잘 알고 있어."

루크워렐은 로즈를 좀 더 꼭 끌어안으며 안심시키듯 덧붙였다.

"나는 언제든 그대의 남자야, 로즈."

에아기네스라 부르려다 실수한 걸까. 제 이름이 달콤하게 불리는 일은 그녀를 지독하리만치 심란하게 했다.

루크워렐은 한참을 그대로 있었다. 로즈는 뿌리치지 않은 채 그의 품에 안겨 있었다. 남자의 품에 안길 때마다, 이제는 뭐라 말할 수 없는 울림이 커져만 간다.

결국 루크워렐은 로즈의 손을 붙들고 무도회장에 들어섰다. 연회장은 거대한 분수를 끌어안은 거대한 홀이다. 매끄러운 벽면은 비취색 대리석으로 깔려 있었고 기둥은 금으로 가득했다. 창문 유리는 푸른빛이었고 창틀은 모두 섬세하게 세공된 금으로 장식되어 있었다.

무도회장은 초대받은 귀족들로 가득했다. 고급스러운 호화로움에 압도당할 틈도 없이 입장과 함께 주목받기 시작했다.

"황제 폐하와 에아기네스 프린 알키다스 님 들어오십니다!"

거대한 외침과 함께 로즈는 사람들 한복판으로 들어섰다. 루크워렐은 상냥한 듯했지만 어떤 땐 사전설명도 없이 로즈를 에아기네스 역할로 몰아넣고는 했다. 에아기네스를 순식간에 잃어버린 충격 탓인지 로즈를 에아기네스와 동일시하는 것처럼 보이기도 했다.

"지금 지나간 이는 닐슨 아이시타스 에른. 그 옆은 다니엘라 레오스 코틴스."

루크워렐이 나직하게 이름을 읊어주었다. 필요하면 부연설명도 함께. 외우지 않아도 되는 인물들의 이름은 그냥 넘어갔다. 다행인 점 하나는 로즈가 말해주는 걸 다 따라가지 못한다 할지라도 로즈가 귀비인 이상 사람들이 제 이름자를 먼저 말하며 인사를 청하기 마련이란 사실이다.

한창 이름을 외우는데, 저 멀리 환한 분홍색 드레스를 차려입은 스칼렛 황비가 보였다. 스칼렛이 로즈와 루크워렐을 발견하자, 매우 환하게 웃으며 다가왔다.

로즈는 바짝 긴장했다. 아직 스칼렛의 속내는 전혀 알 수 없었고, 스칼렛의 입장에서는 황비로서 받을 대우를 빼앗은 에아기네스에게 악감정이 있을 수 있기 때문이다.

"에아기네스. 반갑네."

스칼렛은 루크워렐보다 로즈를 더 반기는 것처럼 로즈에게 먼저 말을 걸었다. 로즈가 곧바로 몸을 숙여 예를 나타냈다.

"네. 평안하셨습니까, 스칼렛 뤼지냥 라우리드센 황비님."

"그렇게 딱딱하게 격식 차릴 거 없어, 에아기네스. 그렇지, 루크워렐?"

"그대가 좋다면 그런 거겠지."

루크워렐이 친구 대하듯 편안한 태도로 스칼렛에게 대꾸했다. 둘의 관계는 좋아 보였다. 그 모습에 로즈는 가슴 언저리가 자잘하게 쑤시는 느낌이 들었지만 애써 무시했다.

스칼렛이 환하게 웃으며 로즈에게 재차 말을 걸었다.

"저기 케이크가 가득한데, 굉장히 맛있게 만들었어. 모양도 너무 너무 예뻐. 여기 라우리드센은 디저트를 잘 만들어서 좋아. 같이 가서 먹지 않을래?"

로즈는 루크워렐을 흘끔 보았다. 루크워렐은 무슨 답을 하든 상관없다는 표정으로 로즈를 바라보고 있었다. 결국 결정하는 이는 로즈였다.

"아직 인사할 사람들이 남아 있어 지금은 곤란할 듯합니다, 황비님."

"아, 맞다. 에아기네스는 할 일이 참 많았지. 곤란하겠어, 여러모로.”

듣기에 따라 여러 각도로 해석할 수 있는 말이다. 역시 의중을 명확히 알 수 없다. 한 번쯤은 제대로 대화를 나눠볼 필요가 있다.

“이따가 좀 한가해지면 꼭 먹어봐. 정말 맛있거든. 얼마나 예쁜지 몰라.”

스칼렛이 기분 좋게 미소 지으며 에아기네스의 팔을 부드럽게 잡았다 놓았다.

“언제나 내가 할 일들을 네가 해줘서 감사하게 생각하고 있어, 에아기네스.”

가만히 보고 있던 루크워렐이 점점 도를 넘는 스칼렛을 말렸다.

“스칼렛, 이목이 많을 때는 적당히 솔직했으면 좋겠어.”

스칼렛이 어깨를 으쓱하더니 못 말린다는 표정으로 대꾸했다.

“알겠어, 루크워렐. 여전히 끔찍하게 생각하는구나.”

“스칼렛.”

루크워렐이 낮은 목소리로 재차 주의를 줬고, 그제야 스칼렛이 고개를 도리질하더니 밝게 손을 흔들었다.

“그럼 에아기네스, 다음에 또 봐. 오늘은 주변에 사람이 너무 많네. 케이크는 꼭 먹어봐.”

스칼렛이 살랑살랑 드레스자락을 휘저으며 사라지자, 루크워렐이 변명하듯 말했다.

“스칼렛은 매우 자유분방해. 딱히 악의는 없어. 그러니 스칼렛이 한 말을 깊게 생각할 필요는 없어.”

“알겠습니다, 폐하.”

단정하고 딱딱한 로즈의 대답에, 루크워렐은 가만히 그녀를 보다 생각났다는 듯 대꾸했다.

"스칼렛처럼 이름을 불러도 괜찮아. 공석에서도 허락되어 있어. 사석이든 공석이든, 그대는 나에게 소중한 여인이니까."

"에아기네스에게 허락된 표현이지요."

로즈가 차분히 답했다. 루크워렐의 표정이 잠시 어두워졌지만, 능숙하게 제 감정을 감추었다.

에아기네스를 생각했겠지. 로즈는 이제는 하나의 분신처럼 느껴지는 에아기네스의 흔적을 익숙하게 짚어내었다. 되새김은, 스스로를 정신 차리게 하기 충분했다.

그때 루크워렐에게 젊은 남자 하나가 다가와 작게 속삭였다. 의전관인 슈나이더 아이시타스 로렌이다. 다갈색 머리에 매우 순하고 귀여운 인상을 가진 남자였다. 루크워렐이 고개를 끄덕였다.

"에아기네스, 나는 잠시 홀에서 떠나 있어야 할 것 같아. 내가 없는 사이에 그대가 원하는 대로 하기를. 일이 마무리되는 대로 돌아오지."

"알겠습니다, 폐하."

로즈가 공손히 인사하자, 루크워렐이 슈나이더와 함께한 무리의 남자들이 있는 곳으로 사라졌다. 황제로서 나름의 일이 있을 터다.

로즈는 가만히 사람들을 관찰했다. 특별히 말을 걸거나 친하게 굴 생각은 없었다. 루크워렐에게 들었던 이름을 얼굴을 보며 다시 한 번 더 외우고 있는데, 지나치게 화려하게 차려입은 여자가 서너 명의 아가씨들을 이끌고 나타났다.

아까 루크워렐이 알려준 이 중 하나였다. 귀족 중 중요인물은 아니었지만, 사교계에서 제법 영향력을 떨친다는 드미트리의 딸, 로라 다란 케샥이다.

드미트리와 개인적 친분이 있는 데다 에아기네스가 그녀와 몇 번

말을 주고받은 적이 있어 루크워렐이 부러 알려준 인물로, 굉장한 미모는 아니었으나 제법 눈길을 끌 만한 구석이 있다. 염색을 한 듯 확 튀는 주황색 머리가 낯설었다.

로라가 제 친구인지 추종자인지 모를 아가씨들과 속닥거리다, 로즈를 보자 만면에 미소를 가득 담고 조르르 다가왔다. 약간 굼뜬 편인 아버지와는 달리 행동이 재빨랐으나 경박해 보이는 감이 없지 않다. 주변에 있는 이들에게는 뭐라 했는지 그들은 로라를 더는 쫓아오지 않았다.

로라가 로즈를 똑바로 쳐다본 후에야, 고개를 숙였다. 눈빛이 그리 깨끗하지 않고 몽롱했다. 공식석상인 걸 생각하면 꽤 발칙한 태도다. 그러더니 제 소개를 시작했다.

"케샥 가문의 로라 다란 케샥입니다, 아름다운 귀비님. 그간 잘 지내셨는지요."

카랑카랑한 목소리였다. 예법에는 나무람이 전혀 없지만, 로즈는 상대가 저를 만만하게 본다는 인상을 미약하게나마 받았다. 아니다, 제 오해일지도 모른다. 귀비라는 위치를 떠나서, 에아기네스는 프린 계급으로 다란에 속하는 로라보다 훨씬 고위귀족이다. 사교계에서 제법 입지를 다지고 있는 아가씨가 우습게 볼 만한 상대가 아닌 것을. 어쩌면 사교계에서 한참 떠받들려지는 아가씨 특유의 교만함과 패기일지도 모른다. 로즈는 판단을 보류했다.

"고개를 들어도 좋아요, 로라."

말이 끝나기 무섭게 로라가 고개를 번쩍 들었다. 얼굴에는 여전히 미소가 만연했지만, 로즈는 그 미소가 진심으로 느껴지지 않았다. 고개를 들자마자, 로라가 바짝 다가왔다.

"에아기네스 님, 꼭 여쭙고 싶은 것이 있는데 좀 더 조용한 장소에서 여쭈어도 될까요? 이곳은 너무 시끄럽네요."

"이곳에서 묻기에는 어려운 질문인가요?"

로즈의 의아하다는 말에 로라가 짐짓 발랄한 아가씨처럼 고개를 끄덕였다. 귀엽고 사랑스러워 보이기 위해 몇 번이고 연습한 듯했다. 다른 이들은 어떻게 생각할지 몰라도 로즈에게는 그렇게 느껴졌다.

"사적인 질문인지라 이곳에선 좀 그렇습니다."

로즈는 잠시 어떻게 할지 생각했다. 로라의 청 정도는 거절해도 그만이다. 다만 에아기네스가 사적으로 선물을 할 정도의 친분이 있고, 에아기네스를 좀 더 알고 그녀가 사라진 까닭과 그에 관련된 이들을 알기 위해선 조금은 위험을 감수할 필요도 있다.

"그러면 이쪽으로 가지요."

로즈는 적당히 가까운 테라스를 골랐다. 그곳에는 사람이 없었지만, 그 근처는 제법 북적여 무슨 일이 있거나 소리가 나면 금세 주목을 끌 수 있다.

로라가 만족한 듯 대답했다.

"그렇게 하기로 해요, 에아기네스 님."

로즈가 테라스로 향했다. 로라가 공손함을 나타내는 듯 손을 모으고 나란히 따르는데, 아까와는 영 상반된 그 태도에 로즈는 로라가 가식적인 사람인지도 모르겠다고 생각했다. 꾸민 듯한 태도가 진심인지, 속으로 감춘 저를 은근 무시하는 태도가 진심인지는 겪어보면 알 일이다.

밖에는 나무 몇 그루가 기울어져 있었다. 따라오면서 테라스 문을 닫으려는 로라를 로즈가 말렸다.

"그건 그대로 두었으면 좋겠어요. 갑자기 폐하가 절 찾을 수도 있으니 말이에요."

"이런 작은 무도회에서 폐하가 급히 귀비님을 찾는 일은 거의 없으세요."

문을 잡은 채 로라가 대꾸했다. 역시 기분 탓이 아니었다. 로즈가 부드럽지만 조금 더 강경한 어투로 대꾸했다.

"그건 내가 판단해요, 로라. 폐하의 의중은 나도 잘 모르는데, 로라가 어찌 그리 잘 아는지 신기하군요. 홀의 흥겨움도 느끼고 싶으니 그냥 두도록 해요."

그제야 로라가 문을 놓았다. 그녀의 불만이 문을 닫기 위해 이쪽으로 향해 있던 등에서 느껴졌지만, 다시 로즈를 향했을 땐 그런 기색이라곤 얼굴에서 싹 지워낸 후였다.

이곳은 참 피곤한 곳이야. 대화 하나조차 이리 재면서 해야 하다니. 로즈는 짧게 정의했다.

로라가 친밀한 척 로즈의 팔을 슬쩍 잡더니, 다짜고짜 본론을 꺼냈다.

"에아기네스 님, 저에게 선물해주신 머리핀을 만든 공방을 일러주실 수 없겠습니까? 아버지로부터 답변은 들었으나 그 공방 제품이 정말 마음에 들어서요."

로라는 제법 사근사근했다. 제가 원하는 답을 듣기 위함인지 아니면 둘이 있게 되어 친밀감을 나타내기 위함인지 판단하긴 어려웠다.

로즈는 그녀에게 잡힌 팔을 가만히 내려다보았다. 에아기네스는, 로라와 매우 친했던 걸까? 이렇게 스스럼없이 접촉할 정도로? 그래서 로라가 친밀함의 표시로 예법 정도는 적당히 넘어가는 걸까?

스칼렛 황비도 스스럼없기는 했지만 그 속을 알 수 없는 정도였지 무시당한다는 기분은 들지 않았다. 하지만 로라는 그 저변에 그녀를 얕보고 있다는 느낌을 지울 수 없었다. 그리고 무엇보다도, 로즈는 그 공방이 어디인지 알지 못한다. 로즈는 로라의 손을 부드럽게 떨궈 냈다.

"안타깝게도 로라, 가르쳐드리긴 어려울 것 같네요."

로라는 포기하지 않았다.

"독점하고 싶으신 마음은 알겠으나 가진 자의 여유로움을 보여주 세요."

"때로는 원해도 되지 않는 것도 있는 법이랍니다."

저렇게까지 끈덕지게 매달리니 답을 주고 대화를 끝내고 싶다. 그 러나 로즈는 에아기네스가 아니다. 진짜 에아기네스가 나타나면 모 를까, 지금으로서는 답할 길이 없다.

갑자기 로라의 안색이 바뀌었다. 사근사근한 목소리가 흥분으로 고조되었다.

"참 고고하시네요."

로즈는 본색을 드러낸 로라를 가만히 바라보며 경고했다.

"로라. 지금 무례하게 행동하고 있습니다."

그러나 로라는 외려 기가 막힌다는 듯 코웃음 쳤다.

"하, 무례라고?"

"네. 대화는 진정되면 하는 게 좋겠군요. 오늘은 아닌 듯합니다."

막무가내인 사람을 상대해봤자 서로 손해일 뿐이다. 에아기네스의 자리였다. 에아기네스가 없는 동안 문제를 일으키고 싶은 생각은 조 금도 없었다.

로즈가 자리를 뜨려 하자, 로라가 갑자기 그녀의 팔을 획 잡아챘 다.

"무례는 무슨 무례! 원래대로라면 폐하의 근처에도 갈 수 없는 주 제에, 어디서 감히 눈을 고고히 뜨며 거절이야!"

"그게 무슨 소리죠?"

로즈가 의아한 얼굴로 반문했다. 전혀 예상치 못한 내용이다. 에아기네스는 프린 계급이다. 귀하게 자란 여자다. 로라가 이렇게 대할 만한 신분이 전혀 아니었다.

로라가 로즈를 똑바로 노려보며 아까보다 더 높은 소리로 외쳤다. 소란에 홀 안의 사람들의 시선이 하나둘 몰리기 시작했다.

"몰라서 묻는 거야? 귀비님으로 지내다 보니 제 주제를 망각했나 보네. 그럼 내가 친히 알려……, 꺅!"

철썩!

허공을 울리는 파열음과 함께, 로라가 휘청하며 쓰러졌다. 소란을 보고 급히 달려왔는지, 로라를 때린 이는 쓰러진 그녀를 잡아줄 생각 따윈 없는 듯 흥분으로 씩씩대는 중이다. 분노에 찬 외침이 테라스를 가득 채웠다.

"로라!"

"아, 아버지……."

부릅뜬 눈은 분노로 이글거렸다. 드미트리의 얼굴은 로즈를 대할 때의 유한 미소는 온데간데없고, 격분을 못 이겨 일그러져 있었다.

"입에서 나온다고 다 말이 아니다. 내 그리 언행을 조심하라 일렀 건만!"

그제야 정신을 차렸는지 로라가 덜덜 떨었다. 어깨부터 시작된 자잘한 떨림은 어느새 온몸으로 퍼져 사시나무 떨듯 떨리고 있었다. 로라가 우물거리며 막 말을 시작한 아이처럼 변명을 쏟아냈다.

"아버지, 죄송해요……. 그러려고 했던 게 아니었어요. 다만 저 계집이 주제도 모르고 변변찮은 정보 하나 제대로 주지 않기에……."

철썩!

또다시 굉장한 소리와 함께 로라의 반대편 뺨으로 손이 날아갔다. 드미트리가 격렬하게 외쳤다.

"아직도 정신을 못 차렸구나. 귀비님에게 감히 계집 운운하다니!"

로라가 얼빠진 얼굴로 제 아버지를 망연히 바라보았다. 붉어진 두 뺨에는 손자국이 선명했다. 손가락으로 더듬더듬 제 뺨을 만지다가, 로라가 핏발 선 눈을 한 채 고개를 푹 수그리고 납작 엎드렸다.

"죄, 죄송합니다. 귀비님. 제가 철이 없고 경거망동하여 귀비님께 큰…… 무례를…… 저질렀습니다."

이를 악문 듯 바람 빠진 소리가 났다. 사람들이 수군거림이 가까워졌다.

"세상에. 오냐오냐 키워졌더니만, 감히 귀비님께 대들었다면서요?"

"이래서 어릴 때부터 예의를 가르쳐야 하는 거예요."

드미트리가 송구하다는 듯 깊이 머리 숙였다.

"정말 죄송합니다. 제 딸아이가 조금 잘난 얼굴만 믿고서 기고만장하게 굴더니, 이렇게 천지분간을 못 하고 귀비님께 큰 무례와 해를 입혔습니다. 제 손으로 아끼는 딸자식을 직접 처벌했으니, 부디 노여움을 거둬주시기를 바랍니다."

사람 좋은 척 인자하게 웃으며 굼뜨게 움직였던 사람이라고 믿을 수 없는 행동들이다.

로즈는 얼어붙은 채 고개 숙인 드미트리의 정수리를 보았다. 우악스럽기까지 한 그 태도와는 달리 능숙한 말솜씨는, 그를 다르게 느껴지게 했다. 로즈는 얼어붙은 와중에도 머리를 굴려야 했다. 자신은 에아기네스가 아니었으므로 더더욱.

어느 쪽을 보여야 할까. 관대한 용서? 아니면 엄격한 처벌?

로라의 태도는 유하게 웃어넘길 수도 있다고 볼 수도 있지만, 법상으로 황족 모독죄는 꽤 크게 작용했다. 로즈는 황비의 신분이 아니니 엄격하게는 황족이라 볼 수 없었지만, 귀비의 신분으로 황제를 모시는 자이고 실질적으로 황비의 역할을 하고 있는 데다 황제의 총애까지 받는다.

이번에 허투루 보이면, 다음번엔 더 우습게 여길 것이다. 로즈는 저에게 쏠리는 시선들을 느꼈다. 제가 무슨 말을 할지 모두 주시하고 있었다. 하필이면, 루크워렐이 없을 때.

로즈는 담담하나 엄격한 말투로, 드미트리의 과격한 행동으로 놀란 자신을 숨겼다.

"이번은 드미트리, 그대의 행동을 보아 넘기겠지만, 다음번에는 좌시하지 않을 겁니다. 필요하면 법의 힘을 빌려서라도 본보기를 보일 테니 확실하게 행동이 변화되어야 할 겁니다, 로라."

다행히 얼어붙은 몸과는 달리 목소리는 막힘없이 흘러나왔다. 굳은 제 얼굴은 불쾌감 때문이리라고 생각할 터였다.

로즈의 말이 끝나자, 로라가 굽힌 몸을 제대로 펴지도 않고서 띄엄띄엄 대답했다.

"귀비님의…… 넓은 마음에…… 깊은…… 감사를 표합니다. 두 번다시 이런 일은…… 없도록 하겠습니다."

"알았으니 이제 가도록 해요. 하지만 지금 이 행동에 대한 대가는 치러야 할 겁니다."

"네…….''

로라가 몸을 수그린 채 거의 기다시피 해 테라스에서 사라졌다. 눈물이라도 훔치는지 얼굴로 손이 몇 번이고 올라갔다 내려갔다를 반복했다.

로즈가 드미트리를 바라보며 그의 우악스러운 행동에 겁먹지 않은 척 고고히 말했다.

"그리고 아무리 나를 생각한다 해도, 딸에 대한 처벌은 본인 가문으로 돌아갔을 때 행하면 좋겠군요. 경비병을 불러오는 게 좋았을 겁니다."

갑작스러운 상황에서 본성이 나온다는 말이 맞다면, 어쩌면 그는 저런 난폭함을 내재한 사람인지도 모른다. 그리고 로라는 분명히 에아기네스에 대해 뭔가를 알고 있음을 비쳤다. 드미트리가 우악스럽게 막지 않았다면, 분명 제 감정에 취해 뭔가 단서가 될 한 것들을 내뱉었을 터.

그리고 그걸 과연 드미트리가 몰랐을까? 드미트리는 그저 에아기네스를 통한 자선사업에만 연관된 사람일까? 에아기네스는, 알려진 것과는 달리 뭔가 비밀이 있는 게 아닐까?

로즈가 심각한 얼굴로 서 있는데, 드미트리가 다가오며 굽신거렸다.

"제가 생각이 짧아 그것까지는 생각 못 했습니다. 제 딸이 귀비님께 위해를 가할지 모른다 싶어, 저도 모르게 과격한 행동을 했군요. 죄송합니다."

"이 일에 대한 처분은, 폐하께서 결정하실 겁니다."

"여부가 있겠습니까. 무엇이든 받아들이겠습니다."

말을 더 섞어 의중을 알아볼까 하다가, 이곳은 너무 많은 이들이 데에 생각이 미쳤다. 게다가 상대는 쉽게 입을 열 것 같지도 않다. 우선은 다음으로 보류하고 로즈가 드미트리에게 적당히 물러날 것을 권했다.

"드미트리, 그대도 놀랐을 터이니 이만 가도 됩니다. 로라도 지금

훈계해줄 아버지가 필요하겠지요."

"넓은 마음, 감사합니다."

드미트리가 꾸벅 몸을 한 번 더 숙이더니, 로즈의 곁을 아주 가깝게 스치고 지나갔다. 그리고 로즈에게만 들리게끔 속삭였다.

"잊지 마십시오, 카펠리움을."

로즈가 놀라 드미트리를 뒤돌아봤지만, 어느새 드미트리는 인파 속으로 사라져 있었다.

에아기네스, 그대는 어떤 사람인 거지? 신분이 높지 않은 귀족이 영애가 그대를 자신보다 하찮은 이로 취급했어. 그대는 프린 계급이 아니었나? 그대의 과거는 어디서부터 어디까지가 진짜인 거지? 게다가 카펠리움은 뭐고? 성(姓) 같기도 했고 어떤 기관의 이름 같기도 했다.

에아기네스, 그대는 과연 황제를 진짜 사랑했나? 당신을 그렇게나 열렬히 사랑하는 황제의 옆에, 당신은 왜 있었나? 사랑이 아닌 어떤 마음과 계획으로 있었지? 당신은 왜 사라졌지?

우선은 이 모든 걸 루크워렐에게 알려야 했다.

로즈가 혼란스러움 가운데 서 있는데, 주변으로 귀부인들과 귀족 아가씨들이 몰려들었다.

"세상에나, 귀비님, 얼마나 놀라셨어요? 요즘 젊은 애들은 지나치게 무례하답니다."

"젊기 때문만은 아니에요. 그저 로라가 다른 아가씨들보다 너무 기고만장한 거죠. 오히려 다른 영애들은 젊기 때문에 더 경우 있게 조심하곤 한답니다."

"그나저나 드미트리가 저렇게까지 화를 내는 건 처음 보았네요."

"역시 귀비님이세요. 품위를 잃지 않으시고 너그럽게 용서하셨어요."

로즈는 각양각색으로 떠들어대는 여자들 틈에서, 우선은 그저 유하게 웃었다. 실상은 다들 제각각 제 생각만 쏟아내고 있는지라, 누구에게 뭐라 답할지 전혀 감을 잡을 수 없었기 때문이다. 담담한 미소는 정답이었다. 떠들어대던 여인들이 로즈가 무슨 말을 할까 궁금해하며 쳐다보았다.

"걱정해주신 덕분에 무탈하게 넘어갔네요. 그렇지만 저런 태도는 간과해서는 안 되겠지요. 황실에 대한 도전이라 볼 수도 있으니. 폐하께 말씀드려야겠습니다. 폐하는 돌아오셨나요?"

"아직 돌아오시지 않았어요. 시종에게 말해서 의전관이나 부시종장에게 전해드릴까요?"

"그렇게 해주세요. 그리고 잠시 쉬고 싶으니, 각자 즐거운 시간을 보내면 좋겠어요."

"알겠습니다, 귀비님."

로즈의 명에 여인들이 썰물처럼 빠져나갔다. 시종과 시녀들이 와 로즈 근처에 의자와 탁자를 재배치하더니 시원한 음료와 따뜻한 음료, 간단한 다과들을 놓은 후 로즈를 향해 의자를 빼주었다.

로즈는 의자에 앉아 홀 중앙에서 춤을 추는 남녀를 바라보았다. 차가운 음료를 한 모금 마시자, 놀랐던 가슴이 조금 진정되었다. 음악에 맞춰 휘감기는 치맛자락과 마주 잡은 손을 바라보며, 로즈는 속으로 중얼중얼 귀족들의 이름을 외우다 그런 제 자신이 어이가 없어서 가볍게 피식 웃었다. 지나치게 빨리 적응하고 있다. 단순한 생존만의 문제라 생각하기엔 뭔가 다른 요인이 있는 것 같다.

잘하고 싶은 거다. 루크워렐을 생각해서.

얼마나 보았다고 끌리는 걸까. 넘볼 수 없는 사람인 데다가 다른 여자를 깊이 사랑하는 남자를. 가족의 부재가 약간의 친절에도 흔들리는 쉬운 여자로 만들어버린 걸까. 그러나 아무리 논리적으로 이성적으로 생각하려 애를 써도, 끌리는 마음은 어쩔 수 없었다.

로즈는 차가운 음료가 담긴 잔의 표면을 손끝으로 천천히 매만졌다. 아직 다 가시지 않은 서늘한 감촉이 매끄럽게 달라붙었다. 일부러 술 종류는 아무리 약한 것이라 해도 먹지 않았다. 조금이라도 실수하고 싶지 않았다.

에아기네스의 과거가 조작되었다면? 그 일에는 드미트리가 관련되어 있고, 그 딸 로라도 알고 있다. 그들은 뭔가 목적을 갖고 이 일을 했다. 드미트리는 그 일의 중대함을 알아 함구했지만, 아직 젊고 경솔한 로라는 에아기네스가 저보다 더 낮은 신분으로 간주하며 함부로 굴었다.

소름 돋는 일이다. 루크워렐을 속였다, 에아기네스가. 한 나라의 황제도 속을 정도로 치밀하게 준비해서 귀비로 그의 곁에 섰다. 모종의 목표를 위해서. 카펠리움과 관련된 뭔가를 위해서. 루크워렐은 이 사실을 알까? 그래서 얼마 전 자신을 붙들고 그렇게 괴로워했던 걸까?

"루크워렐……."

로즈가 잔을 매만지며 조그맣게 속삭였다. 입에 감히 담아서는 안 되는 이름이지만, 아무도 제 옆에 없는 지금 애달픈 마음에 절로 입 밖으로 흘러나왔다. 그 순간이었다.

"아름다운 귀비님께서는, 홀로 계신 모습도 아름다우시군요."

로즈는 눈을 들어, 제게 말을 건 남자를 바라보았다. 루크워렐이 탄탄하고 날카로운 느낌을 주는 남자다운 미남이라면, 눈앞의 남자는 아름답다는 느낌이 어울리는 미남이다. 우수에 젖은 느낌의 보라색 눈동자는 감성적인 분위기를 풍겼고 결이 좋은 금발은 반짝거렸다. 어두운 계열의 옷차림이어서 그런지 오히려 금발이 더 화사하게 느껴졌다. 게다가 미소는, 상대로 하여금 경계심을 풀어지게 할 만큼 선량하고 사랑스러워, 반사적으로 같이 미소 짓게 하는 힘이 있다.

남자가 우아하게 제 소개를 했다. 어투는 친절하고 근사했다.

"설리반 프린 프란입니다, 에아기네스 님. 자선사업으로 몇 번 함께한 적이 있었지요."

아까 루크워렐과 함께 있을 때는 보지 못했다. 늦게 도착한 모양이다. 드미트리가 언급했던 사람이다. 에아기네스 덕에 자선사업에서 좋은 결과를 얻어 설리반이 기뻐할 거라 했지. 드미트리보다 훨씬 더 크게 자선사업을 하고 있다고도.

그는 드미트리처럼 알 수 없는 음모에 같이 동참한 사이일까, 아니면 그저 자선사업으로만 연계된 사람일까. 지금으로서는 알 수 없다. 하지만 의혹이 있다는 사실만으로도 충분히 경계할 만했다.

심장이 긴장으로 바짝 조여든다. 로즈는 긴장을 내색하지 않으며 얼굴 만면에 미소를 가득 담았다. 여유 있어 보여야 한다. 아는 사이든 모르는 사이든, 이쪽이 허둥대고 있다는 걸 보이면 상대방이 이상하게 생각할 거다.

"뵙게 되어 기쁩니다, 설리반 프린 프란 님."

귀비이기는 했지만 에아기네스는 프린으로 대우받는다. 저쪽에서 높임을 썼는데 여기서 하대할 수는 없다.

설리반이 싱그럽게 웃었다. 참 아름다운 사람이었다. 그러나 아름답다 해서 꼭 선한 건 아니다.

"작은 소동이 있었던 것 같습니다. 로라였지요."

"네. 말씀대로 작은 소동이지요."

"로라는 경솔한 면이 있어 언젠가는 사고를 칠 줄 알았습니다. 드미트리가 애먹겠군요."

평이한 투다. 저 정도로는 드미트리와 깊은 관계라 보기 어려웠다.
설리반이 여전히 화사하게 웃으며 손을 내밀었다.

"에아기네스 님, 저와 함께 춤추시지 않겠습니까?"

로즈는 내밀어진 손을 가만히 바라보았다.

"아직 폐하께서 돌아오시지 않았습니다. 첫 춤은 폐하와 하고 싶습
니다."

"아마 쉽게 돌아오시기는 어려울 겁니다. 가산 지역의 난민들이 폭
동을 일으켰거든요."

로즈는 놀랐다는 얼굴로 천연덕스럽게 대꾸했다.

"정사(政事)에 대해 아주 잘 아시는군요."

"자선사업을 하다 보면 이런저런 이야기들이 들려오기 마련이랍
니다."

"가산 지역의 난민이라니, 어떻게 된 이야기인가요?"

"듣고 싶으신가요?"

"네. 폐하와 관련된 일이니까요."

설리반이 얼굴 가득 웃음을 띠고서 대꾸했다.

"저와 춤을 추면서 이야기를 들어보시는 건 어떻습니까?"

여전히 거둬지지 않고서 제 앞에 내밀어진 손을 바라보다, 로즈가
고개를 가볍게 끄덕였다.

"그러면 한 곡 추겠습니다. 폐하께서는 제 사랑을 의심치 않으시
고, 이 정도는 이해하실 만한 아량이 있으십니다."

로즈가 손을 내밀어 설리반의 손을 잡았다. 루크워렐의 손이 단단
하고 커다래서 그녀의 손을 폭 안아주는 느낌이라면, 설리반의 손은
남자치고는 손가락이 예쁘게 뻗은 데다 매끄럽고 보드라웠다.

로즈는 그의 손을 잡고 몸을 일으켰다. 마침 연주되던 춤곡이 거의 끝나가던 중이다. 그대로 걸어가 다음 곡에 춤을 추기만 하면 되었다. 드미트리와 어떤 연계가 있다면, 대화 중에 설핏 자신에게 그 점을 흘릴지도 모른다. 자신이 에아기네스인 줄 알고 있으니까. 아무런 소득이 없다 해도, 우선은 무슨 이야기이든 듣는 쪽이 좋을 듯하다. 아무것도 모르는 것보다는 나을 성싶다.

그때, 누군가가 곁으로 다가와 로즈의 허리춤을 가볍게 잡고 설리반과 맞잡은 손을 풀었다.

"내가 올 때까지 첫 춤을 기다릴 줄 알았더니, 그대는 너무 인기가 많군."

루크워렐이다. 설리반이 제 빈손을 잠시 내려다보다, 루크워렐에게 고개 숙여 예를 표했다.

"귀비님이 심심하신 듯하여 말벗이나 해드릴까 하였습니다."

"그대는 사려 깊으니 충분히 그랬겠지. 안타깝게도 나는 내 사람을 늘 곁에 두고 싶어 하는 욕심쟁이인지라, 사랑에 빠진 남자의 우매함을 이해해주기 바라네."

"여부가 있겠습니까, 폐하. 폐하의 귀비님을 향한 사랑은 유명하니까요."

"알아주니 고맙군."

설리반이 고개를 숙이고 인파 속으로 사라졌다.

루크워렐이 자연스럽게 로즈를 홀 중앙으로 이끌었다. 그리고 새 음악이 시작됐다. 느리지만 부드럽고 편안한 곡이다. 루크워렐이 로즈를 부드럽게 잡고 이끌었다.

"그대에게 일어난 일을 들었어. 그래서 대화가 마무리되지 않았지만 급히 돌아왔지. 그런데 설리반의 손을 잡고 춤을 추려 할지는 몰랐군. 그대는 내 눈에만 예쁜 게 아닌가 봐."

루크워렐이 손을 잡아주자, 팽팽했던 긴장이 풀어지는 기분이다. 속내를 모두 알 수는 없을지라도, 단 한 가지 확실한 건 제가 이곳에서 유일하게 온전히 믿을 수 있는 사람이라는 사실이다. 로즈가 안심한 얼굴로 부드럽게 웃었다. 꾸미지 않은 편안한 미소였다.

"그래서 질투하셨나요?"

"질투했지, 로즈."

이름을 불리는 게 이토록 설레는 일이었나. 에아기네스라는 이름이 아닌 제 이름으로 불려 가슴이 두근거렸다.

"아까 드미트리의 딸인 로라가 소란을 일으켰다 들었어. 무슨 일이 있던 거지?"

로즈는 잠시 망설였지만, 곧 결심했다.

"로라가 에아기네스가 선물한 장신구의 공방을 알고 싶어 했어요. 당연히 저는 몰랐고, 적당히 넘어가려는데 로라가 갑자기 주제도 모른다고 외치더니 저를 모욕했어요. 마치 자신보다 신분이 낮은 사람을 대하는 듯한 태도였어요. 폐하, 어쩌면…… 에아기네스 님의 신분과 과거는 폐하가 알고 있는 것과 다를지 모릅니다."

당신이 그토록 열렬히 사랑하는 여자가 당신을 속였을지도 모른다. 모함이라 치부하기엔 로라나 드미트리가 얻는 것이 없다.

루크워렐의 얼굴이 어두워졌다. 당연한 결과다. 빙그르르, 로즈가 루크워렐의 품에서 놀았다. 그 순간은 루크워렐에 대한 걱정으로 마음이 무거우면서도, 그의 품에서 이대로 머물고 싶은 충동이 일었다. 괴로운 감정이었다.

"그럴 수도 있겠다고 생각했지만, 실제로 들으니 마음이 더 무겁군."

"알고…… 계셨어요?"

"최근에 알게 되었지. 그대의 입을 통해 들으니 새삼 기분이 더 이상하지만."

그제야 로즈는 얼마 전 밤에 루크워렐이 보인 태도를 이해할 수 있었다. 에아기네스가 사라진 후, 분명 조사가 시작되었을 거고 실종인지 납치인지 알 수 없는 심각한 사안이었으니 에아기네스의 과거 또한 샅샅이 파헤쳐졌을 거다. 황제인 루크워렐을 속이고 귀비로 들어올 수 있을 정도로 치밀하게 짜인 과거였지만 거짓인 만큼 파고들 틈새 또한 있었을 터.

"어떤 말로도 위로가 될 순 없겠군요."

"위로하려 하지 않아도 돼. 그저 이렇게 그대가 옆에 있어주는 것만으로도 충분해, 로즈."

로즈가 고개를 들어 루크워렐을 바라보았다. 세상이 빙글빙글 돌아가고 있다. 밝은 불빛과 사람들, 웅성거리는 소리들을 묻으며, 돌고 있는 두 사람을 감싸주는 음악.

"이제 제 이름을 불러주시는군요."

"그대가 그러기를 원하니까. 사람이 많을 때는 이목이 있으니 쉬이 부를 수 없겠지만, 둘만 있으면 그렇게 부르도록 하지. 누군가 듣고 왜 그리 칭하느냐 하면 혼자 독점하고 싶어 애칭을 만들었다 하고."

계속 이렇게 있고 싶다. 언젠가는 손가락 사이로 흘러내려 사라질 모래알갱이들 같은 설렘일지라도, 지금 이 순간을 깨지 않고 유지하고 싶다. 하지만 그럴 수 없다. 현실을 외면할 수는 없었다.

"폐하."

루크워렐의 다정한 시선이 로즈에게 닿았다.

로즈는 루크워렐을 똑바로 바라보며 마음을 다졌다. 그저 말하지 않으면 그만일지 모르겠다. 에아기네스인 양 루크워렐의 애정을 받는 시간을 조금이나마 늘릴 수 있을지 모른다. 그렇지만 루크워렐을 위해서, 그가 사랑하는 에아기네스를 위해서, 조금이나마 알게 된 사실이 있다면 머뭇거려서는 안 되었다. 가족을 잃은 공허감을 그의 애정이 조금씩 채워주고 있다고 해서, 제 몫이 아닌 걸 가지려 해서는 안 되었다.

"이 일은 이게 끝이 아니라는 생각이 듭니다. 주제넘은 소견일지 모르겠지만 드미트리가 로라를 몰아세울 때, 그저 무례를 덮기 위함이 아니라는 생각이 들었습니다. 드미트리가 저에게 분명히 말했습니다. '카펠리움'을 기억하라고."

루크워렐의 얼굴에 찰나 놀람이 스쳐갔다. 루크워렐이 신중한 어투로 로즈에게 재차 확인했다.

"카펠리움이라고…… 했나?"

"아십니까, 폐하?"

"알고 있지. 아까도 말했지만, 그대의 입에서 이런 이야기를 들으니 매우 생경하군."

루크워렐의 시선은 로즈에게서 떨어지지 않았다. 내색을 많이 하지는 않았지만, 감정적으로 매우 동요한 듯 보였다. 그러함에도 루크워렐의 춤 솜씨는 완벽했다.

자신이 함부로 건드려서는 안 되는 사안이었나. 그래도 제 귀로 들은 이상 전달해야 했다.

"물론 제가 함부로 관여할 사안은 아닙니다만, 그래도 에아기네스 님의 대역이니 정보를 주는 입장에서 언급을 안 할 수 없습니다."

로즈의 선을 긋는 말에 루크워렐은 안타깝게 속삭였다.

"그대는 그저 그런 대역이 아니야. 그렇게 생각하지 않았으면 좋겠군.”

“전 분명히 에아기네스 님의 대신으로 일개 평민에 불과합니다.”

꽉, 갑자기 루크워렐이 로즈를 제 품으로 더 세게 끌어당겼다. 루크워렐의 몸짓에 로즈는 끌려갔다. 루크워렐이 로즈의 왼쪽 귓가에 입술을 가깝게 대고 속삭였다.

“그대는 게임에서 쓰는 말 같은 존재가 아니야. 분명 그대를 그렇게 생각한 이들도 있었겠지. 하지만 나는 그대를 절대 그렇게 생각하지 않아.”

로즈는 달콤하고 낯선 감각에 당황했다. 그 와중에도 음악에 맞춰 스텝을 맞추는 건 잊지 않았다. 루크워렐이 다짐하듯 한 번 더 속삭였다. 잊을 수 없는 음색이었다.

“그대는 그대 자체만으로도 매우 소중해, 로즈. 그대가 나에게 어떤 일을 하려고 하든, 그걸 꼭 기억해주면 좋겠군.”

존재하는 것만으로도 소중한 사람.

사람에게 있어 그만큼 저가 사랑받는다는 느낌을 주는 말이 어디 있을까. 루크워렐의 말이, 로즈의 가슴 한복판에 큰 파문을 일으켰다. 속삭임은 조그마했지만, 울림은 컸다. 로즈가 그 말을 음미하느라 바로 답을 못 하다 퍼뜩 정신을 차리곤 서둘러 대꾸했다.

“전 폐하께 그런 말을 들을 정도의 사람이 아닙니다.”

루크워렐은 단호했다.

“아니. 그대는 아주 소중한 사람이야. 그러니 그대를 좀 더 소중히 여기도록 해. 그렇지 않다면, 내 마음이 매우 아플 테니까.”

누군가 자신에게 서서히 다가와 호감을 얻은 후, 이렇게 말해줬다면 감사했을 것이다. 그렇지만 로즈는 아주 잘 알고 있었다. 루크워렐에 대해 끌리는 제 마음은 외면해야 했다. 그와는 이어질 수도, 곁에 있을 수도 없다. 특수한 상황이 맺어준 잠깐의 만남. 게다가 그에겐 누구보다도 소중히 여기는 여자가 있다. 루크워렐이 가벼운 남자라 생각되지는 않는데, 자신한테 왜 자꾸만 이러는지 알 수 없다.

어쩌면 루크워렐은 그토록 간절하게 사랑하는 에아기네스가 자신을 저버렸을지도 모른다는 사실을 인정하기 어려운지도 모른다. 그래서 자꾸만 제 옆에서 조력자로 있는 저를 에아기네스와 겹쳐보고 있는 거다. 로즈는 간결하게 그 사실을 지적했다.

"에아기네스 님이 계신데 그런 발언은 매우 불편합니다. 폐하."

"난 그저 그대에게 내 솔직한 감정을 말한 것뿐이야."

"폐하께서는 바람둥이는 아니라 생각합니다만, 언제나 저에게는 오해의 여지가 있게끔 말씀하십니다. 저는 저에게 합당하지 않은 기대는 하고 싶지 않습니다."

"어떤 기대를 하기에 그리 말하나?"

루크워렐은 제 말을 철회할 생각이 조금도 없어 보였다. 계속 말을 이어봤자 끝나지 않을 것 같다. 로즈는 그와 관련된 대화는 여기서 멈추기로 했다. 지금은 그런 말장난보다는 확인해야 할 것이 있다.

에아기네스의 진실에 가까이 갈수록, 루크워렐과 헤어질 시간은 다가온다는 게 로즈를 괴롭게 했다. 그렇다고 하여 로즈는 제가 해야 할 일을 외면하고 싶지 않았다. 저를 다른 여자로 겹쳐 보는 남자는 최악이다. 그럼에도 그의 다정함이 그녀를 흔들어 못내 괴롭다. 로즈가 마음의 울렁거림은 감춘 채 현재 직면한 문제를 처리하기로 했다.

"폐하, 아까 전해드린 카펠리움은 대체 무엇인가요?"

루크워렐은 로즈를 지그시 바라보았다. 시선이 복잡했다. 루크워렐은 그녀에게 다정히 굴다가도 종종 저런 눈빛으로 자신을 바라보았다. 뭐라 표현할 수 없는 안타까움과 애절함이 담겨 있는 눈빛. 이

내 루크워렐이 결심한 듯 속삭였다.

"그래. 그대에게는 말해줘야겠지."

루크워렐이 재차 로즈의 귓가로 입을 갖다 대었다. 숨결과 함께 소리가 흘러들어왔다.

"로즈, 카펠리움은 10년 전 반역사건 때 완벽하게 멸절된 가문이야. 소속은 아이시타스이지. 그 전까지는 아이시타스가 프린보다 더 위로 대우받았어. 그 사건으로 아이시타스의 명예가 크게 떨어졌고, 프린이 승승장구하는 계기가 되지."

곡은 조금씩 빨라지는 중이다. 그 말이 끝나자마자 로즈는 루크워렐의 손을 잡은 채 멀리 빙그르르 돌았다가 다시 그의 품으로 말려들어갔다. 루크워렐의 목소리는 빨라지는 박자와 함께 음악에 파묻혀 사라졌지만, 로즈의 가슴속에는 말의 파장이 커다란 돌처럼 무겁게 내려앉았다. 사람들이 모두 정신없이 빙글빙글 돌아가는 것 같았다. 그 속에서 루크워렐만이 오롯이 로즈와 함께 박자를 맞추었다.

에아기네스의 실종에는 도대체 무슨 일이 얽혀 있나. 로즈가 생각했던 것 이상으로 큰 일이 관여되어 있는 듯했다.

"그 말씀은…… 지금 일어나는 일들이 10년 전 반역사건과 관련이 있을 수 있다는 이야기로군요."

"맞아. 그리고 에아기네스, 그대도 관련되어 있을지도 모르는 일이지."

루크워렐이 아련하고 쓸쓸한 표정으로 로즈를 보며 뚜렷이 말했다. 저를 에아기네스와 겹쳐 보는 것 같았지만, 로즈는 충격으로 정정할 생각조차 하지 못했다. 제가 끼어들 자리가 아닌 것 같다. 판이 너무 크다. 하지만 이제 와 나 몰라라 돌아설 수도 없다. 생존을 위해 에아기네스인 척한 시점부터, 그녀 또한 이 사건의 중심부에 자리 잡았다. 로즈는 최대한 이성적이 되기 위해 노력했다.

"폐하께서도 위험하실 수 있는 문제군요. 그리고 그 일과 관련해서 에아기네스 님이 사라지신 거고요. 만에 하나…… 에아기네스 님이 그 일과 연관되어 있다면 어찌하실 겁니까?"

로즈는 에아기네스가 스스로 사라졌을 가능성보다는 납치 쪽에 더 비중을 두고 있었다. 루크워렐은 에아기네스를 진심으로 사랑했고, 약간의 장애물이 있었지만 그게 한밤에 쥐도 새도 모르게 사라질 정도로 큰 압박감을 주었으리라 생각되지 않는다. 다른 남자가 있을지 모른다는 설도 떠올려보았으나, 가장 가능성이 낮다고 여겼다.

그러나 에아기네스의 과거마저 거짓일 가능성이 높아지고, 뭔가 음모를 꾸미는 듯한 사람들이 에아기네스가 한편인 것처럼 속닥대는 걸 보면 에아기네스가 납치된 쪽보다는 스스로 사라졌다는 쪽에 무게가 실린다. 그래서 루크워렐이, 에아기네스가 좀 더 자신을 믿었어야 한다고 그리 말했는지도 모른다. 그렇다면, 그러함에도 사랑하는 이 남자는 어찌되는 걸까? 이 남자는 어떤 선택을 할까?

로즈는 루크워렐의 답을 기다렸다. 가슴이 세차게 뛰었다. 상황이 주는 긴장 탓인지, 남자의 답이 줄 파장 때문인지, 밝혀지는 비밀들이 주는 충격 때문인지 로즈도 알 수 없었다.

"그녀가 진심으로 날 해하고 싶어 하는 이들과 연관이 되어 날 해치고 싶어 한다면, 그녀가 사랑보다는 그걸 택했다면, 나도 그녀를 붙들고 있을 수는 없겠지. 내가 가진 의무와도 어긋나는 것이니. 하지만 그녀는 날 진심으로 사랑하고, 그로 인해 음모에 휩쓸린 자신을 놓아버렸다면, 나는 그녀가 어디에 있든 찾아내어 그녀를 끌어안을 거야."

이 사람은 이런 사람이었다. 제 책무는 잊지 않지만, 제 사람을 지킬 줄 안다. 역설적이게도, 로즈는 그래서 남의 남자인 줄 알면서도 그에게 끌렸다. 그 마음이 너무 아름다워서, 그 마음이 너무 애틋해서.

루크워렐이 로즈를 향해 나직하게 속삭였다.

"내 사랑은 그래, 에아기네스."

"……저는 로즈입니다, 폐하. 제 이름으로 불러주시기로 하셨잖아요."

그러나 그러함에도 로즈는 감정에 휩쓸리지 않는 쪽을 택했다. 자신은 평범한 가정교사인 로즈다. 이 사람이 퍼붓는 사랑은, 제 것이 아니다. 저 사람이 그걸 인지하지 못한다면, 스스로라도 끊임없이 인지해서 제자리로 돌아갈 거다.

루크워렐이 쓸쓸하게 대답했다.

"이 와중에도 제 몫은 잘 챙기는군, 로즈."

"이름은 정체성이니까요, 폐하."

"그렇군."

루크워렐은 곰곰이 생각하는 얼굴이 되었다. 정체성, 이라고 나직하게 중얼거리는 걸로 봐서 그 부분을 곱씹는 것 같았다.

"루크워렐이라고 불러줘, 로즈. 그대가 그렇게 불러주면, 지금 내게 큰 위로가 될 것 같아."

"그 위로는, 감히 제가 할 수 없는 것입니다, 폐하. 폐하가 그토록 사랑하시는 에아기네스 님만이 할 수 있는 것이지요."

로즈는 단칼에 청을 잘랐다.

곡이 서서히 끝나가고 있다. 몸을 맞대고 진짜 연인인 척 속삭이던 시간은 지나갔다. 슬프고 애틋하나, 그것이 현실. 에아기네스, 그대가 돌아와서 그대가 없어 날 향해 애틋한 마음을 고백하는 그대의 남자를 사랑해줘. 그것이 그가 행복해지는 길이야, 에아기네스.

로즈는 어디에 있는지 알 수 없는 에아기네스를 향해, 마음속 깊이 간절히 중얼거렸다.

로즈와 한차례 춤을 추고 난 후, 루크워렐은 아까 문제를 곧바로 처리하러 다시 자리를 비워야 했다. 루크워렐이 떠나기 전 이름을 외워둬야 하는 주요인물들을 대충 알려준 데다 바짝 긴장해서인지 로즈는 사람들의 이름을 생각보다 술술 말할 수 있었다.

사람들은 로라의 일로 로즈의 눈치를 슬슬 보았다. 루크워렐이 같이 있는 동안 그녀에게 보여준 애정과, 로라에게 응분의 처벌이 있으리라는 암시 때문인 것 같았다.

한참을 모르는 사람 속에서 이런저런 이야기를 주고받다 보니 피로했다. 잊고 있던 두통도 묵직하게 올라왔다. 로즈는 옆에서 별다를 것 없는 얘기들을 풀어놓는 여인들에게 말했다.

"잠시 혼자 있고 싶군요."

로즈의 말이 끝나기 무섭게 사람들이 달라붙었다.

"귀비님, 피곤하셔서 그런 거면 부축해드릴까요?"

"저기, 저 자리가 편하실 것 같아요."

벌써부터 따라붙을 생각인 사람들을 보며, 이런 식이면 그저 자리만 옮길 뿐 달라질 게 없다 여겼다. 로즈는 가볍게 손사래를 쳤다.

"바깥의 신선한 공기를 마시고 싶네요. 좋은 시간 보내고 있으세요. 금방 돌아올 테니."

"혹시라도 위험한 일이 생기시면……!"

"폐하께서 친히 마련하신 자리입니다. 곳곳에 경비병이 있으니 불미스러운 일이 생기는 일은 없어요. 게다가 아까 로라처럼 잠시 정신을 놓지 않은 이상, 누가 폐하의 권위에 도전하겠어요?"

로즈가 그렇게까지 말하자, 더는 쫓아오려 하는 사람이 없었다. 로즈는 여유 있게 웃었다.

홀에서 나오는 길에 보니, 저 멀리 스칼렛이 아름답게 만들어진 디저트들로 가득한 테이블을 돌아다니며 즐거워하고 있었다. 이 순간만은 황비의 역할에서 벗어난 채 자기가 하고 싶은 대로 행하는 스칼렛이 부럽게 느껴졌다.

복도로 나오자, 쉬고 싶은 이들을 위한 방들이 곳곳에 있다. 하지만 로즈는 어딘가에 들어가고 싶은 생각은 조금도 없었다. 로즈는 복도 끝으로 천천히 걸어가 커다란 창 앞에 섰다. 창문을 조금 여니 신선한 바람이 스며들었다. 짙게 깔린 밤의 색채가 열린 창틈을 타고 수런거리며 몰려왔다.

뒤에서 기척이 느껴졌다. 로즈는 뒤를 돌아보았다. 언제 왔는지 설리반이 다가오고 있었다. 만면에는 속을 알 수 없는 신비한 미소를 가득 띤 채로. 참으로 아름다운 남자다.

"에아기네스."

아까와는 달리 존칭 없는 호칭이 어색하지 않았다. 처음 불러보는 듯한 느낌이 아닌지라 기분이 묘했다. 로즈는 의아해 올려다보았다. 그는 빙긋이 웃더니, 천천히 로즈의 손에 뭔가를 쥐여주고는 재차 부드럽게 웃은 후 말없이 뒤돌아 사라졌다.

일련의 행동들이 마치 신기루 같은 느낌이었다. 로즈는 아무것도 묻지 못한 채 가만히 서 있다 천천히 눈을 제 손에 잡힌 물체로 향했다.

연한 연두색 줄기 위로, 연노란 색의 꽃이 커다랗게 피어 있었다. 여리고 아름다워 보이는 꽃이다. 향이 무척 진했는데, 매우 익숙한 향이었다. 그건, 매일 아침 루크워렐이 특별히 로즈를 위해 준비해준 차와 똑같았다.

어째서 이걸…… 왜?

여인에게 좋은 차라고 했으니, 이 꽃에서 추출한 차일 수도 있다. 그렇다면 이 꽃도 여인에게 좋을 수 있겠지. 그런데 왜 기분이 이렇지?

단순한 우연이라 치부할 수도 있었지만, 뒷맛이 싸했다. 콕 집을 수 없는 불쾌함이 가슴 언저리를 맴돌았다. 갑자기 선득하니 한기가 들었다. 단순한 선물이라 치부하기엔 뭔가 께름칙했다. 로즈는 꽃줄기를 꼭 쥐고선 말없이 서 있었다. 설리반이 사라진 끝에는 컴컴한 어둠이 입을 벌린 채 웃고 있었다.

4

오랜만에 악몽을 꾸었다.

다시 무도회장으로 들어섰을 때는 루크워렐도 돌아와 있었다. 돌아온 그를 보고 느낀 안도감은 이 안에서 유일하게 확실한 제 편이라는 감정과 맞닿아 있었다. 그 이후로는 쭉 평탄해서, 홀로 잠자리에 들 때까지만 해도 제 불안정함을 스스로도 눈치채지 못했다.

깊고 깊은 물과도 같은 어둠 속으로 계속해서 침잠했다. 사방은 너울 같은 흐릿한 어둠에 잠겨 있어, 위아래도 구분할 수 없었다.

이렇게 놓아버리면 돼.

그러면…….

그러나 포기하고 싶은 마음과는 다르게, 온몸은 생존을 위해 움직였다. 팔다리가 절로 허우적거려지며 코와 입이 갑갑해졌다. 그 순간, 노란색 꽃이 눈앞을 커다랗게 가렸다. 설리반이 준 연한 노란색 꽃이었다.

「어디서 주제도 모르는 게!」

로라의 새된 목소리가 커다랗게 울리며 머리를 후려치는 듯한 묵직한 두통과 함께, 로즈는 눈을 번쩍 떴다.

"헉!"

꿈속 어둠과는 다른 어둠이 제 주변을 감싸고 있었다. 몽환적인 꿈의 어둠과는 다른, 현실의 어둠. 완연히 다른 그 느낌에 이 순간이 진짜라는 자각이 들었다. 로즈는 제가 침대에 얌전히 누워서 자고 있었다는 사실을 깨달았다.

악몽에 놀라 숨을 고르는데, 남자의 크고 탄탄한 손이 제 몸을 두르고 있다. 언제 왔는지도 몰랐던 남자가 어느새 제 옆에 누워 있었다. 루크워렐이었다.

"쉬이. 괜찮아, 로즈. 악몽을 꿨나 보군."

"네, 폐하."

저도 모르게 남자의 품에 파고들어 악몽의 여운을 달래고 싶단 충동을 억누르며 로즈가 간신히 답했다. 그 순간, 로즈의 속마음을 읽은 듯 남자가 로즈를 제 품 깊이 안았다.

"괜찮아, 로즈. 꿈은 꿈일 뿐이야."

"……."

안심시키는 목소리에 마음이 놓이다가, 얇은 옷 너머로 느껴지는 근육의 감촉이, 남자의 체취가 이상한 기분을 불러일으켰다. 밤의 어둠에 홀린 것 같았다. 저도 모르게 부르지 않겠다던 이름을 불렀다.

"루크워렐."

"응."

자연스레 나오는 답에, 로즈의 입에서는 거르지 않은 말이 흘러나왔다.

"당신을 믿어도 될까요?"

그래. 여기. 이곳. 밤의 어둠만큼이나 사람 속을 다 알 수 없는 이곳. 처음 만남은 경악 그 자체였지만, 시간이 흐를수록 내 안에 파고든 당신. 이곳에서 당신만은 내 편이라고, 내 손을 잡아줄 거라고, 그렇게 믿어도 될까.

루크워렐이 망설임 하나 없이 답했다.

"물론, 얼마든지."

거짓이라고 의심해볼 만도 한데, 이상하게 믿고 싶었다. 루크워렐이 로즈를 더 깊이 끌어안았다. 안긴 팔이 든든했다. 루크워렐이 속삭였다.

"나는 언제든 그대의 아군이 되어주지."

"제가 잘못해도요?"

"그래도."

로즈가 조그맣게 중얼거렸다.

"그럴 때는 질책하셔야죠."

"물론, 그대가 잘못된 길을 가면 바로잡으려 애쓸 거야. 그대가 더는 잘못을 저질러 타인과 자신을 상처 입히지 않도록. 하지만 그대가 돌아올 길을 잃어 헤매고 있다면, 나는 끝까지 그대를 사랑하며 붙들어줄 거야."

"정말이지, 의지가 되는 말씀이네요. 그건, 에아기네스가 아닌 로즈에게도 포함되는 말인가요?"

"그러해."

"에아기네스 님에게는 미안하지만, 지금 이 순간은 정말 의지가 되네요."

"이제 그만 좀 더 자도록 해."

루크워렐이 로즈를 품에서 떼어놓은 후, 베개에 뉘였다. 그리고 이불을 덮어주고 아이처럼 도닥거려, 로즈는 가만히 웃음을 터트렸다.

"언제 오셨어요?"

"그대가 잠든 지 좀 되고 나서."

"오늘 바쁘다고 하시지 않으셨나요?"

"예상했던 일이어서 괜찮아."

"가산 지방 난민들이 폭동을 일으켜서요?"

"어디서 들었지?"

로즈는 설리반과 설리반이 준 꽃을 떠올렸다. 결국 꽃은 복도 끝 창문 난간에 놓고 왔다. 무도회장으로 돌아갈 때, 어쩐지 그 꽃이 제 발목을 잡는 기분이라 돌아보고 싶었지만 그 마음을 간신히 억눌렀다.

"설리반이 말해줬어요. 알고 싶지 않느냐면서."

"설리반……."

루크워렐의 입에서 설리반이라는 이름이 여운과 함께 머물렀다. 루크워렐이 재차 물었다. 질문은 찬찬하고 평탄했다.

"그는 어떤 사람인 거 같지?"

"속을 알 수 없는 사람이요."

로즈가 짧게 평하자, 루크워렐이 로즈가 덮은 이불 위를 가만히 도닥이며 대꾸했다.

"세간의 평과는 다르군."

"한 번 보아 알 수 없지만, 저는 그랬어요."

"그래. 그대가 그렇다면 그런 거겠지."

그런 후 루크워렐은 말이 없었다. 정적이 어색하지 않고 자연스러워, 로즈는 제가 그에게 매우 익숙해졌음을 새삼 깨달았다.

"폐하."

"루크워렐이라고 불러줘. 아까처럼."

"루크워렐."

"그래."

어둠 속에 목소리가 녹아내렸다. 그저 사람 하나가 옆에 있을 뿐인 데 로즈는 악몽의 여운이 잦아듦을 느꼈다. 밤이 두 사람 사이에 젖어들었다.

로즈가 이불 밖으로 손을 내뻗었다. 하얀 손이 밤을 가르고 다독이는 루크워렐의 손을 답삭 잡았다. 루크워렐은 순간 멈칫했지만 손을 빼지는 않았다. 손을 맞잡은 채 로즈는 설리반의 이야기를 이어서 했다. 굳이 하지 않아도 되는 이야기였지만, 그래도 루크워렐에게는 숨기고 싶지 않았다.

"설리반이 꽃을 하나 줬어요. 별다를 게 없는 꽃인데, 아침에 마시는 차와 비슷한 향이 났어요. 그저 호의라 여겨도 되는데, 이상하게 꺼림칙했어요."

"그래서 악몽을 꿨군."

손에 닿은 온기와 감촉에는 신뢰가 묻어 있었다. 처음 정한 선에서 점점 벗어나는 걸 느꼈지만, 로즈는 멈출 수가 없었다. 마치 원래부터 알던 사람처럼 루크워렐에게 끌리고 있었다.

"꿈에 설리반은 나오지 않았어요."

"그래도, 그럴 수도 있지. 로라 일도 있었고."

"그렇군요."

루크워렐이 손을 잡은 채로 로즈의 얼굴 위로 몸을 수그렸다. 촉, 입술이 가볍게 이마에 닿았다 떨어졌다.

"이제는 그만 자도록 해. 옆에 밤새 있을 테니. 푹 쉬지 않으면 몸 상태가 나빠져."

루크워렐이 맞잡은 손을 다정히 빼 이불 속으로 넣어주며 짓궂게 속삭였다.

"나는 지금도 간신히 참고 있으니, 너무 자극하지 말아줘. 너무 닿으면 곤란해."

"정말 음흉하시네요."

"그대 한정이니 괜찮아."

이번만큼은 에아기네스 대신이라는 대꾸가 나오지 않았다. 아니, 정확히는 말하고 싶지 않았다. 에아기네스의 대신이라도 그의 애정을 받고 싶었다.

잠시만, 이 악몽이 끝날 때까지. 이 밤의 어둠이 친숙해질 때까지. 그대의 남자를 잠시만 빌릴게. 에아기네스.

로즈는 그렇게 속으로 중얼거리며 눈을 감았다. 묻고 싶은 말이나 하고 싶은 얘기가 가득했지만, 로즈는 피로를 이길 수가 없었다. 쉬이 잠이 들지 않을 것 같단 생각과는 반대로, 눈을 감기 무섭게 로즈는 잠에 빠져들었다. 본인도 놀랄 만한 일이었다.

어제의 일이 피로로 다가왔는지, 로즈가 눈을 떴을 때는 이미 한낮이었다. 아침 티타임은커녕 루크워렐이 가는 기척조차 못 느낄 정도로 곤히 잤다. 어느새 옆으로 다가온 시녀장이 로즈의 마음을 읽기라도 한 듯 말을 붙였다.

"폐하께서 귀비님이 몹시 피로해하시니 깨우지 말라고 하셨습니다. 대신 시간이 늦었더라도 아침에 마시는 차는 자신을 생각하며 꼭 마셔달라고 하셨습니다."

"그렇군요."

로즈가 가볍게 웃으며 대꾸했다. 아직 의혹은 다 풀리진 않았지만 적어도 몸의 긴장이나 피로는 가뿐하게 풀려 있었다. 루크워렐과 처음 대면했을 때부터 저를 괴롭히던 두통도 이제는 한풀 꺾여, 머릿속이 명료했다.

로즈는 시녀장이 능숙하게 준비한 차를 한 모금 마셨다. 먹을 때마다 기분이 좋다. 비단 루크워렐이 줬기 때문만은 아니다. 로즈는 느긋하게 차 마시는 시간을 즐겼다.

"귀비님. 전언이 하나 있습니다."

로즈가 찻잔을 다 비우자, 시녀장이 기다렸다는 듯 운을 뗐다.

"무엇이지요?"

"황비님이 아몰리에 관 유리온실로 초대하셨습니다. 귀비님은 주무시는 중이라 했더니, 오늘은 아무 일정 없으니 어느 때든 방문해달라고 하셨습니다. 귀비님 일정이 바쁘면 언제든 편한 날을 잡아 꼭 찾아달라 했습니다."

황비가 늦잠 자는 귀비에게 맞춰 약속을 조정하려 하다니, 아무리 봐도 황비와 귀비가 바뀐 대우였지만 시녀장은 당연하단 듯 아무렇지도 않게 말했다.

"오늘 바쁜 일정은 없나요?"

"귀비님이 2주 전까지 굉장한 양의 업무를 다 처리하셨기 때문에, 한동안은 사적인 만남 외에는 아무런 일정이 없습니다. 그 탓인지 매우 피로해하시기도 했고요. 마치 잠시 어디론가 여행을 떠나실 분처럼 업무를 소화하셔서, 실은 매우 걱정했었습니다."

2주 전이라면, 자신이 이곳에 오기 전이다. 진짜 에아기네스는 자신의 부재를 예측한 것만 같다. 카펠리움이라는 반역자 가문과 연관되어 있고, 드미트리라는 귀족과 자선을 빙자한 모종의 관계가 있다. 설리반이라는 사람은 단순히 귀비라는 사람에게 호감이 있는 건지, 아니면 뭔가 있는지 도통 알 수 없다. 오늘 에아기네스를 초대한 황비 또한 순수하게 호감을 표하는 것 같지만 여태 겪은 것만으로는 그 속을 다 파악하기엔 부족하다.

"걱정을 끼쳐 미안하군요. 그래도 혹시 내가 놓친 업무가 있는지 확인해줄 수 있나요?"

무슨 일을 하는지 정확히 알 수 없으니 두루뭉술하게 말하는 수밖에 없다. 로즈의 질문에 시녀장이 즉각 대답했다.

"카라 축제와 관련된 업무 외에는 남아 있는 게 없습니다. 그것도 두 달 후에 시작해도 이른 편입니다. 내정 살림에 대한 장부정리도 확실히 하셨고, 몸이 많이 지치셨으니 한두 달 재무관에게 맡긴들 따로 보셔야 할 특별한 일은 없습니다. 시녀들에 대한 녹봉이나 휴가조정 관련 문서도 모두 다 살펴보셨고, 황실 주요행사와 관련해서도 모두 다 끝마치셨습니다. 이제 그만 쉬셔도 됩니다."

"그렇군요."

말이 귀비지, 하는 업무는 황비와 다를 바 없다. 로즈는 스칼렛 황비의 해맑던 모습을 떠올리며, 그녀가 어떻게 그렇게 해맑을 수 있었는지 새삼 깨달았다. 시녀들이나 귀족들이 왜 자신에게 황비급의 대우를 했는지도 알 수 있었다. 황제의 애정을 듬뿍 받는 것에 더해, 귀비나 황비로서의 책무를 다하니 권리가 더 붙을 수밖에 없다.

"황비님께는 어찌 이를까요? 오늘 많이 힘드시면 따로 날을 잡을까요?"

"아니요. 시녀장 말대로 딱히 일이 있는 게 아니니, 오늘 뵙겠습니다."

"늦게까지 못 일어나시는 걸 보니 어제 무도회로 많이 피로하셨던 모양입니다. 좀 더 쉬시는 게 좋다 느끼시면 가감 없이 말씀 주십시오. 황비님은 거의 바쁜 일이 없으십니다. 이번 주 공식일정은 꽃놀이 하나뿐이니, 황비님은 충분히 일정이 조정 가능하십니다."

시녀장이 저도 모르게 한숨을 내쉬었다. 그 한숨에는 황비에 대한 많은 것이 담겨 있었다. 시녀장은 성실한 사람 같은데, 스칼렛이 처음 이 나라에 왔을 때부터 황비로서의 책무를 무수히 말해왔으리라는 건 불 보듯 뻔했다. 물론, 하나도 먹히지는 않은 듯하지만.

로즈가 부드럽게 미소 지었다. 기품 있는 미소였다. 사람이 같은 역할을 반복하다 보면 닮아가는지, 로즈 본인이 놀랄 정도로 스스로가 귀족부인처럼 느껴졌다.

"걱정해주어서 감사합니다. 말처럼 아침에 푹 쉰 덕에 지금은 몸이 날아갈 듯 가볍습니다. 그리고 아랫사람으로 윗사람이 청하는데 가지 않는 것도 덕목이 아니지요."

"알겠습니다. 그러면 귀비님이 몸단장이 끝날 시간에 맞추어 시간을 정해 전갈해도 괜찮겠습니까?"

"그렇게 해주면 감사합니다. 언제나 일을 편하게 진행해주어서 고맙게 생각하고 있습니다."

로즈의 소소한 감사에, 시녀장 얼굴에 미미하게 뿌듯함 비슷한 감정이 스치고 지나갔다. 하지만 제 일에 능숙한 사람답게 시녀장은 고개를 꾸벅 숙이고 제 할 바를 다하기 위해 떠났다. 이내, 시녀들이 로즈의 시중을 들기 위해 신속하게 들어왔다.

아몰리에 관의 유리온실엔 독특한 구조물이 있다. 여타의 온실과 구조는 비슷했지만, 다른 부분이 하나 있는데 공중에 촘촘히 그물 같은 휘장을 넓게 둘러 그 위에 뿌리가 긴 식물들을 잔뜩 심어놓았다는 점이다. 그래서 입구에는 긴 뿌리들이 머리에 닿을 듯 말 듯 커튼처럼 수없이 길게 늘어서 있었다.

온실로의 초대였기 때문에 로즈는 평소보다 옷을 얇게 입고 왔다. 다행히 온실 양쪽을 열어두어 생각보다는 습하거나 눅눅한 열기는 느껴지지 않았다.

뿌리로 만들어진 얇은 자연 커튼을 지나 돌길을 따라가니 인공적으로 조성된 폭포가 쏟아지는 앞에 널따란 유리 탁자가 놓여 있었다. 상판부터 다리까지 모두 투명한 유리로 이루어진 커다란 탁자에는 한눈에 봐도 꽤 솜씨를 부린 다과들이 가득했다. 그 앞에는 소녀 같은 느낌의 스칼렛이 온통 연분홍색으로 장식한 채 앉아 있었다. 뭔가 알 수 없는 콧노래를 흥얼거리며 보석과 구슬들을 접착제를 이용해서 커다란 헝겊에 붙이던 스칼렛은, 로즈가 오는 기척에 반색하며 일어섰다.

"에아기네스!"

환한 미소에는 진심 어린 반가움이 담겨 있었다. 스칼렛이 격 없는 태도로 에아기네스의 손을 답삭 잡았다.

"와줘서 정말 기뻐. 에아기네스는 항상 바쁜 편이라, 청한 날 바로 볼 수 있으리라고는 생각 못 했거든."

로즈가 재빠르게 몸을 수그려 예를 표했다. 상대가 격 없이 대한다 해도, 에아기네스와 어떤 관계인지 알 수 없는 마당에 똑같이 행동할 수는 없는 노릇이다.

"에아기네스 프린 알키다스, 스칼렛 뤼지냥 라우리드센 황비님께 인사를 올립니다. 바쁜 일이 있다 해도 황비님께서 부르신다면 당연히 와야지요."

"여지없이 딱딱하네. 음, 뭐, 그런 성실함이 에아기네스의 매력이기는 하지만. 단둘이 이야기하고 싶은데, 언제?"

제 사람들에겐 이미 명을 내려 다 물려놓았는지 온실에는 스칼렛밖에 없다. 스칼렛은 에아기네스에게 적의가 없는 듯했지만, 겉만 보아서는 전혀 알 수 없다. 그렇지만 자기의 모든 걸 던져버릴 게 아닌 이상, 둘만이 있는 걸 이토록 많은 이들이 아는데 위해를 가할 것 같지는 않았다.

로즈는 망설이지 않고 답했다.

"황비님이 원하신다면 제가 어찌 거절하겠습니까."

에아기네스의 답이 떨어지자마자, 에아기네스를 따라온 시녀들이 모두 물러나기 위해 반보 뒷걸음질 쳤다. 시녀장이 확인하듯 물었다.

"귀비님, 저희가 물러나도 불편함이 없으시겠습니까?"

에아기네스에 대한 신뢰나 영향력은 황실 내에서 제법 큰 듯하다. 시녀장이 황비의 앞에서 신분이 더 낮은 귀비의 의견을 재차 물을 정도로. 이는 그간 에아기네스가 실제적으로 황비의 역할을 해낸 것과 무관하지 않으리라. 로즈가 부드럽게 웃으며 답했다.

"괜찮습니다. 황비님은 인덕이 있으셔 저에게 온정을 베풀어줄 분이니까요."

"귀비님의 의견이 그러하시다면 따르겠습니다. 그리고 황비님."

스칼렛이 의아한 얼굴로 시녀장을 바라보며 물었다.

"왜 그러지?"

시녀장이 반듯이 고개를 조아리며 간구했다.

"단걸 좋아하시는 건 알겠으나, 이를 자주 황실의사에게 보이시는 게 낫겠습니다. 요즘 주무시기 전에 양치질도 잘 안 하신다는 이야기를 들었습니다."

"아아, 그거. 알겠어. 나도 입 냄새 나는 여자는 별로니까 주의할게. 한동안 퍼즐 맞추기에 빠져 있었거든. 퍼즐 맞추느라 씻지도 않고 잠든 적이 몇 번 있는데, 그게 벌써 시녀장 귀에까지 들어갔나 보네."

"알겠습니다, 황비님."

그 말을 끝으로 시녀장과 시녀들이 온실 밖으로 사라졌다. 주변에는 잎사귀와 푸른 식물들, 그리고 시원한 소리를 내며 떨어지는 인공 폭포만이 남았다.

"자자, 에아기네스 앉아. 이건 주방장이 심혈을 기울여 만든 푸딩이야. 과일과 특제 요구르트의 조화가 아주 좋아. 에아기네스가 꼭 맛보게 하고 싶었어. 그리고 이건 장미향을 이용한 건데, 모양도 장미인 케이크야. 그리고 이건······."

계속되는 설명과 함께 로즈의 앞으로 각양각색의 디저트들이 열서너 개가 주르륵 놓였다. 스칼렛이 기대 가득한 눈빛으로 로즈를 바라보았다.

무도회 때 한 말을 지키려던 것뿐인가?

결국 로즈는 스푼을 들어 가장 가까운 곳에 있는 하얀색 푸딩을 떠먹었다. 생각했던 것 이상으로 맛이 좋았다.

"아주 맛있네요, 황비님."

"그렇지?"

로즈의 칭찬이 끝나기 무섭게 스칼렛이 흐뭇한 얼굴이 되었다. 그러더니 접시 대여섯 개를 정신없이 밀어준다.

"자, 이것도 한번 먹어봐. 이 쿠키는 쌉싸래하지만 뒷맛이 깊어서 자꾸 먹게 돼. 그리고 이 비스킷은······."

그 이후로도 스칼렛의 디저트에 대한 이야기가 십여 분 이어졌다. 로즈는 디저트를 조금씩 먹으며 간간이 고개를 끄덕였다. 스칼렛은 마치 소꿉친구라도 만난 것처럼 들떠 보였다.

"뭔가를 만드는 걸 아주 좋아하시는군요."

로즈가 천 조각을 바라보며 말했다. 보석과 구슬로 장식된 천은 재미로 만들었다기에는 꽤나 본격적이고 전문적인 느낌이 든다. 스칼렛이 뿌듯한 얼굴로 새와 자연물로 장식하던 천을 들어 보이며 대답했다.

"아주 좋아해."

이어 스칼렛은 그동안 자신이 배우고 해왔던 취미들에 대해 이야기를 시작했다. 공예나 자수, 원예나 요리와 관련된 쪽이 많았는데 상당히 박식했다. 자신이 좋아하는 쪽은 확실히 잘하는 것 같았다. 자신이 만든 것들도 몇 가지 보여줬는데, 솔직히 취미라기보다는 직업이라 해도 손색이 없을 정도였다.

이야기의 흐름으로 보아서는, 그저 말동무가 필요할 뿐인지도 모른다. 예법에 구애받지 않고 자유롭게 말해서 그런지 외려 대화하기는 편했다.

아무리 정략이라 해도, 자기 남편과 깊은 애정관계에 있는 사람이다. 그러나 스칼렛은 의아할 정도로 에아기네스에게 반감이 전혀 없어 보였다. 혹시 이게 연기라면…… 자신은 대단한 강적을 눈앞에 두고 순진하게 앉아 있는 거겠지.

로즈가 마음을 다잡던 순간이다. 이국의 새 이야기를 한참 하던 스칼렛이 갑자기 손을 뻗어 로즈의 손을 잡았다. 제 손이 잡히는 감촉에 로즈는 깜짝 놀랐지만, 다행히 이성이 남아 있어 반사적으로 황비를 감히 뿌리치는 행동은 하지 않았다.

"에아기네스, 한 번쯤은 내 입으로 직접 말해야겠다고 생각했어. 루크워렐이 그대에게 이야기했을지도 모르지만, 그래도 내가 한 번 더 확인시켜주는 게 좋겠지. 그러면 그대도 내 좋은 벗이 되기에 어려움이 없을 거야."

"황비님이 이리 친절히 대해주시니 어찌 우정을 느끼지 않을 수 있겠습니까."

로즈가 단정히 답하자 스칼렛이 로즈의 손을 꼭 잡은 채 고개를 가로저었다.

"에아기네스, 그런 상투적인 말을 하고 싶은 게 아닌 거 알고 있잖아. 난 정말 그대와 친해지고 싶어서 그래. 친구란 비밀을 공유할 때 마음이 가장 열리는 게 아닌가 싶어. 혹시 모른다면 어차피 그대도 알아야 할 문제고, 루크워렐이 신뢰하는 이이니 그대도 들어도 괜찮을 거야."

스칼렛의 손은 로즈의 것보다도 작고 파리하고 약했다. 마치 덜 자란 소녀의 손과도 유사했다. 그렇지만 열정 때문인지 그 손이 매우 뜨겁게 느껴졌다. 스칼렛이 빙그레 웃더니 툭, 본론을 던졌다.

"에아기네스, 난 남자와 관계가 불가능한 몸이야."

어투는 대수롭지 않았지만, 말의 파장은 크고 날카로웠다. 그제야 로즈는 스칼렛이 왜 사람을 모두 물렸는지 알 수 있었다. 로즈의 표정을 가만히 보던 스칼렛이 가만히 말을 이었다.

"아, 오해는 말아줬으면 해. 여자가 더 좋다거나, 그런 건 아니니까. 다만 태어날 때부터 문제가 있었어. 외형은 멀쩡하나, 안이 남자를 받아들일 수 있는 구조가 아니야. 의사가 봐주었는데, 안쪽 구조가 선천적으로 기형이라더군. 그래서인지 나는 그런 쪽으로는 욕구가 없어. 전에 나를 무시하는 오라버니에게 발끈해서 남자에게 안겨보려 했지만, 불가능했어. 대신 엄청난 통증만 겪었지. 내 유독 작은 키나 왜소한 체형, 모두 다 관련이 있다더군."

스칼렛이 환한 얼굴로 덧붙였다.

"그러니 난 그대와 루크워렐이 뜨겁게 사랑을 하든 말든, 전혀 관여하지 않아. 애초에 루크워렐은 나에게 그런 대상 자체가 아니었으니까. 루크워렐은 뭐라 말할 수 있을까. 그래……. 친구이자 은인?"

이야기를 곰곰이 듣던 로즈가 간략하게 추리했다.

"틸레안 제국이 황비님과 폐하의 혼약을 추진한 건 명백하게 폐하를 우롱한 거였군요."

스칼렛이 고개를 끄덕였다. 여태 본 모습 중 가장 진지했다.

"그래. 겉으로야 아무런 문제가 없었으니, 관대하게 두 제국의 분쟁지였던 스몰레스 지역을 지참금으로 주는 척하면서, 실제로는 후계자 출산도, 성적 기능도 없는 날 보낸 거지. 오라버니가 그렇게 한 까닭은 잘 모르겠어. 이걸 빌미로 전쟁을 하고 싶었던 건지, 아니면 정비와 정비의 후계만을 인정하는 라우리드센의 직계를 끊어놓고 싶었던 건지. 어느 쪽이든, 악의적이라고 볼 수 있지."

스칼렛은 숨도 쉬지 않고 여기까지 말하고선 덧붙였다.

"루크워렐은 이 사실을 문제 삼고 날 다시 돌려보낼 수도 있었지만, 그렇게 하지 않았어. 게다가 날 억압하던 오라버니와는 달리 내가 하고 싶은 대로 하라고 했어. 대신, 나중에 자기가 사랑하는 여자가 생기면 그녀에게 황비로서의 권한을 모두 위임하고 존중해주기로 했어. 내 입장에서는 정말 고마운 일이었지. 틸레안 제국으로 되돌아간다면 공주로서의 책무를 제대로 해내지 못한 불구 공주라고 소문이 난 채 어디 구석진 시골로 쫓겨나 열악한 환경에서 살아야 했을 테니까."

모든 설명을 들은 로즈는, 그래도 의구심 하나를 떨치지 못했다. 여자로서의 욕구는 없을 수도 있다. 허나 이 사람은 날 때부터 공주였다. 권력욕이 없다고 할 수 있을까. 적어도 이 사람은 에아기네스의 납치와는 무관할 터였다. 지금으로서는 에아기네스와 우호적인 관계를 맺는 게 이 사람한테는 더 유리하니까.

에아기네스가 만약 자녀가 있는 상황이었다면, 의심을 해볼 만도 했다. 에아기네스 없이 자식을 앞세워 모친으로서의 역할도 가능하니까. 하지만 지금의 에아기네스는 출산은커녕 임신조차 않았다.

"혹시라도 내가 루크워렐과 그대의 자녀를 빼앗을까 염려하고 있어?"

말없이 듣고 있는 로즈의 심중을 꿰뚫은 듯, 스칼렛이 해맑게 물었다. 그러고는 답을 기다리지도 않고 고개를 저었다.

"그럴 일은 없으니까. 아까 말했듯이, 난 몸 상태가 좋지 않아. 심장도 약한 편이라, 의사의 말론 조심한다 해도 마흔을 넘기기 힘들 거라 했어. 그건 오라버니도 아는 바야. 그래서 난 남은 삶 동안, 아무것도 눈치 보지 않고 내가 하고 싶은 대로 하고 살기로 마음먹었어. 그리고 루크워렐과 그대에게 미움받는 것보다는 차라리 둘의 자녀를 예뻐하면서 죽을 때까지 황비로 편하게 사는 게 더 낫지 않겠어?"

"그러하지요."

로즈가 수긍하며 고개를 끄덕였다. 오히려 이 상태가 유지되다 루크워렐의 후계가 생기면, 제 속으로 낳은 게 아니고 명목상일 뿐이겠지만 황비로서의 제 입지가 공고해져 상황이 훨씬 더 나아질 터. 남자와의 관계나 애정에 관심이 없으니 루크워렐이 욕구불만으로 불만을 품는 것보단 에아기네스가 루크워렐의 곁에 있는 게 더 나을 테고, 황비로서의 책무까지 에아기네스가 해주고 있으니 그대로 편안하게 자기 하고 싶은 대로 하고 살 수 있다.

인간적으로 에아기네스와 친해지고 싶다며 표하는 호감은 진심인 듯싶다. 그래서 루크워렐이 황비의 이야기가 나오면 적대적이지 않앉던 것이다. 어쩌다가 이런 일에 휘말려서 자기에게 호감을 비치는 사람까지 의심하게 되었는지 모르겠다. 로즈는 이 상황이 심란하고 싫었다.

"에아기네스, 그러니 이제 둘이 있을 때만이라도 격식을 차리지 않아도 돼. 믿긴 어려울지 몰라도, 난 자기를 진짜 좋아하니까. 틸레안 제국에 있을 때는 오라버니가 내가 제국의 수치라며 사람들과 교류도 허락하지 않았지. 난 정말 그대와 좋은 친구가 되고 싶어. 내가 어설퍼 보이면 이용하려던 사람들과는 달리, 그대는 언제나 깍듯이 격식을 차리고 거리를 뒀지만 날 제대로 대우해주고 무시하지 않았지. 나 대신 황비로서의 일을 하며 권력을 쥐었지만 단 한 번도 거만하게 굴지 않았어. 난 그런 것도 모를 정도로 바보가 아니야."

"미흡한 저를 좋게 봐주셔서 감사합니다."

스칼렛이 이야기하는 내내 붙들고 있던 손을 더 꽉 잡으며 말했다.

"그러니 오늘은 긍정적인 답을 듣고 싶어, 에아기네스."

로즈는 선선히 고개를 끄덕였다.

"황비님의 뜻이 그러하다면, 가끔 이렇게 만나 좋은 관계를 유지하겠습니다."

"그래, 좋아. 딱딱하게 황비님, 황비님 하지 말고 언젠가 편해지면 스칼렛이라고 불러. 어차피 황비로 더 어울리는 사람은 에아기네스, 자기일 테니 말이야."

"과분한 말씀입니다."

이 정도는 괜찮겠지. 에아기네스가 되돌아온다 해도, 충분히 감당할 수 있는 정도의 허용이었다.

점점 에아기네스와 제 경계가 허물어지는 기분이었다. 짧은 시간임에도 불구하고 에아기네스로 생활하는 날들이 자신도 놀랄 만큼 금세 익숙해졌다. 거기에는, 주변 사람들이 그녀를 절대 에아기네스가 아니라고 생각하지 못하는 점도 크게 작용했다. 진실을 알고 있는 이는 루크워렐뿐. 주변 모두가 에아기네스라는 껍데기를 보고 있어도, 제 안에 있는 로즈를 알아주는 사람은, 루크워렐뿐. 그래서 특별해진다는 사실이 아프고 아릿하면서도, 그 감정을 놓고 싶지 않았다.

아아, 사랑은 미친 짓이야.

로즈는 속으로 그리 정의 내렸다. 스칼렛은 제 비밀을 에아기네스와 공유했다는 사실이 기쁜지 계속해서 소소한 이야기를 이어나갔다.

에아기네스의 실종과 관련되어서, 스칼렛이 아니라면 우선 드미트리가 가장 유력할까? 현재 가지고 있는 턱없이 부족한 정보로는 그 결론이 가장 합리적으로 보였지만, 뭔가 놓치고 있는 기분이 가시지 않았다. 인공폭포가 그녀의 잡념을 후려치듯 지척에서 떨어지고 있다.

황비와의 만남 이후, 몰랐던 진실을 하나 알게 되어 속은 후련했으나 머릿속이 복잡한 건 여전했다. 한편으로는 로즈 에밀린으로 되돌아가야 하는데 점점 황실의 비밀에 깊이 관여하는 것 같아 걱정도 되었다. 생각을 좀 정리하고 싶었다. 파렌치에 관의 정원으로 접어들자 로즈가 제 뒤를 죽 따라오던 시녀들을 모두 물렸다.

"혼자 산책을 하고 싶어요."

시녀들이 모두 수긍을 하고 돌아섰다. 다만 전에 호의를 보였던 에밀리가 조용히 나서 로즈의 어깨에 가벼운 숄 하나를 걸쳐주었을 뿐이었다.

로즈는 홀로 천천히 걸었다. 길을 잃지 않게 파렌치에 관이 보이는
곳 위주로 움직였다. 나무가 멋지게 우거져 서늘한 그늘을 만드는 곳
에 다다랐을 때, 누군가 나타났다.

"에아기네스."

갑작스러운 등장에 로즈가 놀라 숨을 들이마셨다. 이번만큼은 너
무 놀라 당혹을 전혀 숨길 수 없었다.

"놀란 모양이군요."

결이 좋은 금발에 감상적인 보라색 눈동자, 미형(美形)의 얼굴. 설
리반이다. 옷차림은 무도회 때보다 더 화려했는데, 저런 옷차림을 하
고 어떻게 여기까지 아무런 방해 없이 들어왔는지 알 수 없는 노릇이
다.

로즈가 가빠진 숨을 가까스로 가라앉히고 물었다.

"어떻게 이곳에 들어왔나요?"

설리반이 빙그레 웃었다. 이러니저러니 해도 귀비가 머무는 곳이
다. 젊은 귀족남자가 아무런 까닭 없이 들어올 수 있는 데가 아니다.
게다가 이렇게 불쑥 나타난 걸 보면, 정식 허가도 받지 않은 것 같았
다. 그런데도 설리반은 매우 여유로웠다.

"당신이 몰래 들어오는 길을 알려주지 않았습니까, 에아기네스."

놀란 심장이 재차 쿵쿵 뛰었다. 에아기네스가? 루크워렐을 누구보
다 사랑했으리라는 예측과는 달리 에아기네스는 애인을 두고 있었
나? 그 사람이 바로 설리반이고? 그래서 무도회에서 그런 행동을 보
인 거고?

재빠르게 회전하는 머리와는 달리 입은 쉬이 떨어지지 않았다. 그
렇지만 이렇게 놀란 얼굴로 계속 바라만 보고 있을 수도 없는 노릇이

다. 로즈가 입에서 나오는 대로 그냥 말해버렸다.

"이렇게 갑자기 나타나리라고는 생각지 못했어요. 약속도 따로 하지 않았잖아요."

"오늘 황비에게 갔다는 이야길 들었습니다. 파렌치에 관 가까이까지는 갈 수 없으니, 혹시 정원에서 우리가 늘 만났던 곳에는 들러줄까 해서 와본 것뿐입니다. 너무 오래는 머물 수 없으니 혹시나 했는데, 당신도 내 생각을 한 모양입니다."

설리반에겐 차마, 그냥 걸었는데 우연히 마주친 것이란 말은 할 수 없었다. 둘은 아마 자주는 아니어도 이런 식으로 몰래 만나왔나 보다. 하지만 비밀연인이라 하기에는 설리반은 로즈에게 거리를 두었다. 손을 잡는다든가 하는 접촉은 전혀 없고, 말투도 정중하기 그지없었다.

둘의 관계를 도대체 알 수 없었다. 그렇다고 무슨 사이였냐, 대놓고 물어볼 수도 없었다. 그랬다가는 진짜 에아기네스가 아니라는 게 들통나고 말 터다. 뭐라도 관계를 추측할 수 있는 답을 얻을 만한 소릴 던져야 하는데, 이 상황이 너무 갑작스러워 아무런 생각이 들지 않았다.

설리반이 부드럽게 미소 짓더니, 로즈를 향해 천천히 손을 뻗어 머리를 쓰다듬었다.

"에아기네스, 어째서 내가 준 꽃을 복도 난간에 놓고 갔습니까?"

얼핏 보면 다정하기 그지없었지만, 스치는 손길은 루크워렐의 것과는 달리 서늘하게만 느껴졌다. 설리반의 입꼬리는 미소를 머금은 채 올라가 있었지만, 눈은 전혀 웃지 않았다. 알 수 없는 열정이 눈빛에 가득해, 로즈는 그의 눈을 바라볼 수가 없었다.

그의 손길이 소름 끼치게 싫었다. 그런데도 뿌리칠 수도 없었다.

에아기네스와 설리반의 관계를 알 수 없는데도, 로즈는 뱀 앞의 쥐가 된 것 같은 기분을 떨칠 수 없었다. 로즈는 떨어지지 않는 입을 억지로 열어 답했다.

"보는 눈이 많아 꽃을 챙길 정신이 없었습니다. 폐하도 무도회장에서 기다리고 계셨고요."

되는대로 흘러나온 변명에, 설리반은 어느 정도 수긍한 것 같았다.

"입장은 충분히 이해하고 있습니다."

그러더니 설리반이 쓰다듬던 손끝으로 로즈의 머리카락 몇 가닥을 잡아 은밀하게 속삭였다.

"내 마음이 그런 식으로 버려진 건가 걱정했습니다."

심장이 재차 쿵쿵 뛰었다. 정말 설리반과 에아기네스는 숨겨진 연인이었을까? 그러면 에아기네스가 사라진 것도 설리반과 관련이 있는 걸까?

전자는 모르겠지만 후자는 설득력이 없었다. 설리반과 함께하기 위해 도망쳤다면, 설리반이 이렇게 자신을 에아기네스인 양 대해줄 필요가 없다. 대역이 생긴 걸 안도하며 모르는 척해야 오히려 맞다. 의미를 담은 꽃을 건네고 마음을 운운하며 에아기네스가 아닌 자신에게 그들의 치부를 드러낼 까닭이 없다.

아니면 설리반은 그저 에아기네스를 짝사랑한 것뿐일까?

분명 들어오는 길을 에아기네스가 알려줬다 했다. 무엇이 이유든 둘은 관계가 있다.

"에아기네스, 시간이 없으니 짧게 말하겠습니다. 좀 있으면 당신이 일러준 경비병들의 교대시간이 다가오니 말입니다."

설리반이 시선을 로즈에게 똑바로 맞췄다. 부드러운 인상의 사내인데도 그 눈빛은 강렬했다.

"난 당신이 카펠리움을 잊지 않고 있음을 압니다. 당신이 잊지 않고 있다면, 나도 잊지 않고 있을 겁니다. 그것이 당신이 바라는 바일 테니. 내 마음은 그렇습니다. 에아기네스, 그러니 몸은 루크워렐에게 허락하더라도 마음은 내게 주십시오."

단어들만으로는 달콤한 사랑고백 같기도 했다. 하지만 그 단어들을 주르륵 이어 문맥을 살펴보면, 그렇게 단순하지 않다는 걸 깨달을 수 있었다.

카펠리움. 반역에 주도적인 역할을 해서 멸문되었다는 가문. 에아기네스는 역시 그 가문에 연관되어 있다. 설리반은 그 사실을 알고 있고, 그걸 빌미로 이렇게 에아기네스를 만나고 있는 걸까? 부유한 자산가가 에아기네스를 짝사랑해 약점을 운운하며 이렇게 붙들고 있는 걸까? 아니면, 다른 뭔가가 있을까?

로즈는 남의 여자를 탐하는 설리반에게 말도 안 되는 소리로 불륜을 사랑으로 정당화하지 말라고 외치고 싶었지만, 설리반의 속내를 다 가늠할 수 없었기에 짧게 답할 수밖에 없었다.

"알고 있습니다."

설리반이 로즈의 머리카락에 입 맞추며 속삭였다.

"당신은 늘 그랬습니다. 확답을 주지 않지요."

설리반이 그렇게 말하며 잡은 머리카락을 놓았다. 설리반의 매끄러운 손가락을 타고 로즈의 머리카락이 스르륵 흘러내렸다.

"그때는 어쩔 수 없었지만 애초에, 루크워렐의 침실로 들어가기 전에 내가 가져버렸다면 좋았으리라 가끔 생각합니다."

로즈는 입안이 마르는 걸 느끼며, 설리반을 말없이 바라보았다. 설리반의 눈길이 너무 뜨거워 심장이 미친 듯이 뛰었다. 그것이 놀람 때문인지 두려움 때문인지는 가늠할 수 없었다.

"언젠가는 당신과 침실에 있는 이는 내가 될 테니. 기다릴 겁니다. 당신의 모든 것을 음미하고 탐미해볼 수 있겠지요. 그럼 다음에 또 보기로 하지요. 안녕히."

설리반이 아주 자애로운 표정을 지으며 사라졌다. 그 뒷모습을 바라보던 로즈는 다리가 후들거렸다.

로즈는 파렌치에 관에 도착하자마자, 시녀들에게 목욕물을 받아두라 명했다. 쉬고 싶었다. 지독히도 피로한 하루였다.

로즈는 거대한 욕탕에 몸을 담그며 생각했다. 시녀들은 여느 때와 마찬가지로 모두 물린 상태였다. 오롯이 혼자일 수 있는 시간이 필요했다. 황비에게서 들은 충격적인 진실과 설리반의 말들이 뇌리에서 떠나지 않았다.

일반인인 자신이 이런 걸 알고 있어도 될까? 자신이 에아기네스라면 크게 문제 될 일이 없다. 서로 비밀을 공유하고 침묵을 지킴으로 얻을 수 있는 게 두 여인에게는 더 많으니까.

자신은 로즈다. 언젠가는 이 흉내를 끝내고 황궁을 나가야 할 평범한 사람. 루크워렐의 인품상 자신에게 위해를 가할 것 같지는 않았지만, 무사히 궁에서 나가 생활할 수 있을지에 대해 걱정이 되는 건 사실이다. 게다가 에아기네스란 인물은 알아가면 알아갈수록 점점 더 알 수 없는 인물이었다. 설리반과 비밀리에 만난 것도 그랬다. 설리반과의 관계도 에아기네스가 카펠리움과 관련이 있다는 약점을 잡혀서 일방적인 것이었는지, 혹은 둘이 공모하여 뭔가를 꾸미던 연인관계였는지 도무지 감이 잡히지 않았다.

루크워렐이 사랑하는 그녀는, 도대체 어떤 여자란 말인가. 더없이 착한 여자인가 싶다가도, 알 수 없는 꿍꿍이를 숨기고 있고, 루크워렐을 사랑한 것처럼 보이는 동시에 뭔가 까닭이 있어 그에게 접근했다는 느낌도 들었다. 드미트리가 말한, 10년 전 반역에 결부된 카펠리움이라는 가문도 그랬고.

루크워렐의 사랑은 진실하다. 그는 그래서 더 상처 입은 듯하다. 남자답게, 황제답게 내색하지 않으려 애쓰고 있었지만 누구보다 믿고 사랑하던 여자에게 베인 상처는 쓰리고 아프게 피를 흘리고 있었다.

그를 그렇게 상처 주지 마. 당신은 원한다면 얼마든지 그를 사랑할 수 있었잖아. 곤란한 일이 있었다면, 그토록 진실하게 사랑하는 남자에게 손 내밀 수 있었잖아. 그에게 사랑받았잖아. 이렇게 이뤄질 수 없는 마음을 가슴에 품어버린 나와는 다르잖아. 에아기네스, 당신은 정말…….

눈물이 떨어질 것 같아 로즈가 얼굴을 손으로 감싼 채 몸을 수그렸다. 가족들을 모두 잃은 후로, 홀로 살아남았으니 더더욱 삶을 소중히 여기자고 다짐했었는데 이곳에서는 마음이 자꾸 약해진다.

그 순간이었다.

첨벙!

갑작스레 뒤에서 소리도 없이 목덜미가 잡혀, 순식간에 물속으로 밀어넣어졌다. 목을 잡은 손이 그리 크지 않았음에도 위에서 온힘을 다해 밀어붙이는 상대를 당해낼 수가 없었다. 코와 목으로 물이 들어가며 시야가 역전되었다. 호흡을 가로막힌 폐는 쥐어짜는 듯 아팠다. 시야를 가득 메운 물은 공포감과 함께 좌우로 출렁거렸다.

죽는다.

죽음에 대한 강렬한 충격이 전해지자, 로즈가 살기 위해 정신없이 손발을 휘저으며 저를 물속으로 담그는 사람을 때리고 잡아끌었다. 누군지 알 수 없는 상대가 그녀를 더 물 깊이 박아넣으려 힘을 주었다. 제 뜻대로 움직이지 않는 몸과 디딜 곳 없는 물속은 지독했다. 극도의 공포가 심장을 찔러댔다.

로즈가 가까스로 팔을 뻗어 제 몸을 물 안으로 처박아 익사시키려는 사람의 다리를 잡아챘다. 살겠다는 본능에 상대방이 기우뚱했다. 로즈는 그 순간을 놓치지 않고 초인적인 힘으로 상대를 잡아끌며 몸을 일으켰다. 첨벙 소리와 함께 얼굴이 겨우 허공으로 나왔다. 폐를 확장시키는 공기가 시원하게 뚫리며 들어왔다.

살았다.

그 순간, 로즈의 손 아래 있던 상대가 몸을 일으켜 로즈를 다시 넘어뜨렸다. 뽀그르르, 공기가 사라지며 침잠하는 늪과도 같은 무거운 물이 얼굴을 강타했다. 이대로 죽을 수는 없다. 상대의 어깨를 잡아 뜯고, 다리를 발로 차고, 미친 사람처럼 다시금 욕탕 밖으로 올라왔다. 불행 중 다행인지 상대는 입은 옷이 다 젖어 동작이 굼떴다.

로즈는 허우적거리며 기어나와 안전거리를 확보한 채 아직 물속에 있는 상대를 매섭게 노려보았다.

브렌다였다. 식은 몸에 공기가 차갑게 들러붙으며, 피까지 얼어붙는 기분이다. 사근사근하게 웃으며 늘 로즈의 필요를 묻곤 했던 시녀는 이제 그녀를 죽이려는 살인자가 되어 서 있었다. 헝클어진 채 물에 젖은 붉은 머리카락 밑으로 로즈를 바라보는 눈동자는 순진한 빛으로 형형해 더욱 섬뜩했다.

"쿨럭쿨럭. 왜 이런 짓을, 쿨럭, 한 거지?"

로즈가 브렌다를 노려보며 물었다. 귀에는 물이 가득 차 먹먹했고,

물을 잔뜩 먹어 정신이 혼미할 지경이다. 아무래도 안 되겠어서 브렌다가 답을 하기도 전에 다른 사람들을 부르기 위해 줄을 당기려 급하게 손을 내뻗는데, 브렌다가 의아하다는 얼굴로 되물었다.

"도대체 왜 반항하시는 거예요, 에아기네스 님? 저한테 죽여달라고 하셨잖아요?"

하늘에서 갑자기 내리꽂힌 벼락같이 충격적인 말이다. 로즈는 줄을 당기는 것도 잊은 채 망연한 얼굴로 브렌다를 바라보았다.

"도대체, 쿨럭, 언제⋯⋯."

로즈는 쿨럭대며 황망하게 되묻다 불현듯 뭔가를 깨닫고 말을 흐렸다.

그래, 자신은 죽여달라고 한 적이 없다. 하지만 에아기네스는 그랬을 수 있다. 그리고 에아기네스 대신 자신이 엉뚱하게 죽을 수도 있었다. 자신은 어떻게든 살고 싶은데. 그래서 이렇게 에아기네스 대역까지 하고 있는데. 허망하게 죽을 수도 있다니.

싫다. 살고 싶다. 물에 빠졌던 공포가 가슴을 푹 적신 채 아직 채 마르지 않아, 살고 싶다는 아우성이 가득 찼다.

브렌다가 이맛살을 찌푸리며 답했다.

"에아기네스 님이 석 달 전 제게 말하셨잖아요. 석 달 후까지 죽지 않으면, 언제든 사람이 없는 조용한 때 죽여달라고. 요즘 들어 자주 홀로 목욕하시기에 저는 그게 신호라고 생각했어요. 제가 죽이기 쉽게 준비해주시는 거라고. 그러려고 절 곁에 두신 거잖아요. 언제든, 쉽게 죽을 수 있도록."

그런 말을 하는 순간에도 브렌다는 천진하게마저 보이는 특유의 솔직한 얼굴이다. 미움이나 증오 같은 감정이 배제된, 밀린 빨래를 처리하는 것 같은 침착한 태도여서 로즈는 더욱 섬뜩했다.

에아기네스, 도대체 무슨 생각으로 저런 여자를 곁에 두고 있었던 거야? 늘 자신을 죽일 틈을 보는 여자를 옆에 두고 태연히 제 죽음을 계획할 정도로……. 왜 죽으려고 했던 거야? 도대체, 왜?

"여기서 날 죽이면 가장 먼저 의심받을 텐데?"

브렌다는 태연했다. 그 태연함이 소름 끼쳤다.

"에아기네스 님은 우울증을 앓고 계시는 걸로 말을 맞추기로 했잖아요. 그래서 돈을 써서 의사의 확진서도 받아놓았고. 수면제를 다량으로 삼킨 것처럼 욕실 주변에 뿌려놓고, 그대로 물에 들어간 걸로 꾸미려 했죠. 그리고 저는 비명을 지르며 최초의 목격자가 되는 거고."

"폐하가 의심할 거야."

"에아기네스 님이 친필로 유서를 준비해두신 걸로 알아요. 폐하와 둘만이 아는 공간에 두신다고 했어요."

유서가 있다. 루크워렐과 둘만이 아는 공간에 두었다. 그걸 읽게 되면, 지금 꼬인 실타래를 조금은 풀 수 있을까. 로즈가 그렇게 정의 내리고 브렌다에게 재차 질문을 던졌다.

"날 죽여서 네가 얻는 이득이 뭐지?"

브렌다가 골치 아프다는 얼굴로 외려 되물었다.

"에아기네스 님, 이야기 다 끝났잖아요? 갑자기 기억상실이라도 걸리셨어요? 왜 그러세요? 물에 빠져서 허우적거릴 때 힘들어서 마음 상하셨어요? 낮잠시간에 도와드릴까도 했지만 수면제를 드셔주시지도 않아서, 칼을 쓰기 그랬어요. 제 딴에는 정말 많이 생각한 건데, 다른 좋은 방법이 떠오르셨어요?"

로즈는 지금 이 여자와 아무리 이야기를 해본들, 아무런 소득이 없을 걸 깨달았다. 로즈는 망설임 없이 시녀들을 부르는 줄을 잡아당기려 몸을 돌렸지만, 브렌다가 훨씬 빨랐다.

브렌다가 날쌔게 달려들어 로즈를 온몸으로 내리눌렀다. 그러면서도 머리를 바닥에 세게 부딪히거나 다른 쪽으로 멍이 들지 않도록 주의 깊게 로즈를 잡았다. 그리곤 한숨을 쉬며 중얼거렸다.

"지금 너무 나대시면 안 돼요. 익사라고 해야 하는데, 몸에 상처나 멍이 생기면 의심받는단 말이에요."

로즈가 온힘을 다해 브렌다를 밀쳐보려고 했지만, 무슨 방법으로 제압한 것인지 아무런 힘을 줄 수가 없었다. 브렌다가 난감한 얼굴로 중얼거렸다.

"목을 졸라버리면 손가락 흔적이 남을 텐데……. 의사가 보기에 폐에도 물이 차 있어야 하니까 미리 죽이면 안 될 테고……."

오싹, 오싹, 오싹.

아무렇지 않게 하는 말들에 소름이란 소름은 다 돋았다. 한두 명을 죽인 사람이 아니다. 이런 일을 해온 전문가다. 로즈가 새파랗게 질린 얼굴로 황급히 브렌다에게 말했다.

"마음이…… 마음이 바뀌었어. 지금은 죽고 싶지 않아. 게다가 익사라니, 너무 괴롭잖아?"

브렌다가 인상을 찌푸렸다. 달라진 상황에 대해 불만인 듯했다.

"진심이세요? 그러면 저한테 지불한 금액은 제가 그냥 가져도 되나요? 아니면 지금이 아니라 나중에 죽여달라는 뜻이세요?"

"나중에도 죽고 싶지 않아……."

로즈가 억눌린 목소리로 가쁘게 답했다. 죽고 싶지 않다는 말에, 어쩐지 눈물이 날 것 같았다. 브렌다가 영 못마땅한 표정으로 말을 이었다.

"황족을 한번 죽여보고 싶었는데."

"죽이지 마……."

"알겠어요. 그러면 제가 무사히 황궁에 나가도록 협조해주세요."

그러고는 브렌다가 답을 듣지도 않고 로즈의 몸에서 손을 뗐다. 자신을 죽이려는 사람을 직접 제 옆에 두었으니, 당연히 제 요구를 들어주리라 믿는 듯했다. 상대에게 전혀 감정이입을 하지 않고 제 생각대로 움직이는 단순한 성격이 엿보였다.

브렌다가 제게서 떨어지자, 로즈가 번개같이 몸을 일으켜 시녀들을 부르는 줄을 전부 정신없이 잡아당겼다.

갑작스러운 호출에 시녀장을 비롯하여 시녀들이 단걸음에 달려왔다. 로즈가 브렌다를 손가락질하며 날카롭게 외쳤다.

"나를 물에 빠트려 죽이려고 했어요. 당장 잡아들여요!"

시녀들이 사태의 심각성을 파악하고 브렌다를 순식간에 제압했다. 시녀장이 다가와 아직 알몸인 로즈에게 두툼하고 따뜻한 가운을 입혀주었다. 브렌다가 억울한 표정으로 제압당하며 외쳤다.

"에아기네스 님, 저한테 대체 왜 이러세요?"

"처분은 폐하와 상의하겠어, 브렌. 어서 끌고 나가세요."

브렌다가 뭐라 더 외치려 했지만, 시녀들이 끈으로 입을 막아버렸다. 버둥거림조차 잊은 채 끌려 나가는 브렌다는 정말로 배신당한 얼굴이라, 로즈는 이 말도 안 되는 상황에 대해 헛헛함을 감출 수 없었다.

젖은 머리를 시녀들이 부드러운 천에 싸서 말려주었다. 나신에 옷이 걸쳐지자, 공포와 한기로 식어들었던 몸에 조금은 온기가 돌았다.

로즈는 제 몸을 꼭 끌어안았다.

죽을 뻔했다.

생각만 하던 죽음과 현실로 맞닥뜨린 죽음은 그 체감의 강도가 달랐다. 물에 빠졌을 때 폐로 물이 차오르는 그 숨막히던 순간이 다시 떠오르자, 로즈의 숨이 가빠졌다. 손이 덜덜 떨리며 질끈 감은 두 눈에 가득 차는 것은 어둠뿐이었다. 무서웠다.

그때, 문소리가 나더니 온몸이 사람의 체온으로 감싸졌다.

"로즈. 괜찮아?"

믿을 수 있는 낮은 목소리. 갑자기 눈물이 왈칵 몰리며 코끝이 찡해졌다. 손의 떨림은 어느새 멈춰 있다. 울음을 꾹꾹 누르며 로즈가 최대한 태연한 목소리를 내었다.

"네, 괜찮아요."

괜찮다는 로즈의 대답에, 루크워렐이 뭔가 말을 더 하려다 입을 다물고 로즈를 좀 더 세게 끌어안았다. 그 몸짓이 가슴을 크게 울려 로즈는 울음을 터뜨릴 뻔했다. 루크워렐의 목소리가 그녀에게 파고들었다.

"울어도 돼. 그대는 늘 괜찮은 척을 해. 난 늘 그게 걱정이었어."

결국 울음이 왈칵 터졌다. 소리를 내지 않으려고 앙다문 입술사이로 신음 같은 흐느낌이 새어나왔다. 가슴 한복판을 스멀스멀 잠식해서 밤의 어둠처럼 무겁게 달고 있던 짐들이 한순간에 터져버렸다.

"왜, 왜…… 내가 이런 일을 당해야 하죠? 난 그냥 평범하게 사랑하고 평범하게 행복해지고 싶었어요. 난 그냥 평범한 사람이에요. 왜 이런 곳에서, 날 다르게 바라보는 사람들 사이에서 안간힘을 쓰며 괜찮은 척해야 하죠? 당신이 사랑하는 여자는 내가 아닌데, 왜 내가 그녀인 척하면서 이 모든 걸 겪어야 해요? 루크워렐, 말해줘요. 내가 어떻게 해야 해요?"

답을 바란 질문이 아니었다. 또다시 폭포처럼 울음이 쏟아졌다. 로즈 에밀린이 원했던 건, 평범한 행복이다. 자신이 좋아하는 일을 하다, 사랑하는 사람과 평생을 약속하며, 함께하는 소소한 행복들로 제 삶을 꽉 채우는 것. 그래서 일찌감치 생을 이어나가지 못한 가족들의 몫까지 행복해지는 것. 그것뿐이었는데. 어느 날 황궁에서 눈을 뜨고 귀비가 되었다. 자신과 그렇게나 닮았다는 여자인 척 하며 알 수 없는 음모에 서서히 빠져들고 있었다. 그리고 종내는, 죽음의 위협까지 받았다.

루크워렐의 옷자락을 꽉 붙든 손가락이 울음과 함께 흔들렸다. 슬펐다. 제가 어찌할 수 없는 무게에 짓눌려 죽을 것 같았다. 살고 싶었는데 죽음이 눈앞에 놓였다.

루크워렐은 말없이 로즈를 꼭 끌어안았다. 그 온기가 그녀를 더 슬프게 했다. 괴롭고 안타까운 그의 숨결이 그녀를 더 괴롭게 했다. 그녀의 아픔을 다 감싸줄 만큼 힘 있는 포옹이 애틋한 배려를 느끼게 해서 더 견딜 수 없었다. 로즈는 훌쩍이며 이야기를 이었다. 자신은 그가 사랑하는 에아기네스는 되어줄 수 없었기에, 줄 수 있는 것이라곤 토막 나 명확히 보이지 않는 진실뿐이었다.

"브렌다는…… 에아기네스 님이 석 달 전에 이맘때까지 자신이 죽지 않으면 죽여달라고 청했다고 했어요. 어떤 거래가 오갔는지는 명확하지 않아요. 에아기네스 님의 실종과는 관련이 없어 보여요. 관련이 있다면…… 제가 가짜라는 걸 알았을 테니까요. 브렌다는 에아기네스 님을 죽인 후 자살로 위장할 생각이었던 것 같아요. 정확히는 에아기네스 님과 그렇게 하기로 합의한 것 같아요……."

"그만."

루크워렐이 괴로운 듯 로즈의 말을 막았다. 그의 목소리가 슬프게 울렸다.

"이런 순간에도, 그대는 나한테 도움이 되어야 한다는 생각뿐이군."

로즈는 순간 말문이 막혔다. 제 마음을 꿰뚫어 본 것 같은 남자의 말이 커다란 가시처럼 걸려 목을 막았다.

"그러지 마, 로즈. 그대는 충분히 괴로웠어. 그대는 아마도 내 생각 이상으로…… 괴로웠을 거야. 내가 그대를 위해 뭘 해줘야 할지 지금은 보이지 않지만, 그래도 그대가 괴로워하지 않았으면 좋겠군."

"……그럼 날 여기에서 내보내줄 건가요?"

로즈가 간절한 눈빛으로 루크워렐을 바라보았다.

천천히, 루크워렐의 손가락이 로즈의 눈가로 올라와 눈물을 닦아냈다. 눈가에 스치는 손가락의 감촉이 눈물방울과 함께 로즈에게로 스며들었다. 루크워렐이 아주 천천히, 괴롭게 속삭였다.

"지금은 힘들 것 같아. 그대가 너무 혼란스러워하니."

예상은 했지만 힘이 쭉 빠졌다. 그러나 처음과 달리, 로즈는 루크워렐의 입장을 이해했다. 에아기네스를 온전히 찾아오지 못한 입장에서 자신이 갑자기 빠져버리면 분명 커다란 혼란이 벌어질 거다. 사랑하기 전에는 살아남으려고 협조해야겠다는 생각이 먼저였지만, 사랑하고 나니 그를 곤란하게 하고 싶지 않아 돕고 싶었다. 죽음의 위협까지 당해놓고서도 이런 마음을 품는다는 것 자체가 참 어리석다 싶지만, 한번 마음이 기울기 시작한 이상 그녀는 속절없이 빠져들었다.

"브렌다가 그랬어요. 에아기네스 님이 폐하와 둘만이 아는 비밀장소에 유언장을 숨겨두기로 했다고. 그래서 자신이 처벌을 면할 수 있을 거라고. 루크워렐, 그 장소가 어디인지 알 수 있겠어요?"

"둘만이 아는 장소에 유언장을 숨겨두었다고?"

"그래요. 그걸 찾으면, 에아기네스 님이 왜 그렇게 사라졌는지 알수 있을지도 몰라요."

루크워렐이 경직되었다. 안겨 있었기 때문에 로즈는 확연히 알 수있었다. 로즈가 되물었다.

"루크워렐?"

"잠시만."

루크워렐은 로즈를 끌어안은 채 잠시 말이 없었다. 얼굴은 굳어 있었다. 귓가로 느껴지는 그의 심장이 아까보다 훨씬 세차게 뛰고 있었다.

그렇구나.

그는 유언장을 보는 걸 두려워하고 있는지도 모른다. 거기에 무슨 내용이 적혀 있을지에 대한. 자신이 사랑했던 여자가 무엇을 핑계로 그를 떠나려 했는지를.

굳은 얼굴로 있던 루크워렐이 잠시 눈을 감았다가 떴다. 세차게 뛰던 심장이 가라앉고 있었다. 마음을 정한 듯했다.

"예상이 가는 데가 있어. 찾아봐야겠군."

"루크워렐……."

로즈의 부름에, 루크워렐이 굳은 얼굴을 풀더니 안심시키는 듯 부드럽게 웃었다. 그리고 손을 들어 손가락으로 로즈의 뺨을 조심히 쓰다듬었다. 동작만으로는 설리반과 크게 차이가 없었는데도, 다가오는 느낌은 확연히 달랐다. 루크워렐이 로즈는 푹신한 침대에 눕히면서 속삭였다.

"그런 얼굴로 보지 않아도 돼, 로즈. 지금은 무엇보다도 그대가 가장 걱정돼. 유언장을 찾게 되면, 그대가 마음의 준비가 되면 같이 보도록 해. 다만 지금은 놀란 그대가 진정하는 게 가장 중요할 것 같군."

"네."

"브렌다는 원래 궁에 있던 시녀가 아니야. 에아기네스가 정말 믿을 만한 사람이라며 석 달 전에 직접 데려왔어. 이런 일을 위해서라고는 생각 못 했어. 뒷골목 어딘가에서 조용히 수소문했겠지. 자기를 죽일 사람을 직접 골라서 데려오다니, 정말 에아기네스다워서 할 말을 잃었어."

침잠하던 루크워렐의 눈이 로즈를 보고 빛을 찾았다 다시 어두워졌다. 심경이 복잡해 보였다. 로즈가 누운 채로 손을 뻗어 그가 해줬던 것처럼 루크워렐의 뺨을 쓰다듬었다. 죽음의 공포가 심장을 죄었다 놓은 데다 충격으로 온몸이 아팠지만, 그래도 위로를 주고 싶었다.

어리석은 사랑이었다. 끝이 정해져 있는 사랑.

그래도 이미 그를 사랑하고 있다. 보답을 바라는 게 아니다. 그는 사랑하는 여자가 있고, 자신은 언젠가는 성 밖으로 나갈 것이다. 그렇지만 지금 이 순간만은, 그가 자신의 앞에 있고 자신을 향해 걱정을 내비치고 마음의 혼란을 가감 없이 드러내는 이 순간만은, 그에게 위로를 주고 싶었다.

"다 헤아릴 수는 없겠지만, 무척이나 괴롭다는 건 알고 있어요. 감히 이래서는 안 되지만, 더는 마음 아파하지 않았으면 좋겠어요."

로즈의 태도에 루크워렐이 웃음을 흘렸다. 깊은 고뇌가 담긴, 여러 감정이 뒤섞여 있는 헛웃음이었다.

"죽음의 목전까지 갔었음에도, 어찌하여 그대는……!"

루크워렐은 더는 말을 잇지 못하고선 주먹을 꽉 쥐었다. 마침 문을 두드리는 소리와 함께 조심스러운 목소리가 흘러들어왔다.

"의사가 왔습니다. 들어가도 괜찮을까요?"

"들어오도록."

루크워렐의 명이 떨어지자 문이 열리고 사람들이 들어왔다. 로즈가 루크워렐이 꽉 잡은 주먹에 살포시 손을 얹으며 말했다.

"옆에 있어주세요."

루크워렐이 복잡한 심경을 온전히 속으로 밀어넣은 후, 로즈를 향해 든든하게 고개를 끄덕였다.

"그대가 원한다면, 언제까지든 이 손을 놓지 않을 거야. 설령 그대가 이 손을 놓는다 해도, 내가 놓지 않을 거야."

에아기네스에게 향해야 할 약속들이었지만, 로즈는 이제 더는 그 말을 에아기네스에게 돌리지 않았다. 그러고 싶지 않았다.

세상이 어지러웠다. 세상은 돌을 던져 파문이 인 물결처럼 일그러져 있었다. 머리는 무겁고 빙글빙글 돌았다. 그런 와중에도 사람들은 지나치게 뚜렷했다. 웃고 있는 드미트리가 보였다. 평소의 굼뜬 모습보다, 제 욕심을 채울 수 있다는 탐욕이 얼굴 가득 넘실거렸다. 보기 흉했다.

'괜찮으십니까?'

시녀장의 얼굴이 잠시 비쳤다가, 다시 에밀리의 얼굴로 바뀌었다. 설리반의 가식적인 다정한 얼굴이 떠올랐다.

'그대는 나의 것입니다. 아무도 모르던 그대를 내가 찾아내었으니, 그대는 나의 것입니다.'

그리고 숨을 막아버리는, 물. 위아래도 구분할 수 없는 수중의 공간.

'그러셨잖아요. 죽여달라고.'

손을 휘저어도 만져지는 사방에는 아무것도 잡히지 않은 물뿐.

'……미안해요. 내가 할 수 있는 일을…….'

자신과 똑같이 생긴 여자가 자신과 똑같은 목소리로 말하고 있었다. 가슴에 울음이 가득한데, 고개를 빳빳이 든 채 울지 않으려 애쓰고 있었다.

허공을 헤맨 손은 결국 아무것도 잡지 못한 채, 일그러지려는 얼굴 위로 떨어지기 시작했다. 그 순간이었다.

"로즈."

깜빡, 로즈가 눈을 뜨고 나서야 자신이 꿈을 꾸고 있었음을 자각했다. 밤의 어둠이 시야를 가득 채웠다. 고개를 돌리자, 제 옆에서 제 손을 꼭 잡고 있는 루크워렐이 어렴풋이 보였다.

그제야 로즈는 마지막으로 저를 부른 목소리는 꿈이 아닌 현실이었음을 자각했다. 밤이 몇 번이나 낮의 껍질을 벗기고 튀어나올 때마다, 이제는 당연하다는 듯 루크워렐이 곁에 있었다. 로즈는 망연한 눈으로 제 손과 꼭 맞잡은 루크워렐의 손을 바라보다, 불쑥 루크워렐의 품으로 안겨들었다.

어둠과 숨결과 살결이 어우러졌다. 루크워렐이 제 가슴에 파고든 로즈를 안아주었다가, 살며시 밀어내었다.

"그대가 싫어서가 아니야. 이대로는 제어할 자신이 없기 때문이야."

"당신을 사랑해요."

다소 충동적인 고백이었다. 낮에 스며든 죽음의 공포와 밤이라는 특수한 분위기가 어우러져 빚어낸 감정의 분출이었다. 끝까지 말하지 않겠다 다짐했지만 비어져 나오는 감정을 참기는 어려웠다. 실수일지언정 후회는 없었다.

로즈의 고백에, 루크워렐이 정말 놀란 듯 잠시 말이 없다, 입을 열었다.

"그대는 예상치 못한 순간에 내 마음을 흔드는군. 이런 식으로 듣게 되리라고는 생각 못 했어."

"곤란하게 하려는 것 아니에요. 뭔가를 바라는 것도 아니고요. 에아기네스 님을 사랑하는데, 제가 그 자리를 비집고 들어갈 생각도 없어요. 다만, 감정이 격해져서 억누르지 못한 본심이 나온 거예요."

"오늘은 내가 자리를 뜨는 게 좋겠군. 오해는 하지 마. 그대의 고백이 당황스러워서가 아니야. 아까도 말했지만, 이대로는 아무런 해결도 보지 못한 채 그대를 안아버릴 것 같아서야."

루크워렐이 몸을 일으킨 채 로즈에게 고개를 숙였다. 촉, 이마에 가벼운 입맞춤이 닿았다 떨어졌다.

"그대와 유언장을 같이 보게 되는 날, 내 마음을 온전히 전해주지. 오늘 밤은 함께하지 못할 것 같아. 아침 일찍 같이 티타임을 하도록 하지. 그리고 앞으로의 일에 대해 대화를 나누는 게 좋을 것 같아."

"알겠어요."

로즈는 고개를 끄덕였다. 온전한 허락은 아니었지만 루크워렐은 이제 그녀를 로즈라 불렀고, 그녈 위해주었다.

로즈는 루크워렐에게 말했듯이, 어떤 바람이 있는 게 아니다. 그저 루크워렐의 행복을 바랄 뿐이다. 그와 행복해질 수 있다면 바랄 게 없었지만, 그건 불가능하다는 걸 아주 잘 알고 있었다.

마음을 전했으니, 그걸로 됐어. 괜찮아.

아직 해결되지 못한 일투성이였지만, 그래도 조금이나마 마음이 편해졌다. 토해놓은 진심은 형체를 찾아 제 가슴에서 빠져나갔다. 로즈는 그대로 눈을 감고 잠을 청했다. 꿈도 없는 잠이 찾아왔다.

이윽고 새벽이 되었다.

괜찮은 척 포장했지만, 실은 급작스러운 고백이 로즈 스스로에게도 매우 자극적이었음이 분명했다. 평소보다 훨씬 이른 시간에 깬 걸 보면.

아침이 되기까지는 아직 한참이나 남아 있었다. 흐르는 새벽빛에 로즈가 조용히 몸을 일으켰다. 브렌다에게 살해당할 뻔한 여운이 있어서인지 온몸이 두드려 맞은 것처럼 아팠다.

뻣뻣한 몸을 펴던 로즈가 침대의 커다란 머리장식을 멍하니 바라보았다. 로즈는 기시감을 느끼곤 뭐에라도 홀린 듯 머리장식 뒤로 손을 뻗었다. 그건 그저 무의식적으로 한 행동이다. 그런데 뭔가가 짚였다. 모르는 사람이 만졌다면 그저 실선 몇 개 정도로 착각할 만한 그런 흔적. 로즈는 손을 이리저리 움직여 그 선을 건드려보았다. 몇 번의 동작 끝에, 뭔가가 달칵 소리를 내더니 열렸다.

장식 뒤로, 조그마한 공간이 있었다. 덮여 있던 판이 열린 그 안에는 한 뼘 정도 되는 병이 들어 있었는데, 거기에는 연한 분홍과 연한 노랑이 섞인 작은 알갱이 모양의 약들이 가득했다.

달칵, 뚜껑을 열어보았다. 풍겨오는 향내는 매우 익숙했다. 매일 아침 먹는, 루크워렐이 선물한 차와 향이 똑같았다. 재료가 같은 모양이었다. 병에는 한 치의 빈틈도 없이 빡빡하게 약이 담겨 있었다. 에아기네스는 한 알도 먹지 않은 듯했다. 모양새로 봐선 에아기네스가 숨긴 게 분명했다.

왜 숨겼을까? 루크워렐이 준 선물이었을까? 루크워렐이 준 차는 몸에 좋은 거라 했으니, 약의 형태를 띤다 해도 놀랍지 않았다. 에아기네스가 루크워렐의 선물을 소중히 생각해서 따로 보관했을 수도 있다. 선물을 받고 꼭 먹으라는 법도 없으니 먹지 않은 게 이상하지도 않았다.

그래도 숨겨둔 장소가 과했다. 그저 서랍에 잘 간직하는 정도로도 충분했을 거다. 이렇게 굳이 남의 눈에 뜨이지 않는 곳에 몰래 숨겨 놓는 것도 이상하다. 만약 루크워렐이 주지 않았다면, 누가 이 선물을 주었을까? 알 수 없는 일투성이였다.

로즈는 어제 자신이 브렌다의 일에 너무 놀란 나머지 설리반 이야기는 전혀 하지 못했다는 걸 깨달았다. 아침 티타임에 루크워렐에게 말해야겠다는 생각이 들었다. 파렌치에 관에 몰래 들어오는 길을 알려줄 정도로 설리반과 기묘한 관계라는 사실은 루크워렐을 아프게 하겠지만, 그렇다고 해서 숨기면 안 되는 일이다.

그 전에 먼저 할 일이 있다. 로즈는 줄을 잡아당겨 시녀장을 호출했다. 시녀장이 금세 나타나 예를 표하며 몸을 숙였다.

"일찍 일어나셨군요."

"눈이 일찍 떠졌습니다. 알고 싶은 게 있어서 그러는데, 의사나 약에 대해 박식한 이를 만날 수 있을까요?"

"언제 부르면 좋으시겠습니까?"

"가능하면 지금 당장이라도 좋아요. 폐하께서 아침 티타임을 하시겠다고 하셨으니, 그 전이어도 좋을 것 같습니다."

"알겠습니다. 우선 옷을 먼저 입으시는 게 좋겠습니다."

"그러면 오늘 채비는 간략하게 하고, 우선 약에 대해 박식한 이를 먼저 불러주세요."

"알겠습니다. 어제 일로 인해 마사지를 받으시는 게 좋으실 듯한

데, 폐하와의 티타임 이후로 일정을 잡으면 되겠습니까?"

"그렇게 해주십시오."

로즈가 그리 말하자, 시녀장이 시녀들을 불렀다. 시녀들이 들어와 일사불란하게 로즈의 채비를 돕는 사이, 시녀장이 조용히 시녀 하나를 불러 로즈가 말한 인물을 찾으러 보냈다. 그리고 곧, 채비를 끝낸 로즈에게로 약의 성분에 대해 말해줄 이가 도착했다.

로즈는 창백한 얼굴로 약병을 꼭 쥔 채 루크워렐을 기다렸다. 지금 이 순간은 이 약병을 건넨 이가 누군지가 중요하지 않았다. 약의 정체를 알고 나자, 에아기네스가 직접 준비했을 수도 있겠다는 생각도 들었다. 제 앞에 놓이는 찻잔들을 바라보며 로즈는 굳은 얼굴로 차분히 할 말을 정리했다.

이윽고 루크워렐이 도착했다. 도착 소식을 알리자, 로즈가 약병을 탁자에 놓은 채 몸을 일으켰다. 차가운 분노로 심장이 일렁였다. 흥분하지 말고 제대로 알아보자 마음먹었음에도 다잡아지지 않았다.

"제국의 영광을 뵙습니다, 폐하."

예를 다한 우아한 인사가 루크워렐의 앞에서 아름답게 그려졌다. 그러나 어제 이름을 부르던 태도와 확연히 다른, 선을 둔 언사였다. 그러나 루크워렐도 녹록한 이는 아니다. 분명 감정이 상했을 텐데, 조금도 내색 않고 유연히 인사를 받았다.

"어제와는 부르는 호칭이 다르군, 로즈."

"언제나 폐하에 대한 존경을 지니고 있다는 뜻입니다, 폐하."

루크워렐은 뭔가 더 할 말이 있는 듯도 보였지만, 우선 천천히 하기로 했는지 자리에 앉았다. 자리에 앉자마자, 로즈의 앞에는 늘 먹던 차가 조르륵 따라졌다. 루크워렐에게 따라지는 차를 노려보듯 바라본 로즈가 정중한 어투로 물었다.

"폐하는 저와 같은 차를 안 드십니까?"

"전에도 까닭을 말했듯이, 그 차는 여인들에게 좋은 차이니 먹지 않는 거야, 로즈."

"그런 깊은 뜻이 있으셨군요, 폐하."

얼굴은 도자기 가면처럼 매끄러운 표정을 지었지만, 말에는 확연히 뼈가 있었다. 로즈가 그린 듯한 미소를 만면에 띠었다.

"시녀들을 물리고 좀 더 다정한 대화를 하고 싶습니다, 폐하."

로즈가 청한 말의 속뜻을 눈치챈 루크워렐이 시녀들에게 손짓하자, 시녀들이 순식간에 방에서 사라졌다. 방 안에는 약간의 침묵과 풍성한 햇살, 그리고 차에서 피어오르는 김이 자리를 채웠다.

"폐하, 오늘은 차를 바꿔 마셨으면 합니다. 폐하의 차가 궁금하거든요."

"그러면 내 차와 같은 차를 다시 타달라고 해야겠군. 난 지금 내가 먹는 차가 마음에 들거든."

로즈가 싸늘하게 대꾸했다.

"왜 그러실까요? 저에게 주신 차가, 장기로 복용할 시 독이 되는 차여서 그러실까요?"

로즈의 도발에, 루크워렐이 찻잔을 들어올리다 그녀를 똑바로 바라보았다.

"어째서 그렇게 생각하지?"

로즈가 탁자 위 작은 상자를 열어 약이 가득 든 병을 꺼냈다. 비밀 장소에서 발견한 것이다.

"오늘 이런 것을 발견했습니다. 제가 마시는 차와 향이 비슷하여 의사를 불렀더니, 의사가 그러더군요. 성분이 강한 약재라 거의 독으로 분류한다고. 혹시나 하는 마음에 제가 먹는 차도 같은 종류냐고 물었더니, 같다고 하였습니다."

"……."

"절 죽이려 하셨습니까? 에아기네스 님의 대역으로 적당히 쓰다가, 황실 내부의 일을 너무 많이 알게 된 불편한 존재니 서서히 죽어가기를 바라셨나요? 그동안 저에게 내뱉던 달콤한 말과 행동은 모두 절 안심시키기 위한 것이었나요? 그런 것도 모르고 마음이 흔들려 사랑을 고백한 저는 얼마나 쉬운 여자였을까요?"

루크워렐이 깊게 한숨을 내쉬었다.

"그런 게 아니야, 로즈. 그대가 모르는 게 있어."

"이 약병은 누가 건넸는지 알 수 없습니다. 죽으려던 계획을 가지고 있었으니, 에아기네스 님이 준비했을 수도 있겠지요. 하지만 그로 인해 저를 죽일 차를 먹고 있었다는 걸 알게 되었네요. 참 모순적인 상황입니다, 폐하."

로즈가 루크워렐을 똑바로 바라보며 비장하게 말했다. 이런 상황임에도 불구하고, 루크워렐을 향한 애틋한 애정이 남아 있다는 것이 슬프고 비참했다.

"폐하, 어차피 절 살리고 죽이는 건 폐하의 몫입니다. 이걸 먹지 않아도, 폐하가 마음만 먹으면 절 한순간에도 죽일 수 있다는 걸 알고 있어요. 저는 그저 평범한 여자입니다. 그렇지만 살고 싶은 마음은 간절합니다. 그러니 폐하, 평생 절 감시하셔도 좋으니, 이 일이 모두 끝나면 그저 살아갈 수 있게만 해주세요. 부탁드립니다."

"로즈, 이걸 어떻게 설명해야 할지……. 우선 그건 그대의 오해야.

난 그대가 죽기를 바라는 게 아니야. 우선 오늘 아침 차는 마시고 내 이야길 들어주면 좋겠군. 설명이 잘 될지는 나도 잘 모르겠지만."

"폐하, 부디 살려달라고 말했습니다. 그런데도 저에게 저 차를 마시라고 하시다니요."

로즈가 경악하자, 루크워렐이 깊게 한숨을 쉬더니 로즈 앞에 놓인 식어버린 차를 들어 벌컥벌컥 마셔버렸다. 갑작스런 행동에 로즈가 놀라 바라보는데, 루크워렐이 그대로 로즈를 잡아당겨 키스했다. 그리고 찻물은 그대로 로즈에게 넘어왔다.

피하려 애써보았지만, 남자의 힘을 이길 수는 없었다. 마지막 한 모금이 넘어갈 때까지, 루크워렐은 입을 떼지 않았다. 찻물이 모두 넘어간 후에도, 루크워렐은 입술을 떼지 않았다. 길고 간절한 키스가 숨이 막힐 때까지 이어지다 떨어졌다.

"그대가 그토록 원하던 걸 주지. 이제는 더는 미루기도 어려울 것 같으니. 로즈, 그대가 그토록 가고 싶어 하던 밖으로 가도록 하지. 그대가 가정교사를 하던 집 말이야."

"돌려……보내주시는 겁니까?"

아직 아무것도 해결되지 않았는데, 라는 말이 목 끝까지 올라왔지만 로즈는 삼켰다. 어떻게 얻은 기회인데 놓칠 수 없다.

"그건 가고 나서 판단하도록 해, 로즈. 나도 함께 갈 테니."

루크워렐의 눈빛은 단단했지만 깊은 슬픔을 담고 있었다.

로즈는 익숙한 현관문 앞에서 설렘을 감추지 못했다. 샤멜과 잭슨을 가르치던, 사람 좋던 상인의 집이다. 황궁에 비하면 초라하다고도 할 수 있는 문이었지만, 그동안 놓쳐버린 일상을 드디어 찾을 수 있다는 생각과 함께 심장이 두근거렸다. 오랜 부재에 해고나 안 당하면 다행이라는 생각도 들었지만 루크워렐이 제대로 말을 전해줬다면 어떻게든 변명이라도 할 수 있으리라는 생각이 들었다.

로즈의 뒤에는, 간소하게 차려입은 루크워렐이 멀찍이 서 있었다. 챙 모자를 깊게 눌러쓴 데다 평이한 복장을 하고 있어, 그를 본 누구도 황제라 생각하지 못할 터다.

손님이 왔다는 표시로 문에 달린 종이 울리자, 부산스럽게 손님을 맞으러 오는 소리가 안에서 났다. 아마 가정부인 마틸다일 터다.

문이 열리고, 푸근한 인상의 마틸다를 보자 그리움에 로즈의 얼굴에 환한 미소가 그려졌다. 그러나 로즈를 바라본 마틸다는 못 볼 걸 본 마냥 삽시간에 창백해졌다.

"로즈 에밀린……?"

"네, 저예요. 로즈 에밀린. 생각보다 길게 자리를 비워서 어쩌나 했어요. 이렇게 마틸다를 보게 되니 반갑네요."

로즈가 기쁜 마음에 마틸다의 손을 덥석 잡으려는데, 마틸다가 부들부들 떨며 뒷걸음질 쳤다.

"저, 정말 로즈 에밀린이 맞는 거예요? 맙소사, 로즈 에밀린이라고? 오, 이런!"

마틸다가 식은땀을 흘리며 말을 더듬었다. 이상한 행동에 로즈가 한 발자국 다가가 마틸다를 잡아주려 했다.

"괜찮으세요?"

"내 몸에 손대지 말아요!"

마치 봐서는 안 되는 것을 본 듯한 그 태도에, 로즈는 뭔가 단단히 잘못되었음을 재차 깨달았다.

"마틸다, 내가 없는 사이에 무슨 일이 있었어요? 나예요. 로즈 에밀린. 여기서 가정교사로 일하던 로즈 에밀린. 내가 당근 케이크를 좋아한다고 해서 디저트 시간에 늘 한 조각씩 더 챙겨주셨잖아요."

마틸다가 입술을 부들부들 떨며 말을 이었다.

"로즈 에밀린, 아주 잘 알고 있죠. 부드럽고 다정한 데다 영민한 아가씨였어요. 이 집 도련님들도 아주 잘 따랐고요. 그래서 일주일 정도 여행을 가고 싶다고 휴가를 청했을 때도 주인님은 흔쾌히 허락해 주었답니다."

로즈는 공포에 질린 여자를 보며, 한 가지 사실을 깨달았다. 중년 여자가 말하는 건 모두 과거형이다. 그럼 현재의 로즈 에밀린은, 지금 이 자리에 있는 로즈 에밀린은 어떻게 된 걸까?

마틸다가 하얗게 질린 얼굴로 덜덜 떨며 대꾸했다.

"로즈 에밀린은 죽었어요. 2년 전 여행 중 운 나쁘게 절벽에서 떨어져서. 묘비는 트라움 공동묘지에 있어요. 장례식에 참석했기 때문에 아주 잘 알아요. 도대체, 당신은 누구예요?"

로즈는 아무런 말도 못 하고선 멍하니 마틸다를 바라보았다. 충격적인 현실에 그토록 꿈꾸던 현실이 와장창 박살났다.

걸어다니는 시체를 본 것 같은 마틸다의 태도에 거의 쫓겨나다시피 밖으로 나오고 나서, 로즈는 그제야 거리의 풍경이 전과는 다름을 깨달았다. 자신이 자주 가던 서점은 없어지고 그 자리에 꽃집이 들어섰다. 꽃집에서는 아장아장 걸으며 세상 신기한 듯 뭐라뭐라 말하는 아이 하나가 나왔는데, 여자가 아이를 부르며 뒤따라 나왔다.

"프란델, 엄마랑 같이 가야지!"

로즈는 그 여자가 가정교사를 하던 집에서 하녀 일을 하던 낸시라는 사실을 깨달았다. 결혼과 함께 일을 그만두었는데, 임신했다며 축하해달라고 한 게 채 한 달도 되지 않았었다. 그런데 배 속에 있던 아이가 벌써 나와 걸어다니고 있다.

로즈는 충격에 그대로 주저앉을 지경이었다. 시간은 저를 비껴 2년이나 지났는데, 저 혼자만 2년 전에 머물러 있는 것 같다. 로즈가 루크워렐을 붙들며 외쳐댔다.

"난 살아 있어요, 루크워렐. 살아 있다고요! 죽지 않았어요! 죽지 않았어!"

그 순간, 루크워렐이 로즈를 깊이 안아 들었다. 모든 게 변한 세상에서, 루크워렐만이 처음 만난 모습 그대로 변하지 않고 서 있는 것 같았다.

"진정해. 그대는 살아 있어. 내가 가장 잘 알아."

"그런데 왜 나를 빼고 모두 시간이 흘러 있어요? 왜 내 묘비가 있죠? 내가 죽었다잖아요! 그렇지 않아, 나는 살아 있어. 살아 있다고!"

비명에 가까울 정도로 간절한 외침이었다. 흥분과 혼란은 쉬이 가시지 않았다. 로즈가 외침을 멈추고 정신을 차리려고 애쓰며 부탁했다.

"트라움 공동묘지로 가주세요."

루크워렐이 묵묵히 고개를 끄덕였다. 로즈는 루크워렐이 이끄는 대로 마차를 탔다. 마차 안은 침묵으로 가득했다. 로즈는 입을 열 기력이 없었다. 루크워렐은 그저 로즈 옆에서 말없이 든든히 있었다. 로즈는 망연히 창밖을 바라보았다.

기시감.

난 이 길을 알고 있어. 가본 적이 있어. 공동묘지를.

외곽으로 빠진 마차는 한적한 공터에 멈춰 섰다. 공동묘지를 표시
한 입구의 청동상을 바라보며 로즈는 저도 모르게 속으로 중얼거렸
다. 청동상의 왼손은 손가락이 하나밖에 없지. 그걸 내가 어떻게 알
고 있는 걸까?

로즈가 기억을 더듬듯 천천히 안으로 걸어 들어갔다. 수없이 늘어
선 묘비들 사이에서, 로즈는 헷갈림 하나 없이 죽 걸어가 제 묘비 앞
에 섰다.

[로즈 에밀린. 여기서 잠들다.]

난 여기 와본 적이 있어. 내 장례식을 보았으니까.

그 순간, 머릿속에 천둥이 치듯 폭포수같이 영상들이 쏟아졌다. 물
을 너무 부어 넘쳐흐르는 잔처럼, 머릿속에 넘치도록 범람하는 기억
속에서 로즈는 경악에 찬 눈길로 제 옆에 서 있는 루크워렐을 보았
다.

그래. 난 장례식을 치렀지. 내가 아닌 다른 여자의 시신을 가져다
내 장례식을. 그리고 로즈 에밀린으로서는 죽어버린 나는…….

루크워렐이 담담히 물었다. 너무나 담담해서 오히려 더 아릿했다.

"이제 기억이 나, 로즈?"

루크워렐의 슬픈 눈과 마주치자, 로즈는 그제야 모든 걸 깨달을 수
있었다. 외면하고 싶었던 현실. 외면하고 싶었던 진실.

"그대가 장기로 먹은 독은 기억의 왜곡과 상실, 가시지 않는 피로
가 주 증상이지."

자신은 독을 먹었다. 그리고 잊고 싶은 건 잊은 채, 제 좋을 대로 생
각했다.

"내가 먹인 건, 그 독의 해독제야. 특수한 독이라 해독할 수 있는 건 평소에 독으로 쓰이는 것밖에 없었어. 그대도 느꼈을 거야. 몸이 좋아지고 있었을 테니까."

그제야 머릿속으로 벼락이 치듯 강렬한 통증이 울려 퍼졌다. 통증과 함께 몰아치는 해일처럼 잔혹한 기억들이 그녀를 덮쳤다. 끝까지 떠올려내고 싶지 않아 기를 쓰고 묻어두고 싶었던 기억들이.

자신은.

충격적인 진실에 배 속의 장기가 모조리 뒤집히는 것 같았다.

자신은.

믿고 싶지 않았다.

자신은.

눈앞의 루크워렐이 이 모든 것이 현실임을 입증했다.

"왜 나에게 해명조차 하지 않고 죽어버리려고 했어, 에아기네스? 아니."

루크워렐이 슬픈 눈으로 로즈를 바라보았다. 추측이 확신으로 변한, 애절한 눈빛이었다.

"솔로미아 로즈 아이시타스 카펠리움이라고 불러야 하나, 로즈?"

로즈는 굳어 서 있었다. 자신이 믿고 싶던 모든 것이 허상이었다는 걸 깨달은 충격은 상상 이상이었다.

자신은, 에아기네스였다.

제정신이 들자마자, 로즈는 이 모든 일이 왜 일어났는지 알 수 있었다. 그리고 진실이 그녀의 심장을 쳤다. 자신은 그의 옆에 있을 자격이 없다.

자신은 그를 죽이려 했으므로.

part 2

심장을
꿰뚫은 검 위에
핀 꽃

Prologue

　시커먼 진창은 차갑고 더럽고 역했다. 여자는 예전이라면 보는 것만으로도 인상을 찌푸렸을 진창에 온몸을 담근 채 웅크리고 있었다. 그 모습은 꼭 시궁창을 헤집고 다니는 시궁쥐 같았다.

　입고 있는 옷은 이미 속옷까지 푹 젖었다. 얼굴은 악취 나는 진창으로 여기저기 얼룩져 있고, 머리는 이미 가닥가닥 새카만 덩어리를 진 채 원래 색을 잃고 엉겨붙었다. 아름다운 외양은 그 위를 뒤덮은 악취와 더러움으로 그 빛이 가려져 있다. 외투는 어디다 뒀는지 온데간데없고 긴 드레스만 걸치고 있는데 그마저 잔뜩 구겨진 채다. 어차피 진창에 빠져 있어 어떤 모양이든 크게 차이가 나지 않았다. 그저 더러운 옷이라는 느낌만 들었다.

　한눈에도 길거리를 떠도는 거지같은 몰골이었다. 매춘부 차림은 무슨 봉변을 당할지 알 수 없었기에, 그녀는 차라리 부랑자 행세를 하기로 했다. 근처에는 군데군데 손을 벌린 사람들이 있었다. 모두 그녀 못지않게 더러웠으며, 팔다리가 하나씩 없는 사람도 있다.

　요사스러울 정도로 화려한 불빛이 밝은 근처의 거리에는 몸을 드러내며 남자들을 유혹하려는 술집 여자들이 가득했다. 부랑자들은 욕망을 채우고 나오는 남자들에게 몇 푼이나마 얻을 요량으로 모두 몸을 수그렸다. 저 멀리 어둠을 훤하게 밝히는 불빛과 함께 소란한 고함이 올랐다. 소란스러운 소리에 근처의 부랑자들이 조금 놀란 듯 수런거렸지만 그뿐이다.

　어차피 이들에게 있어 이 모든 일은 저 너머에서 일어난 일이다.

자신만 해도, 이렇게 모든 게 갑작스럽게 바뀌리라고는 생각하지 못했으니까.

요즘 들어 부쩍 단속을 하는 아버지를 피해 잠시 나왔던 외출이었다. 언제나 제 대역을 충실히 해주던 소꿉동무인 하녀에게 제 옷을 입히고 몸이 아프다고 하며 자기가 올 때까지 침대에서 나오지 말라고 부탁도 해두었다. 체격도 머리색도 비슷한 데다 함께 자랐기 때문에 누구보다도 제 흉내를 잘 내는 아이였다.

오늘이 아니면 안 된다는 한정판 서책을 사러 잠시 나왔을 뿐이었다. 수도권은 치안이 좋은 편이어서 여자 혼자 다녀도 특별한 일은 없었다. 저녁식사 전에만 들어가면 된다고 생각하며, 제 역할을 하느라 종일 방에서 나오지 못한 하녀인 엘에게 줄 리본과 막내인 시에라를 위한 팔찌를 고르던 참이었다. 그 소리를 들은 건.

카펠리움 가가 역모를 꾸민 죄로 저택 전체가 황군으로 포위되었으며, 아침나절 평소와 똑같이 황궁에 들어갔던 아버지와 오라버니는 이미 사형이 집행되어 죄인들과 함께 그 목이 매달려 흔들리고 있다고.

그 소리를 듣자마자 자신이 한 일은, 몸을 돌려 저택 반대편으로 걸어가는 것이다. 일부러 뛰지 않았다. 뛰면 안 될 것 같았다. 소박한 차림을 하고 있었기에 사람들은 그녀가 카펠리움 가의 여식이리라고는 조금도 생각하지 못했다.

그녀의 마음은 어서 집으로 돌아가서 가족들의 안위를 확인하라고 소리치고 있었다. 하지만 이성은 그리 말하지 않았다. 지금 돌아가봐야, 결국 죽게 될 뿐이다.

반역이라니. 아버지가 그런 일에 가담했다고?

들은 적 없다. 어머니는 바깥일은 잘 모르는 조용하고 온유한 분이

셨다. 오라버니인 다니엘은 성격이 급하기는 했지만 사리분별이 분명하고 영민했다. 반역 같은 것에 찬성했을 리 없었다. 밝고 명랑한 막내인 시에라는 이런 일은 생각도 못 했을 터였다.

아버지는, 아버지는…….

알 수 없다. 최근 들어 초조해 보인다고는 생각은 했었지만, 업무가 많으신 탓이라 여겼다. 외출을 자꾸 제한하시는 건, 이제 열다섯이니 슬슬 결혼상대자를 고를 때가 되었기 때문이란 아버지다운 염려이리라 싶었다.

아버지가 왜 반역에 동참했을까? 카펠리움 가는 아이시타스 내에서도 꽤 큰 영향력을 발휘하고 있었고 상당히 인정받았다. 굳이 반역이라는 카드를 들지 않아도 상당한 권력가로 살 수 있다. 그런데 왜? 어째서?

아버지와 오라버니가 죽었다고? 아침에 집을 나서던 두 사람의 모습이 눈에 선했다. 제 눈으로 시체를 보기 전에는 믿을 수 없다. 어머니와 시에라는 어떻게 되었을까? 자수를 놓는 어머니 옆에서 고양이가 키우고 싶다며 애교를 부리던 시에라의 앳되고 귀여운 모습이 아른거렸다. 지금 무시무시한 감시하에 저택에 갇혀 있다고? 죽을지 살지 모르는 곳에? 울면서 날 찾을지도 몰라.

돌아가고 싶다. 돌아가서 괜찮다고 안아주고 싶어. 하지만 그래서는 안 돼.

감정이 격렬하게 소용돌이치며 코끝이 시큰해지는 걸 무시했다. 여인은 급히 눈을 돌렸다.

눈에 뜨이지 않고 멀리 빠져나갈 수 있는 곳.

수도에는 외곽으로 흐르는 큰 강이 있다. 그 강을 따라 걸으면, 길을 잘 몰라도 멀리 갈 수 있을 것 같았다. 중간중간 사람들이 떠드는 소리들이 들렸다.

반역이 시작되기 전 계획단계에서 잡았기 때문에 큰 희생 없이 카펠리움 가를 제압할 수 있었다고 한다. 그래서인지 사람들은 그저 하나의 유흥거리로 생각하는 듯했다. 가게들은 여전히 문이 열려 있었고, 거리를 돌아다니는 사람들은 활기찼다. 슬픈 건, 세상에 오롯이 저 혼자뿐인 것 같다.

엘은 무사히 살아남았을까. 자기 대신 침대에 아직도 바보같이 틀어박혀 있는 건 아니겠지? 엘은 체형도 머리색도 비슷해서 제 옷을 입고 이불을 뒤집어쓴 채 드러누워 있으면 가족마저 착각할 정도였다. 죽임당하는 건, 카펠리움의 직계뿐일 터. 사용인들은 반역에 가담하지 않았다는 걸 알게 되면 살려줄 테지. 그렇다면 그들은 없어진 자신을 찾을 게 뻔했다.

여자는 걸치고 있던 외투를 벗어서 길가 아무 데나 놓고, 사람이 없는 곳에서 제 얼굴과 옷에 흙을 마구잡이로 묻힌 채 머리를 헝클였다. 여전히 부족한 기분이 들어, 그 상태로 거지처럼 바닥을 기며 빈민가의 진창에 몸을 던졌다.

그렇게 한참을 있었다. 움직여야 한다는 걸 알았지만, 커다란 충격이 여인을 돌덩이처럼 짓눌렀다. 얼마나 그러고 있었는지 알 수 없다. 머릿속으로 가족들과 제 저택안의 사용인들, 친척들과 지인들의 얼굴이 마구잡이로 엉켜 흘러들었다 사라졌다.

움직여야 했다. 여자는 가까스로 몸을 일으켜 바닥을 벌레처럼 기기 시작했다. 이상한 모양새였지만, 몸이 불편한 거지라고 생각했는지 아무도 신경 쓰지 않았다.

그때 멀리서, 사람들의 외침이 들려왔다.

"카펠리움 가(家)가 불타고 있다!"

그 소리에, 여자가 고개를 번쩍 들었다. 저 멀리서, 시커먼 연기가
치솟았다. 거리가 꽤 되는 탓인지 불길은 보이지 않았지만, 그 후끈
한 열기가 사람들의 목소리를 타고 여자에게 몰려오는 것 같았다.

뚝. 뚝. 여자의 얼굴로, 굵은 눈물줄기가 흘러 얼굴에 묻은 진창을
길게 지워냈다. 소리조차 내지 못한 채 여자는 그렇게 한참을 오열했
다.

솔로미아 로즈 아이시타스 카펠리움은, 카펠리움 가의 몰락과 함
께 그렇게 사라졌다. 역모에 가담한 가문에 합당한, 완벽한 멸문이었
다.

1

날씨는 이루 말할 수 없이 화창했다.

과거 솔로미아 로즈 아이시타스 카펠리움이라는 귀족적인 명칭을 가지고 있던 여인은, 이제 로즈 에밀린이라는 평범한 가정교사가 되어 창밖에서 뛰어노는 아이들을 바라보고 있었다. 방금 전까지 제 앞에서 귀엽게 시를 낭송하던 아이들은 넘치는 활력을 주체하지 못하고 벌써 정원 저쪽까지 키우는 개와 함께 달려가 점이 되어 있다.

그녀가 로즈라는 이름을 택한 까닭, 가족들이 그녀가 어릴 때부터 부르던 애칭이었기 때문이다. 제정신이 아니고서는 솔로미아라는 이름을 쓸 수는 없다. 그러나 이대로 처음부터 존재하지 않았던 양 세상에 남은 모든 흔적들을 다 지운다 해도, 가족들이 부르던 이름자 하나만은 남기고 싶었다.

열다섯이었던 여자는 이제 스물 셋으로 완연히 제 몫을 해내는 여인이 되었다. 진창에서 기어나와 강가에서 몸을 씻고 어둠을 틈타 꼬박 이틀을 걸어 수도 밖으로 나왔을 때는 그녀는 허기로 기진맥진해 있었다. 다행히 강도를 만나 가족을 잃고 정처 없이 헤매고 있다 설명하는 그녀를 중년부인이 딱하게 여겨 따끈따끈한 빵과 부드러운 수프를 주었고, 그녀는 이미 반역과 관련된 모든 일이 끝났다는 사실을 알았다.

주의를 기울인 게 허무할 정도로 그녀에 대한 추적은 없었다. 황궁으로 끌려가 죽임을 당한 아버지와 오라버니 외의 나머지 가족들은 그날 밤 모두 독을 먹고 자결했다 한다. 특이하게도 모두 제 방에 모여 있었다고도 했다. 그 이후에 아마도 궁에서 나온 군대로 인해 시작되었을 불로 저택은 완전히 전소했다. 저택 내에서 살아남아 사로잡힌 사용인들은 모두 제국 밖으로 추방되었다고 들었다.

카펠리움 가의 방계들은 죽임을 당하든가 제국 밖으로 추방당했다. 불행인지 다행인지, 카펠리움 가는 방계의 수도 적었고 세도 약했다. 카펠리움 가의 세력은 직계에 몰려 있던 까닭이 컸다.

결국, 엘은 제 대신 죽었는가. 그것 외에는, 저를 찾지 않을 까닭이 없다. 우연의 일치로 살아남았다는 사실은 기쁨보다도 슬픔이 컸다. 그저 삶이 달라진 정도가 아니다. 삶이 사라졌다.

로즈 에밀린으로 다시 시작한 그녀는 수중에 있던 약간의 돈과 장신구를 판 돈으로 입을 옷과 묵을 곳을 얻었다. 마침 성인으로 인정받는 열다섯이었기에 신분을 새로 만들어내기란 어렵지 않았다. 평민들은 출생 당시부터 등록하기보다는 열다섯까지 살아남았을 때 인구로 등록되는 경우가 빈번했기에 어려움은 없었다.

예전에 저택의 하녀로 일하던 스몰디가 돌림병으로 가족이 모두 죽은 사촌 이야기를 해주었던 게 기억이 나 에밀린이라는 성을 빌렸다. 스몰디에겐 사촌 가족 외에는 친척이 없었다는 점도 로즈가 그 성을 빌리기로 결심하는 계기가 되었다. 다행히 제대로 가계가 정리되어 있지 않아, 로즈가 제 신분을 등록하며 에밀린 가족의 사망을 알렸다.

로즈는 현실을 알았다. 정말 부모님이 반역에 참여했는지, 참여하지 않고 억울하게 죽었는지 알 수 없었지만, 지금은 살아갈 길을 찾는 게 우선이다. 아무런 힘도 없는데 솔로미아 로즈 아이시타스 카펠리움이 살아 있다고 알리는 건, 자살시도나 다름없었다. 복수라는 명분도 우스운 게, 정말 반역에 참여했다면 마땅한 죗값을 치른 것이기 때문이다. 제가 저지른 일에 대한 대가일 뿐이다.

로즈는 제국 내에 있는 학교 중, 적당한 수준의 학교를 골라 입학시험을 치렀다. 너무 높은 수준의 학교에는 귀족들이 있는 경우가 빈번했으므로, 일부러 평민들이 다니는 학교를 골라 가정교사가 되기 위한 과정을 밟았다. 귀족영애 시절, 제국 내에서 내로라하는 선생들 밑에서 수학했기 때문에 입학시험은 로즈에게는 몹시 쉽게 느껴졌다. 하지만 너무 눈에 띄는 걸 결코 원하지 않았기 때문에 장학금을 받을 수 있는 정도의 수준으로 답안지를 작성했다.

그렇게 로즈는 난텔샤 학교에 입학했고, 가정교사가 되기 위한 과정을 무난하게 통과했다. 일부러 귀족들과 연관이 없는 부유한 평민 가정에 취업했고, 여기까지 왔다.

그렇게 괜찮아졌다고 믿었다.

그러나 그건 생각일 뿐이었다.

바쁜 낮 동안은 괜찮았다. 문제는 밤이다. 이성과 의지로 억눌렀던 상실과 외로움, 괴로움과 원망은 방향을 잃고 꿈을 잠식했고 그녀의 무의식을 지배했다. 채 표현하지 못했던 절망과 슬픔은 그녀를 짓눌렀고, 그러함에도 제 원래 신분을 숨기려는 의지는 꿈에서 깨어났을 때의 비명조차 앗아갔다.

그러나 그러함에도 그녀의 삶에 대한 의지는 꺾이지 않았다. 무력감과 우울감과 홀로 살아남았다는 죄책감이 그녀를 짓눌렀지만, 오히려 그래서 더 살아야겠다는 생각이 들었다. 한순간에 사위어진 가족들이 바라는 건, 그녀가 허무하게 세상을 등지는 게 아니리라. 엘이 자의로 그녀의 대타가 되었는지 타의로 그녀의 대타가 되었는지는 지금으로서는 조금도 알 수 없지만, 그렇게까지 하여 부지해온 생명이다. 버릴 수 없었다. 절대로.

앞으로 온전히 가질 수 없을지 모르는 평범한 행복을, 삶 안에서 완성시키는 게 그녀의 목표였다. 그리하여 눈감을 때 적어도 그들에게 부끄럽지 않기를. 그래서 로즈는 열심히 살았다.

"로즈 에밀린 선생님."

잭슨과 샤멜의 어머니인 멜린다가 웃으며 로즈에게 다가왔다. 삼십 대 후반의 풍만한 체형의 여인이다. 썩 미인은 아니지만 웃는 낯이 사람으로 하여금 호감을 갖게 만들었다.

"네, 사모님."

"오늘 특별히 바쁜 일은 없죠?"

아이들의 교육시간 외에 멜린다는 가외의 시간에 일절 간섭하지 않았기에 로즈는 속으로 의아함을 느꼈다. 내색 않고서 되물었다.

"무슨 일이 있으신가요?"

"아, 네. 사실은 여기 저택으로 영광스러운 손님이 오시기로 했답니다."

'영광스러운'이라는 표현에 순간 얼굴이 굳을 뻔했으나, 가까스로 평정을 유지했다. 부유한 상인들은 귀족들을 상대하는 경우도 빈번했으나, 멜린다의 남편인 호시오는 밖의 일을 가정으로 끌어들이지 않는 현명함을 지니고 있었다. 그렇기에 참으로 만족스러운 직장이다. 로즈가 태연을 가장했다.

"어떤 분이 오시기에 그런 표현까지 쓰시나요?"

"아주 유명한 귀족이세요. 설리반 프린 프란 님이라고, 로즈라면 알고 있겠지요? 언제나 귀족들의 가계도를 아이들에게 유창하게 그려주고 설명해주니까요. 선행으로 유명하시고 인덕도 자자한 분이랍니다. 젊은 데다 외모도 수려하다고 하더라고요. 여인 저리 가라 싶게 고운 외모라 취향이 갈린다고는 하지만, 그래도 매우 주목을 끄는 분인 건 확실하답니다."

"어머, 굉장히 대단한 분이 오시네요."

짐짓 아무것도 모르는 척 로즈가 맞장구를 쳤다. 설리반 프린 프란. 열다섯까지는 사교계에 있었던 그녀로서는 모를 수 없는 인물이다. 지금은 순조롭게 황위를 물려받아 황제가 되었지만 그때 당시 황태자였던 루크워렐 션 라우리드센처럼 따기 힘든 별이 아닌, 같은 귀족계급으로서 손에 넣을 수 있는 듯 보이는 설리반은 아가씨들 사이에서 상당히 인기가 높았기 때문이다. 직접 대면한 적은 많지 않지만, 먼발치에서 몇 번 눈이 마주친 기억이 있다. 설리반은 그녀를 늘 물끄러미 바라보고는 했는데 눈이 마주치면 그저 빙긋이 웃었었다.

일곱 해나 지나고 외형도 훨씬 더 많이 성숙해졌지만, 그러면 자신을 알아볼지도 모른다. 자신 또한 그를 온전히 알아본다는 확신은 없지만, 그렇다고 해서 그도 그러리라고 확신할 수 없었다. 등에 식은 땀이 흐르고 손이 뜨거워지며 축축해지다 긴장의 고조로 외려 싸늘해졌다.

멜린다는 아무것도 눈치채지 못한 채 흥분이 가시지 않는 듯 말을 이어가기 시작했다.

"그렇죠? 우리 그이가 자선사업에 관심이 많다니까 친절하게 대화 나누고 싶다고 했답니다. 로즈도 알다시피 우리 그이는 자존심이 꽤 세서 제 가족들까지 굽실거리게 하고 싶지 않다며 일적으로 만난 귀족들을 사석에서 함께하는 경우가 드물어요. 하지만 설리반 님은 너무 좋은 분이어서 꼭 모시고 싶다고 하더라고요. 아이들을 좋아한다고 아이들도 보고 싶다고 하셨고요. 오늘 저녁식사 때 오시기로 했는데, 로즈도 동석해주면 좋겠어요. 안 지는 얼마 안 되었지만 로즈가 가족같이 느껴져서 드리는 부탁이니, 부담 갖지는 말고요."

친절하고 간곡한 말이었지만, 로즈 입장에서는 생사가 달린 문제였다. 물론 귀족들은 이미 모두 그녀가 죽었다고 생각하기에 그냥 비슷한 사람이려니 하고 지나갈 수도 있다. 그러나 로즈로서는 그녀를 알아볼 수 있는 아주 조금의 가능성이라도 있다면 피하고 싶었다.

"죄송하게도, 아주 감사하지만 제가 많이 긴장할 것 같아요. 귀한 손님인데 혹시 실수라도 하면 곤란하지요. 아시다시피 사람이 많거나 중요한 자리가 되면 지나치게 긴장을 많이 하는 제 성격을 잘 아시잖아요. 그래서 안타깝게도 학교 졸업파티에도 참석하지 못했었던 것도 아시고요."

사실 그런 종류의 긴장은 아니었다. 학교 졸업파티에 참석하지 않은 건, 평민들이 모인 난텔샤 학교라도 졸업파티에는 학생을 후원하는 귀족이나 유능한 이를 제 사람으로 쓰기 위해 관찰하러 오는 귀족이 있기 때문이다. 이런 소심하고 부끄럼 많은 성격으로 이야기해놓으면, 크거나 중요한 행사들을 빠질 수 있었기 때문에 안전이 확보되리라 생각했다.

"알고는 있었지만, 너무 좋은 분이어서요. 로즈 선생님과 함께 기쁨을 나누고 싶었는데 아쉽네요. 애들을 가르치실 때나 평소 행동거지를 보면 참 똑 부러지시는데, 수줍음이 많으시다니 정말. 하긴. 그래서 귀족가문이 아닌 저희 집으로 오게 되신 거라 기쁘지만요."

멜린다가 정말 아쉬운 얼굴을 하며 로즈의 손을 꼭 잡았다. 그녀가 진심이라는 걸 알기에 로즈도 퍽 미안한 마음이 들었다. 그녀는 좋은 집주인이자 고용주였고 그녀를 진짜 가족처럼 아껴주었다.

"저도 참 아쉬워요. 사모님이 이처럼 생각해주시는데, 제 성격 탓에 그렇게 큰 자리에는 잘 못 어울리니 말이에요. 친해지면 괜찮은데, 그러기 전에는 얼마나 어려운지 모르겠어요."

멜린다가 도리질했다. 사람 좋은 얼굴에는 이해심으로 가득했다.

"아니에요, 로즈 선생님. 충분히 이해해요. 그러면 오늘 저녁은 선생님 방으로 올려드릴게요. 주방장이 특별요리를 준비했으니 아주 맛있을 거랍니다."

"친절한 배려에 감사드려요, 사모님."

"아니에요. 로즈 선생님이 오고 우리 애들이 눈에 띄게 달라졌는걸요. 이제는 설령 황제 폐하가 오신다고 해도 식탁 예절은 조금도 걱정하지 않아도 되겠어요."

가벼운 농에 로즈도 웃으며 대꾸했다.

"저녁식사 전에 아이들을 한 번 더 잘 교육해놓을게요."

"언제나 잘해줘서 고마워요."

"아니에요. 제가 해야 할 일인걸요."

로즈가 부드럽게 웃었다. 등에 배어나던 땀은 어느새 말라 있다. 지금은 몇 년 지나지 않아 그렇지, 10년이 지나고 20년이 지나면 제 얼굴은 세월의 흔적을 덧입어 솔로미아가 더는 보이지 않으리라. 게다가 죽었다 믿어지는 이이니, 혹여 아는 이를 마주친다 하더라도 크게 의심할 리 없다. 누군가 의구심을 품는다 하더라도 아니라고 잡아떼면 그만이다. 솔로미아는 법적으로 사망했고 자신은 서류상 다른 사람이다. 그때쯤 되면 어느 한적한 마을에서 아이들 두셋 정도 키우고 있겠지. 제 사정을 온전히는 모르지만, 사이좋을 남편과 함께.

멜린다가 자리를 뜬 후, 로즈는 작지만 충분히 이룰 수 있는 꿈을 그리며 안도의 한숨을 쉬었다. 이 모든 게, 다가올 폭풍의 시작인 줄은 꿈에도 모른 채.

-→>◆<←-

로즈는 오후 늦게 아이들에게 오늘 방문할 손님에 대한 당부와 교육을 마무리지었다. 잭슨은 장난기와 호기심이 많은 반면 샤멜은 수줍음이 많고 조용했다. 씩씩한 잭슨에게는 식사 중 해야 할 일과 하지 말아야 할 일에 대한 규칙을 지도해놓고, 조용한 샤멜한테는 지나치게 움츠러들지 않도록 격려해주었다. 둘 다 성향은 달라도 똑똑하고 눈썰미가 좋아 크게 걱정은 되지 않았다.

걱정되는 쪽은, 오히려 자신이다. 로즈는 제 방 창가에 앉아 어스름이 깔리는 지평선을 바라보았다. 멀리서 흙먼지를 일으키며 다가오는 마차는, 이 저택을 목적지로 한 손님이 타고 있음을 알려주었다.

로즈는 주방장이 특별히 신경 써서 미리 가져다준 식사를 천천히 먹으며 창밖을 바라보았다. 본식에 비하면 많이 간소화된 것일 테지만 로즈에게는 이걸로 충분했다. 아마도 만찬이 시작되면 로즈에게 따뜻한 음식을 제때 주기 어려울 것 같아 배려해준 듯싶다. 따뜻한 마음 씀씀이에 가슴이 푸근해졌다.

모든 사용인과 다 마음이 맞고 사이가 좋은 건 아니지만, 그래도 이 저택 사람들은 대체로 좋은 사람들이 많았다. 자신을 가정교사로 고용한 호시오와 멜린다도 그랬다. 부를 쥐었다고 사람을 함부로 대하지 않았으며, 그렇다고 우유부단하지도 않았다. 저택 또한 외곽에 있어 마주칠 수 있는 사람이 적다는 사실도 꽤 마음에 든다. 언제까지일지는 모르겠지만, 가능하면 오래도록 이곳에 머무르고 싶었다.

로즈는 마차가 현관에 도착하자마자, 제 방 커튼을 조용히 닫았다. 과거의 잔재와는 조금도 조우하고 싶지 않았다. 비록 교류가 없었던 귀족일지라도 그랬다.

로즈는 천천히 음미하며 혼자만의 식사를 즐긴 후 식기를 문밖으로 내어놓았다. 크게 할 일은 없다. 로즈는 다음번 수업에 쓸 교재를 한 번 더 읽어본 후, 최근 읽기 시작한 서책 하나를 꺼냈다. 한참을 읽고 나니, 낮의 긴장감의 여파로 피로가 몰려왔다. 간략하게 씻은 후 로즈는 혼곤히 잠이 들었다. 내일도 분명 오늘과 같을, 평화롭고 잔잔한 하루가 되리라 의심치 않았다.

바람은 바람일 뿐이었다. 한번 어그러진 평화로운 일상은 마치 구겼다 편 종이처럼 제자리를 온전히 찾지 못했다. 과거의 잔상에서 온전히 벗어나지 못한 평화였으나 그래도 평화는 평화였다. 로즈는 그 조그마한 일상을 빼앗기고 나서야 깨달았다.

저녁식사만 하고 돌아간다던 설리반은, 호의에 기대어 이틀을 더 묵고 간다고 했다. 설리반은 자선사업 외에도 사업적 수완도 있는 갖춘 듯, 식사 내내 호시오와 즐겁게 대화를 했다고 들었다.

식사야 멜린다의 배려로 계속 방에서 할 수 있다지만, 본연의 업무까지 내팽개칠 수는 없다. 다행히 아이들은 이미 설리반과 인사를 나눈 후여서 수업시간에 설리반이 나타나는 일은 없었지만, 그래도 로즈는 신경이 뾰족하게 서는 걸 느꼈다. 수업 중 멜린다가 나타나 설리반이 아이들의 예법에 대해 굉장히 칭찬했다며 로즈가 잘 가르친 덕이라 추켜세웠지만 웃고 있는 겉과는 달리 속은 매우 초조했다.

이틀만 견디면 돼.

로즈는 수업시간 외에는 방 밖으로 얼씬도 하지 않았다. 수업하러 가는 길도 동선을 최소화해서 설리반과 마주치지 않도록 노력했다.

친한 하녀인 메리와 라임이 로즈를 붙들고 설리반이 얼마나 멋지고 신사적인지에 떠들어댔지만, 로즈는 그 이야기의 반도 제대로 듣지 못했다.

그렇게 하루가 지나고, 이틀째였다.

이 밤만 무사히 지나면, 설리반이 떠나기로 한 날이다. 로즈는 최대한 평정을 유지하려 애쓰며 잠이 들었다. 하지만 언제나처럼, 꿈은 뜻대로 되지 않았다.

그리운 얼굴들과 따뜻한 추억들로 가득한 자신이 살던 저택은 기억 그대로의 모습으로 꿈에서 재현되었다. 로즈는 그 안에서 평소처럼 제 방에 있었다. 어찌나 생생한지, 로즈는 여태 자신이 겪었던 모든 일이 꿈이라 느껴질 정도였다.

그 순간, 발바닥 밑으로 불길이 치솟아 올랐다. 직접 보지도 못한 화재가 상상과 결부되어 저택을 살라먹었다. 로즈는 무작정 뛰었다. 그러나 딛는 곳마다 그녀가 재앙인 양 불이 붙었다.

로즈는 목이 쉬도록 이름을 불렀다.

아버지. 어머니. 다니엘. 시에라.

엘.

아무도 나오지 않았다. 이름을 부르며 방문이란 방문은 모조리 열었지만 보이는 건 모든 걸 태우는 뜨겁고 아픈 불뿐이었다.

나 혼자 살아남아서 그래?

그래서 꿈속에서조차 나오지 않아?

같이 죽길 바랐어?

그 순간, 갑자기 뭔가가 불쑥 튀어나왔다. 제 옷을 입은 이가 듬성듬성 빠진 머리, 퀭한 동공을 하고서 눈앞에서 흔들거렸다. 새파래진 입술이 벌어지며 낯익은 목소리가 속삭였다.

'너 대신에 내가 죽었어!'

풀썩, 더는 견딜 수가 없었다. 사방이 불바다여도, 더는 밖을 향해 뛰쳐나갈 힘을 낼 수 없었다. 로즈는 주저앉아 얼굴을 감싸며 비명을 질렀다.

"헉!"

꿈속에서 고막을 때릴 듯 찢어지게 외치던 비명은, 현실에선 비밀의 무게에 짓눌려 바람 빠진 한숨 외에는 아무것도 내지 못했다.

로즈가 이불을 꼭 쥔 채 눈을 부릅뜨며 깼을 때, 새카만 인영이 그녀 위로 그림자를 드리웠다. 악몽에 뒤이어 심장이 얼어붙는 공포를 느꼈다. 로즈가 소리조차 지르지 못한 채 저를 바라보는 인물을 바라보았다. 꿈인지 현실인지 명확치 않은, 어둠을 가르고 과거에서 튀어나온 자 같았다.

달빛을 받고 있는 이는 남자였다. 아름다운 외형이 달빛의 어스름에 오히려 괴기스럽기만 했다. 보라색 눈동자가 곱게 휘며 웃음 가득한 얼굴로 남자가 그녀에게 속삭였다.

"솔로미아 로즈 아이시타스 카펠리움."

심장이 짓이겨지는 느낌이었다. 날이 무딘 도끼로 내리찍혀 단번에 절명하지 못하고선 헐떡이는 사람처럼 로즈가 가까스로 입을 열어 물었다.

"누구……세요?"

현명하게도, 그녀는 그 말에 긍정하지 않았다. 로즈의 반응은 한밤중에 제 방에 갑자기 침입한 사람에게 보일 법한 것이었다. 설리반이 빙그레, 선량하기 그지없어 보이는 웃음을 띤 채 대답했다.

"설리반 프린 프란입니다, 아가씨."

그 태도가 상황에 걸맞지 않게 이루 말할 수 없이 정중해 더 괴리감이 컸다. 숨을 몰아쉬던 로즈는, 몸을 일으키며 자신을 추슬렀다.

"야밤에…… 남의 방에 들어오시는 건…… 실례입니다. 설리반 프린 프란 님."

마지막 힘을 짜내어 상대의 이름을 똑바로 말하고 나자, 현실을 적시할 수 있었다. 지금 이 상황은 누가 봐도 설리반의 지독한 무례였다. 로즈는 분명 문을 잠그고 잤다. 어떻게 문을 열고 들어왔는지는 모르지만 밤에, 그것도 젊은 여자 방에 젊은 남자가 들어와 자고 있는 사람을 보고 있다니 아무리 봐도 비상식이다.

"다른 이들에게는 알리지 않을 테니, 조용히 제 방에서 나가주시면 감사하겠습니다. 그렇지 않으면 소리를 지르겠습니다."

이제 온전히 정신을 차린 로즈가 설리반을 똑바로 보며 대꾸했다. 설리반이 천천히 로즈에게서 조금 물러나, 의자에 앉았다. 쉽게 나갈 기세가 아니다.

"그렇게 날을 세우지 않아도 됩니다. 그날의 일을 듣고 싶지 않습니까, 솔로미아?"

"그 이름이 누구의 이름인지는 알 수 없지만 저는 솔로미아가 아닙니다."

"그렇죠. 하지만 가족이 애칭으로 부르던 로즈라는 이름을 버리지 못한 걸 봐서는, 아직 카펠리움 가에 미련이 남은 걸로 보입니다만."

"무슨 오해가 있는지는 모르겠지만, 나가십시오. 정말 소리를 지르겠습니다."

로즈가 몸을 일으켜도 설리반은 태연했다.

"카펠리움 가의 여인들은 살아남아 치욕을 당하느니 자결했다는 소문도 돌았었죠. 모두 알다시피 카펠리움 가 여인들의 미색은 유명했으니까요. 황군이 제압을 빙자해 그들을 유린했다고 해도 어차피 죽을 목숨이니 표도 나지 않을 테지요. 독을 먹어 아름다웠던 귀부인의 얼굴은 시퍼렇게 변하고, 그 귀여웠던 막내딸은 고통에 손톱이 빠질 정도로 바닥을 긁었답니다. 시체로 그녀들을 발견한 황군들이 홧김에 불을 질렀다는 소문도 있습니다."

로즈는 순간적으로 멈칫했으나 강경한 태도로 당차게 대답했다.

"반역과 관련된 이야기는 들은 적 있으나 다시 들어도 참 참담하군요. 지금 이 상황과는 무관합니다. 당장 나가세요!"

그러나 설리반은 입을 멈추지 않았다. 어조가 담백하고 태도가 태연하여 오히려 말하는 내용의 끔찍함이 더 부각되었다.

"카펠리움의 가의 남자들은 어떻고요. 다니엘은 끝까지 제가 죽을지 몰랐던 모양입니다. 눈조차 감지 못하고 피눈물을 흘렸다고 하지요. 목이 단번에 잘리지 않아 오히려 더 괴로워했다는데, 고통을 길게 주기 위해 일부러 그랬다는 이야기도 있습니다. 반역을 저지른 자에게 제가 저지른 죄과를 보라고 아들을 아비 앞에서 먼저 죽였다지요. 그 원통함에 부릅뜬 눈을 본 사람은 그 절절한 표정에 밤잠을 설쳤다는 이야기도 있었지요."

그만하라고 외치고 싶었다. 지금 듣는 것만으로도 충분히 괴로운데, 뒤는 얼마나 더 지독한 이야기가 남아 있을지 상상조차 하고 싶지 않다.

도발이다. 잡아떼면 그만이다. 어떻게 살아남은 목숨인데, 여기서 들켜 망쳐버릴 수 없어. 로즈가 무너져 내리는 신경을 바짝 몰아 잡으며 대구했다.

"설리반 님은 인격자라 소문이 자자하신데, 이런 이상한 취미가 있는지는 몰랐습니다. 나가지 않겠다면 제가 나가서 저를 지키겠습니다!"

로즈가 침대에서 박차고 일어나 방문으로 재빠르게 걸어갔다. 이야기를 더 들어봤자 흔들림만 보일 뿐이다. 로즈가 방문을 막 잡았을 때, 설리반이 입을 뗐다.

"내가 아무런 증거도 없이 이리 당신을 몰아간다 생각합니까?"

더는 들을 필요도 없다. 로즈가 문손잡이를 열어 돌리는데, 설리반이 본론을 제대로 꺼내놓았다.

"카펠리움 가의 하녀였던 스몰디는 살아남았죠. 외국 변방으로 쫓겨나 광부에게 시집갔는데, 마음만 먹으면 그녀를 데려오는 건 일도 아니에요. 스몰디에게 물어보면, 과연 당신이 사촌이라고 답할까요? 스몰디의 사촌은 이름이 엠마였죠. 로즈가 아니라. 그러면 로즈 에밀린, 당신은 누구일까요? 내 기억 속에 있는 이토록 아름다운 외모를 지니고 있었던 이는, 단 하나뿐인데 말이지요. 아까도 말했다시피 잘 모르는 이들이 태반이지만, 솔로미아는 가족들이 애칭으로 로즈라 불렀다지요?"

결국 로즈는 방문에서 손을 떼고선 천천히 몸을 돌려 설리반을 똑바로 바라보았다. 달빛에 반사된 그녀의 얼굴은, 하얗게 질려 있다.

설리반이 의자에서 몸을 일으켜 천천히 로즈에게 다가갔다. 로즈에게 그 모습이 마치 죽음을 사냥개처럼 끌고 온 괴물 같아 보였다. 제정신을 유지하기 어려웠다. 저 자신이 꼭 돌풍에 휘둘리는 마른 나뭇가지인 양.

로즈에게 다가온 설리반은, 손을 들어 로즈의 뺨을 아주 다정히 쓰다듬었다. 그 태도는 이루 말할 수 없이 조심스럽고 애정이 담겼으나 어딘가 뒤틀려 있었다. 뺨을 쓰다듬던 손은 목덜미로 내려와 뒷목을 부드럽게 잡았다. 마치 귀한 새를 사로잡은 사냥꾼과도 같은 모습이었다. 설리반이 그대로 로즈를 살포시 안으며 속삭였다.

"걱정하지 마요. 나는 당신의 적이 아니라 당신의 아군이니."

로즈는 섬뜩함에 그 안에서 파르르 떨었다. 설리반은 그저 빙긋이 웃었다. 그리고 그날 이후로, 그녀가 겨우 잡은 평화로운 일상은 결코 돌아오지 않았다.

→◦◆◦←

"갑작스레 여행이라니, 조심하도록 해요."

가정부인 마틸다가 가면서 먹으라며 음식이 잔뜩 든 바구니를 마차에 실어주었다. 바구니에서 느껴지는 온기에 왈칵 눈물이 쏟아질 것 같았지만, 로즈는 내색하지 않으려 애썼다.

이게 마지막이다. 이들과 다시 보는 일은 없을 것이다.

반역자의 딸인 자신의 정체가 밝혀지면, 아무런 해도 없는 이들이 모두 큰 피해를 입게 될 터였다. 이대로 조용히 자신만 사라지면 이들의 안전은 보장된다. 로즈가 목구멍 아래에서부터 밀려 올라오는 울음을 억누르며 억지로 웃었다.

"괜찮아요, 마틸다. 중간에 친구와 만나기로 했으니 홀로 다니는 게 아니에요. 그동안 못 보았던 경치를 실컷 보고 즐겁게 놀게요."

로즈가 마차 밖의 마틸다의 손을 꼭 잡았다 놓았다. 그 옆에선 잭슨과 샤멜이 손을 흔들었다.

"선생님, 꼭 도마뱀 잡아와야 돼요!"

"숙제 잘하고 있을게요."

두 형제가 판이하게 다른 인사를 하는 모습에, 로즈는 마음이 뭉클해졌다. 어느새 정이 들었는지, 더는 두 아이가 크는 모습을 보지 못한다는 사실이 못내 아팠다. 가정교사로 가르치는 아이들은 구하지 못했던 제 동생 시에라 대신이라 생각하며 진심을 다해 대했었다.

멜린다는 아침 일찍 사교모임이 있다며 배웅을 못 해 미안하다고 전날 여비라며 든든히 돈까지 챙겨주었다. 그렇게까지는 하지 않아도 되었는데, 그 마음이 고마워 더 쓰라렸다.

친하게 지내던 하녀 몇이 바쁜 와중에도 나와 여행 잘 다녀오라는 인사를 건넸다.

더는 이 사람들을 보고 있기 힘들어져, 로즈는 마차를 출발시켰다. 손을 흔드는 사람들과 저택이 점점 작아졌다. 로즈는 따뜻한 바구니를 움켜쥔 채 울었다. 머릿속으로는 설리반과의 대화가 왕왕거렸다.

「카펠리움이 억울하게 반역자로 몰렸다는 말씀입니까?」

「만약 카펠리움이 정말 반역을 꾀했다면, 그렇게 갑자기 속수무책으로 당했겠습니까? 카펠리움도 그 권세가 높은 가문입니다. 누군가 그들을 밀고해서, 조작된 증거로 그들을 친 겁니다.」

「밀고한 자는 누구지요?」

「그것까지는 알 수 없습니다만, 확실한 건 황실도 이를 알면서도 카펠리움을 쳤을 수 있단 것입니다.」

「어째서……!」

만약 그렇다면, 이 목숨 값은 황실에서 치러야 했다. 스스로가 피해자인 양 역사를 뒤틀어버리고 희생자를 만들어서는 안 되었다.

설리반이 눈을 가늘게 뜨고 로즈의 분개에 흡족한 미소를 띤 채 천천히 대답했다.

「황태자였던 루크워렐에게 원만하게 승계를 하고 싶어서지요. 황제가 살아 있는 동안 제 외아들인 루크워렐이 아무런 방해세력 없이 황제로 권력을 잡게 하고 싶었겠지요. 세가 큰 귀족들 중 하나를 반역이라는 이름으로 꺾으면, 다른 귀족들이 절로 황실의 눈치를 보게 되지 않겠습니까? 그게 선황의 판단이었던 것 같습니다. 그리고 귀족들이 세가 약해졌을 때 제 아들인 루크워렐을 황위에 올리면, 황권을 잡아가는 데 효과적이었겠지요.」

설리반의 나긋나긋한 말은 오히려 그래서 더 섬뜩하게 느껴졌다. 로즈는 기실 그를 온전히 믿지는 않았지만, 만약 그가 한 말이 사실이라면 가만히 있을 수 없었다.

마차는, 그녀를 여행지로 가는 길목으로 데려가는 중이다. 섬세하게 고안된 여행길이다. 유명한 여행지로 향하는 길이었다 하면 아무도 의심하지 않을 그런 경로. 로즈는 바구니를 끌어안고서 눈을 감았다. 나락은 한 번만 떨어지면 그것으로 끝이라 생각했었다.

그러나 절망의 구덩이는 그녀가 눈치채지 못하는 새 그 시커먼 아가리를 또다시 벌리고 있었다. 더 무서운 건, 가까스로 기어나왔을 때 또다시 미끄러지지 않는다는 보장이 없다는 것이다.

「그래서 원하는 게 뭔가요? 반역자의 딸을 잡았다고 황실로 끌고 가 공훈이라도 세우길 원하나요?」

「그러길 바랐다면 이런 식으로 접근하진 않았겠지요.」

설리반은 은밀하게 속삭였다.

「황실의 사람들이 무고한 당신의 가문을 모조리 도륙했다면, 당신에게도 복수할 권리가 주어져야 하지 않겠습니까?」

먹잇감을 사로잡은 식충식물처럼, 설리반은 로즈를 놓아줄 생각이 조금도 없었다. 잡힌 먹잇감은 몸이 녹아가는 줄 알면서도 그 속에서 빠져나올 수 없다.

그렇다면, 얻을 수 있는 건 약간의 단물뿐일까. 복수라는 이름으로 포장된, 자기만족.

「이번엔 당신이 그들을 사지로 모는 겁니다, 로즈. 당신이 그 일을 하는 게 정당합니다.」

「그 이름으로 날 부르지 마세요.」

로즈가 핏발 선 눈으로 설리반을 노려보았다. 그는 속을 알 수 없는 치밀한 사람이지만, 그렇다하여 그가 가족들이 불러줬던 친밀한 애칭을 부를 수 있는 권한이 있는 건 아니다.

설리반이 알았다는 뜻으로 선선히 고개를 끄덕였다. 설리반은 철저하게 남이고 아무런 이득 없이 그를 호의로 도와줄 까닭이 없다.

「내 복수를 도와 당신이 얻는 건 뭐지?」

설리반이 누구나 홀려버릴 법한 선량한 미소를 얼굴 가득 그렸다.

「그들은 아마 반역자는 뿌리 뽑았다 안심하고 있겠지요. 실제로 카펠리움 가의 먼 선조는 황가의 핏줄과도 닿았으니, 명분 있는 혈통도 사라졌다 생각할 겁니다. 그 방심을 노려야지요.」

설리반의 보라색 눈동자는, 먼 곳을 보고 있었다. 그의 시선은, 오랫동안 꿈꿔왔던 미래를 향해 있었다.

「나는 새로운 황실을 세울 겁니다. 그런 후 솔로미아, 당신이 내 새로운 황비가 되어주십시오.」

그에게 필요한 건, 유용한 패다. 새로운 황제로, 남자로서 누릴 수 있는 최고의 정점에 서기 위해 제 발판을 다져줄.

로즈가 차갑게 대꾸했다.

「필요에 의해서군요. 어찌되었든, 당신에게는 혈통이라는 명분이 필요할 테니까요.」

「그것만이 아닙니다, 솔로미아. 나는 아주 오래전부터 당신을 은애하고 있었습니다. 그래서 오랜 추적 끝에 당신이 살아 있다는 사실을 알았을 때, 다시 태어난 듯 기뻤습니다.」

입에 발린 소리에는 꿍꿍이가 있는 법이다. 로즈는 굳은 얼굴로 되물었다.

「그래서, 내가 해주길 원하는 게 뭔가요?」

「당신이라면 아주 쉽게 할 수 있는 일입니다. 내 마음을 훔친 당신이라면요.」

설리반이 흥겨운 빛을 감추지 못하고서 제 계획을 읊조렸다.

「황궁에 들어가 루크워렐의 마음을 훔치고, 그의 육신을 죽이십시오.」

은애한다고 하는 여자한테 할 만한 이야기는 아니다. 상냥한 얼굴 이면의 철저한 이중성에, 로즈는 뜨거워졌다 차가워졌다를 반복하는 제 마음을 추스르며 차분해지려 애썼다.

「황제는 최근에 혼인하였습니다. 게다가 이 황실은 정비 외의 후궁은 인정하지 않아요.」

황제라는 직함에 걸맞은 정략혼이다. 게다가 상대는 틸레안 제국의 공주. 황제의 옆자리에 어떻게든 비집고 들어간다 해도 공주로 커온 황비가 두고 볼 리 없다. 게다가 현 황제인 루크워렐 션 라우리드센은 어릴 때부터 결벽하리만치 여색에 무관심했다. 황비 또한 틸레안 제국에 반감이 있는 정서를 반영해 첫날밤에도 동침하지 않았다는 소문이 돌 정도였으니.

설리반은 자신만만했다.

「그는 당신을 사랑하게 될 겁니다. 어릴 적부터 취향 하나는 비슷했으니까요.」

어떻게 접근시킬지 알 수는 없어도, 한편으로는 허술하기 짝이 없

는 계획처럼 느껴졌다. 길거리 여자처럼 하룻밤 상대로 전락하고 말
지도 모르는 계획.

「내가 거절하면요?」

「거절하지 않을 겁니다. 이제 당신에겐 갈 곳이 아무 데도 없으니
까요. 게다가.」

설리반의 목소리는 달콤했지만 로즈는 그 속에 숨겨진 얼음송곳
같은 비정함을 느꼈다.

「당신도 원하고 있지 않습니까. 당신의 모든 것을 빼앗은 이의 몰
락을.」

서서히 식어가던 바구니는, 이제는 완연히 싸늘해졌다. 로즈는 사
람답게 먹을 수 있는 마지막 음식을, 마차 안에서 홀로 꾸역꾸역 먹
었다.

"다 왔습니다."

마부의 음성에 로즈는 이제는 마음의 준비를 해야 할 때라는 걸 알
았다. 두꺼운 마차 커튼을 치자, 안은 매우 컴컴해졌다. 로즈는 주섬
주섬 옆에 준비된 옷으로 갈아입고, 벗은 옷은 마부에게 넘겼다. 마
부는 뒤따라오던 또 다른 마차 마부에게로 로즈의 옷을 건넸다. 잠시
시간이 흐르고, 마부가 마차 문을 똑똑 두드렸다.

"보시겠습니까?"

"네."

실은 보고 싶지 않았다. 하지만 이게 앞으로 다가올 굴레는 스스로
짊어진 것이기에 봐둬야만 했다.

"얼굴은 보지 않는 게 좋습니다. 얼굴을 알아볼까 싶어 돌로 한 번
뭉갰습니다."

죽은 지 좀 되었는지 완연히 굳은 듯한 시체에 제 옷이 입혀져 있는 걸 보는 기분은 썩 좋지 않았다. 로즈가 타고 온 마차와 뒤따라온 마차의 마부들이 시체를 절벽에서 떨어트렸다.

"일주일쯤 후에, 우리 측 사람이 발견할 겁니다. 모두 로즈 에밀린이 죽었다고 생각하게끔 만들 테니, 아무것도 걱정하지 않으셔도 됩니다."

어느새 옆으로 다가온 설리반이 다정하게 속삭였다. 마차사고로 죽은 젊은 여자 시체를 샀다고는 하나, 두 번이나 저 대신 제 이름을 가지고 누군가가 죽는다는 건 썩 불쾌한 일이었다.

설리반이 로즈의 손을 슬며시 잡았다. 따스하고 모양이 예쁜 손가락이지만, 뱀이 감기는 듯 소름 끼쳤다. 이제 로즈는 그 손을 뿌리칠 수 없었다.

장례식 날은 맑았다. 차라리 비라도 오거나 흐렸다면 좋았을 텐데, 소풍 가기 딱 좋을 날씨여서 비감이 배가 되었다. 로즈는 마차에 앉아 묘지 입구를 표시하는 청동상의 손가락만을 뚫어져라 바라보았다. 뭐에라도 집중하고 있지 않으면 미칠 것 같았다.

청동상의 왼손은, 세월의 흔적인지 누군가의 장난인지 손가락이 단 하나밖에 남아 있지 않았다. 어쩐지 모든 길이 가로막힌 채 단 하나의 길밖에 선택할 수 없는 현재 제 처지와 같게만 느껴졌다.

그녀가 도착했을 때는, 이미 장례식이 시작된 이후였다. 제 장례식에 생각보다 많은 사람들이 와서 놀랐다. 저를 고용했던 호시오와 멜린다가 공동묘지 터까지 사주고 장례식 비용까지 대주었다 들었

다. 관은 투박했고 무덤은 입구에서 한참이나 멀었지만, 그래도 생면
부지의 남을 거기까지 신경 써주기는 쉽지 않은 일이다.

그리고 사람들은 저를 위해 울어주었다.

두 번의 죽음. 한 번의 장례식.

다시 시작될 또 다른 거짓 인생.

로즈는 장례식이 모두 끝나고 사람들이 떠나가는 모습을 지켜보았
다. 군데군데 다른 마차들도 서 있었기 때문에 그녀가 타고 있는 마
차는 특별히 눈에 띄지 않았다.

지금이라도 도망칠까. 이대로 마차에서 뛰어내려 질주하면, 말을
잡고 있는 마부는 쫓아오지 못할 가능성이 높다. 그렇게 계속 뛰고
또 뛰어서, 누구도 저를 못 알아볼 아주 먼 곳으로 가서, 다시 모든
걸 시작하면…….

로즈는 손으로 얼굴을 가리며 고개를 숙였다. 설령 도망이 가능하
다 해도, 언제든 이 같은 일이 일어날 수 있다. 설리반이, 혹은 설리
반이 아니더라도 제2의 또 다른 설리반이 나타나지 않는단 법도 없
다. 제대로 몸을 숨겼다고 생각했지만 그건 착각에 불과하다는 걸 깨
달았다.

나무를 숨기려면 숲에 숨기라 했다.

든든한 배경을 지닌 누군가가 자신을 솔로미아가 아닌 다른 귀족
이라 하면, 아마 자신은 그 사람이 될 수 있을 터. 설리반은 충분히
그리 만들 수 있는 자신이 있을 테고, 과거 솔로미아인 자신을 알던
이라 하더라도 그저 닮은 사람이려니 하고 넘어갈 수 있다. 사람은,
고정관념처럼 박혀버린 기억에 대해 사고의 전환이 쉽지 않은 법이
다.

그리고.

제 가족이 누명을 쓰고 죽었을지도 모른다는 생각이 가슴으로 스며들자, 죗값을 받은 것이라 믿고 억눌렀던 슬픔과 분노가 둑이 터진 양 넘쳐흘렀다. 악몽에 시달리는 밤은 여전했으나 이제는 가슴에서 일어나는 분노로 잠 못 이루는 날도 늘어났다.

어차피 도망갈 수 없다면.

이 원망을, 이 괴로움을, 해결해야 했다.

그래서 로즈는 복수하겠노라 고개를 끄덕였다. 루크워렐의 마음을 사로잡아, 선황이 그토록 아껴 제 가족을 제물로 바치었던 그 남자를 황좌에서 끌어내리겠노라고.

로즈는 땅거미가 지기 시작하자, 마차에서 내렸다. 어둑해지는 묘지는 찾는 이 하나 없었다. 로즈는 아까 보아둔 제 묘지 자리로 천천히 발걸음을 옮겼다.

[로즈 에밀린. 여기에 잠들다.]

묘비를 바라보며 로즈는 마음을 다잡았다. 이제 멈출 수 없었다. 그랬다.

신분세탁은 미리 치밀하게 준비되어 있었던 듯 신속하게 이뤄졌다. 프린 신분을 지닌 이들 중 설리반의 계획에 동조하는 이들이 양부모로 정해졌다.

에아기네스 프린 알키다스. 이제 이 이름이 로즈의 공식적인 이름이다.

양부모는 형식상의 친절 외에는 그들의 딸로 들어온 로즈를 무척이나 어려워했다. 그 까닭은 로즈에게 있다기보다는 설리반에게 있었다. 그들은 설리반을 무척 두려워해 그가 하는 말은 기꺼이 따랐다. 마치 그의 말을 조금이라도 어기면 당장에라도 목이 떨어진다 생각하는 것처럼 보일 정도였다.

설리반은 논리적인 말투와는 다르게 종종 예상할 수 없는 행동을 했는데, 평소 친절한 언행과는 완연히 다른 냉혹한 모습을 보일 때면 그 괴리감이 섬뜩하리만치 무서웠다. 그 모습은, 공식적으로는 양부모의 소유지만 실질적인 권한은 설리반에게 있는 별장에서 지낼 때 확연히 드러났다.

한 번은 로즈가 별장 정원을 산책하는데, 갑자기 개가 튀어나와 놀란 적이 있다. 가끔 오는 정원사가 데리고 온 개였다. 다행히 개가 순해 별다른 일은 없었지만, 설리반은 용납하지 않았다. 설리반은 다른 사용인들을 주변에 죽 늘어세워놓은 후, 로즈를 옆에 둔 채 정원사를 불렀다. 그리곤 정원사에게 개를 끌고 오게 한 다음, 나무에 묶으라 지시했다. 그런 다음 예의 그 상냥한 웃음을 띠고, 정원사에게 명했다.

"감히 귀족에게 이를 드러낸 죄로, 일어나지 못할 때까지 후려치도록 해."

"그저 조금 놀란 것뿐이에요. 너무 과한 처사⋯⋯."

"에아기네스."

설리반이 로즈의 만류를 부드럽게 막았다. 그러더니 손을 뻗어 로즈의 뺨을 쓰다듬었다.

"작은 것을 괜찮다 괜찮다 하면, 영락없이 기어오르기 마련입니다, 에아기네스. 그리고 나는 당신에게 조금이라도 해가 가는 걸 보지 못해요."

말만 들으면 로즈를 무척이나 생각해주는 것 같으나, 로즈는 그게 다가 아님을 알았다. 설리반은 제 권한에 조금이라도 도전하는 건, 용납하지 않는다.

주인인 정원사의 눈동자에는 두려움이 깊이 박혀 있었다. 일터까지 데려올 정도면 무척이나 아끼는 개인 게 분명했다. 그러나 그는 매를 들었다. 슬픔이 얼굴 가득 깔렸지만, 두려움을 이기진 못했다.

깨깽깽깽!

동물의 지독한 비명이 가득 울려 퍼졌다. 그러나 로즈를 비롯해 그 어떤 사용인도 자리를 뜰 수 없었다. 둔탁한 소리가 요란했다. 개가 딱 죽기 직전까지에 가서야, 설리반이 명했다.

"그만. 시끄럽군. 데리고 사라지도록."

정원사가 고개조차 들지 못한 채 죽어가는 듯 헐떡이는 개를 데리고 사라졌다. 이런 명에는 반발할 법도 한데, 사용인들은 조용히 서 있기만 할 뿐이다. 모두 반발하는 즉시, 그 이상 가는 대가를 치를 것이라는 걸 잘 알고 있기 때문이겠지. 로즈는 그들 사이에 깊이 자리 잡고 있는 공포를 보았다.

로즈는 이 모든 걸 외면하고 싶었다. 시선을 회피하고, 그저 그대로 설리반이 합당한 행동을 했다 믿으며 넘어가면 그만이다. 하지만 그녀는 그렇게 하지 않았다. 눈을 들어 설리반과 눈을 마주쳤다. 설리반이 그녀를 보고 부드럽게 웃었다.

그 이면에는, 냉정한 잔혹함이 있었다. 차라리 분노나 혐오 같은 감정이 깃들어 있다면, 제 사유지에 함부로 개를 풀어둔 정원사에 대한 감정을 폭발시킨 것이라 이해라도 했을 터였다. 그러나 설리반에게 중요한 건, 그런 것들이 아니다. 그는, 그녀가 공포에 질리길 바랐다. 절벽 끝에서 끝으로 연결된 흔들다리를 건너는 여자처럼, 치명적인 공포에 흔들리며 그에게 온전히 저를 맡기기를 고대하고 있었다. 그것이 보호고 애정이라 믿으며 그의 품에 깃들기를 바랐다.

로즈가 더 생각을 진행시키기 전에 설리반이 사람들을 모두 물렸다. 모두 썰물과도 같이 순식간에 사라졌다. 설리반이 로즈를 부드럽게 당겨 그녀를 그러안았다.

"로즈, 내 사랑스러운 로즈. 당신에게 조금이라도 불편을 주는 건 허용하지 않을 겁니다."

난 누구와 손을 잡은 걸까? 더는 도망칠 수 없다고 믿으며, 더는 도망치지 않기 위해 내 가족을 죽인 이들에게 복수하겠다 믿으며 나는 누구와 손을 잡은 걸까?

로즈가 그를 밀쳐내며 차분히 대꾸했다.

"날 로즈라 부르지 말아요."

설리반이 실망스러운 표정으로 속삭였다.

"그 호칭은 끝까지 허락해주지 않을 건가 보군요."

속을 알 수 없는 남자. 마음을 다해 애정한다 말하며 필요를 위해선 제가 사랑한단 여자도 이용한다. 그 애정이 진실되다 할 수 있을까.

그는 다만 제 복수의 발판일 뿐이다.

그가 황제가 된다면, 적어도 이렇게 숨어 지내지는 않아도 된다. 솔로미아가 한때 순진하게 꿈꾸고, 로즈 에밀린으로 살아가면서 바랐던 평범하고 평화로운 가정은 없겠지만, 그래도 복수와 안전은 확보될 것이다.

더 많은 걸 바랄 수 있겠는가.

"당신의 계획이 완전히 성공하려면, 과거의 잔재는 조금도 보이지 않는 게 중요하죠."

일견 타당한 이야기였다. 가족들이 솔로미아를 로즈라 불렀던 걸 아는 사람은 거의 없다. 하지만 설리반은 알아냈다. 로즈 에밀린 때도 완벽하게 숨었다 생각했다. 하지만 설리반은 찾아냈다. 그러니 두 번째도 있을 수 있다. 한 사람이 알아낼 수 있다는 건, 다른 누군가가 또다시 알아낼 수도 있다는 뜻이다. 로즈는 그 사실을 강하게 인식했다.

"단둘이 있을 때도 허락해주지 않는 건, 당신의 마음이 날 향해 온전히 열리지 않아서겠지요. 알겠어요, 에아기네스. 내가 지은 이름으로 불러주죠."

설리반이 슬픈 얼굴로 대꾸했다. 그 슬픔은 배우의 연기와도 같아서, 전혀 신뢰할 수 없었다.

"난 당신을 은애하고 있습니다, 에아기네스. 루크워렐의 곁에 있게 된다고 하더라도 그 점을 잊지 마세요."

심장이 얼어붙을 정도로 비정상적인 집착이다. 로즈는 쏘아붙이려다 입을 다물었다. 겉으로는 멀쩡해 보이지만 속을 알 수 없는 사람하고 말을 섞어봤자, 남는 건 없다. 아직 설리반에 대해서 아는 게 너무나도 적었다.

"당신은 무엇 때문에 황제가 되고 싶은 거죠?"

설리반 정도의 위치라면, 굳이 황제가 되지 않아도 많은 걸 누릴 수 있다. 굳이 이런 복잡한 경로를 통해 황가를 전복시키고 황좌에 오르려 할 필요가 없다. 단순한 권력욕일 수도 있지만, 만약 들킬 경우 모든 걸 잃게 되는 도박과도 같은 일을 그는 벌이고 있다.

설리반이 빙그레 웃었다.

"루크워렐처럼 약해빠진 인간보다는 내가 통치자에 더 어울립니다. 사람들은 무력과 공포에 대해 오해하고 있어요. 무력과 공포는 적절한 때 사용하면, 그 어떤 수단보다 효과적입니다."

"단지 그것뿐인가요?"

설리반이 로즈를 바라보았다. 표정에 변함이 없다. 같이 있으면 있을수록, 언제나 부드러운 미소를 띤 가면을 쓴 것 같단 생각이 든다. 귀족사회 내에서 제 속을 보이지 않는 이들이야 흔했지만, 그는 정도가 심했다.

"덕분에 당신도 얻지 않았습니까."

로즈는 더는 묻지 않았다.

열등감일까? 권력욕일까? 현 황제인 루크워렐과 과거에 무슨 일이 있었을까? 혹은 다른 까닭이 있는 걸까?

묻는다 해도 설리반이 제대로 답해줄 리 없다. 저쪽은 막강한 정보력을 가지고 저를 추적해냈다. 그렇다면, 과거 자신에 대해서도 상세히 알 수도 있다. 이쪽은 가진 게 아무것도 없다. 그저, 복수라는 길에 들어선 채 설리반의 그림자에 묻혀 있을 뿐. 그래도 억울하게 죽은 가족들의 복수라도 할 수 있다면, 조금이나마 마음이 편해질지도 모른다.

할 수 있는 일은 그것뿐인가. 로즈는 제 손을 가만히 내려다보았다. 이 손으로 할 수 있는 일은, 이제 복수밖에 남지 않았다.

설리반이 그 옆에서 조용히 속삭였다.

"그러니, 당신도 당신이 원하는 걸 해요. 그토록 사랑하던 가족에게 누명을 씌워 죽게 한 현 황가를 몰락시키는 데 일조하는 겁니다."

설리반은 눈으로 로즈를 훑고 있었다. 볼 때마다 그녀는 그를 늘 흡족케 했다. 그의 태도는 맛있는 음식을 앞에 둔 미식가와 유사했는데, 음식을 맛보기 전에 향을 취하고 모양을 관찰하며 기뻐하는 모습 같았다.

카펠리움 가의 로즈는, 여덟에서 열 살만 되면 요란하게 꾸미고 파티장에서 결혼상대자를 물색하는 천박한 귀족들과는 다르게 성년인 열다섯이 될 때까지 온전히 감춰져 있었다. 가끔 꼭 참여해야 하는 황실 주최의 커다란 행사들에만 모습을 비치곤 했는데, 아버지와 오라비의 손을 잡고 서 있는 품격 있는 모습은 어린 나이에도 불구하고 마치 여왕과도 같았다.

설리반은 그녀를 처음 본 순간부터 갖고 싶었다. 그것이 사랑인지 집착인지 소유욕인지, 그조차 명확히 정의 내릴 수 없었다. 다만, 처음 마주친 순간부터 저 멀리 무심히 스친 그녀의 초록색 눈동자에서 눈을 뗄 수 없었다는 것만은 분명했다. 설리반은 이미 뒤돌아선 그녀의 뒤통수까지 빨아들일 것처럼 바라보았다.

로즈는, 부모의 부추김이나 권세 있는 집에 시집가고 싶다는 열렬한 욕망을 품고서 제 옆에 들러붙는 여자들과는 질적으로 달랐다.

그 순간 보았다. 얼핏 스치던 루크워렐 또한 로즈를 주시하고 있었음을. 아주 잠시였지만, 그의 눈빛에도 이채가 서렸다 사라졌다. 그건 같은 수컷으로 확연히 알 수 있는, 이성에 대한 호감이었다.

루크워렐은 언제나 욕구에 무심한 듯 굴고는 했다. 그건 황태자로 늘 그를 떠받는 사람들 속에 자리하는 동시에 늘 그의 적들에게 둘러싸여 있기에 선택한 길이다. 단지 핏줄만 내세우며 황위에 오르려는 멍청이였다면 설리반은 그를 한껏 이용한 채 비웃어주었을 터였다. 제 손바닥 위에서 노는 꼭두각시를 보는 건 무척 흡족하고 재밌는 일이니까.

하지만 루크워렐은 달랐다. 모든 걸 지배하고 소유하고 싶은 제 깊숙한 곳 감춰진 성미와는 달리, 그는 포기와 책임 사이에서 배려라는 걸 할 줄 알았다. 관용을 베푼다고 저만 아는 멍청한 이들이 말귀를 알아듣는 것도 아닌데 그런 식의 행동은 설리반의 성미와 전혀 맞지 않았다.

그가 이 제국의 패자가 된다. 자신은 아무리 애를 써도 그의 신하일 뿐. 모든 걸 제 손에 쥔 채로 제 뜻대로 뒤흔들고 싶은 그 깊숙한 욕망은 온전히 충족되지 못한 채로 그에게 고개를 숙여야 한다.

루크워렐은 인품도 외모도 성격도 능력도 설리반에게 밀리지 않았다. 가지고 있는 것이 그것만이라면 설리반은 비등하게 겨뤄 그를 이겨낼 수 있을지도 몰랐다. 그러나 단 한 가지, 아무리 애를 써도 이길 수 없는 것이 있었다.

바로 혈통.

그는 황가의 핏줄. 자신은 귀족.

가지지 못한 건 다만 배경뿐이었는데, 이런 식으로 결과가 갈린다는 건 설리반으로선 참을 수가 없었다.

언제부터였을까. 루크워렐과 자신을 비교하기 시작하게 된 건. 한번 신경이 쓰이자 그의 일거수일투족이 모조리 눈에 걸렸다. 원래 깊숙한 곳에 내재된 성향 자체부터가 반대였지만, 한번 거슬리기 시작하니 루크워렐보다 자신이 더 우월하다는 생각이 거세졌다.

루크워렐은 카펠리움 가의 로즈에게 분명 관심이 있다. 그러나 제 입장 때문인지, 아님 그저 단순한 호감에 불과하기 때문인지 섣불리 다가가지 않았다.

성격적으로 대척점에 서 있는 두 사람이 한 여자에게 관심을 갖는다는 건 우스꽝스럽기 그지없었다. 그렇지만, 그래서 설리반은 로즈가 더 갖고 싶어졌다. 저대로라면, 카펠리움 가의 여식인 로즈는 열다섯에 성년이 되어 제 앞에 펼쳐진 순탄한 길을 걷겠지. 그 길에서 루크워렐과 접점이 생겨 황비 자리까지 올라가지 못하리란 법은 없다. 카펠리움 가 정도라면 명분도 역량도 충분했으니. 하지만 꽃은 역경 속에 피어야 아름다운 법이지. 망가졌을 때 진창에서 건져내야, 그 향기를 온전히 즐길 수 있다.

설리반은 비릿하게 웃었다. 그가 생각해낸 계획은 루크워렐에게 치명타를 입히기도 좋았고, 로즈를 제 수중에 온전히 옭아매기도 좋았다.

모든 게 제 뜻대로 흘러갔다. 다만 한 가지 실수는, 카펠리움 가의 여자들 중에 로즈가 없었다는 사실뿐. 솔로미아 로즈 아이시타스 카펠리움이라 명명된 시신은, 실은 그녀와 체형이 유사한 이였다. 황제조차 몰랐던 일을 설리반은 당연히 알 수밖에 없었다. 카펠리움 가의 하녀와 하인 중에, 그가 심어놓은 첩자가 있었으므로.

설리반은 굉장한 집착으로 로즈를 찾아 헤맸다. 그리고 발견했다. 솔로미아 로즈 아이시타스 카펠리움. 가족들에게 로즈라 불리던 여자.

그녀는 생각 이상으로 훨씬 더 처연한 아름다움을 품은 여자가 되어 있었다. 그렇지만 그것만으로는 부족했다.

루크워렐은 아직 황제고, 자신은 아직 귀족이다. 제가 사랑한 여자에게 목숨을 잃는다면, 매우 비참하겠지. 루크워렐은, 로즈를 사랑하게 될 것이다. 그건 그냥 본능적인 감이다. 그러나 로즈는 자신과 손을 잡고, 제 부모의 원수인 그의 숨통을 조일 터였다.

모든 게 완벽했다. 설리반은 어떤 상황에서도 제 옆에서 우아하고

216

꼿꼿하게 제 자리를 지키는 여자를 바라보았다. 지금이라도 침실로 끌고 가고 싶을 정도로 아름다운 여자. 다른 이라면 정신을 놓고 싶을 정도의 압박에도, 제 품위를 지키는 여자. 루크워렐에게 보내기 전에 제 소유로 만들고 싶은 욕구가 들끓었지만, 설리반은 참아내었다. 남자를 모르는 처녀로 보내는 편이 루크워렐에게 더 먹힐 것이다.

그 여자를 온전히 가진 것처럼 만족하고 있어라. 그러면 내가 네 얼굴을 밑바닥으로 처박아줄 테니.

설리반은 부드럽게 웃었다. 모르는 사람의 눈엔 매우 선량해 보이는 미소였다.

로즈가 드미트리를 소개받은 건, 사교계 데뷔가 정해진 지 얼마 안 남은 시점에서였다. 어차피 어릴 때부터 받았던 교육으로 대부분 알고 있었으므로 실제적으로 로즈가 배울 만한 건 그리 많지 않았다.

로즈가 정원에 앉아 차를 마시고 있을 때였다. 얼핏 보면 여유를 즐기는 한가로운 영애 같아 보였다. 그 실상은 사교계 데뷔를 앞두고 어디에서도 미리 모습을 보이지 않기 위한 감금 아닌 감금생활이었다.

여자 하나가 두리번거리더니, 로즈를 발견하곤 곧장 걸어왔다. 염색이 서툴게 된 듯 주황색 머리카락 사이로 원래 머리색이 드문드문 보였다. 옷차림은 유행을 따라가려 애썼는데, 지금 옷차림도 나쁘진 않았지만 다른 차림을 했더라면 더 어울렸을 것이다.

여자는 로즈 앞에 서더니, 무례할 정도로 로즈를 말없이 뚫어져라 바라보았다. 이곳에 들어왔다는 건 설리반이 허락했다는 뜻이었고 데뷔 전인 로즈를 보여준다는 건 한배를 탄 인물일 가능성이 높아 로즈는 우선 말없이 있었다.

여자의 뒤로, 중년남자 하나가 뒤뚱거리며 쫓아왔다. 여자가 뒤따라 온 남자를 획 돌아보더니 카랑카랑한 목소리로 되물었다.

"아버지, 이 여자가 그 평민이에요?"

앞뒤 없는 질문이었지만, 여자가 말하고자 하는 바는 분명했다. 로즈는 미간을 약하게 찌푸렸고, 따라온 남자는 기겁하며 제 딸을 말렸다.

"로라! 그렇게 경거망동하지 말라 일렀거늘!"

"사실이잖아요. 이름이…… 이름이 뭐였지, 너? 에아기네스 이전에 다른 이름이 있었을 거 아니야? 넌 귀족을 보고도 예를 표할 줄 모르니?"

로라가 철딱서니 없게 제 속내를 다 드러내며 로즈에게 반말지거리를 했다. 로즈가 꼿꼿하게 몸을 세우고, 말없이 차를 한 모금 마셨다. 그리고 로라와 남자를 똑바로 바라보았다. 그 눈빛에는 날카로운 기백이 있어 당당하게 외치던 로라마저 잠시 움찔할 정도였다.

사박사박, 잔디를 조용히 밟으며 설리반이 나타났다.

"소개해줄 생각이었는데……. 이런, 먼저 만나고 있었군요."

분명히 싸한 분위기를 느꼈을 텐데도, 설리반 특유의 친절한 웃음엔 한 치의 흔들림도 없었다. 오히려 로라만이 조금 주춤했고 로라의 아버지는 완연히 긴장했다. 설리반이 태연히 물었다.

"어라, 여기 분위기가 왜 그렇지요? 에아기네스, 여기는 드미트리 다란 케샥. 당신이 궁에 들어가게 되면, 연락책이 되어줄 사람입니다. 그리고 그 옆은 드미트리의 고명딸인 로라 다란 케샥. 인사는 이미 나눴나 보지요?"

아무것도 모르는 척 태연을 가장하는 설리반에게 로즈가 싸늘하게 말했다.

"설리반, 여기 로라 다란 케샥이 날 보고 평민 운운을 쉽게 할 정도라면, 당신의 계획은 금세 들통나지 않겠어요? 난 죽을 게 분명한 계획에 머리를 들이밀고 싶지 않아요."

"오, 그렇습니까? 로라. 여기 에아기네스에게 도대체 뭐라 했기에 우리 유순한 에아기네스가 이렇게까지 화를 낼까요?"

그제야 로라가 황급히 수그렸다.

"아, 아무 말도 하지 않았어요. 다만 분수에 맞게 행동하길 바라는 마음에서……."

설리반이 조용히 웃으며 경고했다.

"분수에 맞게? 드미트리. 이게 도대체 무슨 소리입니까?"

드미트리가 식은땀을 흘리며 고개를 숙였다. 변명거리를 찾고자 경박스럽게 사방을 훑었다.

"죄, 죄송합니다. 이렇게 경거망동하는 애가 아닌데, 황궁에 에아기네스 님이 들어가셨을 때를 대비해 저뿐 아니라 다른 연락책도 있으면 좋을 것 같단 생각에 언질을 주었더니……."

설리반이 웅얼거리는 드미트리를 대신해 정리했다.

"우선 로라는 이 자리를 떴으면 좋겠네요. 술트 부인이 쉴 곳을 마련해줄 겁니다."

"네, 네……. 알겠습니다."

로즈를 대할 때의 당당함은 어느새 저 멀리 사라지고 로라가 잔뜩 움츠러들었다. 약자한테는 강하고 강자한테는 약한, 전형적인 약은 성격이다. 설리반이 떠나는 로라에게 못을 박았다.

"참. 그 저렴한 입 좀 꼭 닫치고 있길 바랍니다. 난 분수에 안 맞게 떠들어대는 인간을 가장 싫어하거든요."

로라는 발을 헛디딜 뻔했지만 가까스로 균형을 유지하고서 자리를 떴다. 드미트리만 허옇게 질린 얼굴로 서 있었다.

"딸의 무례를 용서해주십시오. 단단히 입단속을 시켜놓겠습니다. 대업에 전혀 방해되지 않게 해놓겠습니다!"

"그럼 드미트리, 믿기로 하지요. 여기 에아기네스에게 행한 무례는 어떻게 보상하실 겁니까? 원래대로라면 여기 에아기네스는 당신 같은 이들이 함부로 말 한마디 붙일 수 있는 위치가 아닌데."

드미트리가 털썩 무릎을 꿇었다. 무릎이 흙투성이가 되었음에도 전혀 개의치 않으며 외쳤다.

"이 자리에서 에아기네스 님의 발에라도 입을 맞출까요? 저를 의심치 않으시다면 그 어떤 거라도……!"

"그만두세요."

정말 발에 입이라도 맞출 듯한 모습에 로즈가 단정히 중재했다.

"그런 식의 행동은 필요 없습니다. 어차피 과한 모욕은, 서로에게 불쾌한 감정을 주어 일의 진행에 방해가 될 뿐이니까요."

설리반이 가볍게 혀를 찼다.

"이런 에아기네스, 당신은 너무 물러요."

"드미트리, 두 번 다시 이런 일은 없었으면 해요. 이런 작은 틈이 계속 벌어지면, 결국 일을 그르치니까요."

"여부가 있겠습니까! 저만 믿으십시오. 에아기네스 님이 불편하시지 않도록, 일처리 확실하게 하겠습니다."

"믿겠습니다."

그 이후, 로즈가 루크워렐의 눈에 들어 궁에 들어가게 되면 어떤 식으로 연락을 주고받을 것인가에 대해 상세한 논의가 이뤄졌다. 실상 황비와의 관계가 매우 의례적이라고 소문난 루크워렐이라 할지라도, 자신이 그의 눈에 띄어 황궁에 들어가게 될 확률은 매우 희박하다고 느껴졌지만, 설리반은 그 점에 대해서는 강한 확신을 드러내곤 했다.

「당신은 당신의 매력을 잘 모릅니다. 서로 끌리는 사람은 결국 서로에게 빠지게 되어 있습니다.」

간단한 통성명과 해야 할 일을 구분한 후, 설리반이 가볍게 드미트리에게 경고했다.

"드미트리. 난 당신이 아주 마음에 들어요. 아주 잘해주고 있거든. 그렇다고 해서, 당신 딸이 입을 함부로 놀려도 된다는 뜻이 아닙니다. 만에 하나 로라가 잘못 처신한다면, 그에 적합한 결과가 따를 겁니다. 말로 그 사실을 내뱉는다면 혀를 잘라버리고, 글로 그 사실을 쓴다면 그 손을 뭉개버릴 겁니다. 당신 딸이니, 죽이면 안 되겠지요. 나도 그런 슬픈 일은 하고 싶지 않아요."

살벌한 말과는 달리, 설리반의 표정은 아주 평화로웠다. 긴장한 얼굴로 입을 다물고 있는 이는 드미트리뿐이다. 둥그런 턱을 타고 땀한 방울이 흘러 뚝, 떨어졌다.

"그러니 당신 딸 입단속해요. 한 번만 더 이런 일이 있으면, 그때는 내가 무슨 짓을 할지 모릅니다. 당신이라면 아주 잘 알고 있을 겁니다."

완연히 경직한 드미트리가 반사적으로 로즈를 바라보았다. 그 눈빛은 그저 겁만을 집어먹은 게 아닌, 어떤 표상을 보는 듯했다. 그 눈빛이 기이하게 생각되었다. 그건 그저 설리반을 향한 두려움만이 아니다. 그가 그만한 실행력이 있다는 걸 몸소 느낀 자의 눈빛이었는데, 드미트리는 그 증거로서 로즈를 바라보고 있는 듯했다.

"드미트리. 이제 인사가 끝났으면 우리 에아기네스가 닳을 수 있으니 그만 떠나주면 좋겠어요."

그 말이 끝나기 무섭게, 드미트리가 모습을 감췄다. 드미트리가 떠나자 로즈는 불편한 기색을 역력하게 드러낸 채 말없이 앉아 있었다. 설리반이 로즈의 머리카락 몇 가닥을 손으로 훌훌 훑어주었다.

"내 계획에 의심을 품기 시작한 모양이로군요. 걱정 마요. 로라가 혹시 떠들어댄다 해도, 사람들은 믿지 않을 거예요."

설리반이 눈을 빛냈다. 다른 이들의 삶을 제 계획대로 움직이는 건, 그에게는 상당한 재미를 주었다. 로즈 앞에서는 제 속내를 곧잘 드러내곤 해서 로즈는 막연하게나마 그 비뚤어진 감정을 읽고 있었지만, 능력과 가식적인 친절로 포장된 이의 진상을 끌어내기란 쉽지 않았다.

"그녀는 약물 중독자거든요. 약물에 중독된 사람들은 망상과 환청에 시달리죠. 당신에게 피해의식을 갖고 제멋대로 있지도 않은 사실을 만들어낸 거예요. 그녀가 입을 여는 즉시, 나는 그 사실을 터트릴 겁니다. 드미트리는 아직 로라의 상태를 잘 모르지만, 알게 되면 나에게 도움을 청할 겁니다. 어떤 쪽으로든 배신할 수 없어요."

겉으로는 선량한 자선가였다. 그러함에도 속으로는 이용가치로 사람을 가르고 이용하는 모습이 지독히도 불쾌했다. 로즈에게 다른 선택지는 없었지만, 심장에 조금씩 파고드는 불신마저 어쩔 수는 없다. 로즈가 물었다.

"원래 그녀는 약물 중독자였나요?"

"아니요. 그럴 리가요. 좀 되바라진 데가 있었지만 유쾌한 아가씨였죠."

로즈가 그를 보았다. 눈부신 금발과 밝고 우수에 찬 보랏빛 눈동자는 선량한 인상을 자아낸다. 아름답게 빚어진 콧대와 유려하게 그려진 입술은 선이 고왔다. 그렇기에 그의 안에 숨겨진 어둠은 더 진하게 그를 감싸고 있었다.

"내가 그렇게 만들었어요. 내가 가지고 있는 유통경로를 교묘히 이용해서 로라에게 미용에 좋은 약이라고 먹게 했답니다. 드미트리는 내가 그랬다는 사실 자체를 몰라요. 로라가 약물중독이라는 걸 알게 되어도, 자기 딸이 함부로 약을 먹어 사달이 났다고만 생각하겠죠. 드미트리는 믿을 만한 사람이지만, 사람은 약점이 있을 때 다루기 쉽거든요. 난 내가 우위에 서서 패를 휘두르는 게 정말 좋거든요."

설리반이 로즈의 뒤에서 양어깨에 양손을 살포시 올렸다.

"그러니 에아기네스, 당신도 당신의 역할을 잘해주기를 바라고 있어요. 난 누구보다도 당신을 사모하고 있으니. 당신을 못 쓰게 된다면 견디기 어려울 거예요. 루크워렐과 잠자리를 하게 되더라도, 내가 당신을 미치도록 그리워하고 있다는 것만은 기억해줘요."

설리반의 손은 마치 솜털이라도 잡은 듯 조심스럽고 부드러웠지만, 로즈는 그 손이 무엇보다도 단단한 족쇄와도 같이 느껴졌다. 그녀가 혹여 그의 손아귀에서 벗어날 생각이라도 하는 즉시, 잡힌 곤충이 도망가려고 버둥대면 더 단단히 조여드는 거미줄처럼 로즈의 목을 졸라버릴 것만 같았다. 그리고 그 모든 게 설리반의 계획된 의도라는 걸 로즈는 확연히 느낄 수 있었다.

반역가의 도망자. 힘도 권력도 없는 여인. 복수라는 명분으로 황제에게 위해를 가하려는 사람. 이 모든 제약에 더해, 설리반은 사랑한다고 속삭이며 그녀의 목줄을 쥐고 있었다.

　로즈는 풀숲을 걸어 들어가고 있었다. 연한 분홍색 드레스가 그녀의 움직임에 따라 출렁거렸다. 진한 색은 너무 강한 인상을 줄 테고, 연한 색 중 따뜻한 계열이 온화하면서 지적으로 보이리라는 판단에 고른 것이다. 그녀의 드레스는 단순했지만 우아한 느낌을 주었다. 옷과는 대조적으로 화려한 문양이 들어간 귀걸이가 귓가에서 짤랑거렸다. 커다란 분홍빛 다이아가 그녀의 얼굴을 더욱더 화사하게 보이게 해주었다.

　황궁에 오는 게 처음은 아니지만, 그렇다고 익숙한 건 아니다. 로즈는 어릴 적 황실 무도회엔 곧잘 참석하고는 했지만 자질구레한 모임 하나까지 모조리 쫓아다니던 귀족들에 비할 바는 안 된다.

　이쪽은 사냥터와 인접해 있지만, 사냥터와 무관한 정원이다. 사냥터에서 날아오는 화살에 혹시라도 다칠 수 있는, 그런 위험을 방지하고자 그쪽 방향으로 키의 두 배 정도 되는 벽돌 담장을 두고 있었다.

　그 정중앙에, 루크워렐이 있었다.

　붉은빛의 사냥복은 루크워렐의 검은 머리를 더 도드라지게 했다. 혹시 모를 상황에 대비해 사냥복 위에 가벼운 은빛 비늘 갑옷을 둘렀고 황금빛 눈동자는 뭔가를 생각하고 있던 듯 사색에 잠겨 있었다. 그의 옆에는 물결을 형상화한 기다란 조각상이, 발밑에는 접이식 화살과 화살통이 쓰이지 않은 채 놓여 있었다.

　기척이 느껴지자, 루크워렐의 얼굴이 굳었다. 똑바른 황금빛 시선이 저에게 꽂히자, 로즈는 마른침을 삼켰다. 긴장감에 입안이 바싹

말랐다.

"에아기네스 프린 알키다스. 이곳에는 어쩐 일이지?"

루크워렐은 딱 한 번 인사를 받은 로즈의 이름까지 정확히 기억했다. 사냥을 나가기 전 짧은 인사시간에 스치듯 인사한 게 전부였다. 저에게 꽂혔던 시선은 특별할 바가 없었다. 머리가 좋은 편이라는 건 잘 알고 있었지만, 새삼 이런 상황이 되니 그 점이 더 로즈를 긴장시켰다.

이름을 부르는 고저 없는 차분한 목소리. 목소리 음색 자체는 근사했지만, 루크워렐은 자신과 연관이 없는 사람에게 불필요한 친절을 보이는 이가 아니다. 딱 정해진 정도의 예의. 그 이상도 그 이하도 없었다. 그리고 외려 그런 모습이 빈틈없다는 인상을 주어 쉽사리 다가갈 수 없게끔 했다.

로즈는 풍기는 인상이 그 사람의 모두를 대변하는 게 아니라는 사실을 알고 있었다. 설리반만 봐도 그랬다. 얼굴엔 누구보다도 사람 좋은 미소를 담고 있었지만, 그 속내는 가늠하기 어려웠다.

로즈가 긴장한 건, 루크워렐이 속을 알 수 없는 사람이어서라기보다는 이제부터 그녀가 할 일 때문이다.

설리반이 그녀의 사교계 데뷔를 사냥터로 잡은 건 의외였다. 잡은 짐승의 수를 비교하며 서로 남자다움을 과시하는 곳에서 여성적인 매력을 뽐낼 일은 흔치않았다. 그저 안전하게 마련된 곳에서 여자들끼리 하릴없는 대화를 하며 사냥이 끝나기를 기다리는 일이 빈번했기 때문이었다. 남자들이 돌아온다 해도 잡은 사냥감 순위를 매기고 즐겼던 사냥에 대한 이야기가 주가 되곤 했다. 친분 정도는 쌓을 수 있을지 모르겠지만 일반 무도회처럼 새로 데뷔한 귀족아가씨가 주목받기 좋은 장소는 아니었다. 그 점에 대해 로즈가 의문을 제기하자,

설리반이 단언했다.

「아니. 이곳이 가장 효과적입니다. 루크워렐은 사냥에 임하는 척만 하고 늘 다른 곳에 홀로 있거든요. 번잡스러운 파티보다는 그때가 에 아기네스, 당신이 다가가기 가장 좋을 겁니다.」

아주 오랜 시간 루크워렐의 뒤를 밟은 듯, 루크워렐의 습관이나 일 정을 설리반은 샅샅이 알았다. 소름 끼칠 정도의 집착이다. 저가 거 꾸러트려야 할 적에 대해 속속들이 알아내어 언제나 틈을 노리는 인 간이다.

「나는 사냥에 참여하지 않을 겁니다. 널리 알려진 내 인상과는 맞 지도 않고, 당신이 조금이라도 나와 연관이 있다는 인상을 주고 싶진 않으니까요.」

관람객들에게 꼭두각시의 줄을 잡은 이가 제 모습을 보이지 않는 것처럼, 설리반은 제 뜻대로 상황을 조정하면서도 절대 자신을 드러 낼 생각을 하지 않았다. 자신이나 드미트리같이 특수한 상황이 아니 라면, 아마 수족의 수족을 잘라낼지라도 설리반의 존재까지 드러내 기란 쉽지는 않을 성싶다.

로즈는 루크워렐을 침착하게 바라보았다. 평온을 가장한 얼굴과는 별개로, 심장은 두근대었고 긴장감이 고조에 달해 있다. 그래서인지 루크워렐의 모습이 더 뚜렷하게 그녀의 망막에 각인되었다.

검은색 머리카락은 상대적으로 하얀 피부를 도드라져 보이게 해주 었다. 그 안에 새겨진 황금빛 눈동자는 무심했지만 지적이고 강인한 느낌이 진하게 배어 있었다. 남자다운 체격과 묵직한 턱 선은 그에게 함부로 하지 못할 위압감을 주었다.

로즈가 몸을 숙여 예를 표하며 침착하게 입을 열었다.

"산책을 하다 멀리서 사람이 있는 것 같아 와보았습니다. 폐하이리라고는 생각지 못했습니다."

로즈의 말엔 표면적으로는 거짓이 없었다. 로즈가 처음 참석하는 자리임에도 말없이 있는 걸, 시골 출신으로서 갑작스레 수도 귀족의 양녀로 입적하여 얻게 된 위치에 대한 부담감이라 사람들은 해석했기 때문이다. 그래서 잠시 산책을 다녀온다는 말도 긴장감을 떨치기 위한 것으로 이해했다.

"그렇군."

루크워렐이 잠시 말없이 로즈를 바라보았다. 그의 시선이 저를 향하는 것이 나쁘지 않았다. 다른 남자들에게선 느껴본 적이 없는 감각이 생소했다.

루크워렐이 입을 열었다.

"먹겠다거나 안전을 위한 목적이 아니라 유희를 위해 생명을 취하는 행위를 그리 좋아하진 않아. 다른 이들은 분명 내 사냥실력이 형편없어서 이렇게 쉽다고 생각하고 있지만."

적당하게 둘러댈 수 있었음에도 루크워렐은 진심을 말해주었다. 의도를 가진 접근이었으나 다른 이들과 차별되는 듯한 기분이 좋았다. 사치스러운 감정이라는 걸 알면서도, 그랬다.

이건 일이야. 복수를 하기 위해 가장 먼저 밟아야 하는 단계. 엉뚱한 생각은 하지 마. 로즈는 속으로 중얼거렸다.

"그대는 이런 내가 유약하다고 느끼는가?"

되돌아온 질문에, 로즈도 잠시 말없이 있었다. 시선 끌기에는 확실히 성공했다. 루크워렐은 자신에게 관심을 보였고, 부가적인 질문을 할 정도의 호기심을 나타냈다.

로즈는 입을 열어 자신의 견해를 밝혔다.

"아니요. 저도 유희를 위해 생명을 취하는 행동을 그리 좋아하지 않습니다. 폐하가 약하다고는 생각하지 않습니다. 다른 이와 다른 견해를 관철하는 건, 의지나 신념이 강해야 가능한 일이니까요."

피와 살육. 연상되는 두 단어만으로도 과거의 불타는 저택이 연상되어 구역질 날 지경이었다. 목이 베였다는 아버지와 오라버니. 가문과 관련되어 죽어나간 사람들. 실제 보지 않았어도 그 상실이 준 충격은 이루 말할 수 없이 컸다. 그래서 어쩔 수 없는 상황에서 피를 보는 것도 감내하기 어려운데 하물며 먹고살기 위해서가 아니라 유희나 과시를 목적으로 피를 본다는 사실이 참기 어려웠다.

로즈는 제가 설리반에게 거부감을 느꼈던 까닭을 온전히 확인할 수 있었다. 그는 유희나 목적을 위해 공포감을 조성하길 즐기는 사람이었으므로.

"특이한 견해군. 대체로 아가씨들은 어려움에 맞서 싸우는 그런 남자를 남자다운 사내라 생각하지 않나?"

"강함이 누군가나 무언가를 고의적으로 훼손해 나오는 거라면 진정한 강함이라고 생각하지 않습니다."

루크워렐은 다시 한 번 로즈를 바라보았다. 처음의 무심함과는 다르게 로즈를 바라보는 눈빛에는 설핏 감정이 섞여 있었다. 어떤 것인지는 가늠할 수 없었으나, 관심을 끈 것만은 확실했다. 그뿐이다.

"그렇군. 이제 궁금증을 풀렸을 테니. 혼자 있을 시간을 주지 않을 텐가."

약간의 호감을 얻었다고 생각했지만, 그 생각이 무색하게 루크워렐은 바로 선을 그었다. 말 몇 마디로 쉽게 신뢰를 얻을 수 있을 거라 생각하진 않았지만 이대로 물러설 수는 없다. 로즈가 최대한 당당하게 보이길 원하며 본론을 꺼내놓았다.

"그러고 싶지 않습니다. 저는 폐하께 관심이 있으니까요. 이렇게 쉽게 만나리라고는 예상치 못했지만, 이렇게 만났으니 폐하께서 저에게 관심을 가질 수 있다면 이 기회를 놓치고 싶지 않습니다."

거절당하리라, 충분히 예상하고 한 행동이었다. 다음에 다시 만났을 때 적어도 단순히 이름만 암기되는 것이 아닌 기억될 만한 인상을 주고 싶었다. 너무 과한 행동은 거부감을 들게 할 수 있었으나, 루크워렐이 자신에게 조금이나마 호감이 있다는 가정 하에 하는 행동이었다.

"하하하!"

긴장을 단번에 깨는 호쾌한 웃음소리였다. 무심함으로 덮여 있던 얼굴이 웃음으로 덮였다.

"이런 식의 유혹은 처음이야. 특이하군."

"그렇게라도 폐하의 눈에 띌 수 있다면 기쁜 일이겠지요."

루크워렐이 웃음을 멈춘 후 날카롭게 일갈했다.

"난 황비가 있어."

"알고 있습니다."

"후계자 문제가 혼탁해질까 후궁도 인정하지 않는 나라에서 이토록 당당한 까닭을 모르겠군."

루크워렐이 언제 웃었나 싶을 정도로 정색했지만, 로즈는 아까의 무심함보다는 지금이 훨씬 더 좋았다. 제 앞에서 진심을 조금이나마 드러내는 게 더 살갑게 느껴졌다. 직설적으로 부딪혔다.

"제겐 폐하께 다가가는 일이, 제 삶을 걸 정도로 중요하기 때문입니다.”

어차피 자신에게 남아 있는 삶이란 없다. 솔로미아 로즈 아이시타스 카펠리움은 죽었다. 두 번째로 잡은 로즈 에밀린도 죽어버렸다. 지금 제게 주어진 것은, 반쯤은 자의로 반쯤은 타의로 입혀진 에아기네스로의 삶밖에 없었다. 그리고 에아기네스에게는, 루크워렐을 향해 다가가 복수를 완성시키는 것 외에는 선택지가 없다.

“흥미롭군.”

“폐하. 제가 폐하께 다가가도 되겠습니까?”

“황제를 향한 흔한 선망도 아니고, 그렇다고 해서 날 향한 열렬한 짝사랑도 아니고. 그저 약간의 호감만으로 하는 도발치고는 너무 전력으로 부딪혀 오고. 남은 건 권력욕인가?”

“그럴지도 모르죠.”

로즈는 가볍게 긍정했다.

“거짓말은 안 하는군.”

“금방 밝혀질 걸 빈말로 포장하고 싶지 않습니다. 그래도 옆에 두고 보시면 약간의 재미라도 얻지 않겠습니까. 가끔 아는 척이라도 해 주십시오.”

로즈는 그렇게 말하며 슬쩍 손을 내밀었다. 여기서 손을 잡으면, 관계의 시작 정도는 되겠지. 이 정도는 먹히리라는 생각이 있었다. 지금까지의 반응을 보자면, 무례하다며 내치지는 않을 터. 설리반은 루크워렐이 당연하게 그녀에게 호감을 가지리라 단언했지만, 세상 무엇보다 마음만큼 알 수 없는 건 없었다.

“적어도 원하는 게 분명해 보여서 나쁘지 않군. 자고로 근거 없는 친절을 베푸는 이들이야말로 속을 알 수 없으니.”

루크워렐이 로즈의 손을 잡았다. 긴장으로 차가워진 손끝을 들켰을까 염려했을 때, 그가 로즈의 손을 들어 차가워진 손끝에 입 맞췄다. 따스한 온기가 손끝을 스쳤다 사라졌다.

한가로운 오후였다.

황실 손님을 맞는 대표적인 장소인 투드라치 관의 가장 큰 응접실 한복판에서, 그림 같은 남녀 두 사람이 두낫[1]을 하고 있었다.

루크워렐과 로즈였다.

판 위에는 색색의 돌들이 쌍벽을 이루었다. 다소 느슨해 보이는 루크워렐과는 달리, 로즈는 목덜미까지 오는 단정한 연보라색 드레스를 입은 채 한 치의 흐트러짐도 없었다.

로즈의 차례였다. 승부는 엎치락뒤치락 중이라 로즈는 보라와 하얀 돌을 몇 알 든 채 판을 골똘히 바라보았다. 루크워렐은 손에 턱을 괸 채로, 그런 로즈를 가만히 바라보았다. 그의 시선이 숙인 머리 끝을 시작으로 기울인 얼굴에 닿았다 어깨를 타고 돌을 잡고 있는 로즈의 손가락 끝으로 와서야 멈췄다. 로즈가 고심하다 달그락, 소리와 함께 다음 수를 놓았다. 루크워렐이 웃었다.

"그대는 제법 재밌는 상대로군. 심심하지 않아서 좋아."

로즈가 조금 상심한 얼굴로 대꾸했다.

"단지 그뿐인 상대라니 조금 아쉽습니다만. 폐하와 조금이나마 친해졌다고 착각했었거든요."

"이미 호사가들은 황궁에 손님으로 빈번히 출입하는 그대를 두고

---

1 파랑과 노라, 보라와 하양 네 가지 색 돌로 하는 게임으로 오셀로와 유사함.

입방정을 떨기 시작했지. 황비보다도 그대를 더 많이 보고 있거든."

로즈가 루크워렐을 바라보았다. 루크워렐은 태연자약했다.

"꽃놀이를 같이 두 번. 뱃놀이를 한 번. 이렇게 주마다 같이 게임을 하고, 별 볼 일 없는 독서모임을 함께 한 번. 조만간에 황실 조식에 내가 그대를 초대하나 안 하나 사람들이 예의 주시해. 내가 스칼렛을 보는 횟수보다 그대를 보는 횟수가 더 많으니 말이 나올 수밖에."

심드렁한 말투와는 달리, 그 내용은 심각했다. 황비의 이름이 나오자, 로즈의 심장이 죄책감으로 움찔거렸다. 명백하게 복수의 대상인 루크워렐과는 별개로 황비인 스칼렛은 제 복수와는 무관했다. 만약 루크워렐이 폐위되고 설리반이 황위에 오른다면 그때 스칼렛의 입지도 곤란해질 터였다. 사이가 좋지 않다 소문이 났다 할지라도 스칼렛이 루크워렐의 죽음까지 바랄 리 없다. 가급적이면 무사히 틸레안 제국으로라도 돌아갈 수 있도록 설리반에게 간청하고 싶었다. 무고한 사람이 끔찍한 일을 겪는 건, 저 하나로 족했다.

로즈가 제 마음속 동요는 완벽히 숨기며 답했다.

"그렇다면, 제가 폐하께 조금이나마 특별해졌다고 착각해도 되겠습니까?"

"그대가 바라는 건 단순한 착각인가?"

"바라는 바를 알면서도 모르는 체 질문하시다니, 짓궂으십니다."

"대놓고 내 옆자리를 차지하고 싶다고 했을 때 그 정도는 각오했겠지."

"하긴, 이 정도 타박으로 폐하께 다가갈 수 있다면 받을 만하지요."

"난 정말 궁금해. 그대가 바라는 건 내 애정인가, 아니면 내 옆에 있음으로 얻을 수 있는 이득인가."

"둘 다라고 전에 긍정해드린 바 있습니다. 폐하는 남자다운 매력이 넘치시고, 가진 게 많은 분이니까요."

"나라는 사람에 대한 관심은 없는 건가?"

루크워렐이 로즈를 뚫어져라 바라보았다. 그 시선은 막 사랑에 빠지는 남자의 시선처럼 진득하고 집요한 데가 있어, 눈치가 없는 여자라 하여도 단박에 느낄 수밖에 없는 강렬함이 있었다. 고요한 가운데, 바깥에서 새의 찌르릉거리는 소리가 울렸다.

로즈가 반듯한 자세 그대로 대꾸했다.

"루크워렐이라는 사람에 대한 관심은 분명합니다. 그리고 관심을 가진 이의 직책은 황제이기에, 친해지면 불가피하게 득을 볼 수밖에 없겠지요. 그 점은 인정합니다."

"신선한 해석이로군. 내가 황제가 아니라 해도 그대는 관심을 갖겠다는 뜻인가?"

"이런 상황이 아니라면요."

그래. 이런 상황이 아니라면. 아무 일도 없이 당신을 만났다면, 우리는 서로에게 저절로 끌려 순탄하게 사랑에 빠졌을지 모른다. 당신이 황손이기는 하나 나 또한 명문가의 자녀였고, 우리는 어쩌면 혼인까지 무난하게 나아갔을지도 모른다. 하지만 그건 가정일 뿐. 이미 내 가족은 시체가 되어 있고, 나는 당신에게 복수하기 위해 당신을 만났다.

로즈는 얼굴에 감정을 내비치지 않으려 최대한 담담히 대꾸했다. 루크워렐이 로즈를 예리하게 바라보며 되물었다.

"이런 상황이라 함은 어떤 상황이지?"

"폐하는 황제시고, 저는 이름 모를 귀족아가씨지요."

정확히는 이름이 지워진, 이겠지만. 로즈는 하지 못한 말은 속으로 삼켰다.

"이름은 충분히 알고 있다고 생각했는데."

"어차피 양녀가 되어 얻은 이름입니다. 원래대로라면 폐하와 만날 일도 없었지요."

진실을 교묘하게 감싼 말이었지만 거짓말은 하고 싶지 않았다. 알량한 양심이라, 위선이라 칭해도 할 말은 없었지만 루크워렐이라는 사람에겐 호감이 갔다.

다만, 그건 그가 황제가 아니라는 가정 하에. 안정된 기반을 위해 억울한 누명을 씌워 제 가족을 무참히 도륙한 위에 그 황좌에 오르지 않았다는 가정 하에.

선황이 한 일이라 해도, 결과적으로 그 다디단 열매를 취한 건 루크워렐이었으니, 그에게도 죄과가 아예 없다고 볼 순 없다. 게다가 선황에게 제가 저지른 짓의 쓴맛을 보게 하고 싶다면, 그토록 아껴서 제위에 올린 아들이 고꾸라지는 걸 보는 것만 한 일이 있으랴. 이미 벗어날 수 없는 굴레가 씌어 있다.

"그렇군. 그래서 양부모와의 관계도 그리 데면데면한 건가. 하긴, 귀족가에서 없는 일도 아니지만. 그대가 예의 바르게 구는데도 양부모는 그대를 대하기 어려워하더군."

"다 크고 만나서 그런가 봅니다. 하지만 조실부모한 저를 거둬주시고 수도로 불러주실 정도면, 야박하신 분들은 아니지요."

"그런가."

"그렇습니다."

"에아기네스."

"네."

탁. 루크워렐이 이름을 부르며 무심히 손을 뻗어 돌을 놓았다.

"이번 판은 내가 이겼어."

대화에만 집중하고 있던 것 같던 루크워렐에게 순식간에 당했다. 로즈가 황망한 표정으로 대꾸했다.

"이런 수를 생각하고 계셨다니, 제가 방심했네요."

"그래도 마지막까지 승부를 알 수 없었어."

"폐하를 상대할 때는 더 주의해야겠습니다."

"그래도 그대는 원하는 걸 얻지 않았는가?"

루크워렐의 말에, 로즈가 판에서 시선을 떼고 루크워렐을 바라보았다. 루크워렐의 황금빛 눈동자가, 로즈를 말끄러미 바라보았다. 그 눈빛의 의미를 알고 있기에 로즈는 순간 그의 눈을 피하고 싶었다.

설리반이 말한 대로였다. 루크워렐은 저한테 빠지고 있었다. 남자를 사귀어본 적은 없으나 그건 여자라면 누구나 가지고 있는 감이었다.

이성과 눈이 마주치고, 서로에게 끌리는 순간.

로즈 본인조차도 이렇게 일이 쉬이 풀리리라고는 생각해본 적이 없었다. 하지만 루크워렐과 점점 가까워질수록, 무서운 건 단 한 가지. 저도 모르게 점점 이 남자에게 끌리는 자신.

감정이 결부되면 냉정해지기 어려울 것이다. 상대를 유혹하되 자신은 그 열정에 빠지면 안 된다. 그러함에도, 직접적인 호감을 말로 표현하며 제 안의 냉혹함까지 죄 보이던 설리반과는 달리 이 남자에게는 눈이 간다. 그러면 안 돼. 그럴 수 없어. 그러고 싶지 않아.

로즈는 우아하게 미소 지으며, 몸을 틀어 루크워렐 쪽을 향했다. 그리고 루크워렐의 손에 제 손을 슬며시 포개놓았다.

"글쎄요. 아직 채 닿지 않았다고 생각합니다."

가느다란 손가락으로, 루크워렐의 손등을 슬쩍 쓰다듬었다. 전 같았으면 절대 하지 않을 행동이다. 닿은 손가락의 끝으로 느껴지는 살갗과 체온은, 제 것이 아니어서 생소하면서도 외려 제가 떨렸다.

루크워렐은 피하지 않았다.

"노골적이군."

"전에 말씀드린 대로, 전 폐하께 다가가기 위해 인생을 걸었으니까요."

떨리고 초조한 마음을 감추고, 의연하고 여유로운 척 미소를 지었다. 그때 갑자기, 손의 위치가 뒤바뀌며 팔이 확 잡아당겨졌다. 로즈가 균형을 잃고서 그대로 루크워렐 쪽으로 몸이 확 쏠렸다. 어느새 루크워렐에게 의지했다고 느낀 순간, 코끝이 닿고 숨결이 묻을 정도로 입술이 가까워져 있었다.

로즈가 순간적으로 얼굴을 확 붉히며, 고개를 돌렸다. 심장이 바윗돌 구르듯 쿵쾅댔다. 루크워렐이 손을 놓지 않은 채 빙그레 웃었다.

"준비가 덜 된 쪽은 그대 같은데."

"그리고 늘 기습적으로 놀리시는 건 폐하시고요."

"바라는 바가 이런 거 아니었나?"

말장난에 로즈가 정색했다.

"맞습니다."

어쩐지 오기가 나서, 로즈가 힘차게 대꾸했다. 그리곤, 그대로 얼굴을 들어올려 루크워렐에게 가볍게 입 맞췄다. 엇갈린 입술 사이로 따뜻한 숨결이 얽혔다 풀어졌다.

루크워렐이 살짝 당황한 표정을 짓더니, 제 입술을 손가락으로 훑고는 그 손가락으로 로즈의 입술에 손을 댔다. 시선이 부드러웠다.

"얼굴이 빨개."

"폐하도 그러십니다."

"……."

236

루크워렐은 잠시 말이 없었다. 입술에 닿았던 손은, 어느새 로즈의 얼굴 전체를 포근히 감싸고 있었다.

"폐하라 부르지 않아도 좋아. 이름을 부르도록 허하지."

"네."

"지금 불러줘. 이름."

"루크……."

그러나 이름은 끝까지 부를 수 없었다. 이름을 부르려고 벌린 입을, 루크워렐이 그대로 제 입술로 막아버렸기 때문이었다. 설익은 과일처럼 서툴지만 열정적이고 부드러운 키스였다. 그 풋풋함과 열정에, 로즈는 어느새 눈을 감은 채 루크워렐을 안고 있었다.

모든 감각이 오롯이 한 사람에게 향했다. 조심스럽게 제 안으로 파고드는 루크워렐을 느끼며, 로즈는 다름 아닌 그래서 이토록 설렌다는 걸 깨달았다.

입술을 떼고 났을 때, 시야 가득 들어온 루크워렐이 로즈에게 말했다.

"너의 승리야, 에아기네스."

달아오른 얼굴로 루크워렐의 어깨에 머리를 파묻고 나서야, 로즈는 확연히 알 수 있었다.

목적한 바를 이뤘다는 표면적인 측에선 제 승리처럼 보였으나, 이는 반뿐인 승리였다. 속으로야 냉담한 채 겉으로 유혹하겠다 다짐한 게 무색할 정도로 마음이 거세게 술렁거리고 있었기 때문에.

루크워렐과 뜨거운 첫 키스를 나누고 난 밤이었다.

로즈는 잠을 이루지 못한 채 서성였다. 거짓 양부모가 마련해준 침실은 호화로웠지만 결코 아늑하진 않았다. 불에 덴 듯 뜨겁게 루크워렐에게 끌리는 감정이 그녀를 괴롭게 했다. 그녀가 처한 복잡한 상황과 맞물려, 홀로 살아남았다는 죄책감과 제 소중한 이들을 몰살한 이에 대한 분노가 그녀를 미친 듯이 흔들고 있었다.

그런데도, 그런데도. 그녀는 루크워렐이라는 남자가 좋았다.

미친 게 틀림없다.

모든 걸 놓아버리고 어디론가 도망가고 싶다. 에아기네스라는 거짓 이름을 벗어버리고, 제게 손을 내민 설리반을 피해 어디론가 가서 쉬고 싶다.

그렇지만 그럴 수 없다.

로즈는 서성임을 멈추고, 정신이 나간 여자처럼 침대에 주저앉았다. 창문 밖 달은 새파랗게 홀로 떠 있었다. 그녀는 맥없이 그대로 누워버렸다. 지친 듯 눈을 감고 혼곤히 잠에 빠져들었다. 그러나 잠조차 그녀에겐 안식이 될 수 없었다. 몇 번이고 악몽에 눌려 깨고 허우적대다, 새벽녘에 덧씌워진 저주처럼 설리반의 말이 떠올랐다.

「복수를 해요. 로즈. 묘지에도 묻히지 못한 당신의 가족들이, 당신에게 그렇게 울부짖고 있으니.」

창밖 어둠은 가시지 않았다. 로즈는 그렇게 밤에 사로잡혀버렸음을 절절히 깨달았다.

몇 번의 밤이 지나가고 몇 번의 낮이 지나갔다. 로즈와 루크워렐의 사이는 조금씩이나마 확연히 가까워졌다. 루크워렐은 작심한 듯 소문에 신경 쓰지 않았고, 로즈는 바라는 바였기에 일부러 더 보란 듯 행동하곤 했었다. 사람들은 잠자리도 같이하지 않는 명목상의 황비 대신에 로즈가 귀비로라도 들어와 후계를 낳아줄 것을 기대하기까지 하였고, 어느새 로즈의 주변에는 하나둘 권력의 단내를 맡은 사람들이 모여들기 시작했다.

로즈가 황궁에 들어가기 위해 필요한 건 루크워렐의 의지와 명목뿐이다.

"아주 잘하고 있군요, 에아기네스."

설리반이 아주 선량한 얼굴로 흡족하게 말했다. 금발에 아주 잘 어울리는 하늘색과 흰색의 연미복을 입은 설리반은 누가 봐도 호감을 가질 만한 인상이었다. 만발한 꽃과 자선사업을 위해 손님을 맞이할 다과 식탁이 사방에 놓여 있었다.

로즈의 주변에 사람들이 많아지자, 드미트리가 자선사업을 명목으로 만든 자리였다. 주최자는 드미트리와 설리반으로, 로즈는 후원자로서 상의를 위해 조금 일찍 왔다는 게 그들의 설정이다. 최근 사람들이 여러 모임에 그녀를 초대하는 덕에 조만간 밀어닥칠 손님들 중 그들에게 의심의 눈초리를 던진 만한 이는 없다.

설리반과는 달리, 그를 상대하는 로즈는 전혀 웃지 않았다.

"아직 황궁에는 들어가지 못했으니 두고 봐야 알 일이지요."

"곧 들어가게 될 겁니다. 루크워렐이 당신에게 푹 빠져 있는 데다, 나 또한 귀족들 사이에서 당신이 귀비로 들어가는 게 좋다는 여론에 힘을 보태도록 하지요. 소중한 에아기네스."

소중한, 이라는 표현에 로즈가 설리반을 바라보았다.

"당신은 사모한다고 하는 여자를 다른 남자에게 보내면서 아무렇지도 않나요?"

"목적을 위해서 수단은 중요하지 않지요."

"그럼 나는 그 중요하지 않은 수단인가요? 말에 모순이 있는데요."

설리반이 로즈를 보며 화사하게 웃었다.

"중요한 건 결과지요. 에아기네스. 당신은 당신이 원하는 걸 얻고, 나는 내가 원하는 걸 얻고."

원하는 것. 작은 평온과 평화로운 삶. 억지로나마 이어붙인 남은 삶도 당신이 끄집어내어 되돌아갈 수 없게 만들었지. 그래서 원하는 건 복수 외에는 남지 않게 해버렸다. 로즈는 자조했다.

"그렇죠. 원하는 것."

"궁에 들어가게 되면 전에 말했듯 연락은 드미트리를 통해 할 겁니다. 귀비가 되면 찾아오는 손님이 더 많아질 테니, 드미트리가 자선 사업을 핑계로 자주 만남을 청해도 전혀 이상하지 않을 겁니다."

그 말이 떨어지자마자 첫손님이 등장했다. 설리반과 드미트리는 선량한 모습으로 사람들을 향했다. 로즈도 우아하게 일어났다. 불필요한 미소는 띠지 않았다.

악몽으로부터 피할 곳은 없었다.

비가 쏟아졌다. 대낮부터 번쩍이던 번개는 황궁을 울릴 만큼 커다랗게 내리꽂고 울리는 천둥은 한낮임을 잊게 했다. 시커먼 구름에서 쏟아지는 빗줄기는 흡사 폭포수와도 같았다.

어둑한 하늘 아래, 로즈가 서 있었다.

로즈는 이제는 시녀들의 시중을 자연스럽게 받아들이며 투드라치 관으로 들어섰다. 이제는 제집처럼 익숙해진 응접실에서 루크워렐을 기다리는데, 누군가가 정중히 문을 두드리고 들어섰다. 의전관인 슈나이더 아이시타스 로렌이다. 앳되고 순해 보이는 인상과는 다르게 일처리가 날카롭다는 평을 받는 이였다. 차기 궁내부 장관으로 거론되는 인물이었다.

그가 정중한 태도로 예를 표했다.

"폐하께서 집무실에서 보시겠다 했습니다."

의례적인 태도라 그 너머에 감춰진 감정까지는 전혀 보이지 않았다. 황제의 옆에서 일거수일투족 수발을 드는 그라면, 황실 내부에 깊숙이 영향을 미칠 수 있는 자신의 존재에 대해서 좋지 않게 생각할 수 있다. 현재 귀족들 사이에서 황제가 잠자리를 같이하지 않는 황비 대신 그녀를 귀비로 올려 후계를 이어야 한다는 의견이 거세지는 중이다. 게다가 먼 조상으로 황실의 피가 이어져 있다는 소문까지 흘려놓았으니 자격은 충분했다. 무엇보다도 황제가 진한 호감을 표시하고 있으니, 금슬은 당연히 좋을 터.

하지만 사람의 일은 변하는 법이다. 의무감에 결혼하고 대놓고 서로를 외면하는 부부라 할지라도, 필요에 의해서 자식을 가질 수도 있다. 게다가 황비와는 잠자리만 안 할 뿐 공식석상에는 여전히 친밀한 모습을 보이고, 적대관계에 있는 타국의 공주라는 것만 빼면 특별히 문제 될 게 없으니 잠자리만 제대로 하면 후계를 볼 수 있는 가능성은 높았다. 정실 소생에 더더욱 민감한 라우리드센 제국이라면 불필요한 예외사항을 만들지 않고 황비에게서 소생을 보는 게 가장 분란이 적다.

더군다나 로즈를 부른 곳은 바로 황제의 집무실. 외부인들에게 개방된 곳이 아닌, 본성인 라리에트 관에 있는 장소다. 관리들 중에도 어느 정도 직급이 되고 황제의 신뢰를 받는 이만이 드나들 수 있으며, 황족 중에서도 방계들은 허락을 받아야만 들어갈 수 있는 곳이다.

선황이 휴식을 이유로 수도에서 떠나고 나서는, 라우리드센 제국 권력의 최고봉은 루크워렐이었다. 그런 그가 일하는 곳. 그런 곳을 허용해줬다는 건, 큰 의미가 있다. 이는 황실의 중요한 부분을 그녀에게 보여줌으로, 그녀의 존재를 황실 내에서 받아들이겠다는 뜻이었다.

순탄하다 기뻐해야 하나. 허무하리만치 쉽다 한탄해야 하나. 반쯤은 허술하게 보이던 설리반의 계획대로 흘러가자, 새삼 그의 치밀함이 무서워졌다. 루크워렐에게 집요하리만치 집착한 결과 그가 원할 만한 여성상까지 파악하고, 그 여성상에 부합한다면 자신이 마음에 둔 여자라 할지라도 이용한다. 그 치밀함을 영리한 거라 포장할 수 있지만, 쓰는 방법이 저열하다. 그러나 그 저열함조차 가장 효과적인 수단이라 믿겠지.

가장 신뢰하고 사랑하는 이의 품에 안겨 있으면서 서서히 목이 졸린다. 죽어가는 순간까지 이 사람에 의해 죽으리라 생각지 못하겠지. 그걸, 내가 그 사람에게 해야 해?

소름 끼치는 섬뜩함이었다. 거짓 누명을 씌워 제 가족을 억울하게 죽인 원수라 되뇌어도, 그 일을 벌인 건 선황이었지 제위를 승계한 그가 아니다. 멀쩡한 정신으로는 절대 이어지지 못할 관계이니 그를 멀리할 수는 있어도, 내 가족을 죽였으니 죽인 사람의 자손에게도 똑같이 복수하겠다는 건 처음 이 악행을 시작한 자와 똑같은 비열한 짓이다.

그래. 그래도 해야겠지. 그러지 않고는, 견디지 못할 테니. 이미 부스러져 어디로 흘러내리고 있는지 모르는 마음에 뭐라도 채워 살아가지 않을 수 없으니.

이 또한, 내가 그에게 끌리기 때문에 붙는 상념들이다.

끌리지 마라. 당겨지지 마라, 마음아. 나를 더 괴롭게 몰아가지 마라. 네가 그러하지 않아도 내 심장은 온통 뽑히지 않은 못으로 가득하니.

로즈는 마음의 갈등은 숨긴 채 우아하게 집무실로 들어갔다. 색색의 다른 띠지로 싸인 서류들이 깔끔하게 정리되어 꽤 높게 쌓여 있었다. 루크워렐이 펜으로 무언갈 써내려가다가, 로즈를 보고 반색하며 아름다운 의자를 권했다. 그러곤 종이 한 장을 건넸다.

"정말 피곤하군. 재무관과 수석서기가 얼마나 날 들볶는지. 한번 보겠나?"

로즈는 서류를 우아하게 받들었다. 동작 하나하나에 기품이 흘렀다. 펼쳐든 종이를 내려다보며 로즈가 대답했다.

"커튼 교체비용과 관련된 세부사항이로군요."

"문제는 그거 하나가 아니지만, 의견을 말해줬으면 좋겠군."

로즈가 말없이 넘겨진 서류 한 장을 읽었다. 산들, 바깥에서 바람이 불어 그녀의 진한 갈색머리가 흔들렸다. 비가 와서 어둑해진 실내로 인해, 머리색이 검은빛으로 보이기도 했다. 루크워렐은 입가에 미미하게 미소를 띤 채 그 모습을 말없이 보았다. 그의 시선을 잠시 잊은 듯 로즈가 집중하며 말했다.

"재질은 타란트 천보다는 아닐산 천이 나을 듯합니다. 타란트 천은 보온성이 좋고 광택이 호화롭지만, 지나치게 두껍고 뻣뻣하며 통풍이 잘되지 않습니다. 겨울이 길고 추운 곳이라면 당연히 타란트 천으로 해야겠지만, 여기에선 그럴 필요까지는 없으니까요. 아닐산 천은 무늬나 종류가 매우 다양하고 염색도 여러 색으로 가능하며 아름다운 편이라 반절 정도의 비용이면 가능할 겁니다. 그러면 장인으로 추천된 이들은 이 밑에 쓰인 사람들입니까?"

"그러하지."

"몇몇은 아는 이름이지만, 몇몇은 모르겠군요."

예전에 카펠리움 가의 예산을 책정할 때 고려했던 인물들은 알 수 있었지만, 시일이 많이 지난 만큼 새롭게 등장한 장인들도 있다. 로즈는 그 말은 당연히 삼켰다. 귀족여인들은 한가로이 여흥이나 즐긴다고 생각할 수 있었고 실제로 그런 이들도 있지만, 대체로는 한 집안의 살림을 도맡아 꾸려간다. 규모가 클수록 일은 더 복잡하고 많았으며, 그로 인해 배울 게 많았다. 거기에 덧붙여 밖에서 자기만의 능력을 살려 가외의 일까지 하는 이들도 있으니, 더더욱 할 일은 많았다. 로즈가 받은 종이를 습관적으로 꼼꼼히 훑어보며 덧붙였다.

"이 중에 황실과 거래했던 이들을 알고 싶습니다만."

루크워렐이 몸을 틀어 로즈에게 가까이 숙인 채 손가락을 들어 두 군데를 짚었다. 단순한 동작인데도 순간적으로 좁혀진 거리가 심장을 술렁거리게 했다. 루크워렐이 매혹적인 음색으로 답했다.

"이 사람과 이 사람이지."

로즈는 흔들리는 감정을 잘 갈무리한 채 정보에 집중했다.

"일처리 관계는 그때 일을 담당했던 이들에게 물어보는 게 가장 빠를 듯합니다. 저는 황실의 일은 잘 알지 못하니. 게다가 제가 시골에서 온 관계로 최근 장인들에 대해서는 잘 알지 못합니다. 그렇다면 각 장인들에게 표본을 하나씩 만들어 오게 하고 비교해보는 게 좋겠군요. 분위기나 추구하는 색상은……. 아닙니다. 폐하께서 아실 수 있는 사항이 아니군요. 황비 전하께 물어보시는 게 가장 빠르지 않을까 합니다."

의견만 타진해보란 권유였음에도, 습관적으로 일을 처리해가던 로즈는 아차 싶어 말을 멈추었다. 황비의 관할로, 황비가 전면에 나서지 않는다 하더라도 황비가 믿을 만한 사람에게 위임해 시켜야 하는 일이다. 묻는다 하여 지나치게 관여하다니, 실수다. 제가 할 역할은 황실 내정에 깊이 간섭하여 황가의 근간이 흔들리게 하는 것이 아닌, 루크워렐을 유혹해서 루크워렐을 황좌에서 끌어내리고 다른 황제를 올리는 일이었다.

루크워렐이 약하게 한숨을 내쉬며 대답했다.

"스칼렛은 일을 하지 않아. 맡길 수도 없고. 스칼렛에게 일을 맡기면 이 황궁이 분홍색으로 물들리라는 것에 내 황좌를 걸지. 게다가 스칼렛은 분홍색으로 꾸밀 수 있다면 터무니없는 액수여도 값을 지불하려 할 거야."

"서로에 대해 아주 잘 알고 계시는군요."

형식적인 관계를 넘어선 개인적인 친밀함이 없이는 나올 수 없는 말이다. 약간의 과장된 표현이 포함된 듯했으나 황실의 여인이 약간의 사치를 부리는 것은 흔한 일이다. 실제로 재력이 있는 귀족가에서는 황금으로 제 방을 도배하는 경우도 있었으니, 분홍색으로 꾸미는 정도는 귀여운 축에 드는지도 몰랐다.

그러나 그만큼이나 두 사람이 친하다는 사실에, 로즈의 가슴이 저도 모르게 욱신거렸다. 바보가 아닌 이상 알 수 있는 확연한 질투였다.

남자를 만나는 횟수가 잦아질수록 끌리는 감정도 커져갔다. 하지만 로즈는, 그 흔들림은 결코 보이지 않으려 했다. 황비에게 섣불리

질투를 내비치는 건 천박한 인상을 주어 귀비 자리를 얻는 데 결코 득이 되지 않을 것이다.

다른 여자를 경계하며 저에게만 애정을 달라 요청하는 여자들에 대해 스스로가 그리도 사랑받나 뿌듯해할 남자들도 있었지만, 루크워렐은 입장 자체가 달랐다. 귀엽게 받아줄 수도 있겠지만, 황제라는 위치상 지나치게 치근대는 여인은 내칠지도 모른다. 황태자로 있던 시절부터 여러 여인들에게 얽히지 않으며 금욕적인 모습을 보인 건, 여자들에게 정욕이 없다기보다는 입장상 복잡한 상황에 놓이지 않으려는 일종의 선이었는지도 몰랐다.

십몇 년을 알아도 온전히 알기 힘든 것이 사람인데, 요 근래 친근해진 관계가 루크워렐의 전부라 결코 장담할 수 없다. 상대를 잘 모르는 만큼 조심할 필요가 있었다.

루크워렐이 로즈를 빤히 바라보더니, 갑자기 몸을 일으켜 의자의 등받이 부분을 잡고 뒤로 살짝 당겼다 놓았다. 흔들흔들, 의자에 앉아 있던 로즈의 몸이 덜컹거렸다. 당혹감에 고개를 들자, 아주 바짝, 루크워렐의 얼굴이 눈앞에 보였다.

쿵! 쿵! 쿵!

귓가에 울리는 심장 소리가 멈추지 않았다. 흔들린 탓인지 평소보다 배로 떨렸다. 루크워렐이 그런 로즈의 귓가로 입술을 가까이 대며 속삭였다. 낮고 풍성한 음성이 귓바퀴를 통해 신경을 타고 스며들었다.

"조금쯤은 질투해줘도 괜찮아, 에아기네스. 그대는 제가 마음에 둔 남자의 다른 여자도 수용할 만큼 마음이 넓은 건가, 아니면 그것조차 받아들일 만큼 정략적인 건가?"

그렇게 말하며, 루크워렐의 손이 슬그머니 로즈의 허리께로 올라왔다. 닿은 부위가 저릿저릿하게 짜릿했다. 남자의 손길은 아직 채 익숙해지지 않았지만, 그래서 더 섬뜩하리만치 흥분해버리곤 했다. 얼굴은 태연을 가장했지만, 부끄러울 지경이었다.

숨결이 얽히며, 입을 맞췄다. 고집스레 입을 다물고 있자, 짓궂게 여러 번 입 맞추며 입술을 벌렸다. 한번 시작된 키스는, 두 번을 부르고, 입술을 떼고 느껴지는 어지러움에 로즈는 깨달았다.

지독한 첫사랑이었다. 마음이 서로 닿아도 결코 이뤄질 수 없는, 파멸을 향한 첫사랑.

미치도록 좋은데 끔찍이도 울고 싶은 심정이었다. 로즈가 루크워렐의 품에서 조그맣게 이름을 불렀다.

"루크워렐."

"그대를 갖고 싶어, 에아기네스."

로즈가 고개를 들어 루크워렐을 바라보았다. 근사한 얼굴에 담겨진 진지함이 울컥하게 만들었지만, 로즈는 태연을 가장하며 손가락 하나를 들어 루크워렐의 입술을 지그시 밀었다.

"이렇게 자제심이 없으신 줄은."

"나도 몰랐지."

자기만을 바라보는 황금빛 그윽한 눈동자. 시선에 깃들기 시작하는 애정에 분노와 죄책감이 욱신거렸다. 루크워렐의 손이 로즈의 얼굴을 부드럽게 감쌌다. 관자놀이에 닿은 손가락 끝이 섬세하게 움직여 근처의 머리카락 몇 가닥을 쓰다듬었다.

닿아 있는 감정은 같은 동시에 달랐다. 루크워렐에 대한 마음이 없는 것이 아니었다. 다만 그 위를 풀 길 없는 분노와 좌절, 그리고 상대를 고의적으로 속이고 있다는 죄책감이 무겁게 누르고 있을 뿐이다.

로즈의 속내는 전혀 알지 못한 채, 루크워렐이 속삭였다.

"에아기네스. 그대가 본 건, 궁내부의 일이야. 원래대로라면 스칼렛이 해야 하는 일이지. 이제는 그대가 해줬으면 해."

그 말에 담긴 의미는 명확했다. 로즈의 초록빛 동공이 확장되었다 가라앉았다. 처음으로 애정을 갖는 상대에 대한 짜릿한 감정은, 이내 거대한 쇳덩이와도 같은 또 다른 감정에 강하게 눌리곤 했다.

"저에게 귀비 자리를 주시겠다 확언하시는 건가요?"

"그러해."

모든 게 계획대로 흘러가고 있었다. 하나 계획대로 되지 않은 것이라곤, 제 마음뿐이다. 로즈는 제멋대로 욱신거리는 가슴을 무시했다.

어차피 어디에도 내가 서 있을 곳은 없어. 당신 옆자리에서 당신의 목에 칼을 겨누는 일 외에는. 내 목에는 시체들의 손이 매달려 있고 내 발은 과거의 사슬에 매여 있어.

마음을 굳힌 로즈가 도발적인 눈빛을 띠었다. 얼굴엔 여유를 가장한 도도한 교태가 흘렀다. 단 한 번도 해보지 않은 행동이었지만, 마음의 압박은 때론 사람이 미친 짓을 하게 하듯 로즈는 이 순간만큼은 제정신이 아닌 것 같았다. 루크워렐의 가슴팍에 손을 올리고, 로즈가 홀리듯 속삭였다.

"그러면, 징표를 주세요. 오늘은 돌아가지 않고 곁에 머물고 싶습니다."

침묵이 흘렀다. 방 가득 농밀한 공기가 가득 찼다.

우르릉, 쾅!

번개와 함께 천둥소리가 요란했다. 빗줄기가 창문을 다시 요란하게 두드리기 시작했다.

루크워렐의 몸이 로즈에게 기울어졌다. 로즈는 그대로 눈을 감았다. 이런 식의 시작을 원했던 건 아니었지만, 이미 균열된 시작을 막을 방도는 없었다.

그때 똑, 똑, 똑, 간결한 노크가 긴장을 깼다.

"폐하. 시간이 너무 오래 지났습니다. 안소니 아이시타스 듀크와의 만남이 한 시간 이상 지체되었습니다."

슈나이더였다. 안소니 아이시타스 듀크는 반역으로 인해 프린보다 약해진 아이시타스에서 중심을 잡아 아이시타스 세력을 든든히 잡아주었다. 젊은 시절은 병법과 수학으로 유명했으나 나이가 든 후에는 문학과 예술에 지대한 관심을 가진 다방면으로 능력이 뛰어난 인물이다. 소홀히 다룰 수 없는 사람이다.

루크워렐이 가볍게 한숨을 쉬었다. 아까의 열기는 순식간에 식어버렸다.

"곧 가도록 하지."

"알겠습니다."

루크워렐이 로즈의 뺨에 가볍게 입을 맞췄다.

"가봐야겠군. 오늘은 그만 집으로 돌아가는 게 좋겠어, 에아기네스."

"기다릴 수 있습니다, 폐하. 폐하를 위해서라 시간을 내는 것이 제가 할 일이니까요."

"아니. 돌아가도록 해. 지금에서야 이런 식의 방해가 기껍다는 생각이 드니까. 조만간에 정식으로 청을 넣고, 귀비로 책봉하지."

로즈가 새침하고 고고한 표정으로 답했다.

"기다림이 지나치게 길겠군요."

"생각보다 길지 않을 거야. 에아기네스, 그때 침실에서 제대로 보도록 하지."

루크워렐이 로즈를 다정히 안은 후 문밖으로 나섰다. 로즈는 그대로 의자에 앉았다. 얼굴 가득 억지로 새겨넣은 태연함이 오롯이 깨졌다. 긴장이 풀린 다리가 후들거렸다. 제 스스로 생각해도 대범한 행동이었다. 남자에게 이런 식의 행동은 단 한 번도 해본 적 없었다.

얼마 남지 않았다. 이제 그가 눈치채지 못하게 그의 목덜미로 칼날을 서서히 박아넣을 날이.

로즈는 홀로 남은 집무실에서, 의자에 기댄 채 자조했다. 미친 사람처럼 소리 없이 웃으며 집에 돌아가기 위해 시중들 시녀를 부르기 위해 허공에 매달린 줄을 힘껏 잡아당겼다. 줄 끝 어딘가에는, 저처럼 줄에 매달린 채 정신없이 흔들릴 작고 힘없는 종이 제 온몸을 흔들며 세차게 소리를 내고 있을 터였다.

루크워렐은 집무실 문을 닫으며 뜨거운 가슴을 생생히 느꼈다.

후끈 달아올랐던 열기는 쉬이 식지 않았다. 여체를 향해 달아올랐던 젊은 남자라면 누구든 이해할 수 있는 현상이다. 단순한 욕구 충족을 위해서라면 몇 번이고 어떤 여자든 안았을 터였다. 또는, 그렇기 때문에 억제할 수 있을 터였다. 그는 여태 제 욕구를 위해 아무나 안는 행위는 절제해왔으니까.

하지만 이 감정은 그런 게 아니었다. 그건 사랑하는 이를 안고 싶다는 아주 정당하고도 당연한 감정이었다. 여태 살아오면서 처음 느껴보는 강렬하고도 치명적인, 그러면서도 미치도록 달콤하고 가슴을 설레게 하는, 뜨거운 열정이었다.

루크워렐은, 에아기네스를 사랑하고 있었다.

사냥터에서 갑자기 튀어나와 제 곁에 있고 싶다 말하던 당돌한 여인은, 바람에 나뭇잎은 흔들지언정 제 몸은 결코 흔들리지 않는 뿌리 깊은 나무처럼 고고했다. 화사하고 지적인 느낌의, 아름다운 여자. 온몸에 밴 고고한 기품까지 어우러져, 풍부한 느낌을 자아내고 있었다.

그런 식으로 그에게 접근하던 여자는 부지기수였다. 우연을 가장한 만남이라든가, 대놓고 본심을 드러내며 육체를 흔들며 하던 유혹까지. 얼굴이 새빨개져 연심을 드러내던 순진한 아가씨도, 정략적으로 서로 주고받을 걸 계산하면서 다가오는 속물적인 아가씨까지 모두 겪어봤고, 모두 엮이지 않았다. 그리고 그것이 지금껏 제 주변이 조용한 이유기도 했다.

그래서 그렇게 넘기고 싶었다. 우연이든, 의도적이든.

허나 그럴 수 없었다.

무엇 때문이었을까. 호감이 가는 여자가 없었던 건 아니다. 다만, 그 호감과 제 주변의 안온함과 아직까지는 맞바꾸고 싶을 만한 사람은 없었다.

처음부터 끌렸다. 시선을 뗄 수 없었다. 바람에 흔들리는 머리카락 한 올까지 망막에 박혀 멈출 수 없었다. 게다가 저에게 다가오고 싶다는 간절함까지.

그녀는 저에게 관심이 있다 말하면서도, 막상 함께 있으면 묘하게 거리를 두곤 했다. 친밀한 척 다가오고 나서 아무것도 모르는 소녀처럼 얼굴을 붉히다가, 갑자기 제 안으로 훅 들어온다.

그 모든 모습 속에서도 빈틈 하나 없었다.

한 번쯤은 제 앞에서 속내를 모두 드러내는 걸 보고 싶었다. 다 알고 싶었다. 자기 여자였으면 싶었다. 미친 게 아닐까 싶었다. 그는 여태 살면서 이렇게나 여자를 갈망해본 적이 없었기 때문이다.

가족을 모두 잃고 양부모 밑에서 몸을 의탁한 탓인지 깊숙한 곳에는 보이지 않은 서늘한 슬픔이 들어차 있는 듯했다. 힘들어 운다면, 그 의지처가 자신이 되었으면 좋겠다.

"결심은 바꾸지 않으신 겁니까?"

슈나이더가 차분히 물었다. 표현은 잘 안 하려 하나, 그는 우려를 나타내고 있었다. 그것이 에아기네스가 마음에 들지 않아서가 아닌, 자신에 대한 염려 때문임을 알았다.

어차피 스칼렛이 저런 상태이니 한 번쯤은 겪어야 할 일이었지만, 후궁을 용납하지 않는 라우리드센에서 일어날 반발 때문이다. 그리고 그건, 황제인 루크워렐에 대한 공격이 될 수 있었다. 지금은 조금이라도 약점을 만들 만한 일은 피하는 게 좋았다. 아직 정체를 다 밝히지 못한 불온한 움직임이 있었기 때문이다. 그 마음을 알고 있기에 루크워렐은 논쟁은 원치 않는다는 태도로 짧게 답했다.

"그래."

슈나이더가 가볍게 한숨을 쉬었다. 쉬이 보이지 않는 태도였다.

"조사에서 특이사항은 나오지 않았습니다. 시골의 귀족 출신이지만 양부가 제법 인지도 있는 집안이니 신분상으로 귀비로 들이는 것에 큰 문제는 없습니다. 양부모를 만나기 전 지냈다는 지역으로 파견 조사를 보냈지만 워낙에 조용한 아가씨여서 집 밖으로 나온 적이 거의 없었답니다. 친부모 또한 돌림병으로 불행히 사망하고 난 후이고 친척들도 거의 없는 편이라 알아보는 데 한계가 있었습니다. 친부모의 묘비는 확인했습니다. 그때 당시 사용인을 만나고 싶었지만 하녀 둘만 겨우 고용할 정도로 소박한 살림인 데다 하녀 둘도 타지로 시집을 가 어디에 있는지도 모르는 상황이어서 더 자세한 건 알아볼 수 없었습니다. 수도에 올라온 이후의 평판은 제법 좋습니다. 학식도 제법 있는 편이고 사람들과의 관계도 무난합니다."

"스칼렛이 전혀 하지 못하는 내정 살림도 제법 잘 해낼 것 같더군. 서류 하나로는 온전히 알 수 없지만, 그래도 기본적인 일처리는 잘 배웠어. 필요한 사항도 잘 파악하니 황비의 일을 맡겨도 잘 해낼 거야."

권한이 있으면 그만큼 영향력도 생긴다. 게다가 잠자리를 같이할 정도면 어지간히 믿을 만한 상대가 아니면 안 된다. 다 알고 있다. 아니, 다 알고 있다고 생각했다. 그런데도 만난 지 얼마 안 되는 여자가, 제 마음을 온통 빼앗아버렸다. 철저하게 주의해온 인생에 비집고 들어와, 저를 바라보라며 돌을 던졌다.

"황실의 먼 핏줄이라는 소문까지 돌고 있습니다."

슈나이더의 걱정과는 달리, 루크워렐이 무심히 답했다.

"괜찮군. 이용할 수 있는 건 이용해야지. 진위 여부는 중요치 않아. 필요한 건 정당성이지. 그대로 둬."

황실의 먼 핏줄이라는 주장들은, 약소 귀족들 사이에서 흔한 것이었다. 어차피 해를 거듭해 낡은 역사가 된 족보까지 뒤져가며 진실을 찾아낼 이들은 극소수였고, 가문의 족보는 대체로 다른 이들에게 공개하지 않는 게 원칙이라 그런 주장들은 언제건 존재해왔다.

정식으로 황실의 피가 조금이나마 이어져왔다 인정되었던 가문은 몇 되지 않았다. 그중에는 멸문되었던 카펠리움 가도 포함되어 있다.

카펠리움 가.

그때 잠시 눈길을 끌었던 어릴 적 소녀는, 이제 세상에 흔적조차 남아 있지 않을 터다. 솔로미아는, 만약 반역이라는 큰 사건이 없었다면 어쩌면 스칼렛 대신 제 옆에 서 있었을 수도 있었다.

헛생각이다.

에아기네스를 향한 뜨거운 첫사랑은, 더 어릴 적 눈길이 갔던 아름다운 소녀였던 솔로미아를 떠오르게 했다. 모습은 거의 떠오르지 않았지만 특유의 분위기가 닮아 있었다. 사람의 취향이란 참으로 쉬이 변하지 않는 법이다.

"저로서는 폐하의 안전을 신경 쓰지 않을 수 없습니다."

"내 안전과 평온함을 원한다면, 나에게는 그녀가 필요해. 팽팽한 긴장 속에서 위로를 줄 만한 존재 하나 정도는 이제 필요하지 않겠나. 실제로 후계가 생긴다면 황권의 안정성 또한 확보할 수 있고."

루크워렐이 나른하게 답했다. 낮고 풍성한 음성이 어우러져, 매력을 자아내었다. 얼핏 보기에는 긴장감이 조금도 없다.

슈나이더가 결국은 대놓고 크게 한숨을 쉬었다.

"제 속 타는 것도 모르십니다."

"정작 그녀가 그렇게 싫은 건 아니지 않나."

"그렇습니다. 다만, 지금은 염려되는 일이 있는지라."

"그래. 나도 알고 있어. 슈나이더."

루크워렐의 눈이 날카롭게 빛났다.

"내 목을 노리는 이들이 있다는 걸 말이야. 그렇지만 조마조마해하며 먹잇감처럼 굴면, 진짜 먹잇감이 될 뿐이야."

루크워렐이 옆에 놓인 다트를 집어 들고 과녁판을 향해서 던졌다. 가벼운 파열음과 함께, 다트가 과녁판 정중앙에 정확히 박혔다. 부르르, 다트가 반동으로 약하게 떨었다. 루크워렐이 웃음기를 거두고 냉정하게 내뱉었다.

"사냥은 취미가 없지만, 생존을 위한 사냥은 다른 문제지. 그리고 나는 거기서 먹잇감이 돼줄 생각은 없어."

귀비 책봉이 확정되고, 관례에 따른 절차에 따라 물건들이 오간 후, 귀비책봉식 날이 정식으로 잡혔다. 황비처럼 정석적인 결혼식은 치를 수 없었으나, 간략한 혼인의식은 거행할 예정이다. 그날 바로 입궁해 이제 황실의 사람이 되는 것이다.

일주일 정도 남은 시간은 양부모와 인사를 나누라 했다. 기실 필요에 의해 만난 어색한 사이이니, 다른 이들이 보던 때와는 달리 딱히 할 말이 있을 리 없다. 외려, 축하를 빙자한 설리반과 드미트리의 방문만 받았다. 정확히는 설리반이 있으면 완벽한 주종관계를 드러내는 드미트리가 조용히 빠지므로 설리반만 본다는 게 맞는 말이다.

끔찍했다.

설리반은 매우 기쁜 듯했다. 제 계획이 딱딱 맞아떨어지는 데 대한 쾌감과, 바늘 하나 들어가지 않던 황궁에 직접적인 제 영향력을 밀어넣을 수 있다는 성취감이 맞물려 들떠 보였다. 화가가 보면 그리고 싶을 정도로 선량한 아름다움이 거죽을 덮고 있어 더 구역질이 났다.

"내 사랑스러운 에아기네스, 당신은 역시 대단한 여자예요. 루크워렐을 단박에 사로잡다니, 내 생각이 맞았군요."

"요행이었는지도 몰라요. 우연이었을 수도 있고요."

"그럴 리가요. 혹시나 하는 마음에 이런 식으로 몇 번 여자를 붙여 보았지만, 당신만큼 루크워렐의 취향인 여자는 없어요."

"처음 해본 일이 아니었군요."

"무슨 일이든 연습이 필요하니까요. 그리고 나는 제법 성실한 사람이랍니다. 그러니 에아기네스, 나의 성실함을 칭찬해줘요. 누구보다도 당신을 사랑하고 있으니, 당신의 칭찬이 날 들뜨게 할 거예요."

로즈는 그런 그를 냉담히 바라보았다. 그 눈빛에는 아무런 감정이 들어 있지 않아 더 싸늘하게 느껴졌다.

"전에도 말했지만, 사랑한다는 여자를 필요에 의해 다른 남자의 품으로 밀어넣는 남자는 신뢰가 가지 않는군요."

설리반이 안타깝다는 듯 답했다.

"이런, 당신이 고루하게 첫날밤은 사랑하는 이와 맞아야 된다고 믿는 사람인지 몰랐어요."

그러더니 설리반이 로즈의 몸을 제 쪽으로 획 잡아끌었다. 고개가 들리고, 입 가득 이물감이 들어찼다.

설리반이 그녀에게 키스했다.

루크워렐 때와는 다른 깊은 불쾌감에, 로즈는 설리반을 거칠게 밀쳐내고 그 뺨을 후려치고 싶은 충동에 휩싸였다. 하지만 그간 학습된 공포는 생각보다 뿌리 깊어서, 날카롭게 내뱉었던 말과는 달리 설리반을 내치기를 거부했다. 그녀는 그렇게 굳은 채 그의 키스를 받아들였다.

자기가 하고 싶은 만큼 실컷 로즈를 탐한 설리반이 입술을 떼고 가볍게 제 입술을 핥더니, 흡족하게 내뱉었다.

"키스, 처음이 아니죠?"

"……"

고작 키스 한 번에 능욕당한 것 같은 느낌이 로즈를 지배했다. 저도 모르는 새 알 수 없는 공포를 학습해 이 상황을 받아들였다는 사실에 분노와 함께 혼란이 몰려왔다. 그녀가 제 감정을 추스르기도 전에 설리반이 능숙하게 그녀의 생각 속으로 밀고 들어왔다.

"경험은 사람을 능숙하게 하죠. 그러니 당신의 처음은 나에게 중요하지 않아요. 성숙해진 몸으로 내게 돌아와 화려한 기쁨을 선사해줄 테니. 몸과 몸이 닿고, 쾌감을 주는 일에 익숙해져서 돌아와요. 다른 이에 익숙해진 숙성되고 농익은 몸을 내 방식대로 바꾸는 것만큼 즐거운 일이 또 어디 있을까."

일반적인 사람들과는 완연히 다른 사고방식이다. 로즈가 그제야 제 몸을 짓누른 공포감을 떨치고 자신에게 밀착된 그의 몸을 밀쳐내었다. 닿은 부분마다 더럽혀진 기분이었다. 설리반은 그런 그녀의 태도에도 말을 끝까지 이었다.

"너무 날을 세우진 마요. 루크워렐이 당신을 품기 전에 품어버리고 싶어지니까. 그래도 루크워렐에게 더 신뢰를 주기 위해선, 당신이 다른 남자에게 안긴 적이 없는 게 더 나으니 내 인내심을 시험하지 마요."

그리고 곧이어 손끝에 저릿한 통증이 울렸다. 설리반이 순식간에 로즈의 손을 우아하게 잡아 이로 꽉 물었던 것이다. 연료를 끝까지 채운 화덕처럼 설리반의 아름다운 보랏빛 눈동자가 강렬하게 빛났다. 설리반이 제가 말하고자 하는 바를 한 자 한 자 또렷하게 로즈의 귓가에 박아넣었다.

"복수를 끝내고, 기쁜 마음으로 스스로 옷을 벗고, 내 품에 들어올 날을 기대하겠습니다. 내 사랑하는 에아기네스. 나는 당신의 복수를 도와주고, 당신은 당신 자신을 나에게 파는 겁니다. 우리는 정당한 거래를 한 거예요."

누가 봐도 부당한 거래다. 허나 로즈는, 더는 말을 섞고 싶지 않아 입술을 깨물었다. 이미 설리반의 눈빛으로 반쯤은 헐벗은 기분이 들었기 때문이다. 자신이 앙칼지게 굴수록, 그는 더 자극받았고 그 사실을 꽤 기뻐하기까지 했다.

지금은 목표만 생각하자. 루크워렐에게, 가문의 복수를.

로즈는 무뎌지고 약해지려는 마음을 다잡으며 다짐했다. 자신이 이런 처지에 놓인 건, 제 가족들이 억울하게 죽었기 때문이다. 약점을 빌미 삼아 약해진 마음에 칼을 꽂아넣는 남자의 손을 잡으면서까지, 움직여야 했다.

어떻게든 살고 싶었다. 어떻게든.

2

　귀비책봉식엔 꼬박 반나절이 걸렸다. 그것도 성장하는 시간을 빼고 본식 관련해서만이었다. 간소화했다고는 하나 한 나라의 귀비였다. 황실의 법규의 예의범절에 대한 이야기만 장장 두 시간이 넘었고 황실 어른들은 대부분 요양지에서 편안히 여생을 보내 인사할 이들은 극히 드물었으나 중요 대소신료들과는 간략한 만남을 가졌다.

　혼인서약서를 교환하고 간단한 절차를 거친 후, 서로를 마주 보았다. 검은색과 남청색이 섞인 예복을 입은 루크워렐은 멋들어져 보였다.

　마무리로, 둘은 향유를 손끝에 묻혀 엄지손가락으로 서로의 이마에 발랐다. 루크워렐의 손끝이 이마에 닿자, 그제야 확연히 실감이 났다. 거짓이어도, 이 사람과 혼인을 한다.

　향유를 바른 손가락이 이마를 거쳐 코끝에 닿고, 마지막으로 입술에 닿았다. 제 것이 아닌 온기가 제 얼굴에 하나씩 닿는 느낌에 새삼 가슴이 뛰었다. 제 손가락도 똑같이 루크워렐의 이마와 코끝과 입술에 닿았는데, 강렬한 향유의 향과 함께 휘감기는 감촉이 생경했다.

　부부로서 하나가 된다는 절차. 이제 법적으로 그들의 관계가 인정된다는 선언만 할 차례였다.

　잠시 시선을 돌린 로즈가 스칼렛과 눈이 마주쳤다. 그 순간, 공중으로 부유했던 감정은 차디찬 바닥인 현실로 되돌아왔다.

　스칼렛은 화려한 분홍으로 온몸을 치장했는데, 나이에 비해 천진한 소녀 같은 분위기가 있어 제법 사랑스러웠다. 그녀는 무심한 척하려 애쓰고 있었으나 이상하게도 기쁘고 들떠 보였다.

그녀는 로즈와 눈이 마주치자 해맑게 웃었다. 그 미소를 보는데, 죄책감과 함께 질투가 올라왔다. 둘이 동침하지 않는 건 너무나도 유명한 일이었지만 어쨌든 루크워렐과 그녀는 부부였다. 정략혼이긴 했어도 그녀는 황비였다. 게다가 그녀는 제 가문의 멸문과는 아무런 상관이 없다.

정략혼이어도, 혼인한 지 오래되지 않아 귀비가 제 남편의 옆자리를 차지하는 일은 바란 적 없을 터였다. 정상적인 상황이었다면 로즈도 그런 저열한 일 따위는 하지 않았을 것이다. 미안하지 않다거나, 양심의 가책이 없다면 거짓말이었다. 그러함에도, 그녀가 루크워렐의 옆자리에 당당히 있다는 사실이 싫었다. 이 남자를 독점하고 싶었다. 언젠가는 죽이겠노라고 다짐하며 발 디딘 자리인데도 다른 여자와 나눠 가지고 싶은 생각이 없었다.

끔찍한 감정의 연속이었다.

이런 기이한 상황에서 사랑을 느끼다니, 지치는 일이다. 찰나 느낀 감정은, 로즈의 마음은 무겁게 했다. 그때, 그녀의 시야 가득히 루크워렐이 들어찼다. 루크워렐이 몸을 틀어, 스칼렛을 바라보는 로즈의 시야를 가렸다.

"긴장하지 마. 에아기네스. 내가 옆에 있어."

로즈가 본분을 되찾아 침착하게 대꾸했다.

"긴장하지 않았습니다. 혼인의식은 처음이라, 실수할까 조심하느라 동작이 느렸던 모양입니다."

거짓말로 점철된 인생. 어쩌다 이렇게 되었을까. 이 중 오롯이 진실된 것은, 자신이 복수해야 할 대상인 루크워렐에 대한 감정뿐이라는 것이 역설적이었다. 경계와 긴장으로 손끝이 차디차졌다. 그 순간, 따스한 감촉이 손을 감쌌다.

"혼자 하는 게 아니야. 이제부터는 함께야. 슬픈 일이든, 기쁜 일이든, 모두 함께하는 거야."

갑자기 왈칵 눈물이 쏟아질 것만 같았다. 그래도 로즈는 결코 울지 않았다. 울 수도 없는 상황이었고, 루크워렐 앞에서 눈물을 보일 수도 없었다. 함께라는 말이, 외로운 가슴에 불을 지폈다. 그 말이 진심임을 알아서 더 심장이 울렸다. 로즈는 비어져 나오려는 마음을 돌로 된 단단한 항아리에 담아 밀봉하듯 꾹 눌러 담았다. 그리고 해사하게 웃었다.

"함께할 수 있다니, 기쁘기 이를 데 없습니다."

그러나 로즈는 누구보다도 잘 알고 있었다. 자신과 그는 함께할 수 없음을.

신방은 파렌치에 관이었다. 로즈는 실소를 금치 않을 수 없었다. 본디, 황비에게 주어지는 곳이다. 스칼렛이 루크워렐에게 애정을 못 받는다 세간에 소문이 가득한 까닭 중 하나는 스칼렛이 아몰리에 관을 하사받았기 때문이다. 아몰리에 관이 아름다운 티아라라면 파렌치에 관은 온갖 보석으로 장식된 격조 높은 정식 왕관이었다.

그걸 자신이 받았다.

한눈에도 루크워렐이 자신을 사랑하는 건 확연했다. 일부 반대하는 이들이 있는 데도 불구하고 자신이 귀비로 들어올 수 있었던 건, 설리반의 뒷공작도 있었지만 루크워렐의 의지도 컸다. 대소신료들 앞에서 자신이 귀비로 들어와야 하는 까닭을 논리적으로 깔끔하게 설복하고, 설리반이 적당히 갖다 붙인 먼 조상이 황실의 핏줄을 이어받았다는 소문을 기정사실화하여 정당성을 만들었다.

무엇보다도, 첫날밤을 치르려는 지금 이 순간 시녀장이 제 옆에 붙어 있는 게 증거였다. 라우리드센 황가의 시녀장은 대대로 자부심이 강한 편이었으며 일처리가 능숙하기로 정평이 나 있었다. 그런 이가 귀비의 첫날밤에 황비의 옆에 없다는 건, 그만큼 황비가 권한이 없다는 증거이기도 했다.

그 권한을 자신에게 주겠다는 뜻일까. 그만큼 자신에 대한 애정이 크단 말일까.

시녀들의 시중을 받아 예복을 벗고 꽃 향 가득한 거대한 온탕에서 몸을 씻었다. 한동안 가정교사로 일하며 어지간한 건 스스로 해내기도 했지만, 본디 태생은 귀족이다. 로즈는 자연스레 시녀들의 시중을 받아들였다.

다 씻고 나자, 물안개 같은 하얀색 잠옷이 입혀졌다. 하늘하늘하고 얇은 감촉이 전신을 휘감아 부드러운 실루엣을 그려냈다.

"그러면 저희는 이만 물러가겠습니다."

묵묵히 제 할 일을 마친 시녀장과 시녀들은 두 사람을 위한 신방에 로즈를 남겨놓고 떠나갔다. 서로 불필요한 말은 하지 않았다. 어차피 황비가 해야 하는 일을 하게 된다면, 시녀장과는 자주 얼굴을 마주할 수밖에 없다. 조바심을 내며 제 사람으로 만들려 애쓰지 않아도 되었다.

로즈는 천천히 창가로 다가갔다. 아름다운 정원이 한눈에 보이는 우아하고 고급스러운 침실. 음각된 창틀을 손으로 매만지다, 로즈는 닫힌 창문 하나를 밀어 열었다.

바람이 불었다. 바람에 물결처럼 치맛자락이 조용히 출렁였다. 밤이 주는 고요함과 거짓된 두 개의 인생 사이에서 로즈는 그렇게 흔들리고 있었다.

그 순간, 루크워렐이 뒤에서 로즈를 깊이 끌어안았다. 허리와 가슴께가 남자의 두 팔에 단단히 감싸 안기고, 목덜미에 숨결과 함께 입술이 자국을 낼 만큼 깊이 자리 잡았다.

"에아기네스."

화끈하고 뜨거운 불덩이 같은 감각이 로즈를 덮쳤다 놓았다. 처음이 주는 생경함과 부끄러움보다 더한 건, 이 남자한테 안기고 싶다는 마음이었다.

이 사람이라면 제 모든 걸 다 주고 싶었다. 그러할 수 없는 처지임에도, 그러고 싶었다.

"루크워렐."

로즈가 작고 애달프게 이름을 불렀다. 그러자, 더는 참을 수 없다는 듯 루크워렐이 로즈를 더 깊게 끌어안았다. 길고 긴 밤의 시작이었다.

녹진해진 몸으로 까무룩 잠이 들었다 눈을 떴을 때는 아직 밤의 중턱을 지나지 못한 어스름한 새벽이었다. 실오라기 하나 걸치지 않은 몸으로 남자 품에 안겨 있다는 사실이 갑자기 자각되었다. 처음 겪은 묵직한 통증이 온몸에 새겨져 있었다.

자다가 뒤척였는지 이불이 허리춤에 걸려 있었다. 드러난 가슴이 낯설고 부끄러워, 로즈가 손을 뻗어 이불을 끌어올리는 참이다. 루크워렐의 두꺼운 팔이 로즈의 허리를 감아 제 품으로 더 깊이 당겨 안았다. 살과 살이 맞닿는 감촉이 생경하면서도 좋았다. 제대로 된 절차를 밟아 이룩한 관계가 주는 안정과 안도감이 있었다. 마음속의 격렬한 갈등을 제외하면.

"에아기네스."

새벽 공기와 함께 루크워렐의 목소리가 녹아들었다.

"그대와 이렇게 함께할 수 있다니, 기쁘기 그지없군."

로즈가 가볍게 웃으며 루크워렐을 향해 몸을 비틀어 그의 품에 기댔다. 그러곤 여유로운 척 물었다.

"무엇이 가장 마음에 드셨습니까?"

"경험이 없는데도 있는 척 남자를 유혹하는 허세? 실상은 수줍어 어쩔 줄 모르는데도 태연한 척하는 귀여움?"

허를 찔려 로즈는 잠시 아무 말도 할 수 없었다. 예리한 데가 있는 남자다. 새벽의 어스름 속에, 루크워렐이 로즈가 귀엽다는 듯 가볍게 웃었다.

"답이 없는 건 자존심 때문이라고 믿어주지."

로즈가 어쩐지 오기가 나서 도도하게 대꾸했다.

"폐하도 경험이 없어 보이시는 건 비슷한 듯한데요. 황자라면 숱한 여자들이 손을 뻗었을 텐데, 어찌하여."

루크워렐의 손길은 그녀를 부드럽게 배려했으나, 한편으로는 많은 경험에서 오는 능숙함은 없었다. 서툴고 그래서 더 열정적인, 그런 느낌.

루크워렐이 로즈의 귓불을 살짝 물었다 놓으며 속삭였다.

"순간의 쾌락에 목숨을 걸고 싶지는 않았거든. 지금은 평화롭다 해도, 알 수 없는 일투성이니까. 게다가 한번 관계를 맺고 다른 남자들과 놀아난 후 내 아이라고 주장하며 아이를 안고 찾아오는 일도 원하지 않았고."

"지나치게 예민하시군요."

"신변을 경계하는 건 살아가는 데 기본이야."

"피곤한 인생이셨네요."

"그런 그대는, 그대가 내 첫 여자라는 사실이 영 마음에 들지 않나
보군. 책임감이라도 느끼나? 그럼 책임지면 되겠군."

로즈가 몸을 일으켜 루크워렐의 어깨를 양손으로 슬며시 눌렀다.
스르륵, 긴 머리카락이 흘러내려 루크워렐의 얼굴을 간질였다. 로즈
가 눈을 가늘게 뜨며 앙큼하게 웃었다.

"저 또한 처음이었는데요. 루크워렐, 책임은 홀로 지는 것이 아니
지요."

그리고 그대로 로즈가 진하게 키스를 했다. 루크워렐이 쿡쿡 웃더
니 이내 화답했다. 아직 아침이 오기엔 너무 이른 때, 둘만의 시간으
로는 충분했다.

열락과도 같은 낮과 밤이 며칠이고 계속되었다. 그들은 마치 잃어
버렸다 찾은 짝인 양 서로를 탐하고 또 탐했다. 로즈에게 있어선 신
혼의 단꿈이라 해도 좋았고, 때때로 사람을 좀먹듯 일어나는 죄책감
과 분노의 해소라 볼 수도 있었으며, 본래의 목적대로 루크워렐을 제
대로 유혹하고 있는 중일지도 몰랐다.

로즈는 어떻게든 이유를 대고 싶었으나, 실상은 아주 단순했다. 그
녀는 그와 함께하는 시간이 좋았다. 그가 좋았기 때문. 그 사실을
잊기 위해 그를 안았고, 그에게 안겼다. 때로는 그 사실에 강렬하게

눌린 나머지 그에게 안겼고 그를 안았다.

그랬다. 그가 좋았다. 그의 몸이, 저에게 향하는 시선이, 그의 숨결이, 그의 목소리가, 진저리치도록 저를 사랑해주는 그 모든 것들이 사랑스럽고 애틋했다. 그러면서도 저를 온전히 드러내놓지 못하고 그를 향한 분노와 음모를 감춰야 하는 자신이 추하고, 어둡고, 외로워서, 그를 미친 듯 사랑했다.

낮에는 귀비로서의 역할에 충실했다. 사람을 대하는 면이나 일하는 면에서 빈틈이 없어야 했다. 빈틈을 보이는 순간, 로즈 에밀린으로 있었을 때처럼 한순간에 모든 게 발각돼 제 의지와 상관없이 상황이 급반전될 것 같단 두려움이 컸다.

그러다 보면, 밤이 되곤 했다.

루크워렐이 있는 밤엔 모든 걸 잊을 수 있었다. 그와의 관계에 몰두하고 나면, 그를 속이고 있다는 죄책감이나 혹은 그를 사랑한다는 괴로움이나 자신의 모든 것을 앗아갔다는 분노를 삭일 수 있었다.

그러나 홀로 있는 밤은 언제나 그녀를 괴롭게 했다. 황비가 해야 할 일처리는 이제 어느 정도 자리가 잡혀 밤늦게까지 잡고 있을 필요가 없었다. 자선사업이나 사교계 파티는 흔했지만 매일 밤 벌어지는 것도 아니었다. 사람을 만나는 일도 한밤까지 이어지는 경우는 없었다.

낮의 거짓된 삶이 주던 일순간의 환상은, 밤이 되면 모두 벗겨지곤 했다. 반역이라는 누명에 휩쓸려 일순간에 사라진 가족. 거짓되이 얻은 이름. 설리반이라는 굴레. 그리고 죽여야 할 자를 사랑하게 되어버린 자신.

늦은 밤까지 잠을 청하지 못하다 까무룩 잠이 들면, 어김없이 악몽에 휩싸이곤 했다. 비명조차 지르지 못하는 얕은 잠에 깃든 지독한 꿈.

"……네스, 에아기네스."

식은땀에 흠뻑 젖은 채로, 로즈는 악 소리도 내지 못한 채 자신을 가볍게 흔드는 손길에 눈을 떴다. 놀란 눈동자에는, 루크워렐이 진하게 박혔다. 로즈는 잠시 멍하니 있다, 그제야 꿈에서 현실로 돌아왔다.

"악몽을 꾼 모양이로군."

"네……."

언제 온 걸까? 업무처리가 많아서 오지 못하겠다 통보를 받은 날이었다. 당연한 듯, 시녀의 시중을 받고 혼자 잠이 들었다. 커다란 침대에 홀로 누워 있었건만, 지금은 혼자가 아니다.

손에 체온이 있는 사람이 잡히자 안도감이 들었다. 안도감이 들어선 안 되는 상대인데도, 그러했다.

"어떻게 오셨어요?"

"그대가 보고 싶어서."

루크워렐이 싱그럽게 웃었다. 그 미소가 좋아서 로즈가 누운 그대로 손을 들어 루크워렐의 뺨을 부드럽게 쓰다듬었다.

"자주 악몽을 꾸나?"

"가족이 모두 사망한 이후로, 종종 그러네요."

"돌림병으로 가족을 잃었다 했지."

"네."

"무슨 내용의 꿈이지?"

로즈는 그 말에 루크워렐을 말끄러미 바라보았다. 순간, 충동적으로 진실을 온전히 말해버리고 싶은 감정에 휩싸였다.

반역의 혐의로 가족 모두가 죽었어요. 나만 우연히 살아남았어요.

당신의 아버지인 선황이 당신의 발판을 공고히 하기 위해 누명을 씌웠다고 나중에야 알았어요. 그래서 나는, 당신에게 복수하려 해요. 당신 품에 안겨서 거짓을 속삭이며 그렇게. 당신은 그런 나를 어떻게 할 거죠?

로즈는 말하지 않았다. 그 정도로 분별을 잃지는 않았다.

"모두 다 죽었는데, 나 혼자 살아남아서, 책망받는 꿈이요."

대답에 루크워렐이 잠시 탄식 같은 한숨을 짧게 쉬었다. 그리고 로즈를 똑바로 바라보았다.

"살아남은 건 죄가 아니야, 에아기네스. 죽은 이들도 그대가 이토록 고통받는 걸 원하지는 않을 거야. 만약 반대로 그대가 죽고 가족들이 살았다면, 그대는 죽어가면서 가족을 원망했을까? 그렇지 않았겠지. 남은 이들이 행복하게 살기를 바랐을 거야."

가슴 한복판을 송곳으로 찌르는 듯한 말이다. 행복. 황궁에 들어오기 전 로즈 에밀린으로 살 때는, 그렇게 생각했었다. 그러나 지금은 그럴 수 없다.

로즈가 말이 없자, 루크워렐이 말을 이었다.

"생각보다 자존감이 부족하군, 에아기네스. 그럴 리야 없겠지만 설령 가족들이 그대가 살아남은 걸 원망한다 해도, 그대는 꼭 필요한 사람이야. 세상 아무도 그대를 필요로 하지 않는다 해도, 나에게는 그대가 필요해."

루크워렐이 가볍게 입술에 입 맞췄다. 애정 어린 따스한 입맞춤이었다.

"괜찮아. 에아기네스. 그대가 살아 있어서 뭐라 하는 이들이 있다면, 내가 그대를 꼭 필요로 해서 놓을 수 없다고 말해줄 테니, 이제 자도록 해. 괜찮아."

루크워렐이 로즈를 끌어안은 그대로 침대에 누웠다. 괜찮다는 나지막한 목소리를 들으며 로즈는 잠이 들었다. 그날 밤은 더 이상 아무런 꿈도 꾸지 않을 수 있었다.

로즈는 정해진 굴레에서 벗어날 길이 없었다.

황궁생활에 어느 정도 익숙해질 무렵, 드미트리가 찾아왔다. 로즈는 새삼 자신이 누군가를 찌르기 위해 칼자루를 쥐고 있다는 자각을 했다. 드미트리는 오랜만에 뵙는다 너스레를 떨며 자선사업과 관련된 이야기를 늘어놓았다. 로즈는 주변의 시녀들을 물리고, 응접실에서 그를 맞았다. 이야기가 끝나갈 무렵, 드미트리는 상당한 두께의 종이뭉치를 로즈에게 건넸다.

"이번에 후원해주시기로 한 분들 명단과 예정된 후원행사 일정입니다. 언제나 자비롭게 신경 써주셔서 감사하게 생각하고 있답니다."

"그렇군요."

로즈가 우아하게 받았다. 드미트리는 로즈가 귀비로서 순탄히 입궁한 데 들뜬 듯했다. 정확히는 그들의 일이 잘될 것 같아서인 것 같았다. 드미트리가 흥분 섞인 목소리로 말했다.

"이번 행사에는 설리반 님이 큰 힘을 쓰셨습니다. 공신으로 황궁 출입이 잦아 영향력도 상당하답니다."

"그러시군요. 힘이 됩니다."

로즈가 의례적으로 답하다, 대화 중 뭔가가 마음에 걸려 되물었다.

"그런데 공신이라니, 무엇에 대한 공신이지요? 설리반의 가문이 꽤나 큰 가문이기는 하나, 설리반이 공신이라 불릴 만한 업적이 있었는지요?"

드미트리가 잠시 아차 한 표정을 지었다 이내 평정을 되찾았다.

"예전에 설리반 님의 가문이 공을 크게 세운 걸 제가 그리 표현하였나 봅니다. 제게는 언제나 크신 분이어서요. 오해는 없으시기를 바랍니다."

"알겠습니다."

그런 이후 쓸데없는 이야기를 몇 마디 더 나누고 드미트리가 갔다. 로즈는 짐짓 아무렇지 않은 척 드미트리를 배웅했지만 미심쩍음을 떨칠 수 없었다.

공이라. 현 황실을 전복시키고 싶어 하는 자가 세울 만한 공이 무엇이 있지? 황실의 신뢰를 얻기 위해 무언가를 했나? 소문으로도 들어본 적 없다. 그러나 설리반의 측근인 드미트리가 공신이라는 표현을 썼으니, 드러나지 않게 뭔가 큰일을 해냈나 보다. 알아봐야겠다.

홀로 남은 로즈는, 시녀를 시켜 환기를 부탁한 후 서류를 말없이 읽어내렸다. 일견 평범한 서류 같지만 그렇지 않았다. 로즈는 후원자 명단부터 들여다보았다.

'아이작 프린 디렌……. 이 사람도 가담한 건가.'

반역에 협조하기로 한 이들의 이름은, 후원자 명단에서 두 번째 기재된다. 후원자 명단의 이름은 매번 순서를 달리했는데, 표면상의 이유는 후원해주신 모든 분들이 선한 일을 하는 걸 알리는 데 공평하자는 취지였다. 다만 실제는 그렇지 않았다.

이 명단은 에아기네스에게 반역에 참여하기로 하고 설리반과 손을 잡은 이들을 알려주는 것이었다. 한 번에 하나씩만 알려주는 방법을 택한 건, 설리반답다.

로즈는 후원명단을 접어두고, 일정이 잡힌 서류뭉치를 집어 들었다. 빽빽한 뭉치에서, 로즈는 처음 약속한 대로 철자를 조합하기 시작했다. 첫 번째 페이지 다섯 번째 줄 철자 세 개, 두 번째 페이지 열 번째 줄 철자 네 개, 이런 식이었다.

해독해낸 문구는 길지 않았다.

[설리반 님이 만나고 싶어 하십니다. 비공식적으로요. 파렌치에 관으로 비밀리에 들어올 수 있는 경로를 원하십니다. 해낼 수 있다 믿습니다.]

"하."

로즈가 가볍게 실소했다. 대범하다 해야 할지. 모든 게 제 손바닥 위에 있지 않으면 만족하지 못하는 남자였다. 분명 거절한다 해도 어떻게든 방도를 찾을 사람이다.

가슴이 갑갑해졌다. 그의 이중적인 성격과, 동물이나 사람을 향한 잔혹성이 떠올랐다. 어쩔 수 없었지만, 복수를 한다는 명목으로 이 사람의 손을 잡은 건 현명한 일이었을까. 답답한 마음에 로즈가 문밖으로 나섰다. 어디로든 탁 트인 곳으로 가고 싶었다.

그러다 희미한 울음소리를 들었다. 아주 가느다랬지만, 분명히 울고 있었다. 여자의 울음소리였다. 로즈는 그쪽을 향해 걷기 시작했다. 시녀들이 빨래를 하는 공터였다.

거기에는 머리를 틀어 올린 젊은 시녀 하나가 홀로 울고 있었다. 울음을 꾹꾹 내리누르면서도 참을 수 없는지, 주근깨가 박힌 얼굴이 온통 눈물, 콧물투성이였다. 제 시중인 중 하나인 에밀리다.

"무슨 일인가요?"

"귀, 귀비님. 이런 곳까지 어인 일로 오셨습니까?"

에밀리가 로즈를 보더니 몸을 벌떡 일으키며 서둘러 앞치마로 눈물을 닦아내었다. 얼굴에는 슬픔이 가득했다. 로즈가 되물었다.

"어째서 울고 있느냐 물었습니다."

질문에 에밀리가 고개를 푹 숙이고 잠시 망설이다 입을 열었다. 목소리에는 아직 소녀의 앳됨이 남아 있었다.

"남동생이 하나 있는데, 병에 걸려 죽을 것 같아요. 희귀한 약초를 쓰면 나을 수도 있다는데, 너무 고가인 데다 귀족님들 외에는 판매경로조차 알기 어렵다 하여서……."

다시금 울음이 터지는지 에밀리가 말을 잇지 못하고 눈물을 삼켰다.

"그리하여 울고 있었다?"

"네."

로즈가 에밀리는 바라보았다. 그러곤 다정히 말했다.

"내가 구해주겠습니다."

에밀리가 당황한 얼굴로 답했다.

"귀비님, 그건 굉장한 고가라서 제 월급으로는 감당할 수 없습니다."

"비용도 걱정하지 말아요. 사람이 살아나는 것 말고 더 큰일이 있겠습니까. 우선은 동생을 살폈다는 의사를 보았으면 합니다. 그 이후 거짓이 아니라 판단되면 필요한 비용은 내 개인경비에서 나갈 터이니 걱정은 말아요. 시녀장에게 전달해두겠습니다."

"귀비님……. 감사합니다, 감사합니다!"

결국, 에밀리가 왈칵 울음을 터트렸다. 로즈는 에밀리의 어깨에 가벼이 손을 올려 두어 번 다독여준 후, 혼자 실컷 울 수 있도록 자리를 비켜주었다.

이건 진정한 선의가 아니라 단순한 자기만족일지도 모른다. 시에라. 나는 널 구하지 못했어도, 그래도 다른 아이는 구할 수도 있지 않겠니.

로즈는 그대로 눈을 꼭 감았다. 눈물이 날 것 같았지만, 다시 눈을 떴을 때 그녀의 눈동자는 말라 있었다.

로즈가 악몽을 꾸는 걸 본 이후로, 루크워렐은 특별한 일이 없는 한밤에는 파렌치에 관에 들르곤 했다. 일이 너무 많은 날에는 침실에서 업무를 처리하기까지 해, 언젠가는 로즈도 같이 황비가 처리해야할 서류더미를 가져와 루크워렐과 탁자를 앞에 두고 마주 앉아 함께 일을 한 적도 있다.

로즈는 황비와는 공식적인 최소한의 만남 외에는 불필요한 교제를 하지 않았다. 자신이 하려는 일에 그럴 필요도 없었으며 굳이 친해져서 죄책감을 더하고 싶지 않았다. 황비인 스칼렛은 이런 상황 자체에 특별한 질투는 전혀 표하지 않고, 만날 때마다 호감을 비치곤 해 오히려 불편했다.

"오늘도 많네요, 폐하."

로즈의 말에 루크워렐이 펜을 들어 필요한 곳에 뭔가를 적어 넣으며 답했다.

"둘이 있을 때는 폐하보다 루크워렐이라고 불러주는 게 더 좋아."

"알았어요, 루크워렐."

로즈가 루크워렐 앞에 슬며시 앉았다. 루크워렐은 여전히 눈은 서류에 둔 채 일정을 읊었다.

"내일은 무도회가, 사흘 후에는 바자회가 한 건 있어. 둘 다 함께 참석하는 걸로 하지. 게다가 일주일쯤 뒤로는 사냥대회가 있어."

"그러시군요. 그러면 사냥대회는 처음 만났던 장소에서 둘이 함께 땡땡이라도 칠까요?"

로즈가 빙긋이 웃었다. 루크워렐이 서류에서 눈을 떼고 의외라는 듯한 표정을 지었다.

"그런 말을 할 줄은 몰랐는데."

로즈가 태연히 대구했다.

"가끔은 일탈도 필요한 법이니까요."

"한적한 곳에 둘만 있으면 자제할 자신이 없는데."

그 의미를 금세 깨달은 로즈가 장난치듯 일부러 과장되게 입을 가렸다.

"어머, 야외를 좋아하실 줄은."

"가끔은 일탈도 필요한 법이지."

로즈가 한 말 그대로 루크워렐이 답했다. 그러며 아쉽다는 듯 덧붙였다.

"이번 사냥대회는 참석해야 할 것 같아."

"사냥을 별로 좋아하시지 않으신데, 무슨 일이 있으신가요?"

"너무 예쁜 아내님을 얻었다며 사람들 앞에서 새신랑다운 남자다움을 보여야 한다는군. 귀족회의를 통해 결론을 낸 후, 용맹함을 선보이기에 최적이라며 내가 사냥대회에 참석할 걸 적극 권했어."

"그렇군요. 이유가 어이없기는 하나 귀족회의에서 안건으로 올라 적극적으로 권할 정도면 물러설 수는 없죠."

"원하지 않아도 시늉이라도 해야겠지."

"참 피곤한 직업이에요, 황제는."

"나도 그렇게 생각해."

로즈가 손을 뻗어 루크워렐의 손을 잡으며 진지하게 말했다.

"둘이, 도망갈까요?"

"괜찮지. 그 전에 우리가 처음 만난 공터에서 할 수 있는 일을 해보고."

"어머나."

로즈가 우아하게 몸을 일으켜 루크워렐의 뺨에 가볍게 입 맞췄다.

"아직 많이 남았지만, 위험한 짐승이 있는 곳에는 가지 마세요. 사냥대회는 가끔 과격한 짐승들을 풀어놓은 경우가 있으니. 늘 다치지 않기를 바라고 있답니다."

"에아기네스. 난 그대가 날 걱정해주는 게 좋아. 그대에게 내가 참 소중한 사람 같거든."

"언제나 소중한 분이지요, 저에게는."

"나에게도 그대는 언제나 소중해."

루크워렐이 로즈의 손을 들어 손바닥에 입 맞췄다. 간지러운 기분이 들어 로즈가 가볍게 웃었다. 그리고 웃음을 시작으로, 둘은 다시 둘만의 시간으로 빠져들었다. 그를 느끼는 순간에도, 로즈는 제 안에서 불타고 있는 모순적인 감정과 싸우고 있었다.

도망가자는 말은 농처럼 해대었지만, 실상은 진심이었다. 이 괴로운 상황에서, 서로만을 바라보고 모든 걸 잊은 채 어디론가 멀리 떠나고 싶었다.

그를 사랑한다.

그를 증오한다.

그가 안전하기를 바란다.

그를 죽이겠다 결심했다.

얼마나 어리석은지. 로즈는 교성과 함께 한 방울 눈물을 흘렸다. 눈물은 뺨을 타고 흘러 금세 사라졌다.

결국, 로즈는 설리반에게 파렌치에 관에 비밀리에 들어올 수 있는 경로를 알려주었다. 경비대의 교대시간과 교대경로가 미묘하게 엇갈리며 오후에 경비병들의 시선을 피해 만날 수 있는 장소가 있다. 전달은 약속한 대로 자선사업과 관련된 사업서류를 건네며 암호로 작성해서 숨겨 적어두었다.

그걸 알아내기까지 2주 이상 숱한 산책을 하고 경비대원들과 사사로운 이야기를 무던히도 했다. 경비대들의 휴식시간에 시녀를 대동해 친절히 꿀물과 다과를 대접하는 친절한 귀비에게 제가 하는 일에 대해 답변해주지 않을 이는 없었다. 게다가 이야기 중간에 가볍게 경비경로와 시간을 묻는 정도여서, 이상히 여기는 사람은 없었다. 외려, 갓 궁에 들어왔는데도 불구하고 신분고하를 막론하고 제 밑에서 일하는 사람들을 살피고 고충을 들어주는 상냥한 여인이라는 소문이 돌았다.

로즈 입장에서는 그저 어이가 없을 뿐이다. 로즈 자체가 타인에게 베푸는 데 인색한 성미는 아니었으나, 제가 2주간 한 건 정보를 얻기 위해 한 지극히 계산적인 일에 불과했다. 그런데 친절한 귀비님을 모시게 되었다며 안전히 지켜드리겠다 다짐하는 경비대원들을 보니 썩 유쾌하진 않았다.

속이고 있을 뿐인데 싶다가도, 로즈는 그런 생각을 하는 것 자체가 우습게 여겨지기까지 했다. 어차피 이름부터가 거짓이 아닌가. 시작점부터 거짓이었는데 한두 개의 거짓말이 더 보태진다고 껄끄럽게 여기다니, 위선적이기 그지없다.

"이렇게 다시 보니 좋군요, 에아기네스."

로즈는 제 눈앞에 있는, 말끔히 차려입고 누구보다도 선량한 미소를 띤 남자를 보았다. 나무 그늘이 그 환한 얼굴에 얼룩처럼 그림자를 드리웠다. 그는 자기가 하는 행동에 대해 일말의 죄책감도, 갈등도 없는 듯했다. 가면이라도 쓴 듯 언제나 늘 만족스러워 보이는 게 신기할 정도였다.

"그런가 보군요."

로즈는 짧게 답했다. 설리반은, 정말이지 평가하기도 대하기도 어려운 인물이다. 겉으로 드러난 선량함이나 다정함은 모두 작위적이었다. 알면 알수록 그랬다. 설리반이 흡족하게 말했다.

"얼굴빛이 더 좋아졌습니다. 게다가 눈빛이 더 깊어졌군요. 루크워렐이 침소를 매우 자주 드나든다 들었습니다. 예상대로 아주 잘 해내고 있군요."

"하기로 한 일이었으니까요."

설리반이 로즈를 살피듯 쳐다보았다.

"루크워렐은 당신의 어디부터 만지지요? 얼굴? 어깨? 허리? 가슴? 아니면 다른 어느 곳?"

묘한 빛을 띠고 전신을 훑은 보라색 눈동자를 마주하자, 로즈는 제가 온통 벗겨진 듯 지독한 수치심을 느꼈다. 로즈가 역함을 억누르며 차갑게 답했다.

"그런 이야길 하려고 당신을 만나는 게 아닙니다."

이해(利害)와 설리반의 기묘한 집착이 얽힌 것이 불과했다. 실상 로즈는 제 할 일에 대한 것 외 내밀한 속사정을 그에게 말하고픈 생각이 전혀 없다. 로즈에게는 애증을 동반한, 은밀하고 아픈 관계였으나 설리반에게는 그저 수단에 불과하다는 걸 아주 잘 인지하고 있다.

그러나 설리반은 물러서지 않았다.

"나는 궁금합니다. 지금도 당신을 향한 감정에 당장에라도 당신을 취하고 싶으니까요."

"상호동의가 없는 관계는 원하지 않습니다."

"루크워렐과의 관계도 이용하고 이용당하는 관계 아니었습니까?"

"고작, 잠자리를 물어보려 위험을 무릅쓰고 여기로 왔습니까?"

로즈가 딱 잘라 거부의사를 내보였다. 갑자기 설리반의 눈이 위험하게 빛났다. 광기. 그건 그렇게밖에 부를 수 없는 것이었다. 로즈가 위협을 느끼고 뒷걸음질 쳤으나, 설리반이 더 빨랐다. 설리반의 손이 로즈의 목덜미를 우악스럽게 잡아채 눌렀다. 딱 숨을 쉴 수 있을 정도로만 손아귀에 힘을 가한 설리반이 위험한 미소를 흘리며 제 입술을 핥았다.

"나에게는 고작이 아닙니다. 말하지 않았습니까, 당신은 내 거라고. 제 물건을 남의 손에 쥐여주고 편히 잘 사람은 없습니다."

숨이 온전히 막힌 것도, 그렇다고 온전히 트인 것도 아니다. 마치 지금 자신의 상태와도 유사했다. 남자의 악력에 겁이 나지 않는다면 거짓이었으나, 물러서고 싶지 않았다. 로즈가 입을 열어 반박했다.

"그 물건을 남의 손에 쥐여준 사람이 바로 당신입니다, 설리반. 당신의 필요를 위해서 그렇게 했지요. 그리고 난 물건이 아닙니다. 몹시 불쾌하군요."

"실례. 비유가 좋지 못했군요. 하지만 로즈."

설리반이 로즈의 목덜미를 잡은 손아귀에 힘을 조금 더 주고 다른 손으로 로즈의 입술을 부드럽게 훑으며 상냥하게 속삭였다.

"그렇다고 당신이 나에게서 벗어날 수 있다는 의미는 아닙니다."

설리반이 손을 풀었다. 로즈가 반사적으로 컥컥거리며 몸을 움츠렸다. 몸의 균형이 무너지는 로즈를, 설리반이 아주 자연스레 받아들며 다정히 말했다.

"당신이 재밌어할 이야기를 해주러 왔습니다."

로즈가 제 목덜미에 손을 대며 설리반을 무섭게 노려보았다.

"앞으로 신체적으로 위협을 가하지 않겠다고 맹세하십시오. 이런 식이라면, 참지 못합니다."

로즈의 분노에도 설리반은 꽤나 재밌다는 얼굴을 할 뿐이다.

"참지 못하면, 어떻게 할 건가요? 루크워렐에게 말이라도 할 수 있을까요, 당신이?"

"말은 하지 못한다 해도 당신의 일에 협조하지 않을 수도 있겠지요."

"그러면 매일 밤 정체가 발각될까 두려움에 떨지 않겠습니까. 이런, 에아기네스, 난 당신이 그런 괴로움을 겪기를 원치 않아요. 난 배신자는 가만두지 않으니까요."

"적어도 혼자 죽지 않을 수는 있지요."

로즈가 날카롭게 쏘아붙이자, 설리반이 가볍게 웃었다. 무척 즐거워 보였다.

"에아기네스, 난 가끔 당신이 이렇게 강단 있게 나오는 게 무척 좋습니다."

그러더니 처음으로 웃음기를 거두고 냉혹하게 말했다.

"꺾는 재미가 있거든."

평소에 전혀 사용하지 않는 거만한 말투를 내뱉는 설리반은 무표정했다. 거기에다 보라색 눈동자는 기괴할 정도로 형형하게 빛나 마음 깊은 곳의 두려움을 자극했다. 그의 깊은 속에 있는 본심을 본 것 같아 로즈는 오한이 들었다. 시선을 피하고 싶은 욕구가 용솟음쳤다. 그러나 로즈는 물러서지 않았다.

설리반이 다시 방긋 웃으며 원래의 표정으로 돌아갔다.

"이런, 내가 너무 겁을 준 모양이네요. 에아기네스, 당신을 이리 위협하려던 건 아니었어요. 자, 이제 내 이야기를 들어봐요."

마치 태엽인형처럼 자유자재로 표정이 변화하는 데다 그러함에도 뻔뻔하리만치 태연해, 상대로 하여금 오싹함을 느끼게 했다. 그가 주는 공포에 자꾸만 길들여지는 느낌이 든다. 뭔가 말하거나 행동하려 해도, 그가 행했던 일들의 잔상은 무의식에 남아 로즈의 언행에 제동을 걸 터다. 노리고 하는 행동이라면 참으로 영악하고, 노림수가 없었다면 참으로 무서운 남자였다.

설리반이라면, 웃으면서 사람의 목을 흉기로 꿰뚫는 것은 일도 아니리라. 그런 흉악함을 지니고 있음에도 다른 이들에게 그걸 들키지 않은 채 선량한 사람 흉내를 낸다는 것도 그의 무서움이다.

"볼텐 아이시타스 다마테스가 움직일 것 같아요. 그는 과거 카펠리움의 일로 아이시타스의 힘이 약해진 걸 아주 기분 나빠하지요. 그래서 나름의 방식으로 만회를 하고 싶은가 봅니다. 나와 손을 잡은 이는 아닌데, 우연찮게 그의 시답잖은 계획을 들었답니다. 이번에 사냥대회를 하는 걸 알고 있지요? 에아기네스, 당신을 얻은 걸 빌미로 남자다움을 과시해야 한다나? 아무튼 논리에 전혀 안 맞는 이유로 사냥대회를 추진해 루크워렐이 참여할 수밖에 없게끔 만들었지요. 당신도 알고 있지요?"

로즈는 말없이 고개를 끄덕였다. 루크워렐이 말했던 행사 중 하나다.

"그때 볼텐 아이시타스 다마테스는, 불락[2]을 하나 풀 생각입니다. 루크워렐을 공격하도록요. 너무 큰 곰은 위험하니 적당한 걸로 고른 모양입니다. 그리고 자신이 그걸 막아서며 루크워렐의 신뢰를 돈독히 받겠다는 참 어설픈 계산을 하고 있답니다."

볼텐 아이시타스 다마테스는 무장 중 하나로, 덩치가 크고 완력이 매우 좋은 사람이다. 젊은 시절에는 맹수와도 붙어 이겼다는 전적이 있다고까지 했다. 그런 사람이라면, 제 능력을 최대한 발휘하며 과시할 수 있기를 바랄 것이다. 이런 일들이 물밑에서 벌어지고 있으리라곤 꿈에도 모르겠지만.

루크워렐은 원래 사냥에 잘 참여하지 않는다. 로즈는 루크워렐이 어느 정도까지 제 몸을 지킬 수 있는 실력이 되는지 전혀 알지 못했다. 그렇다면, 그런 상황에서 스스로를 보호하기란 어려울 수 있다.

루크워렐이 다친다. 생각만으로도 갑자기 머릿속이 하얘졌다. 제가 바라는 건 분명, 그 남자의 추락이라고 믿고 지내왔음에도. 이야기는 거기서 끝이 아닐 터. 설리반이 그냥 이 이야기를 꺼냈을 리 없다.

"그래서 나는 거기에 좀 더 재밌는 걸 추가했답니다. 볼텐이 특별히 관리하는 불락에게 흥분제를 꾸준히 추가했어요."

"흥분제를 먹었다고 해서 꼭 루크워렐을 공격하리라는 법은 없어요. 엉뚱한 사람들만 다치고 끝날 수 있습니다."

"그래서 장치를 하나 해두었지요. 루크워렐이 사냥대회에 나가기 전, 귀족들이 귀비를 맞은 데 대한 축하로 보석과 비싼 천으로 부토

2　곰과 유사한 맹수. 곰보다 몸집이 좀 더 작은 대신 어금니가 날카롭고 길게 발달했다.

니에르[3]를 하나 만들어서 드릴 겁니다. 흥분제를 먹은 불락이 미친 듯 달려들 만한 체취를 입힌 것으로요. 장식하지 않고는 사냥터에 나가지 못하겠지요."

설리반이 즐겁다는 듯 활짝 웃었다.

"운이 좋으면, 루크워렐이 죽거나 치명상을 입을 수 있지 않겠습니까? 그러면 우리 일이 좀 더 수월해질 테지요. 볼텐은 황제 시해로 처형하고, 공석인 황좌를 차지해보는 것도 나쁘지 않아요. 뭐, 그 외에도 방법은 많지요. 만약에 운이 좋아 볼텐이 불락을 막기라도 한다해도, 우리는 전혀 손해 볼 것 없으니까요. 난 선량한 사람이어서 내손을 더럽히지 않는 걸 좋아하거든요. 그러니 에아기네스, 내가 직접손을 대는 건 정말로 아끼고 있다는 사람이란 증거지요. 에아기네스, 당신은 정말 나에게 소중해요."

로즈는 설리반을 똑바로 바라보았다. 여전히 그는 이중적이고, 자신이 가장 소중하며, 그렇기에 자기가 소유했다 믿는 사람이나 소유한 것들에 강한 집착을 나타냈고, 그렇기에 소유하고 싶은 건 어떤 희생을 치러서라도 가질 것이다. 이런 사람이 황제가 된다면. 무고한 카펠리움 가가 얼마나 생기게 될까. 자신 같은 사람들이 얼마나 늘어날 것인가.

제 가족을 죽게 내버려둔 선황은 용서할 수 없었다. 누명을 씌웠다는 것도 용납할 수 없었다. 하지만 그렇다고 해서 저런 인간이 황제가 되어도 된다는 법은 없다.

그제야 벼락같은 깨달음이 왔다. 루크워렐을 죽게 둘 수 없어. 루크워렐 대신으로, 저렇게 비정상적인 남자가 황위에 오르게 둘 수 없

---

3 단춧구멍에 꽂기 위한 꽃으로 장신구의 일종.

어. 나는 무슨 짓을 저지르려는 거지? 누구와 손을 잡은 거지? 살겠다고 잡은 줄은 실제로는 썩고 문드러져, 내 손까지 썩게 만드는 역병 같은 것이다. 이미 이 진창에 몸을 담근 이상 헤어날 길은 없다. 그러나 적어도 잘못된 선택을 되돌릴 수는 있다.

로즈는 제 마음의 변화를 겉으로는 조금도 내색하지 않고서 간결하게 답했다.

"알겠어요."

이 남자한테 빈틈을 보일 수는 없다. 그리고 그 깊은 곳에는, 어느새 싹터버린 루크워렐에 대한 사랑이 있었다.

무도회와 바자회가 지나가고, 사냥대회가 다가왔다. 로즈는 완벽하게 처신했지만, 실상은 무도회나 바자회가 어떻게 지나갔는지 알 수 없을 정도로 사냥대회에 온통 정신이 쏠려 있었다.

설리반은 항상 대외적으로 알려진 선량한 이미지 때문에 짐승을 풀어놓았다가 잡는 행위인 사냥대회에는 잘 참석 않는 편이었다. 게다가 자신이 얽히지 않고 일이 해결되는 걸 아주 좋아했기 때문에, 이번에도 오지 않을 가능성이 높다.

루크워렐을 아예 사냥대회에 가지 못하게 할 수 있었다. 그렇지만 이번에야 핑계를 대며 어떻게든 루크워렐의 발을 잡는다 해도, 어차피 귀족들이 건 허울 좋은 구실이 있기 때문에 언젠가는 또다시 비슷한 일을 겪을 것이다.

방비를 하는 수밖에 없다. 볼텐이 불락을 수배해놓은 거나, 설리반이 불락에게 약을 써 흥분하게 만들어도 루크워렐은 다치지 않게끔.

사냥대회라 하면 그저 사슴 같은 초식동물을 쫓아 잡는 정도로 알고 있었는데 거기에 불락이라니.

사냥대회엔 수행기사를 많이 대동하지 않는다. 귀족이든 황족이든 남자로서 스스로 해낸다는 체면을 세워야 하기 때문에 사냥개를 통솔할 인원 한둘, 호위 역시 많아야 한둘 정도다. 사냥터가 멀리 있는 경우라면 대규모의 인원이 움직여도 그러려니 할 터나, 이번 사냥대회에서 사용할 사냥터는 황궁 지척에 있다.

이번 사냥대회에서 루크워렐의 수행기사는 다섯이다. 그나마도 셋 정도는 명목상으로나마 귀부인들을 지키라며 놓고 가고, 둘 정도만 동반할 가능성이 높다. 다섯 모두 실력이 출중해 그중 누구를 데려가고 누구를 놓고 갈지는 로즈도 정확히 몰랐다.

벌써 사냥대회는 내일이다. 로즈는 준비한 물건을 바구니에 넣고, 우아하게 일어섰다. 갈 곳은 정해져 있었다.

그녀는 시녀들을 대동하고, 약속장소로 향했다. 거기에는 이번 사냥대회에서 루크워렐을 수행하기로 한 기사 다섯이 있었고, 그 앞에는 이미 차려놓은 호화로운 식사가 김을 피워올리는 중이다. 그녀가 들어서자, 기사들이 기립했다.

로즈가 부드럽게 웃었다. 여성스러움과 기품이 합쳐져 매혹적이었다.

"격식은 차리지 않아도 돼요. 내일 폐하를 모실 사람들이 그대들이라 들어 이리 불러내었습니다. 평소에도 눈에 띄지 않게끔, 그러나 성실히 폐하를 수행하고 있음에 감사해요."

"아닙니다, 귀비님. 당연한 일인 것을요."

기사 중 하나가 그리 말하자 로즈가 고개를 끄덕였다.

"겸양하기까지. 그대들의 노고에 감사하며, 작은 선물을 하나 준비했습니다. 내일 사냥터에 나갈 때 하나씩 가지고 갔으면 해요."

로즈는 우아한 동작으로 바구니에서 보석으로 장식된 손수건을 꺼
내 한 장씩 기사들에게 건넸다. 손수건에는 좀 강하다 싶을 정도의
향이 났는데, 몸을 많이 쓰는 기사들인지라 다른 체취에 묻히지 않도
록 전해주는 손수건에는 향을 강하게 내는 게 통상적인 관례다. 모
시는 이의 아내 되는 이가 그들의 노고를 치하하며 손수건을 내주는
건, 굉장한 칭찬이다. 그런 선물을 받게 되면 공식행사에서 어디든
그 손수건을 장식하여 자랑하는 게 빈번했다.

"영예로 알겠습니다, 귀비님."

기사들의 우렁찬 소리에, 로즈가 가볍게 손사래를 쳤다.

"작은 선물에도 이리 기뻐해주니 고맙군요. 나는 할 일이 남아 있
어서 함께 식사를 하지는 못할 것 같아요. 내가 없어도 즐겁게 요리
를 즐기고, 내일 폐하를 잘 보위해주길 바랍니다."

"네!"

쩌렁쩌렁한 대답에, 로즈가 기품 있게 인사를 하고 자리를 떴다.
흔한 관례였고 황비의 역할을 늘 대신했던 로즈이기에 그녀의 그런
행동은 조금도 이상하지 않았다. 다만, 기사들에게 전해준 손수건에
듬뿍 묻힌 향이 특히 불락이 싫어하는 향내라는 것만 빼면. 그래서
깊은 산에 들어가는 이들이 불락이 가까이 오지 못하도록 몸이나 물
건에 흠뻑 뿌려 가지고 다니곤 했다. 향 자체가 강해서 세탁을 한다
해도 쉬이 지워지지 않았다. 효과는 이삼일 정도 가니 내일까지도 충
분할 터였다.

이 모든 계획을 말해주는 것이 완전한 방비이겠지만, 로즈는 아직
그럴 수 없었다. 제 비겁함을 느끼며 로즈는 가만히 눈을 감았다.

사냥대회 당일, 황금빛 사냥복을 입은 루크워렐이 많은 귀족들과 함께 있었다. 말과 사냥개, 호위기사 몇이 보였다. 예상대로, 호위기사 셋은 귀부인들을 지키라며 남아서 다과를 즐기는 여인들 틈으로 들어왔다.

로즈는 기사들의 옷차림을 눈여겨보았다. 다들 자신이 준 손수건을 장식하고 있었다. 다행이다.

사냥대회의 시작을 알리는 뿔나팔이 울리기 직전이었다. 로즈가 제 계획의 마무리를 지으려고 몸을 일으키던 참이기도 했다. 저 멀리, 사람들 틈에서 누군가와 대화를 나누던 설리반과 눈이 마주쳤다. 그 순간, 심장이 얼어붙는 느낌이 들었다.

예상을 깨고 설리반이 왔다. 사냥에는 참가하지는 않는 것 같았으나, 참여하지 않는 다른 귀족들과 유쾌하게 이야기를 나누고 있는 걸 보면 능숙하게 핑계를 대고서 이 자리에 있는 것이리라.

귀족들 대표로 볼텐이 우쭐거리며 기다란 남색 벨벳 상자를 들고 루크워렐의 앞에 섰다.

"폐하의 용맹함을 치하하며, 저희들이 폐하에게 작은 선물을 하나 마련했습니다."

그러더니 볼텐이 보석과 천으로 화려하게 꽃 모양으로 만들어진 부토니에르를 상자에서 꺼냈다. 직접 달아줄 생각인가 보다.

"부디 직접 달아드릴 수 있는 영광을."

루크워렐이 손짓으로 허하자, 볼텐이 충성의 표시로 무릎을 꿇었다 일어섰다.

움직여야 하는 때는 바로 지금이다. 지체할 수 없었다. 그러나 설리반의 시선이 족쇄같이 로즈의 움직임을 막았다. 저도 모르게 몸이 굳었다. 마치 제 유치한 계획을 모조리 들킨 듯한 기분이 들었다. 실제로 설리반은 아무것도 모를 터인데도 그런 공포가 그녀를 옭아맸다.

그저 루크워렐이 어떤 피해를 입나 흐뭇한 심정으로 보러 온 것뿐이야. 하지만 지금 행동으로 분명히 의심을 사게 되겠지. 그가 아랫사람에게 그리 대하듯, 나 또한 순식간에 제 발밑으로 끌고 들어가 죽음을 선사할 수도 있을 거야.

무서워.

본능적인 공포가 로즈를 잠식했다. 아주 찰나였으나, 마치 매우 긴 시간 같았다. 볼텐의 손이 부토니에르에 닿고, 그것을 집어 드는 모습이 아주 천천히 시야에 박혔다.

안 돼. 절대 루크워렐을 위험하게 만들 수 없어.

로즈의 입이 열렸다. 주박에서 풀려난 기분이었다.

"잠시만요."

다행히 목소리는 어색하지 않게 매끄럽게 나왔다. 로즈가 여유 있는 모습으로 뭔가를 우아하게 들어올렸다. 아름답게 치장된 부토니에르였다. 기사들의 손수건과 함께 만든 것이다. 당연하게도, 불락이 무척 싫어하는 향이 잔뜩 배어 있었다.

"실은 제가 폐하에 대한 연심을 담아 부토니에르를 하나 만들었답니다. 신하들이 충심으로 선물한 부토니에르가 거친 사냥으로 인해 상처가 가면 안 되지요. 저는 언제나 폐하와 함께이고 어떤 험한 일이든 폐하와 함께 겪을 준비가 되어 있으니, 제가 드린 것은 격한 사냥으로 인해 구겨지거나 찢겨진다 해도 그 쓰임을 다한 것입니다. 그러나 신하들의 충심은 그리 쉬이 다뤄서는 안 되는 것. 그러니 제가

만든 부토니에르를 다시고, 선물 받은 귀한 부토니에르는 제가 소중
히 간직하고 있다 돌아오시면 다시 채워드리겠습니다."

천천히 말을 하는 로즈는 겉으로 보기에는 아름답고 현명해 보였
다. 그러나 심장은 미친 듯 쿵쾅거리고 있었고 등줄기에는 식은땀이
흘렀다. 드레스로 가려진 다리는 부들부들 떨릴 지경이었다. 설리반
의 뜨거운 시선이 닿았다. 그래도 로즈는 물러설 생각이 없었다.

"귀비님 말씀이 맞습니다."

누군가 동의하자, 다른 이들도 동의를 표하기 시작했다. 볼텐도 로
즈의 말이 일리가 있다 생각했는지 불쾌해하는 것 같지 않다. 어떤
방식으로든 그들의 선물이 귀하게 여겨진다는 데 만족한 것 같았다.

"내 사랑스러운 귀비의 말이 맞는 것 같군. 자, 이리로."

루크워렐이 최종결론을 내리자, 로즈가 방긋 웃으며 그의 곁으로
다가갔다. 떨리는 다리는 천천히 걸으면 표가 나지 않는다. 귀족들이
선물한 것을 옆에 두고, 로즈가 제가 만든 부토니에르를 부드럽게 잡
으며 말했다.

"그러면, 제가 직접 꽂아드릴게요."

로즈는 손을 들어 부토니에르를 루크워렐의 옷깃 단춧구멍에 꽂아
주었다.

"그것뿐인가?"

아무것도 모르는 루크워렐이 저를 보며 부드럽게 묻자, 로즈는 그
웃음에 화답하며 그의 입술에 살포시 입을 포갰다.

"늘 폐하의 평온함을 기원합니다."

입술을 떼며 로즈가 속삭였다. 여럿이 보는 데서 애정을 확인한 게
기쁜 듯 루크워렐이 호탕하게 웃자, 다른 귀족무리들도 즐거이 웃었
다. 황제가 귀비를 얼마나 총애하는지를 알 수 있는 부면이다.

로즈는 설리반이 그런 저를 뚫어져라 바라보는 걸 오롯이 느끼고 있었다. 아마 선량한 빛을 띠고 다른 귀족들처럼 아무렇지도 않은 척 보고 있겠지만, 그녀만은 그의 시선이 주는 강렬한 비난을 알 수 있었다. 하지만 이미 그녀는 선택했다. 이번만큼은 그녀의 의지로.

설리반은 영악하게도 부토니에르를 바꿔 꽂느라 모두의 시선이 집중되던 시기가 지나자 로즈에게서 눈길을 뗐다. 저를 향한 시선이 없음에도 로즈는 설리반의 존재를 아주 생생히 느낄 수 있었다. 설리반에게 할 변명은 이미 준비해놓았다. 남은 건, 그가 얼마나 그걸 믿어주느냐였다.

로즈는 아무런 잘못도 한 적 없다는 듯 태연한 태도로 다과를 먹고 한담을 나눴다. 실제로는 지독한 긴장으로 온몸이 굳어 있었지만 설리반 앞에서 멋모르는 어린애처럼 부들부들 떠는 모습을 보일 정도로 어리석진 않다. 이런 태연함을 유지한다면, 설리반은 아마 모종의 이유가 있으리라고 조금쯤은 생각해줄 수 있으리라 판단했다.

"아름다운 귀비님."

그러나 이렇게 사람들이 많은 곳에서, 직접 말을 걸리라고는 꿈에도 몰랐다. 언제나 다른 사람 손을 빌려 행동하는 설리반답지 않은 행동이지만, 모든 이들에게 열려 있는 장소였기에 별다르지 않기도 했다. 로즈 옆에서 이런저런 이야기를 하던 여인들이 설리반의 뛰어난 미모에 부채로 얼굴을 가리거나 뺨을 붉혔다.

로즈는 태연을 가장하여 고아하게 답했다.

"무슨 일이신가요, 설리반 프린 프란 님?"

"귀비님께선 언제나 자선사업에 관심이 많음을 알고 있습니다. 아까 부토니에르를 만든 솜씨를 보니, 귀비님이 만든 부토니에르를 경매에 붙여 자선사업에 활용하는 방안이 떠올랐습니다."

"이런 작은 솜씨로 괜찮을까요? 폐가 되지나 않을지 걱정입니다."

"아까 만드신 부토니에르를 보니, 장인이 만든 것만큼 아름다웠습니다, 귀비님."

"정말이에요. 귀비님이 만든 부토니에르는 정말 아름다웠답니다."

"훌륭한 사업에 충분히 쓰일 수 있으세요."

귀부인들이 거들었다. 칭찬이었지만, 로즈는 갑자기 부토니에르에 주의를 끄는 설리반의 언행이 못내 의심스러웠다. 단둘이 이야기를 나눌 시간을 갖기 위해 말을 붙인다고 하기에는 이상한 점이 한두 가지가 아니다.

"지금은 사냥대회를 하는 중이니, 그 건에 관해선 후에 더 상세히 이야기하여 진행토록 하지요. 지금은 폐하와 다른 분들이 훌륭하게 돌아오는 모습을 기다리는 게 더 중요하다 생각합니다."

설리반이 화사하게 웃었다. 누가 봐도 악의 하나 없는 해맑은 모습이다.

"그렇지요. 지금은 그게 더 중요합니다. 그러시면 귀비님, 시간이 꽤 지났으니 이제 다들 돌아오실 때가 되었을 것 같군요. 폐하께선 귀비님이 몹시 보고 싶으실 것 같습니다. 아마 달려오는 길이 멀게만 느껴지시겠지요. 저도 어디서 돌아올 때 누군가 절 생각하며 일찌감치 나와 있으면 그게 그렇게 기쁘기 그지없답니다."

"이머, 그러면 마중을 가면 어떨까요, 귀비님? 귀비님이 폐하를 생각하는 마음을 그리 표현하시면, 폐하도 매우 기뻐하실 거예요."

설리반의 의뭉스러운 말이 끝나기 무섭게, 옆에 앉아 있던 여인 하나가 덥석 로즈를 부추겼다. 그러자 여기저기서 로즈가 마중 가기를 바라는 의견들이 형성되었다. 설리반은 마중이라는 표현을 조금도 쓰지 않았지만, 그가 원하는 바가 그것이었음이 분명했다. 타인의 손을 빌리는 태도는 여전했다.

"그럼 그렇게 하도록 하겠어요. 사냥터 초입에서 폐하를 기다리고 있으면 기뻐하시겠지요."

설리반의 시선이 아주 자연스럽게 남색 벨벳 상자로 향했다. 귀족들이 선물한, 문제의 부토니에르가 담긴 상자였다. 사람들의 시선이 자연스레 그리로 따라가, 또 한 여인이 퍼뜩 생각이 난 듯 한마디 더 했다.

"귀비님, 사냥을 마친 폐하에게 귀족들이 선물한 부토니에르를 바꿔 달아주시면, 정말 한 폭의 그림같이 아름다운 모습일 거예요."

"그렇죠. 귀비님이 우리를 생각하는 아름다운 모습과 폐하가 그 모습을 받아들이는 모습이 어우러져 정말 멋있을 거 같아요."

불락을 부르는 향이 듬뿍 묻은 부토니에르. 사냥대회에 참가하지 않는 이들이 있는 이곳은 높은 벽돌담으로 사방이 가로막혀 있는 데다 중간중간 길목마다 경비병들이 있어 설령 불락이 냄새를 맡고 뛰어든다 해도 위험은 없다. 게다가 아무리 향이 강하다 한들, 사냥터까지는 상당한 거리가 있었기에 특별한 문제가 없으리라 판단했다. 그러나 사냥터 초입은 다르다.

로즈는 살짝 거절의사를 비쳤다.

"소중한 선물을 들고 함부로 움직이기가 마음이 쓰이네요. 놓고 가는 게 좋을 듯싶어요."

"귀비님, 그리 생각하실 수도 있지만, 그러기에 더 상징성이 있는 법이랍니다."

"그렇지요. 앞서 폐하께서 귀비님의 부토니에르를 달았으니, 이제는 선물 받은 부토니에르를 달고 당당히 들어오시는 모습을 보고 싶습니다."

자신들의 체면이 달린 문제라 생각했는지, 귀족들은 어느새 한목소리로 로즈가 부토니에르를 들고 루크워렐을 마중가기를 바라기 시작했다. 실상, 어려운 일도 아니다. 이 부토니에르가 불락을 부를 수 있는 가능성이 높은 것만 빼면.

귀비로서의 권한을 이용해 그들의 의견을 강하게 내리누를 수도 있다. 그렇지만 지금 이 순간은 효과적일지 몰라도, 쓸데없는 타당성에 휘말려 후에 루크워렐에게 폐가 될 수도 있다. 사냥터 부근이라 무섭다는 말도 통하지 않을 터였다. 어차피 사냥대회에서 풀어놓는 짐승은 거의 초식동물이다.

설리반, 제 말을 듣지 않은 로즈에게 벌을 주고 싶은 거다.

불락이 올 수도 있고, 안 올 수도 있다. 어차피 사냥터 초입이니 뛰어나온다 말할 수 없었다. 어쩌면 볼텐이 벌써 불락을 잡았는지도 몰랐다. 흥분제를 먹였다고 하나 다수가 덤비면 제아무리 맹수라도 잡힐 수도 있었다.

그 반대로 갑자기 뛰어나와 그 기다란 어금니로 로즈를 물어뜯을 수도 있다. 설리반은 아마도 사랑한다고 수도 없이 말한 것과는 다르게, 시체로 쓰러진 그녀 앞에서도 냉혹히 선량한 척을 할 수 있는 남자다.

어느 쪽이든, 상자를 쥐고 가는 수밖에 없었다. 로즈는 부드럽게 웃으며 답변했다.

"여러분의 뜻이 그러하니, 폐하의 용맹한 모습에 부토니에르로 화답하도록 하지요."

"그러면 저희도 함께 따라갈까요, 귀비님?"

여인들 몇이 일어섰다. 로즈는 상자를 잠시 보다 곧 여인들을 바라보았다. 특별한 위험이 없을 거라면 함께 가겠지만, 이번은 그래선 안 될 일이다.

"폐하와 둘이 조우할 시간을 갖고 싶습니다. 대신 여러분은 여기에서, 폐하께서 여러분의 부토니에르를 하고 오는 용맹한 모습을 기다려주세요."

로즈가 상자를 우아하게 들었다. 로즈가 일어서자 남은 기사 중 하나가 그녀의 뒤를 따랐다. 로즈는 기사의 팔목에 묶인 제가 선물한 손수건을 흘끔 보았다. 그나마 그가 불락으로부터 피해를 덜 볼 수도 있다 생각하니 그것 하나는 안심이 되었다.

로즈는 사냥터 초입에 상자를 든 채 섰다. 시간을 잘 맞춘 듯 그리 멀지 않은 곳에서 사냥이 끝났음을 알리는 뿔피리 소리와 사람들의 웅성거리는 소리가 났다.

지나친 기우였나 보다. 부스럭, 풀숲을 헤치는 소리와 함께 루크워렐과 일행이 보였다. 로즈가 밝게 웃으며 상자를 들고 한 걸음 다가갔을 때였다.

크아아아앙!

굉장한 소리와 함께, 시커먼 물체가 시야를 가렸다. 거친 털과 발톱이 보인다고 생각했을 때는 모든 게 늦었다.

죽는다.

그 순간은 아무 생각도 할 수 없었다.

그때, 누군가가 로즈를 세게 밀쳤다. 그 이후에는 무슨 일이 일어났는지 정확히 알 수 없었다. 기다란 검이 하얀색 흔적을 그렸고, 정신을 차려보니 불락이 목덜미를 꿰뚫린 채 몸부림치고 있었다.

쿵!

곧, 거대한 소리와 함께 불락이 바닥으로 쓰러졌다.

"에아기네스!"

로즈는 반사적으로 제 손에 단단히 쥐고 있던 물건을 풀썩, 떨어트렸다. 루크워렐에게 선사되었던, 약을 잔뜩 머금은 부토니에르였다. 떨어진 부토니에르 옆으로 불락의 목덜미에서 뿜어져 나오는 붉은 피가 길게 흘러 웅덩이를 만들었다.

로즈는 루크워렐의 품에 파묻혀 있었다. 그제야 로즈는 불락의 목덜미에 일격을 가한 사람이 루크워렐이고, 그의 옆에 있던 사람들이 불락을 완전히 쓰러트렸다는 걸 깨달았다. 제가 안겨 있는 사람이 루크워렐이라는 걸 확인하자, 로즈가 손을 뻗어 그의 등줄기를 훑었다. 제대로 나오지 않던 숨이 단번에 몰아쉬어지며 호흡이 거칠어졌다.

로즈는 루크워렐에게 안겨 그 자리를 벗어날 수 있었다. 로즈의 뇌리 가득, 불락에게서 뿜어져 나오던 붉은 피가 생생했다. 저렇게 피를 내뿜으며 쓰러져 있을 사람이 자신이거나 혹은 루크워렐일 수도 있었다. 제가 딛고 있는 자리가 바로 그런 자리였다.

갑작스런 불락의 등장과 공격은 큰 파장을 일으켰다. 볼텐은 불락을 풀어놓은 건 인정했지만 황제와 귀비를 해칠 의도는 없었다고 몇 번이나 항변했다. 다만 황제 앞에서 공을 세우고 싶었을 뿐이라 미친 듯 외쳐댔지만, 크게 참작되지는 않았다. 볼텐은 귀족작위를 빼앗기고 온 가족이 유배를 가게 되었다. 부토니에르에서 불락의 홍분제가 채취되자마자 사형을 시켜야 한다는 의견이 거세졌지만, 죽을 뻔하다 살아난 귀비의 자애로움으로 사형은 면했다는 소문이 퍼졌다.

황제 시해와도 연관이 있을 수 있다 하며 관련되었던 귀족들은 모두 다 신문을 받았고 귀비에게 황제를 마중 나가라 종용했던 귀족들도 모두 처벌되었다. 그 이름들 중에 설리반은 없었다. 부토니에르에 홍분제를 섞고 불락에게 약을 쓴 건 모두 볼텐이 뒤집어썼지만, 로즈는 그 모든 게 실은 설리반의 작품임을 알았다. 그러함에도, 설리반은 제 흔적은 조금도 남겨놓지 않았다.

치밀한 자다. 로즈는 섣불리 입을 뗄 수 없었다. 언제 어디서 설리반에게 역공을 당할지 알 수 없다. 로즈가 불락에게 공격당할 수 있다는 걸 알면서도 사람들을 부추겨놓고는, 제 입으론 직접적으로 말한 적 없기에 쏙 빠져버렸다.

아무것도 모르는 사람들은 루크워렐이 용맹하게 나서 사랑하는 여인을 지켜내다 칭송해대기 바빴다. 음유시인들은 낭만적인 시구를 지어내었고, 귀족들은 온유하게만 보이던 저들의 황제의 강인함을 목격하고 몸을 수그렸다. 한편 황제의 강한 처사에 불만을 품은 귀족들 몇은 앞에서는 드러내놓지 못하고 로즈를 황제의 마음을 옴짝달싹못하게 뺏은 요부로 뒷소문을 내기 바빴다.

이미 로즈의 마음은 루크워렐에게 완전히 기울어졌다. 조금 더 상황을 정리하고 모든 걸 루크워렐에게 말할 생각이었다. 반역을 저지른 적 없는 제 가문이 누명을 쓰고 억울한 죽음을 당했으니, 적어도 그 원(怨)을 풀고 가문을 복원하면 루크워렐의 옆에는 설 수 있으리라 판단했다. 그의 아버지가 한 짓은 용서할 수 없었지만, 지독하게도 그녀는 그를 사랑했다.

　우선은, 설리반의 의심부터 피하는 게 급선무였다.

[5일 오후 3시. 정원.]

　짧게 해독된 암호문은, 설리반이 얼마나 분노하고 있는지 느끼기에 충분했다. 제 뜻을 거슬렀다는 걸 깨닫자마자, 단번에 그녀를 죽을 자리로 밀어넣었다.

　로즈는 서류들을 차례로 모아 단단한 금속 상자에 넣은 후 다른 서류더미들 사이로 숨겼다. 비밀장소에 놓아둘 수도 있겠지만, 남들이 보기엔 그저 자선사업을 위한 서류인 걸 너무 지나치게 감춰놓으면 외려 더 의심을 살 수 있다고 판단했기 때문이다. 어차피 로즈는 황비의 일도 하고 있었기에, 그녀의 개인공간에는 서류가 정말 많았다.

　드미트리가 전하는 소식들은 받은 이후 파기하기로 약속되어 있었지만 로즈는 그렇게 하지 않았다. 분명, 이는 후에 설리반을 잡을 수 있는 좋은 증거가 될 터다. 그리고 증인은 자신.

　로즈는 정해진 시간에 파렌치에 관, 둘이 비밀리에 만나는 장소로 나왔다. 가끔 머리를 식힌다는 이유로 혼자 산책을 하는 경우가 있는데다 파렌치에 관은 굉장히 안전했기에 특별한 문제는 없다. 문제라면, 지금 만나려는 사람이 가장 큰 문제였다. 머리 위로 쏟아지는 햇빛을 느끼며 로즈는 덤덤히 서 있었다.

　곧, 하얀 의상을 입은 설리반이 나타났다. 설리반의 보랏빛 눈동자가 흉포한 맹수처럼 매섭게 빛났다. 얼굴은 여전히 선량하게 웃고 있었는데 그래서 더 기괴했다. 설리반이 로즈에게 다가와 로즈의 얼굴을 부드럽게 쓰다듬었다.

"내 소중한 에아기네스, 사냥대회에서 내 계획을 망친 이유를 듣고 싶어요."

오싹 소름이 돋을 정도로 다정한 목소리였다. 마치 온몸이 손아귀에 잡힌 채 머리만 나와 있는 작은 새가 된 듯한 기분이 든다. 여기서 잘못 말하면 끝이다. 저번의 불락을 마주치게 한 건 우연에 기댔을 뿐이겠지만, 만약 로즈가 제 뜻과 어긋났다는 걸 알게 된다면 이번엔 분명히 숨을 끊어놓을 것이다. 로즈는 저도 모르게 마른침을 삼켰다. 그리고 침착하게 입을 열었다.

"어차피 이걸로 루크워렐을 어찌할 수 있다 생각하진 않았잖아요, 설리반. 그럴 거면 차라리 이걸 이용하자 생각했어요. 루크워렐을 생각하는 애정 어린 마음으로 부토니에르를 바꿨을 뿐인데, 그걸로 루크워렐은 불락의 공격으로부터 벗어날 상황이 되었지요. 그러면 의도치 않게 그런 결과를 준 귀비가 루크워렐에게는 어찌 사랑스럽지 않겠어요?"

로즈는 의도적으로 제가 만든 부토니에르에 불락이 싫어하는 향을 입혔다는 사실을 밝히지 않았다. 로즈는 얼굴에 웃음을 그려 보였다.

"그렇게 사랑스럽고 믿을 만한 여자가, 실은 제 목을 조르려고 호시탐탐 기회를 노리고 있었다는 걸 후에 알게 되면, 그 절망은 배가 되지 않겠어요?"

입안이 바짝 말랐다. 만약 이 말이 먹힌다면, 설리반은 이 상황을 외려 좋아할 수 있다. 그는 한 번의 고통으로 끝날 일에 두세 배 고통을 더하는 걸 좋아하는 가혹한 인간이니까.

설리반이 로즈의 얼굴을 잡은 채로 뚫어져라 바라보았다. 로즈의 표정은 조금도 흐트러지지 않았다. 속아라. 제발 속아라.

설리반이 입을 열었다. 눈빛은 여전히 매서웠지만 아까보다는 흥흉한 기세가 가라앉아 있었다.

"괜찮은 생각이군요, 에아기네스. 내가 당신을 너무 과소평가했던 것 같아요."

다행히 설리반은 로즈가 만든 부토니에르에 불락이 싫어하는 향을 입힌 것도, 호위기사들에게도 그러한 손수건을 나눠준 일도 모르는 것 같았다. 다행이다. 이제 로즈가 여세를 몰아 역으로 불만을 토로할 차례다.

"그런데 이런 내 의중을 전혀 파악하지 못하고 날 불락에게 공격당할 수 있는 곳으로 가도록 사람들을 부추긴 건, 정말 실망스러운 일이었어요, 설리반. 난 남자만큼 힘도 없고 무기도 없었어요. 날 죽일 생각이었나요?"

로즈가 딱 부러지게 항변하자, 기분이 풀린 설리반은 빙긋이 웃었다.

"내가 사랑하는 여자가 그 정도로 죽을 리 없죠. 호위기사도 하나 따라갔으니 혹시 나타나면 그가 황제의 애첩은 죽을 각오로 지켜줬을 거예요. 다만 당신이 깨닫기 바랐어요."

설리반의 손가락이 로즈의 얼굴을 슥, 훑었다. 소름 끼치는 감각이다.

"내 뜻을 어기면 안 된다는 걸."

"난 언제나 내가 할 일을 잊지 않고 있어요, 설리반."

"그렇죠. 역시 당신은 정말 사랑스러워요. 지금 이 순간, 안아버리고 싶을 정도로. 오늘 밤은 루크워렐의 품에 있더라도 내 생각을 해줘요."

"다음번에는 날 좀 더 믿어주었으면 좋겠어요."

설리반이 해사하게 웃었다.

"역시 당신은 언제나 내가 원하는 답을 주지는 않는군요."

"난 언제나 내가 할 일을 먼저 생각하니까요. 절대 잊지 않고 있어요."

앞으로도 잊지 않을 생각입니다, 설리반. 이제는 내가 할 일이 무언지 알겠어요. 당신이 계속해서 루크워렐을 노리기 전에, 내가 당신의 정체를 루크워렐에게 밝힐 거니까. 그리고 상황과 복수에 사로잡혀 이런 음모에 닿아 있다는 사실도 직접 말할 거예요.

로즈는 처음 궁에 들어올 때와는 완연히 변해버린 마음을 설리반 앞에서 철저히 감춘 채, 그렇게 웃었다.

루크워렐은, 제 품에서 곤히 잠든 여인을 바라보았다. 검은색에 가까운 갈색머리는 어스름한 새벽빛에 밤의 색을 빨아들인 듯 새카매 보였다. 이목구비가 뚜렷한 갸름한 얼굴은 어둠 속에서도 선명하게 느껴졌다. 진하게 감긴 눈꺼풀에 살짝 입 맞추자, 간지러운 듯 얼굴을 흔들었다.

그는 행위가 끝난 후에도 이번만큼은 집요하리만치 여인이 옷을 입지 못하게 하였다. 맨살이 닿으면서 느껴지는 살아 있다는 온기는 지독하게 포근하고 중독적이었다.

사냥이 끝난 후, 거대한 맹수가 그녀를 덮치는 모습을 봤을 때, 생각보다 몸이 더 빨리 움직였다. 대충 흉내만 내며 끝내버린 사냥과는 달리, 이번에는 진짜였다.

루크워렐은 제법 민첩했다. 그리고 검과 활, 다양한 무기들도 상당히 잘 다루는 쪽에 속했다. 몸을 보호하기 위해 기본적인 무술도 익혔고, 노력에 비해 성취도 높은 편이다. 다만, 굳이 드러내지 않았다. 귀족들의 찬탄이나 환호는 껍데기를 빼고 나면 견제라는 쓸데없는 짐만 얻는다고 생각해왔다.

그러나 이번에는 전력을 다하지 않을 수 없었다.

그가 단칼에 불락의 목을 베어내자마자, 기사들과 다른 귀족들이 달려와 불락을 난도질했다. 땅이 울릴 정도로 거대한 짐승이 바닥으로 쓰러지는 걸 제대로 볼 틈도 없이, 루크워렐은 에아기네스를 끌어안았다.

어째서 이곳에.

달그락, 상자가 떨어지는 소리를 듣고 나서야, 그녀가 저를 맞이하기 위해 귀족들이 선물한 부토니에르 상자를 들고 왔음을 알 수 있었다. 여자의 작은 손이 제 등줄기에 닿자, 그는 그제야 에아기네스가 떨고 있음을 깨달았다. 그러나 에아기네스는 침착했다.

「저는…… 저는 괜찮습니다, 폐하. 폐하는 괜찮으신지요. 우선 신하들을 돌보시고, 그런 후에…….」

그 와중에도 우아하고 기품 있는 말투였다. 언제나 이 여자는 빈틈을 보이려 하지 않았다. 제가 흠을 보이면 안 되는 것처럼, 늘 긴장하며 행동거지를 똑바로 해왔다. 자기 앞에서는 조금만 긴장을 풀면 좋을 텐데, 그것마저 스스로에게 허용하지 않는다. 루크워렐의 귀에 여자가 하는 말이 반도 들어오지 않았다.

그까짓 게 뭐라고. 넌 잃는 것에 비하면, 아무것도 아닌 것을. 형식이니 격식이니, 세상의 눈이니, 이런 것들보다 네가 더 소중한데.

처음 몸을 섞은 날부터 지금까지, 여자는 아닌 척하려 노력했으나 그에게 빠져 있었고, 언제나 스스로의 안위보다 남자의 안위를 더 챙겼다. 황비의 일을 잡은 이후에도 투덜거림 없이 할 일을 똑 부러지게 해내면서도 과하게 뭔가를 요구하는 법이 없다. 자신의 평판을 관리함이 남자에게 도움이 된다는 걸 아주 잘 알고 있어 사람들에게 대처도 곧잘 해내었다. 한밤에 홀로 울 정도로 마음이 여리면서도, 그 내색 하나 제대로 하지 못하고. 그러함에도 강한 척한다. 그러면서 늘 다정하게 그의 품에 안겨들며, 진심으로 사랑한다.

이 여자를 잃는다면, 살아갈 수 없을 거야. 미치도록 사랑하고 있으니까.

그건 논리적으로 설명할 수 없는 어떤 것이었다.

「귀비님이 폐하에게 선물한 부토니에르에는 맹수, 특히 불락이 지독하게 싫어하는 향내가 가득 묻어 있었습니다. 호위기사들에게 선물한 손수건들에도 듬뿍 묻어 있었고요.」

슈나이더의 침착한 경고가 떠올랐다.

「귀비님은 미리 알고 계셨을 가능성이 있습니다. 폐하께서도 아시겠지만, 볼텐만의 문제가 아닙니다. 볼텐이 폐하에게 신뢰를 얻고 권력을 얻고 싶어 하던 건 오래전부터 알려진 사실이었습니다. 볼텐에게는 폐하를 해할 까닭이 없습니다. 분명 그 사실을 알고 폐하에게 위해를 가하기 위해 미리 손을 쓴 자들이 있습니다. 불락을 흥분시키려던 부토니에르는 워낙 많은 이의 손을 거친 터라 흥분제의 출처를 알아낼 수 없었습니다만……. 조심하셔야 합니다.」

에아기네스. 그대가 나에게 감추는 것이 있다면 말해주었으면 해. 그것이 어떤 것이든, 그대가 날 사랑하고 의지해준다면, 모든 걸 이야기해준다면, 난 어떤 일이 있든 그대의 손을 놓지 않을 테니.

루크워렐은 곤히 잠든 여인을 꼭 끌어안았다. 어떤 일이 있든, 절대로 놓지 않을 생각이다.

시간은 계속해서 흘러갔다. 설리반은 계속해서 자선사업과 관련된 자료를 통해 자신이 저지를 반역과 관련된 인물에 대한 정보를 조금씩 흘렸다. 이제 조금만 더 모으면, 연관된 이들을 어느 정도 파악할 수 있을 것 같았다. 다행히도 설리반은 아직 크게 뭔가를 도모하기보단 숨죽이고 있었다.

로즈가 루크워렐을 사랑하는 마음은 날로 깊어지고 있었다. 어느새, 그들은 자주 밤을 보내고 아침의 티타임 때 여느 다정한 부부가 그러듯 이런저런 이야기를 하곤 했다. 숨소리와 목소리를 공유하고 시간과 기억을 나눌 때면, 로즈는 잠시 예전에 꿈꾸던 사랑하는 이와의 평온한 한때를 얻은 것 같은 기분이 들기도 했다.

"이번 행사 때 챙길 공신들의 명단입니다. 공신들의 아내와 가족들을 위한 행사이니 확인 부탁드려요. 꼼꼼히 확인했으나 빠진 이름이 있을지 걱정이네요."

로즈가 몇 번이고 확인한 서류를 루크워렐에게 넘겨주었다. 루크워렐이 차를 마시며 천천히 서류를 보고 있는데 로즈가 넌지시 물었다.

"설리반 프린 프란이 공신이라는 말을 얼핏 들었는데, 제가 전달받은 서류에는 이름이 없더군요. 제 기억에도 공신으로 추천받은 기억은 없었지만, 황실의 일은 한 지 얼마 되지 않았으니 확인이 필요하다 생각했습니다. 제가 잘못 알았나요?"

요즘 같은 평화로운 시기에는 개국공신같이 오래된 공신들 외에는 공신이 되는 경우가 거의 없다. 로즈는 솔로미아였던 시절, 어지간한 공신가문들은 이미 다 알고 있었기 때문에 실수가 있을 리 없었다.

하지만 루크워렐에게 있어 로즈는 황궁에 들어온 지 얼마 되지 않는 시골 귀족 출신이니, 분명 제대로 된 답을 들을 수 있을 터. 로즈는 드미트리가 실수로 흘린 말을 잊지 않고 있었다. 알아보려 하면 여러 경로가 있었지만 시간이 너무 길고 게다가 정확도도 분명치 않았다. 공신 관련 문제는 루크워렐이 가장 잘 알고 있을 가능성이 높다.

루크워렐이 고개를 들었다. 그의 황금빛 시선은 아릿한 가운데서도 짜릿하게 다가오곤 했다. 거짓을 뒤집어쓰고 있지만 그를 향해 뛰는 심장 한복판만은 진심이었다. 이런 가운데서도 미치지 않는 게 신기하다 싶을 정도였지만, 로즈는 지금은 그를 위해 버틴다는 심정도 있었다.

"그대의 정보력은 놀라울 때가 있어, 에아기네스."

"워낙 아는 것이 없어 여러 사람을 만나다 보니, 많은 것들을 듣게 될 뿐입니다. 딱히 친한 이도 없으니 모든 기억이 오래 남는 것뿐이지요."

"그가 공신인 건 맞아. 다만 비공식으로 남기를 원했어. 다만, 그로 인해 황실 내에서 프린 계급의 위상이 높아지고, 그가 속한 프란가의 대우가 좋아졌지. 실제로 설리반은 공을 세운 시점부터 황실을 드나들 수 있는 횟수는 늘어나고 다닐 수 있는 공간에 대한 권한도 더 넓어졌어."

"알려져서는 안 되는 일이었나요?"

"아니, 꼭 그렇지도 않아. 그대도 알고 있을 필요가 있겠군. 설리반은 10여 년 전 카펠리움 가의 반역을 직접 선황에게 소상히 고한 공신이야."

그 순간만큼, 로즈는 표정관리를 전혀 못 하고 완연히 놀란 얼굴로 루크워렐을 바라보았다. 너무도 강렬한 충격에 아무런 말을 할 수 없었다. 벌어진 입은 다물어질 줄 몰랐고, 커진 동공은 초록빛이 더 강렬해졌다. 겨우 꺼낸 말은, 자신이 생각해도 몹시 바보 같을 지경이었다.

"직접……이요?"

"그래, 직접. 어떻게 알아냈는지는 모르지만, 카펠리움 가 수장이었던 윌리엄의 인장이 찍히고 직접 작성한 문서까지 입수해서. 거기에는 자금의 흐름과 병력의 준비까지 모두 다 적혀 있더군. 카펠리움 가는 먼 조상 대에 황실의 피를 이었지. 만약 반역이 성공할 경우 대의명분은 충분했어. 그가 가진 권력이나 귀족들의 지지도를 계산했을 때, 해볼 만한 승부라고 생각했겠지. 불행인지 다행인지, 다른 귀족들과 결탁하기 전 계획단계에서 설리반의 정보로 모든 것이 발각되어 카펠리움 가가 멸문하는 걸로 마무리되었지. 선황께서는 윌리엄과 그의 아들인 다니엘의 목숨만 취하고 끝내려고 했어. 그의 아내인 돌체와 딸인 솔로미아와 시에라는 아무것도 몰랐다고 판단했으니까. 죄는 위중했지만 우선 발현되지 않은 일이었고 최소한의 피해로 마무리지으려고 했지."

여기까지 말한 루크워렐은 한숨을 쉬었다.

"안타깝게도 황군이 저택에 당도하자, 그들은 독을 먹고 저택에 불을 질렀어. 황실의 공문이 분명히 갔으리라 생각했고 황군이 도착했을 때 그들의 안위를 보장한다고 외쳤건만, 그렇게 생을 버렸지. 작위의 박탈은 있었겠지만 그 이상을 취할 생각은 없었어. 어쩌면 지아비와 아들이 없는 삶은, 무의미하다 여겼는지도 모르지."

설리반에게 들었던 것과는 완연히 다른 이야기였다. 그때 분명, 설리반은, 황군에게 짓밟히고 죽임을 당하기 싫어 모두가 독을 먹어 자결했다 했다.

어머니가 그렇게나 강단이 있었던가? 피 조금만 봐도 쓰러지는 사람이었다. 황실에서 자비를 보여 살려주겠다 했을 때, 자신은 죽을지 몰라도 어린 시에라는 살리려고 했을 수도 있다. 게다가 엘은? 자신의 하녀였던 엘은 자신을 대신해서 일부러 독을 먹을 까닭이 없지 않았나? 백번 양보해 엘이 자신을 대신해 솔로미아인 척 죽겠노라 자원했다 할지라도, 황실에서 생존을 보장했을 때는 굳이 자신인 척 목숨을 버릴 까닭이 없다.

그런데 설리반은, 어떻게 자신의 어머니와 여동생이 괴롭게 죽었는지 그렇게나 상세히 알고 있었을까? 사실을 왜곡하면서 복수를 부추기던 말들이 확연하게 떠올랐다.

어쩌면.

생각하고 싶지 않은 가설이 떠오르자, 토할 것 같은 기분에 로즈는 고개를 숙인 채 입을 손으로 막았다.

그가 죽인 거다. 어머니와 엘과 시에라를. 제가 직접 하지는 않았어도 사람을 시켰겠지. 그래서 그는 모두 몰랐던 사실을 알았던 거야. 내가 살아 있다는 사실. 엘을 대신 죽여놓고는 사라진 나를 샅샅이 찾아 헤맨 거다. 그래서 그렇게 위장했음에도 발각된 거다.

어쩌면 아버지가 손을 잡았던 인물이 설리반이었는지도 모른다. 둘은 함께 반역을 도모했지만, 황위를 나눌 생각이 전혀 없었던 설리반이 역으로 아버지를 치고 제 입지를 다졌는지도 모른다.

전혀 예상치 못한 이야기에 로즈가 몸을 웅크렸다. 루크워렐이 놀라 로즈를 부드럽게 안았다.

"왜 그러지, 에아기네스? 어디 아픈가?"

눈물이 날 것 같으나 루크워렐 앞에서 울 수 없다. 울어버리면, 루크워렐이 이 일과 자신이 관련이 있다고 눈치채버린다. 그러면 안 된다. 자신은 진짜 반역자의 딸일지도 모르니까.

로즈가 괴로움을 억누르며 창백해진 얼굴로 답했다.

"속이 좋지 않네요. 아침에 작은 빵조각을 먹었는데, 너무 급히 먹었던 모양이에요."

"이런, 어의를 불러야겠군."

로즈가 하얗게 질린 얼굴로 겨우 살포시 웃으며 안심하라는 표정을 지었다.

"그 정도는 아니에요. 조금 쉬면 나아질 듯싶어요. 최근에 너무 많은 일을 해서 몸이 좀 약해진 것 같아요."

"속이 울렁거린다니, 혹시……."

루크워렐이 기대에 찬 얼굴로 대꾸하자, 로즈가 가볍게 도리질했다.

"임신은 아니에요, 루크워렐. 그렇다면 좋겠지만 제 몸은 제가 잘 아니까요. 당신과 제 아이도 좋지만, 그래도 아직은 당신과 둘이 하는 시간이 더 길었으면 해요."

"그건 나도 마찬가지야. 티타임은 여기까지로 하고 눕기로 하지."

그러더니 루크워렐이 번쩍 로즈를 들어올렸다. 로즈가 창백한 얼굴로 당황하여 말했다.

"이렇게까지 하지 않으셔도……."

"내가 좋아서 하는 일이야, 에아기네스."

루크워렐이 로즈를 침상에 눕히고, 다정히 속삭였다.

"옆에 있어주고 싶지만, 이제 조금 있으면 회의에 들어가봐야 해. 의사를 불러줄 테니 한번 보도록 해."

"조금 누워 있다가 그래도 진정이 안 되면 시녀를 통해 부를게요. 걱정하지 마세요. 생각지 못한 무서운 이야기를 들었더니, 조금 놀라기도 했나 봐요. 루크워렐의 자리를 누군가가 노렸다니, 생각만으로도 심장이 덜컹했어요. 당신을 잃는 상상을 하는 것만으로도 눈물이 나니까요."

지나치게 놀란 걸 로즈가 그리 포장하며 흐리게 웃었다. 루크워렐이 그런 로즈에게 짧게 입 맞추고 몸을 일으켰다.

"심장이 간지러울 만한 이야기로군. 에아기네스. 다음번엔 이야기할 때 주의해야겠어."

"아니에요, 루크워렐. 그래도 알고 있어야 하는 이야기는 알아두어야 하니 이야기해주세요."

"알겠어. 그럼 푹 쉬도록 해."

문이 닫히고, 시녀들이 로즈를 시중들기 위해 조용히 들어왔다. 시녀들의 시중을 받으며 로즈는 마치 굳어버린 시체처럼 멍하니 천장만 보았다.

어떻게 해야 할지 알 수가 없었다.

그녀는 아주 기본적인 사실을 간과했다. 바로 설리반이 거짓말을 할 수 있다는 사실. 그동안 보인 모습을 생각하면 충분히 가능한 일이었음에도 그의 간교함에 철저하게 속고 말았다. 처절한 깨달음이었다.

혹시 아버지와 다니엘의 일도 조작할 수 있지 않았을까.

아니, 그건 불가능할 것 같다. 선황에게 고할 정도가 되려면 상당히 실질적인 증거가 있어야 했다. 게다가 설리반이 카펠리움 가가 아무런 잘못 없이 선황의 조작으로 처형이 되었다 말했기 때문에 더더욱 믿을 수가 없었다.

반역으로 처형되기 얼마 전부터, 아버지는 짐짓 불안해하며 자신에게 바깥출입을 엄금했었다. 오라버니는 어땠지? 그때 당시 갑자기 늘어난 사병과 호위는 뭐라 설명할 수 있을까?

자신은, 진짜 반역자의 딸이었다. 실제라면 루크워렐과 절대 이어질 수 없는. 그저 황실의 자비로 살아남아 있었을 뿐인.

로즈는 손을 들어 시녀들을 물렸다. 시녀들이 문밖으로 사라지자, 조용히 눈물이 흘렀다.

설리반은 자신이 지니고 있는 공포와 홀로 살았다는 죄책감을 아주 잘 알고 있었다. 그 감정에 압도당하게 해서, 그 감정을 분노와 복수로 집결시키게 했다. 그래서 설리반을 대신해 루크워렐의 목을 조를 일에 가담했다.

설리반의 일을 고한다고 끝날 일이 아니었다. 설리반의 일을 고하고 나서도, 루크워렐 곁에 자신이 설 자리는 없다. 새삼스레, 자신이 얼마나 순진하게 생각하고 있었는지 깨달았다.

만약 자신이 거짓으로 모든 걸 속이고 루크워렐의 옆자리에 섰다고 하면, 그가 지금처럼 자신을 사랑해줄까? 목숨은 부지할 수 있을지 모르지만 한번 깨진 신뢰는 쉬이 돌아오지 않는다.

다정히 저를 부르던 목소리가 저를 향한 경멸이 깃든다면 견딜 수 있을까? 못 견뎌. 이 사람의 사랑을 잃으면, 이제 자신은 버틸 수 없어.

모를 때야 받아들일 수 있는 고통이지만, 이미 사랑이라는 열매를

삼켜버렸다. 그 단맛을 알아버린 이상, 그것을 놓쳤을 때의 고통은 상상조차 하기 싫었다. 이미 로즈는 인생에서 너무 많은 걸 잃어왔다. 이제 또다시 삶에 큰 의미를 가진 이를 잃는다면 살아도 산 게 아닐 터였다.

지금 제 실상을 밝히지 않고 루크워렐을 살리기 위해 어떻게 해야 할까.

로즈는 눈을 꼭 감았다. 그리고 결심한 듯 눈을 떴다. 눈물은 계속해서 차올라 베개를 적셨다.

방법이 있다. 루크워렐에게 차마 진실을 밝히지 못하고 도망가도, 그를 지킬 수 있는 방법이. 설리반이 루크워렐을 죽일 방법으로, 자신이 죽으면 된다.

눈이 부시도록 화창한 날이었다. 드미트리가 몸에 좋은 차라며 진한 향의 찻잎이 가득한 병을 건네주었다. 자선사업과 관련된 이야기를 하느라 응접실에 둘만 있을 때 건네진 물건이다. 로즈는 웃으며 받아들었다. 긴 이야기는 하지 않아도, 둘 다 그게 무슨 용도인지 알고 있었다. 주고 간 서류에는, 한 문장이 해독되었다.

[황제와 함께.]

전 같았으면 나도 죽일 거냐 따졌겠지만, 로즈는 그럴 생각이 전혀 없었다. 하지만 설리반의 생각은 달랐다.

비밀장소에서 로즈는 설리반을 바라보고 있었다. 연한 분홍과 노랑이 섞인 작은 알갱이 같은 알약이 가득 든 유리병을 든 채다.

"해독제입니다."

설리반의 말에 로즈가 약간은 불만 섞인 목소리로 대꾸했다. 위장이다.

"드미트리에게 듣기는 했지만, 전해준 차를 루크워렐에게 주면서 나도 함께 먹어야 하는 건가요?"

"당연히 그래야죠."

설리반이 해사한 웃음과 함께 답했다.

"설마 다정히 웃으며 함께 마시는 차가 독이리라고는 생각지 못할 테니까요. 제국 밖 작은 나라인 아임에서 나는 독성이 있는 찻잎입니다. 한두 번은 괜찮지만 장기로 복용하면 서서히 기억력에 이상이 생기고 기력이 떨어지면서, 어느 날 갑자기 급사하지요. 심장마비와 매우 유사해서, 돌연사로 보일 거예요. 의심을 피하려면 에아기네스 당신이 같이 먹으면 돼요. 같이 먹은 사람은 멀쩡하니 누구도 그 차가 문제이리라고 생각 못 할 거예요. 저번 일로 루크워렐과의 사이가 더 돈독해진 것 같으니, 당신과 함께 먹는 차에 조금의 의심도 하지 않겠지요."

"기한은 얼마나 걸리나요?"

"석 달 정도라고 들었어요. 건강에 따라 차이가 있다고는 하는데, 1년을 넘기지는 않는다고 하더군요. 무척 희귀한 것이라 구하느라 애먹었어요."

로즈가 해독제가 든 병을 들어 바라보았다. 약간의 공간도 없이 빡빡하게 담겨 있어 흔들어도 달그락거리는 소리도 나지 않았다. 로즈가 도전적으로 물었다.

"내가 루크워렐을 죽이지 못하면요?"

"그럴 리 없습니다, 아름다운 에아기네스. 내 소중한 에아기네스. 당신이 갈 길은 하나밖에 없다는 걸 누구보다도 당신이 잘 알고 있습니다. 살을 맞대고 몸을 섞고 나니 마음이 약해집니까?"

설리반은 강한 확신으로 차 있다. 실제로 그의 앞에 서면, 학습된 효과로 반사적으로 몸이 굳고 그의 말을 들어야 할 것 같은 기분이 들곤 했다. 그런 기분에 굴복할 생각은 조금도 없지만, 지금은 저 남자가 그렇게 착각하도록 만드는 게 중요하다.

"루크워렐이 사라지고 당신 옆에 남자가 나 혼자 있게 되어 내가 그대를 갖게 되고, 그 횟수가 늘어나 지금 이 모든 게 과거로 흘러가 버리면, 다 잊게 될 겁니다."

설리반이 타이르듯 부드럽게 말을 이었다.

"당신은 당신 가족을 죽인 원인이 된 남자를 받아들일 수 없습니다. 결국, 죽이게 될 겁니다. 사람을 죽인다는 죄책감을 떨쳐버리세요. 당신은 정당한 복수를 하는 겁니다."

거짓말쟁이. 아마 자기가 그의 거짓말을 간파했다는 걸 깨닫기만 하면, 또 다른 거짓말로 자신을 속이고 설득할 터였다. 이제는 그러고 싶지 않다.

설리반은 선택지가 하나라고 생각한다. 로즈가 루크워렐에게 모든 걸 고하거나, 혹은 로즈 스스로를 없애리라는 가정은 조금도 하고 있지 않다. 이번만은 당신이 틀렸어, 설리반.

로즈는 웃었다. 우아하고 기품이 넘치는, 빈틈없는 미소였다.

으슥하고 허름한 뒷골목은 음식물 쓰레기의 악취와 찍찍거리는 쥐

소리가 요란했다. 그런데도 로즈는 두렵지 않았다. 모든 일이 계획대로 풀리지 않을 때를 대비해서 방비를 해두어야 했다. 그녀는 긴 망토를 깊게 눌러쓰고, 얼굴에는 지독한 피부병 환자처럼 우툴두툴한 껍데기를 붙이고 있었다.

"어이, 아가씨. 야심한 데 어딜 돌아다녀?"

술 취한 취객 하나가 그녀를 향해 집적이자, 그녀가 핏물과 고름이 흐르는 팔을 들며 외쳤다.

"지독한 피부병에 걸려 있습니다. 닿기만 해도 옮습니다! 온몸이 썩어 들어가는 불쌍한 걸인입니다!"

"에이, 재수 없게!"

취객이 로즈의 망토에다 침을 뱉고 사라졌다. 어차피 일이 끝나면 모두 버릴 물건들이었다. 로즈는 태연히 알아둔 길을 통해, 작은 문을 두드렸다.

똑. 똑똑. 똑똑똑똑. 똑똑. 똑.

알려준 대로 노크를 하니, 문이 스르르 열렸다. 귀엽고 예쁘장한 젊은 여자가 나왔다. 새빨간 적발을 양 갈래로 발랄하게 묶고 있다.

"여기는 술집 뒷문이에요. 술이 필요하면 앞문으로 가세요."

"나에게는 술이 아니라 술병이 필요해요."

"세상에. 몇 병이나요?"

"한 병이요."

"흐음. 들어오실래요? 참, 그 피부병 진짜예요? 그러면 그냥 여기서 이야기하고 싶은데."

"진짜는 아니에요."

"다행이네요. 전 더러운 게 싫거든요."

여자가 방긋 웃더니 로즈를 안으로 들였다. 방은 적당한 크기였고 먼지 쌓인 기다란 탁자와 등받이 없는 동그란 나무 의자가 대충 놓여 있었다. 벽 한 면을 가득 채운 찬장에는 술병이 정리가 안 된 채 가득했다. 여자가 아무렇게나 놓인 의자 하나를 지익 소리가 나게 끌었다.

"앉으실래요?"

"괜찮아요. 이야기는 빨리 끝낼 거니까."

"아까 한 병이라고 하셨으니 한 명만 죽여드리면 되나요?"

여자가 해맑게 물었다. 아담한 체격과 예쁘장한 외모만 보면, 뒷골목 살인청부업자라고 생각할 수 없을 정도다.

"이름이……."

"흠. 이번엔 브렌다로 하지요. 본명은 못 알려드려요. 아시잖아요. 이런 일, 좀 그런 거."

"정말…… 청부업자인가요?"

아무리 봐도 믿을 수 없어, 로즈가 되물었다. 여자가 처음 있는 일이 아니라는 듯 고개를 좌우로 가볍게 흔들었다.

"어려 보여서 못 미더우시나요? 걱정 마세요. 처음이 아니니까요. 여태 제 손으로 처리한 사람 수가 적어도 마흔은 돼요. 남녀노소 가리지 않고요. 마지막으로 한 일이 정실부인의 아기를 없애는 거였으니까, 상대에 따라 일에 있어 망설임이 깃들지도 모른단 걱정은 마세요."

죄책감 없이 돈 때문에 죽인 이가 마흔. 혹시나 일이 잘못되어 이 여자가 잡힌다 해도, 적어도 이 여자한테 미안함은 느끼지 않을 것 같았다. 브렌다라 불러달라는 여자가 다시 되물었다.

"그래서, 누구를 죽여드려요?"

로즈가 입을 열었다.

"석 달 후에 살아 있을지도 모르는 나요."

매일 아침 차를 마시는 시간, 로즈는 설리반이 루크워렐을 죽이라 건넨 차를 마셨다. 당연히 루크워렐에겐 주지 않았다. 두려움은 조금도 없었다. 어떨 때는, 석 달 후에도 살아 있을지 모르는 자신을 죽이기 위해 고용한 브렌다가 그 차를 타줄 때도 있다.

다행히도 브렌다는 직업의식이 강해, 목표 외의 사람들에게는 어떠한 살의도 느끼지 않는 듯했다. 일을 배우는 게 나쁘지 않아 전후 사정을 모르고 보면 원래부터 황궁 시녀였던 것 같기도 했다.

목숨이 석 달 남았다 생각하니, 하루하루가 몹시도 소중했다. 그 무엇보다도, 루크워렐을 바라보고, 느끼고 사랑하는 모든 것들이 애달프고 사랑스러웠다.

모든 게 준비되었다. 루크워렐은 자기가 죽으면 슬퍼하겠지. 어쩌면 사랑보다 배신감이 더 클지도 모른다. 그래도 그는 살겠지.

때론 모든 걸 그에게 고백하고, 그의 앞에서 무릎 꿇고 사랑을 애걸하고 싶은 마음이 불쑥 솟아올랐다. 그가 자신을 용서할까. 그가, 여전히 자신을 사랑하고 받아들일까.

확신이 없다. 그의 사랑을 의심하는 건 아니었지만, 그 사랑을 확신하기엔 이미 로즈는 너무 지쳐 있었다. 설령 루크워렐이 모든 걸 받아준다 해도, 반역자의 딸인 자신이 설 자리는 없다.

별조차 잘 보이지 않는 새카맣게 흐린 밤이었다. 마치 자신과도 같았다. 거짓으로 점철된, 두 개의 이름을 가지고 사랑하는 남자 옆에 있을 수밖에 없었던.

은은한 불빛 아래, 로즈가 제 침실을 찾은 루크워렐에게 속삭였다.

몸은 천근같이 무겁고 머리는 안개가 낀 듯 뿌옇기만 했지만 한 가지는 확실히 알고 있었다.

자신은 그를 사랑한다. 죽는다 해도, 그를 사랑한다.

로즈는 사랑에 빠진 여자가 그저 칭얼거리듯 평범하게 중요한 이야기를 했다.

"루크워렐. 만약에 불의의 사고로 제가 죽으면, 내가 당신을 얼마나 사랑하는지 읽을 수 있게 편지로 적어두었어요. 우리가 처음 만난 장소인 정원에 있는 물결 모양 조각상 밑을 파보면, 작은 상자가 있을 거예요. 거기에 제 편지를 놓은 장소를 적어놓았답니다."

"그럼 지금이라도 파보고 싶군. 그대가 죽는다는 건 생각하기도 싫으니."

"어머. 안 돼요, 루크워렐. 만약이라고 했잖아요. 제 사랑을 알고 싶으면, 지금도 충분히 말해드릴 수 있답니다."

로즈는 몸을 일으켜 루크워렐의 품에 안겼다. 매우 고혹적인 자태였다. 그 모습 그대로, 로즈는 루크워렐에게 좀 더 은밀하게 매달렸다.

자기가 죽음으로 설리반의 존재도 드러날 것이다. 유언장에 적어두었으니. 그리고 자신은, 그 어떤 상처도 쪼개짐도 겪지 않은 온전한 사랑을 받은 채 죽을 수 있다.

로즈는 눈을 감았다. 먹고 있는 독은, 하루하루 자신을 좀먹고 있었다. 조금씩 기억력은 흐려지고 몸은 지쳐갔다. 지금 눈을 감게 되면, 이 어둠의 끝에 뭐가 있을지는 자신도 모른다. 오늘 밤이 숨을 쉬는 마지막 밤일 수도 있다.

그래도 당신의 품에 안길 수 있어서, 마지막 기억이 당신이어서 좋을 거예요.

로즈는 속마음을 감추고 루크워렐에게 진하게 입 맞췄다. 그리고 곧, 둘은 하나가 되었다.

part 3

절망의
끝에서도

Prologue

보기 드물게 호화로운 무도회였다. 라우리드센 황실은 사치를 즐기는 편이 아니었으나, 때때로 무척이나 근사하고 화려한 무도회를 열고는 했다. 과시를 위해서다. 이 정도의 규모의 파티쯤은 아무것도 아니라는 것을 보여주며, 황실의 안녕을 널리 알려 위엄을 세우곤 했다.

새파란 대리석 바탕에, 보석을 박아넣은 순금으로 사방을 장식한 에이라엘 홀은 그저 존재만으로도 웅장하고 화려한 느낌을 자아내었다. 이 자리에 참석한 귀족들을 위한 선물로 은으로 된 작은 장신구와 조각물들이 중앙에 가득했고, 귀하고 맛있는 음식과 술이 손만 뻗으면 닿을 곳에 넘치도록 놓여 있었다.

중앙에는 이 제국의 황제인 루크워렐과 그가 애틋하게 사랑하는 귀비인 로즈가 자리했다.

루크워렐은 검은색 자수가 들어간 짙은 파랑의 옷을 입고 있었는데, 무게감과 위압감이 대단했다. 순금으로 장식된 기다란 망토는 위엄을 더해주었다. 윤기가 흐르는 새카만 머리카락은 잘생긴 얼굴과 어우러져 뇌쇄적이었고 황금빛 눈동자에는 이지와 활기가 넘쳤다.

그 옆의 로즈는, 무도회장 누구보다도 아름답게 빛났다. 선명한 붉은빛 드레스는 하얀 피부를 도드라지게 해 청초하면서도 화사한 느낌을 자아냈다. 검은빛에 가까운 짙은 갈색 머리는 우아하게 틀어 올려 선명한 초록색 보석이 박힌 장신구로 화려한 느낌을 더해주었다. 화사한 이목구비에 새겨진 선명한 초록빛 눈동자에는 지성과 우아함이 깃들었다.

그들의 주변에서는 시인들이 시를 짓고 성악가들이 노래를 불렀다. 오케스트라는 웅장한 화음을 자아내고 화가들은 그림을 그렸다. 모두들 웃고 떠들며 이 들뜬 공기를 즐기고 있었다. 한 사람이 웃으면 덩달아 그 옆 사람이 웃고, 그러다 보면 전체가 그 분위기에 취해 웃고 있었다.

흥겹게 춤을 추고 맛있는 음식을 먹으며 모두들 큰 의미 없는 담소와 웃음을 나누며 안전함과 즐거움을 느끼는 중이었다.

루크워렐이 몸을 일으키며 붉은색 술이 가득 담긴 잔을 들어올렸다. 사람들의 시선이 반사적으로 그리로 쏠렸다. 루크워렐의 낯빛은 조금 창백해 보였지만 들뜬 분위기와 샹들리에에 반사된 불빛에 묻혀 크게 신경 쓰는 이는 없었다.

이 순간만큼 루크워렐은 이곳에 있는 그 누구보다도 멀쩡하고 거대해 보이기까지 했다.

그러나 그 모든 건 한순간에 깨졌다.

쨍그랑!

술잔에 입을 대기도 전에, 유리 깨지는 소리가 요란하게 울리더니 루크워렐이 비틀거리며 기울었다. 순식간에 일어난 일이다. 바닥에는 피처럼 붉은 술이 길게 흘렀다. 사람들은 모두 비명에 가까운 소리를 내질렀다.

"루크워렐!"

쓰러지는 루크워렐을 부둥켜안은 이는, 그가 가장 사랑하는 여인인 로즈였다. 다급한 목소리와 놀란 얼굴은 이루 말할 수 없이 가련하고 애처로웠다.

"어서 의사를! 어서!"

들떴던 분위기는 순식간에 반전되어 어수선함으로 물들었다. 모든 이들의 시선이 이제는 모조리 갑작스레 쓰러진 황제와 그가 사랑하는 귀비에게 쏠려 있었다. 호화롭고 흥겨웠던 무도회는 순식간에 소란스러워졌다.

몇몇 사람들은 근심 어린 얼굴로 그간 돌던 소문에 대해 수군거리기 시작했다. 불안은 순식간에 전염되어 초조하고 음울한 기운이 물에 푼 잉크처럼 스멀스멀 퍼져갔다.

황제를 부둥켜안은 로즈는 황망한 얼굴로 시선을 한곳에 두지 못한 채 이리저리 눈동자를 움직였다. 당혹감이 얼굴 가득했다. 그리고, 방황하던 로즈의 눈이 설리반의 것과 마주쳤다.

설리반은 저를 바라보는 이가 아무도 없다는 걸 확인하고는, 로즈를 향해 입꼬리를 슬며시 올렸다.

그렇게 그가 웃었다. 사악하게.

웃음은 매우 은밀했고 찰나일 뿐이었지만, 화려한 폭죽이 여러 발 터지듯 화사하고 아름다워 그 악함이 더 도드라졌다. 마치 유희를 위해 놓은 덫에 걸린 생물의 발버둥을 보며 희열에 찬 웃음을 흘리는 것만 같았다.

1

 묘지에 흐르는 바람은 서늘했다. 주로 연고자 없는 이들을 묻어주는 공동묘지여서 그런지 드나드는 이가 전혀 없었다. 주르륵 늘어선 묘비 사이에 스며든 고요한 한적함은 한낮임에도 으스스한 기분이 들게 해 더더욱 사람의 왕래가 없다.

 커다란 충격이 훑고 지나간 가슴은 텅 비어버렸고, 깨달은 진실에 머리는 묵직했다. 로즈는 혼란에 숙였던 고개를 들어 루크워렐을 똑바로 보았다.

 루크워렐은 슬퍼 보였다. 그러함에도 그는 변함없이 단단했다.

 그랬다. 그는 그런 남자였다. 자신이 사랑한 남자는, 쉽게 변하지 않는 사람이다. 그래서 더 사랑했다. 그는 자신의 말을 필요에 따라 바꾸지 않고, 지키는 사람이었으므로.

 그가 자신을 사랑한다는 말은, 마치 내리쳐도 쉬이 깨지지 않는 다이아몬드처럼 단단했다. 그래서 그 사랑을 잃으면 자신은 버티지 못하고 무너지리라 생각했었다.

 그게 그를 슬프게 하리라는 걸 알고 있으면서도 도망친 것은 자신이다. 그러면서도 한편으로는 그가 자신을 잡아주길 간절히 바랐다. 언제나 그녀에게만은 불확실하고 잔인했던 현실이 이번만큼은 바뀌길 무엇보다도 원하고 원했다. 차마 입 밖으로 꺼내놓지는 못했지만, 그게 그녀의 가장 간절한 바람이었다. 이것이 복잡하고 균열된 현실 속에서 감춰둔 마음이었다.

 결국, 이렇게 다시 마주하게 되었다. 솔로미아이자 에아기네스이고 로즈인, 자신이.

평화로운 때를 갈망했던 자신은, 생애 가장 평탄하였던 로즈였던 시절을 그리워했던 것이다. 그래서 그 안에서 헤어나지 못한 채 눈을 가리고 귀를 막고 입을 덮은 채 그렇게 자신은 로즈 에밀린이라 믿어 버렸다. 그냥 그렇게 로즈가 되고 싶었다.

하지만 악몽을 꾸는 그녀의 손을 잡아주었던 것처럼, 루크워렐은 그런 그녀를 간과하지 않았다. 잔혹하고 잔인하더라도 현실을 마주하라며 손 내밀어 단단히 그녀를 잡고 현실로 끄집어내었다.

로즈가 천천히 그와 눈을 맞췄다. 결과가 어찌되든 지금 이 순간 그의 시선을 피해선 안 된다. 그건 그의 진심을 모독하는 일이었다. 로즈의 목소리는 생각보다 침착하게 흘러나왔다.

"알고…… 있었군요, 내 과거를."

"처음부터 알고 있었던 건 아니야."

"언제부터?"

"당신이 기억을 잃고 로즈라 주장하기 시작한 지 얼마 안 되어서."

"조사……했군요?"

로즈의 말에 루크워렐이 쓸쓸한 미소를 띠었다. 그 모습이 마음 아팠다. 그렇게 웃게 한 이가 자신 같아서 그럴 자격이 없음에도 그를 꼭 안아주며 위로해주고 싶었다.

루크워렐은 담담하나 냉철하게 답했다.

"나는 황제니까."

로즈는 섭섭한 기색 하나 없이 긍정했다.

"그래요. 당신은 황제니까요."

사랑했던 여자의 과거를 덮어주고 싶어도, 거짓 위에는 그 어떤 것도 성립되지 않는다. 더구나 루크워렐은 황제. 작은 실책을 간과했다간 큰 칼날이 되어 돌아와 언젠가는 그의 목을 옥죌 수도 있다는 사실을 누구보다도 잘 안다. 그래서 분명 미심쩍은 점을 발견했다면, 루크워렐은 숨겨진 진실을 파헤칠 수밖에 없었을 터다.

"그대는 여전하군. 뭐라 불러주길 바라지?"

로즈가 미미하게 웃었다. 이 상황을 우습게 여겨서도 아니고, 루크워렐을 얕봐서도 아니었다. 다만 그건 모든 걸 내려놓은 자의 허탈한 웃음이었다.

"우선 로즈라 불러주세요. 이름은 정체성이니까요."

사랑했던 가족들이 애칭으로 불러주던 이름. 잠시나마 평온함을 누릴 때 사람들이 불러주던 이름. 그래서 그녀는 로즈라는 이름에 가장 애착이 갔다. 반역자의 딸로 죽어간 솔로미아보다, 설리반의 용도에 따라 억지로 거짓으로 지어진 에아기네스보다도 더. 그래서 기억을 잃자 그 이름에 집착했었는지도 모른다.

"알겠어. 하지만 공식적인 자리에서는 우선 에아기네스라 부르도록 하지."

"당연한 이야기예요."

"그래. 이제는 온전히 기억이 돌아왔군."

"네."

로즈가 슬픈 표정으로 답했다. 루크워렐 앞에서는 이제 더는 거짓된 표정을 짓고 싶지 않았다. 심장이 아릿했다.

"실은 영영 기억이 돌아오지 않기를 바랐답니다. 행복한 꿈을 꾸면서 죽고 싶었거든요."

"그대의 걸말은 이째서 죽음이지?"

루크워렐의 눈이 날카롭게 빛났다. 힐책하는 듯하기도 했고 화난 듯하기도 했으며 한편으로는 안타까워하는 듯도 했다.

로즈가 체념한 듯 담담히 대꾸했다.

"저에겐 희망이 없으니까요. 반역자의 딸로 용케 살아남았지만, 유혹과 덫에 빠져 당신을 죽일 계획에 발을 디뎠으니까요."

"날 죽일 생각이었나?"

"네, 처음에는. 가족들이 누명을 썼다 생각했고, 그래서 당신에게 복수하는 것만이 제게 남겨진 유일한 길이라고 생각했으니까요."

"로즈 에밀린으로 살 때는 그런 생각을 않았던 것 같은데."

그녀의 과거에 대해, 생각 이상으로 루크워렐은 많은 걸 알고 있었다. 그래도 처음부터 그녀의 동기를 온전히 의심하지 않아서 다행이라는 생각이 드는 것에 로즈는 속으로 쓰게 웃었다.

첫 시작이 어찌되었건 결국 자신은 루크워렐에게 칼날을 겨누는 쪽을 택하고 황궁에 들어갔다. 그건 변하지 않는 사실이다.

"네. 그렇지만 설리반이 찾아냈지요. 그리고 그는 다른 탈출구는 전혀 없는 듯 당신의 목에 칼을 대라며 저를 부추겼습니다. 거짓 신분을 얻어 당신을 유혹하고, 당신이 온전히 믿을 때 당신을 들키지 않을 방법으로 은밀히 죽이기를 바라고 있었어요. 저는 응했고요. 도망갈 곳이 없다고 생각했어요. 어차피 도망가도 제2, 제3의 설리반이 나타날 수 있다고 생각했으니까요. 일하는 곳에 폐를 끼치고 싶지도 않았고요."

"그대는 날 죽이려는 시도를 방관하거나, 혹은 직접 죽이려고 할수도 있었어. 하지만 그대는 유서를 남기고 나 대신 죽는 쪽을 택했지. 어째서지?"

루크워렐의 얼굴엔 평소 에아기네스를 대할 때의 다정함이 전혀 없다. 다만 침착하고 냉철함만이 존재했다. 로즈는 그가 자신의 이야기를 매우 진지하게 듣고 있다는 걸 알았다. 그래서 눈을 절대 피하지 않았다. 그것은 그에 대한 무례다.

"뒤늦게 설리반에게 속았다는 걸 깨달았지만, 방도가 없었어요. 그는 집요하고 치밀했고, 당신을 죽이고 황제가 되고 싶어 했으니까요. 그에게서 벗어날 수 없다고 생각했어요. 그래도 당신을 죽게 두고 싶지 않았어요. 설리반이 차로 위장한 희귀한 독을 건넸을 때, 제가 대신 죽으면 당신이 설리반의 정체를 눈치채고 더는 위험에 처하지 않으리라고 생각했어요. 그는 치밀해 흔적을 잘 남기지 않지만, 나라는 매개체를 통해 수집된 증거와 나라는 사람의 흔적에서 그를 잡을 수 있으리라 확신했어요."

루크워렐이 침통하게 물었다.

"거기에 살아서 내 옆에 있겠다는 선택지는 없었나?"

"어떻게 그렇게 하겠어요. 난 당신을 속였고, 심지어는 반역자의 딸이어서 당신 옆에 설 수도 없는 신분이에요. 당신에게 모든 사실을 토로하고 나면……."

로즈가 말끝을 흐렸다. 모든 것이 밝혀져 진실을 털어놓으면서도 후련함보다는 두려움이 컸다. 상대에게 품은 감정이 너무 크고 뚜렷해서 혼란 속에서도 그것만은 확실하게 느껴졌다. 목이 묵직하게 메고, 코끝이 찡해지면서 눈가에 눈물이 고일 것 같다. 그렇지만 울 수 없다. 이 사람 앞에서 울고 싶지 않다. 로즈는 뒷말이 떨려 나올까 잠시 침묵했다.

"그러고 나면?"

"……당신의 사랑을 잃는 것이 무서웠어요. 그게 살아남는 것보다 더 무서웠어요."

가까스로 넘긴 울음 대신 아까보다 한층 무거워진 목소리가 비어져 나왔다.

처음엔 그저 살아남는 게 중요했다. 하지만 언젠가부턴 사랑받고 싶었다. 사랑하고 싶었다. 사랑하는 사람과 서로 사랑을 나누고 싶었다. 아주 단순한 바람이었는데, 그 바람을 이루는 대가는 혹독했다.

눈물조차 흘리지 않은 채 담담한 로즈의 얼굴을, 익숙하고 따스한 손이 다가와 부드럽게 감쌌다.

"언제나 그대는 나의 사랑을 간과해."

"폐하⋯⋯."

"죽음을 택할 정도로 날 사랑하면서도, 홀로 남겨진 나의 마음을 간과해."

"⋯⋯."

"사랑받지 못할까 두려워서 도망치면서도, 내 사랑을 가지고 싶어해."

"⋯⋯."

"왜 나한테 모든 걸 털어놓고 같이 이겨나가는 길을 택하지 않았지?"

로즈의 눈가에 참아내지 못한 눈물 한 방울이 고였다가 이번엔 스며들지 못하고서 주르륵 흘러내렸다. 홀로 우는 데 익숙해져 눈물을 보이는 게 낯설고 어설펐다.

"마음이 변할까 봐⋯⋯ 두려웠어요. 현실은 너무 단단해 변하지 않을 것 같았고, 그 현실 속에서 나는 당신 옆에 있기에 어려운 사람이었으니까요. 그리고 당신이 이 모든 걸 다 알게 되었을 때, 배신감에 날 멀리할 거라 생각했어요."

루크워렐이 그런 로즈를 지그시 바라보았다. 단단하고 깊이 있는 시선이다.

"사람의 마음은 기만적이어서 때론 변하기도 하고, 나 또한 그런 불완전함에서 벗어나지 못하지. 그런데 그대에 대한 사랑은 달라. 나조차도 놀랄 정도로 변하지 않아. 그대가 직접 내가 싫어졌다 밀어내지 않는 한 나는 절대 그대를 놓지 않아. 내가 그대를 버릴 생각을 했다면, 이런 이야기 자체를 하지 않겠지. 의미가 없으니까. 적어도 그대는 날 진심으로 사랑하고, 날 구하고 싶어 했어. 그랬다면 차라리 그대의 잘못을 솔직히 고하고 내 손을 잡았어야 해. 날 좀 더 믿었어야 해."

맞는 말이다. 이야기를 해보기도 전에 결과를 미리 단정짓고 죽음이라는 극단적인 선택을 취해 그의 손을 놓은 건 자신이다. 그의 의견은 전혀 묻지 않았고 그의 생각은 조금도 들어보지 않았다. 그가 자신을 잡을 기회조차 주지 않았으면서 잡아주길 바라던 모순된 마음으로 제 자신을 희생했고, 그를 구할 아이러니한 선택을 했다. 자신을 사랑하는 그가 홀로 남겨져 받을 상처와 절망 그리고 사랑하는 이를 허망하게 잃었다는 무력감은 일부러 생각조차 않고서.

지독히도 이기적인 선택. 제 마음이 편하고 살아서 제 치부를 드러내지 않기 위해 택한 결정.

실은 알고 있었다. 다만 외면했을 뿐이다. 제 고통이 더 크고 아프고 그걸 드러내는 게 두려워서.

"……네. 폐하의 말이 맞아요."

로즈는 괴롭게 긍정했다. 그의 마음을 배려하지 않은 건 사실이니까.

"이름을 불러, 로즈."

루크워렐이 나직하게 말했다.

"루크워렐……."

로즈가 조그맣게 부르자, 그는 그대로 그녀를 끌어안았다. 단단한 품은 묘지의 서늘함을 온기로 가득 채웠다.

"로즈, 잘 들어. 그대는 이렇게 내 품에서 살아 숨 쉬고 있고, 우리는 앞으로도 함께 생을 살아갈 거야. 지금 일은 지독히도 서로에게 끔찍하지만, 앞으로 더 어려운 일이 있다 해도 아무런 말 없이 홀로 선택하고, 홀로 그 길을 걷지 마. 우리는 함께하기 위해 언약했고, 그렇게 부부로 맺어졌어. 내 인생에서 아내는 오로지 그대뿐이야. 그러니 이제부터라도 나와 상의하고 함께해가야 해."

"루크워렐……."

눈물이 넘쳐흘렀다. 뜨겁게 흘러내리는 눈물이 남자의 옷섶을 적시고 있었다.

"로즈, 그대는 날 진심으로 사랑하나? 어떤 일이 있더라도 나와 함께하고 싶어?"

로즈는 두 눈을 질끈 감았다. 언제나 꿈꿨다. 이 남자에게 거짓말하지 않고, 상처 입을까 두려워 잔뜩 가시를 세운 고슴도치처럼 제 빈틈을 보이지 않으려 허리를 꼿꼿이 세우지 않은 채, 가상으로 만들어진 완벽하고 아름다운 에아기네스가 아닌 그저 한 남자를 사랑하는 로즈로 옆에 있을 수 있기를.

로즈가 잔뜩 목이 멘 목소리로 대답했다.

"……내가…… 그래도 될까요? 당신에게 폐가 될지도 몰라요."

"함께하기로 한 이상, 우리는 한몸이야. 내 인생은 내 인생, 그대의 인생은 그대의 인생이라는 떨어진 개체로 보지 않기로 해. 서로 함께하기 위해서 서로가 맞춰가고 감수하고 포기해야 하는 면이 있지. 그걸 폐라고 부르진 않아. 그래서 그대는 어찌하고 싶지?"

루크워렐에게 수동적으로 안겨 있기만 하던 로즈는 손을 들어 서서히 루크워렐의 등으로 뻗었다. 손바닥에 단단한 남자의 몸이 닿았다. 로즈는 울음 가득한 얼굴 그대로 루크워렐을 꼭 끌어안았다. 언제나 이렇게 잡아보고 싶었다. 제 의지로.

"당신 옆에 있고 싶어요. 당신이 아프지 않으면 좋겠고, 다치지 않았으면 좋겠어요. 그 마음을 믿지 않을까 봐, 무서워서 말하지 못했어요. 난 정당하게 당신 옆에 있지 못했으니까. 하지만 언제나 당신 옆에 있고 싶었어요. 솔직해지고 싶었어요."

로즈가 마치 그동안 돌덩이처럼 맺혀 있던 감정을 토해내듯 뒷말을 이었다.

"당신을 사랑하니까. 누구보다도 사랑해요."

꽉, 루크워렐이 좀 더 거세게 로즈를 끌어안았다. 둘은 마치 한몸처럼 한참을 그렇게 안고 있었다. 둘 모두 평범한 복장을 하고 있어, 다른 이의 눈을 피해 밀회를 즐기는 연인으로만 보였다.

돌아오는 마차 안에서 둘은 손을 꼭 잡은 채로 잠시 말이 없었다. 아직 나눠야 할 이야기가 많지만, 적어도 한 가지는 확신했다. 둘은 서로를 애절하게 사랑하고 있었으며 서로에게 절대 위해를 가하고 싶어 하지 않는다는 사실이다. 처음에는 거짓으로 시작했을지 몰라도 지금은 서로를 진실하게 마주하고 싶어 했다. 긴장감과 폭로로 몸은 무겁고 피곤했지만 정신만은 말짱했다.

로즈가 침착하게 말을 시작했다.

"제가 예전에 머물렀던 상인 집에 아무런 피해가 가지 않았으면 좋겠어요. 오늘 찾아간 일로 이상하게 생각할지 몰라요. 마틸다가 날 봤으니 소문을 낼 수도 있고요."

설리반이 손을 쓸까 거짓으로 다시 한 번 죽기까지 하면서 지켜냈던 사람들이다. 이렇게 허무하게 빈틈을 보여 설리반에게 그들을 해칠 빌미를 줄 수 없다. 루크워렐이 그 정도는 예상했다는 듯 말을 받았다.

"호시오는 이르면 오늘 저녁이나 늦으면 내일 새벽에 이 나라를 떠날 거야. 가족과 고용인 모두 함께. 무역과 관련된 좋은 독점권을 하나 줬으니 적어도 2, 3년 내로는 외국에서 돌아올 수 없어. 아까 그대와 함께 찾아갔을 때는 주변에 정탐꾼이 있는지 확실히 조사한 뒤 방문했고, 일과 관련해선 중요한 독점권이니 소리 소문 없이 움직일 것을 호시오에게 명해뒀어. 혹시 주변에 불미스러운, 그러니까 오늘같이 기이한 일이 있었을지언정 말없이 움직일 거야. 떠나기 전에는 내가 심어놓은 사람들이 계속 주의를 기울일 거고. 설리반이 알 길은 없어. 우리가 떠나고 의원에서 나온 사람들이 마틸다를 방문해, 정신적으로 문제가 있는 여자가 자신을 로즈 에밀린으로 여기고 그 사람을 따라 한다는 이야기를 전할 테니, 헛소문이 퍼질 염려도 없어."

정신적으로 문제가 있는 여자, 라는 대목에서 로즈는 허탈하게 웃을 수밖에 없었다.

"거짓말은 아닌데 묘하게 기분이 나쁘네요."

루크워렐이 별일 아니라는 듯 태연히 대꾸했다.

"괜찮아. 이제 약과 충격요법으로 정상으로 돌아왔으니까."

"당신은 능청스러움을 빼면 어찌하나 몰라요."

루크워렐이 슬그머니 로즈에게 얼굴을 들이밀었다.

"그대에게 매혹적인 남성다움이 남겠지."

가벼운 농에 로즈가 사태의 심각성을 잠시 잊고 살포시 웃었다.

"그 뻔뻔함이 매력이긴 했어요."

로즈가 루크워렐을 똑바로 바라보며 손을 올려 그의 옆머리를 자연스럽게 넘겨 올렸다. 애정이 섞여 있으면서 사랑하고 사랑받는 자의 여유가 담겨 있는 손길이었다.

"당신을 속였는데, 내가 밉지 않나요?"

"그대가 진짜 미웠다면 말을 섞기도 전에 감옥에 집어넣었겠지."

로즈가 싱긋 웃었다. 그러나 그 웃음의 끝에는 서글픈 씁쓸함이 아련히 묻어 있었다.

"참 무서운 이야기네요. 그럴 바에야 그냥 해독약을 주지 말고 아픈 기억은 모두 잊고 행복하게 죽도록 두지 그랬어요."

루크워렐이 로즈의 허리춤을 잡아 제 품으로 바짝 잡아당기며 로즈의 귓가에 입술을 거의 파묻다시피 했다.

"사랑은 정말이지, 지독하고 끈끈한 거야. 그대 없는 삶은 생각도 해본 적 없어. 그대 없이 사는 건 정말 괴로울 거야. 앞으로도 날 속일 건가?"

로즈가 거세게 도리질했다.

"아니에요. 그럴 리 없어요. 늘 괴로웠는걸요, 당신을 속이는 일이."

말이 끝나기 무섭게 루크워렐의 이가 목덜미에 닿으며 느껴지는 익숙한 짜릿한 감각에 로즈가 반사적으로 움찔했지만, 피할 길은 없었다. 로즈의 몸이 기울어 마차 바닥에 눕혀졌다. 로즈의 위로는 루크워렐이 가득 찼다. 루크워렐이 낮고 뚜렷한 미성으로 로즈에게 속삭였다.

"이젠 아무 데도 못 가, 로즈. 날 사랑한다면 내 곁에 있어. 그대가 날 사랑한다면 난 어떻게든 그대를 지킬 테니."

제 몸을 누르는 묵직한 무게를 느끼며, 로즈는 그대로 루크워렐의 단단한 몸을 끌어안았다. 지금 이 순간만큼은, 복잡한 생각은 하고 싶지 않았다. 자신이 반역자의 딸이라든가, 설리반 문제가 있다든가, 해결해야 할 문제가 어깨를 짓누르고 있다든가, 그런 유의 것들 말고, 단 하나만 생각하고 싶었다.

사랑한다. 아주 간절히.

그를 사랑한다.

혼자가 아닌, 둘이. 서로를 원하고 탐하고 사랑한다.

로즈가 눈을 감은 채 마차의 흔들리는 진동을 느끼며 루크워렐에게 조그맣게 속삭였다.

"함께해가요. 나도 당신을 지킬 거예요."

두 번 다시 사랑하는 이들을 허망하게 잃고 싶지 않다. 설리반의 기괴한 욕망에 이용당하고 싶지 않다. 그러기 위해선, 자신 또한 마음을 단단히 먹어야 했다. 걸려 넘어지지 않기 위해 아주 단단히. 사랑하는 사람을 지키기 위해서라도.

황궁으로 돌아온 그들은 평소보다 더 길고 긴 밤을 보냈다. 앞으로를 위한 아주 많은 이야기와 그동안 하지 못했던 기나긴 몸의 대화가 그들을 기다리고 있었다.

밤은 숨을 죽인 채 그 장막을 펼쳐 그들을 가려주었다.

서늘한 새벽이 지나고 아침이 그 눈꺼풀을 슬며시 열며 환한 눈동자로 세상을 비췄다.

로즈는 실오라기 하나 걸치지 않은 몸으로 침대에서 몸을 일으켰다. 풍성한 가슴과 잘록한 허리가 햇빛에 오롯이 드러났다. 그 옆에는 루크워렐이 곤하게 잠들어 있었다. 로즈가 그 위로 몸을 수그려 부드럽게 입 맞췄다. 루크워렐이 로즈의 입맞춤에 슬며시 미소 지으며 한 손으로 로즈의 허리를 감싸 당겼다. 그렇게 루크워렐은 로즈를 끌어안은 채 다시 잠이 들었다. 언제나 꽤 부지런했던 것과는 상당히 다른 모습이다.

로즈는 루크워렐의 품에 안긴 채 잠시 그의 체온을 느끼다 다시 몸을 일으켰다. 그녀는 잠든 루크워렐을 잠깐 바라보다, 가볍게 가운을 걸치고 시녀를 부르기 위해 줄을 당겼다.

그녀의 부름에 시녀 대여섯이 조용히 방으로 들어섰다. 얼마 전에 로즈를 죽이려던 브렌다의 일이 있었기 때문에 시녀들의 태도는 더더욱 조심스러웠다. 엄격한 절차를 거쳐 시녀와 시종이 되는 원래 절차와는 달리 브렌다는 로즈 본인의 희망으로 채용된 이였지만, 그래도 그런 불미스러운 일이 있었다는 것만으로도 그들은 자신의 흠이나 된 듯 몸을 사렸다.

브렌다는 처형당했다고 들었다. 그녀는 로즈가 직접 죽여달라 했으니 자신은 무죄라 주장했지만 로즈를 만나기 전에 무고한 이를 몇십 명이나 해친 인물이다. 마지막에 죽인 이가 아무런 해도 입히지 않은 아기라는 걸 떠올린다면 정당한 대가였다. 게다가 죄책감은 조금도 없어, 만약 살려둘 경우 계속해서 누군가를 해치며 살아갈 인물이었다. 처벌은 피할 수 없었다.

루크워렐은 보안을 상당히 중시하는 편이었고, 그래서 궁내의 일이 사실이든 아니든 소문으로 퍼지는 경우는 매우 드물었다. 황실과 관련된 이야기가 잘못 흘러나가면 그 출처를 엄중히 찾는 편이다. 치밀한 설리반마저, 루크워렐의 그런 철저한 면 때문에 황궁 내에 제 첩자 심기를 어려워했었다. 덕분에 다행히도 설리반은 제가 로즈에게 건넨 차를 루크워렐이 마시고 있다고 믿고 있을 터.

로즈는 눈을 가늘게 뜨고 생각했다. 기다리고 있겠지. 루크워렐이 제 예상대로 되기를. 무고한 자의 죽음과 파멸을 즐거운 마음으로 기다리는 이는 얼마나 악독한가.

로즈가 우아하나 빈틈은 허용하지 않는 태도로 명했다.

"폐하가 요즘 유독 피곤해하시니, 명한 대로 아침 차를 놓고 가도록 해요. 차는 내가 직접 우릴 테니 말한 준비물들은 옆에 놓고 가고요."

시녀들은 아주 조용히 움직여 루크워렐과 로즈가 항상 차를 함께하는 테이블에 저들이 가지고 온 차와 다과를 늘어놓았다.

차가 담긴 병들과 뜨거운 물이 담긴 찻주전자 등을 다 준비하고서 시녀들이 물러가자, 로즈가 차가 담긴 병 중 하나를 들어올렸다. 설리반이 드미트리를 통해 전달한 병 중 하나다. 로즈가 꾸준히 먹었기에 절반 정도가 비어 있다.

로즈는 그 병을 말끄러미 바라보았다. 어젯밤, 루크워렐과 나눈 이야기들이 머리를 스치고 지나갔다. 홀로 극단적으로 생각할 때와는 달리, 한 발짝 뒤로 물러서니 다른 방향이 보였다. 그건, 사랑하는 사람이 곁에서 단단히 버티고 있기 때문에 가능한 일들.

로즈는 빙긋 웃고는 설리반이 준 차가 담긴 병을 옆에 놓고 다른 차를 타기 시작했다. 루크워렐이 그녀에게 마시라고 했던 차였다. 차향이 퍼지고, 로즈는 아직 잠들어 있는 루크워렐을 바라보며 따뜻한 차를 한 모금 넘겼다. 중독되었던 기간이 꽤 길었기 때문에 적어도 2주는 복용해야 한다 했다. 그렇게 천천히 차를 마시는데, 방문이 가볍게 두드려지고 문밖에서 소리가 들렸다.

"귀비님, 슈나이더 아이시타스 로렌 님이 폐하께 급한 용무가 있다고 합니다."

시녀장이 뭐라 더 말을 하려 했던 듯했으나 슈나이더의 목소리가 뒤이어 울렸다.

"오늘 아침 회의는 매우 중요합니다. 폐하께서 꼭 참석하셔야 하니 서둘러 깨워주시길 부탁드립니다."

정중한 성격인 슈나이더로서는 매우 드문 일이었다. 다급하게 느껴지는 어투인데도, 로즈는 그저 차를 한 모금 마실 뿐 답하지 않았다. 별다른 일이었다. 초조하게 문을 두드리는 소리가 다시 났다. 그제야 로즈가 천천히 몸을 일으켜 문 근처로 가서 답했다. 안타까워하는 듯했지만 한편으론 꽤나 느긋한 말투였다.

"안타깝지만 폐하께서는 굉장히 피곤해하십니다. 요즘 업무가 과중했던 탓이지, 도통 일어나지를 못하시네요."

슈나이더가 급하게 답했다.

"그러면 실례가 되지 않는다면, 제가 들어가서라도 깨워보겠습니다."

그러나 로즈가 고고하게 거절의 뜻을 전했다.

"내가 옷을 제대로 입지 못한 관계로 실례가 될 것 같네요. 입실을 허할 수 없습니다."

"그리하면 번거로우시더라도 귀비님이 애써주실 수 없겠습니까?"

로즈가 멀찍이서 침대를 바라보았다. 그러곤 침대에서 곤히 잠들어 있는 루크워렐에게는 손댈 생각은 조금도 하지 않은 채 답했다.

"몇 번이고 깨웠으나 깨우지 말라 역정만 들었습니다. 나 또한 이린 일이 처음이라 당황스럽기 그지없네요."

걱정이 섞여 있으나 얄미울 정도로 아름다운 어조로 말을 이었다.

"우선 의사를 불러 상태를 본다 해도, 두어 시간은 걸릴 듯하니 매우 안타깝지만 회의를 몇 시간 뒤로 미루면 안 될까요? 위급한 일인 줄은 아나 폐하께서 이러시는 게 처음인지라, 나 또한 매우 당황스러워 어찌할 바를 모르겠네요."

밖에서는 지금이라도 문을 벌컥 열고 싶은 걸 참는 듯 초조한 발소리가 작게 울렸다. 그러더니 슈나이더가 침착을 회복했는지 정중하게 답했다.

"알겠습니다. 중요한 회의니 취소하긴 어렵고, 참석자들에게 궁에 잠시 머무르라 이르겠습니다. 세 시간 후에 회의를 다시 소집할 테니 그때까지는 어떻게든 폐하를 보필해 출석하시게끔 해주시기 바랍니다."

로즈는 문을 절대 열지 않은 채 도도하게 대꾸했다.

"알겠습니다. 슈나이더. 그대의 노고는 아주 잘 알고 있습니다. 폐하께서 아무 문제 없으셔야 할 텐데요."

문밖에서 슈나이더의 담백하고 정중한 답이 돌아왔다.

"요즘 신경 쓰시는 문제가 너무 많아 그러신 것 같습니다. 별일 아닐 겁니다."

"네, 그러면 수고해주십시오."

로즈가 거기까지 말하고, 차를 마시던 자리로 돌아와 다시금 앉은 후 차를 들어 한 모금 넘긴 후 빙긋이 웃었다.

루크워렐은 두드리는 소리와 말소리에 어느새 깨 그녀를 바라보고 있다.

두 사람의 시선이 마주치자, 루크워렐도 슬그머니 웃더니 말없이 로즈를 향해 손짓했다. 로즈는 마시던 차를 내려놓고 활짝 웃으며 그의 품에 파고들었다. 모든 게 뜻대로였다. 슈나이더도 아주 잘해주고 있다.

소문은 아주 은밀하고 조용히 퍼져갔다. 황제가 가산 지역 난민들의 폭동과 관련된 중요한 회의를 과로로 인해 세 시간이나 미뤘다는 걸로 시작된 이야기는, 황제가 예전 같지 않다는 방향으로 조금씩 흘렀다. 사람의 이름이나 호칭을 헷갈리거나, 피곤해하며 침소에서 반나절 이상 나오지 않는 일까지 있었다.

단순한 피로누적이라 잠시 쉬면 된다고 궁의가 진단하였다곤 하나, 평소와는 확연히 차이가 나는 모습에 모두들 신경이 쓰이지 않을 리 없었다.

한편에서는 그러함에도 황비인 스칼렛은 사태의 위중함을 깨닫지 못하는지 새로 갖게 된 취미인 꽃꽂이에만 열중하고 있어 사람들의 공분을 샀다. 병문안이랍시고 딱 한 번 루크워렐에게 간 게 전부였는데 분홍색 꽃다발을 잔뜩 들고 와 한참 이야기를 하더니 돌아가는 길에 즐거운 표정으로 단 한마디 했을 뿐이었다.

"응. 루크워렐은 아무 문제 없어."

그러곤 제 처소로 돌아가 취미생활에만 몰두하니 사람들은 그녀의 모국이 틸레안 제국까지 험담하기 이르렀다. 이에 귀비인 에아기네스는 사뭇 달랐는데, 피로하다며 온종일 침소에 누워 있는 황제를 극진히 보살피는가 하면, 시간이 날 때마다 사람들을 만나고 황비가 내팽개쳐버린 황비의 일을 꼼꼼히 살펴 처리하곤 했다. 그러면서도 정해진 일징을 하나도 빼먹지 않고 행해 사람들은 뒤에서 스칼렛보다는 에아기네스가 진짜 황비 같다고 수군대곤 하였다.

그런 어수선한 소문이 알음알음 퍼지는 어느 날이다. 귀부인들과 귀족아가씨들 몇이 작은 다과모임을 가지고 있었다. 모임의 규모는 크지 않았지만 대부분 사교계에서 가장 소문에 빠른 이들이 모이는 모임이어서 사교계에 미치는 영향력은 꽤 컸다.

로라는 염색한 주황색 머리를 화려하게 늘어트린 채 소문거리를 좋아하는 사람들과 시답잖은 대화를 나누며 앉아 있었다. 전보다 더 야윈 채로, 중간중간 신경질적으로 손이 잘게 떨리곤 했다. 로라는 최근 먹은 약으로 살이 많이 빠지는 건 좋지만, 저도 제 기분을 주체 못 할 때가 잦아지는 걸 느꼈다.

요즘 가장 뜨거운 주제는 단연 황제의 건강이다. 아직 젊은 데다 후계자가 없어 지금 저 증상이 일시적인 것일지 혹은 중병의 신호일지가 사람들에게는 초유의 관심거리였다.

로라는 떠드는 사람들의 이야기를 듣기만 할 뿐 입을 굳게 다물고 있었다. 얼마 전 평민 주제에 제 아버지와 설리반 님의 연줄로 황제에게 몸을 잘 굴려 제법 귀족인 척하는 계집인 에아기네스에게 망신을 당한 이후로, 에아기네스와 접할 일도 드물어져 직접 듣는 이야기도 거의 없는 데다 우선은 혹시나 하는 마음에 입을 다물고 있었다. 판단력이 흐리고 경망스러운 데가 있었지만, 로라는 제 몸에 위협이 될 만한 일에는 지독하게 겁을 내는 편이었다.

다만 로라가 에아기네스라는 여자에 대해 아는 것이라곤 아버지와 설리반 님이 좀 더 편한 생활을 위해 폐하 옆에 붙여놓은 계집이라는 정도였기에, 제가 당한 일이 좀 과했다고 느낄 따름이다. 아버지가 로라에겐, 가끔 에아기네스에게 말을 전하고 전달하는 정도의 역할만 해달라고 했기에 그녀는 일의 중요성은 전혀 알지 못했다. 하지만 정체가 밝혀지면 황제를 기만한 죄가 제 아버지와 설리반 님에게 떨어질 수 있었기 때문에 자중하자 생각했을 뿐이다.

그런데 전혀 나타나리라고는 생각지 못한 여자가 제 앞에 모습을 드러냈다. 그녀는 뒤에는 제 시녀들을 주르륵 거느린 채 우아하게 깃털 부채를 얼굴 앞에 펼치고 조용히 저를 불렀다.

"로라."

그녀가 에아기네스라고 알고 있는 로즈였다. 로즈가 나타나자, 로라가 눈에 띌 정도로 얼굴을 확 굳히고선 몸을 수그렸다. 치욕스러움보다 앞선 건 두려움이다. 아버지의 분노도 분노였지만, 로라는 누구보다도 설리반을 두려워했다. 그건 맹수나 괴물을 앞에 둘 때 느끼는 본능적인 공포였다. 대부분 친절한 모습을 보이는 설리반이었지만, 로라 또한 설리반의 본모습을 몇 번 겪은 적이 있다.

설리반은 로라가 생각했던 것 이상으로 황제의 귀비를 몹시 아꼈다. 그리고 설리반은 제가 아끼는 것에 남이 손대는 걸 굉장히 싫어했다. 로즈를 단순한 이용물 이상으로 아끼고 있다는 걸, 로라는 아주 조금이나마 깨닫고 있었다.

로즈가 깃털 부채를 얼굴 앞에 넓게 펼친 채 눈웃음을 지었다.

"저번 일이 너무 과했던 것 같아서, 특별히 로라와 이야기하고 싶어 찾아왔어요. 잠시 둘이서 대화를 나누지 않겠어요? 다른 이들에게는 잠시 양해를 구하고 싶은데…….."

그리 말하며 로즈가 로라 주변의 여인들에게로 차례차례 시선을 두었다. 암묵적인 압력이다.

"당연하지요, 귀비님."

"저희는 신경 쓰시지 않으셔도 된답니다."

여인들이 한목소리로 허락을 표하자, 결국 로라의 답만이 남았다. 로라가 숙인 고개 밑으로 보이지 않게 입술을 잠시 질끈 깨물었다 놓았다.

"귀비님의 말씀을 받듭니다."

로라가 최대한 정중히 말을 한 후 몸을 일으켰다. 로즈가 부채를 살랑살랑 몇 번 흔들더니, 다정하게 로라의 손을 잡았다.

"그리 격식을 차리지 않아도 된답니다. 우리는 그런 사이가 아니었 잖아요."

로라가 행한 무례는 모두 잊고 자애로움을 보여주는 태도였다. 다 정히 저를 추스르며 앞장서 단둘이 대화 나눌 만한 장소를 찾아 우아 하게 걸어가는 로즈의 뒤를, 결국 로라는 따를 수밖에 없었다.

로라는 로즈의 뒤를 두어 발자국 뒤에서 따르며 로즈의 뒷모습을 훔쳐보았다. 차분한 회색빛 드레스는 화사한 색상이 아님에도 세련 되고 우아한 디자인으로 로즈를 성숙하고 아름답게 보이게 하고 있 었다. 장신구나 초커까지도 전체적인 색상과 질감을 아주 잘 고려해 선택해 로즈 자체를 빛나게 했다.

로라는 제가 입은 화려한 주황색 드레스가 외려 초라하게 보인단 느낌을 받았다. 화려한 색이기는 했지만 로즈가 입은 드레스에 비하 면 촌스럽고 천박하게까지 느껴졌다. 로라는 세련되게 옷을 입고 싶 어 했지만, 타고난 감각 자체가 로즈를 전혀 따라갈 수가 없었고 그 로 인한 열등감을 내심 느끼고 있었다.

드문드문 심겨져 있는 나무를 지나, 작고 한적한 연못이 나타났다. 사람들이 없는 연못가로 오자, 로즈가 옆에 있던 시녀에게 부채를 건 네고 아름다운 조각이 된 기다란 나무상자를 하나 받았다. 그러곤 손 짓으로 제 옆에 있던 시녀들에게 멀리 떨어질 것을 명했다. 그건 둘 만의 대화를 방해받고 싶지 않단 뜻이기도 했고 로라를 특별하게 생 각한다는 표이기도 해서, 로라는 평민 계집이라 로즈를 무시하는 이면에 우쭐함을 느꼈다.

로즈가 로라를 아주 다정히 불렀다.

"로라, 저번 일은 사람이 많은 곳이라 나도 당황하여 그리 대처하고 말았지만, 안타깝게 생각한답니다. 하지만 나도 내 주제를 아주 잘 알고 있어요. 원래대로라면 이런 데 서지도 못하는 사람이죠. 그래서 드미트리와 로라에게도 아주 감사한 마음을 가지고 있답니다. 그러니 내 사과를 받아주지 않겠어요?"

제 앞에서 낮추는 모습을 보이는 로즈를 보며 로라는 꽤 흡족했지만, 대놓고 내색은 않은 채 여전히 못마땅함이 남아 있는 듯 내숭을 떨었다.

"흐음, 흠. 마음이 그러하다면 기꺼이 그렇게 하지요."

"넓은 마음을 보여줘서 고맙게 생각해요. 이건 약소하나 내 성의랍니다."

로즈가 들고 있던 기다란 나무상자를 로라에게 건네주었다. 고급스러운 재질에 섬세한 조각이 범상치 않아 그 안에 담긴 물건에 대한 기대를 불러일으켰다. 로라가 들뜬 마음을 내리누르며 뚜껑을 열자 안에는 목걸이와 귀걸이, 머리 장신구가 들어 있었다. 감탄을 불러일으킬 정도로 섬세한 세공에다, 무엇보다도 로라의 분위기에 매우 잘 어울리는 발랄함과 경쾌함이 있었다.

"전에 궁금해하던 공방에서 만들어 온 것이랍니다. 소량제작 하는 장인이어서 많은 걸 구할 수는 없었지만, 내 마음이라고 생각하고 받아줘요. 나도 겨우 연이 닿은 사람인 데다가 낯가림도 매우 심해서, 조금 시일이 지나 장인의 마음이 열리면 천천히 로라를 소개해줄게요."

로라는 로즈의 설명은 듣는 둥 마는 둥, 선물에서 눈을 떼지 못했다. 눈빛이 이미 들떠 있었다. 넋을 놓고 한참 장신구만 바라보던 로라가 뒤늦게야 제정신을 차린 듯 로즈에 말에 허둥지둥 답했다.

"이런 선물까지는 필요 없었는데……. 성의를 보아 받기로 하지요."

만족스러움을 감추지 못하고 입이 귀까지 걸린 로라가 서둘러 상자를 챙겼다. 그 모습에 로즈가 부드럽게 웃다가 뭔가 생각난 듯 깊은 한숨을 쉬었다.

"왜 그러지요?"

선물을 받고 조금 마음의 여유가 생긴 로라가 로즈에게 물었다. 로즈가 잠시 시선을 바닥에 내리깔았다가 로라를 향해 애처로운 표정을 지었다. 여자가 봐도 안아주고 싶을 정도로 안타까운 얼굴이다.

"사람들에게 건강하다고 말을 하고 있기는 하는데, 폐하의 상태가 영 걱정이어서요."

"그렇게 안 좋으세요?"

로라가 호기심이 가득한 얼굴로 로즈에게 바짝 다가붙었다. 로라는 누구보다도 소문을 좋아하는 편이라, 이런 흥미진진한 이야기를 모른 척할 수 있는 성미가 아니다.

"의사는 그저 무리한 탓이라 하는데, 그런 것치고는 영 맥을 못 추신답니다. 아무리 좋은 음식을 해드려도 잘 드시지도 못하고, 하루 종일 누워만 계시거나 때론 헛소리까지 하시니 어찌 걱정이 안 되겠어요. 기억력도 많이 떨어지셨고요. 그래서 실은 내색은 못 해도 염려가 매우 깊어요. 사실, 내 가장 든든한 뒷배는 폐하이시니, 폐하께서 건강하셔야지요."

로즈는 더욱더 깊은 한숨을 내쉬며 근심을 표했다. 로라는 실은 황제의 건강에 대한 염려보다는 호기심이 더 강했지만, 그런 마음을 애써 누르며 상투적인 위로를 건넸다.

"이런, 상심이 크시겠어요. 다들 너무 무리해서 그런 거라고, 아직 젊으시니 금방 쾌차하실 거라고들 하던데 말이죠. 그저 지나치게 일을 많이 하셔서 피로가 쌓여서 나온, 일시적인 현상 아닐까요?"

로라의 말에 로즈가 슬프게 도리질했다.

"정말 그랬으면 좋겠네요. 옆에서 지켜본 바로는 아주 심각하답니다. 정말요. 그래서인지 나한테 의지하는 일도 커졌어요. 지금도 폐하께서 놓아주시지 않는데 로라를 만나기 위해 어떻게든 시간을 낸 거랍니다. 저번 일이 계속 마음에 걸렸거든요. 오늘도 침상에서 일어나시다가 어지럽다고 바닥에 손을 짚으셨……. 아."

거기까지 말하던 로즈가 아차 싶은 얼굴이 되더니 로라의 손을 살포시 잡으며 당부했다.

"이건 내가 로라를 정말 믿고 있으니 이야기한 거랍니다. 이런 상황에서 내가 진짜로 믿을 만한 이가 누가 있겠어요? 날 아주 잘 아는 로라 외에는 솔직한 얘기를 할 사람도 없네요."

심각한 로즈의 말에 로라가 당연하다는 듯 고개를 주억거렸다.

"그럼요. 비밀을 지켜드려야지요. 사람들이 수군거리기는 하지만 귀비님이 걱정할 정도는 아니에요. 다들 금세 일어나실 거라 생각하고 있거든요. 너무 걱정 마세요. 의사도 별일 아니라 했으니 곧 털고 일어나실 겁니다."

"위로를 들으니 마음이 안정이 되네요. 고마워요, 로라. 폐하께 다시 가봐야 돼서, 자리를 오래 비울 수가 없네요. 다음번에 기회 되면 또다시 이야기를 나누도록 해요."

로즈가 그리 말하고 시녀들을 부르자 로라가 황급히 답했다.

"위로가 되었다니 기쁘네요. 언제든 대화가 나누시고 싶으실 땐 저를 부르세요.”

로라가 로즈에게 신뢰를 주려는 듯 매우 진지한 얼굴을 했다. 평소와는 너무 다른 표정에선 진실성이 느껴지지 않았다. 그러나 로즈는 안심했는지 고개를 끄덕였다.

“그럼, 먼저 자리를 뜨겠어요.”

로즈가 그리 말하며 시녀들과 함께 먼저 자리를 뜨자, 배웅을 하던 로라는 상자를 쥔 채 얼른 제 친우들이 모여 있는 곳으로 조급하게 몸을 움직였다. 받은 선물을 자랑하고 아무도 제대로 모르고 있을 황제의 상태에 대해 말하고 싶어 입이 근질거렸다.

로즈는 멀찍이서 그런 로라의 모습을 잠시 훔쳐보더니 모호한 미소를 띤 채 시녀들과 궁을 향해 사라졌다.

한 달여의 시간이 흘렀다. 루크워렐의 건강 이상에 대한 소문이 고조되었다. 거기에 덧붙여 가산 지역 난민에 의해 시작된 폭동이 진정될 기미가 보이지 않아 수도권에 상주하고 있는 대규모의 병력이 그쪽으로 이동한다는 소문까지 돌았다.

가산 지역은 국경 밖에 자리 잡고 있는 둘레안 산맥에 사는 부족들의 분쟁으로 제 터전을 잃은 카란 부족이 난민으로 거주하는 곳이다. 라우리드센 제국에서는 섭섭지 않게 그들을 돌보아주었는데, 기이하게도 부당한 대우를 받아본 적 없는 그들이 소요를 일으키고 있었다.

게다가 둘레안 산맥에 사는 부족들은 그들의 터전을 소중히 여기는 편이라 카란 부족 역시 라우리드센 제국의 중재를 통해, 원래 살던 고향으로 돌아가기를 바라는 상황이다. 그런 그들이 제국을 향해 반기를 든다는 건 그들에게도 아무 소득이 없기에 소요가 길게 유지되는 건 이해하기 어려운 일이다.

대부분 사람들은 황제의 건재를 믿었지만, 후손이 없는 젊은 황제의 건강 이상설과 수도권에서 멀리 떨어진 곳이라 해도 어수선한 정세는 사람들의 수군거림을 증폭시키기에 충분했다. 그리하여 황실에서는 소문을 불식시키고 루크워렐의 건재함을 보여주려는 듯 대대적인 황궁 무도회의 개최를 알렸다. 일반적인 무도회와는 달리 격식과 규모 면에서 매우 크고 웅장한 모임이었다.

대대로 큰 행사 때만 공개를 하는 에이라엘 홀을 무도회 장소로 삼은 것만 해도 그랬다. 에이라엘 홀은 여러 개의 관으로 이루어진 황궁의 가장 중앙에 있는 단층짜리 커다란 홀로, 건물 전체를 파란색 대리석으로 만들어 푸른 태양이라고 불리기도 하였다. 보석과 순금으로 장식한 화려함으로는 그곳만 한 장소가 없었다.

이번 무도회는 수도권 전체의 귀족과 원한다면 지방에서 세를 떨치는 귀족들의 참석도 허했다. 규모가 엄청났기 때문에 쓰이는 식기와 음식, 거기에 시중인, 호위기사, 호위병들의 머리수만 해도 굉장했다. 무도회 준비를 위해 유명한 드레스와 구두는 동이 났다는 말까지 있었다. 사람들은 이 모든 게 황권의 건재를 증명하기 위함임을 직감했다.

호화찬란한 무도회 준비의 번잡함과는 다르게, 루크워렐은 공식업무를 절반으로 줄이곤 로즈가 머무는 파렌치에 관에 머물다시피 했다. 무도회 전날까지도 루크워렐은 파렌치에 관의 침실에 틀어박힌 채 모습을 전혀 보이지 않았다. 따라서 무도회의 준비을 지휘하는 건 로즈의 몫이다. 장식과 음식, 유흥거리들을 모두 완벽하게 준비한 로즈가 일찌감치 골라둔 루크워렐과 자신의 의상, 장신구까지 모두 검토한 후 파렌치에 관으로 돌아가던 길이다.

저 멀리 스칼렛이 나타났다. 스칼렛은 어깨부터 허리까지 드리우는 분홍색 실크로 만든 커다란 꽃 코르사주를 달고 있었다. 그 크기가 얼마나 큰지, 스칼렛이 꽃에 거의 파묻혀 있는 듯 보였다. 어찌된 일인지 뒤따라오는 수행원이 하나도 없었는데 일부러 홀로 다니는 것처럼 보이기도 했다.

스칼렛이 로즈를 보자 장난꾸러기 같은 미소를 띠며 물었다.

"내가 더 도울 일 없을까?"

로즈는 대답 대신 빙긋이 웃었다. 만남이 잦지는 않았지만 로즈는 스칼렛의 격 없는 해맑음이 좋았다. 상대의 의중을 파악하고 적을 만들지 않기 위해 분투해야 하는 황궁생활에서 스칼렛은 내숭이나 격식 없이 편하게 대할 수 있는 몇 안 되는 인물 중 하나였다. 특히 지금같이 피곤한 상황에서는 더욱 그 존재가 소중하게 느껴졌다. 로즈는 손짓으로 제 수행원들을 멀리 물린 후, 스칼렛에게 말을 붙였다.

"지금도 충분히 도와주고 계십니다, 황비님."

스칼렛이 손을 내둘렀다. 손짓과 함께 상의에 붙어 있는 거대한 꽃 장식도 함께 움직였다.

"에아기네스, 격식은 그만 됐다니까."

"감사의 표시라고 생각해주시면 됩니다."

로즈가 약간 쓸쓸하게 덧붙였다.

"일부러 자기 평판을 낮출 만한 행보를 보여주시는 건 쉽지 않은 일이지요."

스칼렛이 아무렇지도 않다는 듯 답했다.

"그냥 하던 대로 하는 것뿐이야. 사람들은 거기에 덧붙여 자기 식

대로 보고 판단하고 소문을 내. 게다가 에아기네스, 그대가 많은 일
을 하는 건 사실이고. 난 절대 할 수 없는 것이지. 틸레안 제국에 있
을 때도 제대로 교육받은 적이 없었거든. 쓸데없는 계집이라는 평만
들었어."

스칼렛의 덤덤한 말투가 외려 로즈의 가슴을 아프게 찔렀다. 공주
로 태어났으나 기형이라는 이유 하나로 외면당하고 제대로 대우받지
못한 채 이곳으로 오게 됐고, 라우리드센 제국에 와선 그나마 자유롭
게 지내나 이곳 사람들은 적대국 출신이라며 그녀의 무능을 더욱 탓
한다. 게다가 이번에 루크워렐의 일과 관련해서 특별히 신경 쓰지 않
아도 된다고 언질한 건 이쪽이다. 스칼렛은 설명을 듣고 그 말에 그
대로 따라줬을 뿐이었다. 로즈가 안타까운 마음으로 말을 이었다.

"일이 끝나면 평판이 좀 더 나아지도록 도와드리겠습니다. 황비 전
하로 더 많은 존경을 받으셔야죠."

로즈는 진심이었다. 어차피 자신 또한 지금 받고 있는, 가지고 있
는 모든 것이 과분하다 할 만했다. 그중에 가장 과분한 건, 자격이 없
을지도 모르는 제가 루크워렐의 진심 어린 사랑을 얻었다는 사실이
다. 때때로 저도 어찌할 줄 모르는 불안이 솟구쳐오를 때면, 그 옆에
서 그녀를 안아주는 그가 있었다.

괜찮다는 말이 주는 안정감은 대단했다. 그래서 스칼렛에게도 더
해주고 싶었다. 그녀는 자신이 하고 싶은 대로 할 수 있는 자유 외에
는, 황비로의 모든 권한과 책임을 로즈에게 주고 끝까지 허울뿐인 황
비로 살 생각인 사람이었다.

스길렛이 처음으로 아이 같던 미소를 지우고 침착한 얼굴이 되었
다. 여전히 동안이지만, 본 이래로 가장 어른스러워 보였다.

"그렇게 하지 않아도 돼. 어차피……."

스칼렛의 목소리가 가늘게 떨리며 침잠했다. 잠시의 침묵 후, 약간 잠긴 목소리가 뒤를 이었다.

"내 수명은 내 생각보다 더 얼마 남지 않은 것 같아. 몸이 영 예전 같지 않고, 날 따라왔던 의사도 그렇게 말하고……. 내 평판이 좋지 않은 게 내 사후에 에아기네스 당신이 입지를 더 단단히 하고 내 뒤를 이어 황비에 오르는 데 도움이 되겠지."

"그런……."

로즈가 뭐라 위로도 못 한 채 말을 흐렸다. 죽음을 목전에 둔 사람에게 어떤 말도 얄팍하게 느껴질 것 같았다.

스칼렛이 손을 휘저으며 다시 해맑게 말했다.

"슬퍼하지 마, 에아기네스. 기한을 받은 게 아니야. 그냥 몸이 예전 같지 않은 거야. 그냥 언제 죽을지 모르지만 죽기 전까지 내가 하고 싶은 대로 두면 돼. 대신 내 사람들을 알려줄 테니 내가 죽은 후에도 잘 돌봐줘."

"당연한 이야기세요. 그렇지만."

로즈가 스칼렛의 손을 잡았다. 작고 앙증맞은 손이 로즈의 손안으로 쏙 들어왔다. 그래서 더 가련한 느낌을 받았다. 현재 일의 경중은 잠시 잊고, 로즈가 진심을 전했다.

"최대한 오래 사셔야죠."

"에아기네스."

로즈의 진심을 느낀 듯 에아기네스가 이름을 부르고선 잠시 말을 멈췄다. 그러곤 방긋 웃으며 답했다.

"그러니 잘 해내고 나랑 또다시 맛있는 케이크를 먹자."

"네. 그래요."

"그럼, 이따 무도회에서 봐."

"오늘도 분홍색 드레스신가요?"

"당연하지. 언제 나중에 한번 같은 색으로 맞춰 입자고."

"알겠습니다, 황비님."

로즈가 정중히 스칼렛을 배웅하고 파렌치에 관으로 돌아왔다. 내색은 않았지만 마음이 침중했다.

로즈가 침실로 들어오며 수행인들을 모두 물렸다. 침실의 창문은 두꺼운 커튼으로 가려져 한낮임에도 어두침침했다. 로즈가 커튼을 손수 좍 소리가 나게 열자 한낮의 햇살이 쏟아져 내렸다.

푹신하고 보송한 침대에는 루크워렐이 느슨하게 누워 있었다. 아무렇게나 흘러내린 옷가지에 상체가 훤하게 드러났다. 아직도 자나 싶어 로즈가 그리로 몸을 기울이자, 불쑥 손이 튀어나와 로즈를 잡아채 가슴팍에 눕혔다. 갑작스러운 당김에 로즈가 균형을 잃고 풀썩 침대, 정확히는 루크워렐의 품으로 쓰러졌다.

로즈가 반사적으로 몸을 일으키려, 제 몸을 꽉 누른 손의 힘에 살짝 체념의 한숨을 쉰 후 루크워렐에게 매달렸다.

"잘 잤어요?"

"지나치게 많이."

루크워렐이 짧게 답하자 로즈가 몸을 움직여 얼굴을 가까이 대고 가볍게 입 맞췄다. 루크워렐이 입맞춤에 재차 화답하며 로즈를 더 깊이 안았다.

"스칼렛 황비님을 뵙고 왔어요. 살날이 얼마 안 남았다고 생각하더군요. 의사도 그리 말했다고……. 마음이 편치 않아요."

"그렇군."

둘은 잠시 침묵했다. 로즈의 스칼렛을 향한 감정은, 그녀에 대한 진실을 알기 전까지 죄책감이 대부분을 차지했다. 루크워렐에게 있어 스칼렛은 서로의 필요에 의해 손을 맞잡은 계약관계이면서, 서로 완연히 다른 성격이었지만 불편하지 않을 정도의 사이였다. 그러나 병자에 대한 안쓰러움만은 둘 모두 공유하는 감정이다.

"드디어 내일이에요."

"그렇군. 내일이야. 로즈."

이제 루크워렐은 둘만 있을 때는 에아기네스 대신 로즈라 부른다.

"모든 일이 끝나면, 이름 문제는 그때 정리하기로 하지."

"그래요."

루크워렐이 빙긋이 웃었다.

"내일이 지나고 나면 바쁠 터이니, 오늘은 여유를 즐겨볼까."

그리고 뒤이어 진한 입맞춤이 이어졌다. 언제나 그렇듯 사랑하는 이와의 친밀한 접촉은 꽉 찬 충만감을 선사했다.

무도회 당일.

엄중한 절차를 걸친 후 들어서는 귀족들 앞에 펼쳐진 에이라엘 홀로 향하는 길에는, 아직도 물기를 촉촉이 머금은 수없이 많은 생화들이 그들을 반기듯 주욱 늘어서 있었다. 하얀색과 노란색으로만 이루어진 꽃의 행렬은 파란빛으로 고고하게 서 있는 에이라엘 홀을 더욱 더 도드라지게 해주었다.

정문에는 성인 남자의 두 배 정도 되는 높이를 가진 거대한 순금 사자 두 마리가 앞발을 든 모양 그대로 포효하며 양쪽으로 서 있었다. 순금 사자 사이로 웅장한 음악이 폭포수처럼 흘러나왔다. 황궁에 자주 드나들었던 이라 해도 압도당할 만한 분위기였다.

문을 열면, 수백 명이 단체로 춤을 추어도 남을 넓은 공간이 펼쳐진다. 그곳에선 이미 도착한 화려한 차림의 남녀가 웃고 떠들며 즐기고 있었다. 향수와 향내에 덧붙여 식욕을 자극하는 음식 냄새에 홀린 듯 따라가보면, 색과 맛 모두 훌륭한 음식들이 근사하게 차려져 있어 누구든 한입 먹어보지 않으면 배기지 못할 정도였다.

나이가 있어 활동적으로 즐기지 못하는 노인들이나, 어른들의 손을 잡고 무도회에 따라오기는 했으나 별다른 재미를 느끼지 못할 아이들을 위해선 광대의 재주나 가벼운 서커스가 준비되어 있었는데 얼마나 솜씨가 좋은지 박장대소가 끊이지 않았다.

조용한 걸 좋아하는 이들은 시인들의 시 낭송을 듣고 있거나 화가들의 그림을 구경하기도 하고 작법에 대해 논하기도 했다. 여흥을 즐기다 지친 이들은 테라스에 구비된 푹신한 장의자에 기다랗게 누워 바깥에서 흘러들어오는 초목의 향을 맡기도 했다.

그리고 그 모든 것들의 중심에는 루크워렐과 로즈가 있었다. 그들의 자리는, 가장 눈에 잘 띄는 곳 은빛 연단 위, 순금과 보석과 흰빛 대리석으로 장식된 웅장하고 화려한 의자였다. 그 옆으로는 시녀와 시종들, 호위기사들이 마치 장막처럼 길게 드리워져 있다.

검은색 자수가 들어간 짙푸른 예복은 루크워렐에게 근엄함을 더해주었다. 잘생긴 얼굴은 약간 창백했는데, 창백함이 병약함보다는 섬세한 기품을 선사했다. 그러나 예민하고 귀찮은 듯 보이기는 했다. 그리하여 들어온 이들을 좀 더 적극적으로 맞이하는 일은 로즈의 몫이었다.

로즈는 루크워렐의 옆에 앉아, 마치 파도처럼 끊임없이 밀려오는 사람들의 행렬을 보고 있었다. 한데로 들어왔다 나뉘는 물줄기와도 같이, 들어온 이들은 루크워렐과 로즈에게 정중하게 예를 표한 후 다들 각자의 유희거리를 찾아 떠났다.

　루크워렐은 제 할 도리는 다했지만, 평소보다 말이 짧았고 움직임
이 느렸다. 상대적으로 로즈는 우아하게 웃으며 기품 있게 말하는 모
습에서 빈틈 하나 찾아낼 수 없었다. 거기에 더해 로즈는 밝은 붉은
색 드레스를 입고 있었는데, 얼굴은 반짝반짝 빛났고 아름다운 자태
는 화사한 꽃과도 같았다. 그런 그녀라 하더라도, 한 사람에게만은
멈칫할 수밖에 없었다.

　"평화로운 밤입니다, 폐하. 언제나 평화와 온전함이 가득하기를."

　설리반이다. 새하얀 옷에 금장 장식이 달렸는데, 아름다운 흰빛의
얼굴과 어우러져 깨끗하고 청렴한 인상을 주고 있었다. 부드러운 인
사의 동작은 물 흐르듯 유연하고 유려했다.

　몸의 이상 탓인지 아니면 기분 탓인지 귀찮은 듯 루크워렐이 설리
반의 인사에 짧게 답례하자, 다독이며 친밀함을 표하는 건 로즈의 일
이 되었다. 흔들림 하나 없던 로즈조차도, 보랏빛 눈동자를 빛내며
선량하게 웃음 짓는 설리반에게는 저도 모르게 경직해버렸다. 설리
반도 로즈의 긴장을 읽은 듯했지만, 같은 음모로 손잡고 있는 자 특
유의 것이라 멋대로 생각해버린 듯했다. 의례적인 말을 몇 마디 한
후, 설리반이 기쁜 얼굴로 덧붙였다.

　"오늘따라 유독 아름다우십니다."

　"감사합니다."

　"아름다움에 대한 찬사로 손등에 입 맞춰도 되겠습니까?"

　예상치 못했던 말이다. 루크워렐이 평소처럼 예리한 상태였다면
설리반이 절대 하지 않았을 행동이기도 했다. 귀족남자들이 귀부인
들에게 종종 아름다움이나 여타 감탄이나 인사의 의미로 손등에 입
맞추는 경우는 있었지만, 설리반이 이렇게 공개적인 자리에서 그런

눈에 띄는 행동을 할 까닭이 없다.

이는 제 뜻대로 되어가고 있다는 자신감의 표출이기도 했으며 루크워렐의 영명함이 흐려지고 있음을 확신한단 믿음이기도 했다. 한편으로는 그런 루크워렐에게 로즈가 제 것임을 은연중에 드러내고 싶은 욕망이 숨겨져 있었다.

거죽만 본다면, 그저 인사치레에 불과했기에 거절할 까닭은 조금도 없다. 로즈는 설리반의 청을 허했다.

"그리하여도 됩니다."

말로는 허했지만 로즈는 내키지 않는 손을 내색 않은 채 설리반에게 내밀었다. 루크워렐은 설리반과 로즈가 대화를 나누는데도 관심이 없는 듯 다른 데 시선을 두고 있었는데, 맥이 없어 보였다.

로즈가 설리반에게 손을 내밀었다.

설리반이 로즈의 손을 잡았다.

그 순간, 닿은 부분부터 소름이 올라왔다. 손가락과 손가락이 얽히자, 단순히 인사를 위해 손을 잡는 것뿐인데도 당장에라도 뿌리치고 싶은 강렬한 욕구와 혐오를 느꼈다. 하지만 로즈는 웃었다.

설리반이 몸을 숙여 로즈의 손에 입 맞췄다. 그 감촉이 가시로 만든 각인처럼 느껴졌다. 그래도 로즈는 웃었다.

설리반은 입을 맞추고 깔끔하게 손을 뗀 후, 고개를 들어 로즈와 눈을 맞추고 나란히 웃었다. 그러곤 그의 시선이 로즈의 목덜미에서 가슴으로, 가슴에서 허리춤을 훑고 지나갔다. 그 시선만으로도 강렬한 속박이 느껴졌다.

로즈는 애써 침착을 유지했다. 길고 긴 찰나가 지나가고, 설리반은 상냥히 웃으며 공손히 물러갔다.

설리반이 가고 나자 로즈가 우아하게 자리에 앉았다. 설리반이 사람들 틈으로 들어가 시야에서 사라지자, 로즈는 표 안 나게 작은 한숨을 흘렸다. 여전히 기운 없이, 의욕 없이 등받이에 몸을 기대고 있는 루크워렐은 시선도 돌리지 않은 채 속삭였다.

"괜찮아."

작은 목소리였지만, 낮게 몸을 숙이고 로즈의 귓속으로 파고들었다.

괜찮을 거였다.

로즈는 눈을 잠시 감았다 떴다. 소름 끼치는 감각은 사라져 있었다. 로즈는 평정을 완벽하게 유지한 채 다시 정면을 바라볼 수 있었다. 루크워렐은 더는 말이 없었다. 그걸로 충분했다.

오케스트라는 계속해서 곡을 바꿔가며 끊임없이 연주했다. 춤을 추는 이들은 만화경과 같이 현란한 색채를 뿌리며 빙그르르 돌았다 만났다 하며 다른 모양을 만들어냈다. 그사이에도 루크워렐의 보좌관들이 로즈에게 다가가 귓속말을 하거나, 그녀로부터 뭔가 지시를 받았다. 그중에는 슈나이더도 있었다. 로즈는 최근 격심한 피로를 느끼는 루크워렐을 대신할, 많은 권한을 받은 듯했다.

몇 번이나 곡이 바뀌고 난 이후였다.

챙! 심벌즈 소리가 요란하게 울렸다. 그 순간, 루크워렐이 몸을 일으켰다. 기운 빠져 보이던 황제가 일어서니, 소리와 함께 사람들의 시선이 반사적으로 그리 쏠렸다. 그가 손에 든 크리스털 술잔에는 붉은 술이 가득 담겨 있었다. 선명한 붉은빛이 광택과 함께 조각나 빛났다.

황제의 낯빛은 꽤 창백했다. 하지만 여전히 늠름한 자태나 사람을 홀릴 법한 매혹적인 분위기, 기품은 살아 있어 강렬한 카리스마가 느껴졌다.

루크워렐이 술잔을 들어올리고 뭐라 입을 벙긋한 순간이다. 공기가 가득 들었다 날카로운 바늘에 찔려 순식간에 쪼그라드는 헝겊주머니처럼, 루크워렐이 허물어졌다. 잔이 깨지는 소리가 요란했다. 바닥에는 피처럼 붉은 술이 충격으로 튀며 기괴한 무늬를 그려내었다.

로즈가 급하게 손을 뻗어 루크워렐을 받아내었지만, 무게를 이기지 못하고 함께 허물어졌다.

사람들이 소리를 질렀다.

상황을 채 다 파악하지 못한 오케스트라 연주자 몇은 연주를 지속하고 금세 눈치챈 이들은 놀라 연주를 멈춰 이가 빠진 듯한 음악과 사람들의 외침이 엉켜 기괴한 불협화음을 자아내었다. 소란한 말소리와 부단한 발소리, 무기를 빼어든 호위기사들. 그 속에서 색색의 드레스들이 후두두 떨어지는 빗방울처럼 수없이 많은 동그라미를 그려댔다.

"루크워레엘!"

몇 번을 불러도 눈을 뜨지 못하는 황제를 안은 채 로즈가 처연하게 외쳤다. 금방이라도 눈물을 터뜨릴 듯 애처로운 얼굴이었지만 애써 의연함을 유지하고 있었는데, 그래서 더 안쓰러웠다. 뭔가 의지할 것을 찾는 듯 황망히 주변을 둘러보던 로즈는, 한곳에 시선을 고정했다가 다시 거두어들였다.

거기에는 설리반이 있었다.

설리반은 로즈와 눈이 마주친 순간, 사악하게 웃음 지었다. 그러나 로즈만 확인한 그것은 순식간에 사라졌다. 악의 어린 기쁨은 그렇게 두 사람만 알 수 있었다.

로즈는 설리반의 그 웃음을 본 순간 그 악랄함에 심장이 돌처럼 굳는 듯한 느낌이었다. 그 악랄함은 선량함으로 포장되어 있어 순도가 더 높았다. 손끝이 차가워지고 피가 천천히 흐르는 기분이었다. 그러고 싶지 않아도 설리반에게 신경이 쏠린다. 그 악랄함에 혐오가 인다. 머리카락에 붙은 독벌레처럼 온몸을 털어서라도 설리반을 털어버리고 싶었다. 그 감정이 넘치자 숨이 막혔다.

그때, 루크워렐의 손이 그녀의 손을 스쳤다. 그의 온기를 느끼자, 침착해졌다. 이럴 때가 아니다. 로즈가 걱정 가득한 얼굴로 힘없이 흔들거리는 루크워렐의 손을 답삭 잡았다.

때마침 의사가 황급히 들어오고 루크워렐이 들것에 실렸다. 사람들은 어느 정도 진정이 되어 처음처럼 시끄럽지는 않았지만, 불안한 수군거림을 멈추지 않았다. 황제를 따라 나가려던 로즈는 슈나이더에게 몇 마디 언질을 주더니 무도회장에 남았고, 루크워렐은 엄중한 호위하에 홀을 떠났다.

침착을 되찾은 로즈가 제 뒤에 호위기사들과 루크워렐이 신뢰하는 신하들을 공작새의 날개처럼 펼치고 손짓하자, 당황에 어찌할 바 모르고 있던 오케스트라 연주자들이 다시 연주를 시작했다. 매끄러운 음악이 흐르자, 로즈가 입을 뗐다. 강렬한 어조였다.

"폐하께서 쓰러지셨습니다. 비 된 입장으로 당연히 그분 옆에서 보필하여야겠지만, 이렇게 많은 분들을 두고서 자리를 뜰 수는 없겠지요. 의사가 시시각각 그분의 상태를 알려줄 것이고, 무엇이 원인인지 알 수 있게 될 겁니다. 아마 염려하시는 것처럼 큰일은 아닐 터. 이리 모인 여러분의 흥을 깰 수 없으니 우선은 즐겨주길 바랍니다."

로즈가 누구보다도 매서운 미소를 띠고 뒷말을 덧붙였다.

"여기 있는 누구도 나의 허락 없이 자리를 뜨는 일은 없기를 바랍니다. 그럼, 마음을 편히 가지고 즐기기를."

사람들은 긴장하며 로즈를 바라보았다. 얼굴에는 가득 미소를 띠고 있었지만 그 안에 감춰진 팽팽한 칼날까지 못 볼 정도로 사람들은 아둔하지 않았다.

황제가 쓰러졌지만 별일 아니다. 그럴 리야 없겠지만 의사가 상태를 살피고서, 혹시라도 누군가 해를 입힌 것이란 진단을 한다면 가만있지 않겠다. 그리고 황제가 없는 지금, 이곳에서 가장 큰 권한을 가진 이는 바로 황제의 총애를 받는 나, 에아기네스다.

담겨진 속뜻을 모두 풀이해낸 이들은 모두 공손히 동의를 표하고 다시 무도회에 열중했다. 하지만 겉으로는 즐기는 듯 보일망정 속으로는 각자의 생각에 빠져 있었다.

오늘을 분석해볼 때 단 하나 확실한 것은, 귀비의 권력이 황제의 대행자로 나설 정도로 커졌다는 것. 무도회 내내 황제의 측근들이 그녀에게 의견을 묻는 모습도 그랬고, 황제가 쓰러진 후 자기 허락 없이 퇴궁 말라는 명까지 내릴 정도로 권한이 있다는 것. 황제가 죽을 병에 걸렸다고는 생각하지 않지만, 건강을 회복할 때까지 가장 큰 영향력을 행사할 사람이 그녀라는 것을 깨달았다. 그리고 그들이 가장 잘 보여야 할 이도 그녀였다.

이 모든 걸, 단 한 사람만은 다른 각도로 회심의 미소를 지은 채 바라보고 있었다. 바로 설리반이다.

2

　무도회가 끝난 직후다. 루크워렐은 길고 큰 푹신한 의자에 거의 눕다시피 기대앉아 있다. 똑똑, 묵직하게 노크가 울렸지만 루크워렐은 대꾸조차 않은 채 그대로 있었다. 그러나 약속이 되어 있었던 듯 들어가도 괜찮으시겠느냐는 질문조차 없이 문이 열리더니, 심각한 얼굴을 한 열 명가량 되는 사람들이 들어섰다.

　방에 있는 이들 중 가장 한가로운 표정을 짓고 있는 건 루크워렐이다. 심각하거나 진지한 얼굴들을 앞에 두었음에도 루크워렐은 자세를 전혀 바꾸지 않은 채 손만 들어 잠깐 흔들었을 뿐이다. 슈나이더가 가벼운 한숨과 함께 입을 열었다.

　"근래 들어 가장 편안해 보이십니다."

　루크워렐이 풀린 듯 맹한 눈으로 슈나이더를 바라보았다. 슈나이더가 말없이 황제의 옆으로 다가가 통 하나를 꺼내더니 손가락에 찍어 루크워렐의 눈 밑에 살짝 발랐다. 그러자 핏기 없는 얼굴에 더해 안색이 더 어두워졌다.

　"이러니 좀 나아 보이시는군요."

　침착한 표정과는 다른 농 섞인 말에 루크워렐은 가볍게 웃은 후, 드디어 대꾸했다.

　"내 사는 동안 이리 편했던 적이 있던가 싶군. 종종 아파야겠어."

　그러나 루크워렐의 농은 통하지 않았다. 다들 심각한 얼굴로 서 있기만 하자, 황제는 더는 농땡이를 부리지 못하고 몸을 일으켜 옆에 준비되어 있는 두꺼운 회의용 탁자로 자리를 옮겼다. 눈빛에는 다시 생기가 돌고 발걸음에는 힘이 있었다. 제 사람들을 이끄는 모습은 위풍당당하기까지 하였다.

루크워렐이 자리에 앉자마자 슈나이더가 회의 탁자를 거의 다 덮을 정도로 커다란 지도를 펼쳤다. 여러 관(館)으로 이루어진 황궁의 평면도와 수도권 지형이 상세히 나와 있는 것으로, 붉은색과 푸른색, 노란색으로 선이 그어져 있었다. 주된 계획경로 외에도 제2, 제3의 안을 몇 개나 예상하고, 몇 번이나 예행연습을 한 결과물이다. 한쪽에는 가산 지역 폭동과 관련된 경과와 동향 보고서가 펼쳐져 있다. 몇 번이고 논의되고 몇 번이나 보완되었으며, 모든 것은 극비에 부쳐진 사항이다. 간략한 최종보고들만이 굳은 얼굴로 이어졌다.

"스반 가문과 카체카 가문, 주자리 가문은 모두 반역과 관련되어 설리반 프린 프란에게 확실히 협조한다는 사실을 알았습니다."

"츠오 가문과 튤란 가문은 설리반 프린 프란에게 긍정적인 인상을 가지고 있습니다. 반역이 일어날 시, 적극적으로 협조하지는 않겠지만 침묵할 것을 확약했습니다."

"가산 지역 폭동은 현재 대치상태 정도로 만들어두었습니다. 현재 총지휘관인 술레이가 잘해주고 있습니다. 언제든 제압할 수 있지만, 지금은 정세가 불안정하단 모양새를 만들 필요가 있으니까요."

"계획된 경로로의 병력배치를 확실히 연습해두었습니다. 황제의 병환으로 인해 경계근무가 강화된 정도로 생각하고 있어 훈련경로가 바뀌거나 그 강도가 세지고 머리수가 늘어도 모두들 당연하다 생각하고 있습니다."

황제는 이어지는 보고를 냉철한 표정으로 담담히 들었다. 삼십여 분간의 보고가 끝나자, 슈나이더가 루크워렐에게 망설임을 담아 조심히 물었다.

"괜찮⋯⋯으시겠습니까, 계획대로 해도?"

"몇 번이나 묻는 건가, 슈나이더."

그 말에 가벼운 질책이 담겨 있었지만 슈나이더는 굽히지 않았다.

"누구보다도 아끼시는 분이 아닙니까."

"동의한 사안이야. 우린 서로를 믿어."

단호한 대답에 슈나이더도 더는 아무 말 않았다. 슈나이더는 루크워렐이 처음 로즈를 마음에 들어 했을 때부터 지금까지 보아왔다. 처음부터 온전히 믿지는 않았지만, 로즈가 설리반과 관련된 모든 서류를 비밀리에 전달하고, 반역에 대한 증인이 되겠다 했을 때 로즈에 대한 신뢰가 생겼다.

회의장에 참석한 이들은 슈나이더를 제외하곤 아무도 로즈의 온전한 과거를 알지 못했다. 슈나이더는, 이 모든 걸 아는 유일한 사람이었다. 그렇기에 그들의 불가능해 보이는 사랑이 닿은 접점에 이성적인 그도 꽤 마음을 주고 있는 상태였다. 다만 그래서, 로즈가 위험할 상황이 되면 루크워렐이 보일 반응에 염려하고 있다. 표현하지는 않았으나 다른 이들도 암묵적으로 동의하는 듯한 분위기에, 루크워렐이 입을 뗐다.

"불꽃의 란첼, 그대는 내가 명한 일을 해낼 자신이 없는가?"

"아닙니다. 훌륭히 해내겠습니다."

"지성과 전략의 귀재라 불리는 아인, 그대는 내가 명한 일을 소홀히 할 생각인가?"

"아닙니다. 그런 생각은 추호도 없습니다."

"신중하다 평 받는 리엘라, 그대는 내가 명한 일이 너무 과중하다 판단하나?"

"아닙니다. 충분히 할 수 있는 일입니다."

루크워렐이 그런 식으로 모여 있는 이들 모두에게 비슷한 질문을 던졌다. 모두 다 답은 같았다. 할 수 있다.

루크워렐이 툭, 본심을 내비쳤다.

"그렇다면 내가 믿고 있는 그대들은, 내가 아끼고 사랑하는 여자 하나 지켜낼 자신이 없는가?"

잠시 침묵이 감돌았다. 루크워렐이 말하고자 하는 바를 깨달았기 때문이다. 몇 번이나 검수한 계획이었다. 그들 모두 성공을 확신했다. 루크워렐은 그들에게 묻고 있었다. 이만큼이나 권한을 주며 능력을 인정하는데, 할 수 없다고 생각하는지. 돌덩이같이 무거운 분위기가, 갑자기 뜨겁게 달아올랐다.

"있습니다!"

커다란 외침을 필두로, 모두 같은 다짐을 내뱉었다.

"귀비님을 안전히, 폐하의 곁으로 모셔오겠습니다."

우렁찬 대답에, 루크워렐은 빙그레 미소 지었다.

"그런 각오라면, 기꺼이 환영한다."

루크워렐이 미소를 거두고, 결의에 찬 얼굴로 말을 이었다.

"이제 슬슬 사냥을 시작하지."

루크워렐은 제 앞에 펼쳐진 도안들을 바라보았다. 사냥감을 몰 땐, 한 방향으로만 생각해서는 안 된다. 여러 개의 덫 중에 어느 것에 걸릴지 알 수 없기 때문이다. 가장 중요한 건 사냥감이 도망치거나 반항을 할 수 없도록 확실하게 퇴로를 끊어놓는 일이다. 그러기 위해 내놓은 미끼가 자신이 가장 사랑하는 여자라는 사실이 못내 쓰라렸지만, 루크워렐은 로즈가 잘 해내리라 믿고 있다. 그가 불안해하는 건, 힘든 결심을 한 그녀에 대한 예의가 아니다.

로즈는 파렌치에 관 정원에 서 있다. 정확히는 정원 옆에 웅장하게 구성된 숲 근처에 서 있었는데, 설리반과 비밀리에 접촉하곤 했던 장소다. 로즈는 일찌감치 나와 있었다. 손에는 커다랗고 화려한 가방을 든 채다.

햇살에 나뭇잎들이 얼굴에 얼룩덜룩 그늘을 만들어내었다. 완전한 그늘 안으로 들어갈 수도 있었지만, 그러고 싶지 않았다. 조금이라도 빛 속에 있고 싶었다. 지금은.

설리반을 기다리는 시간은 매우 더디게 흘렀다. 일찍 나온 만큼 쓸데없는 생각도 늘어났다.

루크워렐이 널 용서하고 받아줬다고 해서, 정말 그리 쉬이 네가 행복해질 수 있을까? 어쩌면 루크워렐은 그렇지 않다 할지라도, 언젠가는 숨겨진 내막을 알아내어 설리반과 함께 널 치워버리고 싶어 하는 이가 없으리라는 생각은 조금도 안 하니? 난 네가 그렇게 행복하게 웃으며 미래를 꿈꾸는 걸 못 보겠어. 난 불행이니까.

그러나 로즈는 그 음울하고 부정적인 생각을 단호하게 끊어냈다. 그런 생각에 흠뻑 젖어들어 루크워렐에 대한 사랑을 불안해하고 결국에는 어긋난 길로 들어서 죄책감에 시달리는 로즈가, 제가 시키는 대로 움직이기를 바라는 것이 바로 설리반이다. 더 이상 그의 뜻대로는 움직이지 않을 생각이다.

설령, 제 지금의 판단대로 움직여 원하는 결과를 얻지 못한다 할지라도, 적어도 제 의지대로 바르다 생각하는 길을 택했다. 설리반의 악의에 휘둘려 선택한 것과는 온전히 다른 길. 설령 루크워렐의 곁에 서지 못할지라도 적어도 제 진심을 믿어준 그에게, 제 사랑을 증명할 기회를 얻었다는 사실만으로도 만족했다.

부스럭. 숲길을 헤치며 설리반이 나타났다. 설리반은 제 머리색과 똑같은 환한 황금빛 옷을 입고 있었다. 비밀만남을 가지는 이치고 확연히 눈에 띌 만한 차림이었다. 그는 현재 로즈가 실권을 잡고 있다 생각하기에 더더욱 남의 눈을 신경 쓰지 않는 듯했다. 아마 입궁할 때부터 저 차림이었겠지.

정상적인 경로를 통해 궁에 들어와, 정해진 시간에 요령껏 그녀를 만나러 온다. 대범함과 과감함이 없으면 실행할 수 없는 일이다. 아마 혹여 누군가에게 둘이 만나는 장면을 들킨다 해도, 어떻게든 유려하게 거짓핑계를 댈 수 있는 인간이다.

급격히 병세가 나빠진 황제의 안위를 염려해 힘을 보태주기 위해 귀비님을 만났다. 구설에 오를까 조용히 움직였다. 혹은 그 외 다른 거짓이유를 몇이라도 댈 수 있으리라, 로즈는 확신했다. 그리고 그 특유의 선량해 보이는 모습으로 사람들을 속일 터. 그는 그런 유의 인간이다.

로즈는 설리반의 옷차림을 보고 잠시 쓰게 웃었다. 금빛은 흔히 황권과 관련이 있다. 황제를 제외한 자에게 황금빛이 금지된 건 아니나, 이런 시기에 황제의 귀비를 만나러 오면서 저런 화려한 황금빛 옷을 걸치다니, 누가 봐도 알 수밖에 없는 권력욕이다. 힘없이 스러지고 있는 루크워렐의 목덜미를 짓밟고 황좌에 오를 이는 자신이라는 과욕. 원래 그 자리가 자신의 몫이었는지 아닌지는, 설리반에게 중요하지 않다. 다만 탐이 났고, 탐이 났으니 손안에 넣기 위해선 어떤 교묘한 술책도 마다하지 않을 것이다.

설리반이 슬며시 다가와 로즈의 어깨를 다정히 부여잡았다.

"역시 기대를 저버리지 않는군요, 에아기네스."

마주하는 것만으로도 구역질이 났다. 거짓을 진실인 양 호도하는 저 사람과 말을 섞고 눈을 마주쳐야 한다. 그래야만 한다는 걸, 로즈는 누구보다도 잘 알았다.

설리반은 평소처럼 선량한 얼굴을 하고 있었으나, 미미하게 들떠 보였다. 선량함과 상냥함을 가면처럼 쓰는 게 아주 능숙한 사람이니, 자신이 저 들뜸을 감지할 수 있다는 것만으로도 상대가 얼마나 희열에 차 있는지 알 수 있었다.

"루크워렐이 저리 약해진 건 처음입니다, 에아기네스."

설리반이 뿌듯함을 감추지 못한 채 속삭였다. 목소리가 은밀하면 할수록 똬리 튼 채 숨겨져 있는 욕망이 강렬하게 느껴졌다.

토기가 올라올 것 같은 비열한 욕망. 겉으로는 화려하게 포장해놓았지만, 실체를 들여다보면 그는 제 안위 외에는 아무것도 관심이 없다. 로즈를 갈망하는 이유도 로즈를 사랑해서가 아닌 루크워렐의 것을 빼앗는다는 삐뚤어진 감정과 소유욕이 더 컸다.

그러나 로즈는 부드럽게 표정을 갈무리하곤, 손을 뻗어 설리반의 손을 살포시 잡았다.

"그렇다면 이제 소망하던 바를 이룰 때 아닌가요?"

겉으로는 꽤 협조적인 모습이다. 거기에는 약간의 자포자기도 섞여 있었다. 언제나 설리반이 집착하듯 먼저 그녀에게 다가서고 로즈는 그에게 움켜잡힌 듯한 느낌이 강했는데, 달라진 이 상황에 설리반은 조금 놀란 것 같았다.

로즈가 고개를 숙인 채 체념과 인정이 섞인 어조로 말을 이었다.

"이 손에 황권의 홀을 쥐는 날을 잡아야죠."

설리반이 로즈의 손에 잡힌 제 손을 바라보았다. 로즈가 좀 더 다가서며 속삭였다.

"그러니, 결행의 날을 정할 때가 되었어요."

그러곤 가벼이 한숨을 쉬었다.

설리반은 그녀의 속을 가만 파헤치려는 듯 그 선량해 보이는 눈동자로 로즈를 샅샅이 훑었다. 그러더니 로즈의 어깨 근처에 손을 올려 손바닥으로 등줄기를 주욱 훑었다. 간단한 동작이었는데도 오싹 소름이 끼칠 만큼 다분히 성적인 느낌이 강했다. 로즈는 당장에라도 뿌리치고 싶었지만 가만히 있었다. 지금 그녀가 다른 마음을 먹은 것처럼 보이면, 모든 게 엉망이 되어버린다.

설리반이 나직한 목소리로 로즈에게 가만가만 물었다.

"에아기네스, 당신이 보기에 루크워렐의 상태는 어떤가요?"

로즈가 찬찬히 답했다. 느린 답에는 병자를 보필하는 자의 피곤이 묻어 있었다.

"아주 엉망이죠. 의지가 있어 남들 앞에선 최대한 버티려고 하지만, 몸이 무너지는 걸 정신력으로 어찌해보련들 한계가 있으니까요. 저번 무도회 때 쓰러진 이후로는 몸의 우측 반절이 힘을 잃어 잘 걷지도 못해요. 오른손은 산발적으로 부들부들 떨고요. 가끔 호전되어 멀쩡히 걸어다니기도 해요. 아주 잠시뿐이지만. 심하게 화를 냈다가 맥없이 하루 종일 자기도 하고, 시간관념도 엉망이 되어서 가끔은 저를 맞이한 날로 착각하다가 본인이 황제가 된 날로 인식하기도 해요."

로즈는 못 견디겠다는 듯 계속 말을 이었다.

"최대한 다른 이들에게 이런 상태가 누설되지 못하도록 공식행사를 줄이고 내가 최대한 보필하고는 있지만 이 상황이 드러나는 건 시간문제예요. 어의는 특별한 원인을 찾아내지 못해 안달이에요. 자신은 피로누적 외에는 잘 알지 못하겠다면서……. 머리의 문제라 짚기엔 전조도 다르고 증상에도 일관성이 없으니까요. 독이라고는 전혀 생각도 못 하는 것 같아요. 황제가 먹는 음식은 모두 철저히 관리되는 데다, 차는 저 또한 함께 마셨으니까요."

설리반이 웃음기 없는 얼굴로 지친 표정의 로즈를 시험하듯 뚫어져라 바라보았다.

"에아기네스, 당신이 일을 아주 잘해줬군요. 그런데."

설리반이 로즈의 얼굴 가까이로 제 얼굴을 바짝 들이밀며 메마르고 냉혹한 어투로 덧붙였다.

"루크워렐이 그리도 다정히 대해주었는데, 몸을 맞대고 지내는 동안 아무런 심경의 변화는 없었나요? 그를 구해주고 싶다든가……."

소름 끼칠 정도로 가슴을 철렁하게 만드는 목소리였다. 평소에는 다정하고 사근사근한 말투와 목소리를 구사했기에 더 오싹한 느낌이 든다. 로즈는 동요를 나타내지 않으려 의지로 강하게 억눌렀다. 역시 설리반이다. 그는 그녀를 온전히 믿고 있지 않다. 제가 시킨 대로 로즈가 착실히 루크워렐에게 독을 먹여 저 지경을 만들었다고 생각함에도 그러했다.

로즈는 떨리는 가슴을 들키지 않기 위해, 체념한 듯 눈을 내리깔았다. 눈까지 마주치면 그 분위기에 집어삼켜질 것 같았다. 차분해야 한다. 뭔가 장황하게 이야기하는 것보단, 담백하게 말을 잇는 게 더 호소력이 있을 터.

"마음이 흔들리지 않았다면 거짓이겠지요."

로즈가 침착하게 답했다. 어투는 루크워렐에게 마음이 있다기보다는 포기했다는 느낌이 더 강했다.

"그렇지만 나는 반역가문의 자손으로 낙인찍힌 바 있으니, 루크워렐의 편을 들어 살아남는다 해도 내쳐질까 평생을 불안에 떨며 살아야겠지요. 게다가 설리반, 당신의 편을 든 전적도 있으니 더더욱 신뢰를 얻기는 어려워요. 게다가 당신이 말했잖아요. 그의 아버지가 우리 가문에 누명을 씌워 내가 이리되었으니 내 불행은 그의 탓이라 볼 수도 있어요. 그와 살을 맞대고 애정을 받았다 해도 어찌 가족을 죽인 이를 편들 수 있겠어요? 게다가 그가 내 원래 정체를 알면, 지금처럼 사랑해줄까요?"

로즈가 마지막 질문을 하며 숙였던 고개를 들어 설리반을 똑바로 바라보았다. 그녀의 앞에는 평소의 다정한 척하는 눈빛은 온데간데 없고, 오싹할 정도로 싸늘하고 제 욕심만을 생각하는 뱀같이 교만한 눈동자가 자리하고 있었다.

"그럴 바에야, 애초부터 내 정체를 알고 있는 당신의 손을 더 굳건히 잡는 편이 낫지요. 처음부터 그러기로 하고 궁에 들어온 거니까요. 그래서 매일같이 루크워렐에게 독을 먹였고, 당신이 황궁을 쉬이 장악할 수 있도록 기반을 마련했어요. 그리고……."

로즈가 뒷말을 잇기 어렵다는 듯 윗니로 아랫입술을 질끈 깨물었다 놓았다. 언제나 기품 있고 우아했던 모습과는 달리 안절부절못하는 것처럼 보이기도 했다. 로즈가 말을 꺼낼까 말까 몇 번을 망설이더니, 손에 든 가방을 매만졌다. 그 모습이 어찌나 초조한지 잡고 있는 가방끈을 닳게 하려는 것처럼 보이기도 했다.

결심한 듯 입을 열었다 눈을 두어 번 또록또록 굴리더니, 로즈가 가까스로 뒷말을 입 밖에 냈다.

"처음에는 몰랐는데, 이제는 남자를 알게 되니…… 하고 싶어서 미치겠어요. 그, 몸이 단다고 할까……."

평소의 로즈답지 않은 충격적인 말이었는데도, 설리반은 한쪽 눈썹을 잠시 치켜올렸다 내렸을 뿐이었다. 설리반이 로즈의 말의 진위를 파악해보려는 듯 가만히 바라보는데, 그 안광이 형형했다. 로즈가 그

기세에 눌리지 않고 정말 욕정에 몸이 단 것처럼 작은 주먹을 몇 번 쥐었다 놓았다를 반복하더니 창피한 듯 재빠르게 말을 이었다.

"보다시피 루크워렐이 독에 중독되어갈수록 제대로 밤일을 하지 못했어요. 저 정도가 되기 전에는 몇 번 분위기는 잡아봤지만 예전의 반도 못했고……. 지금은 운신조차 못 하니 꿈도 못 꿔요. 전에는 설리반 당신이 무슨 의미로 그런 말을 했는지 전혀 알 수 없었는데, 지금은 알겠어요. 그래서 하루라도 빨리 당신이 황궁에 들어왔으면 좋겠어요."

로즈가 간절한 눈으로 설리반을 바라보자, 그제야 그는 싸늘한 본모습을 거두고 웃음을 터트렸다. 무척이나 흡족해 보였다.

"제법 순진한 데가 있었군요, 에아기네스. 나 같으면 다른 사람을 통해서라도 욕구를 충족했을 텐데."

로즈가 단호하게 도리질했다.

"당신을 궁에 들게 하려면, 그 어떤 의심도 받으면 안 되니까요. 지금은 훌륭한 귀비를 연기할 때죠. 그래서 언제로 날짜를 잡을 건가요?"

로즈가 초조하게 독촉하자, 그제야 그녀의 마음을 확연히 알겠다는 듯 설리반이 느긋하게 대꾸했다.

"에아기네스, 당신 마음은 알겠지만 대업을 성급하게 결정할 수는 없죠. 하지만 루크워렐이 그렇게나 무너졌다니, 조만간 날을 잡아야겠군요. 사망 직전까지 가면 후계 문제 때문에 이득을 좇는 이들로 인해 오히려 황궁의 경비가 더 엄중해질 수도 있으니."

"그렇지요."

"부탁한 건 가져왔나요?"

"네."

로즈가 가방을 열어 몇 번 접은 커다란 종이를 꺼내 설리반에게 건넸다.

"황궁 평면도예요. 지금은 파렌치에 관으로 비밀리에 들어오는 길밖에 모르지만, 그 외 어떤 경로를 통하면 좋을지 몇 군데 표시해두었어요. 전보다 내 권한이 커져 호위병들을 내 지시대로 움직일 수도 있어요. 최소의 인원으로 최대의 효과를 볼 수 있게끔 해주겠어요."

설리반이 평면도를 받더니, 더 작게 접어 제 품에 갈무리했다.

"훌륭하군요, 에아기네스."

"내 복수와 안위도 달려 있는 문제니까요, 설리반."

로즈가 이제는 확연히 설리반의 편에 선 듯 단호하게 답했다. 설리반이 로즈를 가만히 보더니, 은근히 말했다.

"처음에는 내 손길에도 바르르 떨더니, 아주 바람직하게 변했군요."

"네……."

고분고분한 로즈의 대답에, 설리반이 무슨 생각을 하는지 로즈를 보며 제 입술을 한번 핥았다. 그 모습이 몸서리쳐지게 싫었지만, 로즈는 내색 않았다. 절대 내색해서는 안 되었다. 그가 성취감에 들떠 있을 때, 그의 구미에 딱 맞는 모습을 보여 정확한 판단을 내리기 힘들게 만들어야 하니까.

설리반이 기분이 좋은 듯 로즈를 바라보다, 갑자기 로즈의 목덜미를 휘어잡았다. 로즈는 놀라 휘청했지만, 설리반은 전혀 개의치 않고서 목덜미와 목덜미 부근의 머리채까지 거칠게 휘어잡은 채 한 번 더 입맛을 다셨다.

"이 모든 일이 끝난 후, 기대해도 좋아. 루크워렐 따위와는 비교도 되지 않는 새로운 걸 가르쳐주지."

거친 손길에 당황한 로즈가 순간 아무 대꾸 못 하자, 설리반은 고압적으로 명령했다.

"네, 라고 대답해야지, 로즈."

에아기네스가 아닌 로즈라고 설리반이 불렀다. 로즈라는 이름은 따뜻하고 사랑이 가득했던 옛날을 떠올리게 하기에 설리반이 그 이름으로 자신을 부르는 것을 로즈가 정색하며 싫어한다는 사실을, 그는 아주 잘 알고 있었다. 로즈는 설리반이 계속해서 자신을 시험하고 있음을 깨달았다. 그 이름으로 자신을 부르지 말라고 딱 부러지게 거절하고 싶은 욕구를 누르며, 로즈가 애써 순순히 답했다.

"……네."

로즈의 뭉그러진 답에 설리반이 탁, 손을 뗐다. 털썩, 로즈가 반동에 손에 들었던 가방을 떨어트리며 휘청거리는 몸을 애써 바로 세웠다. 설리반이 이가 다 드러날 정도로 활짝 웃었다. 드러난 이가 먹어도 먹어도 만족하지 못하는 광포한 포식자의 것만 같았다.

"복종하는 법을 좀 더 배워야 할 것 같아, 로즈. 네 주인이 누구인지 이제는 인식해야 할 것 같지 않아? 다음에는 제대로 무릎 꿇는 법을 알려주지."

설리반이 빙긋이 웃었다. 그러더니 손에서 로즈를 잠시 풀어내고 품에서 뭔가를 꺼냈다. 무늬가 새겨진 작고 기다란 순금열쇠와 금제 자물쇠로, 열고 닫을 수 있게 만들어진 하얀색 오팔로 만들어진 초커 형태의 링이다. 한눈에 봐도 애완동물에게나 채울 법한 물건이었다. 설리반은 로즈의 눈앞에서 그 물건을 흔들었다.

"네 진짜 주인은 나야."

굉장한 굴욕이다. 당장에라도 미친 소리 하지 말라고 소리치고 싶었지만 일을 망칠 수 없었다. 로즈는 말없이 고개를 숙이고 있었다.

주눅든 듯한 그녀의 태도에, 설리반은 유쾌하게 웃었다. 그러더니 방금 전과는 대조적으로 말 잘 듣는 애완동물 대하듯 로즈의 머리를 아주 상냥하게 쓰다듬었다.

"많은 걸 깨달은 것 같아 기분이 좋군요, 에아기네스. 그러면 일정이 정해지는 대로 알려주겠습니다."

다시 깍듯하고 다정한 태도로 돌아온 설리반이 구역질이 날 정도로 선량한 가면을 쓰고서 로즈를 구슬렸다. 혐오스러운 물건은 자연스레 그의 품으로 다시 돌아갔다. 로즈가 작은 목소리로 답했다.

"알겠습니다. 기다리고 있겠습니다."

"당신의 몸도, 정신도 오롯이 지배할 주인이 누구인지 잘 생각해보기를 바랍니다, 에아기네스. 루크워렐이 당신을 만족시켜줄 걸 기대하지 말고 나를 기다려요."

설리반이 로즈의 전신을 시선으로 샅샅이 훑었다. 로즈는 마치 눈앞에서 발가벗겨진 듯 수치심을 느꼈지만, 얼굴을 붉힌 채 말없이 시선을 떨구고 있었다. 설리반은 기쁜 듯 웃더니 제가 왔던 길을 되짚어 조용히 사라졌다.

로즈는 그 모습을 바라보다가, 떨어진 가방을 집어 들어 묻은 흙을 세차게 떨어내었다. 꼭 설리반의 흔적을 털어내려는 것처럼 격한 손짓이었다.

로즈는 자신의 처소를 향해 발을 옮겼다. 한 발짝 한 발짝 뗄 때마다 설리반에 대한 불쾌함을 꾹꾹 힘주어 밟는 걸음에 묻혀 떨어트리려 애썼다. 그리고 파렌치에 관에 다다랐을 때는 큰 심호흡과 함께 설리반에 대한 혐오를 온전히 떨쳐냈다.

부정적인 감정이 전혀 남지 않은 건 아니지만, 지금은 거기에 집중할 때가 아니다. 중요한 일에 집중하기 위해서는 지금 기분을 씻어내릴 필요가 있다. 로즈는 시녀장을 불러 명했다.

"목욕물을 받아줘요."

"시중드는 이들을 들여보낼까요?"

혼자 씻고 싶었으나 저번에 브렌다 일로 물에는 약간의 두려움증이 생겼다. 로즈는 그 이후 목욕탕에는 절대 혼자 들어가지 않았다. 목욕시중 시녀를 한 명만 설정하는 경우도 없었다. 누군가 제게 위해를 가하려 한다면 그것을 막아줄 사람이 필요할 것이라고 무의식중에 생각하게 되었기 때문이다.

"두세 명만. 간단히 씻을 테니 너무 많이는 필요 없어요. 그리고 이 옷과 장신구엔 흙이 좀 묻었으니 확실하게 손질해 깨끗하게 해줘요."

"알겠습니다."

명에 따르겠다, 고개를 숙인 시녀장이 명을 수행하기 위해 나갔고, 로즈는 시녀장의 지시로 기민하게 들어선 시녀들을 따라 목욕탕에 들어가 준비실에서 옷을 훌훌 벗어내렸다.

설리반이 얼마나 싫던지 그의 손에 닿았던 모든 걸 깨끗하게 씻어내고 싶었다. 앞으로도 계속 얼굴을 마주 대하고 더 굴욕적인 일도 당할 수 있겠지만, 그 이후의 시간까지 설리반을 향한 부정적인 감정에 지배당하고 싶지 않았다.

로즈는 목욕물에 몸을 담그고 나서야, 설리반의 추잡한 손길이나 눈빛에서 완벽하게 벗어날 수 있었다. 부정적인 감정은 녹슨 못과도 같아 박힌 걸 뽑아내도 그 녹으로 인해 치명적인 상처를 입을 수 있다. 상처에 묻어난 녹은 그대로 살 속에서 썩어들어가 목줄까지 쥐고 흔들어 생을 무너트려버릴 터다.

특히 자신같이 참담한 경험으로 인해 감정과 기억이 엉망이 되어 있는 사람에게는 더했다. 로즈는 머리로는 잘 알고 있었지만, 때로는 감정이 이성으로 제어되지 않는다는 것도 아주 잘 알았다. 물속에서도 오소소 돋는 소름이 그랬다. 그래도 눈을 질끈 감고 단호하게 일어났다.

로즈가 물기를 닦고 긴 마사지를 준비하며 향유를 몇 가지나 늘어놓는 시녀들을 물리고 좋아하는 향유 한 가지만 선택해서 몸에 발랐다.

"옷은 간소한 것으로. 오늘은 다른 일정이 없으니, 내 처소에서 좀 쉬고 싶군요. 시중인도 필요 없어요. 밖에서 대기하고 있다가 부르면 들어오세요."

"알겠습니다."

시녀들이 레이스나 리본장식이 거의 없는, 편하고 부드러운 옷을 가져와 입혀주었다.

로즈가 서재로 들어서자, 시녀들이 가만히 문을 닫으며 물러났다. 서재에는 수많은 장서들이 꽂힌 거대한 책장이 죽 늘어서 있었다. 책이 주는 고요하고 압도적인 분위기가 흘렀다. 로즈는 잠시 책장 앞에 섰다. 읽을 책을 고른다기보다는 주변을 경계하는 것처럼 보였다.

오롯이 혼자 있다고 판단이 되자, 그녀가 십수 발짝 걸어 한 책장 앞에 섰다. 간단하게 책 몇 개를 조작하자, 드르륵 비밀공간이 드러났다. 거기에는 여러 가지가 있었는데, 로즈는 그중 접혀 있는 종이 하나를 꺼낸 후 비밀공간을 원상복구했다. 그러곤 종이를 탁자에 펼쳐놓았다.

황궁 평면도였다. 설리반에게 준 것과는 세부사항이 달랐는데, 황족들만 알고 있는 비밀통로라든지 보물이나 중요한 서류들이 있는 곳이나 다른 이들에게는 감춰져 있는 방들이 여기에는 표시돼 있다.

설리반에게 건넨 것은, 그가 소수정예를 데리고 성에 들어오게끔 유도하기 위한 미끼였으므로 황궁의 비밀이나 보물에 대해 알려줄 필요가 없었다. 아무리 설리반이라 해도 그런 내용이 다 나와 있는지 아닌지까진 알 수 없을 것이고, 가능성이 극히 희박하긴 하나 설령 그런 부분이 빠졌다는 걸 알아내 로즈가 제게 숨기고 있는 게 있진 않은지 의심한다 할지라도, 거기까지 알아내는 건 무리였다고 잡아떼면 그만이다. 게다가 무장한 이들을 데리고 궁에 잠입할 수 있는 경로는 진짜다.

루크워렐과 상의하며 실제로는 경로가 여덟 개 정도 나오리라 판단했다. 위험부담까지 감수해서 더 세부적으로 들어간다면 열세 개까지도 될 수 있지만, 거기까지 고려한들 굳이 그렇게까지 제 패를 적에게 보여줄 필요가 없다. 결국 세 개 정도로 경로를 압축해 설리반에게 줄 평면도에 표시하기로 했다. 그 외 추가 설명해준 것들로 인해 설리반이 다른 경로를 생각한다 하더라도 루크워렐과 그의 참모들과 함께 생각한 경로 중 하나에 포함될 터.

로즈가 알려준 경로로 움직일 확률이 가장 크긴 하나, 상대는 설리반이다. 제 주장이 강하고 다른 이들을 무시하며 제 본성을 영악하게 포장하는 그라면, 돌발행동을 할 수도 있다. 로즈가 전해준 다른 정보들을 토대로, 로즈가 알려주지 않은 경로를 그려내 그리로 진행하겠다 통보할 수도 있다.

계획은 이러했다. 로즈는 설리반에게 황궁에 들어오는 경로를 알려준다. 설리반은 제 손으로 직접 루크워렐의 목을 치는 데 집착했다. 아무리 현재 로즈의 위상이 높아졌다 한들, 한 번에 다수의 무장

인원이 궁내에 잠입하도록 돕는 덴 무리가 있다. 그렇기에 설리반은 소수정예와 함께 병든 루크워렐의 처소로 숨어든다. 그 경로는 로즈가 알려준다. 설리반에게 있어 그녀는 자신의 첩자이므로, 그녀가 제공한 정보는 믿을 것이다.

설리반이 루크워렐을 살해하면, 로즈는 그 사실을 은폐해준다. 그리고 설리반은 시간차를 두고 역모를 위해 준비한 사병들과 용병들로 황궁을 장악한다. 물론 여기에도 로즈의 도움이 필요하다.

만약 루크워렐이 죽고 나서 사병들과 용병들을 끌어들여 장악하는 데 실패하면, 후계 문제로 혼란을 겪을 황실에 로즈가 섭정으로 나서 나이 어리고 미약한 가문의 황실 방계를 꼭두각시 황제로 내세워 설리반이 조종하게 한다. 시간은 걸리겠지만 꼭두각시 황제로 사람들이 안심하고 나면, 그 이후 그를 자연스럽게 제거하고 설리반이 로즈를 맞이하며 황제로 군림한다는 게 또 다른 계획이었다.

설리반은 제가 황권을 쥐는 게 당연하단 듯 당당했다. 그로 인한 희생은 무엇이 되어도 좋다는 입장이었다.

구역질이 났다. 마음 같아선 황궁에 들어오기 전에 모은 자료로 설리반에게 정당한 죗값을 치르게 하고 싶었다. 기억을 잃었을 때 드미트리에게 받았던 서류를 포함해서, 처음 입궁했을 때부터 받았던 모든 서류들을 증거를 암호를 해독하는 법과 함께 이미 증거로 넘겨준 지는 오래였다. 거기에는 반역을 함께 도모하는 이들과 짧지만 중요한 반역과 관련된 대목들이 있었다.

하지만 루크워렐은 가장 중요한 증거를 모은 이가 로즈라는 사실에 주목했다. 설리반이 루크워렐의 목을 치기 위해 궁에 들어온다면, 그 자체만으로도 즉결처분이 가능한, 빼도 박도 못하는 반역죄였다. 로즈의 인도에 따라 황궁에 들어왔다 한들, 그건 얼마든지 로즈에게 유리한 방향으로 이야기를 만들어낼 수 있었다.

그러나 로즈가 설리반과 내통하며 얻은 자료만으로 그 증좌를 밝혀내면, 필연적으로 로즈가 역모에 얽히고 그녀의 과거가 드러날 수밖에 없다. 지금은 로즈가 죽기를 각오하고 모든 걸 밝혀내려던 때와는 상황이 달라졌기 때문에, 로즈는 순순히 루크워렐의 말을 들었다. 다만, 루크워렐이 설리반을 완전히 속이기 위해 대외적으로 약한 모습을 보여야 한다는 사실이 미안하고 안쓰러웠다.

로즈가 가볍게 한숨을 쉬며 몸을 일으키자 소리도 거의 없이 부드럽게 문이 열리며 루크워렐이 들어섰다. 로즈는 루크워렐을 보자 절로 미소가 나왔다.

루크워렐이 로즈에게 다가와 가볍게 입 맞췄다. 끔찍했던 기분이 부드러운 입맞춤과 함께 스르륵 물러섰다.

"설리반을 만나러 간다고 했었지."

"네."

"표정이 좋지 않군."

"어쩔 수 없지요. 다 내가 자초한 일입니다."

루크워렐은 말없이 로즈를 부드럽게 끌어안았다. 익숙한 체취는 서로의 마음에 안정을 주었다.

"그렇게 치자면 나는 사랑하는 여자를 위험에 몰아넣고도 사과를 들어야 하는 못난 남자지."

"당신과 나는 상황 자체가 달라요."

"아니, 어떤 식으로 생각하느냐에 따라 다를 수도 같을 수도 있어. 그러니 그런 식으로 과거를 운운하며 스스로를 괴롭게 하지 말도록 해."

"루크워렐……."

루크워렐이 가볍게 한숨 쉬며 덧붙였다.

"평생 당신이 자책하는 걸 들을 것 같기는 하지만, 그래도 시간이 지나면서 좋은 추억들이 많아지면 옅어지겠지."

"한숨 쉬는 횟수를 줄여야겠네요."

로즈가 한결 밝은 목소리로 대답했다. 루크워렐이 로즈를 끌어안은 채로 조금씩 몸을 움찔움찔 움직였다. 로즈가 간지러워 쿡쿡 웃다 물었다.

"가산 지역은 어떤가요?"

"대치상태를 유지하고 있어. 설리반이 가산 지역 난민 중 매수한 이들은 제 부족이 죽어나가는 건 개의치 않고 여전히 호전적인 태도를 보이고 있지. 어디에서건 남은 어찌되든 제 주머니가 두둑한 걸 더 중요히 여기는 사람은 있는 법이니까."

"가급적이면 인명피해가 적게끔 노력해주세요. 쉽지 않겠지만."

"당연한 말이야."

루크워렐이 로즈의 이마에 가볍게 입 맞추었다.

"설리반은 앞으로 더 봐야 할 것 같나?"

"그럴 거예요. 그는 의심이 많으니, 이번 만남으로 바로 움직이지는 않을 거예요. 그래도 적어도 당신이 현재 굉장히 심각한 상태인데 사람들에게 드러내지 않기 위해 대외활동을 줄이고 있다고 믿고 있어요. 당신이 처리해야 하는 일들을 내가 해내고 있어 내 권한이 커졌다고도 믿고 있고요."

"그래. 덕분에 대처할 준비를 제대로 할 수 있게 되었지. 그래도 역시 마음이 편하지 않아."

루크워렐이 로즈를 소파에 눕히고 다정하게 내려다보았다. 소파에 완전히 드러누운 채로, 로즈가 손을 들어 씁쓸한 표정을 띠고 있는 루크워렐의 얼굴을 쓰다듬었다. 깊고 그윽한 황금빛 눈동자에 제가 오롯이 담겨 있다. 그거면 되었다. 지금 겪는 일들은 모두 제 과오를 제대로 바로잡기 위한 길. 그와 자신을 지키기 위한 길.

"괜찮아요. 나도 내 안에 연기자의 피가 흐르고 있는지 처음 알았어요. 이 일이 끝나고 연극 무대에 올라도 될 것 같아요."

"그거 괜찮군. 남자주인공은 당연히 나겠지?"

"어머, 심사는 받으셔야죠. 이래 봬도 저는 까다로운 심사자랍니다."

"어떻게 해야 심사에 통과할 수 있을까?"

"그건 하는 걸 봐서……. 앗."

그의 기습적인 애무에 로즈가 감탄사를 내뱉자, 루크워렐이 짓궂게 말을 이었다.

"그럼, 충분히 만족시켜줘야겠군."

"지금은 이럴 때가 아닙니……다, 폐하."

"갑자기 말이 정중해졌군. 원래 애정은 난관이 있어야 더 타오르는 법이야, 로즈."

루크워렐이 로즈의 귓가에 달콤하게 속삭였다.

"그래서, 싫은가?"

로즈가 고개를 저었다. 후에 휘저은 손이 탁자 위의 평면도를 잡아 떨어트릴 정도로 격렬한 그들만의 시간이 시작되었다.

루크워렐은 깜빡 잠이 들었다 퍼뜩 눈을 떴다. 정사의 피로는 잠깐의 수면으로 달아나 있다. 이렇게 잠시나마 잠이 들었던 걸 보면, 자신도 그간의 일로 상당히 지쳤나 보다. 품에는 제가 사랑하는 여자가 조용히 잠들어 있었다. 아무것도 걸치지 않은 서로의 맨몸이 주는 온순한 포근함은 그 어느 것에도 비할 수 없다. 지금 같을 때일수록 하나가 되어 서로에게 위로가 되어주고 믿음이 단단해지길 바랐다.

루크워렐은 손끝으로 매만지고 싶은 충동을 억누르고, 로즈가 깰까 조심히 눈길로만 그녀를 훑었다. 동그스름하게 잡힌 이마를 따라 내리 감은 화사한 느낌의 눈을, 그리고 수줍게 내려앉은 속눈썹을 지나 지적으로 뻗은 콧대를 스치면 모양 좋게 자리 잡은 도톰한 입술이 작은 숨을 내쉬고 있었다. 언제나 깨물어주고 싶은 목선을 지나 예쁜 가슴 쪽으로 시선이 내려가는데, 팔을 따라 내려간 손끝에 뭔가가 보여 루크워렐이 소리 없이 웃음을 터트렸다. 로즈가 황궁 평면도의 끝자락을 꼭 쥔 채 잠들어 있었던 것이다.

격렬함과 맞바꾼 평면도는 탁자에서 흘러내리다시피 해 바닥과 탁자에 비스듬히 기울어져 있었다. 테이블을 덮고 있던 부드러운 재질의 테이블보는 두 사람의 알몸을 덮어주고 있었다.

루크워렐이 소리 없이 웃기는 했지만 몸의 흔들림이 느껴졌는지 로즈가 잠에서 깨는 듯 몸을 뒤틀며 작은 소리를 냈다. 루크워렐이 곧바로 로즈를 추스르며 도닥이자 그녀가 다시 루크워렐의 어깨에 얼굴을 묻었다.

맨살에 얼굴과 숨결이 닿는 감촉이 귀엽기도 하고 싱그럽기도 하고 애잔하기도 해서 루크워렐은 미소 지었다. 꽉 안아주고 싶었지만 잠을 깨울까 싶어 참았다. 제 팔뚝을 간질이는 머리카락도, 제 옆에서 숨소리를 내며 자고 있는 모습도, 점점 익숙해져가는 살내음도 모조리 다 친밀하고 사랑스러웠다. 처음에만 불타오르고 바래버리는 애정을 빙자한 욕정이 아닌, 사랑이 깊어지면서 마음 오목한 곳에 계속해서 고이는 한결같은 감정은, 그녀를 더할 나위 없이 소중하게 만들었다.

설리반을 만나게 하고 싶지 않았다. 진심으로. 그녀의 상처를 더
파헤치게 하고 싶지 않았다. 그녀가 저를 사랑하면 사랑할수록 무슨
마음으로 죽음으로 다가갈 수밖에 없었는지 알고 있었기에, 사랑하
는 여자를 앞에 둔 남자라면 누구든 품게 되는 간절한 마음. 지켜주
고 싶다. 하지만 그럴 수 없는 상황이 그를 미치게 했다. 안 그래도
가련한 자기 여자를 이렇게밖에 움직일 수 없게 하는 게.

「할 수 있어요. 아니, 내가 해야 해요.」

그녀는 그리 말했다.

약하면서 강한 내 여자. 누구보다도 소중하고, 누구보다도 의지가
되고, 누구보다도 지켜주고 싶은 내 여자.

루크워렐은 로즈의 정수리에 가볍게 입 맞추고 눈을 감았다. 잠을
더 청하려는 게 아니었다. 머릿속은 그 어느 때보다도 명료하고 복잡
하게 움직이고 있었다.

자신이라면 황궁에 들어올 때 푸른색으로 칠해진 예상경로를 택할
것이다. 그러나 설리반이라면 분명 다른 길을 따를 것이다. 그는 누
구보다도 자신을 가장 면밀히 신경 쓰기 때문이다. 더 빠르고 유용하
고 안전하다 판단되어도 자신이 설리반과 같은 상황이라면 선택할
경로는 절대 택하지 않을 터였다.

내 여자를 농락하고, 내 제국을 탐내고, 네 것이 아닌 모든 것을 탐
한 죄. 그 오만함이, 분명 파멸을 불러오리라.

-->-<--

그들의 예상은 틀리지 않았다. 설리반은 쉬이 움직이지 않았다. 루크워렐의 건강 악화에 대한 소문은 이미 모르는 귀족이 없을 정도로 널리 퍼졌는데, 그는 오히려 가끔 루크워렐이 차도를 보인다는 거짓 소문을 간간히 흘려 제 계획을 알지만 방관을 고수하는 이들에게 확실하게 하나를 선택하도록 압박하기도 했다.

루크워렐이 건강해지면 제 편에서 돌아설 이들에 대해 파악해두겠다는 의도였다. 두고두고 앙갚음하는 그의 성미를 아는 이들은 이제 제 입장을 확고하게 표명하지 않으면 안 될 상황에 처했다.

설리반은 사병과 용병의 수를 서서히 늘려갔다. 그에게 협조하기로 한 이들도 마찬가지였다. 설리반은 때때로 그들의 집을 친목을 빙자한 방문으로 불시에 닥쳐들어 상태를 확인하고는 했는데, 이 또한 미온적인 태도를 보이는 이들을 색출하기 위함이었다.

황궁 평면도를 얻은 이후, 의외로 설리반은 로즈를 비밀리에 보려고 하지 않았다. 외려 둘만의 직접적인 접촉은 그날 이후로 뚝 끊어버려 이상하게 생각될 정도였다. 드미트리조차도 자선사업을 한동안 진행할 수 없다고 통보함으로써 만남을 줄여버렸다. 심지어는 루크워렐의 병약함을 알리는 데 큰 일조를 했던 그 말 많던 로라마저도 조용하였다.

로즈는 그 치밀함으로 설리반이 상황을 재고 있음을 깨달았다. 또한 개구리가 웅크리고 있다 한 번에 도약하듯 그렇게 단번에 루크워렐을 칠 준비를 하고 있는 듯도 보였다. 분명, 그는 다시 한 번 확신을 얻으려고 할 터다.

그리고 연락이 왔다. 자주 알현을 청하지 않는 인물이었다. 알고 있는 바로는 설리반의 반역계획에 방관자적인 태도를 보이던 자이기도 했다.

"귀비님의 현명함과 아름다움을 칭송하고자, 작은 다과회를 열었습니다. 폐하로 인해 심려가 깊으시다는 걸 알고 있지만 시간이 되시면 꼭 참석해주시기를 바랍니다."

그가 평소보다 경직된 얼굴로 로즈의 손에 초대장을 사뿐히 바쳤다. 그러더니 침을 꿀떡 삼키고 뒷말을 이었다.

"설리반 프린 프란 님이 아주 간절히 원하십니다. 초대장을 주의 깊게 읽어주시기를요."

로즈가 그를 바라보았다. 드미트리의 천연덕스러움과는 완연히 다른, 불안에 젖은 눈동자엔 생기가 없다. 로즈는 새삼 드미트리가 꽤나 대범한 사람임을 깨달았다. 하긴, 그러니 설리반이 수족처럼 부리겠지. 눈앞의 남자에게 연민은 들지 않았다. 그는, 설리반을 택한 것이다. 병세가 위중하여 침몰하는 배처럼 보이는 루크워렐을 버리고.

"그대의 친절함이 큰 힘이 되네요. 초대는 신중히 검토해보도록 하겠습니다."

로즈가 싱긋 웃었다.

의례적인 인사말과 대화가 끝나고, 남자가 떠난 후 로즈는 초대장을 훑어보았다. 상투적인 어구가 가득했지만, 초대장치고는 말이 좀 긴 편이었다. 사람들은 로즈가 루크워렐이 아픈 걸 감추느라 애쓰고 있다고 알고 있으니, 이런 식의 간단한 모임에 얼굴을 비칠 수 있도록 초대장을 보내고, 초청받은 로즈가 태연히 그 자리에 얼굴을 비치는 게 황실의 건재함을 보여주는 방법이라 생각할 터다. 그러니 참석하든 하지 않든, 이런 종류의 초대는 전혀 어색하지 않다.

해석한 암호는 기가 찼다.

[언젠가는 사랑스러운 당신이 내 선물을 기뻐하길 바라며.]

"하."

실소가 나왔다. 역시 설리반이다. 초대장은 허울일 뿐, 그때 그 혐오스러운 물건을 내세우며 자신이 우위에 서 있음을 포악스럽게 드러내고 싶을 뿐이다. 믿고 있구나. 자신의 계획대로 되고 있다고.

설리반의 편에 설지 말지 망설이던 이들이 마음을 하나둘 정하고 있었다. 조만간 설리반은 간을 보던 걸 멈추고 움직이겠지. 그게 절잡을 덫인지도 모르고. 분명 거꾸러지게 될 터였다. 제 것이 아닌 것을 탐하며 추악함을 드러내는 자는.

로즈는 초대장을 덮어놓으며 눈을 감았다. 지금은 인내해야 할 때였다.

3

연회가 끝난 직후, 아주 간만에 드미트리가 방문했다.

기별을 들은 로즈는, 파렌치에 관 앞에 아름답게 꾸며진 화원 중 하나로 장소를 정했다. 밀폐된 공간에 악의적인 목적을 가진 사람과 함께 있을 생각을 하니 끔찍해서, 로즈는 일부러 탁 트인 곳을 택했다. 너른 잔디 위에 우아하게 조각된 흰빛의 탁자가 놓이고, 오팔로 장식된 흰빛 의자들이 가지런히 위치했다. 사방에는 달콤한 향을 내는 아름다운 보랏빛 꽃이 피어 마음을 안정시켜주었다.

로즈는 의자에 앉아 약속상대를 기다리는 중이다. 그 뒤로는 시녀들이 기립해 있었다. 현재 그녀의 입지를 알려주듯 시녀들의 수가 훨씬 늘었다.

저 멀리서, 퉁퉁한 몸에 회색 정장을 빼입은 드미트리가 뚱뚱한 사람 특유의 무거운 발걸음으로 약간 굼뜨게 들어섰다. 기억을 잃었을 때는 그저 어수선한 남자라고만 생각했었는데, 지금 보니 저 모든 게 상대방으로 하여금 경계를 풀게 만드는 대범함 같기도 했다.

드미트리의 옆에는 대범하게도 설리반이 있었다. 언제나 환한 색을 즐기는 이답게 연두색 재킷과 바지를 입었는데 안에 받쳐 입은 셔츠에는 하얀색 프릴이 가득 달려 있었다. 아무나 소화하기 어려운 옷차림인데도 설리반에게는 무척이나 잘 어울려, 친절한 웃음과 함께 부드럽고 화사한 분위기를 연출해주었다.

이 안에서 무슨 일이 벌어지고 있는지 잘 알고 있을 드미트리는, 전에 초대장 하나 전하는 것뿐인데도 덜덜 떨던 귀족과는 달리 천연

덕스럽기 그지없었다. 그는 여러 개의 서류철을 들고 있었는데, 그중
에는 둥그렇게 말린 기다란 종이도 몇 개나 있다.

드미트리가 시녀의 안내를 받으며 능청스레 인사했다.

"아름다운 귀비님, 그간 뵙지 못해 얼마나 아쉽던지요. 정말이지
오랜만입니다. 설리반 님은 갑자기 모시게 되었는데, 아무래도 자선
사업에선 설리반 님을 따라갈 분이 없으니 말입니다. 도움을 주고 싶
다고 하시기에, 미리 말씀 못 드리는 게 큰 실례라는 걸 잘 알면서도
이리 함께 자리하고 말았습니다. 신축 고아원 평면도를 여러 장 만드
느라 이렇게나 오래 걸렸지 뭡니까, 허허허. 귀비님께서 자주 말씀하
시곤 하지 않았습니까, 새로운 고아원을 지어야 한다고. 이 중에 귀비
님 맘에 드시는 게 있어야 할 텐데 말이지요, 허허허."

드미트리가 시녀들 들으란 듯 커다란 목소리로 너스레를 떨었다.
시녀는 설리반과 드미트리를 로즈가 앉아 있는 곳으로 인도해준 후,
조용히 목례하고 떠나갔다. 설리반과 드미트리가 자리를 잡고 앉았
다. 드미트리가 가져온 많은 서류를 탁자에 올려놓자, 설리반이 입을
열었다.

"정말이지 아름다운 곳이군요, 귀비님처럼."

"과찬의 말씀입니다."

의례적인 칭찬이 오간 후, 로즈가 뒤에 서 있는 시녀들에게 명했다.

"이렇게 아름다운 날이니, 좋은 일에 관해 침착하게 의논하고 싶군
요. 조금 떨어져서 기다려주세요."

단도직입적인 말에, 시녀들이 일사불란하게 움직여 파렌치에 관
쪽으로 향했다. 서로가 보이기는 하나 소리가 전혀 들리지 않을 만한
거리였다.

로즈는 탁 트인 곳에서 보길 잘했다는 생각을 새삼 했다. 설리반까

지 오다니, 방 안이었다면 시녀들이 물러간 후 무슨 일을 당할지 알 수 없었을 터. 하지만 이렇게 개방된 공간이라면, 제아무리 설리반이라 해도 섣불리 움직이긴 어려울 것이다. 남들 눈을 의식하며 그럴듯하게 꾸미는 데 신경 쓰는 이인 것이 다행이다.

절대 밀리지 말아야겠다는 생각을 했지만, 몸에 새겨진 굴욕들이 로즈를 긴장시켰다. 로즈의 경직을 눈치챘는지 설리반이 멀찍이 선 시녀들을 바라보며 선수를 쳤다.

"쉬이. 로즈. 그렇게 긴장하지 않아도 돼요. 적어도 지금 이 순간 당신에 대한 '애정'을 표현해서 당신을 곤란하게 만들지는 않을 테니까요."

전의 그 행각이 애정이라니. 구역질 나는 표현이다. 로즈는 가까스로 침착한 귀비의 얼굴을 유지했다.

드미트리는 설리반이 무슨 말을 하든 태연하기만 했다. 설리반이 드미트리를 향해 평소의 자상하고 선량한 얼굴로 지시했다.

"그걸, 드미트리."

설리반의 말이 끝나자마자, 드미트리가 이곳에 들어설 때의 굼떴던 사람이라고 믿을 수 없을 정도로 재빨리 종이를 한 장 뽑아 탁자에다 주욱 폈다. 그곳에는 건물 하나의 평면도가 덩그러니 그려져 있었다.

거기서 끝이 아니었다. 드미트리가 다른 종이들도 하나씩 펼쳐 퍼즐 맞추기를 하듯 겹쳤고 장당 하나씩 그려져 있는 건물이나 물체들이 연결되며, 로즈가 설리반에게 건넸던 황궁의 평면도와 흡사해졌다.

설리반이 미소 지었다. 여자들이 혹할 만한 근사하고 아름다운 모습이었다.

"일부러 간략하게만 표시해놨어요. 혹시라도 누군가 본다 해도, 하나씩 단독으로만 본다면 평범한 평면도로만 보일 거예요. 나머지는 모두 머릿속에 있으니 충분해요."

"치밀하군요."

"무슨 일이든 꼼꼼한 게 좋아요. 쓸데없이 시간을 낭비하고 싶지도 않고."

설리반이 매끄럽게 뻗은 손가락으로 경로를 가늠하는 듯 건물 사이사이에 선을 그었다.

"어릴 적부터 원하는 건 무엇이든 가졌죠. 난 다른 사람보다 특별하다는 걸 알았어요. 사람들 위에 서기 위해 태어났죠."

설리반의 손가락이 파렌치에 관과 라리에트 관 언저리를 맴돌았다. 그가 고개를 들고 로즈를 향해 부드럽게 웃음 띤 채 물었다.

"그는 어디에 있죠? 내가 있어야 할 자리를 대신 차지하고 있는 사람이요."

모르는 사람이 들었다면, 루크워렐이 그의 자리를 대신 빼앗았다고 믿을 만한 당당함이었다. 로즈는 소름 끼치도록 혐오스러웠지만, 최대한 티를 내지 않게 가슴을 내리누르며 순종적으로 답했다.

"요즘은 주로 파렌치에 관에 머무르지만, 날을 정해주면 그날은 라리에트 관에 있게끔 하겠어요."

파렌치에 관보다는 라리에트 관이 더 깊숙이 위치했고 구조도 복잡했다. 몰이해서 잡기에는 사냥감이 도망가기 어려운 곳이 낫다. 설리반이 천진한 표정으로 물었다.

"당신 말은 잘 듣나 보군요?"

"그때 보았다시피, 이젠 거동이 부자유스러워서 나를 많이 의지하니까요."

"하긴, 그렇긴 했어요."

설리반이 보랏빛 눈동자를 형형히 빛내며 로즈를 똑바로 바라보았다.

"굉장히 믿고 있던 사람한테 뒤통수를 맞으면 기분이 어떨까요?"

그 시선이 너무 강렬해, 로즈는 하마터면 눈을 피할 뻔했다. 그러는 대신, 설리반의 뜻대로 따르겠다는 양 눈을 내리깔며 다소곳이 답했다.

"아마 딛고 있던 땅바닥이 무너진 듯한 충격이겠지요."

아래로 향한 로즈의 시야에 평면도가 잡혔다. 황궁이라는 걸 알 수 없도록 한 장에 건물을 하나씩 그리고, 평범한 건물인 양 간소화된 선으로만 표현을 했다. 황궁의 평면도를 황궁 한복판에 펼쳐놓고 황제를 죽일 계획을 짜는 대담함과, 그걸 교묘히 숨기는 교활함을 동시에 가지고 있었다.

여기서 이럴 수 있다는 건, 나를 어느 정도 믿는다는 뜻이겠지. 완전히는 아닐지라도 당신은 나를 믿고 있어. 나를 믿고 황궁에 들어왔다, 잡힐 때의 기분은 굉장할 거야. 아마 땅이 푹 꺼진 듯한 충격이겠지. 그걸 느끼게 될 사람은 바로 당신이야, 설리반.

"고개를 들어요, 에아기네스."

설리반의 명에 로즈가 아주 천천히 얼굴을 들어올렸다. 반쯤은 체념한 것 같으면서도, 뭔가를 갈구하는 듯한 표정을 띠고 있다. 드미트리와 설리반의 설명에 몰두한 듯 몸을 살짝 수그리고서 손으론 평면도를 짚고 있었다.

설리반이 몸을 일으키더니, 설명을 하다 우연히 그런 것처럼 슬쩍 로즈의 손을 건드리며 속삭였다.

"원하는 걸 금방 갖게 될 거예요. 복수와 쾌락을."

"······네."

설리반이 빙긋 웃었다.

"당신이 일러준 경로들을 살펴보았어요. 셋 모두 아주 괜찮더군
요. 당신의 비호 아래 소수의 인원으로 잠입해 목표물을 해결한다는
계획은 괜찮은 거 같아요. 그 이후, 그 사실을 숨긴 채 당신의 권력으
로 성문을 열고, 내가 밖에 준비시켜놓은 사람들을 투입한다는 부분
도 나쁘지 않아요. 그렇지만 그러려면 밖에서 기다리고 있을 무리가
미리 대기하고 있어도 마땅할 명분이 필요해요. 내가 생각하기에는
그 명분은 에아기네스, 당신이 만들어줄 수 있을 것 같은데, 좋은 생
각이 없나요?"

주어와 목적어는 뺀 채 막연한 표현들을 쓰는 것도 설리반다웠다.
시녀들이 그들의 대화를 전혀 들을 수 없는 거리에 있었지만, 그래도
황제를 살해한다는 말이 아닌 목표물을 해결한다는 표현을 사용함으
로써 조금이나마 있을 수 있는, 계획이 새어나갈 가능성을 차단하고
싶은 것이겠지.

예상했던 질문이다. 하지만 로즈는 짐짓 심각한 얼굴을 했다.

"리엘라 프린 크리스토프를 이용하죠."

"리엘라 프린 크리스토프? 루크워렐이 황실의 자산 관리를 일정
부분 맡길 정도로 신임하는 자를?"

리엘라 프린 크리스토프. 여성이지만 크리스토프 가에서 꽤 강한
입지를 지닌 인물이다. 결혼을 해도 특별한 사유가 없다면 바뀌지 않
는 계급을 스스로의 능력으로 바꾼 여자. 레오스에 속하는 가문에서
프린인 크리스토프 가로 시집가 재무와 관련된 탁월한 능력을 인정
받고, 대대적인 사기사건의 이중장부를 찾아내어 완벽하게 분석한
일은 제국인 중에는 모르는 사람이 없다. 확실한 증거와 근거가 있을

때만 움직이는 신중한 성격으로도 유명했다. 남편과는 결혼한 지 7
년 만에 사별했지만, 이제는 리엘라가 없는 크리스토프 가는 상상도
할 수 없을 정도였다.

로즈가 신중하게 고개를 끄덕였다.

"그렇기 때문에 더 그렇죠. 그러면 더더욱 의심을 받지 않을 테니
까. 그녀는 루크워렐을 헌신적으로 보살피는 나를 믿고 있고, 그런
상태인 그의 명도 충실히 이행하려 할 거예요. 그런 리엘라와 관련이
있다고 한다면 당신이 궁 밖에 대규모의 인원을 배치한다고 해도 이
상하게 생각하지 않을 거예요."

"그렇다면 어떤 핑계를 댈 생각이지요?"

로즈가 곰곰이 생각하는 표정으로 입을 뗐다.

"몇 가지 생각해보았는데, 가장 설득력 있는 건 황실 자산에 대한
위협일 것 같아요. 리엘라는 황실 자산과 관련이 있으니까요. 게다가
크리스토프 가의 영지 중 일부는 그날 당신의 사람들에게 열릴 바람
비어의 문 근처에 있으니, 그쪽에 인원을 배치하는 게 효과적이겠지
요. 그 근방에는 황실 소유의 묘지가 있어요. 황제의 병환이 지속된
다는 소문이 알음알음 퍼져 있으니, 혼란한 틈을 타 대규모의 도적단
이 도굴을 감행하려는 이야기가 돌고 있다고 하지요. 그리하여 설리
반 당신이 황제에 대한 충성심을 보이고 사람들에게 선을 행하기 위
해 리엘라의 영지에 사병을 파견하는 거고요."

"황실 묘지의 도굴꾼이라면, 황궁에 속한 병사들을 쓰는 게 더 빠
르다고 판단하지 않을까요?"

설리반이 시험하듯 되묻자, 로즈가 침착하게 답했다.

"황궁에 속한 병사들을 움직일 수 없는 충분한 이유를 댈 수 있지
요. 지금 같은 정세면."

로즈가 그 이상은 답을 않고 가만히 바라보기만 하자, 설리반이 웃음을 터트렸다.

"우리는 지금 같은 생각을 하고 있는 건가요, 에아기네스?"

"아마도요."

로즈가 고개를 끄덕이자, 설리반이 즐거운 듯 말을 받았다.

"즐거운 경험이군요. 에아기네스, 당신이 나와 비슷해지는 것 같아서 기뻐요. 현재 황제의 건강에 대해 좋지 않은 소문이 퍼져나가는 중이니, 가산 지방에 이어 또다시 황궁 근처에 병사가 모인다면 사람들의 불안이 증폭되겠지요. 하지만 합의하에 내가 자발적으로 사병들을 모아 도움을 준다고 하면, 다른 걸로 얼마든지 포장할 수도 있지요. 뭔가를 보수한다거나, 혹은 수도 주변의 범죄자들을 척결하려 한다거나. 뭐든지 갖다 붙이기 나름이니까요. 이런 생각을 하고 있었나요, 에아기네스?"

"네."

로즈가 짧게 긍정했다. 일부러 상세한 설명을 하지 않고 그에게서 답을 유도하고 긍정함으로 동질감을 자아냈다. 설리반은 자기애가 강한 사람이니, 그녀가 자기와 비슷하다 느끼면 느낄수록 좀 더 경계를 허물 가능성이 높다.

"리엘라의 영지에 오래 머무를 수는 없어요. 장기간 머무르면 분명 리엘라는 의심을 품을 거예요. 그러니 계획된 당일이나 그 전날, 하루나 이틀 정도로 하죠. 리엘라를 설득할 준비는 되어 있나요, 에아기네스?"

"물론이죠."

"적극적인 모습이 아주 마음에 들어요."

그 말 많은 드미트리는, 설리반이 옆에 있자 믿을 수 없을 정도로 침묵을 유지하며 보좌관의 자세를 유지했다. 한 번쯤은 대화 중에 끼어들어 설리반의 행보를 좀 더 알려줄지도 모른다고 생각했는데 예상과는 달리 설리반에 대한 완벽한 복종을 보이고 있다.

전보다 더 확연해진 듯한 상하관계에 소름이 돋았다.

"경로는 어떻게 할 생각인가요?"

로즈가 묻자, 설리반이 로즈를 빤히 바라보다 재차 빙긋 웃었다. 멋모르는 어린아이를 어르는 것 같기도 했고 한편으로는 속내를 감추고 있는 것 같다는 생각도 지울 수 없었다. 부드럽고 착한 척하면서 사람을 불편하게 하는 데는 도가 튼 남자니까.

"당신이 추천해준 경로도 좋았지만, 난 이렇게 가고 싶어요."

설리반의 손가락이 평면도에서 미끄러졌다. 그녀의 제안대로 움직이지 않을지도 모른다는 생각을 했었지만, 생각지 못한 경로였다.

손가락이 먼저 회랑으로 보이는 곳을 향했다. 궁의 출입구 중 거의 사용 않는 폐쇄된 통로다. 잘 이용하지는 않지만 아예 안 쓰는 건 아니었기에 출구와 입구 양쪽에는 언제나 경비병이 보초를 서곤 했다. 혹여 그쪽을 통해 몰래 들어온다 해도 두세 명 정도가 나란히 서면 꽉 찰 만큼 폭 자체가 좁았기에, 죽 늘어설 수밖에 없다. 게다가 그 통로에서 빠져나오면, 황궁 내부이기는 하나 안개숲이라 불리는 작은 숲을 지나야 했다. 황궁이란 장소의 특성상 빽빽한 숲이 아닌, 나무가 듬성듬성한 곳이지만 언제나 안개가 자욱하게 끼어 있어 내부를 잘 아는 사람이 아니면 길을 잃기 쉬운 장소다.

설리반의 손가락이 안개숲을 향했다가, 파렌치에 관을 통과하여 라리에트 관으로 향했다. 다행히 그 이후에는 평이한 행보였다.

"이 경로를 택한 건가요?"

로즈가 묻자 설리반이 대답했다.

"내 선택이 못 미더운 표정이군요, 에아기네스. 내가 당신을 사지로 몰기라도 할까 봐 겁이 납니까?"

설리반이 못마땅함을 드러내자, 로즈가 서둘러 변명했다.

"아니요, 그런 건 아니에요. 다만, 초반의 통로와 안개숲이 마음에 걸려서……. 그럴 리야 없겠지만 통로가 봉쇄된다거나 안개숲에서 길을 잃게 되면 곤란해지니까요. 그곳을 무사히 통과한다고 해도 안개숲에서 헤매면 곤란하지요."

변명이 먹혔는지 설리반이 한결 편안해진 얼굴로 답했다.

"걱정하지 마요, 에아기네스. 황궁에 익숙한 인물이 우리를 도와줄 테니."

황궁에 익숙한 인물이라니. 에아기네스는 석연치 않은 느낌에 설리반을 바라보았다.

설리반이 태연자약하게 말을 이었다.

"당신이 우리를 인도해주는 겁니다. 안개숲에 대해서도 어느 정도는 길을 익혀두었겠지요. 소중한 귀비가 혹여라도 헤매지 않도록 얼마나 신경 썼겠습니까. 우리는 불청객이 아니라 당신이 스스로 초대한 손님이 되는 겁니다, 에아기네스."

설리반이 천천히 미소를 띠었다. 뒤에 대기하고 있는 시녀들은 절대 보지 못할 오싹한 웃음이었다.

"내가 죽으면 당신도 죽는 거예요, 에아기네스. 우리가 한배를 탔다는 걸 잊지 마요."

강철 같은 느낌의 은발을 단정히 올린 여자가 서 있었다. 눈앞에는 트인 창이 있어, 평화롭게 펼쳐진 자신의 영지가 담겨 있다. 여자는 짙은 붉은색 눈을 깜빡였다. 삼십 대 중반 정도의 여인은 원숙한 아름다움을 지니고 있었는데, 자기 통제에 능숙해 보이는 절제된 분위기를 풍겼다.

크리스토프 가의 리엘라였다.

리엘라는 황명을 곱씹고 있었다. 몇 번을 곱씹어도, 의구심이 남는 부분이 있었다.

귀비인 에아기네스 프린 알키다스. 알키다스 가에 양녀로 들어온 그녀가 귀비가 되었을 때만 해도, 워낙에 드러난 과거사가 깨끗했기에 시골소녀의 신분 상승 정도로 생각했다. 게다가 스칼렛 황비가 제대로 해내지 못하는 황비로서의 역할까지 능숙하게 수행했기 때문에, 황제의 마음에 들면서도 영민한 여성이 들어와 괜찮다고 여겼더랬다.

리엘라 역시 귀족이라는 명맥만 유지하던 한미한 가문에서 크리스토프 가로 들어와 제 능력으로 스스로를 인정받았기에, 동질감마저 느꼈다. 그런 그녀가 설리반 프린 프란의 첩자였다니. 인격자로 소문난 설리반이 실은 황제를 시해하고 스스로가 황좌에 앉고 싶어 하는 인물이라는 것도 놀라웠지만, 속내를 하나도 들키지 않고 제 사람을 황제 가장 가까운 곳에 심어둔 부분도 놀라웠다. 자고로 아름다운 여자로 인해 잘못된 길에 들어선 군주가 얼마나 많았나. 뻔했지만 흔하고 유용한 수법이기도 했다.

에아기네스. 평민 출신으로 미색으로 설리반에게 발탁되어, 의도적으로 황제에게 접근된 존재. 그러다 황제를 진심으로 사랑하게 되었고, 설리반 몰래 그가 황제에게 가하는 위해를 막아내다가 한계에 부닥쳐 제 죽음으로 증인이 되고자 했던 여인. 거기까지만 생각하면 정말이지 애절한 러브스토리였다. 제 목숨까지 바쳐가면서 자신이 사랑하는 남자를 지키려 하는 그 마음. 그리고 설리반이 황제에게 먹으라고 건네준 독을 제가 대신 먹고 중독되고 나서, 황제로 인해 다시 생을 얻었다. 그 사실을 모를 설리반에게 그 점을 역이용해서 확실하게 덜미를 잡아 반역죄로 처리한다. 그사이, 미끼가 되기로 자처한다. 굉장한 미담 아닌가.

그런데도 리엘라는 한 가지가 마음에 걸렸다. 속아서였든 자의였든 첩자 노릇을 했을 수는 있다. 그렇지만 독을 건네받은 시점에서, 황제를 사랑하게 되었다면, 자신이 중독되어 죽는 길이 아니라 황제에게 진실을 고하고 지금처럼 설리반을 함정에 빠트려 모든 걸 평탄하게 끝맺는 방법도 있었다.

어째서 죽음이라는 선택지를 택했을까. 자신을 진심으로 사랑하는 이이자 자신이 진심으로 사랑하는 이에게 잘못을 고하고 용서를 구하는데, 용서받지 못하리라고 그렇게 쉽게 단정하나? 게다가 대가는 죽음이다. 사람에게는 살고자 하는 욕구가 있다. 옆에서 겪고 느낀 루크워렐의 인품이라면 용서를 구하는 쪽이 더 합리적이고 쉬운 선택지였을 텐데. 어쩌면 평민 출신을 속이고 귀족인 척했다는 사실보다 더 큰 뭔가가 있었던 게 아닐까. 죽음으로서만 증명할 수밖에 없었던, 아니, 어쩌면 죽음으로서만 도망칠 수밖에 없었던.

게다가 리엘라가 보았던 에아기네스는, 귀족의 예법에 능숙했다. 고강도의 교육을 받는다 할지라도, 태생이 그렇지 않은 이상 저렇게까지 녹아들 수는 없다. 상황에 대한 대처엔 때론 귀족이 아니라면 그렇게 행동 않을 부면도 많았다.

그리고 기시감. 에아기네스를 볼수록, 어딘가 모르게 전에 본 적이 있단 익숙한 느낌이 들었다. 명확히 짚을 수는 없지만 적어도 한 번쯤은 봤던 사람 같았다. 시골에서 온 귀족아가씨 정도로 생각했을 때는 그저 우연히 어디선가 접했겠지 싶었는데, 평민 출신이었다는 걸 생각해볼 때는 뭔가가 맞지 않았다.

가당치 않은 생각일 수도 있었다. 자신이 지나치게 깊이 생각해서 논리적인 비약으로 흘러간 거라고, 목숨까지 걸 정도로 애절했던 사랑에 대해 이성의 잣대를 들이밀어 그런 거라고.

그렇지만 구두에 들어간 작은 돌멩이처럼, 이 생각은 끈덕지게 달라붙어 리엘라는 불편함을 감출 수 없었다.

여태의 행보는 에아기네스가 자신들의 편이라는 확신을 주었다. 그러나 확실하게 믿을 수 있는지, 딱 잘라 말할 수 없는 명확하지 않은 부분이 그녀를 계속 괴롭혔다.

똑. 똑.

가벼운 노크와 함께 누구라고 밝히지 않은 채 문이 열렸다. 리엘라는 놀라지도 않고 슬쩍 고개만 돌렸다.

"란첼, 어서 와."

들어온 이는 붉은 고수머리를 한 건장한 남자였다. 눈이 작고 얼굴이 각졌는데, 왼쪽 눈썹 가운데 흉터가 있어 눈썹이 반만 남아 있었다. 그러나 전체적으론 남자답고 훈훈한 느낌이다.

란첼이라 불린 남자는 리엘라를 보더니 한숨 아닌 한숨을 쉬며 대꾸했다.

"옷을 제대로 갖춰 입고 있어서 다행이야. 갑자기 부르기에 긴장했지 뭐야."

뜬금없는 그 말을 알아들은 듯 리엘라가 어깨를 으쓱했다.

"그때는 상황이 다급했잖아. 눈앞에 부상자가 있는데 아무것도 없고, 드레스라도 급하게 뜯다 보니 생각보다 많이 찢어졌을 뿐이야."

란첼이 리엘라 근처로 가 리엘라의 이마를 가볍게 콩 때렸다.

"그래도 조심해."

"사람을 살리기 위해서였는걸. 그때는 다들 경황이 없어서 아무도 신경 쓰지 않았을 거야. 중요한 건 그게 아니었으니까."

란첼은 늘씬하게 빠진 리엘라를 보며 그때 이후로 과부인 리엘라를 노리는 남자들이 더 많아졌다는 걸 말해줄까 하다 그만두었다. 자신이 일일이 지적하지 않아도 신경 쓰고 책임질 게 많은 사람이다.

리엘라가 드레스까지 찢게 된 사연은, 어떤 정신 나간 귀족무리가 술을 먹고 리엘라의 영지에 속한 숲에 들어가 사냥을 하겠다며 함부로 활을 쏜 게 화근이었다. 제 영지도 아닌 주제에 무모하기 짝이 없는 짓을 했다. 활을 맞은 영지민은 급소를 다친 건 아니었지만 출혈이 있었고, 그 사실을 듣고 단번에 달려간 리엘라는 잘못을 저지른 귀족들을 당차게 힐난하였다. 게다가 비싼 드레스도 아낌없이 찢어내며 부상자를 지혈하는 모습을 보여 크리스토프 영지민들의 리엘라에 대한 신뢰가 더 높아졌다.

그 정신 나간 귀족무리는 일반적인 것보다 배로 보상을 해야만 했고, 벌금형과 구류형도 치렀다. 하지만 그들은 형을 살고 나온 뒤에도 정신을 못 차리고 리엘라의 몸매 이야기를 소문으로 퍼트렸고, 그 결과 엉뚱하게도 안 그래도 결혼시장에서 높던 리엘라의 인기가 더 높아지는 데 일조했다. 정작 본인은 전혀 결혼 생각이 없지만.

그녀와 남편은, 애정보다는 상호존중에 기반을 둔 관계였다. 정략결혼을 한 그녀는 남편을 사랑하지는 않았지만, 그를 존중했다. 리엘라의 남편이었던 소프는 사실 리엘라에게만 충실하진 않았다. 결혼 전에도 평민 여자를 애인으로 두고 있었고, 리엘라와 밤을 보내기보다 이런저런 여자들과 염문을 뿌리는 시간이 더 많았다. 게다가 소프는 그러한 걸 당연한 남자들의 권리라 여기며, 조금도 잘못되었다고 생각하지 않는 부류였다. 리엘라를 결혼상대로 택한 것도, 그녀의 한미한 가문에선 자신의 그런 행보를 트집 잡을 수 없다는 판단 때문이다. 리엘라 또한 결혼하기 전부터 합의하고 있었던 부분이기도 하다.

소프는 여자로서의 리엘라를 사랑해주진 않았지만, 적어도 리엘라가 하고 싶어 하는 일은 적극적으로 지원해주었다. 영지경영을 배우고 싶다고 하거나 영지와 관련해서 새로운 안건을 내면, 무시하고 거절하는 대신 대체로 아내의 의견을 따랐다. 소프 자체가 느긋하게 지내는 걸 좋아하는 편이었으므로, 오히려 리엘라가 일을 잘해줘 제가 편해졌다고 생각했을 것이다.

소프는 크리스토프 가에서 점점 실권을 잃어갔고, 반대로 리엘라의 입지는 커졌다. 그래서 소프가 복상사로 다른 여자 품에서 갑작스런 죽음을 맞은 후에도, 리엘라에게는 의외로 선택지가 많았다. 자녀가 없음에도 상당한 재산을 얻어 독립할 수도 있었고, 크리스토프 가에 미망인으로 머물면서 실제적인 권한을 행사할 수도 있었다. 결혼시장에서도 인기가 좋았는데, 소프의 바람기를 묵인하면서도 가문을 훌륭히 이끈 모습이 높은 평가를 받았기 때문이다.

리엘라는 크리스토프 가에 남기로 했다. 실제적인 직계가 소프 외에는 시집간 두 딸밖에 없기도 했고, 꽤 가까운 방계 중 영리한 아이가 있어 충분히 후계를 이을 방도도 있기 때문이다. 만약 리엘라가 소프를 사랑했다면, 그들의 관계는 굉장히 비극적이었을 터였다. 하지만 그녀는 소프를 사랑하지 않았고, 소프의 아내 역할을 일종의 직업처럼 생각했기에 상처를 받지 않고 해나갈 수 있었다.

"무엇 때문에 그래? 뭔가 차질이 있어?"

란첼이 물었다.

란첼 아이시타스 켈레니. 켈레니 가의 차남으로, 불꽃의 란첼이라
는 별명으로 불리기도 했다. 그만큼 용맹하고 열정적인 사람이다. 란
첼은 리엘라가 과부가 된 이후에 알게 된 사이였는데, 능력이 있는
사람은 가까이하는 리엘라는 적극적으로 그와의 친교를 쌓았다. 딱
거기까지였다. 란첼은 리엘라가 친구 이상은 결코 허용하지 않는다
는 걸 알았다. 언제나 절제하는 면이 강한 그녀답다. 란첼이 애정하
면서도, 안타까워하는 부분이기도 했다.

리엘라가 답했다.

"문제없어. 설리반이 이곳에 제 사병들을 주둔시키려 하면 언제가
되었든 받아들일 수 있게 해놨으니까. 신경 쓰이는 건 다른 거야."

길어봤자 하루나 이틀 주둔할 터다. 영지민들에게는 피해가 가지
않을 장소도 물색해두었고, 그쪽도 궁에 들어가려고 준비 중일 테니
괜한 문제를 일으켜 발목 잡히기를 바라진 않을 것이다. 즉, 진압하
기 전까진 큰 문제는 없을 상황이다.

"뭐? 설마 내가 때 맞춰 나타나주지 않을까 봐?"

"그럴 리가. 란첼, 넌 그럴 리가 없어. 그렇다면 난 내 목숨을 너한
테 맡기지 않았겠지."

"그럼 뭐가 문제야?"

리엘라가 미간을 살짝 찌푸렸다.

"에아기네스 프린 알키다스. 우리의 황제가 지독하게 사랑하는 귀
비님에 대해 생각하고 있었어."

"귀비님이 어째서? 자기 자신을 미끼로 던지시면서까지 이 일에
참여하고 계신데."

"그래. 그건 사실이지. 그런데 뭔가…… 미심쩍어."

"무엇이?"

리엘라가 비스듬히 란첼을 바라보았다.

"란첼, 넌 귀비님이 낯익지 않아?"

"응?"

"난 어딘지 모르게 낯익단 말이지. 그게 신경이 쓰여."

"미인이니 어디선가 한 번쯤은 봤을 수도 있지."

"그런 단순한 문제가 아니야."

리엘라가 거기까지 말하고 입을 다물자, 란첼이 리엘라를 바라보았다.

"신중한 것도 좋지만 넌 너무 지나치게 파고드는 경향이 있어. 때론 단순하게 사물을 보는 게 도움이 되기도 해."

리엘라가 손을 뻗어 창문 유리에 손을 댔다. 그러곤 심각한 얼굴로 조그맣게 중얼거렸다.

"이게 계획에 차질을 빚게 하지는 않을까 걱정돼."

손바닥에서부터 올라오는 유리의 차가운 기운은, 정신을 번쩍 나게 했다. 손 한번 잘못 놀리면 우그러질 풍경처럼, 유리에 비친 영지가 꼭 손아귀에 잡혀 있는 듯 보였다.

part 4

모든 것은
제대로 된
자리로

Prologue

　금실을 녹여 만든 듯한 금발이 방 안을 밝히는 불빛에 부드럽게 빛나고 있었다. 길게 뻗은 콧대 밑에 다소 얇고 기다란 입술은 전체적인 얼굴 느낌이 고와 보이게 하고 있었다. 다소 감성적으로 보이기까지 하는 보랏빛 눈동자가 방을 훑었다.

　아름다운 남자 하나가 방 한가운데 서 있었다. 설리반이다.

　방은 작은 편이었는데 특징이 있다. 전체가 황금으로 치장되어 있었다. 황금으로 두른 소파와 테이블, 심지어는 벽에 걸린 거울까지 황금 테두리를 두르고 있었다. 간단한 집기나 도구들도 마찬가지. 아마 이렇게 꾸미기까지 상당한 액수가 소모되었을 터다.

　설리반의 시선은 중앙에 자리 잡은 커다란 의자로 향했다. 의자에 눈이 닿는 순간, 보랏빛 눈동자에는 희열이 담겼다. 의자는 황금과 붉은빛 루비로만 장식되어 있었는데, 일반적인 것보다 훨씬 크고 화려했다. 게다가 장식된 보석과 조각된 무늬만 좀 다를 뿐, 황좌와 꼭 닮아 있었다. 황제가 되기를 꿈꾸었을 때부터 하나씩 마련한 것이다. 가질 수 있는 건 모두 최고이기를 바랐고, 자신 정도면 최고의 자리에 앉을 자격이 있다 믿었다.

　이제 얼마 남지 않았다.

　설리반이 똑바로 걸어가, 의자에 턱 기대앉았다. 흡족하기 이를 데 없다.

　금빛은, 자신 같은 사람에게 어울린다. 남들과는 확연히 다른, 우월한 이에게.

인정하기는 싫지만, 루크워렐은 출중했다. 그래서 그가 자기 위에 군림한다는 사실을 견디기 더 어려운지도 모른다.

이제 그는 무너졌다. 솔로미아 로즈 아이시타스 카펠리움. 에아기네스 프린 알키다스로 자신이 재탄생시킨 여자에 의해서.

사랑하던 여자에 의해 추락했다는 사실을 알게 됐을 때의, 절망할 루크워렐이 보고 싶었다. 그래서 확실하게 자신이 우위라는 사실을 느끼고 싶었다. 그를 바닥으로 끌어내린 수단이 정당하지 않았다고 비난하는 젠 체하는 이들은, 결과로 승복시킬 것이다. 감히 황제의 명을 거역할 이가 있다면, 그 대가는 잔혹한 공포일 테니.

설리반이 기분 좋게 제가 앉은 황금 의자를 쓰다듬었다.

그러다 얼굴을 잠시 찌푸리고 재빨리 손을 들었다. 분명 잘 세공해서 매끄럽기 그지없는 의자인데, 어디서 베였는지 모를 상처가 나 있었다.

뚝. 뚝. 뚝.

설리반이 재빠르게 손수건을 댔다. 다행히 피는 황금 어느 곳에도 묻지 않았다.

설리반은 피에 젖어가는 손수건을 뚫어져라 바라보았다. 하얗던 손수건은 감싼 부위부터 붉은빛으로 물들어 있었다.

사방은 안개로 둘러싸였다. 안개가 가득 끼었다 한들 한 치 앞 정도는 보이련만, 발 디디기가 두려울 정도로 희뿌예 옴짝달싹할 수가 없다.

로즈는 그대로 얼어붙은 채 서 있었다. 아무것도 보이지 않는 사방이 너무 두렵고 무섭게만 느껴져, 움직일 생각을 하는 것조차 공포를 불러일으켰다. 하지만 이렇게 있어서는 안 된다. 이렇게 무력하게 서 있기만 해서는 안 되었다. 그렇게 한 발 떼려고 했을 때다.

불쑥! 바닥에서 시커먼 손이 튀어나와 로즈의 발목을 휘어잡았다. 순간적으로 몸이 완전히 바닥으로 기울어 떨어졌다. 손은 굉장한 속도로 로즈를 끌고 가기 시작했다. 바닥에선 흙모래 대신 회색 안개가 일어, 끌리는 몸을 모래처럼 긁어대며 정신없이 피어올랐다. 끌려가지 않으려고 손을 휘저어도, 잡히는 건 형체가 없는 안개뿐이다.

로즈는 있는 힘껏 소리를 내질렀다. 그러나 목소리는 조금도 나오지 않았다. 성대는 뭔가에 완전히 짓눌린 듯 울리는 법을 잊었다. 로즈는 괴로움에 몸부림쳤다.

"헉!"

눈을 뜨고 천장이 보이자 이 모든 게 꿈이라는 걸 알았다. 꿈속에서 미친 듯이 몸부림쳤다고는 조금도 믿을 수 없을 정도로 로즈는 다소곳한 자세로 누워 있었다.

아주 오랜만에 꾼 악몽이다. 한동안은 모조리 사라졌다고 믿었는데……. 가슴에 크게 박힌 생채기는 어떤 식으로든 숨어 있다가 어둠을 틈타 꿈으로 드러나기 마련인가 보다. 꿈이라 자각하자 허무함과 슬픔이 몰려왔다.

그녀의 옆에는 고르게 숨을 쉬는 따스한 형체가 있었다. 루크워렐이다. 로즈는 말없이 그에게로 파고들어 든든한 허리춤을 팔로 휘어잡고 가슴팍에 머리를 묻었다. 루크워렐이 잠결에 제 팔을 벌려 로즈를 제 품으로 들여보내주었다. 어둠 속에서, 듣기 좋은 익숙한 목소리가 울렸다.

"……악몽을 꿨나 보군."

"깼어요?"

"응."

그러더니 루크워렐이 완전히 로즈 쪽으로 몸을 돌려 꼭 안아주었다.

"괜찮아, 로즈. 두려워하지 마. 잘될 거야."

"깨울 생각은 아니었는데, 미안해요."

"그래서 부부는 함께 자는 거야. 우리는 둘이지만 하나니까. 한 사람이 괴로워하는데, 한 사람은 아무것도 모르고서 편하게 자는 게 아니라, 한 사람이 괴로워하면 다른 한 사람이 안아줄 수 있게끔."

"당신, 너무 멋진 거 아니에요?"

"난 늘 그대에게 멋졌어."

시답잖은 농담에, 로즈가 가볍게 헛웃음을 내뱉었다.

"미끼가 되는 건 좋지만, 위험한 행동은 하지 말아줘. 사랑하는 여자를 미끼로 보내놓고 하기엔 이기적인 말이지만, 그래도."

"내가 시작한 일, 내가 매듭짓는 것뿐이에요. 걱정 마요. 이래 봬도 제법 대범하니까."

"그래, 보기보단 눈물도 많고."

루크워렐이 로즈를 끌어당겼다.

"혼자 다 끌어안고 있으려고 하지 마. 당신의 눈물은 황금보다도 아까우니까. 혼자 울게 두고 싶지 않아."

"정말이지, 반할 수밖에 없게 만드는 말이네요."

"매번 나한테 반해줬으면 좋겠어."

"매번 반하고 있어요."

로즈는 루크워렐의 품에 폭 파묻혀 속삭였다. 금과 보석으로 장식된 호화로운 방이 아니라 투박한 나무 침대에 거친 이불 속이라 해도, 이 남자의 품이라면 믿고 따라갈 수 있을 것 같았다.

잘될 거야. 잘할 수 있을 거야.

로즈는 다시금 잠을 청했다. 루크워렐은 어느새 잠들었는지 다시 고른 숨을 몰아쉬고 있었다. 저를 믿어주고 사랑해주는 든든한 사람이 옆에 있다는 건, 빛나는 보석이나 황금보다도 가치 있었다.

1

    둘레안 산맥을 끼고 도는 바람은 늘 서늘했는데, 때론 냉기까지 품고 있었다. 거칠고 험한 산세를 자랑하는 만큼 그곳을 터전으로 삼아 살아가는 이들은 폐쇄적이고 자기 문화를 중시하는 경향이 강했다. 둘레안 산맥에는 다섯 개의 부족이 산다. 그들은 라우리드센 제국에는 속해 있지 않았는데, 나름의 자치권을 보장받고 제국과 약간의 교류를 하는 정도였다. 다만 하나의 나라로 정립되어 있지 않은 만큼, 부족들 사이에서 분쟁이 잦은 편이었다.

    "하아……."

    머리에 특이한 문양의 띠를 둘둘 두른 남자 하나가 새벽 입김을 내뿜고 있었다. 둘레안 산맥에 기반을 둔 카란 부족장의 아들 니메였다. 그가 뒤로 닫고 나온 문은, 전에 산맥에 살 때와는 확연히 다른 양식의 것이었다. 바람을 덜 타는 구조여야 하기에 낮은 지붕이라 건장한 남자라면 몸을 숙이고 나와야 할 정도로 낮은 문은 이제 슬슬 잊고 싶었다.

    허리를 쫙 펴고 당당히 드나들 수 있는 문. 산맥을 끼고 있어 풍광은 좋지만 산맥보다 훨씬 따스한 기후로 행복하게 지낼 수 있는 곳. 어리석은 자들이나 산맥에서 지내던 때를 그리워하지, 자신은 현재 지내고 있는 여기가 좋다. 이곳은 난민으로 받아들여줬으니 머무는 것일 뿐, 이미 패배한 개가 되어 내쫓긴 산맥으로 되돌아가야 한다고 주장하는 바보들은 자신들이 온건하다 착각하고 있을 뿐이다. 라우리드센 황제가 저희들을 내몬 부족 측과 절충안을 끌어냈다는 소식

410

에 기뻐하는 얼간이들은 산에서 부슬부슬한 작물이나 뜯어먹고 가까
스로 사냥한 짐승이나 구워 먹으며 좋아할 터였다.

　이곳은 근사했다. 문 하나만 봐도, 훨씬 고급스럽다는 생각이 들었
다. 자원은 풍부했고 기후도 좋다. 살고 있던 사람들이 있으면 어때
서. 뺏으면 그만이다. 어차피 산맥의 거친 생활에 익숙한 자신들을
당해내지 못할 것이다. 게다가 자신들과 계약한 남자는 그들에게 그
들이 원하는 걸 약속했다. 만약 그런 지원이 없었다면 니메도 평범하
게 가산 지역에 머물다 라우리드센 황제가 마련해준 절충안에 따라
고향으로 돌아갔을지도 몰랐다.

　「우리가 모시는 분은, 현 황제를 이어 다음 황제가 될 겁니다. 그러
기 위해선 여러분의 도움이 필요하지요.」

　남자는 아주 평범하게 생겨, 여러 번 만나도 기억하기 어려운 인상
이었다. 인상은 뚜렷하지 않았지만 그가 말하는 내용은 인상적이었
다.

　「그러면 우리에게 무슨 득이 있지?」
　「살아보니 어떻습니까. 호의에 기대어 약간 누렸을 뿐인데도, 이곳
이 훨씬 쾌적하지 않습니까? 만약 우리의 부탁을 들어준다면, 여러
분을 이곳의 유지로 만들어드리겠습니다.」
　「우리가 할 일이 뭐지?」
　「아주 간단한 일입니다. 충분히 할 수 있는 일이지요.」

　말과는 다르게 남자가 말한 것은 그리 쉬운 일이 아니었다. 우선

부족장인 제 아버지부터 반대했으니까. 그러나 그는 이미 병세가 깊은 제 아버지를 무시하고, 강력히 반대하는 몇몇 바보들은 감금한 후 제 부족을 충동질했다. 단지, 살 곳을 뺏는 것뿐이다. 게다가 무기마저 조달받아, 일은 더 쉽게 풀렸다. 제국군마저도 고전하고 있지 않은가.

하지만 제 부족의 3분의 1 정도는, 원래의 터전으로 돌아가자며 라우리드센 제국에 붙어버렸다. 그들은 니메의 행동이 옳지 못하거나 너무 위험하다고 생각했다. 어차피 제게서 돌아선 이상, 적일 뿐이다.

「너한테 그 약조를 한 사람이 누군지도 명확히 모르지 않느냐. 그 황제가 될 사람의 이름조차도 알지 못하면서, 구두약속만으로 움직이는 게 얼마나 어리석은 일인지 모르느냐? 게다가 호의를 원수로 갚다니, 이 무슨 짐승만도 못한 짓이냐? 짐승도 제 목숨을 구해준 은혜는 아는 법이다!」

니메는 머리를 휘휘 저으며 병석에 누워 제 뜻에 사사건건 반대하는 아버지의 말을 떨쳐버렸다. 그렇게 잘난 도덕심을 운운하고 있었기 때문에, 제 부족이 이렇게 떨거지가 되고 만 거다. 그리고 어디건 비밀을 유지할 필요가 있는 법이다. 수도에서 왔다는 그 사람은, 프린 쪽에서 높은 직책을 맡고 있다고 했고 그가 약속한 무기와 식량과 돈은 늘 제때 들어왔다.

기회가 오면 잡아야 한다.

니메는 제가 차지한 마을을 뿌듯한 마음으로 바라보았디. 그들이 다가오자 마을 주민들은 저항 같은 건 꿈에도 생각 못 한다는 듯 채 마을을 통째로 버리고 도망갔었다. 이쪽도 처음처럼 쓸데없이 피를 뿌리지 않게 되어 다행이었다. 초기에 잔혹하게 군 게 꽤 도움이 된 것 같다. 이렇게 점령한 마을만 해도 벌써 여섯이다. 그중 셋은 이미 저를 따라다니는 부족민들에게 나눠주었다.

그때, 희미한 울음소리가 닫힌 문 안에서 들렸다.

"젠장, 저 계집은 만날 울어."

니메가 기분 잡쳤다는 듯 중얼거렸다. 자신들을 난민으로 받아준 첫 마을에 있던 예쁘장한 소녀였다. 자기가 가장 먼저 점령한 마을의 주민이기도 했고, 산맥에서 제대로 물품도 챙기지 못한 채 쫓겨났을 때 잘 곳을 안내해주기도 했었다.

「이곳에서 쉬시면 돼요. 음식은 마을 사람들이 이따 갖다줄 거예요.」

솔직히 말하자면, 순박하고 착한 사람들이었다. 하지만 뭐든 약한 게 잘못인 법이다. 자신들도 약했기 때문에 모든 걸 뺏겼으니까.

수도에서 왔다는 남자의 제안을 받아들여 한밤중에 마을을 습격하자 주민들은 울부짖으며 도망가거나 저항했고, 결국엔 자신들이 이겼다. 남자들은 죽이거나 힘줄을 잘라 노예로 삼고, 잡힌 여자들은 용사들에게 나눠주었다. 그리고 자신은, 미리 골라두었던 소녀를 제 처소로 끌고 왔다. 그런데 자신이 아무리 예뻐해줘도, 새벽만 되면 저렇게 운다.

입을 다물게 하려면 방법은 하나밖에 없다.

니메가 거칠게 문을 열고 다시 안으로 들어가자, 울던 여자가 겁에 질려 입을 억지로 틀어막았다. 그리고 곧이어, 다른 종류의 울음이 문밖으로 새어나왔다.

⟶ ⋅ ⟵

반역의 날은 생각보다 쉽게 잡혔다. 로즈는 통보받은 날짜와 경로를 다시 한 번 되새김질해보았다. 남은 기한은 열흘 남짓. 시간은 한밤. 여전히 경로가 염려되기는 하나 안개숲은 밤에는 군데군데 불을 켜놓으니 길을 잃거나 헤매지는 않을 터였다.

로즈는 긴장과 피로에 지친 몸을 소파 깊숙이 묻고 설리반과 나눴던 짧은 대화를 떠올렸다. 시녀들을 물린 이후로 그녀의 주변에는 아무도 없었다. 지쳤을 때는 혼자 쉬고 싶었다.

「카산 지역에서 분쟁을 일으키고 있는 난민에게는 무엇을 약조했지요?」

난민 중 일부는 제국 측에 보호를 요청하며 상황을 이야기해줬기에 대충 예상은 갔지만, 그래도 본인 입으로 직접 들을 필요가 있었다.

로즈가 묻자, 설리반은 별다른 게 아니라는 듯 선선히 대답해주었다.

「산맥으로 돌아가는 대신, 현재 머물고 있는 가산 지역에서 살 수 있게 해주겠다고 했습니다. 원래 있던 주민들을 다스리면서요.」

「정말 그렇게 할 건가요?」

로즈가 되묻자, 설리반이 세상물정 모르는 순진한 아이를 바라보듯 로즈를 보다 가볍게 고개를 저었다.

「그럴 리가요. 쓰고 버리는 패는 쓰임을 다하는 순간, 버려지는 법이지요. 내 제국 내에 문제를 일으킬 만한 거리는 필요 없어요.」

「……없애버릴 생각이군요.」

정말이지, 설리반답다. 이용할 때는 감언이설로 꼬드기고, 제 뜻대로 모든 게 이뤄지면 가차 없이 버린다. 참으로, 지독하게 이기적인 사람이다.

「대를 위해서는 소를 희생하기도 해야 하는 법이지요. 어차피 그들도 제 것이 아닌 걸 과분하게 욕심냈으니, 그 대가를 치러야지요.」

제 것이 아닌 것에 대한 과분한 욕심. 바로 제 앞에서 그 말을 하고 있는 당사자를 떠올리게 하는 말이라, 로즈는 그저 짧게 답했다.

「그렇군요.」

그런 이기적인 사정에 의해 상처받고 죽임당하는 이들은 모두 사람들이었다. 다른 이의 생명을 뭐로 알고. 씁쓸하고 안타깝고 화가 나는 일이었다.

「왜 그런 표정이지요, 에아기네스?」

로즈가 뼈 있는 말을 담담히 흘렸다.

「필요가 없어지면, 나도 버리겠구나 싶어서요.」

설리반이 그제야 이해했다는 듯 특유의 비릿한 웃음을 머금었다. 설리반은 그녀에게 전보다 훨씬 많이 제 본모습을 보여주곤 했다.

「그럴 리가요. 에아기네스는 나에게 있어서 아주 훌륭한 트로피랍니다. 영광의 순간이 지나가도, 트로피는 절대 버리지 않지요. 그러니 당신을 버릴 일은 없어요.」

「그렇군요.」

트로피.

루크워렐에게 그녀를 보내기 전 애정을 속삭일 때도, 그녀를 향한 그의 감정은 비틀어진 소유욕과 과시욕에 가까웠다. 이제는 대놓고 자신을 물건 취급하며 노예나 트로피라 운운한다.

로즈는 그의 심기를 건드리지 않았다. 계획된 대로 움직이게 하기 위해선, 비위를 맞출 필요가 있다. 아무리 역겨워도, 끝날 때가 있다고 생각하면 견딜 수 있었다.

설리반이 아주 활짝 웃었다.

「예전 같았으면 저항하거나 비꼬았을 텐데, 정말 점점 내 마음에 들게끔 변해가고 있어요, 에아기네스.」

로즈가 순순히 고개를 끄덕였다.

「전에도 말했다시피, 당신에게 반항해봤자 아무 의미 없다는 걸 깨달았으니까요.」

「그렇죠. 일반적인 관념이나 도덕은 모두 잊어버려요. 당신에게는 내가 바로 기준이고, 내 말이 규범이니까. 내가 맞다고 하면 맞는 거고, 내가 틀리다고 하면 틀린 거예요.」

굉장한 오만함이다. 로즈는 그저 묵묵히 수긍했다.

「……알겠어요.」

「아아, 에아기네스. 정말이지 지금 당신이 너무 사랑스러워요. 아주 잘근잘근, 머리끝부터 발끝까지 모조리 갖고 싶어요.」

끔찍하기 이를 데 없었다. 그의 말에 속았다고는 하나, 그의 손을 잡고 루크워렐을 해하려 했다는 게 생에 있어 가장 어리석은 결정이라고 할 수밖에 없었다.

로즈는 잠시 마른세수를 했다. 과거에 연연하는 건 좋지 않다. 과거는 바꿀 수 없지만 현재와 미래는 바꿀 수 있다.

로즈는 탁자에 놓아둔 평면도에서 설리반이 정한 경로를 다시 한 번 훑어보았다. 어느 경로를 택하든 설리반은 결국 제 꾀에 넘어가게 되겠지만, 어째서 이런 위험부담을 끌어안았을까. 오히려 안전해 보

금씩 좋아지고 있다고 말씀하지 않으셨나요?"

"네. 물론이지요. 조금씩이지만 차도가 있으시답니다. 소문이란 부풀려지기 마련인지라, 이쪽에서 기침을 하면 저쪽에서는 중병에 걸렸단 말이 도는 법이니까요."

로즈가 답했다. 설리반도 동의했다.

"맞는 말입니다. 소문만큼 실체 없이 사람을 베는 검도 없지요."

리엘라가 칭찬했다.

"표현력이 좋으시네요."

"감사합니다."

어느새 식사는 끝나가고 있었다. 디저트들이 연이어 식탁에 놓였다.

"폐하께 설리반 님을 추천한 분이 귀비님이라고 들었습니다. 원래부터 왕래하시던 사이셨나요?"

"귀비님의 양부와 친분이 있어서요. 귀비님은 수도에 올라오자마자 폐하를 뵙고선 첫눈에 반하셨답니다. 어떻게 폐하에게 가까이 갈 수 있을까 고심했었지요. 그때 유용한 조언을 몇 해드렸습니다."

"그러셨군요."

그 이후에는 사병의 배치할 장소와 시기에 대한 논의가 이어졌다. 설리반이 궁에 잠입해 루크워렐을 죽이기로 한 날 바로 전일에 사병을 배치하기로 결정되었다. 당연한 결과다. 그리고 나선 자잘한 일상에 대한 화제가 이어졌다. 설리반이 로즈에게 말을 붙였다.

"귀비님, 이 디저트 좀 들어보세요. 어릴 때 많이도 드시지 않았나요?"

설리반이 권한 건 노란빛이 도는 도르엘 푸딩으로, 섬세한 꽃 모양을 하고 있다. 어려운 일도 아니어서 설리반의 청에 로즈가 눈앞의

푸딩을 한입 먹었다. 설리반은 끔찍하게 싫지만, 설리반이 권한 푸딩
에는 미소 짓지 않을 수 없었다. 귀족가문의 어린아이라면 안 먹어본
아이가 없을 만큼 인기 있는 메뉴였기 때문이다.

로즈가 연하게 미소 지었다.

"네, 그리운 맛이네요."

"뭔가 각별한 추억이 있는 듯한 얼굴이네요."

설리반의 말에 로즈가 아련한 얼굴로 푸딩을 바라보았다.

"어릴 때 이 푸딩을 아주 좋아해서, 주방에 가면 늘 주방장이 하나
씩 더 만들어둔 걸 주고는 했어요. 다른 푸딩과는 다르게 숙성에 두
시간 정도 걸려서 늘 일찌감치 만들어놓곤 했답니다. 어느 해, 여기
들어가는 오손[4]과 도르[5]가 구하기 어려워져 이 푸딩을 자주 못 먹게
된 적이 있었는데, 그럴 때도 주방장은 어디서 구했는지 주방에 가면
꼭 몰래 하나씩 더 내주곤 했었어요."

"좋은 추억이군요, 귀비님."

"네, 좋은 추억이죠."

이제는 가족과 공유할 수 없게 된, 좋지만 씁쓸하고 아픈 지난일.
두 번 다시 만나지 못할 가족과 추억 속에서만 기억되어지는 시간들.
현재가 아프다 하여 행복했던 추억마저 부정할 생각은 없다. 그리움
이 가진 힘은 강렬해서, 로즈는 옅게 띤 미소를 지우지 않았다.

리엘라는 말없이 그들의 대화를 듣고 있었는데, 별다른 표정변화
가 없어 손님들의 대화를 신중히 들어주는 듯한 느낌만을 풍겼다.

그렇게 그들의 식사는 마무리됐다.

---

4   새콤한 맛을 내는 길쭉한 붉은 과일.
5   달콤한 맛을 내는 동그란 노란 과일.

설리반과 귀비를 보낸 후, 리엘라는 항상 그랬던 것처럼 능숙하게 일을 지시하고 깔끔하게 마무리지었다. 그러나 정확한 일처리와는 달리, 그녀를 붙들고 있던 찜찜한 기분은 외려 더 커지는 중이다. 서류를 작성하던 리엘라는 결국 깃펜을 든 손을 멈췄다.

귀비와 설리반과의 관계.

애초부터 설리반으로 인해 궁에 들어갔으니, 왕래가 있었단 건 이해 가능한 범위이다. 하지만 식사 때 오갔던 대화 중 하나가 그녀의 신경을 계속 건드렸다. 사실 귀족들이라면 가벼이 나눌 수 있는 흔한 대화였다.

도르엘 푸딩.

귀비의 진짜 신분은 평민이라 했다. 그런데 어떻게 그녀는, 어린 시절 도르엘 푸딩을 진짜 먹어본 적 있는 것처럼 말하는 걸까. 귀비는 귀족 출신이라 알려져 있고, 리엘라 또한 그렇게 알고 있다 설리반은 생각하고 있으니, 그의 앞에서 연기를 이어가기 위해서였을까.

그렇다 치기엔 여전히 미심쩍은 부분이 존재했다. 도르엘 푸딩은, 황성과 그 주변에 거주하는 귀족들이 즐기는 디저트다. 재료도 싼 편이 아니다. 그래서 시골 한미한 귀족가의 딸인 리엘라는, 수도 근처에 사는 귀족아이들은 아주 맛있는 푸딩을 먹는다는 이야기만 들었을 뿐 실제로 먹어본 적이 없었다. 그녀가 도르엘 푸딩을 처음으로 맛본 건 크리스토프 가로 시집온 후다. 그래서 어린 시절 갖지 못한 것에 대한 보상심리가 작용해 식사 때 도르엘 푸딩을 내는 경우가 자주 있었다.

설리반은 고위귀족이니 실정을 잘 몰라, 변방지역의 아이들도 귀족이라면 자신과 비슷한 간식을 먹고 자랐으리라 생각할 수도 있다. 귀비 또한 평민 출신이라 이 푸딩에 대해 잘 모를 테니, 설리반의 말에 적당히 맞장구친 걸 수도 있다. 어쨌든 공식적으로는 시골 귀족 출신이니 말이다.

그렇다 쳐도 푸딩에 들어가는 재료까지 어떻게 잘 알고 있을까. 평민임을 숨기기 위해 그것까지 파고들어 공부했다고 하면 할 말이 없지만, 푸딩 재료까지 공부할 정도면 실수하지 않기 위해 그게 시골 귀족 출신들은 먹기 힘들다는 부분까지 알고 있어야 옳다. 게다가 숙성시간까지 운운하지 않았나. 직접 경험한 게 아니라면 그렇게까지 상세하게 알 수 없는 사항들이다. 게다가 어린 시절에 직접 겪었다고 한다면, 싸지 않은 재료들을 구하기 어려울 때도 하나씩 더 만들어둘 정도의 여유가 있는 유복한 가정이라는 뜻이 된다. 그럴 정도라면, 상당한 자산 규모를 지닌 고위귀족이어야만 한다.

에아기네스, 그녀의 정체가 뭐지? 의심이 리엘라를 파고들었다. 한편으로는 자신이 과민한 것 같다는 생각이 들기도 했다. 이 계획은 그녀를 온전히 믿지 않고는 제대로 실행될 수 없다. 리엘라는 깃펜을 다시 들었다. 우선은 설리반의 사병을 맞이할 준비를 해야 했다.

한 소녀가 어둠 속에 나타났다. 정신없이 달렸는지 아무것도 신지 않은 발은 생채기투성이였다. 손에는 기다란 뭔가를 들고 있었는데, 어둠 때문에 제대로 보이지 않았다. 걸치고 있는 옷은 구겨지고 더러워져 있으나 새것이었는데, 어딘지 모르게 여자와 어울리지 않았다. 머리는 풀어헤친 채 몰아쉬는 숨은 거칠어 고운 얼굴과 대조적이었다.

소녀는 넋이 나간 얼굴로 초승달을 바라보았다. 빛이 적은 날이라 다행이다. 게다가 아직까지 저를 쫓는 기척이 없는 걸 보면, 제가 저지른 짓이 아직 들통나지 않은 듯싶다. 소녀가 제가 들고 있는 것을 물끄러미 바라보았다. 길고 가느다란 특이한 형태의 장신구에는 피가 흥건히 묻어 있었다. 얼마나 정신이 없었는지 여자는 그것마저 움켜쥔 채였다.

갑자기 모든 게 자각되며 온몸이 부들부들 떨렸다. 제 앞에 펼쳐졌던 일들이 선연히 떠올랐다. 불타던 마을. 울부짖던 사람들. 생사도 알 수 없는 제 부모님. 그리고 저를 끌고 가던 남자……. 제 부족의 복식이라며 옷을 입히고 그런 자신을 강제로……. 소녀는 흡, 숨을 들이마셨다. 거칠고 무거웠던 남자는 제 영혼을 완전히 박살내버렸다. 그건 앞으로도 절대 이어붙일 수 없을 것이다. 자신은 산산조각 나버렸다.

자신은 곤경에 처한 사람에게 친절을 보였던 것뿐이었다. 자신의 잘못이라곤 약간 곱상하게 생긴 외모를 가지고 있었던 것뿐이었다. 소녀는 울고 싶었다. 서럽게 통곡하고 싶었다. 소리 내어 비명이라도 지르고 싶었다. 그런데 이 순간만큼은, 마치 말을 뺏겨버린 사람처럼 억억 소리 외에는 아무것도 입 밖에 낼 수 없었다. 그게 더 비참하고 괴로웠다.

그래서 소녀는 다시 달렸다. 지금 이 순간은 달리고 달리는 것밖에 할 수 있는 게 없다. 입안이 바짝 타들어갔지만, 부서져버린 영혼에 비하면 아무것도 아니다.

소녀의 이름은 마야. 가산 지역에서 난동을 부리고 있는 니메가 억지로 끌고 가 능욕했던 소녀다.

2

선연한 초록과 노란 햇빛, 온실 특유의 눅진한 초목 냄새. 아몰리에 관의 유리온실이었다. 인공적으로 조성된 폭포의 물소리가 초목 향과 어우러지며 편안함을 주었다. 일전에 스칼렛과 다과를 나눴던 동일한 장소에 동일한 자세로 로즈가 앉아 있다. 유리탁자 위 또한 그때와 비슷하게 온갖 종류의 케이크와 디저트가 놓여 있었다. 사르르 녹을 것 같은 크림의 케이크, 말랑한 식감의 푸딩, 색이 예쁜 과자들, 얼음을 첨가해 입에 넣으면 차갑게 녹아내리는 음료…….

단 한 가지 다른 게 있다면, 그때는 둘이었고 지금은 셋이라는 점이다. 스칼렛과 로즈, 루크워렐. 남들이 보기엔 참으로 괴이한 조합일 수도 있다. 황제와 황비, 그리고 귀비였으니. 일반적으로 황비와 귀비는 사이가 좋을 수 없다. 좋게 보인들 실제로 그렇지 않다고들 생각할 것이고. 하지만 셋은 신경 쓰지 않았다. 진실은 눈에 보이는 것과 다르다는 걸 셋 모두 아주 잘 알고 있기 때문이다. 시중인들을 모두 물려 근처엔 셋 외에는 아무도 없다.

"스칼렛. 여지없이 좋아하는 것들로만 가득 채워 넣었군."

병색이 완연해 보이는 얼굴을 한 채 푹신한 솜으로 가득 채워진 의자에 기대앉은 루크워렐이 입을 뗐다. 그러자 스칼렛은 분홍색 자기로 만든 작은 주전자에 담긴 진한 초콜릿을 그의 찻잔 가득 따라주며 대꾸했다.

"순도 높은 초콜릿이야. 병환에 좋겠지."

창백한 낯빛은 분장에 불과했지만, 알음알음 퍼진 소문에서 잘 못 쓰는 것으로 알려진 오른손은 사용 않고서 왼손으로 컵을 잡았다. 진한 초콜릿 향이 올라왔다. 루크워렐은 진실을 아는 소수 외 다른 사람들 앞에서 실수를 할까 봐 일부러 더 조심하곤 했다. 그 모습을 지켜보던 스칼렛이 퉁명스레 말했다.

"여지없이 재미없도록 치밀한 사람이야. 에아기네스가 훨씬 더 인간미 있지. 루크워렐에겐 아깝기만 하다니까."

로즈가 손사래 쳤다.

"그렇지 않아요. 저도 사람들 앞에선 얼마나 격식을 차리고 있는지 모른답니다."

"알아. 그치만 에아기네스는 격식을 차리려 노력하는 게 보이잖아? 그렇지만 저 사람은 타고났다니까. 남들 앞에서 유들유들하게 구는 데 익숙한 사람인 거야. 에아기네스는 좀 더 순진하지."

"순진하다는 평은 황비님께 처음 듣는데요."

"하하. 내가 보기보단 애늙은이 같아서. 자, 다과 좀 들어."

스칼렛은 애늙은이라 표현과는 정반대로, 손가락으로 폭신한 케이크를 떠먹더니 크림이 가득 묻은 손가락을 쪽쪽 빨았다. 어린아이 같은 모습이다. 로즈가 재빨리 냅킨 하나를 건네자, 스칼렛이 빙그레 웃으며 냅킨을 받아 손가락을 슥슥 문질렀다.

"오늘 이렇게 모인 건 며칠 후에 있을 반역 연극 때문이지?"

"연극이라는 편한 소릴 하며 구경꾼의 위치에 있을 수 있다니, 부럽군. 나도 그랬으면 좋겠어."

"왜? 어차피 고생은 에아기네스가 더 하지 않나? 루크워렐은 병자인 척하며 누워만 있으면 되는 거잖아. 그러다가 에아기네스를 협박하는 나쁜 놈을 단박에 처치해줘야지."

어깨를 으쓱하던 스칼렛이 제 앞에 놓여 있던 포크를 떨어트렸다.

땡그랑, 소리가 요란했다. 로즈가 여분의 포크를 건네자 스칼렛은 웃으며 받아들었다.

"루크워렐도 꽤 애쓰고 있어요, 스칼렛 황비님. 그러니 연극이라는 표현처럼 안전한 곳에 계셔야죠. 설리반이 택한 경로에는 아몰리에 관은 없으니, 꼭 저희와 약속한 곳에 호위병들과 같이 계세요. 별일이야 없겠지만 혹시라도 스칼렛 황비님이 다치시면 마음이 아플 거예요."

"어쩜, 에아기네스, 말도 이리 예쁘게 할까."

스칼렛이 쪽 빨았던 손가락으로 사랑스럽다는 듯 로즈를 토닥였다. 체구도 작은 데다 소녀 같은 스칼렛이 그보다 더 성숙한 여인인 로즈를 토닥인다는 게 우습게 느껴질 수도 있지만, 스칼렛의 행동에는 철없는 아이 같은 순수함과 불치병을 앓는 자 특유의 달관이 함께 새겨져 있었다.

"그래, 스칼렛. 혹시라도 호기심이 동한다고 아몰리에 관 밖으로 나올 생각 말고, 다 끝날 때까지 안전한 곳에 있도록 해. 그대가 다치는 건 원하지 않으니까."

"흐음. 그래. 설리반이 그때 그 경로로 올 거라는 거지? 에아기네스가 그러라 명한 것처럼 거기에선 가급적이면 사람들을 물릴 거고."

스칼렛이 고개를 갸우뚱하자, 옆에 있던 로즈가 답했다.

"네, 그래요. 그러니 부디 안전한 곳에 계세요."

스칼렛이 루크워렐을 빤히 바라보며 말했다.

"혹시 모르니 파렌치에 관에서 라리에트 관으로 가는 길에 병사들을 잠복시켜놓아야 하지 않을까? 혹시라도 에아기네스가 다칠까 염려돼."

"당연히 그럴 생각이야. 통로와 안개숲은 병사들을 매복시켜놓으면 들킬 염려가 높아 힘들겠지만."

루크워렐이 씁쓸한 표정으로 답했다. 로즈가 잘 해내리라는 믿음이 없는 게 아니다. 사랑하는 여자를 위험에 노출시킨다는 사실 때문에 종내 입안이 썼기 때문이다. 자신이 로즈라도 되어 대신해주고 싶을 정도로 마음이 탔다.

"그래도 만전을 기해. 일이라는 게 언제 어떻게 어그러질지 알 수 없는 거니까."

"알고 있어. 무엇보다도 중요한 건, 에아기네스의 안전이니까."

루크워렐이 심각한 얼굴로 대꾸하자, 로즈가 루크워렐의 손을 살짝 잡으며 부드럽게 말했다.

"제 안전도 중요하지만 루크워렐, 당신의 안전도 중요해요."

"로즈……."

스칼렛의 앞에서도 에아기네스라 부르더니, 로즈의 한마디에 어느새 둘만의 애칭으로 호칭이 바뀌고 서로만을 바라보는 두 사람. 스칼렛은 손주들의 애정행각을 보는 할머니처럼 잠시 혀를 차더니 쿠키 하나를 더 집어 먹었다.

"주방장한테 꿀은 더 사지 말라고 해야겠어. 안 그래도 비싼데 두 사람 눈빛만 쥐어짜도 꿀 한 병은 나올 거 같으니까."

로즈가 반사적으로 손을 빼려 하자, 루크워렐은 개의치 않고 더 꼭 손을 잡았다. 그러자 스칼렛이 뭔가 약 오르는 듯한 표정을 짓다 덥석 로즈의 남은 한 손을 꼭 잡았다. 로즈는 어느새 양팔을 벌리고 두 사람의 손을 잡은 모양새가 되었다.

"이 무슨. 손 놓지, 스칼렛."

"그쪽이야말로 손잡는 것보다 더한 짓도 하면서. 맘먹으면 맨날맨날 비비적댈 수 있잖아! 그러니까 이번에는 양보하지 그래?"

"둘은 안 지 얼마 안 되잖아. 게다가 이쪽은 몸이 회복된 지 얼마 안 되는 연약한 사람이야. 이런 걸로 피곤하게 하지 마."

"그래도 여기 와서 유일하게 사귄 친구인데 너무 팍팍하게 굴지 말지? 겉으로는 모든 사람 다 포용할 거 같이 굴어도 실은 아무나 들이지 않는 네가 유일하게 마음을 허락한 사람이면, 꽤 괜찮은 성격일 거 같은데? 그러니까 이번만큼 우정에 양보하지?"

끝날 것 같지 않은 설전에 로즈가 어색한 미소를 띠었다.

"저, 저는 이렇게 있어도 괜찮습니다만……."

그러나 그 말은 먹히지 않았다.

"괜찮을 리가 없잖아, 케이크를 못 먹는데!"

"괜찮을 리 없지. 양손을 다 못 쓰는데."

"두 분은 정말 친하시군요……."

둘이 거의 동시에 외쳤다.

"덩치가 커다랗지 말 안 듣는 동생 같아!"

"필요에 의한 공생관계다."

그러더니 둘은 동시에 로즈의 손을 놓았다. 둘 모두 로즈가 곤란한 건 원하지 않는 듯했다. 스칼렛이 선수 치듯 로즈에게 말을 붙였다.

"이렇게 본 김에 에아기네스에게 선물을 주고 싶어."

그러더니 로즈를 향해 활짝 웃었다.

"앞으로 에아기네스가 낳을 아이에게, 내가 가진 틸레안 제국의 후계권을 줄게."

마치 선물로 케이크를 하나 보냈다는 말을 하듯 평이한 말투였지만, 그 안에 담긴 무게는 무시무시했다. 언제나 침착한 루크워렐마저 표정을 무너뜨렸다. 로즈가 놀라 되물었다.

"네?"

스칼렛은 그런 로즈를 향해 상냥한 얼굴로 한 자 한 자 또박또박 말했다.

"내가 그 아이의 대모가 되어, 그 아이에게 틸레안 제국의 후계권을 줄 거야. 그러면 그 아이는 라우리드센 제국의 후계권과 틸레안 제국의 후계권 모두 가지게 되지."

심각한 이야기를 대수롭지 않게 내뱉고선 스칼렛은 또 손으로 야무지게 케이크 한 조각을 들고서 베어 물었다. 입가에 크림이 듬뿍 묻었지만 조금도 신경 쓰지 않았다. 실수를 저지른들 아무도 뭐라 하지 않는 이런 삶. 자신이 꿈꾸던 것이다.

그녀에게 여자로서 치명적인 장애가 있다는 사실을 알자마자, 틸레안 제국의 실질적인 후계자이자 자신의 이복오라버니인 딜런은 스칼렛의 모든 걸 제한하기 시작했다. 쓸모없는 계집에게 돈이 들어가는 게 아깝다는 이유였다.

처음에는 식사량이 줄었다. 그다음에는 디저트를 뺏었다. 그런 이후 아예 식단을 시녀들이 먹는 것으로 바꿔버렸다. 나중에는 식사도 구조차 주지 않았다. 격한 허기에 손으로 음식을 집어 먹자 무식하다며 제 손등을 때렸다. 아주 자연스럽게 스칼렛의 자리는 식탁에서 사라졌다. 쑥스러움을 많이 타는 스칼렛이 자의로 그랬다는 말도 안 되는 핑계를 대며, 그녀를 늘 방에서 홀로 식사하게 만들었다.

다른 귀족여식들과의 교류도 제한되었다. 황제와 황후, 황자인 딜런과 담당의사만 아는 스칼렛의 장애가 세간에 알려진다면, 황실의 수치가 되리란 게 그 이유였다. 황녀로서 꼭 참석해야만 하는 대외적인 활동이 있는 데다 따로 쓸모가 있을지 모르니 드레스나 장신구를 제한하지는 않았다. 하지만 보석류는 그녀가 간직할 수 없었다. 모든 장신구는 행사가 끝나면 어디론가 가져가버리곤 했고, 드레스조차 그녀의 취향대로 고를 수 없었다.

아직 어렸던 스칼렛이 분홍색에 대한 동경으로 분홍색 드레스를 입고 싶다고 해도 딜런이나 딜런의 어머니인 황후는 천박한 색을 좋아한다며 비웃기만 할 뿐이었다. 그녀는 틸레안 제국에서 단 한 번도 분홍색 드레스를 입어본 적이 없다. 그녀의 방 또한 호화로웠지만 그녀가 원하는 물건은 단 한 번도 가질 수 없었다.

정통성을 가진 황녀임에도 그런 취급을 받았던 건, 그녀의 친모가 일찍 사망해서였다. 스칼렛의 아버지는 스칼렛의 어머니를 정식 황후로 맞이하기 전 귀족여인과의 사이에서 딜런을 보았다. 그러곤 스칼렛의 어머니가 병으로 일찍 사망하자, 딜런의 어머니를 황후로 맞아들였다. 거기에는 아들이자 후계자인 딜런의 존재가 큰 역할을 했다고 볼 수 있었다.

그렇기에 스칼렛을 위해 나서줄 사람은 없었다. 스칼렛의 외가는 상당한 공신가문이었지만 황궁에 거주하는 것도 아닌 데다, 곁에서 봤을 때 스칼렛은 아름다운 드레스와 화려한 보석에 둘러싸여 있었기 때문에 전혀 눈치챌 수 없었다.

스칼렛은 결심했다. 그렇게나 소중하게 여기는 그 황자 자리. 틸레안 제국의 후계자라는 자리. 자신은 그 위협요소가 되리라. 그런 연유로 스칼렛은 라우리드센 제국으로 넘어올 때 후계권을 포기하는 서류에 절대 사인하지 않았다. 온갖 협박과 회유가 잇달았지만 넘어가지 않았다. 딜런 또한 구박은 해도 정통 황녀인 스칼렛에겐 도를 넘은 짓은 할 수 없었다. 자녀를 낳을 수 없는 몸의 스칼렛이 뭘 어찌하겠느냐는 안이한 판단도 있었을 것이다. 후계권을 가지고 있단들, 자손이 없다면 넘겨줄 수 없으니. 스칼렛은 그런 그의 생각을 철저하게 깨부수고 싶었다. 그게 바로 그녀의 복수였다.

처음에는 난봉꾼 같은 양자를 얻어 후계권을 넘겨줄까도 했었다. 틸레안 제국을 엉망진창으로 만들기에는 그만한 일이 없을 성싶었다. 그러나 루크워렐을 만나고 에아기네스를 만나면서 생각이 완전히 바뀌었다. 그녀의 언행은 어린아이의 그것 같지만, 어릴 때부터 눈칫밥을 먹어온 탓에 자신한테 호의를 가진 사람과 악의를 가진 사람을 구분하는 능력이 뛰어났다.

어차피 누군가에게 주어서 딜런을 물먹이려고 생각해왔던 것이다. 그렇다면, 자신에게 호의를 베풀어주는 두 사람에게 주는 게 맞지 않겠는가?

루크워렐은 충족되지 못한 그녀의 욕구를 마음껏 채울 수 있게끔 허락해줬다. 에아기네스는 그녀 대신 황비의 일을 하면서도 한 번도 생색내거나 제 위에 군림하려고 한 적이 없다. 오히려 황비인 제 자리를 빼앗았다는 미안함마저 품고 있는 듯했다. 그런 사람들에게 주지 않는다면, 누구에게 줄 것인가. 어차피 죽어버리면 아무 소용도 없는 것인데. 자신에게 애정을 가진 사람들이냐, 후계권이냐. 선택하라 한다면 당연히 전자였다. 호화로운 드레스와 무거운 보석들은 그녀에게 아무런 따뜻함도 주지 않았다.

로즈가 말을 흐렸다.

"너무 과하지 않겠습니까. 황비님의 당연한 권리인데……."

스칼렛이 단호하게 답했다. 이미 오래전부터 마음을 굳히고 있던 일이다.

"어차피 나한테는 자녀가 생기지 않아. 그리고 난 공짜로 신세 질 생각은 없어. 내게 평생 동안 지급될 케이크와 분홍색 드레스에 대한 값이라고 생각해."

"그렇다면 사양 없이 받지."

"루크워렐, 조금 더 신중해도 돼요. 국제분쟁이 될 수도 있는 문제예요."

"지금 당장 그쪽 황권을 위협하겠다는 뜻이 아니야. 어차피 화친을 위해 제 핏줄을 보낸 이상, 우리 자손 중 탈리안 제국의 후계권을 주장할 이가 나오지 않을 거라곤 생각 안 했겠지."

그럴 리 없다. 그쪽에서는 스칼렛에게 생식능력이 전혀 없다는 걸 알고 보낸 것이니. 귀비인 자신이 있어도, 스칼렛이 황비인 이상 루크워렐의 애정이 나뉘는 걸 질투하리라 판단했을 수도 있다. 그들은 스칼렛에 대해 제대로 파악하지 못했다.

로즈도 긍정했다.

"그렇긴 하지요."

스칼렛이 케이크를 우물거렸다.

"에아기네스, 난 그대가 이걸 받아주면 좋겠어. 우리 오라버니 입에 케이크를 쑤셔박아줄 아주 좋은 기회거든."

날것 그대로의 표현에 로즈가 잠시 헛웃음을 흘렸다. 정말 스칼렛다워서 할 말이 없었다.

"그럼 감사히 받겠습니다."

기쁜 듯 스칼렛의 뺨이 발그레해졌다. 제 선물이 받아들여졌다는 사실에 매우 기분이 좋은 것 같았다. 그러곤 몹시 천진하게 덧붙였다.

"그래. 그래주면 좋겠어. 그러면 아이는 언제? 지금 당장 시간을 마련해달라고 하면 얼마든지 비켜줄 수 있는데……."

"……그게 제 맘대로 된다면 좋겠지만 언젠가는 분명 예쁜 아기가 생기겠지요."

로즈가 마치 아이한테 잠자리를 들킨 부모처럼 약간 당황하며 예쁘게 마무리지으려 애썼다. 루크워렐이 가는 한숨을 쉬며 입을 뗐다.

"다 알면서 아무것도 모르는 척 천진하게 굴지 말고, 스칼렛. 선물은 감사히 받지."

"너한테 준 거 아니거든."

"그럼, 에아기네스의 아이 아빠가 나 말고 또 누가 있단 말이지?"

"흥. 우선은 에아기네스에게 우선권이 있어."

"수많은 케이크와 분홍색 퍼레이드에 대한 비용은 분명히 나한테서 나가는 걸로 알고 있는데."

"그리고 그 승인은 에아기네스가 하지. 원래 황비가 하는 일이니까."

"본인이 할 일을 안 해놓고 이루 말할 수 없이 당당하군."

"루크워렐, 네가 자꾸 이러니까 에아기네스에게 우선권을 주는 거야. 넌 정말 시한부에 대한 예의가 없어."

"사람은 누구나 시한부야. 기한의 차이가 있을 뿐이지."

한마디도 지지 않는 둘 사이에서 로즈가 가볍게 박수를 치며 중재했다.

"자자, 두 분 다 그만하세요. 이래서야 아이가 생기기도 전인데, 아이 둘이 싸우는 것 같네요."

두 사람은 로즈를 바라보더니 입을 합 다물었다.

장난을 칠 수 있다는 건, 그만큼 여유가 있다는 것이겠지. 다가오는 날짜에 긴장감에 피가 마르는 기분이었는데, 잠시나마 이런 평화로움이 마음에 안정을 주었다.

후계권. 로즈는 제 배에 슬쩍 손을 올려보았다. 아직 아무 생명도 담기지 않은 몸. 하지만 언젠가는 이 안에 소중한 생명을 품을 수도 있다. 반역자의 딸인 자신이 두 제국의 황실에서 인정받는 아이를 낳을 수 있다. 인생이란 참으로 알 수 없는 것. 모든 일이 순탄하게 끝나고 모두 함께 웃을 수 있는 날이 오기를.

로즈가 그렇게 간절히 바랄 때였다. 스칼렛이 테이블 저편에 놓여 있는 빵을 집으려다 이번엔 접시를 건드렸다. 다행히 접시는 떨어지지 않았지만, 접시가 기울며 스칼렛이 그 위에 장난삼아 놓아둔 빨간 보석 눈이 박힌 자기 인형이 낙하했다. 인형을 잡기 위해 급하게 몸을 일으키던 로즈가 발목을 접질리며 균형을 잃었다. 그 순간 자기 인형은 바닥에 떨어졌다. 그 모습을 본 두 사람은 로즈를 향해 손을 뻗었는데, 스칼렛 쪽이 더 빨랐다.

"잡았다."

스칼렛이 의기양양하게 외쳤다. 루크워렐이 다가와 무릎을 꿇고 로즈의 발목을 만졌다.

"괜찮아, 로즈?"

"괜찮은 것 같아요. 이런 적이 없는데 이상하네요."

스칼렛이 기분 좋은 얼굴로 대꾸했다.

"다 내가 잡아준 덕이야. 그래서 안 다쳤다고."

"애초에 네가 접시를 치지 않았으면, 아니, 그 이전에 접시에 자기 인형을 올리는 기행을 저지르지 않았다면 될 일이야."

루크워렐의 꾸짖음에 이번만큼은 그녀도 잠잠했다. 로즈가 자기 탓에 다쳤을지도 모른다는 생각에 스칼렛이 금세 시무룩해지자, 로즈가 방긋 웃으며 수풀에 떨어진 자기 인형을 들어올렸다.

"봐요. 인형도 깨지지 않았어요, 스칼렛. 저도 다치지 않았고요."

손바닥에 인형을 가만히 올려주자, 스칼렛이 아이처럼 배시시 웃었다. 로즈도 따라 웃었지만, 한편으로는 잘 하지 않는 실수를 한 게 못내 찜찜했다. 괜찮으리라 생각했던 발목이 살짝 아릿했다.

신중한 성격인 리엘라는 쉽게 움직이는 편이 아니었다. 제 판단이 맞는다는 확신이 들 때까지는 행동을 변화시키지 않았다. 하지만 중요한 일이 달렸는지라 황궁에 가 루크워렐과 이야기하고 싶었다. 그렇지만 현재 루크워렐이 병환 중이라 알려진 이상 까닭 없이 자주 입궁함으로 불필요한 의심을 사고 싶지도 않았다. 게다가 설리반이 호감 어린 미소를 가득 품고 매일같이 리엘라의 영지를 드나들었다. 그리하여 더더욱 움직일 수 없었다.

전남편인 소프와의 관계에서 얻은 건, 웃음이 많고 친절하다 하여 좋은 남자라고 쉽게 판단하기 어렵다는 거였다. 소프 또한 그러한 모습을 자주 보였으나, 결국 이 여자 저 여자에게 쉽사리 마음을 주며 스스로를 평화주의자라 믿는 어리석은 사람이었다. 설리반의 달콤한 말과 선물들은 반역을 도모하기 위한 편한 수단에 불과했다.

똑똑똑.

"들어와요."

승낙이 떨어지자, 문이 열리고 붉은 고수머리의 덩치 큰 남자가 들어왔다. 란첼 아이시타스 켈레니였다.

"방금 설리반이 나가는 마차를 보았어. 오늘도 또다시 온 거야?"

"응. 매일같이 와서 시답잖은 이야기를 늘어놓아."

란첼이 고수머리를 가볍게 긁으며 대꾸했다.

"토니가 제 주인이 시집가게 생겼다고 울던걸."

소프의 유모이자 잔뼈가 굵은 시녀의 다섯 살 배기 손자인 토니의 이름이 나오자 리엘라가 웃었다.

"토니가 울었어? 귀엽기도 하지."

"나도 울면 귀엽게 봐주는 건가?"

"다 큰 남자의 질투는 그다지 귀엽지는 않은데."

리엘라가 가볍게 대꾸하다 창밖을 보았다. 어느새 저녁시간이었다. 리엘라가 가볍게 한숨을 쉬었다.

"폐하를 알현하려 했는데, 설리반이 계속 찾아와서 곤란해."

"무엇 때문에 폐하를 보려는 거야?"

리엘라가 잠시 미간을 찌푸렸다. 설명하려 하다 보니 참 하찮게 느껴지는 이유들이다. 측근들에게 원래는 평민 출신이라 말했던 귀비님이 원래 귀족같이 처세에 능하다고? 수도권 귀족자제들만 먹곤 했던 도르엘 푸딩에 대해 너무 잘 알고 있다고? 그래서 이상하다고?

"리엘라?"

"어. 그래."

이번 일에는 너무 많은 이들의 목숨이 달려 있었다. 의심을 조금이라도 풀고 싶었다. 리엘라는 란첼에게 제가 느끼는 미미한 불안과 의심에 대해 털어놓았다.

"너에게 어떤 편견을 가지라고 이런 말을 하는 게 아니야. 내가 너무 깊이 파고드는 바람에 헛된 의심이 든 걸 수도 있어. 지나치게 신중한 내 성격 때문에, 별것 아닌 걸로 예민하게 구는 걸지도 모른다는 뜻이야. 그러니 나 대신 폐하께 이 일을 여쭙고 답을 들은 후 나에게 알려줘. 넌 내가 신뢰할 수 있는 사람이니까. 너도 알다시피 시간이 얼마 없어."

설리반에게 시달리는 사이, 이미 계획은 목전에 다다랐다. 란첼이 고개를 끄덕였다.

"시간이 얼마 없어서 장담할 수는 없지만, 가능한 노력해볼게."

"고마워."

잠시 침묵하던 두 사람은 설리반이 병사를 주둔시킬 때 어떤 식으로 제압할지에 대해 이야기를 나눴다. 몇 번이고 상의하고 모의훈련까지 해보았지만, 계속되는 연습은 실전에서 실수가 없게 도와줄 터다.

바람이 불었다. 임시천막 입구가 바람에 펄럭였다. 마을에 있는 집 중 하나에 머물 수도 있었지만, 이런 밤에는 소리가 잘 들리는 천막에 머무르는 것이 마음 편했다.

아인은 둥그스름한 얼굴을 천막 입구 쪽으로 향하고 있었다. 나이에 비해 둥실하다고 할 수 있는 살집 있는 체형이었지만, 묘하게 눈만은 날카로워 친밀감과 매서움이 동시에 존재하는 분위기를 풍겼다. 옆에서 줄리오가 고기 한 덩이를 집어 아인에게 건네주었다. 전형적인 성실한 기사처럼 보이는 외견이다.

"이제 밖은 그만 보고 고기 좀 먹어. 경계도 좋지만 식사는 해야지."

"이런 날씨에는 밖이 신경 쓰이곤 해. 고기 말고 야채 좀 주면 안 될까?"

"자네는 고기 좀 먹어야 해. 외형을 보면 믿을 수 없지만 지나치게 야채만 많이 먹으니."

옆에서 묵묵히 식사를 하던 프란츠가 갑자기 불쑥 몸을 일으키더니 입구에 시선을 주었다. 아무렇게나 흐트러진 긴 앞머리 아래에서 가느다란 눈이 감겼다 뜨였다.

447

"소리가 들려."

그에 줄리오도 몸을 일으켰다.

"확실히 그렇군. 저 발소리는 칼 병사로군. 따라오는 사람은……
주민 중 하나인가?"

"가벼운 여자. 발걸음이 초조해."

프란츠가 줄리오의 말을 받았다. 둘의 대화를 듣던 아인은 살코기
를 한 조각 꿀꺽 먹고는 남은 건 제 앞에 놓인 수북한 야채 그릇 아래
숨겨 다 먹은 양 꾸며놓았다.

잠시 시간이 흐르고, 천막 입구에 병사 하나와 어딘지 멍한 표정의
소녀 하나가 나타났다. 소녀는 기다란 장신구처럼 보이는 막대를 들
고 있었는데, 거기에는 말라붙은 피가 엉겨 있었다.

"칼 라오. 보고합니다. 순찰을 돌던 중 타리스 마을의 생존자로 보
이는 소녀를 발견해 데리고 왔습니다. 적진의 니메 부족장에 대해 꼭
알려드릴 게 있다고 주장하였습니다."

"너한테는 말하지 않았는가?"

프란츠가 묻자, 칼이 딱딱한 말투로 답했다.

"네. 그렇습니다. 중요한 사안인지라 직접 말하고 싶다고 했습니
다."

프란츠의 눈이 소녀가 잡고 있는 피 묻은 장신구로 향했다. 아인이
장신구를 보더니 날카롭게 한마디 했다.

"카란 부족이 머리카락에 꽂는 장신구로군. 확실히 타리스 마을 생
존자가 가지고 있기엔 이상한 물건이기는 해. 칼. 소녀는 여기 두고
제자리로 가도록."

"괜찮으시겠습니까?"

칼이 소녀가 쥐고 있는 피 묻은 장신구를 흘끔거리곤 물었다. 아인

이 대꾸했다.

"줄리오와 프란츠도 있어. 저 소녀가 우리 셋을 다 상대할 수 있을 정도의 괴력의 소유자라 해도 적어도 죽지는 않겠지."

"제가 감히 결례했습니다!"

병사가 우렁차게 소리쳤다. 윗사람에게 지나치게 토를 달았다는 걸 깨달았나 보다.

"알았으면 나가보도록."

아인의 칼 같은 말이 떨어지자 칼은 금세 사라졌다. 경계태세를 취한 프란츠와 줄리오 사이에서, 아인은 소녀를 관찰했다. 소녀는 카란 부족장 집안의 복장을 하고 있지만, 겉보기에도 확연히 카란 부족민이 아니라는 사실을 알 수 있을 정도이다. 부족장의 식솔에 속하는 여인들은 부족의 다른 여자들이 입는 것과는 다른 형태의 옷을 입는다. 특수계급을 표시하는 그들만의 방식이다. 옷은 구겨져 있었지만 확실히 좋은 재질이었다. 피 묻은 장신구도 카란 부족 사이에서는 높은 위치에 있는 사람이 구할 수 있는 물건이었다.

타리스 마을 생존자, 게다가 젊은 여자라 부르기도 조금은 어린 소녀가 저 옷을 입고 있다는 건……. 게다가 다른 이의 시선도 맞추지 못하고 불안하게 배회하다 갑자기 멍해지는 눈. 어딘지 초조해 보이는 표정. 카란 부족의 인정받는 위치의 여자들이 하는 장신구에 묻은 피……. 카란 부족의 부족장은 병환이 깊단 얘길 들었다. 그의 아들인 니메가 설리반의 부하와 손을 잡고 이 분쟁을 만들어냈다.

젊은 남자와 소녀. 좋지 못한 가정이 떠올라 아인은 속으로 욕설을 내뱉었다. 그리고 프란츠와 줄리오에게 말했다.

"우선 앉아. 그렇게 서 있지 말고. 떨고 있잖아. 혹시라도 손에 든 저 물건에 독이라도 발라져 있어도 나 하나 정도는 자네들이 구해주겠지."

소녀가 갑자기 자각한 듯 제가 들고 있던 것을 빤히 바라보다, 흠칫 놀라며 떨어트렸다. 장신구가 흙에 떨어지며 둔탁한 소리를 냈다.

바들바들 떠는 그 모습에 안쓰러움을 느꼈지만, 자신의 가정이 맞는다면 자신이 다가가 친절을 베푸는 게 오히려 소녀에겐 위협으로 느껴질 수 있다. 그래서 아인은 앉은 그대로 소녀가 경계를 풀기를 기다리며 말을 걸었다.

"우선 거기 의자에 앉도록 해요. 시커먼 남자들밖에 없어서 불편하겠지만. 나는 아인. 여기는 줄리오, 여기는 프란츠. 아가씨 이름은 뭔가요?"

소녀가 제 근처에 있는 의자를 바라보더니, 갑자기 눈물을 쏟아냈다. 프란츠는 소녀의 눈물에 안절부절못했고, 줄리오는 조심히 다가가 손수건을 건넸지만 소녀가 계속해서 울기만 하자 소녀 앞의 의자에 놓아둔 뒤 다시 자리로 돌아왔다.

아인만이 가장 냉철하게 상황을 보고 있었다. 만약에 소녀가 니메가 보낸 첩자라면 굉장한 연기력일 터였다. 첩자로 보내며 약속할 만한 건 금전이나 훌륭한 대우, 혹은 연애감정인데, 셋 다 그리 설득력이 없다.

시골마을 순박한 소녀가 제 가족들과 제 친구들이 눈앞에서 살해당하고 끌려가는 걸 보면서 제 마을을 약탈한 인물에게 이성적으로 끌렸다곤 믿기 어려웠다. 어려워진 환경에 금전이나 제 나은 대우를 약속받았다 해도, 만약 생각이 있는 사람이라면 탈출한 시점에서 저에게 익숙한 제국인들에게 도움을 요청하는 게 더 합리적일 것이다. 불안정한 폭동자들의 약속보단, 확실하게 보장해줄 수 있는 제국의 약속 쪽이 실현가능성이 더 높으니까.

게다가 보란 듯이 니메 부족장의 여자라고 내세울 만한 옷차림으로 적진에 뛰어든다는 게 훌륭한 전략으로 보기는 어려웠다. 허를 찌르려고 그랬다는 반박을 할 수도 있긴 하나, 그렇다고 해도 지나치게 무모했다. 차라리 소녀에게 원래 제 옷을 입은 채 적진에 보내는 게 더 나았을 터였다.

소녀가 한참을 오열하다 의자 위의 손수건을 어물어물 집었다. 평범한 손수건이었는데, 그것을 보자마자 다시 눈물을 터뜨렸다. 프란츠와 줄리오는 굉장히 당황한 눈치였고 아인은 차분히 기다렸다.

"죄, 죄송……. 너무 오랜만에…… 익숙한 물건을 봤더니……."

"괜찮습니다. 그러실 수 있죠."

아인의 눈이 소녀의 발에 닿았다. 소녀의 것이 아닌 게 확실한 남자용 신발을 어색하게 신고 있다. 여기까지 소녀를 데리고 온 병사가 급한 대로 신겨준 모양이다. 맨발로 뛰었는지 다리에도 생채기가 한 가득이었다.

"저는…… 마야라고 합니다. 제가 살던 곳은 타리스 마을로……."

소녀가 꽉 막혀 잠긴 목소리로 더듬더듬 제 이야기를 시작했다. 아무도 그녀의 이야기를 방해하지 않았다. 살던 마을이 어떻게 함락되고, 거기 살던 사람들이 어떻게 되었는지, 그리고 제 신상에 대한 부분에선 한참 말이 끊기기도 했다. 니메에게 끌려가 노예가 되었다 정도로만 이야기했지만 세 사람 다 그녀가 무슨 일을 당했을지 알 수 있었다.

니메 본인은 마야에게 제 집안 의상을 입히는 등 잘 대우해줬다 생각할지 모르지만, 한순간에 가족을 잃은 그녀에게 있어선 일방적인 폭행에 불과했다.

"어젯밤에, 저를 찾은 그 남자를, 제가, 제가……."

451

마야의 시선이 땅에 떨어진 피 묻은 장신구에 닿았다. 마야는 저도 모르게 몸서리쳤다. 자기를 또다시 강제하려던 남자, 그리고 어느새 손에 쥐었던 장신구……. 그다음은 기억이 토막 난 듯 드문드문 떠올랐다. 억 소리도 못 내고 쓰러지던 남자. 피. 피. 피.

"제가 그를 찔렀어요."

밉고 끔찍하고 혐오스러웠다. 그가 닿을 때마다 수백 마리의 벌레가 저를 물어뜯는 것처럼 괴로웠다. 혈관 곳곳까지 그의 흔적이 스며들어 결국에는 저라는 존재를 완전히 바스라트릴 것 같았다. 그러면서도 생리적으로 반응하는 몸에 너도 결국은 즐기고 있다는 헛소리를 지껄이는 남자의 입을 틀어막고 싶었다. 역하고 더러웠다.

"……죽었나요?"

"모르겠어요. 어디를 찔렀는지도 기억이 잘 나지 않아요. 그러고는 옆에 있던 항아리를 들어 내리치곤 그대로 뛰쳐나왔어요. 어두운 숲을 따라 뛰고 또 뛰었는데, 쫓아오는 사람들은 없었어요. 겨우, 겨우, 여기에 닿아서, 그 남자가, 다쳤다고, 알려야 할 것 같아서……. 모르겠어요……. 모르겠어요……."

"알겠습니다. 이제 그만해도 돼요. 괴로웠을 텐데 이야기해줘서 고마워요. 정말 고생 많았어요."

그러곤 아인이 병사를 불러 마야를 안전한 마을에서 돌봄을 받을 수 있게 해주라고 지시했다. 마을로 들어가기 전에 갈아입을 옷도 부탁했다. 불필요한 주목을 받아 더 상처받는 일이 없기를 바랐기 때문이다. 이야기하기를 원한다면 얼마든지 들어줄 수 있었지만, 그녀가 겪은 일은 굳이 들추어내어 생채기를 더 주고 싶지 않았다. 우선은 안정이 시급했다.

굳은 얼굴의 세 사람만 남았다. 별것 아닌 이야기 같지만 아니다.

매우 중요한 정보였다. 카란 부족에는 강한 전사들이 있고, 니메는 그 지도자이자 구심점이었다. 그런 그가 죽었을지도 모를 상처를 입었다. 혹은 치명상까지는 아니지만 부상을 입었다. 이런 상황을 놓친다는 건, 어리석은 일이다.

잠시 고민하던 아인이 입을 열었다. 오래오래 두고두고 고민할 필요가 있는 일도 있지만, 신속함과 결단력을 보여야 하는 일도 있는 법이다.

"지금 치는 게 현명할 것 같군. 얼마나 다쳤는지는 모르지만, 급습에는 이만한 상황이 없지."

"나도 자네 의견에 동의하지만, 폐하가 말씀하신 날이 아직 이틀이 남아 있다는 게 마음에 걸리는군."

프란츠가 말하자, 줄리오도 제 의견을 내놓았다.

"지금을 놓치는 것보단 낫지. 적어도 저 소녀는 첩자 같지 않아."

아인이 대꾸했다.

"그래도 혹시 모르니 동향을 잘 살피라고 지시는 해두도록 하지."

"알겠어."

그리고 아인은 결심한 얼굴로 말했다.

"전령이 수도에 도착하기까진 시간이 꽤 걸려. 그건 우리뿐이 아니라 저쪽도 마찬가지. 전령새를 이용한다 해도 사흘은 걸릴 터다. 이 일을 해결하고 전령을 보낸다 해도, 저쪽에서는 거사가 모두 끝난 후이겠지. 호기를 놓칠 수 없어. 여기서는 여기에서의 최선을 다할 수밖에 없다. 폐하께서도 정해진 날짜는 있지만, 절호의 기회가 있고 시기가 너무 이르지만 않으면 활용하라 하셨다."

프란츠가 빙긋이 웃었다.

"네 판단을 믿지."

"그럼, 어서 식사를 마치고 정비하는 게 좋겠군."

줄리오가 말을 이었다.

"한동안은 이렇게 여유 있게 뭘 먹기는 어려울 테니."

그리고 셋은 식사를 다시 재개했다. 분명 똑같은 메뉴이고 똑같은 자리였는데도, 팽팽한 긴장이 덧붙여지는 바람에 모두 맹렬하게 포크를 놀렸다.

3

하루하루가 긴박함으로 조여들었다. 드디어 결행의 그날까지 이틀을 남겨두었다. 내일은 설리반이 사병들을 리엘라의 영지에 결집시키고, 그다음 날 밤의 어스름이 깔릴 무렵엔 제가 신중히 선별한 이들을 끌고서 루크워렐을 치기 위해 황궁에 잠입할 것이다. 그게 제 무덤으로 가는 길인 줄도 모르고. 그리고 그녀의 역할은 바로 설리반이 정당한 대가를 받도록 안내하는 것이다.

로즈의 앞에는 가벼운 방어구들이 놓여 있었다. 종류와 재질이 각각 달라, 로즈는 모두 하나씩 입어보곤 그중에서 움직이는 데 지장이 없는, 가장 편한 것을 골랐다. 어차피 막아낼 수 있는 강도는 엇비슷하고, 옷 안에 받쳐 입는 것인지라 두께에는 한계가 있다. 혹시라도 당일 설리반이 눈치챈다 한들, 만약을 대비해 시녀들 몰래 입었다 둘러대면 그만이다.

벌써부터 이러는 까닭은, 거사 당일에 입었다가 거동에 어색함이 있을 수 있으니 미리 익숙해져두면 그때쯤 훨씬 움직이기 수월하리라 판단했기 때문이다.

로즈의 옆에는 시녀장만 있었다. 몇 번이고 검증에 검증을 거친 끝에 믿을 만하다 판단되어 이 모든 계획을 알고 있는 소수의 사람 중 하나였다. 입이 무겁고 행동이 진중하기로 유명한 이다. 로즈는 그녀를 바라보았다. 궁으로 출퇴근하는 시녀와 궁에 머무르는 시녀 두 부류가 있는데, 시녀장은 후자였다. 나이가 반백에 가까웠으며, 젊은 나이에 아이와 남편을 돌림병으로 잃고 황궁의 시녀가 됐다는 이야기를 들은 적 있다.

시녀장의 이름은 스텔라다. 로즈가 황궁에 들어온 후부터, 그녀 곁에서 묵묵히 제 할 일을 해오던 이였다. 에아기네스라는 가면을 쓰고 있을 때는 어차피 제 몫의 관계가 아니었기에 필요 이상으론 가까워지지 않았다. 기억을 잃었을 때는 자기 자리가 아니라 여겼기에 나름 연기라 믿으며 일상을 유지하는 데 급급했다. 루크워렐의 옆에 온전히 서고자 마음을 먹고 나서 이제야 스텔라를 제대로 마주하게 되자, 가족 모두를 잃고서 품었던 상실감을 일에 쏟아붓는 게 아닌가 하는 생각이 들었다.

"스텔라."

항상 시녀장이라는 호칭만 사용하다 이름을 부르자, 방어구 착용을 도와주던 스텔라의 눈이 놀란 듯 눈을 커졌다 원래대로 돌아왔다.

"이런 상황에 휘말린 게 쉽지 않았을 텐데, 잘해주고 있어서 고마워요."

로즈가 진심을 담아 인사를 건네니, 스텔라가 쑥스러운 듯 어색하게 미소 지었다. 그러면서도 받쳐 입은 방어구가 겉으로 잘 드러나지 않을 만한 드레스를 몇 벌 골라 그중 하나를 걸쳐주는 손길엔 쉼이 없었다.

"당연히 해야 할 일을 할 뿐입니다."

당연히 해야 할 일. 시중드는 것이라면 당연히 해야 하는 일이긴 하다. 그러나 거기에 신의를 두어 중요한 비밀에 입을 다물고, 상대의 편의를 봐주는 것까지 덧붙여진다면, '당연히'라는 말이 위치하기엔 나름의 희생이 필요하다. 로즈는 그동안 모든 이들과 항상 거리를 두고 있었기 때문에 스텔라에게도 필요 이상의 접근을 해본 적 없다. 개인적인 관심도 가진 적 없다.

로즈는 새삼 스텔라를 의식했다.

"스텔라는 가족과 사별하고 입궁했다 들었어요. 맞나요?"

상대의 아픈 과거를 굳이 꼬집어 묻는 게 약간 망설여졌지만, 역경이 닥쳤을 때 어떤 태도를 보이는지가 중요하다고 로즈는 생각했다. 그래서 답을 듣고 싶었다.

"그렇습니다, 귀비님."

"다시 가족을 갖고 싶은 마음은 없었나요?"

"그럴 수도 있었지요."

황궁에서 숙식을 하는 시녀들이라 할지라도, 가정을 꾸리고 싶다고 한다면 얼마든지 출퇴근으로의 변경이 가능했다. 황궁에서 일을 하려거든 기본적인 소양을 지녀야 하고, 게다가 결혼식비용 등을 지원받을 수도 있기에 황궁 시녀 출신들은 인기가 높은 편이다.

스텔라는 차분하게 말을 이었다.

"하지만 또다시 소중한 사람들을 잃어버릴까 두려웠답니다. 살을 맞대고 살던 이들을 잃을지 모른다는 생각에 잡아먹힐 것 같았습니다. 겁쟁이지요. 그러나 그러면서도 사람에게로 향하는 마음은 온전히 끊지 못해, 그저 제가 모시는 분들이나 주변 사람들을 소중히 생각하며 지내기로 했습니다."

허리춤을 야무지게 죄며, 스텔라가 되물었다.

"귀비님도 귀비님께 소중한 사람을 지키고 싶어서 나서신 것 아닙니까?"

로즈는 긍정했다.

"맞아요."

출발점은 다르지만, 그 기본은 동일했다. 소중한 사람들을 생각하는 마음, 아끼는 마음, 잃었을 때의 고통을 알기에 그래서 더 소중히 여기는 마음.

"주제넘다 여기실 수 있지만, 언젠가는 폐하와 귀비님 사이에서 황손이 태어나시어, 커가는 모습을 지켜보고 싶다 생각합니다. 진심으로 사랑하는 두 분이 행복하게 지내시는 모습을 곁에서 바라보고 싶습니다."

옷매무시를 정리해주며 스텔라가 진심을 다해 염려를 전했다.

"그러니 부디, 조금이라도 다치는 일 없이 무사하시기를 바랍니다."

그 순간, 두 사람의 눈이 마주쳤다. 스텔라의 눈빛은 깊었고 염려와 다정함이 깃들어 있었다. 시간이 완고함을 주어 나이가 먹을수록 제 아집만 단단해지는 이들도 있고, 시간이 지혜를 주어 나이를 먹을수록 그릇이 넓어지는 이들도 있다. 스텔라는 후자인 듯싶었다.

로즈가 고개를 끄덕였다.

"그러하겠습니다."

스텔라가 깊이 머리를 숙였다.

"감사합니다."

살 생각을 해주어 감사하다는 말. 사용인이 고용주에게 할 만한, 정상적인 격식에 맞는 인사는 아니었다. 하지만 그건 한 명의 인간으로서의 당부라서, 짧은 한마디였지만 마음이 찡했다.

스칼렛도, 스텔라도, 다른 이들도, 시작점부터 어긋난 채 루크워렐을 사랑하게 된 자신의 진심을 알아준다. 정말로 다행이다. 오해하지 않아줘서. 의심받고 오해받는다 해도 이상하지 않을 터인데도, 그녀가 전심전력으로 설리반에게서 벗어나 루크워렐을 구하고 싶어 한다는 걸 믿어주었다. 그리고 그건 자신만의 노력 때문이 아니다. 루크워렐이 최선을 다해 주변 이들에게 그녀의 진심을 설명해주었기 때문이다.

로즈도 스텔라의 손을 다정히 잡았다. 이런 식의 접촉은 처음이었기에 스텔라는 동요를 비쳤다. 그러나 자신을 지지해주는 사람에게 제 마음을 조금이나마 보여주고 싶었다.

"잘 해내겠습니다."

짧은 말이었지만, 더 긴말은 필요 없었다. 자신이 잘 해내야 한다. 이건 단순히 루크워렐과 자신만의 문제가 아니다. 많은 이의 생명과 평안이 달려 있다. 타인을 제 도구나 자신을 빛나게 하는 역할 이상으로 보지 못하는 자가 사람들 위에 군림한다면, 그러면서 제 검은 속내는 말끔히 감춘 채 선량한 척 위장한다면, 그건 끔찍함 그 이상의 일이었으므로.

로즈는 스텔라에게 잠시 웃어 보이고, 움직임에 부자연스러운 데는 없는지 방을 거닐어보았다. 평소와는 다른 이물감은 있었지만 괜찮았다. 로즈는 걸으면서 설리반들의 잠입경로에 대해 찬찬히 되짚었다. 긴 통로와 안개숲. 통로는 오래되었지만 최근까지 보수공사를 했으니 이용에 무리는 없다. 안개숲 중심에는 부서진 탑이 있는데 건국 초기에 지어진 것으로 원래는 높이가 꽤 됐다고 하나, 현재는 2층 정도의 높이만 남긴 채 그 내부가 다 보일 정도로 부셔져 있다. 벼락을 맞았다고도 하고 일부러 부셨다는 이야기도 있었다.

어차피 경로에는 안개숲 가장자리를 통해 파렌치에 관으로 들어가게끔 되어 있었다. 안개숲의 탑은 볼 일도 없을 거였다. 게다가 파렌치에 관부터는 이쪽의 병사를 매복해두었으니, 만일의 경우 도움을 요청할 수 있을 것이다. 하지만 매복한 인원도 섣불리 움직이지는 않을 터. 루크워렐을 마주하는 순간까지 설리반이 로즈를 인질처럼 꼭 붙들고 있을 가능성이 높기 때문이다. 마침내 라리에트 관에 도착해 루크워렐의 목숨을 제 손으로 거두어들일 생각에 희열감을 느끼며 그가 경계를 흐트러뜨릴 때, 로즈는 최대한 설리반에게서 멀어질 생각이었다.

확실히 위험한 계획이기는 했다. 그녀도 알고 있었다.

방 안을 거닐다 의자에 앉는데 발목 근처에 뭉근한 불편함이 느껴졌다. 스칼렛과의 만남 때 접질렸던 부분이다. 그 이후에 통증을 느끼거나 붓지도 않았고 움직임에 불편도 없어 의사에게 보이거나 하진 않았지만, 아무래도 조심할 필요는 있을 것 같다.

로즈는 의사를 부를까 하다 생각을 접었다. 불편한 느낌은 금세 사라진 데다 지금 의사를 부르면 괜한 걱정을 끼치게 될까 염려되었기 때문이다. 대신 로즈는 스텔라에게 부탁했다.

"혹시 모르니 발과 발목을 따스하게 해 근육을 풀어주고 싶어요. 찜질할 걸 부탁해요."

스텔라가 명을 행하기 위해 방 밖으로 나섰다.

로즈는 앉은 채 제 배를 바라보았다. 언젠가는 두 사람의 사랑의 결실이 이 안에 담긴다. 어떤 기분일지 직접 겪어보지 못한 이상 알 수 없지만, 그래도 무척이나 행복할 것 같다. 애틋할 것 같다. 루크워렐과 자신의 아이. 황궁에 들어온 이래, 처음으로 미래를 꿈꿔보게 되는 듯했다. 아찔하고 애틋하며 달콤한 행복이었다. 이 일만 잘 해결하면 된다.

엉망이 된 마을 여기저기선 연기가 피어올랐고, 피비린내가 코를 찔렀다. 전 지휘관과의 합동공격은 적에게 꽤 큰 타격을 주어 승리할 수 있었다. 아인은 치열한 격전지였던 타리스 마을을 바라보고 있었다. 망가진 마을과는 대조적으로 주변 경관은 몹시 아름다웠다. 그래서 더 처연했다.

부상자를 옮기는 손길이 분주했다. 카란 부족에서 폭동을 일으켰던 자들은 마지막엔 마을을 불사르며 함께 죽겠단 기세로 저항했기에 아직도 채 꺼지지 않은 불길들이 사방에서 그 붉은 입술을 날름거리고 있었다.

아인은 진화하고, 적당한 곳에서 적들의 시체를 태우라 명했다. 매장이라는 예우를 차릴 상대도 아니었거니와, 그렇다고 시체를 그대로 두면 병이 돌기 십상이기 때문이다.

아인은 제 눈앞에 있는 시체를 내려다보았다. 성한 구석 하나 없이 몸을 비튼 채 비참한 죽음을 맞이한 젊은 남자의 시신이다. 죽은 사람을 보는 건 그리 유쾌한 일은 아니지만, 확실하게 해둬야 했다. 붕대로 보이는 천이 옆구리 부근에서 너덜거리는 걸로 보아 능욕당한 소녀가 찌른 부위는 그 근방이었나 보다. 얼마나 깊이 찔렸는지는 알 수 없지만, 허리께의 부상은 무기를 휘두르기에 확실히 방해요소가 되었을 터. 니메다.

아인의 옆에는 프란츠가 있다. 니메를 처리한 프란츠가 확인을 위해 아인을 불러온 것이다.

"보고 싶지 않은 면상이군."

아인이 씁쓸하게 중얼거렸다. 사람이란 어째서 자신이 가진 것으로만 만족 못 하는 것일까? 그가 만약 자신을 도와준 마을 사람들의 선의에 감사하며 제 부족 땅에 다시 돌아가게 해준다는 제국의 약속을 믿고 기다렸다면, 이런 일은 일어나지 않았을 텐데. 그는 제 몫이 아닌 것을 탐냈다. 게다가 최악으로는, 곤궁한 자신들에게 도움을 베푼 마을을 잔혹하게 짓밟았다. 자업자득이다. 동정할 가치가 없다.

프란츠가 옆에서 말을 받았다.

"그래도 봐야지. 어찌되었든 네가 이 일의 총책임자니까."

"그렇지."

프란츠가 묵묵히 머리장식을 건네주었다. 받아든 아인이 그걸 천에 쌌다. 피와 먼지가 묻어 있지만 필요한 물건이다. 카란 부족의 족장이라는 표식이었다. 니메가 죽음의 순간까지 빼앗기지 않으려 발악했던 것이기도 하다. 승리의 상징물이다.

"피랑 먼지 좀 정리해서 이걸 남은 카란 부족민들에게 건네줘야겠지. 우리에게 이 일을 알리고 투항한 이들은 그들의 땅에서 다시 또 살아나가야 할 테니."

"그래."

프란츠가 짧게 답했다. 저쪽에서는 줄리오가 전열을 가다듬고 주변의 정리를 지휘하고 있었다.

"망가트리는 건 순식간인데, 복구엔 꽤 걸리겠어."

아인이 씁쓸하게 중얼거렸다. 누군가에게는 소중한 삶의 터전이었을 곳이, 지금은 처참한 모습이 되어 있다.

옆에서 프란츠가 물었다.

"승리를 전하기 위해 전령새를 날릴까? 폐하께서도 아셔야 하니."

아인은 바로 답하지 않고 생각에 잠겼다. 훈련된 전령새를 예닐곱 마리 가지고 왔다. 전쟁 중이라면 적진의 사기를 저하시키기 위해 봉화라도 사용해 수도에 승전보를 전했겠지만, 이 계획은 비밀리에 진행하는 것이 가장 중요했기에 굳이 그럴 필요는 없다.

전령새를 보낸들 저쪽에서는 벌써 일이 다 해결되었을 때 도착할 터. 시간상의 문제는 전혀 없다. 그러나 전령새는 혹시라도 사냥당하거나 다른 일로 추락했을 경우, 서신이 남는다. 암호를 쓴다 해도 아주 희박한 확률로라도 설리반 측에 말이 들어가지 않는다는 보장이 없었다. 아인은 좀 더 확실한 쪽을 택하고 싶었다.

"사람을 보내도록 하지. 말을 잘 타는 이들 중 입이 무겁고 상황대처에 빠른 두셋을 골라 각자 다른 길로 보낸다. 여행객이나 행상인이나 무난한 걸로 위장해. 서신같이 증거가 남는 건 지니지 말고, 짐은 간소화하도록. 구두로 전하는 말은 '빨간 구두는 벗겨졌다'로 하지."

프란츠가 옆에서 중얼거렸다.

"빨간 구두를 벗긴다라, 역시 변태적인 취향이⋯⋯."

"프란츠. 닥쳐."

어느새 해야 할 일을 깔끔하게 마치고 옆에 선 줄리오가 물었다.

"나도 갈까?"

방금 전까지 그렇게나 힘든 전투를 치렀다고 볼 수 없을 만큼 말끔한 얼굴이었다. 피로감이 전혀 비치지 않았다. 굉장한 체력이다. 아마 그러라고 해도 힘든 기색 하나 없이 황성까지 갈 수 있는 데다 여차한 일은 말끔히 해결할 만한 깔끔한 솜씨와 성미까지 지니고 있었다.

아인은 머리를 저었다.

"넌 너무 핵심전력이야, 줄리오. 가산 지역에서 고전하고 있어야 할 네가 수도에 나타나는 건 상황이 제국 쪽에 유리하게 흘렀다는 방증이다."

"그렇군. 생각이 짧았어."

"그럼 바로 시행해줘. 난 마을 정비에 관해 상의 좀 해야겠어. 아, 벌써 피곤해. 신선한 야채가 먹고 싶어."

"빨간 구두를 좋아하니 빨간 과육으로⋯⋯."

"닥쳐, 프란츠."

그렇게 일갈하고 아인이 수도 쪽을 바라봤다. 매캐한 연기가 피어오르는 이곳과는 달리, 저 멀리 풍경은 평화롭기 그지없었다.

"저쪽도 잘 마무리가 되어야 할 텐데."

아인이 중얼거리자, 프란츠가 눈을 가늘게 뜨고 아인이 바라보는 방향을 보며 대꾸했다.

"어쩐지 비가 올 것 같군. 흐릿하지만 먹구름이 보여."

"비가 쏟아지기 전에 여길 정리해야겠군."

"아니, 비구름은 이리로 오는 게 아니야."

프란츠가 손으로 하늘 한쪽에서 다른 한쪽으로 주욱 그으며 대꾸했다.

"수도로 향하는 비구름이다."

아인의 눈엔 아무것도 보이지 않았지만, 말을 듣고 보니 저쪽 어딘가에 조그맣게 어두운 색 구름이 있는 듯도 싶다. 아인은 우선 제 할 일에 집중하기로 했다.

리엘라의 영지로 설리반의 사병이 속속 집결하기 시작했다. 사병치곤 상당히 훈련이 잘돼 있고 응집력까지 있는 게, 어중이떠중이 집단이 아니라 설리반이 제 사람이라 확신할 만한 인물들임을 알 수 있었다. 다만 용병 출신이거나 다른 가문에서 차출한 듯한 느낌을 주는 이들도 확연히 존재했다.

리엘라가 그들에게 내어준 장소는 낮은 바위와 나무로 둘러싸인 곳으로, 험하고 높은 가파른 언덕이 있다. 골짜기와 비슷한 구조였지만 골짜기라 부르기에는 애매했는데, 엄폐물은 꽤 많아도 공간을 완전하게 에워싸지 않은 데다 상당히 넓고 출구와 퇴로로 쓸 만한 곳이 두 군데 이상 존재했기 때문이다. 게다가 근처엔 황실의 묘지가 있어서 껍데기뿐인 명분도 확실했고 영지민들이 사는 마을들과는 상당한 거리가 있어 눈에 잘 띄지도 않았다. 막사는 꽤 안정적으로 지어져 있었는데, 장기거주도 가능할 것 같았다. 실제로는 이곳에서 오래 머물 생각은 아니겠지만, 여타의 변수를 고려한 듯싶었다.

리엘라가 설리반의 옆에 나란히 서 제 땅에 터를 잡은 사람들을 보았다. 무기와 무력을 지닌, 궁을 장악하고 제 영지를 집어삼키기 위해 모여 있는 이들. 설리반의 뒤로는 그들이 비밀리에 모여 이야기했을 때 거론되었던 인물들이 있었다. 설리반에게 완전히 동조한 건 아니지만 그렇다고 설리반의 공작에 대해 함구하며 애매한 태도를 취하던 인물 중 직접 나타난 이도 있었고, 나타나진 않았지만 침묵하거나 설리반에게 물질적 도움을 제공하며 설리반이 성공했을 때를 대비하는 이도 있었다. 그들은 설리반이 실패하더라도 관여한 적이 없다고 발뺌할 생각이겠지만, 이미 루크워렐은 그들에 대해서도 다 알고 있었다.

'귀비님이 준 정보에는 틀린 것이 없었어.'

만약 로즈가 설리반의 끄나풀이었다면, 이렇게까지 오롯이 전부를 드러내지는 않았을 터였다. 적당하다고 생각되는 정보는 흘릴 수 있으나 그건 미끼에 불과하다. 자기들 쪽의 정보를 다 드러내면서까지 신뢰를 얻으려 하는 첩자는 없다.

'내 생각이 과했나 봐. 그래도 이상한 건 이상한 거지만, 적어도 설리반과 관련되어서는 아닌 것 같아. 어쩌면 귀비님께 설리반조차 모르는 과거가 있을 수 있고. 몰락귀족 출신이라 평민인 척 지내다 설

리반과 손잡았을 수도 있지. 그건 차후에 확인해도 될 부분이야.'

리엘라의 뒤에는 영지 내 중요한 직책을 맡고 있는 그녀의 사람들과 란쳴이 있었다. 설리반이 '황제 폐하께 충성을 바치려 이번 일에 확실한 지원을 해주기로 했다'는 제 사람들을 데리고 오겠다 했기에 리엘라가 란쳴을 이 자리로 부르는 데 아무런 제약이 없었다. 설리반의 저런 대범함은, 이쪽이 일을 좀 더 수월하게 끌어가기에 도움이되었다. 그녀가 자연스레 란쳴을 참석시켜 설리반의 사병 배치나 역량을 보게끔 할 수 있었기 때문이다. 어차피 설리반은 내일 저녁 궁에 들어가야 하기 때문에, 제가 믿을 만한 인물 한둘만 사병의 지휘자로 남겨두고 오지 않을 터였다.

여기 온 인원들이 이곳에 다 남을 명분은 없다. 그저 과시용이다. 남겠다 우긴다면 제 영지에 대한 무례이므로 이쪽에서도 강경하게 나가도 저쪽에서는 할 말이 없었다.

폐하는 이곳의 정리는 자신과 란쳴에게 명했다. 인솔자가 많아봤자 신속하게 움직이기가 어려워진다. 그들을 엄폐물이 많은 지형으로 몰아넣은 데는, 그런 까닭이 있다. 그들이 그곳에서 벗어나기 전에 승기를 잡아, 가능하면 거기에서 온전히 승리하는 게 목표였다.

란쳴은 결국 황제를 뵙지 못했다. 알현은 신청했으나 중요한 일정에 밀려 뵐 수가 없었다. 그리하여 우선은 보류하기로 했다. 처음엔 아쉬웠으나 리엘라는 차라리 다행이라는 생각이 들었다. 설리반의 태도에서, 적어도 귀비에 대한 의심을 어느 정도는 떨쳐낼 수 있었기 때문이다. 백번 양보해 귀비가 설리반의 편이라 해도, 이런 식으로 모든 정보를 공개한다는 건 설리반과 같이 죽자는 행보일 뿐이다. 그러지는 않을 터이니, 귀비는 진심으로 황제를 사랑하며 그의 편이라 확신할 수 있었다. 큰일을 앞둔 상태에서 제 꼼꼼함으로 인해 작은 심란함을 얹어주지 않아 다행이라고, 리엘라는 생각했다.

설리반이 마치 군주처럼 제 뒤에 줄줄이 사람들을 세워놓고 리엘라에게 인사를 건넸다.

"이렇게 훌륭한 곳을 마련해주시다니, 기쁘기 그지없습니다."

리엘라가 미소를 띠며 답했다.

"모두 폐하를 위한 일인데, 부족함이 있어서야 쓰겠습니까."

리엘라의 격식 차린 말에, 설리반이 아쉽다는 표정으로 한탄 섞인 목소리로 말을 이었다.

"당연한 말씀이긴 합니다. 제가 조금 더 욕심을 부리면 안 되는 걸까요?"

"무슨 말씀이신지요?"

멋모르는 사람이라면 마음이 약해질 만한 선량하고 아름다운 모습이었다. 리엘라가 의중을 전혀 모르겠다는 표정으로 되물었다. 하지만 속이 시커먼 자가 저토록 선해 보일 수 있다는 사실에 치를 떨었다.

설리반이 안타까움이 가득 묻은 어투로 답했다.

"이 제국의 가장 높은 분을 위해 하는 일임이 분명합니다만, 거기에 이 모든 걸 준비한 절 위해서도 더 애써 준비했다고 믿고 싶은 까닭입니다."

리엘라가 침착함을 잃지 않고 단정히 답했다.

"설리반 님의 편의에도 신경 썼습니다."

설리반이 애절하고 달콤하게 말했다.

"오, 아름다운 리엘라 님. 제가 듣고 싶은 말은 그런 게 아닙니다. 공적인 일에 사적인 감정을 섞으면 안 됨에도 이리도 흔들린답니다."

리엘라가 이해했다는 듯 가볍게 고개를 끄덕였다. 그러나 그뿐이다.

"안타깝게도 전 생각하시는 것 이상으로 해드릴 수 있는 사람이 아니랍니다. 설리반 님께서 방금 말씀하셨던 것처럼, 공적인 일에 개인의 감정을 섞으면 안 되는 법이고요."

"거절하는 모습도 어찌 이리 아름다우신지요."

"칭찬 감사합니다."

리엘라의 단호한 태도에, 설리반이 안타까운 양 가볍게 한숨을 내쉬었다. 검은 속내와는 대조적으로 한 폭의 그림 같은 외양이다. 설리반이 애틋하고 달콤하게 작별의 말을 건넸다.

"안타깝게도 내일은 빠질 수 없는 가족행사가 있어 이곳을 방문하지 못할 것 같습니다. 그 준비를 위해 이만 자리를 떠야겠군요. 폐하를 보필하기 위해 사람들이 저리 훌륭히 자리 잡은 걸 보니 기쁘기 그지없습니다. 하지만 내일모레는 더 영광되고 훌륭한 모습으로 리엘라 님의 앞에 서, 리엘라 님이 절 바라보는 시선이 달라지길 희망합니다."

아무런 정보가 없다면 그저 짝사랑에 빠진 남자의 간절한 구애처럼 들릴지 몰랐다. 그러나 설리반의 계획에 비춰 저 말을 해석하자면, 내일 루크워렐을 살해하고 자신이 그 자리를 빼앗아 황제로서 리엘라 앞에 서겠다는 뜻이라 풀이할 수 있다. 오싹할 정도의 간교한 말이었다.

"모두를 위한 가벼운 다과를 준비했는데 아쉽기 그지없군요."

"아닙니다. 편안하게 접대 받을 상황이 아니잖습니까. 폐하를 위한 일을 하는데 말이지요. 대신 믿을 만한 이를 저들의 인솔자로 두고 가겠습니다. 여기 드미트리와 레오도르입니다."

설리반의 심복인 드미트리와 아이시타스인 레오도르였다. 통성명은 아까 했으니 따로 인사치레를 할 필요는 없었다.

"폐하께서 이 일은 설리반 님께 모두 맡기셨으니, 저는 설리반 님만 믿겠습니다."

"그 신뢰가 이 일뿐 아니라, 앞으로의 저에게도 향하기를 바라고 있습니다."

진심이 담기지 않은 매끄러운 말을, 진담처럼 능숙하게 하는 사람이다. 만약 사전정보가 없었다면, 리엘라 또한 설리반이 제 구애자 중 하나라 착각했을 정도다. 자신에게 치근거리는 까닭은 아마도 앞으로의 일을 쉽게 만들려는 거겠지. 사람들은 구애를 받으면, 자신에게 매력이 있기에 그렇다 여겨 들뜨기 마련이다. 그렇기에 판단이 흐려질 수도 있고, 만에 하나 자신이 조금이라도 상대에게 호감을 느낀다면 그가 원하는 방향대로 해주려고 할 것이다. 어느 쪽이든 설리반은 손해 보지 않는다.

무서운 남자다. 속내를 온전히 숨긴 채 겉으로 그럴싸하게 포장할 수 있는 재주는 어지간히 기만적이지 않으면 불가능했다.

'이곳에 있는 모든 이를 막아내고, 지켜내는 게 지금 우리가 할 일.'

자신이 이들을 유도해내었으니, 이제 이들을 몰래 치는 건 란첼이 할 몫이었다. 홀로 고투하지 않아도 되어 리엘라는 내심 제 뒤에 있는 란첼이 든든하게 느껴졌다.

4

설리반이 반역을 도모하기로 한 날은, 매우 흐렸다. 아침부터 쉴 새 없이 몰려오던 먹구름은 하늘을 꽉 채워 햇살을 가두어버렸다. 그래서 하루 종일 밤 같았다. 비는 오지 않지만 특별한 일이 없다면 몇 시간이고 침대에 누워 있고만 싶은 기분이 들게 하는, 늘어지는 날이었다. 하지만 로즈는 긴장감으로 일찌감치 몸을 일으켰다.

로즈는 아직 온기가 남은 옆자리를 슬며시 쓰다듬었다. 루크워렐은 새벽에 들렀다가 조용히 나갔다. 그가 병약해졌다는 인상을 계속 줄 필요가 있기에, 간병을 하는 게 아닌 이상 밤을 함께 보내는 모습을 보이지 않으려 애썼다.

다만 결전의 날에는, 둘은 서로의 온기를 필요로 했다. 애틋함을 담아서 입을 맞추고 몸을 겹쳤다. 마치 첫날밤처럼 서로를 부둥켜안았다. 그렇게 서로를 위로하고 서로에 대한 염려를 덜었다. 사랑한다고 몇 번이고 속삭였다. 믿는다고 몇 번이고 속삭였다. 부드러운 손길과 다정한 손길과 격렬한 열정 모두 서로를 지탱시켜주는 힘이었다.

모두들 만반의 준비를 하고 설리반을 맞을 터이니, 자신 또한 준비하지 않으면 안 되었다. 서로가 각자의 몫을 해내어 딱 맞춰진 퍼즐처럼 오늘을 완성해야 했다. 로즈는 시녀장을 불러 망설임 없이 하루를 시작했다. 보호구를 걸치고 그 위에 단정하고 편한 드레스를 걸쳤다. 식사를 든든히 하고 파렌치에 관의 시녀들에게 정해진 장소에서 벗어나지 말 것을 당부했다. 출퇴근을 하는 시녀들 대부분에겐 휴가를 주어 입궁하지 않게끔 했다. 모든 방은 아니었지만, 파렌치에 관을 향해 가는 길목에 자리한 방에는 상당수의 병사들도 대기 중이다.

로즈는 단단한 얼굴로 결의를 다졌다. 어떻게 되었든, 이번 기회에 설리반을 잡는다. 과거 그의 모든 죄를 다 풀어낼 수 있도록, 절대 빠져나가지 못하게.

시간이 되었다. 어스름이 슬그머니 다가와 저녁을 한꺼풀 벗겨버리고 새카만 밤으로 갈아입었다.

설리반이 오기로 한 길은 쥐 죽은 듯 고요했다. 원래 인적이 없는 곳이기도 했지만 경비병들을 모두 물리고 나니 한결 더 적요하기만 했다. 작은 소리도 더 크게 들리는 것 같았다. 조용한 곳에서 울리는 소리는 괜스레 공포감을 조성하기 마련이다. 로즈는 신경 쓰지 않으려 마음을 다잡았다. 회랑처럼 생긴 통로의 입구에 유리막이 쳐진 램프를 하나 들고 서 있던 그녀는 다른 길로 돌아가 황궁 밖으로 향하는 통로의 초입에 다다랐다. 어차피 불쾌한 이들과 지나가게 될 터인데, 굳이 미리 그곳을 통과하고 싶진 않았다.

통로의 이름은 '길을 잃은 뱀'이다. 어둠에 침잠해가는 긴 굴은, 정말로 숨을 죽이고 똬리를 튼 뱀처럼 보였다. 황궁을 지을 때 이 통로가 있던 곳에 살던 독사가 초대 황제를 물려고 해 독사를 죽인 후 그 누구도 황제를 해하지 말라는 의미에서 그 이름을 붙였다는 정사(正史)와 함께, 민간에서는 황권을 위협하던 인사를 죽인 후 두고두고 밟히라는 의미에서 굴 밑에 그 뼈를 묻었다는 야사(野史)도 전해지는 곳이다.

야사 쪽이 좀 더 섬뜩했다. 모든 것이 끝나는 죽음 이후에도, 그 죄를 묻겠다는 뜻이니. 뼈가 아스러져 흔적도 안 남았을지라도, 똑같은 짓을 저질렀을 때 이렇게 되고 만다는 본보기가 되라는 의미도 내포된 이야기다. 그렇기에 역천을 꾀하는 설리반이 이곳을 고른 건 꽤 모순적이었다. 어쩌면 그 음흉한 성격에 이런 이야기가 얽힌 통로가 외려 마음에 들었을지도 모르는 일이다.

어둠이 내려앉은 인적 없는 곳은, 섬뜩한 분위기까지 물씬 풍겼다. 그렇지만 로즈는 허리를 곧게 펴고 램프를 든 채 설리반을 기다렸다. 긴장으로 표정이 없었다.

저 멀리서 스무 명 남짓 되는 사람들과 함께 설리반이 나타났다. 제 마음속 음흉함을 가리려는 듯 환한 색의 옷을 즐겨 입던 설리반이, 이번만큼은 제 속내를 온통 드러내듯 죄 검은빛으로 물든 단조로운 의상을 걸치고 있었다. 그래서인지 그의 하얀 얼굴과 눈부신 금발이 더 도드라졌다.

설리반을 따르는 이들은 모두 완전무장을 한 채 인형처럼 무표정하고 말이 거의 없었다. 로즈는 그들을 보는 것만으로도 흉흉한 살기가 느껴져 소름이 돋았다.

설리반이 굳어 있는 로즈를 보며 활짝 웃었다.

"정말 산책하기 좋은 밤이에요, 에아기네스. 그렇지 않습니까?"

종일 비가 올 듯 찌푸렸었는데, 어둠이 내렸다고 해서 상쾌해졌을 리 없다. 하지만 설리반의 표정은 이루 말할 수 없이 화창한 날이었다 착각할 정도로 밝기만 했다. 누군가의 목숨을 빼앗고 그 자리를 차지할 음모를 꾸민 이라고는 조금도 믿을 수 없는 태도였다.

"그렇군요."

로즈는 미사여구를 붙이지 않았다. 긍정은 했으나 적극적으로 호응해주고 싶지는 않았다. 중요한 날이다. 설리반은 자신의 계획대로 아주 잘되어가고 있다는 착각 속에 있어야 했고, 자신은 설리반을 제

472

발로 걸어가게 해 제 죗값을 치르게 해야 했다.

"고분고분해져서 좋군요, 에아기네스."

다행히 설리반은 로즈의 답을 좋은 쪽으로 해석했다. 로즈가 통로 입구에 섰다.

"안내하겠습니다."

로즈의 말이 끝나자마자, 모두 로즈를 따라 굴 안으로 들어갔다. 통로는 입을 쫙 벌리고 먹이를 통째로 삼키는 뱀처럼 그들을 하나씩 제 안으로 욱여넣었다. 길고 침침한 굴속은 사람을 깊숙이 빨아들였다.

화재를 대비해 통로는 흙과 돌로만 지어졌을 뿐, 나무는 전혀 쓰지 않았다. 그 안은 생각보다 어둡지 않았다. 완전히 폐쇄된 곳이 아니어서 주기적으로 불이 갈리곤 했었다. 그래도 꽤 침침한 편이었는데, 지금은 평소보다 밝다.

무리는 자연스레 둘 정도로 서서 나란히 걸어갔는데, 남자들은 완전무장까지 한지라 셋 이상 서기도 버거울 정도의 너비였다. 차박차박. 작은 굴 안을 발소리가 울렸다. 사람들 사이에서는, 필연적으로 긴장이 팽팽하게 흘렀다. 태연함을 유지한 인물은 오직 설리반뿐이다.

통로 중반쯤 도달했을 무렵, 설리반이 벽에 붙어 있는 불을 가리켰다.

"여태 지나오면서 보니, 최근에 작업한 듯한 불들이 많더군요. 이곳은 거의 인적이 없어 그렇게까지 보수를 했을 것 같지 않은데, 에아기네스, 당신이 했나요?"

아무도 눈치채지 못한 부분을 눈썰미 좋게 찾아내는 설리반을 보고, 로즈는 정말 방심할 수 없는 상대라는 것을 다시 한 번 깨달았다.

로즈도 몰랐던 일이다. 아마도 루크워렐의 지시로 인해 조명이 늘어났을 가능성이 높다. 그녀가 위험을 무릅쓰고 이곳을 지나갈 것이기에, 조금이나마 두려움을 없애주고 싶었는지도 모른다. 가슴이 찡했다. 언제나 함께할 수는 없지만 어떻게든 조금이라도 자신을 배려해주려고 한다. 바로 옆에서, 자신에게 집착하며 자신을 이용할 도구로 바라보는 저 남자와는 확연히 다르게.

로즈가 답했다.

"오늘 있을 일에 대비해서, 미리 좀 더 불을 놓으라 지시했습니다. 오늘 있을 대업에 어떤 착오도 있으면 안 되니까요."

설리반이 로즈를 관찰하듯 눈을 가늘게 뜨고 잠시 바라보다, 친절한 웃음을 띠고 말했다.

"역시 에아기네스군요. 실망시키지 않아요."

별거 아닌 질문인데도, 등에 식은땀이 흘렀다. 지나치게 동요하는 모습은 보여서는 안 되었다. 로즈는 다시 앞장서 걸었다.

란첼은 언덕 위에서 매복하고 있던 인원을 확인했다. 두 개의 언덕에는 설리반의 사병이 오기 전부터 많은 병사들이 숨어 있었다. 게다가 그들이 막사를 친 공터 근처에 땅을 파고 구덩이를 만들어 그 위를 수북한 나뭇가지와 잎으로 덮어 위장해놓았다.

란첼의 신호가 있으면, 바로 행동을 개시할 터였다. 다행히 설리반의 사병들은 전혀 알아채지 못했다. 엄폐물이 많은 곳을 그들에게 제공한 건 괜한 이유에서가 아니다.

귀비님이 전해준 계획에 따르면, 설리반은 적은 인원으로 궁에 빠르게 진입해 황성을 장악하는 게 목표라 했다. 그러곤 이곳에 주둔시켜놓은 자신의 병력을 향해 폭죽으로 신호를 주어 황성으로 오게끔하려고 한다고 들었다. 계획이 노출된 줄 모르는 설리반과 반역자들이 황성에서 제압당하면, 불빛으로 그들이 잡혔다는 신호를 받은 란첼이 아무것도 모른 채 이곳에 주둔하고 있는 반역자들의 병력을 치는 게 목표였다.

그런데 일이 다른 방향으로 흘러가기 시작했다. 갑자기 설리반의 사병들이 두 갈래로 방향을 나누어 움직였다. 하나는 황성으로. 하나는 리엘라의 저택으로였다. 궁에서는 아무런 연락도 없었다. 자신이 받기로 한 신호 말고도 설리반 측의 신호도 없었다. 분명, 설리반은 제 계획대로 움직이지 않는 걸 질색하는 사람이라 했다. 그런데 어째서, 왜?

리엘라도 돌발상황에 대비해 저택에다 어느 정도 방비를 해두었다. 란첼의 머릿속에 리엘라가 부탁했던 이야기가 스쳐 지나갔다.

「황제 폐하가 건네준 정보와 귀비님의 행동에 어긋나는 부분이 있어.」

「이게 계획에 차질을 빚게 하지는 않을까 걱정돼.」

귀비 쪽의 문제인 건가. 하지만 황실과 아무런 연락망이 없는 지금, 판단은 오롯이 자신의 몫이다.

"어떻게 하면 좋을까요? 저들의 행동이 우리의 예측과 다릅니다."

부관이 다급하게 물었다. 란첼은 손을 쥐었다 폈다. 망설일 시간은 없었다. 만약 그대로 둔다면 황성에 반역자들의 병력을 보태주는 꼴이 된다. 란첼은 결심한 듯 굳은 얼굴로 답했다.

"……움직인다. 우선 황성으로 향하는 무리를 친다. 그들이 반역자들과 합류하게 되면 무슨 일이 일어날지 알 수 없어."

"크리스토프 가 저택으로 향하는 무리는 어떻게 할까요?"

양쪽으로 병력을 나눈다면, 장기전으로 향할 염려가 있었다. 입술을 굳게 다문 란첼의 머릿속으로는, 마지막으로 믿는다는 듯 자신을 바라보며 옅게 미소 짓던 리엘라가 떠올랐다 사라졌다. 자신을 믿어주었으니, 자신도 리엘라를 믿을 뿐. 이 애틋한 마음이 무엇인지는, 지금 일이 끝난 후 생각하자.

"부관이 잘 정비된 인원 100명 정도를 데리고 가도록 해. 혹여 빠져나가는 인원이 있다 해도 리엘라가 어느 정도 버틸 수 있을 거야. 가능하면 재빠르게 제압하도록."

황성으로 향하는 무리를 빠르게 제압하고, 혹시나 있을 연락망을 끊어놓는 게 우선이다.

란첼의 말이 끝나기 무섭게, 일사불란하게 주변이 움직이기 시작했다. 란첼은 검을 다잡았다. 결정은 내렸고 되돌릴 수 없다. 이 작은 변화가 큰 불씨가 되지 않기를 바라며 최선을 다하는 수밖에 없다.

드리트리와 레오도르는 약간의 흥분과 희열감을 느끼며 병력을 움직이고 있었다. 드미트리는 황성으로 가고 싶었으나, 실제적인 전투에서는 레오도르가 더 능력이 있었으므로 리엘라의 저택으로 가는 쪽을 택했다. 그들은 처음으로 설리반의 계획에서 어긋난 행동을 하고 있었다. 두려운 동시에 제 뜻대로 무리를 이끈단 고양감이 더해져 사람을 들뜨게 했다.

원래 그들은 황성 쪽에서 폭죽이 오르면 황성을 향해 밀고 들어갈 생각이었다. 그때까지는 잠잠히 기다리고 있어야 했다. 설리반이 루크워렐의 목을 치고 궁을 점거하고 신호를 보내면, 그 기세를 타 황성으로 밀고 들어간다. 설리반과 함께 침투하는 이들은 뛰어난 실력자들로 이뤄진 소수정예였지만, 그 인원으로 황성을 오롯이 차지하는 데는 무리가 있다. 자신들이 그 역할을 해내고 귀족들을 대대적으로 숙청한 후, 이 제국을 통째로 삼키는 게 그들의 최종목표였다.

드미트리는 언제나 자신은 더 높은 데 올라설 수 있다고 생각해왔다. 귀족이기는 했으나 별 볼 일 없는 출신 때문에 한계가 있다고 늘 생각했었다. 하지만 그 모든 걸 설리반이 바꿔주었다. 드미트리는 설리반으로 인해 새로운 세상을 얻었다. 그는 제게 절대적인 충성을 바치는 자에겐, 이미 다른 이가 손에 쥔 것이라 한들 그 손을 잘라내어서 원하는 걸 쥐여주는 사람이다.

드미트리는 그 점이 마음에 꼭 들었다. 노력하고 기를 쓰면 지금보다 더 위로 올라가고 사람들에게 약간의 존경 정도는 더 받을 수 있을지 모른다. 다만 시간이 너무 든다. 드미트리는 좀 더 빨리 저 위로 올라가고 싶었다. 누구의 손을 밟고 누구의 발을 짓밟든 속도를 높일 수만 있다면 그에게는 상관없었다. 그래서 그는 설리반에게 충성했다. 제 욕심을 확실하게 충족시켜주는 사람이었으므로.

그와 함께 있는 레오도르는 드미트리보다 훨씬 젊고 잘생긴 남자다. 좋은 집안 출신에다 성격이 호쾌했지만 경솔한 데가 있었다.

레오도르가 드미트리에게 물었다.

"로라는 좀 어때요?"

얼마 전부터 로라는 발작을 시작했다. 한번 발작을 시작하면, 사교계에서 활발하던 아가씨라고 믿을 수 없을 정도로 피폐한 모습이었다. 쉬쉬하며 집에 요양을 시켰지만, 설리반의 측근들은 대충 사정을 알고 있었다.

"설리반 님이 약을 주신 후론 전보단 나아졌어."

드미트리는 짧게 답했지만 실은 로라는 꽤 염려스러운 상태였다. 광증 비슷하게 제 몸을 긁어대거나 소리를 지르곤 해서 사실상 요양이 아닌, 감금이나 마찬가지였다. 다행히 설리반이 수소문해서 건네준 약이 잘 맞는 편이어서, 발작이 일어나는 즉시 그 약을 먹이면 조용히 잠만 자곤 했다. 이 일이 잘 끝나면 설리반이 로라의 치료에 좀 더 신경 써주겠다고 약속한 상태였다. 하나밖에 없는 딸이 그렇게 되었으니 걱정이 되었지만, 우선은 당면한 대업을 달성하는 게 먼저다.

"다행이네요."

레오도르가 드미트리에게 짧게 답하곤 안정적으로 대열을 이룬 병사들을 보았다. 일은 모두 잘 풀려갔고, 자신이 맡은 역할은 그리 어렵지 않을 듯했다. 레오도르는 설리반을 무서워했지만, 그래도 마음속 깊은 곳엔 치기 어린 젊음이 있었다. 그는 어릴 때부터 용사들을 동경했고 불가능해 보이는 상황에서 승리를 거머쥐는 인물에 대한 환상이 있었다. 그렇기에 설리반의 반역에 참가했다. 그래서 이렇게 죽치고 시간을 때울 게 아니라 좀 더 용감하고 생산성 있는 일을 하고 싶었다. 그리고 지금 여기에 설리반은 없다.

"어차피 이길 싸움인데, 슬슬 황성으로 병력을 이동해보는 건 어떨까요? 가는 김에 리엘라의 저택도 미리 쳐버리고요. 어차피 숙청해야 할 귀족이잖아요?"

"말도 안 되는 소리."

드미트리가 단칼에 잘랐다. 레오도르가 멀리 리엘라의 저택에 시선을 고정시키며 대꾸했다.

"왜 말이 안 돼요? 병력을 좀 이동시켜놓으면 신호가 올 때 더 빨리 황성에 다다를 수 있을 테죠. 그리고 어차피 설리반 님이 황제가 될 거고, 우리는 다 한자리씩 차지하게 되겠죠. 황성에 진입하기 전에 리엘라의 저택도 급습해둔다면, 나중에 해야 할 일 중 하나가 주는 건데요."

레오도르가 아쉽다는 듯 말을 이었다.

"다른 놈들에게 이 일을 뺏기기 싫어요. 우리가 황성 쪽을 치고 나면 우리처럼 중요한 일을 맡지 않은 채 대기하고 있던 놈들이 리엘라의 영지로 들이닥치겠지요. 리엘라는 예쁜 데다 능력도 있잖아요. 그런 여자를 끌어내리면서 희열을 느낄 놈들은 많을걸요."

"저열하긴."

드미트리가 꾸짖었다. 드미트리의 부정적인 반응에도 레오도르는 개의치 않았다.

"왜요? 어차피 리엘라는 황제의 측근이기 때문에 살아남기 힘들어요. 살아남는다 해도 끝이 그리 좋지 못하겠죠. 게다가 거기만 가자는 게 아니잖아요? 황성 쪽으로도 가까이 가자는데."

드미트리는 도발에 넘어가지 않았다.

"그럴 생각 없어. 설리반 님의 명이 먼저다."

전혀 꺾일 기세가 아닌 드미트리를 향해, 레오도르가 슬쩍 흘렸다.

"안타깝네요. 드뷔시랑 고세도 공을 노리고 있던 눈치던데."

"뭐?"

드미트리가 드디어 입질을 한 듯해, 레오도르가 슬슬 부추기기 시작했다.

"리엘라와 크리스토프 가의 영지는 중요한 입지이기도 하고, 눈에 확 드러나는 공이기도 하죠. 드뷔시랑 고세의 영지는 열심히 말을 달린다면 꽤 일찍 여기에 다다를 수 있을 테니, 우리가 황성을 점거한 후 저희들이 달려와 공을 세울 생각에 들떠 있더라고요. 뭐, 황성 점거도 중요하긴 하나, 크리스토프 가의 영지는 상징적인 의미도 있으니 다 잡은 물고기를 놓아주듯 반절 정도는 공을 뺏기는 셈이죠."

"……."

"이런 호기를 놓칠 거예요? 설리반 님도 명을 어긴 점은 싫어하실 수 있지만 결과적으로는 그분을 위한 일이었다는 데 만족하실 거예요. 그분은 결과를 중시하시니까요."

드미트리는 필요하면 제자리에 납작 엎드릴 줄 알고 경솔하게 행동하지 않았지만 욕심이 많았다. 그리고 그 욕심은 지금까지 그의 삶의 원동력이 되어주었다.

설리반 님이 제 공을 충분히 치하해주시겠지. 하지만 만약 기대 이상의 공을 세운다면? 측근인 제 입지는 누구보다도 강해질 것이며 새로 세워지는 황제의 제국에서 자신은 누구보다도 권력을 휘두르게 될 터다. 그렇지만 만약 다른 이들이 치고 올라온다면, 분명 자신한테 오롯이 집중될 수 있는 권력이 분산되고 말겠지. 드미트리도 그건 싫었다.

드미트리는 고요한 주변을 훑어보았다. 적당한 엄폐물. 안정적으로 황성에 밀어닥칠 수 있는 경로. 잘 훈련된 사병들. 그리고 저 황성보단 가까운 리엘라의 저택.

단단하게 보이는 궁과는 달리 리엘라의 저택은 우아하고 늘씬했지만 딱히 그 어떤 방비도 안 돼 있는 듯 보였다. 남자 사용인들도 있겠지만 검자루 한번 쥐어본 적 없는 이들이 대부분일 터. 황성으로 가는 길에, 가볍게 짓밟고 갈 수 있는 승리를 위한 제물 같았다. 게다가 리엘라의 저택만 가는 게 아니라 황성 가까이에 병력을 주둔시켜 더 신속히 움직이려 함이니 나쁠 것도 없지 않은가?

드미트리는 침음하며 잠시 고민했다. 그는 설리반을 안 이래 단 한 번도 그의 말을 어겨본 적이 없었다. 그리고 그런 태도는 그의 입지를 아주 단단히 해주었다.

이번 일을 더 잘 성공시킬 수도 있지 않을까? 이곳까지 사병을 끌고 왔으며, 책임자로 있는 건 자신들이다. 황성을 점령하는 공로도 크지만, 그렇다고 아무것도 하지 않고 자기 영지에서 숨죽이고 있던 이들이 뒤늦게 튀어나와 저도 한몫했다며 유세 떠는 걸 보고 싶지 않았다.

결국 드미트리는 레오도르의 말대로 하기로 했다. 설리반이 루크 워렐에게 반역했듯이, 드미트리도 처음으로 설리반의 계획과 명에서 벗어나보았다. 결과가 좋으면 외려 칭찬해주실 것이다.

어스름한 평지에는 덤불들과 작은 나무숲들을 빼면 그들을 막을 수 있는 건 아무것도 없었다. 레오도로는 의기양양하여 나눈 병력을 황성 쪽으로 거침없이 움직이고 있었고, 드미트리는 숨을 죽이고 리엘라의 저택 쪽으로 서서히 움직이고 있었다.

그때였다. 불쑥. 레오도르 앞으로 아무것도 없다고 생각한 땅 위에서 덤불과 나뭇가지를 헤치고 소리도 없이 사람들이 튀어올랐다. 그와 동시에 두 개의 언덕에서는 병사들이 시커멓게 내려왔다.

제국군이다.

갑작스러운 기습에 레오도르는 숨이 턱 막히는 기분이었지만, 젊은 기세답게 다시 검을 다잡았다. 매복한 인원이 있다. 계획이 실패했다. 배신자는 누구일까?

레오도르는 품의 폭죽을 꺼낼 생각도 하지 못한 채 괴성을 지르며 검을 잡고 싸움을 시작했다. 그의 앞을 거센 기세로 란첼이 가로막았다. 몇 합의 검이 맞부딪히고 나서, 레오도르는 란첼을 절대 이길 수 없다는 걸 깨달았다. 레오도르는 몸을 돌려 도망가며 품에서 폭죽을 꺼내 급하게 불씨를 당겼다. 폭죽에는 뜻대로 불이 잘 붙지 않았다.

그 순간, 란첼의 검이 번개같이 날아와 그의 손을 잘랐다.

"으아아아악!"

비명과 함께, 레오도르가 거꾸러졌다. 사병들은 전투태세에 들어갔으나 이미 한밤의 기습으로 인해 대열이 흐트러져버렸다. 맹렬히 싸우거나 혼란에 빠져 속수무책으로 당하거나 혹은 퇴로를 향해 도망치느라 정신이 없다.

폭죽을 확인한 란첼의 인상이 찌푸려졌다. 평민들이 쓰는 잘 터지지 않는 조악한 형태의 폭죽이 아닌, 하늘에 쏘아지면 단박에 알아볼 수 있는 고가의 폭죽이었다. 지휘관은 둘이라 했다. 드미트리와 레오도르. 그렇다면 폭죽의 존재도 둘 이상이 될 수 있었다. 지금 쓰러진 자는 레오도르였다. 드미트리가 보이지 않았다. 리엘라의 저택 쪽으로 향했을지 몰랐다.

란첼이 커다랗게 외치며 적을 상대했다.

"이들이 폭죽을 가지고 있다. 이상한 낌새를 보이거든, 터트리기 전에 없애라!"

불길한 예감을 억누르며 란첼은 최대한 일이 수습되기를 바랐다.

드미트리는 리엘라의 저택으로 가는 도중, 레오도르 일행에게 일어난 참사를 목격했다. 그리고 제 쪽으로 오는 제국군을 보았다. 식은땀이 비 오듯 흐르며, 설리반의 당부가 떠올랐다.

「내 말을 아주 잘 따라주는 두 사람에게 그럴 일이 일어날 리는 없 겠지만.」

설리반이 눈을 곱게 접으며 가면 같은 상냥한 미소를 띤 채 말했었 다.

「혹시라도 불미스러운 일이 생기면, 내가 단번에 알 수 있도록 폭 죽을 터트리세요. 황궁 어디에 있든 내가 확실히 볼 수 있게. 그러면 나는 상황을 판단해 차후를 도모할 것입니다.」

설리반 님은 궁의 어디까지 진입해 계실까? 제국군이 여기 이렇게 있다는 건, 그들 계획 모두가 들통났다는 뜻이 아닐까. 하지만 분명 설리반 님이 온갖 모욕을 주며 루크워렐의 이상을 확인했다 말씀하 셨다. 독으로 인해 완전히 망가져 사람 구실을 못 하게 되었다고.

뭐가 어떻게 된 거지?

드미트리가 급하게 품 안의 폭죽을 끄집어냈다. 지척으로 제국군 이 다가오고, 함성과 함께 제 주변의 병사들이 죽어나가는데 손이 덜 덜 떨려 불씨가 폭죽에 제대로 붙지 못했다. 그를 향해 달려오는 제 국군이 있었다. 란첼의 부관이다. 드미트리가 필사의 각오로 폭죽에 불씨를 붙였다. 그리고 곧장 검이 그를 쳤다.

펑!

찰나의 순간으로, 쓰러지는 그의 손에서 커다란 소리와 함께 폭죽 이 피어올랐다. 요란한 소리와 함께 불꽃이 하늘로 올라갔다. 참혹한 현장과는 다르게 불꽃은 잔뜩 찌푸려 흐린 밤하늘을 예쁘게 수놓았 다.

드미트리는 피투성이가 된 채 엎어져 있다. 가쁘고 거친 숨과 흐린 시야, 굉장한 통증은 이제 제명이 얼마 남지 않았음을 알려주었다. 전투는 소설에서 묘사된 것처럼 아름답지도 웅장하지도 않았다. 그저 신음과 피와 고통만이 존재할 따름이다.

이들을 이끌고 황성에 들어서길 꿈꿨지. 영광을 꿈꿨지.

저 멀리 황성은 고요하기만 했다.

자신은 실패했다.

실패는 뼈저렸지만, 그건 자신이 한 행동에 대한 후회는 전혀 아니었다. 그는 자신이 부유해지고 성공하기 위해 다른 사람들을 짓밟는 길을 택한 걸 조금도 후회하지 않았다.

다른 누구보다 재빠르게 위로 올라갈 줄 알았는데. 이제 남은 것은…….

그러나 생각은 이어지지 못했다. 머릿속이 흐려지며, 지나온 세월이 주마등처럼 스쳐 지나갔다. 어느 따스한 봄날, 이렇게 욕심내지 않았을 때, 가족들과 함께 햇살을 받으며 웃고 있던 날이 떠오르며 의식이 온전히 끊겼다.

설리반의 부관은 허탈한 얼굴로 피어오른 폭죽과 드미트리의 시체를 동시에 바라보았다. 이제 일은 예기치 못한 방향으로 흐르기 시작했다.

펑!

소리는 거의 들리지 않았지만, 화려한 불길 하나가 저 멀리 하늘을 수놓았다 사라졌다. 순간이었지만 어둠 속에서 터진 불꽃은 하얗게 돈은 꽃의 홀씨 뭉치처럼 뚜렷하게 망막에 존재를 각인시켰다.

길고 긴 통로가 끝나고 사위가 흐릿한 안개로 가득한 안개숲을 지나던 로즈 일행에게도 그 불꽃은 진한 자국을 남기고 사라졌다. 바로 지척에 파렌치에 관이 있다. 서른 걸음 정도면 당도할 거리였다.

로즈는 마른침을 꿀꺽 삼켰다. 무슨 신호인지는 정확히 알 수 없었다. 아직 설리반은 제압당하기는커녕 본성에 들어가기도 전이고, 치밀하게 사람을 조여대는 그의 특성상 조금이라도 이상한 일이 있으면 의심부터 할 터다. 아직 전투가 시작되어서는 안 되는 시간이다. 설령 시작되었다 해도, 황성에서 보일 정도로 요란하게 시작되어서는 안 되었다. 뭔가 잘못되었다.

파렌치에 관을 향하던 설리반이 걸음을 멈추었다. 그러자 뒤따르던 일행도 모두 발을 멈추었다. 설리반이 섬뜩하리만치 무표정한 얼굴로 로즈를 바라보며 물었다.

"저건 무엇이지요?"

로즈는 최대한 동요를 드러내지 않은 채 침착하게 대답했다.

"모르겠습니다. 가끔 폭죽놀이를 하는 경우도 있으니까요."

스스로 생각해도 형편없는 답변이기는 했다. 하지만 로즈는 실제로 폭죽으로 추정되는 터졌다 사그라진 불꽃에 대해 아는 바가 없었다. 설리반이 로즈에게서 시선을 떼고 혼자 중얼거렸다.

"황제가 병환 중인데 폭죽을 터트린다……."

설리반이 고개를 들어 환하게 웃었다. 새카만 옷에 온몸이 묻혀, 얼굴만 떠올라 있는 듯 하얗다. 그 위에 지독하게 화사한 미소가 진하게 묻어, 섬뜩함이 더했다. 설리반은 길을 안내하느라 약간 앞장서 있던 로즈의 팔목을 우악스레 움켜쥐곤 제 쪽으로 잡아당겼다. 얼마나 아귀힘이 셌는지 로즈는 휘청했다.

설리반이 얼굴 가득 미소를 띤 채 자신을 따라온 이들에게 명했다.

"계획된 경로로 가 루크워렐의 목을 따라."

말의 내용과는 다르게 부드럽고 상냥한 말투였다. 그러나 로즈도, 설리반을 따라온 이들도 그래서 더 무서운 성격을 아주 잘 알고 있었다. 그들 중 우두머리 격으로 보이는 이가 조심스럽게 물었다.

"직접 하고 싶다고 하시지 않으셨습니까?"

"생각이 바뀌었어. 누가 되었든, 그가 죽는 게 중요하지. 오히려 내 손이 아닌 네 손에 죽게 된다면 굴욕감이 더할 거 같거든. 잘 해낼 자신이 없나?"

남자가 고개를 확 숙이며 정중히 답했다.

"그렇지 않습니다."

"그러면 어서 신속하게 할 일을 해."

"명 받잡습니다."

무장한 남자들이 파렌치에 관으로 향했다. 안개가 자욱하여, 이내 그들의 모습은 금세 보이지 않게 되었다. 로즈만이 설리반에게 꽉 잡혀 아무것도 할 수 없었다.

뭔가 잘못 돌아가고 있어. 몇 걸음만 더 걸어서 파렌치에 관으로 가기만 하면, 어떻게든 도움을 청할 수 있을 텐데.

로즈는 당황을 감추고 입을 열었다.

"루크워렐의 목숨을 직접 취하는 기쁨을 누리고 싶다고 하지 않았었나요?"

설리반이 여전히 얼굴에 속을 알 수 없는 미소를 띤 채 답했다.

"그래, 그랬었지. 그건 지금도 매한가지야, 로즈."

호칭이 바뀌었다. 머리꼭지부터 발끝까지 좌악 피가 빠져나가는 듯한 기분이다. 그러나 아직 아무것도 확인되지 않았기에, 로즈는 최대한 침착함을 유지하려 애썼다.

발길질이라도 해서 손아귀에서 빠져나갈 수 있을까? 소리를 지르면, 파렌치에 관에 닿을까?

파렌치에 관에 병사들을 숨겨놓기는 했지만, 설리반과 자신이 근거리에 있는 이런 상황에서는 인질로 잡히기 쉬울 수 있어 병사들이 개입해야 할 정도의 상황이 되면 자신이 특정한 신호를 보내기로 했다. 그 신호가 없이는, 루크워렐과 더 많은 병사들이 있는 라리에트 관으로 설리반들이 무사히 진입할 수 있게끔 모습을 나타내지 않을 터였다.

로즈의 혼란을 깨끗하게 정리해주듯, 설리반이 섬뜩한 목소릴 냈다.

"날 속였나, 로즈?"

표정은 침착함을 유지하려 애썼으나, 로즈의 동공이 완연히 흔들렸다. 하지만 갑작스러운 태세변환으로 인한 당황으로 보일 수도 있다. 로즈는 딱 잡아뗐다.

"그럴 리가 없잖아요. 연회 때도 직접 확인했잖아요, 설리반? 루크워렐은 독 때문에 완전히 망가졌어요. 그리고 만약 내가 뭔가를 꾸몄다면 당신을 직접 여기까지 안내하는 번거로움을 뭐하러 무릅쓰겠어요?"

로즈의 침착한 변명에 설리반이 갑자기 웃음을 터트렸다. 안개가 자욱한 숲에, 남자의 웃음소리만 울리니 기괴하기 짝이 없었다. 웃음을 멈춘 그가 로즈를 똑바로 바라보며 대꾸했다.

"그래, 네 말이 맞을지도 모르지. 그렇지만 계획을 바꾸고 싶어졌어."

설리반이 로즈를 꼭 붙든 손을 놓지 않은 채 제 품에서 뭔가를 꺼내 로즈의 목덜미에 거칠게 밀어넣었다. 차가운 감촉이 섬뜩해서 기분 나빴다. 전에 로즈를 위협하며 내보였던 오팔로 만든 노예 구속구였다. 오팔만으론 강도가 약하다 판단했는지, 거기에 단단한 금속을 덧대어 짐승의 목줄처럼 사슬을 채워놓았다.

설리반이 사슬을 손에 감은 후 거칠게 당겼다. 로즈가 램프를 들지 않은 손으로 구속구를 빼내려 애쓰다, 결국에는 램프를 내팽개치다시피 하며 양손으로 목을 부여잡고서 외쳤다.

"이게 무슨 짓이에요!"

"넌 이게 어울려."

"지금은 이러고 있을 때가 아니에요!"

설리반이 이를 드러내며 웃으며 대꾸했다.

"이러고 있을 때가 맞아."

설리반의 낮은 음성이 한겨울에 손등에 박힌 얼음처럼 새파란 차가움을 지닌 채 귀에 박혔다. 무서웠다. 두려웠다. 그러지 말아야 한다고 다짐해도, 로즈는 절로 달달 떨리는 몸을 어쩔 수 없었다. 미쳤어. 저 남자는 미쳤어.

움직이고 싶지 않아도 설리반이 사슬을 거칠게 잡아끌자, 로즈는 질질 끌려갔다. 목덜미가 쓸리며 아픔이 느껴졌다. 설리반이 성큼성큼 안개숲 깊은 곳으로 걸어 들어가기 시작했다. 로즈가 버티며 외쳤다.

"설리반! 이러지 마요!"

설리반은 대꾸도 하지 않은 채 짐승 몰듯 그녀를 끌고 갔다. 로즈가 힘을 주고 버티다 이리저리 부딪혔다. 미친 사람은 힘이 장사라더니, 굉장한 괴력이었다.

그때, 안개 속에서 형체 하나가 나타나 설리반을 향해 온몸을 던졌다. 설리반이 순간적으로 사슬을 놓치고 바닥에 뒹굴었다. 헝클어진 머리로 거친 숨결을 내뱉는 여인은, 시녀장인 스텔라였다.

"귀비님! 도망가세요!"

스텔라가 설리반을 내리누르며 외쳤다. 드레스 자락과 남자의 형체가 안개와 함께 엉켰다. 왜 파렌치에 관에 있으라는 명을 무시하고 이렇게 나와 있는지 로즈로서는 까닭을 알 수 없었다. 찰나, 자유의 몸이 된 로즈가 도망가려다 스텔라를 다시 보고 옆에 있던 돌을 들어 올렸다.

이대로 스텔라를 두고 가면 저 미친놈한테 무슨 짓을 당할지 모른다.

그러나 돌을 집어 들어 반격을 하기도 전에 설리반이 맹수같이 잽싸게 움직였다. 설리반이 무시무시한 완력으로 온몸으로 저를 누르던 스텔라를 집어 던지더니, 순식간에 검을 빼어 들고 스텔라를 베어 버렸다.

"스텔라……."

로즈가 넋이 나간 얼굴로 중얼거렸다. 눈물이 차올라 눈앞에 뿌얘졌다. 완전히 쓰러진 스텔라가 죽었는지 살았는지 알 수 없었다.

설리반이 피가 튄 얼굴로 로즈를 바라봤다. 얼굴에는 박아놓은 듯한 미소가 여전히 걸려 있었다.

로즈는 제정신이 들었다. 지금 제가 할 일은, 어서 도망가 파렌치에 관의 병사들을 불러오는 것이다.

얼른 몸을 일으켜 달리려는 순간, 발목에 강한 통증이 내달리더니 무릎이 꺾였다. 접질렸던 발목이 몇 번이고 반복된 강한 충격에 완전히 문제가 생긴 모양이다. 그렇다고 해서 스텔라가 제 몸을 던져 만들어준 이 기회를 놓칠 수는 없었다. 로즈는 다리를 억지로 움직여

뛰기 시작했다. 딛을 때마다 발목이 부서지는 듯 아팠다. 그래도 로즈는 멈추지 않았다.

다만 설리반이 훨씬 빨랐다. 로즈를 따라잡자마자, 설리반이 로즈를 구둣발로 걷어찼다. 로즈가 비명을 지르며 쓰러졌다.

뚝뚝, 쓰러진 로즈의 옆으로 검에 묻은 피가 떨어졌다. 피 묻은 검을 든 채로, 설리반은 다른 한 손으로 로즈의 목에 걸린 구속구의 사슬을 움켜쥐었다.

"난 주인한테 이를 드러내라고 가르친 적 없어, 로즈."

그는 로즈를 그대로 질질 끌고 안개숲 속으로 다시 향하기 시작했다. 로즈는 신음조차 내뱉지 못한 채 처연하게 끌려 들어갔다.

루크워렐도 저 멀리에서 터지는 폭죽을 보았다. 자신은 저런 걸 지시한 적 없다. 리엘라의 영지민 중 오늘 같은 날 폭죽놀이를 해댈 사람 역시 없다. 게다가 폭죽놀이였다면, 한 발로 끝나지 않을 터. 그렇다면 저걸 지시한 사람은 설리반밖에는 없었다.

분명 설리반은 무장한 사람들과 자신을 향해 조용히 다가와 침실에 누워 있는 자신을 죽이기로 되어 있었다. 침실에 도착하게 되면, 설리반을 앞장세우고 로즈는 슬그머니 뒤로 빠져 있겠다고 약조해둔 상태다. 설리반은 자신이 가장 위에 있고 가장 중요한 일을 제 손으로 직접 하는 데 집착하는 이였으므로, 그런 로즈의 청을 들어줄 것이다. 그렇다면 저렇게 눈에 띌 만한 행동을 할 리가 없다. 설리반의 수하가 불꽃을 터트렸다면, 분명 일이 뜻대로 되지 않을 경우를 대비한 연락수단으로써 이용했을 가능성이 높다.

그는 뭔가 잘못되었음을 직감적으로 깨달았다. 위장용으로 침대 위에서 기다리던 걸 집어치우고, 황급히 제 근처에 있는 슈나이더에게 외쳤다.

"파렌치에 관으로 간다."

"알겠습니다."

밖에서 터진 폭죽 불꽃을 본 슈나이더는 빠르게 이해를 마쳤는지 전혀 토를 달지 않고 루크워렐과 함께 재빨리 몸을 놀렸다.

"파렌치에 관에 신속히 연락해 반역자들을 잡아들이라고 해. 만약 라리에트 관에 도달했다면, 그들이 올 경로로 숨어 있던 병사들이 나오라 하도록. 귀비의 안전을 최우선으로 하도록 하고."

"알겠습니다."

"방 근처에서 대기하고 있는 병사들은 나와 함께 파렌치에 관으로 간다."

"명대로 하겠습니다."

슈나이더가 파렌치에 관으로 연락을 보내는 사이, 루크워렐은 설리반이 오기로 한 경로가 아닌 잘 쓰이지 않는 통로를 이용해서 바로 파렌치에 관으로 움직이기 시작했다. 심장이 불에 덴 듯 뜨거웠다.

'로즈!'

만에 하나 로즈에게 무슨 일이 있다면, 자신은 견딜 수 없을 것이다. 그녀를 죽음의 끝에서 건져 올린 지 얼마 되지도 않았다. 그런데 또다시 그녀를 잃는다면, 이번에야말로 그 지독한 절망과 허망함을 견디지 못해 울부짖고 말리라.

그러나 그러함에도, 자신은 이 황좌를 지키기 위해 분투해야 했다. 그건 그의 정당한 자리이며, 그뿐만이 아니라 많은 이들의 목숨이 달려 있기도 했다. 생명을 생명 같지도 않게 여기는 자에게 쉽게 빼앗길 자리가 아니다.

　쉽지 않은 일이라 하더라도, 둘 다 지켜내리라. 루크워렐은 굳은 결심을 하고 로즈를 향해 뛰어갔다. 그 뒤를 정예기사들이 군더더기 하나 없는 절제된 동작으로 빠르게 쫓았다.

　리엘라는 요란한 소리가 울리는 격전지를 바라보고 있었다. 어수선한 소란과 함께 싸움이 시작되었다. 반역자들은 황성 쪽과 제 저택을 동시에 노린 듯했다. 그리고 제 저택 쪽 근처에서 폭죽이 올랐다. 그녀는 일이 어그러졌음을 깨달았다.

　그녀의 명으로 저택 밖에는 인적이 없다. 문은 굳게 걸어 닫았고 아무도 들어오지 못하도록 단단한 나무판자들을 덧대어 못 박아둔 채다. 창문 또한 그러했는데, 리엘라가 지금 내다보고 있는 창 외에는 모든 곳에 그런 조치가 되어 있었다. 이 맨 꼭대기 창도 정황을 살피기 위해 단 하나 남겨놓았을 뿐이다. 혹시라도 설리반의 사병이 불이라도 낼 걸 대비해 화재진압을 위한 준비도 모두 해두었다. 도주로까지 계산하는 등 만반의 준비를 갖춘 채 숨죽이고 있는데, 제 저택 쪽으로 오던 사병 중 살아남은 일부가 다가오는 모습을 포착했다.

　리엘라가 옆에 서 있는 집사에게 말없이 손짓하자, 집사가 고개를 끄덕이곤 벨을 울렸다. 사병들이 문을 부수려고 발길질을 하기도 전에, 화살이 쏟아져 내렸다.

　리엘라는 한창 치열할 전투장을 바라보았다. 아마 란첼 입장에서는 어쩔 수 없었겠지. 설리반의 사병이 황성으로 움직인 이상, 그들이 그쪽의 반역자들과 합류해 황성에 있는 이들을 인질로 삼을 가능성을 배제할 수 없었다. 어느 싸움이든 본진이 무너지면 승패를 알 수 없게 된다. 그로써는 움직일 수밖에 없었을 터였다.

가능하면 설리반 쪽에 연락이 가는 건 막았으면 했는데. 이쪽 반역자들이 연락책을 가지고 있을지 모른다고 생각했으나, 하나하나 몸을 뒤져볼 수 있었던 건 아니었던지라 불가항력이라 생각하면서도 안타까움을 금할 수 없었다.

리엘라는 잠시 한숨을 내쉬었다. 아마도 그로서는 그 상황의 그 판단이 최선이었을 터. 자신이야 안전한 저택 내에서 문을 닫은 채로 방어만 하면 되지만, 란첼은 목숨을 건 채 사병과 맞서는 중이다.

무사할까. 평화로웠던 이전엔 못 느꼈던 염려가 강하게 몰려왔다. 일이 뜻대로 흘러가지 않는 다급한 상황이 되고 보니, 그런 감정이 더 강하게 밀려왔다. 비록 일은 이렇게 되었지만, 의지가 강한 그는 무너지지 않고 제 몫을 해낼 것이다. 그를 믿자.

리엘라는 그렇게 란첼에 대한 생각을 갈무리하고 재차 황궁을 바라보았다. 아직도 아무런 반응이 없다. 그쪽에서의 상황이 아직 끝나지 않았다는 뜻이다. 일이 어그러진다 해도 황제 폐하는 무사하실 터. 하지만 귀비님의 안전은 알 수 없다. 설리반과 떨어져 있기만을 바랄 수밖에, 아무런 해도 입지 않기를 간절히 바라는 수밖에 없다.

어두운 밤하늘은 한바탕 비라도 쏟아질 듯 우울하기 그지없었다. 그 밑에 놓인 인간들의 싸움은 그래서 더 치열하기만 했다.

끝 간 데 없는 절망이 온몸을 휘감았다. 지척만 조금 보이는 뿌연 안개는 공포를 더욱더 극대화시켰다. 깊숙한 뼛속까지 시린 기분이다. 형용할 수 없는 괴로움은 가슴 한복판을 짓누르고, 목에 감긴 구속구는 자신을 인간 이하의 존재로 만드는 것 같았다.

홀로 살아남지 말았어야 했어. 넌 그때 같이 죽었어야 했어. 살아갈 자격이 없으니 이런 일을 당하는 거야.

로즈는 숨을 몰아쉬었다. 어둠과 안개와 공포는 홀로 살아남은 자의 피해의식을 가장 깊은 곳까지 침잠시켜 삶의 본능을 억누르게 했다. 그녀를 끌고 가는 괴물은 계속해서 로즈의 존재가치를 깎아내리며 책임을 전가했다.

"모두 네 잘못이야, 로즈. 네 잘못으로 날 화나게 했으니, 그래서 벌을 받는 거야, 로즈."

음산한 숲 속에서 울리는 또렷한 남자의 목소리는 계속해서 로즈의 귓속으로 들어와 심장을 후벼 팠다. 평소였다면 말도 안 되는 소리라 반박할 수 있으련만, 로즈는 지금 저 대신 스텔라가 칼을 맞고 쓰러지는 걸 본 데다가 자신을 지켜줄 수 있는 이들로부터 점점 멀어지는 무력감을 강하게 느끼는 중이다.

나 대신 또 사람이 죽었어. 엘처럼. 스텔라는 조용했지만 선량한 사람이었어. 그런 사람이, 나를 구하려다 죽었어.

스텔라의 죽음을 확인한 건 아니었지만, 눈앞에서 선연했던 핏자국과 나무토막처럼 쓰러지던 여인의 잔상은 그녀의 뇌리에 강하게 남아 이성을 앗아갔다.

로즈는 넋이 나가 몸을 제대로 가누지 못해 여기저기 부딪히며 끌려갔다. 묵직한 통증이 마치 고리처럼 발목에 달라붙어 있어 숫제 다리를 질질 끄는 수준이었다. 얼마나 끌려왔는지 알 수조차 없었다.

그때였다.

「그렇지 않아, 로즈.」

「그대 잘못이 아니었어, 로즈.」

마치 도축장에 끌려가는 짐승처럼 생기를 잃은 채 질질 끌려가던 로즈의 머릿속에, 다정한 남자의 음성이 떠올랐다.
루크워렐.

「반역이 그대의 잘못이 되는 건, 그대가 반역을 일으키려 했을 때의 일이지. 그대는 아무것도 모른 채 비참한 결과만 목도했어. 그대는 가해자라기보다는 피해자에 가까워. 반역을 일으킨 이들로부터 피해를 입은 피해자.」

「그러니까 삶을 포기하지 말아줘. 그대는 소중하고, 그대의 삶 또한 소중하니까.」

갑자기 정신이 번쩍 들었다. 눈앞에는 허물어진 건물터가 동그랗게 자리 잡고 있다. 안개숲 중앙에 있는 무너진 탑이다. 탑의 반절은 2층 정도의 높이였고 반절은 완전히 허물어져 내부가 다 들여다보였는데, 돌무더기 사이로 반쯤 무너져 내린 계단이 덩그러니 놓여 있었다.
어느새 설리반과 로즈는 안개숲 중앙까지 와 있었다. 파렌치에 관에서 꽤 떨어진 곳이었다. 머리는 흐트러지고 옷에는 흙먼지가 묻어 몰골이 말이 아니었다. 주르륵, 목덜미로 뭐가 흘러 로즈가 반사적으로 손을 가져다 댔다. 구속구에 쓸린 목에서 피가 배어나고 있었다.

그런 로즈를 설리반이 흘끔 보더니, 다시 가차 없이 사슬을 잡아당겼다. 로즈가 통증 섞인 짧은 신음을 내뱉으며 끌려갔다. 설리반이 부서진 탑을 배경으로 함박웃음을 지었다.

"여기가 좋겠어. 너한테 벌을 줄 장소로 말이야."

로즈는 숨을 몰아쉬었다. 다시금 되찾은 이성과 삶의 본능은 여기서 빨리 도망가라고 외치고 있었다. 로즈가 설리반과 눈을 맞추려 애쓰며 겨우겨우 입을 뗐다.

"도대체…… 왜 이러는지 모르겠어요……. 설리반. 나는 최선을 다해 당신한테 협조했는데 이런 대우라니……. 어서 파렌치에 관으로 돌아가 루크워렐에게 가요. 이런 식의 행동은 당신답지 않아요."

로즈는 아직 설리반을 설득할 수 있을지도 모른다고 생각했다. 아니, 그렇게 믿고 싶었다. 제 시선 끝에 닿은 인간이 정상이 아니라는 건 애초에 알았다. 그래도 조금이라도 여지가 있었으면 했다. 그런 희망조차 없다면 상황이 너무 절망적이기 때문이다.

그러나 바람은 바람일 뿐이다. 그런 그녀를 설리반이 비웃었다.

"모르는 걸까, 아니면 모르고 싶은 걸까, 로즈? 폭죽이 오늘 같은 날 그냥 터졌다고 믿고 싶은 건 아니겠지? 루크워렐은 병환중이라 소문이 났으니 황궁 근처에서 폭죽놀이 같은 걸 허용했을 리 없어. 그러면 루크워렐이 쏘아 올렸을까? 아파서 누워 있다는 남자가? 그럼 누가 했을까?"

설리반이 로즈를 똑바로 바라보며 말을 이었다.

"바로 나야, 로즈. 내가 시켰어. 이상한 낌새가 보이면 바로 폭죽을 터뜨리라고 말이야. 내 계획은 완벽했어. 하지만 불꽃이 올랐지. 그렇다면 뭐가 문제였을까, 로즈?"

날카로운 눈은 광기와 논리로 동시에 물들어 있었다. 설리반이 로즈에게 씹어뱉듯 말했다.

"너밖에 없잖아, 이 배신자야."

들켰다.

심장이 순식간에 잘려 바닥에 내동댕이쳐진 것 같았다.

무서웠다.

이리저리 부딪힌 몸은 돌이 매달려 물 깊이 잠기는 것처럼 무겁기만 해 뜻대로 움직여지지 않았다. 그래도 로즈는 포기하지 않았다.

"오해예요, 난 왜 폭죽이 올랐는지 몰라요. 왜 내 탓이라 생각해요? 당신 수하가 잘못한 걸 수도 있잖아요?"

"사병들이 주둔한 곳에서 폭죽이 오를 만한 일이라는 건, 적이 나타났을 때뿐이야, 로즈. 어지간한 건 다 처리할 수 있을 테니까. 그럼 리엘라의 영지에 왜 적이 있을까? 누가 정보를 줬겠지. 그렇다면 그 정보는 누가 줬을까, 로즈?"

설리반의 눈에서 불꽃이 번쩍번쩍 튀었다. 설리반이 이미 엉망이 된 로즈의 어깨를 부여잡고 거세게 흔들어댔다.

"루크워렐과 짜고 날 배신했나, 로즈? 그가 그렇게 좋았어? 그렇게 잘했어? 감히 내 사랑을 버리고 그에게 갈 만큼? 여기서 더 도망갈 곳은 없어. 너한테 홀려서 난 원대한 계획을 망쳐버렸어. 지금 도망간다 해도 루크워렐은 날 찾아낼 테지? 넌 똑똑한 년이니까 분명 날 잡을 수 있는 증거를 모두 내줬을 거야. 망할! 그런 널 믿다가, 황제가 될 내가 이 꼴이 되어버렸어."

얼마나 흔들렸는지 로즈는 입을 열 기력조차 없었다. 머리가 심하게 울려댔다. 긴장과 공포로 몸이 떨리고 피가 식는 기분이었다. 빠져나갈 길이 없어 보인다. 황궁의 병사들이나 루크워렐이 뒤늦게 자신을 찾는다 해도, 어디에 있는지 위치를 명확히 알지 못하니 그 시간 동안 무슨 일을 당할지 모른다.

설리반이 로즈를 움켜쥐고서 음산하게 속삭였다.

"지금 내가 할 수 있는 일이 하나 있지, 로즈. 너에게 새로운 세상을 보여주지. 내가 약속했잖아?"

설리반이 아작아작 씹어 먹어버리겠단 눈으로 로즈의 몸을 훑었다. 그 말이 무슨 뜻인지 확연히 알 수 있는 시선에 오싹오싹 소름이 돋았다.

로즈가 필사적으로 발버둥쳤지만, 설리반의 손아귀에서 벗어날 수 없었다. 그녀는 그대로 질질 탑으로 끌려갔다.

"싫어! 싫어! 싫어!"

로즈의 비명이 탑 밖까지 울렸지만, 주변은 안개 외에는 아무것도 보이지 않았다. 안 그래도 어두운 시야가 탑 안으로 들어서는 바람에 막혀버렸다. 설리반은 로즈가 저항할 때마다 그녀를 거칠게 잡아챌 뿐이다. 그러곤 반쯤 부서진 계단을 올라 2층의 먼지 가득한 벽면에 로즈를 밀어붙였다. 벽에 뚫린 테두리만 남은 창으로 허연 안개와 찬 기운이 새어들었다.

로즈가 팔을 휘둘러 거세게 반항했으나 설리반은 그대로 그녀를 후려쳤다. 설리반의 힘을 이기지 못하고 바닥에 나뒹구는 로즈의 몸에 도자기나 의자 같은 집기들 몇이 부딪혔다. 설리반이 그녀 위로 올라타다 허리춤의 검이 거추장스럽자 옆으로 집어 던졌다.

저를 더듬는 손길에 필사적으로 저항을 하던 로즈는 그대로 목이 졸렸다. 구속구로 덮이지 않은 여린 목이 강한 손아귀 힘에 눌려 꼼짝을 하지 못했다. 호흡이 가빠지며 머릿속이 울렸다. 팔다리에서 힘이 빠지며 악 소리도 못 내게 되었을 때 설리반이 손에 힘을 풀었다. 로즈가 흐릿해진 시야를 바로잡으며 갈라진 목소리로 애써 소리질렀다.

"싫어! 하지 마! 하지마아! 싫어어!"

그러다 이내 매서운 일격에 잠잠해졌다. 로즈는 기력 하나 남지 않은 채로 널브러졌다. 얻어맞은 충격인지 설리반의 목소리가 마치 저 너머에서 들리는 것처럼 멀게 느껴졌다.

"얼굴은 반반한 게 좋으니까 놔둘게. 조금만 더 까불었다간 뼈가 하나씩 부러지게 될 거야. 어차피 지금 여기서 도망간다 해도, 네년은 날 파멸시킬 증거를 모두 모아놨겠지. 나한테 남은 게 절망뿐이라면, 나 혼자만 절망 속에 있을 수 없어. 적어도 죽기 전에 루크워렐과 네년한테 큰 절망감 하나는 줄 수 있을 거야."

설리반이 로즈의 복부를 할퀴듯 움켜쥐려다, 딱딱한 존재감에 비릿한 웃음을 내비쳤다. 그녀가 드레스 안에 받쳐 입은 방어구를 알아차린 듯했다.

"이럴 걸로 날 방해할 수 없어."

설리반이 굉장한 악력으로 로즈의 배 부근 허리를 꽉 잡아 눌렀다. 딱딱한 방어구에 눌려 로즈가 신음을 흘렸다.

"네 안에 내 씨를 남기면, 루크워렐은 무슨 생각을 하게 될까? 설령 네가 날 배신했다는 개 같은 예측이 사실이어도, 적어도 루크워렐을 절망시킬 수는 있겠지?"

설리반이 로즈를 거칠게 더듬으며 중얼댔다. 더운 숨이 로즈의 얼굴 근처에서 오르락내리락했다. 그를 밀어내고 싶었지만, 마치 온몸이 쇠사슬에 묶인 듯 제 뜻대로 움직이지 않았다. 먹먹한 공포와 잔인한 폭력과 앞으로 당할 일에 대한 예상이 그녀의 온몸을 굳게 했다. 비참하고 끔찍해서 눈물이 났다.

"만에 하나 네가 임신이라도 하게 되면, 루크워렐은 널 살려둘까?

고매한 인격자인 루크워렐은 너와 내 아이조차 받아들일지도 모르지. 하지만 널 볼 때마다 괴로울 거야. 그리고 임신하지 않는다 하더라도, 널 품에 안고 설령 네 속에서 제 아이가 나온다 한들, 그 아이가 제 자식이라 확신할 수 있을까?"

설리반이 킬킬댔다. 부서진 탑에 스며든 어둠에 딱 어울리는, 진정한 악 같았다.

"난 그에게 평생을 갈 의심과 절망을 심어줄 수 있어. 널 가짐으로 말이야."

로즈가 마지막 힘을 쥐어짜 그에게서 벗어나려 몸부림쳤다.

"싫어! 그만! 악!"

설리반이 로즈를 후려쳤고, 그녀는 엄청난 통증에 소리도 못 내고서 부들부들 떨었다. 설리반은 로즈의 목을 움켜쥐었다. 다시 숨을 못 쉬게 되리라는 생각에 굳어버린 로즈의 귀에 대고 설리반은 사악하게 속살거렸다.

"괜찮아. 처음만 이렇지 막상 하게 되면 얌전해지더라고. 원래 넌 그런 용도야. 그리고 착각하지 마. 지금 이 일은, 모두 네가 자초한 거니까. 내가 이러는 건, 네가 너무 예뻐서야. 네가 애초에 그렇게 예쁜 얼굴로 내 앞에서 알짱거리지 않았으면, 나도 이렇게까지 하지 않았어. 네가 내 말만 잘 들었으면 여기서 이럴 일 없어. 다 네 탓이야."

거칠게 제 옷을 잡아 뜯으려는 손길을 느끼며, 로즈는 마음이 산산이 부서지는 기분이었다. 설리반은 그녀의 몸만이 아니라 정신마저도 끌어내려 바닥에 놓고 철저하게 부셔버리고 있었다. 목이 졸리며 시야가 다시 아득해졌다. 그르륵 소리가 절로 흘러나오며 공기를 찾아 온몸이 떨렸다.

퍽!

둔탁한 소리와 함께, 아릿했던 의식이 돌아왔다. 제 위에서 무겁게 짓누르며 희롱하던 설리반의 무게가 느껴지지 않았다. 가까스로 시야를 다잡으니, 머리가 깨진 설리반이 이마로 흐르는 피를 손으로 만지고 있다.

"에아기네스에게서 꺼져!"

카랑카랑한 음성이 어둠을 깨트렸다. 간신히 몸을 일으킨 로즈의 눈에, 금발의 소녀 같은 여자가 위협하듯 피 묻은 항아리를 들고 있는 모습이 보였다. 탑에 남아 있던 집기 하나로 설리반을 공격한 듯하다.

스칼렛이 거기 서 있었다. 모든 게 꿈인 것 같았다.

스칼렛은 아몰리에 관에서 나와 파렌치에 관 근처를 서성이고 있었다. 제 딴에는 숨는다고 숨었는데 영 어설펐다. 그런 그녀 뒤에 한 여자가 나타났다.

"어디 가시는 겁니까, 황비님?"

"흐이익!"

스칼렛이 기겁을 하며 돌아보자, 거기에는 시녀장인 스텔라가 있었다. 스텔라가 침착하게 다시 물었다.

"이곳엔 어인 일이십니까, 황비님?"

스칼렛이 머뭇머뭇 입을 뗐다.

"저, 저어. 음. 밤 산책?"

"오늘 같은 날에 말씀이십니까?"

"그래. 오늘 같은 날."

스칼렛은 당당했지만 날씨는 그걸 뒷받침해주지 못했다. 이미 해는 져 어두웠고, 하루 종일 음산한 구름에 뒤덮여 있던 하늘은 달도 별도 뚜렷이 뜨지 못해 우중충했다. 스텔라가 딱 잘라 대꾸했다.

"위험하고도 중요한 날입니다. 안전한 곳에 계세요."

단호한 스텔라의 태도에, 변명이 통하지 않으리라는 걸 깨달은 스칼렛은 순순히 본심을 털어놓았다.

"에아기네스가 너무 걱정돼서 그래. 안개숲까지는 그녈 지켜줄 수 있는 사람이 아무도 없잖아. 말리지 마. 몰래 보고 올 테니까. 들키지 않을게. 걱정 마."

스칼렛의 호언장담에 스텔라가 얕은 한숨을 쉰 후 단정히 답했다.

"정 그렇게 걱정되시면, 제가 슬며시 가 지켜보고 오겠습니다. 시녀장인 제가 파렌치에 관 근처를 돌아다닌들 이상하게 볼 사람이 없지요. 그게 낫지 않겠습니까?"

"그런가?"

"그렇지요."

스칼렛이 곰곰이 생각하다 납득한 듯 고개를 끄덕였다.

"그러면 부탁해. 스텔라. 에아기네스가 괜찮은지만 슬쩍 보고 얼른 돌아와."

"위험한 행동은 하지 않기로 약속하시면 가겠습니다."

"으음……. 음. 그러니까, 위험한 행동 말이지?"

"네."

스텔라의 단호한 눈빛에, 스칼렛이 어린아이처럼 손을 번쩍 들더니 맹세했다.

"그래, 나 스칼렛 뤼지냥 라우리드센은 위험한 행동은 하지 않겠습니다. 자, 이제 안심했지?"

"알겠습니다. 그러면 제가 얼른 확인하고 온 뒤 경과를 알려드리겠습니다."

스텔라가 조심성 있는 걸음으로 파렌치에 관으로 향하자, 스칼렛이 몸을 돌려 아몰리에 관으로 몇 발짝 걸어갔다. 그렇지만 스텔라가 완전히 사라지자, 몸을 획 돌려 다시 주변을 서성였다.

얼마 지나지 않아 갑자기 먼 곳에서 불꽃이 하나 피어올랐다 사그라졌다. 스칼렛이 멍하니 중얼거렸다.

"예쁘다……. 이 일이 다 끝나고 나면 에아기네스랑 불꽃놀이 해야지."

에아기네스는 자기 할 일을 잘하고 모두에게 친절했지만, 늘 사람들에게 어느 정도 일정 거리를 두며 무리하는 느낌이 있었다. 루크워렐과 사랑에 빠진 걸 보면, 그녀 또한 좋은 사람일 거라고 막연하게 생각했었다. 그런데 언젠가부터 조금 더 솔직해지고 경계가 사라진 느낌이 들어, 스칼렛은 그녀와 더 가까워지고 싶었다.

자신한테 남은 시간이 얼마큼일지는 조금도 가늠할 수 없었지만. 그러니까 하고 싶은 일들을 하나씩 해보자. 소중한 시간이니 아끼겠다 안달복달하지 말고 하나씩 전부 해보자. 그렇게 스칼렛이 하고 싶은 일 열 가지 정도를 머릿속으로 생각했다.

그리고 스텔라는 오지 않았다. 스칼렛이 머리도 갸웃거려보고 손가락 운동도 해보았지만 결국에는 좀이 쑤셔서 견딜 수가 없었다.

'그래. 위험한 행동을 하지 않기로 한 거지, 행동을 하지 않기로 한 건 아니니까.'

나름 숙고했다.

'파렌치에 관으로 갈까? 아니야. 거기보다는 안개숲이 낫겠어. 딱 마주치면 안 되니까 지름길로.'

스칼렛은 곧장 몸을 틀었다. 무슨 생각이 떠오르든 바로 움직이는 게 그녀의 장점이자 단점이다.

설리반의 손아귀에서 풀려난 로즈가 쿨럭대며 숨을 몰아쉬었다. 속이 울렁거리고 온몸이 아팠다. 극단적인 상황에 처했다 풀려난 후유증인지 어지럼증까지 났다.

설리반은 로즈를 제어하던 사슬을 놓치고선 비틀거렸다. 이마에 피가 줄줄 흘러내리는 걸로 보아선, 상당한 타격을 입은 것 같다. 그 맞은편에선 스칼렛이 새된 목소리로 외치며 그와 대치 중이다.

"저리 꺼져! 이 못된 놈! 어디서 못된 것만 배워가지고!"

스칼렛이 자신한테 다가오는 설리반을 위협하듯 항아리를 휘둘렀다. 조그마한 체구 어디서 그런 힘이 솟아나는지 신기할 지경이었다.

눈가로 떨어지는 피를 닦으며, 설리반이 흉흉한 기세로 스칼렛에게 다가갔다. 그의 옷엔 타인의 피와 그 자신의 피가 얼룩덜룩 묻어 있었다. 음침한 하늘 아래서 피에 물든 남자는 괴기스럽기 짝이 없었다. 스칼렛이 어떻게든 로즈에게 다가가려 곁눈질하다, 가까워지는 설리반에게 야무진 비명을 지르며 항아리를 던졌다.

설리반이 아주 쉽게 피했다. 와장창, 항아리가 맥없이 깨졌다.

저대로 두면 안 돼. 저러다간 스칼렛도 당해!

로즈가 설리반의 시선이 제게서 떨어진 틈을 타 주변을 두리번거렸다. 저쪽에 설리반이 팽개친 검이 있다. 스텔라를 베고 아무렇지도 않게 피 묻은 채로 검집에 꽂아놓은 검.

로즈가 검을 향해 슬금슬금 기어갔다. 정말 저걸 제 손에 쥐고 싶진 않았지만 지금은 선택의 여지가 없다. 손이 검에 닿는데 피비린내가 물씬 풍겼다. 욱, 갑자기 헛구역질이 올라왔다. 검집째 잡자, 손에 진득해진 피가 묻었다.

스텔라.

생각만으로도 심장이 무너지는 듯 아팠다. 구역질은 점점 더 심해지고 세상이 빙글빙글 도는 것 같다. 검 따위는 던져버리고 속에 든 걸 모두 게워내고 싶었다. 본능적인 공포로 온몸이 삐거덕대었지만, 검집째 억지로 잡고 겨우겨우 몸을 일으켰다.

로즈가 부상당한 한쪽 발을 끌다시피 하며 설리반에게 다가갔다. 설리반과 가까워질수록 본능적인 공포감에 현기증이 심해졌다. 설리반에게 당한 온갖 폭력이 온몸에 새겨진 채인지라 공포는 격심했다. 이성으로 억누르려 해도, 몸이 반응했다.

가고 싶지 않아. 저 남자 옆으로 가고 싶지 않아.

맞고 싶지 않아. 아프고 싶지 않아. 무서워. 무서워. 무서워!

가야 하는데, 몸이 덜덜 떨리며 뜻대로 움직이지 않았다. 너무 겁이 났다. 머리로 이러면 안 된다고 계속해서 외치는데도, 몸이 굳은 채 반응하지 않았다. 미칠 것 같았다.

그때, 시야에 스칼렛이 잡혔다. 스칼렛은 주변에 잡히는 물건은 죄다 던지며 소리를 질러대고 있었다. 정신이 번쩍 났다.

이대로 멈춰 있으면, 스칼렛도 죽어. 스칼렛을 구해야 해.

덜덜 떨리며 움직이지 않던 몸이 움직여졌다. 로즈가 제 감정을 속으로 밀어넣고 검집을 꼭 쥐었다. 전문적으로 검을 배워본 적 없기에 검을 빼어드는 건 외려 더 위험할 수 있다. 어설프게 굴다 뺏기기라도 하면 더 답이 없을 터.

퍽!

로즈가 스칼렛에게 온통 정신이 팔린 설리반의 뒤를 검집으로 가격했다. 강한 타격음과 함께, 설리반이 휘청거렸다. 로즈가 힘을 짜내어 두어 번 더 휘둘렀다. 두 번은 제대로 맞고 한 번은 빗맞았지만, 설리반의 발목을 잡기에 충분했다. 설리반이 충격에 균형을 잃자, 로즈가 크게 외쳤다.

"스칼렛, 손!"

로즈가 검을 횡하니 뚫린 창문으로 던지고 움직이지 않는 몸을 억지로 끌다시피 하며 스칼렛에게 손을 내밀었다. 어떻게든 여기서 벗어나야 한다.

그러나 스칼렛은 바로 로즈의 손을 잡지 않았다. 스칼렛이 비틀거리는 설리반에게 다가가 야무지게 품에서 뭔가를 끄집어내어 그의 눈에다 힘껏 뿌렸다.

"끄아악!"

설리반이 고통스러운 비명을 지르며 눈가를 움켜쥐었다. 정신력으로 겨우 운신을 하는 로즈 옆으로 스칼렛이 날짐승같이 재빠르게 다가오더니 손을 내밀며 로즈가 했던 것처럼 똑같이 외쳤다.

"에아기네스, 손!"

소녀처럼 자그마한 손이, 그 순간만은 그렇게나 단단하게 느껴질 수 없었다. 로즈가 손을 잡았다. 꽉 잡힌 온기는 마음을 찡하게 울리는 감동이 있었다. 로즈의 손을 잡고 냅다 달리려던 스칼렛은, 문득 그녀의 상태를 알아챘다. 스칼렛의 작은 몸이 로즈의 품으로 쏙 들어가더니, 한 손으로 허리를 둘러 지탱해주었다.

"가자!"

스칼렛의 씩씩한 외침 후 두 사람은 부서진 탑을 내려가기 시작했다. 설리반이 쓰러져서인지 긴장이 풀려 로즈의 몸이 아까보단 말을 들었다. 발목도 아까보단 나아진 듯했지만 그래도 걷는 게 쉽지 않았다.

그들의 뒤에선 설리반은 눈이 잘 보이지 않는 듯 소리를 고래고래 질러대며 방향을 못 잡고 빙빙 도는 중이다.

"이년들, 죽여버릴 거야!"

부서진 계단을 내려와 1층에 도착했는데, 위에서 설리반의 목소리가 커다랗게 울렸다. 로즈가 저도 모르게 부르르 떨었다. 여기서 멈추면 곤란했다.

스칼렛이 속삭였다.

"일시적으로 눈을 안 보이게 하는 가루야. 한 시간 정도 가지만, 물 같은 게 닿으면 금세 효력이 떨어지니까 어서 움직여야 해."

"알겠어요."

로즈의 발목은 뛰기는커녕 걷지도 못할 상황이었다. 그러나 로즈는 멈추지 않았다. 아까 끌려올 때는 저항하느라 정신이 없어 제대로 몰랐는데, 부서진 탑은 제법 커서 생각보다 빠져나오기가 쉽지 않았다. 정 안 되면 스칼렛만이라도 도망가서 다른 사람들을 이리로 데려오라고 해야 했다.

로즈가 통증으로 거칠게 숨을 몰아쉬자, 스칼렛이 인상을 찌푸렸다. 스칼렛은 로즈를 부축하며 물기 어린 목소리로 말을 흐렸다.

"개 같은 놈. 어떻게 사람을 이렇게까지……."

로즈가 몸을 억지로 움직이며 스칼렛의 긴장을 풀어주려는 듯 몰아쉬는 숨 사이로 대꾸했다.

"……개라고…… 하지 마요……. 개가 불쌍해지니까……."

툭, 뭔가 차가운 게 얼굴을 때렸다. 빗방울이다. 툭, 툭, 툭, 작던 빗방울은 어느새 거센 빗줄기가 되어 쏟아져 내렸다. 로즈와 스칼렛이 젖어가기 시작했다. 스칼렛이 작게 중얼거렸다.

"망할."

폭죽이 터질 때 왔다면 좋았을 빗줄기가, 뒤늦게 쏟아져 내리고 있었다. 설리반의 눈에 들어간 가루도 곧 씻겨나갈 게 분명했다. 로즈와 스칼렛이 탑을 벗어날 입구에 도착했을 때, 쿵쿵쿵, 위에서 설리반이 움직이는 소리가 들렸다. 이대로라면 따라잡히는 건 시간문제다.

로즈는 제 발목을 바라보았다. 지금은 앞서 있다 해도, 금방 잡혀 아까처럼 끌려갈 게 뻔했다. 그렇다면 할 수 있는 일은 하나다. 로즈가 스칼렛에게 진지하게 청했다.

"스칼렛, 날 두고 얼른 가요. 가서, 루크워렐에게 여기 있다 알려줘요."

스칼렛이 얼굴을 찌푸렸다.

"어떻게 혼자 두고 가? 저 미친놈이 있는데?"

"난 못 걸어요. 당신하고 루크워렐이 오기 전까지 숨어서 어떻게든 버텨볼게요. 그러니까, 부탁해요."

로즈가 스칼렛의 손을 꽉 잡았다 놓았다. 설리반은 부상을 당하긴 했지만 미친 인간은 일반인보다 힘이 배는 세니, 예측하기 어려웠다. 여자 둘로 뭔가 해볼 수 있는 상황이 아니다.

설리반은 자신이 당한 건 몇 배로 보복할 성격이기에, 아까 일만으로도 스칼렛은 큰 피해를 입을 수 있다. 게다가 스칼렛은 건강한 사람도 아니다. 그런 몸으로 여기까지 와 자신을 도와준 것에 이미 충분히 감사했다. 아까 보니 몸놀림이 빠른 게, 스칼렛이라면 이곳을 벗어나 도움을 요청할 수도 있을 터였다.

스칼렛이 로즈의 눈을 똑바로 바라보며 단호한 표정으로 끄덕였다.

"알았어."

그러고 망설임 없이 후다닥 뛰었다. 얼른 가서 사람을 데려오는 게 더 낫다고 판단한 듯싶다.

로즈는 설리반이 나타나기 전에 얼른 숨을 곳을 찾기로 했다. 부어오른 발목은 디디기만 해도 칼로 베이는 듯 아팠다. 밖으로 나간다 해도, 금세 또다시 잡혀 들어올 것이다. 차라리 스칼렛과 같이 떠났다고 믿게 하고 자신은 탑에 숨어 있는 게 나을 것 같았다.

다행히 1층에는 벽장이나 책장 같은 커다란 집기들이 부서진 채 놓여 있었다. 로즈는 바닥으로 기울어져 누워 있는 벽장 중 그나마 멀쩡해 보이는 곳으로 기어들어가 급하게 문을 닫았다. 벽장은 기울어지고 부서져 문이 꽉 다물리지는 않았지만, 로즈의 몸을 숨겨줄 만큼은 닫혔다.

탑은 천장 하나 없이 뻥 뚫려 있어 빗소리가 기울어진 벽장을 두드렸다. 어두컴컴한 속에서 빗소리만 요란했다. 로즈는 벽장 안에서 숨을 죽였다.

쿵쿵쿵, 저 멀리서 설리반의 기척이 났다. 저벅저벅 물 젖은 구두 소리가 울리는 걸로 봐서 눈에 있던 가루가 비에 다 씻겨 내려간 듯싶다.

비와 추위와 공포가 벽장 안 어둠 속에 가득했다. 밀폐된 공간에 있다 보니 숨소리마저 크게 느껴졌다. 절대 들릴 리 없는데도 숨소리가 밖으로 새어나가 들킬까 조마조마했다.

거칠고 빠른 발소리가 커졌다 작아졌다를 반복했다. 단단히 화가 났을 것이다. 언제나 딱 정돈된 걸음걸이를 하는 줄 알았는데, 지금 어둠 속에서 들어보니 거친 성미를 그대로 드러내고 있었다.

여기서 시간을 좀 더 보내다 밖으로 가라. 제발. 여기서 우리가 나갔다고 생각해서 밖으로 나가. 스칼렛이 루크워렐에게 닿기 전까진, 여기서 시간을 허비하다 그 이후에 나가줘. 제발.

젖은 몸에 한기가 더 심해지는 게, 달달 떨릴 거 같았다. 떨지 말라고 몸을 부둥켜안다, 그제야 로즈는 제 목에 걸린 구속구의 존재를 새삼 깨달았다. 그리고 구속구에 매달린 사슬도.

아까 벽장에 들어올 때 잘그락 소리를 들은 것 같다. 사슬은 제법 길었는데, 모두 벽장 안에 들어왔을까? 확인하지 않았다!

로즈가 떨리는 손으로 더듬더듬, 제 목에 걸린 구속구에 달린 사슬을 만져보았다. 어둠이 깊어 제대로 보이지 않았다. 잡아당겨서 확인해보고 싶었지만 소리가 크게 날까 섣불리 움직일 수도 없었다.

그리고, 로즈는 발소리가 멈췄다는 사실을 깨달았다.

두려움에 심장이 쿵, 쿵, 쿵, 울려대었다.

아니야. 아닐 거야. 나간 걸지도 몰라. 내가 사슬에 신경 쓰고 있는 사이에 나가서 못 알아챈 걸 거야…….

로즈는 스스로를 진정시키기 위해 애썼다. 침착함을 잃으면 쉽게 경솔해지고, 그러면 더 들키기 쉽다는 걸 로즈는 누구보다도 잘 안다.

끼이익.

벽장문이 기괴한 소리를 내며 열렸다. 빗줄기가 사납게 얼굴을 때려대었다. 로즈의 시선에 가장 먼저 잡힌 건, 벽장문을 연 사람이 아니라 제 목 구속구에 달린 사슬 끝이었다. 사슬의 끝부분이, 벽장 밖으로 나와 있었다.

"우리 로즈, 여기 있었네?"

로즈처럼 똑같이 엉망진창이 된 얼굴로, 설리반이 웃었다. 소름 끼쳤다. 번쩍, 설리반 뒤에서 번개가 매섭게 존재감을 드러냈다. 이어 하늘이 무너질 것 같은 천둥소리가 요란하게 울렸다. 설리반의 하얀 얼굴에서 빗물이 떨어져내렸다. 까만 옷에 잠긴 몸은 어둠과 합쳐져 거대해 보였다.

"숨바꼭질은 끝이야, 로즈."

그리고 설리반이 로즈를 우악스럽게 잡아 꺼냈다. 로즈는 비명조차 지르지 못한 채 끌려갔다.

스칼렛은 재빠르게 뛰었다. 어느새 멀어진 탑은 점으로만 보인다. 스칼렛은 안개숲 지리를 대강밖엔 모른다. 어차피 제 거처에서 나올 일이 별로 없을 거라며 황궁 내 길을 익히는 데 설렁설렁했던 것이 후회되었다.

스칼렛이 로즈를 단박에 찾아낸 건 정말이지 굉장한 행운이라고 할 수밖에 없었다.

안개숲 초입에 달했을 무렵, 음침하고 사방이 잘 보이지 않아 안전한 곳에 머물란 충고를 안 들은 걸 잠시 후회했었다. 파렌치에 관에서 이어지는 안개숲까지의 길과, 스칼렛이 들어선 쪽의 입구는 달랐기에 더더욱 그랬다. 인적이 없는 데 공포심이 들었다. 게다가 스텔라마저 보이지 않았다. 어쩌면 길이 엇갈렸을 수도 있다. 스텔라가 갔을 만한 길과 자신이 온 길은 확연히 달랐으니까. 밤의 어둠이 깃든 안개로 자욱한 숲은 사람으로 하여금 멈칫하게 하는 음산함이 있었다.

어쩌면 이렇게 제멋대로 행동한 것 자체가 이 큰일에 방해가 될지도 몰라. 생각이 거기에 미치자, 스칼렛은 제 거처로 돌아가기 위해 머뭇머뭇 몸을 틀었다.

그때, 저 멀리서 아주 작게 비명이 울렸다. 보통 사람들이라면 무시하고 말 정말로 미약한 소리였다. 하지만 스칼렛은 어릴 때부터 자주 아팠고 몸에 문제도 많았기 때문에, 작은 소리에 민감했다. 덧붙여 목소리의 주인도 잘 구분하는 편이다.

에아기네스다.

아주 작게만 들렸지만, 분명 고통스러운 비명이다.

소리는 나다 끊겼다를 반복하고 있었다. 스칼렛은 소리가 난 방향을 향해 냅다 뛰었다. 자기가 찾을 수 있을지, 얼마만큼 도움이 될 수 있을진 모르지만 에아기네스가 괴로워한다는 걸 알았는데 마냥 가만히 있을 수는 없었다.

그들의 계획상, 에아기네스가 비명을 지르고 있어서는 안 되었다. 뭔가 잘못되었다. 뒤늦은 깨달음에 스칼렛은 숨겨 가지고 온 가루뭉치가 잘 있나 제 품을 만져보았다. 눈에 뿌리면 일시적으로 앞이 보이지 않게 되는 가루다. 혹시나 싶어 챙겼는데 사용할 일이 있을까 싶지만, 없는 것보단 나을 터다.

그리고 스칼렛은 부서진 탑 안에서 에아기네스를 발견했다. 처참한 몰골이었다. 같이 도망칠 수 있을 줄 알았는데, 혼자만 빠져나온 게 못내 마음에 걸렸다.

루크워렐을 찾아야 해. 루크워렐이 안 되면 파렌치에 관에라도 가서 우리 쪽 사람들에게 도움을 청해야 해. 에아기네스를 저대로 두어서는 안 돼!

어느새 빗줄기는 장대비가 되어 온몸을 흠뻑 적시고 있었다. 뜀박질에 진흙이 튀어 스칼렛의 몰골은 말이 아니었다. 젖은 몸에서는 뛰느라 난 열에 김이 올랐다.

"콜록, 콜록, 콜록!"

정신없이 뛰던 스칼렛은 기침이 나와 잠시 멈췄다. 기침이 쉼 없이 터졌지만, 스칼렛은 잘 떨어지지 않는 발을 다시 옮겼다. 에아기네스는 현명해서 잘 대처하겠지만, 그래도 그건 정말 미친놈이었다. 아름다운 얼굴이 광기로 물들어 번쩍이는 모습은 무섭기 그지없었다. 만약 에아기네스에게 해코지하는 장면을 제 눈으로 직접 목격하지 않았다면, 자신 또한 껌뻑 속아 넘어갔을 것 같은 선량한 얼굴이었다.

스칼렛은 제가 인간의 악의를 나름대로 경험해봤다고 생각했었다. 겉으로는 친절한 척하면서 등에다 칼을 꽂는 악랄함. 그러나 그런 것들을 겪어왔던 스칼렛조차도 덜덜 떨게 할 광기가 설리반에게는 있었다.

젖은 몸이 부들부들 떨리고 기침이 멈추지 않았다. 스칼렛은 순발력도 있고 운동신경도 좋은 편이지만, 약한 몸 때문에 지구력이 없었다. 아까 힘을 너무 썼는지 제 몸이 벌써 한계에 다다랐다는 걸 깨달았다. 그러나 멈춰선 안 된다. 이대로는 에아기네스도 자신도, 개죽음을 당하고 말지 모른다.

움직여라, 제발 움직여. 에아기네스가 기다려. 도와줘야 해. 저 나쁜 놈을 혼내줘야 해.

스칼렛이 제 뜻대로 안 되는 발을 다시 재게 놀렸다. 아까보다 속도는 덜했지만 다행히 다리가 움직여줬다. 그러다 몸이 떨리는 바람에 헛발질을 해, 나무뿌리에 걸려 그대로 철퍽 엎어지고 말았다. 아팠다.

우르릉 쾅!

때마침 번개와 함께 천둥이 쳤다. 어둠과 안개에 묻힌 숲은 비와

번개와 천둥으로 새카만 울음을 내뿜고 있었다.

새카만 인영이 스칼렛 앞에 섰다. 스칼렛은 새파래진 입술로 떨면서 눈앞을 바라보았다. 그의 뒤로 거대한 사람들이 까맣게 서 있었다.

설리반은 로즈를 끌고 갔다. 드르륵드르륵, 사슬이 바닥에 끌리는 소리가 요란하게 귓전을 때렸다. 굵은 빗발이 온몸을 적시고 온기와 기력을 앗아갔다. 마치 고장 난 목각인형처럼 로즈는 맥없이 딸려가고 있었다.

설리반은 비에 흠뻑 젖고 로즈와 스칼렛의 저항을 받았음에도 전혀 지치지 않은 듯했다. 흥분한 목소리로 설리반이 중얼거렸다.

"널 처음 봤을 때, 난 네가 특별하다는 걸 알았어. 파티장에서 주목받으려 애쓰던 더러운 계집들과는 달리 넌 언제나 고고하게 빛났지."

설리반이 이를 드러내고 웃었다. 설리반이 로즈의 가슴이며 몸을 더듬었지만, 딱딱한 방어구 때문에 제 뜻대로 되지 않자 작게 욕설을 내뱉었다. 그러곤 다시 읊조리기 시작했다.

"처음부터 넌 내 거라고 생각했어. 난 특별한 인간이야. 잘난 존재야. 그런 내 곁에 네가 있는 건 당연한 일이지. 하지만 루크워렐의 널 보는 눈빛이 내 것과 비슷하더군. 그놈보다 내가 부족한 건 없지만, 그놈이 널 원하면 그 잘난 자리 때문에 널 뺏길 수도 있다고 생각했어. 어차피 그 자리도 나에게 더 어울리니, 나는 둘 다 가져야겠다고 마음먹었지."

언제 신발이 벗겨졌는지 로즈의 한 발은 맨발이다. 하필이면 통증이 있는 발목 쪽이라, 로즈는 절름거리며 끌려갔다. 발바닥은 이미 여기저기 찔려 피가 맺혀 있었다.

정신은 점점 몽롱해지고, 저항하려는 의지는 사라져갔다. 공포와 긴장이 극에 달하자 마냥 쉬고만 싶었다. 로즈는 반쯤은 넋이 나간 상태로 설리반의 이야기를 들었다. 흔들흔들, 그에게 쥐여잡힌 몸이 연체생물처럼 흔들렸다.

그러나 설리반은 당연하게도 로즈의 그런 상태는 안중에도 없었다. 제 이야기에 심취한 눈빛은 어둠에도 짐승의 것처럼 형형했다.

"그래서 네 아버지를 꼬드겼지. 황실의 피가 이어진 가문인데, 이렇게 밑에서만 살아야겠냐고."

그 순간, 정신이 번쩍 났다. 계속해서 뽑아내지 못했던 아픈 가시. 제 가문이 정말 반역을 저질렀을지도 모른다는 생각. 설리반의 일 뒤로 미뤄놓기는 했지만 두려워서 열어보지 못했던 사실. 그걸 설리반이 말하고 있었다. 로즈가 지치고 힘들어 잘 떼어지지 않는 입으로 되물었다.

"협박……은 아니고?"

설리반이라면 충분히 그럴 수 있다. 권고만 하지 않았겠지. 사냥감을 몰이하는 사냥꾼처럼, 그 길밖에 없게끔 상대를 몰아갈 수 있는 사람이다. 그렇다고 해서 제 아버지가 반역을 하기로 결정했다면 그 책임을 피할 수는 없겠지만, 적어도 설리반은 교묘하게 빠져나간 반역의 주역이라 할 만한 공범이다.

설리반이 키득거렸다.

"협박이라니. 그런 건 하지 않아. 약간의 충고를 했을 뿐이지. 어쨌든 선택을 한 건 네 아버지야."

"그리고 그걸 밀고해서 입지를 다진 건…… 바로 당신이고?"

입안이 바짝 말라 목소리가 성마르고 날카롭게 솟아나왔다. 그저 다른 이로부터 들을 때와는 사뭇 다른 느낌이다. 눈앞에 원수가 있다. 사람들을 파멸시키고, 자신은 선량한 척 온갖 가식을 떨었던 사악한 괴물이. 처음엔 심증뿐이었지만 지금 설리반의 입으로 직접 듣는 건 확실한 증거다.

설리반이 미친 사람처럼 키득거렸다.

"맞아. 그리고 넌 어둠으로 떨어졌고, 아름답게 성숙했지. 마음에 어둠을 품고 있는 여자는 아름다워. 난 네가 네 속을 드러내길 무서워하는 걸 알았어. 그래서 더 그 속을 억지로 파헤칠 때 기쁘기 그지없었지. 하지만 여전히 고고하더군. 그래서 난 널 루크워렐의 정부로 밀어넣었고. 네가 더 더럽혀져서 쓸데없는 도덕심 따위는 모두 버린 채 나한테 돌아오기를 바랐어. 그래야 내 가치관을 받아들이고 고분고분해질 테니까. 루크워렐이 너한테 폭 빠져 내 예상 이상의 대접을 해주고 아내처럼 대한 게 썩 마음에 들지는 않았지만, 그래도 결과적으로는 잘되었다고 생각했어. 얻을 게 더 많으니까. 너한테도 그건 나쁘지 않아. 사람은 말이지, 제 배가 고프면 다른 사람 잇새에 박힌 고기조각이라도 빼앗아먹는 존재인 거야."

바닥에 깔린 돌조각들이 밟히며 빗물에 젖어 가작가작 귀에 거슬리는 소리를 냈다. 설리반의 말소리와 섞인 모든 소리가 듣기 싫었다. 어느새 로즈는 아까 설리반이 저를 구타하던 곳으로 다시 끌려왔다. 저를 온전히 드러내지 않고 어둠 속에서 다른 이를 파멸시키는 게 그의 특기이다.

설리반이 로즈를 거칠게 벽으로 밀쳤다. 바닥에 눕히고 때리던 기억에 로즈가 반사적으로 움찔하자, 설리반이 즐겁게 웃었다.

"내 말을 잘 들었으면 모든 게 잘되었을 거야. 황위도 내 것이 되

516

고, 넌 같잖은 도덕관념에서 자유로워져서 하고 싶은 대로 하고 살았겠지. 뭐든지 맘대로 되고 뜻대로 되는 세상이 얼마나 즐겁고 행복한지 알아, 이년아?"

로즈가 마지막 힘을 짜내 외쳤다.

"내 뜻대로가 아니라 뭐든지 네 뜻대로 되는 너만 즐거운 세상이겠지, 설리반! 네 악랄함을 날 위하는 척 포장하지 마!"

퍽! 퍽! 퍽!

인정사정없는 폭력이 로즈를 강타했다. 로즈는 비명도 지르지 못한 채 무너졌다.

설리반이 그런 로즈를 휑하니 뚫린 창으로 밀었다. 등이 창틀에 걸린 채 머리와 어깨가 창밖으로 내밀어졌다. 목에 걸린 구속구의 사슬은 창밖으로 길게 늘어져 대롱거렸다. 빗줄기와 찬바람과 구타로 인해, 물먹은 솜처럼 온몸이 말을 듣지 않았다. 로즈가 덜덜 떨며 창 안으로 상체를 넣으려 했으나, 설리반이 로즈의 허리와 하체를 강하게 붙든 채 허용하지 않았다. 그리고 제 하체를 로즈에게 딱 붙였다.

"죽고 싶지 않으면 가만히 있어. 너무 격렬해서 실수로 널 창밖에 떨어트리고 싶지 않거든."

설리반이 허리춤을 풀며 중얼거렸다.

소름이 끼쳤다. 비명을 지르고 발길질이라도 하고 싶은데, 죽음과 폭력의 공포가 온몸을 휘감아 보이지 않는 사슬처럼 그녀를 완전히 억눌렀다. 얼마나 무서운지 다른 것들은 느껴지지도 않고, 설리반만이 뚜렷했다. 오로지 눈앞의 기괴한 남자만이 강한 존재감으로 그녀를 억누르고 있었다.

설리반이 속삭였다.

"있지, 로즈. 여자가 제일 아름다울 때가 언제인지 알아? 그건 바로 망가질 때야. 닥치고 있어. 안 그러면 이번에야말로 뼈가 부러질 때까지 두들겨서 길을 들여놓을 테니까."

할짝, 설리반이 희열에 들떠 빗물에 젖은 제 입술을 핥았다.

이미 완전히 지친 몸에 설리반에게 이리저리 끌려다녀 피폐해진 정신은 로즈에게서 입술을 달싹일 기력조차 앗아갔다. 게다가 완전히 지친 로즈와 달리 설리반의 힘은 무시무시해 압도적인 차이가 있다. 상호동의하에 이뤄진 루크워렐의 부드러운 배려와는 달리, 설리반의 행위는 사람의 영혼까지 박살내는 폭력 그 자체였다.

머릿속에 생각이 윙윙거렸다.

저 인간한테 당하고 싶지 않아! 절대 싫어! 떨어질까. 탑 안으로 들어가긴 힘들어도 밖으로 떨어지는 건 가능할지도 몰라. 어쩌며 같이 떨어질 수도 있어. 그럴 힘이 남아 있을까? 잘만 하면 죽지 않을 가능성도 있어.

부서졌다곤 해도, 한때는 탑이었기에 높이가 상당하다는 걸 알면서도 로즈는 그런 생각을 할 수밖에 없었다. 눈앞에 있는 건 사람이 아니라 짐승이다. 흥분한 숨소리와 폭력적인 언행은 그렇게밖에 생각되지 않았다.

사방은 빗소리가 요란했다.

이대로는 당한다.

로즈가 눈을 질끈 감고 어떻게든 창밖으로 제 몸을 떨어뜨리려던 찰나였다. 설리반에게 짓밟히느니 그게 더 현명한 선택 같았다. 제 안에 거칠게 파고들어 저를 부서트리려는 남자를 어떻게든 피하고 싶다.

"버둥대지 마. 이제 좀 즐겨……, 악!"

설리반이 비명을 지르더니 거칠게 떨어져나갔고, 로즈는 갑자기 자유로워졌다. 눈을 채 뜨기도 전에 로즈의 몸은 단단한 손에 의해 탑 안에 들어온 상태다. 사람들의 기척이 주변에서 느껴졌고, 설리반의 추악한 비명이 요란하게 울렸다.

"이 개자식들! 감히 내 몸에 손을 대!"

"입 막아."

익숙한 낮은 음성. 지독한 공포감에 얼어붙었던 눈물이 핑 돌았다. 든든한 남자의 품에 로즈는 감싸였다. 로즈가 떨리는 손가락으로 남자의 옷자락을 잡았다. 빗소리 외에는, 이제 설리반의 음성은 전혀 들리지 않았다. 다만 저를 꼭 끌어안고 계속해서 사과를 속삭이는 남자의 목소리가 로즈의 심장을 꽉 채웠다.

"늦게 와서 미안해. 내가 다 미안해. 힘들게 해서 미안해."

설리반의 폭력으로 굳었던 몸이 조금씩 풀렸다. 그와 동시에, 긴장과 공포로 잊고 있던 몸의 통증들이 하나씩 터져 나왔다. 로즈가 약하게 신음을 흘렸다. 어디 하나 아프지 않은 구석이 없다.

로즈는 고개를 들어 루크워렐을 바라보았다. 진한 황금색 눈동자를 보자 마음이 뭉클해졌다. 루크워렐의 시선에는 많은 것들이 담겨 있었다. 분노, 자괴감, 애정.

로즈가 숨을 몰아쉬며 작게 속삭였다.

"괜찮아요……. 다행히…… 저 인간의 뜻대로 되진 않았어요."

로즈의 상태와 설리반이 제압되기 직전까지도 취하고 있던 자세에서 루크워렐은 그녀가 한 말의 뜻을 단박에 알아들었다. 루크워렐이 이를 악물었다. 그러곤 조심스러운 손길로 로즈를 매만지며 하나씩 살펴보다, 그녀의 목덜미가 구속구로 인해 쓸리고 피투성이인 걸 발견하고 주먹을 꽉 쥐었다.

루크워렐은 설리반처럼 저열하게 화를 내뿜지는 않았다. 그렇기에 그 분노는 더 강렬해 보였다.

　루크워렐이 로즈를 저편에 조심히 앉히고는 설리반에게 걸어갔다. 설리반은 입마개가 씌워진 채로 무장한 기사들 틈에 억지로 꿇어앉혀졌다. 몸은 흙과 피로 범벅이고 아름다운 얼굴은 생채기와 얼룩으로 엉망진창이었다. 거기에 보랏빛 눈동자에는 광기와 저열한 욕망이 들끓어 사람의 모습 같지 않았다.

　루크워렐이 그런 그를 차게 바라보았다. 황제의 얼굴은 이루 말할 수 없이 근엄하고 냉정했다.

　"내 제국을 탐하고, 내 여자를 괴롭힌 자야. 짐승보다 못해. 떨어뜨려."

　루크워렐의 짧은 명에, 기사들이 설리반을 완전히 제압하고서 창으로 들어올렸다. 설리반은 미친 듯이 저항했지만, 다수의 힘을 이길 수 없었다. 설리반이 입마개에 가려 뜻을 알 수 없는 비명을 질렀다. 그러나 로즈의 귀에는 그 뜻 모를 소리가 정확히 들렸다.

　"로오오오즈즈으으으으!"

　설리반은 로즈를 부르고 있었다. 가래 섞인 목소리는 사람들을 속이던 때와는 달리 더는 매혹적이지 않았고 성대가 긁히는 듯한 파열음은 듣는 이로 하여금 인상을 찌푸리게 했다.

　로즈는 그의 지독한 집착에 치가 떨렸다.

　설리반은 금세 창밖으로 사라졌고, 곧 둔탁한 파열음과 함께 잠잠해졌다.

　루크워렐이 옆에 있는 슈나이더에게 물었다.

　"살아 있나?"

　"확인해보겠습니다."

　슈나이더가 기사들 두서너 명과 함께 아래로 내려갔다. 그사이, 루크워렐은 다시 로즈에게 돌아와 그녀를 거의 들다시피 안았다. 슈나이더가 홀로 와 재빠르게 보고했다.

"살아 있습니다. 다만, 목뼈가 부러져 몸을 전혀 움직이지 못하는 것 같습니다."

루크워렐이 침착하나 무게 있는 목소리로 명했다.

"잘됐군. 그대로 감옥으로 옮겨. 식사 외엔 아무것도 신경 쓰지 말도록. 아직은 죽을 때가 아니야. 쉽게 죽도록 둘 수 없지."

"알겠습니다."

슈나이더가 고개를 숙이고 명을 받들러 다시 내려갔다. 로즈는 그제야 주변이 보였다. 탑 말고도 저 밖에 많은 기사들이 포진한 걸 그제야 알았다. 루크워렐이 만신창이가 된 로즈의 발목을 보곤 인상을 잠시 찌푸렸다가 폈다.

루크워렐의 품은 포근했다. 로즈가 작게 물었다.

"스칼렛 황비님은요?"

"좀 놀라고 지치기는 했지만 괜찮아. 안전한 곳에서 쉬고 있어."

"리엘라의…… 영지는요……?"

루크워렐이 약하게 한숨짓더니 로즈를 다시 한 번 끌어안고 속삭였다.

"그대는 이런 순간에도 제 안위를 돌보지 않는군. 치열한 접전이 벌어졌지만 압도적으로 이기고 있는 듯해. 이제 그대를 안전하게 돌보고 지원군을 더 보내면 되겠지. 이제 감출 것은 아무것도 없어."

"그렇……군요."

"그래. 모두 끝났어. 로즈."

속살거리는 루크워렐의 목소리가 귓가에 울렸다. 얼마나 아프고 고단한지 어린아이처럼 그냥 이 품에 매달려 있고만 싶었다.

나, 산 건가.

죽지 않았나.

모든 일이 해결되고 있는 건가.

이제 불안에 떨지 않아도 되는 건가.

이를 악물고 버티지 않아도 되는 건가.

괜찮은 건가.

로즈는 멍하니 생각했다. 더는 아무런 말도 할 수 없었다. 슈나이더가 다가와 루크워렐에게 물었다.

"귀비님을 모셔갈 들것을 준비할까요?"

"내가 안고 갈 거야."

"알겠습니다."

루크워렐이 그대로 로즈를 안아 들었다. 기사 하나가 다가와 로즈에게 모포를 덮어주었다. 억수같이 내리던 비는 어느새 잦아들고 있었다.

아까는 그토록 나오기 힘들었던 탑이었는데, 루크워렐의 품에 안겨선 허무하리만치 금방 벗어났다.

바깥에는 설리반이 짐짝처럼 옮겨지고 있었다. 설리반은 거친 천으로 얼굴까지 덮였는데, 목이 부러져 사지를 못 쓰게 된 것인지 악랄하던 그 사람이라고 믿을 수 없을 정도로 손발이 무력하게 늘어져 덜렁거렸다.

로즈의 귓가에는, 악몽처럼 설리반이 그녀를 불러대던 소리가 쟁쟁했다.

정말 끝난 건가. 날 괴롭히던 저 인간이 이제 사라진 건가.

폐부를 찔러대던 속박에서 벗어난 자유로움을 쉽사리 실감할 수 없었다. 루크워렐의 품에 안긴 채 흔들거리며 안개숲을 거의 다 빠져

나온 후에야 로즈는 자신이 살아남았고, 자신을 지독히도 괴롭히던 설리반이 사라졌다는 사실을 깨달았다.

이제 그녀를 괴롭힐 건 아무것도 없다. 루크워렐의 목숨을 위협할 이는 아무도 없었다. 모두 끝났다. 그렇게 자각하자, 로즈는 무너지듯 루크워렐의 품에 얼굴을 묻었다. 한없이 눈물이 떨어져 견딜 수 없었다.

5

"모두 죽었군."

란첼이 최종적으로 적들을 확인하며 작게 중얼거렸다. 아마 설리반을 앞에서 또는 뒤에서 도와온 귀족들의 체포도 지금쯤 한창 행해지고 있을 터다. 이쪽은 증거를 쥐고 있었으며, 일을 처리할 인력도 충분했다.

모든 일이 끝나고 팽팽했던 긴장이 풀리자, 란첼은 중간에 일을 어그러트린 사람은 자신뿐이라는 자괴감이 들었다. 황성으로의 진군을 막아야 했기에 어쩔 수 없이 한 선택이었고, 드미트리의 폭죽을 막지 못한 이는 그의 부관이었지만 어쨌든 모두 자기 책임하에 일어난 일이었다. 결과적으로는 모두 토벌했지만, 돌발상황에 신중히 대처하지 못한 듯싶어 마음이 무거웠다. 내린 비와 짙게 깔린 어둠이 그의 마음을 더 어둡게 했다.

란첼은 옆에 있는 부관에게 지시했다. 부관은 엄한 문책을 당할 걸 예상해서인지 얼굴이 딱딱하게 굳어 있었다.

"시신들은 모두 모아 소각하고, 드미트리와 레오도르의 시신은 따로 옮기도록."

"알겠습니다."

사병이나 용병들이 반역을 위해 존재했다는 건 너무 뻔한 사실이라 전염병이 생기지 않게 시신을 모두 소각해야 했다. 다만 드미트리와 레오도르는 설리반의 측근으로, 귀족들 사이에서 영향력이 있던 사람들이다. 이미 죽었지만, 반역에 대한 경고로 효시할 가능성도 있다.

"우리 측 사망자나 부상자는 없나?"

"사망자는 없고 부상자는 있습니다. 그나마 생명을 위협할 정도로 중한 부상을 입은 병사는 없습니다."

"다행이군. 크리스토프 가로 가면 부상자를 위한 장소가 마련되어 있을 거야. 의사들도 있을 테니 그리로 옮기도록. 나도 그리로 가 리엘라 님과 차후에 대해 상의하겠다."

"알겠습니다."

부관이 명을 따르기 위해 다른 부하들과 신속하게 움직였고, 란첼은 오늘따라 더 무겁게 느껴지는 갑옷을 입은 채 천천히 리엘라의 저택을 향해 발을 뗐다. 생각을 정리하기 위해 부러 리엘라의 저택까지 걸어왔지만, 착잡한 마음은 잘 진정되지 않았다.

"얼굴이 영 좋지 못하네."

리엘라가 너덜거리는 문짝을 사이에 두고 란첼을 맞았다. 문짝이 벌어져 얼굴이 보일 지경이었다. 다른 곳은 멀쩡했는데 그곳만 유독 파손이 심했다. 란첼이 계단 몇 개를 올라 문 가까이 가 침울하게 물었다.

"여기는 왜 그래?"

"여기까지 왔던 사병들이 어느 쪽으로 가든 죽는 건 마찬가지일 거 같으니 한곳만 집중적으로 공략해 뚫어보자 했나 봐."

리엘라가 어깨를 으쓱하며 기울어지는 문짝을 슬그머니 밀더니 발을 쏘옥 내밀어 밖으로 나왔다. 란첼이 반사적으로 손을 내밀었다.

"다쳐. 조심해. 여기 부서져서 나무판자 가시가……."

"어머, 이 정도가 뭐 어떻다고."

리엘라가 어깨를 으쓱하며 대꾸했다. 란첼이 머쓱하게 답했다.

"그래도 조심해야지."

"네 표정만 보면 네가 조심해야 할 거 같아. 그들이 너무 일찍 황성으로 향하는 바람에 당혹스러웠지?"

"맞아. 막아서지 않으면 곤란했으니까. 그렇지만 폭죽이 터질 줄은……. 최대한 막아보려고 했지만 뜻대로 되지 않았어."

리엘라가 손을 들어 란첼의 커다란 어깨를 두드렸다.

"어쩔 수 없는 상황이었어. 귀비님이 매우 걱정이지만."

"한심한 기분이야."

"그럼 같이 한심해지자. 우선 상황이 정리되는 대로 궁에 같이 들어갈까?"

"그래. 너는 이제 귀비님에 대한 의구심은 좀 떨친 거야?"

"응. 완전히 해소된 건 아니지만, 귀비님의 말이 사실이었으니까. 더 이상 파고드는 건 아닌 거 같아."

"하아……. 혹시라도 다치시기라도 했으면 어쩌지……?"

"그러지 않기를 바라야지."

리엘라는 거의 땅을 파고들어갈 듯한 란첼을 다독이며 멀리 황성을 바라보았다. 황성에서는 모든 일이 끝났다는 불빛이 곳곳에서 빛나고 있었다.

루크워렐은 온몸의 피가 마르는 것 같았다. 그 와중에도 빠르게 움직였다. 표정도 달라진 바가 없다. 감정을 드러냄으로써 사람들을 이해하고 안심시킬 수 있는 때도 있지만, 지금은 그렇게 했다간 자신을 따르는 사람들을 동요시킬 게 뻔했다. 그는 때를 잘 아는 사람이다.

하지만 로즈에게 무슨 일이 생겼을지도 모른다 생각하니, 표출되지 않은 긴장과 분노는 가슴 한복판에 쌓여갔다. 그리고 그것은, 파렌치에 관에 다다라선 배가 되었다.

루크워렐이 그곳에 도착했을 때는, 이미 어느 정도 상황이 종료된 후였다. 치열한 접전 끝에 침입자들은 전원 제압되었다. 그들은 모두 굉장한 실력을 자랑했지만, 압도적인 머리수 차이와 불리한 환경에 무릎을 꿇을 수밖에 없었다. 끝이 좋지 않으리라는 걸 예감했는지 모두 죽음을 불사하고 싸웠고, 생존자는 한 명도 없었다. 치열하게 저항했던 만큼 그들의 마지막 모습은 하나같이 엉망진창이었다.

병자라 소문난 이를 손쉽게 제거하여 얻을 삐뚤어진 승리와 잘못된 영광을 꿈꿨던 자들이다. 설리반과 동행했던 무장인들은 정확히 스물한 명이었다. 몰살당한 그들 틈에선 설리반의 모습도, 안전해야 할 로즈의 모습도 보이지 않았다.

"파렌치에 관에 들어온 이들 중 설리반과 귀비님은 애초부터 없었습니다."

루크워렐이 씁쓸한 얼굴로 침착하게 명령을 내렸다.

"일이 틀어졌단 걸 알아채고 귀비를 인질 삼아 도망갔거나 숨었을 수 있어. 경계를 강화하고 성문 경비를 더 철저히 하도록. '길을 잃은 뱀'에도 사람을 보내는 걸 잊지 말고."

"알겠습니다."

"사상자는 없나?"

"부상자는 있으나 다행히 사망자는 없습니다. 다만 두 명은 중상입니다."

"신속하게 치료하도록 하고, 이곳을 정리해. 아직 역도의 우두머리가 잡히지 않았다. 뒷수습을 할 인원 외에는 나와 합류해 수색에 참여하도록. 그리고 아몰리에 관 등에도 연락하여 혹시라도 설리반과 귀비가 나타나면 귀비를 안전히 구해내도록 지시하길 바란다. 나머지는 자세히 이야기하지 않아도 루스, 그대가 잘해내리라 믿는다."

"알겠습니다."

파렌치에 관의 책임자로 명 받은 루스가 답했다. 라리에트 관은 도로테아와 베네딕트가 상황을 정리할 터다.

마음에 걸리는 것은 또 있다. 시녀장이 지금껏 나타나지 않는 게 이상했다. 파렌치에 관은 상당히 크다. 다른 곳에서 다른 상황에 대처하고 있다고 해도 이상하지 않다. 하지만 중요한 상황이었다. 그녀는 책임감이 강한 자다. 시녀들이 위험에 노출되지 않게끔 단속하기 위해서라도 모습을 드러낼 사람이다. 좋지 않은 징조다.

그러나 시간이 촉박해, 파렌치에 관 어딘가에 스텔라가 있기를 바라며 루크워렐은 안개숲으로 발길을 옮겼다. 그리고 안개가 막 시작되는 길목에서, 루크워렐은 시녀장을 발견할 수 있었다.

다른 이가 나서기도 전에, 루크워렐은 침착하고 재빠르게 움직여 시녀장인 스텔라의 맥을 짚었다. 자신보다 직위가 낮은 자라 하여도 사람의 생명은 소중한 것이므로, 루크워렐은 제 몸 낮추길 전혀 거리끼지 않았다.

"아직 숨이 붙어 있어. 톰슨, 파렌치에 관으로 가 사람들을 불러다 안전한 곳으로 옮기고 의사를 불러."

루크워렐이 여분의 천으로 스텔라를 지혈했다. 그러곤 바로 몸을 일으켜 안개숲을 바라보았다. 안개숲을 향해 어지러이 발자국들이 찍혀 있었는데, 뭔가가 끌린 듯한 흔적도 있어 정확히 식별해낼 수 없었다. 안전을 위해 궁 안에선 나무를 빽빽하게 심지 않는 전통에 따라 그리 울창하진 않다. 그러나 안개가 자욱하게 깔리는 이곳 특성상 궁의 사람이 아니면 길을 잃기 십상이고, 지리를 아는 자라 해도 어디든 비슷하게만 보이는 풍경에 헷갈리기 쉬웠다.

"파렌치에 관에서 합류한 인원은 둘로 나눠 하나는 외곽으로, 하나는 중심을 향한다. 나는 이쪽으로 가겠다. 불은 들어도 되지만, 설리반에게 들키지 않도록 조심하도록. 누구든 설리반을 본다면, 귀비의 안전이 확보될 때까지 그를 자극하지 않고 제압하는 데 초점을 두기 바란다."

루크워렐은 망설임 없이 안개숲으로 들어섰다. 그와 함께 온 정예 기사들도 그를 따라갔다. 나머지 사람들은 방향을 달리해 잽싸게 움직였다.

인적이 드문 숲이기는 하나 발자국을 따라 가는 건 초반에나 가능했다. 곧, 자욱한 안개와 나무뿌리와 나뭇잎들로 금세 흔적 자체를 찾기 어려워졌다. 혹시라도 궁에 숨어들 침입자에 대비해 조성된 안개숲에서, 이렇게나 사방이 보이지 않는데 사람을 찾아야 한다는 사실에 속이 타들어갔다.

설리반은 무슨 짓을 저지를지 모른다. 차라리 겉보기에도 광폭한 자는 평소에라도 사람들이 경계하는 법이다. 하지만 선량한 척 자신을 포장할 줄 아는 자는, 지적능력이 높고 그 능력을 제 악랄함을 교묘히 숨기는 데 사용할 정도로 치졸하다. 스스로가 자신은 나쁘지 않다, 옳다 믿는 경우도 종종 있고, 겉으로 드러난 성격과 완벽하게 괴리된 본모습은 심각하리만치 악랄한 경우가 많다. 선으로 포장되어 드러나지 않은 악만큼 심도 깊고 위선적인 게 있던가. 그런 자가 로즈를 끌고 갔다.

루크워렐은 더는 깊이 생각 않고 로즈를 찾는 데만 집중하려 애썼다. 생각이 진행되면, 눈에 가시가 박힌 것처럼 강렬한 통증이 일어, 그 자리에서 설리반을 박살내도 성에 차지 않을 듯했다. 침착과 균형을 잃으면 자신을 따르는 모든 이들이 흔들리기 마련이다. 그러나 루크워렐도 사람인지라, 시간의 흘러감에 따라 초조해지는 마음은 어쩔 수 없었다. 자신이 당한 모욕이나 괴로움보다도, 로즈가 겪었을 마음고생과 모욕이 더 크게 닿았다.

로즈. 그대는 언제나 홀로 모든 걸 이겨내야 했지. 혼자 살아남은 그대는, 가문의 잘못이라는 족쇄를 찬 채 그래도 분노하지 않고 선량하게 살아가려 노력했어. 그런 그대를 시궁창으로 끌어들이려 설리반이 협박하고 속였을 때, 그대는 어떠했을까.

내 옆에서 날 사랑한다 말할 때에도, 나와 진심으로 사랑에 빠졌을 때조차도, 그대는 편안했던 적이 한순간도 없었겠지. 그래서 나에게 아무 말도 하지 못한 채, 날 위해 죽음을 택하고야 말았고.

로즈, 그대는 아직도 모르는 게 있어. 그대가 없으면, 내 삶은 슬픔으로 가득 찰 거라는 걸. 그대를 만나고 내가 온전해졌다는 걸. 그대가 있어서 내가 더 좋은 사람이 되고, 그대를 행복하게 함으로 나도 행복해진다는 걸. 그러니 부디, 무사히 있어줘. 다치지 말고, 살아 있어줘.

추적추적 비가 내리기 시작했다. 비와 안개에 덮인 숲은, 더더욱 음침하고 어두웠다. 그나마 드문드문 들고 있던 불들마저 버티지 못하고 하나둘 꺼졌고, 빗줄기는 더욱 거세져 폭우가 되었다.

사방에서 천둥번개가 쳤다. 그래도 멈출 생각은 전혀 없다. 빗물에 젖어 무거워지는 옷과 갑옷만큼 루크워렐의 마음도 무거워지기 시작했다. 이 어둠 속에서 로즈의 안전이 조금도 확인되지 않았다는 사실이 점점 더 크게 다가왔다. 중심부에서도 사람의 기척은 느껴지지 않았다.

숲 밖으로 나가서 살펴봐야 할까? 혹시 안개숲으로 들어가지 않고 터널을 이용해 로즈를 끌고 황궁에서 벗어나버린 게 아닐까? 루크워렐은 잠시 갈등했다. 그 순간, 그의 귀에 무언가가 잡혔다. 나뭇잎과 흙을 밟으며 뛰는 가벼운 소리.

"저쪽으로 간다."

루크워렐이 소리의 방향으로 순식간에 이동했다. 그리고 거기에는, 스칼렛이 나무뿌리에 걸려 나뒹굴고 있었다. 흙투성이에 엉망이 된 모습이다.

"스칼렛, 어째서 여기에?"

스칼렛이 몸을 벌떡 일으키더니 커다랗고 새된 목소리로 마구 외쳐댔다.

"루크워렐, 큰일 났어! 그 미친놈이, 왜, 중앙에 있는 탑으로 에아기네스를 끌고 가서……."

루크워렐은 마음이 급해 스칼렛의 말을 간결하게 정리했다. 미친놈이 누군지 확실히 알 것 같다.

"알겠어. 부서진 탑을 말하는군."

"응, 어서 가서 구해줘! 그 쳐 죽일 놈이 우리 에아기네스를……."

감정이 북받쳤는지 스칼렛의 눈망울 가득 눈물이 고였다. 루크워렐에게 더 긴 얘기는 필요하지 않았다. 시간이 부족했다. 알겠다, 고개를 끄덕인 루크워렐이 차디찬 스칼렛의 손을 잡았다 놓았다.

"어서 황비님을 따뜻하고 안전한 곳으로 모시도록."

명을 받은 기사 둘이 스칼렛을 모포로 푹 싼 후 조심스럽게 방향을 틀었다. 스칼렛이 울음 섞인 목소리로 칭얼댔다.

"나도 따라갈 거야!"

"지금 네 상태로는 아무것도 못 한다는 걸 네가 더 잘 알 거야. 쉬고 있어. 금방 구해 올 테니까."

단호한 말에 스칼렛이 입을 다물고 순순히 기사들을 따랐다. 루크워렐도 망설임 없이 슈나이더와 기사들에게 고개를 끄덕인 후 부서진 탑으로 향했다. 이제 가야 할 곳을 정확히 알았기에 뛰다시피 움직이는 루크워렐의 뒤통수로, 스칼렛이 커다랗게 외쳤다.

"에아기네스, 많이 다쳤어! 걷지 못해! 조심해서 데려와!"

심장이 쿵 내려앉는 기분이다. 다쳤을지도 모른다고 생각했지만, 실제로 말을 들으니 상상이 되어 더 견딜 수가 없었다.

그리고 루크워렐은 발견했다. 미쳤다는 표현도 아까울 정도로 광기에 물들어 로즈를 폭행하려는 설리반을.

비에 젖어 온몸을 늘어트린 채 창가에서 떨어질 듯 흔들리는 로즈의 모습은 루크워렐의 가슴을 갈가리 찢어놓았다. 제 뜻대로 되지 않았는지 설리반이 가차 없이 폭력을 행사한 흔적이 로즈의 몸 여기저기 남아 있었다. 거기에서 멈추지 않고, 로즈의 몸까지 가장 추악한 방법으로 취하려 했다.

분노는 멈추지 않았다.

루크워렐은 로즈를 품에 안고서야, 미친 듯 뛰던 심장이 제 속도를 찾는 걸 느꼈다. 그와 동시에 지독한 슬픔을 느꼈다. 그저 사랑했을 뿐이다. 여느 연인들과 마찬가지로. 애틋하고 간절하게.

그녀는 자신의 연인이라는 이유로 이런 고통을 감내해야 했다. 반역자의 딸이란 이유로, 설리반이라는 괴물의 먹잇감이 되어. 자신 또한 황제이기에 그녀를 사랑했을 뿐인데 이런 괴로움을 주고 또 받아야 했다.

"미안해."

엄밀히 따지자면, 그의 잘못이 아니었다. 설리반이라는 악인이 모든 걸 틀어놓았으며, 그의 광기가 이 모든 일의 발단이었다. 그러함에도 루크워렐은 이런 상황에 로즈를 놓이게 하고, 늦게 그녀를 찾은 게 너무나 미안했다.

"내가 너무 늦어서 미안해."

그건, 바로 그가 그녀를 자신보다도 더 사랑하기 때문. 그녀의 목숨이 경각에 달린 순간, 심장이 쪼개질 듯한 괴로움을 겪었기 때문. 소중하고 소중해서 상처 주기 싫었지만, 이렇게 될 수밖에 없었던 상황이 아프고 아파서, 견딜 수 없기 때문.

"괜찮아요, 루크워렐."

그리고 그의 품에 안겨 이동하는 로즈의 얼굴로, 따뜻한 물방울이 톡 떨어졌다. 루크워렐의 눈물이다. 로즈가 가만히 손을 들어 루크워렐의 눈가를 조심히 훔쳤다. 아직 온기가 다 돌아오지 않아 차가운 손가락이 더더욱 아프게 다가왔다.

로즈가 속삭이며 루크워렐의 품으로 파고들었다.

"당신이 옆에 있어서 괜찮아요."

몹시 아프고 괴로울 텐데도 제 눈물을 닦아주는 제 연인이자 아내가 너무 애틋하고 아련해서, 루크워렐은 파렌치에 관에 도착할 때까지 다른 말 없이 그녀를 꼭 끌어안고 있었다.

덜커덩덜커덩. 거슬리는 소음과 함께 몸이 제 의지와는 상관없이 이리저리 흔들렸다. 저를 싣고 있는 수레는 낡고 거친 데다 바퀴조차 조악해 극심하게 덜컹댔다.

몸은 점점 깊은 어둠 속으로 들어가고 있었다. 습하고 눅눅한 비린 내가 코끝으로 훅 끼쳐들었다. 역한 냄새에 헛구역질을 몇 번 했지만, 목 아래는 마치 제 몸인 걸 포기한 양 감각이 없었다. 그래서 통증이 강렬하게 느껴지진 않았지만, 때때로 기다란 꼬챙이로 몸을 쑤시는 듯한 부분적인 감각은 있다.

눈앞이 제게 보이는 전부였다. 마음 같아선 몸을 일으켜 자신을 함부로 대하는 이들에게 그 무례함에 대한 대가를 톡톡히 받아내고 싶었지만, 의지와 망가진 몸은 별개의 문제였다. 게다가 자신을 태운 수레를 끄는 이는, 기사나 귀족, 혹은 귀족이 부리는 하인들도 아니다.

"이런, 무겁기는 어지간히 무거워서. 제 발로 걷기만 했다면 금방일 걸 이렇게 빙빙 돌아서 가니."

수레를 끌던 남자 둘은 성질이 난 듯 수레 손잡이를 내동댕이치다시피 놓아버렸다. 그 여파로, 몸이 심하게 흔들렸으나 설리반은 아무것도 할 수 없었다.

남자들은 기다란 죄수복 차림이다. 죄의 정도는 죄수복의 색으로 구분했는데, 검은색의 옷에 붉은 띠가 둘러져 있는 걸 보니 중죄인이면서 사형을 집행하는 일을 맡는 이들이다. 통통한 남자와 빼빼 마른 남자 둘인데, 그중 통통한 쪽이 설리반이 누워 있는 수레를 발로 걷어찼다.

"야! 이 새끼야. 감옥에 들어오려면 몸뚱이나 멀쩡해서 들어오지, 모가지는 왜 부러져서 우릴 이 고생을 시키냐? 차라리 지금 이 자리에서 목을 따버리면 속 편하겠구만!"

설리반은 눈을 부릅떴으나 그들을 자극해봐야 자신한테 좋을 일은 하나도 없으리라는 걸 아주 잘 알고 있다. 그렇다고 그들의 비위를 맞출 만한 소릴 하고 싶지도 않았다. 섣불리 말을 하느니 무시하는 게 더 나았기에 설리반은 아예 눈을 감아버렸다.

"이 자식이 아예 눈을 감아! 어디서 개수작이야?"

퉁퉁한 남자가 참지 못하고 주먹을 들어올렸지만, 빼빼 마른 남자가 그를 말렸다.

"아서, 아서. 어차피 우리는 이 자식 감방까지만 옮겨놓으면 끝이야. 괜히 피 보는 것보다는 낫지, 뭘."

퉁퉁한 남자가 욕설과 함께 설리반의 얼굴에 가래침을 탁 뱉었다. 설리반이 분노를 담아 눈을 홉떴지만 얼굴 살이 파들파들 떨리는 것 외에는 몸은 미동조차 않았다. 누런 가래침이 설리반의 콧등에서 입가로 흘러내렸다.

"저 봐라, 저거. 아직도 지가 귀족인 줄 알아요. 조만간에 내 손에 목이나 잘리지 마라, 이 자식아."

"적당히 하고 이거나 다시 들자. 빨리 옮겨놓고 좀 쉬자고."

끙. 퉁퉁한 남자가 수레 손잡이를 잡았다.

"저거는 뭘 믿고 설치다 지하감옥에까지 가게 된 거야? 어떻게 된 게 무기수들보다 더 안 좋은 데로 가니."

"우리가 아나. 하라는 일이나 하고 얼른 가야지."

가래침은 이내 얼굴에서 흘러내려 수레 바닥에 고였지만, 그렇다고 얼굴에 남은 흔적까지 사라진 건 아니다. 자신은 손가락 하나 들지 못한다. 일상적인 것들마저 사치가 되어버리고 말았다.

어째서 이렇게 되어버렸지?

불꽃이 터졌을 때, 설리반은 제 계획이 실패했음을 알았다. 그길로 로즈를 내버려두고 잽싸게 궁을 빠져나가 생명을 부지할 수도 있었다. 다만 그렇게 살아남는다 해도, 자신이 가지고 있던 부와 명성과 영예는 절대 다시 누릴 수 없다는 걸 알았다. 루크워렐의 목숨을 위협하려 했던 건 여러 번이나, 이번만큼 모든 걸 걸고 덤벼든 적은 없었다.

자신의 패인은 무엇이었나.

그는 늘 누구도 믿지 않았다. 실은 로즈도 믿지 않았다. 하지만 그는 로즈는 제 명을 거역하지 못할 거라는 강한 확신이 있었다. 치밀하고 꼼꼼한 자신에게 취해, 로즈를 하찮게 보며 이 모든 계획이 성공하리라 믿은 것이 큰 실수였다.

제 밑에서 숨 한번 제대로 못 쉬는 하찮은 여자 주제에. 내 원대한 성취를 망가뜨렸다. 그 잔망스러운 년이 나사 사이에 끼어든 돌 부스러기처럼 스리슬쩍 모든 계획에 금이 가게 만들었다.

그래서 생각했다. 로즈를 실컷 괴롭히다 범하고, 그 이후에 루크워렐의 손에 죽는다면, 적어도 그들 사이에 더러운 불화의 씨 하나는 던져놓을 수 있으리라. 그건 모든 걸 가진 루크워렐에 대한 마지막 작은 복수였다.

설리반이 바란 건 이런 게 아니다. 반역자로서 대등하게 싸우다 웅장하게 죽는 것이지, 이렇게 살아도 산 게 아닌 것 같은 치졸한 모습으로 살아남기를 바란 게 아니다. 제가 사람들의 모욕과 멸시를 당하면서 반격 하나 못 하는 상태가 되리라고는 꿈에도 생각하지 못했다.

언제나 제 계획대로 남의 인생을 가지고 놀며 제 마음을 충족시켰다. 한 번도 제 뜻대로 되지 않은 적이 없다. 고고한 척 구는 여인도 침대 위에서 제 노예로 만들어보았고, 제게 건방지게 구는 남자들은 뒤에서 손을 써 모두 다 제 발치에 무릎 꿇렸었다. 그런데 어떻게 이런 꼴이 되었는가.

그건 다 그년과 그놈 때문이다. 로즈! 솔로미아 로즈 아이시타스 카펠리움! 그 반역자의 딸 때문에! 그년을 만나고 모든 게 꼬인 거다. 루크워렐과 짝짜꿍이 되어 감히 제 뒤통수를 치다니, 못된 년 같으니라고!

설리반이 분노로 이를 득득 갈았다. 이마저 뜻대로 되지 않아 삐뚤어지는 입가로 침이 질질 흘렀다.

"야! 시끄러!"

쾅! 퉁퉁한 남자가 지하감옥으로 향하는 통로 벽에다 수레를 밀어붙였다. 설리반의 몸이 거칠게 흔들렸다. 머리까지 울리는 통증에 설리반이 얼굴을 찌푸렸다.

적어도 하나는 할 수 있었다. 바로, 입을 놀리는 것. 그리고 더러운 감옥 안에서도 소문을 낼 수 있었다. 루크워렐이 그토록 사랑하는 여자에 대한 추악한 소문을. 그리고 감옥 밑바닥에서부터 올라온 더러운 말들은 현실성이란 옷을 입고서 로즈와 그녀를 사랑하는 루크워렐에게 상처를 줄 수 있을 터다.

로즈는 반역자 카펠리움 가의 살아남은 딸이고, 루크워렐을 죽이려고 했던 역당의 일원으로 지금은 황제를 속이고 있는 거라고. 둘 사이가 아무리 공고하다 해도 그런 말이 돈다면 분명히 논란거리가 되리라. 그들이 행복해지는 모습은 절대 볼 수 없다.

설리반이 입을 열었다. 비어져 나온 목소리는 예전의 매혹적인 음성을 상상도 할 수 없을 정도로 쉬어 있었고 심하게 떨렸다.

"이봐……. 이런 식으로 나, 날…… 대우하지 않는 게 좋을 거야……. 나는 아주 중요한 사실을 알고 있거든……. 이건 당신이 감옥에서 나갈 수도 있을 만한……. 쿨럭, 쿨럭, 쿨럭……. 아주 중요한, 쿨럭, 켁, 이야기야……. 나한테 협조한다면 알려주지. 그건 바로……."

누구에게나 설득력 있게 작용했던 목소리는 심한 부상으로 인해 갈라져 나왔다. 그러나 불행 중 다행인지 혀와 입 근육은 움직일 수 있어 말은 할 수 있었다.

쾅! 다시 한 번 수레가 벽에 박혔고 설리반의 말이 끊어졌다. 설리반이 또다시 가해진 충격에 얼얼한 머릿속을 가다듬는데, 퉁퉁한 남자가 픽 소리가 나게 웃었다.

"얼씨구. 니 앞가림이나 잘하셔. 뭐라는 거야?"

"들어봐아! 바로 루크워렐이 그토록…… 아끼는 여자 에아기……. 읍읍!"

설리반은 갑작스럽게 채워진 재갈에 말이 막혀 거세게 고갯짓을 했지만, 허락되지 않았다. 퉁퉁한 남자가 속이 시원하다는 듯 수레 손잡이를 재차 잡으며 말했다.

"하이고, 내가 이걸 잊어버리고 있었네. 시끄러운 놈이라고 옮길 때는 꼭 입마개를 하랬는데. 아니, 난폭해서 문다고 했었나? 암튼 기억이 안 나네."

"아직도 자기가 귀족인 줄 아나 봐. 귀족들 얘기를 막 꺼내는 걸 보면."

"우리야 귀족들이 뭔지 황족들이 뭔지 알 게 뭐야. 그냥 여기서 편하게 지내게 해주는 사람들이 젤 좋지. 이거 완전 머저리 아냐?"

두 남자는 그렇게 주고받으며 깊고 긴 통로를 계속해서 내려갔다. 일반적으로 죄인들이 거쳐가는 통로가 아닌, 물품을 옮기는 통로를 사용했기 때문에 더 어두침침했다. 밑으로 내려갈수록 습기가 높아지고 거미줄이나 곰팡이도 늘어났다. 원래대로라면 죄인들이 죄의 경중에 따라 순차적으로 수감돼 있는 많은 감방 문 앞을 통과했겠지만, 수레가 다니는 통로에서 볼 수 있는 것이라곤 벽면과 창고 문들

뿐이다.

두 죄수는 층마다 지키고 선 간수들에게 굽실굽실하며 층마다 탈출방지용으로 막혀 있는 문을 따주기를 기다렸다 문이 열리면 다시 내려가기를 반복했다. 그렇게 한참을 내려가고 나서야, 인적도 없는 맨 아래층 지하감방이 나왔다.

문들이 죽 늘어서 있었지만, 그 속에는 벌레와 쥐와 곰팡이 외에 아무것도 없었다. 아주 오랫동안 사용하지 않은 듯했다. 거기에는 붉은 수염을 가진 애꾸눈 간수가 기다리고 있었는지 서 있다. 두 남자는 그에게 굽실거리며 아예 입을 조개처럼 딱 닫아버렸다. 간수가 말 없이 유일하게 열려 있는 외진 감방 하나를 곤봉으로 가리키자, 남자들이 잽싸게 설리반을 옮겼다.

감옥 안에는 네 개의 다리가 달린, 엉덩이 즈음에 동그랗게 구멍이 난 썩어가는 나무판자가 공중에 떠 있다. 침대 대용인 것 같다. 구멍 아래에는 찌그러진 양동이 하나가 놓여 있었는데, 그 안에는 벌레 몇 마리가 기어다니고 있었다.

남자들이 수레에 끌고 온 설리반을 들어 나무판자 위로 옮기려다 인상을 팍 썼다. 설리반도 표정이 영 좋지 못했다. 생리현상을 조절하지 못해, 그대로 소변을 봤기 때문이다.

설리반은 입마개를 한 채로 고개만 겨우 들었다 놨다를 했다. 많은 부분의 운동능력과 감각을 상실했지만, 미약하게나마 느껴지는 것도 있었는데 축축함이 생식기 주변에서 실지렁이처럼 피어올라 불쾌감을 더했다. 당혹감의 한 부면엔, 설리반 본인이 요의나 소변이 나온단 걸 전혀 느끼지 못했단 점이 존재했다. 게다가 이번 한 번만이 아닐 게 뻔했다. 설리반은 살아 있으니 생리적인 현상 또한 계속될 것이다.

설리반의 얼굴이 새하얗게 질렸다. 늘 청결을 추구했고 제 몸이 조금이라도 더럽혀지는 건 질색했다. 그런데 이제는 소변 하나 뜻대로 할 수 없다. 그게 지금 제 처지다.

"에이, 이걸 어떡하지?"

삐쩨 마른 남자가 얼굴을 찌푸리며 퉁퉁한 남자에게 묻자, 퉁퉁한 남자가 뭘 골치 아프게 생각하느냐는 듯 대꾸했다.

"우리가 보모도 아니고, 벗겨."

"그게 낫겠지? 계속 갈아입히는 것도 피곤하고."

그러더니 남자 둘은 설리반의 하의를 훌렁훌렁 벗겨버리고 맨몸 그대로 판자에 눕혔다. 설리반이 수치감과 모욕감에 몸부림치려 애썼지만, 몸뚱이는 나무토막마냥 전혀 움직이지 않았다.

두 죄수는 설리반의 하체에 시선을 두더니 혀를 차고는 감방에서 나가버렸다. 설리반은 믿을 수 없었다. 여자들을 욕보일 때는 아무렇지도 않고 즐겁기만 했지만, 막상 자신이 이렇게 전락하고 보니 끔찍하기 그지없었다.

철컹. 밖에 있던 간수가 감방 문을 걸으려다, 뭔가 깨달은 듯 설리반을 보고는 문을 덜렁 열어뒀다. 그 눈빛에는 조롱이 담겨 있어, 설리반은 그가 말하고자 하는 바를 단박에 알아들었다. 문을 열어놓아도 자신은 도망치지 못한다.

설리반이 기괴한 소리를 질러대었다. 그러나 그건 죄책감도 뉘우침도 후회도 아니다. 제 계획을 실패하게 만든 모든 이들에 대한 저주와 분노와 악에 바친 괴성이었다. 설리반은 제 추락을 믿을 수 없었다. 하지만 이것이 현실이다. 그리고 그가 겪게 될 일들의 시작에 불과했다.

사방이 어둡고 온몸이 뜨거웠다. 손을 내밀어 뭐라도 잡으려고 했으나, 마치 기름이라도 흐르는 양 순식간에 미끄러졌다. 아니, 애초에 아무것도 보이지 않는 컴컴한 암흑 속에서 뭔가를 잡으려 한다는 것 자체가 모순일지 모른다. 그래도 발버둥이라도 치고 싶었다.

자신이 누구인지 알 수 없었다. 솔로미아 로즈 아이시타스 카펠리움인가? 로즈 에밀린인가? 에아기네스 프린 알키다스인가?

어둠 속에서 이름을 바꿨고 두 개 이상의 이름으로 살았다. 겉으로 드러나는 이름과 마음 깊은 곳에 있던 이름은 언제나 달랐다. 그러함에도 변하지 않는 단 한 가지 사실은 자신은 루크워렐을 사랑한단 것이다. 그 하나만은 변하지 않았다. 그리고 그 마음에, 루크워렐은 늘 보답해줬다.

눈을 뜨니 사방이 어둠에 잠겨 있었다. 설리반에게 모진 고초를 겪고 비에 젖은 몸을 대충 닦고 나서 잠들었을 때도 어두웠으니, 몇 분 간에 꿈을 꾸다 깨었는지 혹은 하루 이상이 지났는지 알 길이 없다. 주변은 고요했는데, 문밖에서 나는 사람들의 두런거림이 안정감을 주었다.

로즈는 눈을 몇 번 깜빡였다. 어둠이 눈에 익자 보이는 천장은 익숙했다. 파렌치에 관, 자신의 처소였다. 온몸이 식은땀으로 푹 젖어 있었다. 심지어는 덮고 있는 침구까지도. 온몸으로 비명을 질러댔으니 조금도 이상하지 않다. 그렇게까지 끌려다니며 폭행을 당했는데 아프지 않은 게 이상하다. 본능적으로 다쳤던 발목을 움직여보려 했으나, 이미 뭔가 딱딱한 것으로 단단히 고정되어 있었다.

구출된 이후 시녀들에 의해 씻기고 옷이 갈아입혀진 채 소금에 절

여진 야채처럼 침대에 늘어져 궁의들의 진찰을 받았다. 그 이후에 혼곤하니 잠이 들었다. 그리고 지금이다.

로즈는 손을 들어 목덜미를 쓸었다. 부드러운 붕대로 몇 겹이나 감겨 있었다. 쓰라린 감촉은 잊고 있던 기억을 되살렸다. 어두운 숲에서 개처럼 끌려가던 기억.

로즈가 잠시 파르르 떨었다. 설리반은 사라졌다. 죽었는지 살았는지 알 수 없지만, 분명 목이 부러졌다 했으니 정상적인 거동은 불가능할 것이다. 살아도 죽은 것이나 마찬가지일 터. 그가 탐욕스럽게 원하던 모든 것은 무너졌으며, 앞으로 로즈의 인생에 손가락 하나 까딱하지 못할 것이다.

루크워렐이 자신을 지켜줄 테니까. 자신도 루크워렐을 지킬 테니까.

바르르 떨리던 몸이 진정되며, 기운이 쭉 빠졌다. 아픈 어린아이처럼 혼자 있기 싫었다. 손을 들어 설렁줄을 당기려는데, 침실 문이 살그머니 열리더니 커다란 인영 하나가 안으로 들어섰다. 문을 조심히 닫은 그림자는 소리가 나지 않게 걸어와 침대가에 섰다가, 로즈가 눈을 뜨고 있는 걸 발견하고 그녀의 손을 부드럽게 잡았다.

루크워렐이다. 따스한 손의 온기는 단박에 위로를 주었다.

"일어났어?"

로즈가 대답 없이 고개만 끄덕였다. 손을 잡고 다정히 말해주니 갑자기 가슴이 둥, 울리며 눈물이 북받쳐 올라왔다. 붉어진 눈시울을 알아챈 듯 루크워렐이 로즈의 옆에 몸을 눕혔다. 그리곤 부드럽게 안아주었다. 땀으로 흠씬 젖은 몸도 루크워렐은 개의치 않았다.

로즈가 루크워렐의 품에 쏙 들어갔다. 익숙한 체취와 감촉은 이루 말할 수 없는 안도감을 선사해줬다. 그러나 한편으로는 설리반이 저

542

를 흔들고 모욕하고 폭행하던 그 감각도 잔존해 있었다. 로즈는 입술을 깨물었다. 눈물이 흘러내렸다. 집안의 멸문과 가족의 사망이 그녀에게 큰 충격으로 남아 있듯이 설리반과의 일 또한 제 안에서 길고 긴 고통으로 남을 터였다. 다른 사람의 일처럼 멀리 떨어져 최대한 객관적으로 봐도 그랬다.

정신에도 실체가 있다면, 갈가리 찢긴 조각들을 끌어 모아다 붕대로 감싸 겉에선 보이지 않는 형국일 것이다. 로즈는 제 평생 사람들에게는 붕대로 감싼 온전한 모습만 보이게 되리라는 걸 알았다. 이 눈물이, 이 고통이 깊이 뿌리박힌 나무처럼 제 삶에 존재하리라. 알고 있었다. 말로 표현할 수 없는 고통과 막막함이 눈물이 되어 분수처럼 쏟아졌다. 제 잘못이 아닌데 제 잘못처럼 느껴졌다. 이랬더라면, 저랬더라면 더 낫지 않았을까. 더 좋은 결과를 산출하지 않았을까. 수많은 가정들이 그녀의 숨을 틀어막았다.

그녀는 숨죽여 울었다. 소리를 내선 안 될 것 같았다. 대신 떨어지는 눈물방울이 수없이 많다. 그 모든 눈물이, 루크워렐의 어깨와 가슴을 적시고 있었다. 자신은 혼자가 아니다.

루크워렐은 로즈를 안고 조용히 속삭였다.

"소리 내서 울어도 괜찮아. 그대 잘못이 아니야."

그 한마디에, 억누르고 있던 게 터져 나왔다. 입 밖으로 나온 소리는 서러움 그 자체였다. 슬픔이 소리와 눈물이 되어 끊임없이 흘러나왔다. 가슴을 누르고 눌러 나중에는 고통조차 느껴지지 않는 돌덩이처럼 변한 괴로움이 숨겨왔던 형체를 드러내며 솟아나왔다. 그렇게 한참이 흘렀다.

루크워렐은 묵묵히 로즈를 안고 그녀가 눈물을 다 쏟아낼 때까지 기다려주었다.

로즈는 어느새 눈물콧물 범벅이 되어 있었다. 얼마나 울었던지 루크워렐의 상의는 흠뻑 젖었다. 정신을 차리고 제 추레함을 깨달은 로즈에게 루크워렐이 조용히 손수건을 건넸다. 로즈가 주섬주섬 손수건을 받아 눈물로 젖은 얼굴을 닦고 킁, 아기처럼 코를 풀다 루크워렐과 눈이 마주쳤다.

"푸흡."

"하하."

서로를 안은 채 누워 있던 두 남녀는 갑자기 웃음을 터뜨렸다. 루크워렐이 다른 손수건으로 로즈의 얼굴을 닦아주었다.

"이제 다 울었나, 우리 아기?"

장난기 어린 말에 로즈가 새초롬한 표정을 지었다. 루크워렐에게만 부릴 수 있는 응석이다. 루크워렐이 장난을 치는 로즈의 콧등을 살짝 잡았다 놓았다.

그래, 이거면 되었다. 마음에 고인 상처와 괴로움은 아마도 들쑥날쑥 솟아났다 가라앉았다를 반복할 것이다. 하지만 슬픔을 나누고, 그 모든 걸 털어냈을 때 함께 웃을 수 있는 사람이 있다면, 언젠가는 그 슬픔이 평지와도 같이 잔잔해져 잊을 수 있지 않을까. 이 사람이라면, 함께 그렇게 할 수 있을 것 같다. 두려움에 도망가려던 자신을 한결같은 사랑으로 지켜주고, 이런 지경까지 왔는데도 애정을 잃지 않는 그라면. 변하지 않는 사랑을 말로만 맹세하는 것이 아닌 행동으로 보여주는 그라면 행복해질 수 있을지도 모른다.

로즈가 손을 뻗어 루크워렐의 손을 잡았다. 그러곤 조심히 깍지를 꼈다. 그러자 루크워렐이 슬그머니 로즈의 손을 꼭 다잡아 깍지 낀 손을 더 단단히 만들어주었다. 제 손가락 마디마디마다 느껴지는 커다란 손의 감촉은 이제 안정감과 행복을 주었다. 이 사람이 그런 믿음을 주었다. 변하지 않는 사랑으로.

로즈가 루크워렐을 말끄러미 쳐다보았다. 자신이 어떤 모습이건 사랑해주는 사람. 잘못된 길을 갈 때는 호되게 질책하며 바른길로 이끌어주려 하고, 그 내면 깊숙한 곳에 다정한 사랑이 있는 사람. 외면도 멋지지만 내면이 더 멋있는 사람. 내가 사랑하는 사람.

눈물이 다시 한 번 핑 돌았다. 어려운 고비를 너무 겪다 보니 눈물이 헤퍼진 것 같다. 그동안 참아왔던 눈물이 마치 터진 둑처럼 흘러넘쳤다. 이번엔 슬픔 때문이 아니다. 가슴 벅찬 사랑 때문이었다.

안정을 되찾자, 이성도 돌아왔다. 로즈가 입을 뗐다.

"내가 얼마나 잤어요? 시간이 꽤 지난 것 같은데……."

"하루 반나절 정도."

"지금은 새벽녘인가요?"

"맞아."

기억을 잃고서 처음 마주했던 새벽과 비슷한 시간. 그때는 이 남자의 옆은 자신의 자리가 아니라고 생각했었다. 자신이 에아기네스임을 모르고 그녀를 질투한 적도 있었다. 하지만 이제는 안다. 자신이 누구이든, 자신의 자리는 이 남자의 옆이라는 걸.

로즈가 루크워렐을 빤히 바라보았다. 입이 떨어지지 않았다. 묻고자 하는 것이 자신에게 매우 쓰라렸기 때문이다. 그러나 자신으로 인해 희생된 사람을 외면할 수 없었다.

"스텔라는…… 죽었나요?"

목소리가 떨렸다. 로즈는 물음 끝에 입술을 질끈 물었다. 피를 흘리며 쓰러지던 모습이 선연했다. 또다시 자신은 누군가의 죽음을 대가로 살아난 걸까. 엘에 이어 자신은 또다시 다른 이의 생명을 대가로 지불하고 살아남은 걸까.

믿을 수 없게도 루크워렐은 고개를 저었다.

"아니야, 로즈. 스텔라는 살았어. 다만 중상이라, 열이 많이 나고 고비도 있었지만 그래도 지금은 안정을 찾았어. 그대처럼 말이지."

루크워렐의 답에 로즈가 흥분한 목소리로 빠르게 말했다.

"스텔라가 살았어요? 정말로요? 맙소사, 너무 다행이에요!"

루크워렐이 부드럽게 웃었다.

"그대가 살았을 때보다 더 기뻐하는 것 같군."

"스텔라가 사람을 만날 수 있을 때가 되면 꼭 보고 싶어요."

"그래. 그대도 그러니 몸을 먼저 추스르도록 해. 그게 먼저인 것 같아."

로즈는 스텔라의 일로 진심으로 기뻐하다, 갑자기 얼굴이 어두워지며 루크워렐에게 재차 물었다.

"혹시 이 일로 우리 측에 사망한 사람들이 있나요?"

"없어. 그대의 염려 덕인지, 부상자들은 있지만 사망자는 없어. 로즈, 이번만큼은 온전한 우리의 승리야.

로즈의 속마음을 읽은 듯, 루크워렐이 속삭였다.

"그대로 인해 또다시 누군가가 죽었다는 생각은 하지 않아도 돼."

루크워렐의 말에, 로즈가 조그맣게 중얼거렸다.

"다행, 다행이에요……."

로즈가 목이 메 한참을 가만히 있었다. 아무도 죽지 않았다. 설리 반을 잡기 위함이었지만, 그러함에도 자신이 연관되어 있었기에 부채감이 적지 않았었다. 그러나 그 부채감은 이제 씻은 듯이 사라졌다. 그래서 이제는 물을 수 있을 것 같았다. 자신의 가문과 관련된 반역에 대해서. 어떤 말을 듣든, 받아들일 수 있을 것 같았다.

로즈는 아주 진지하게 루크워렐을 바라보았다. 그녀는 이제 그들 사이에 과거의 어떤 앙금도 존재하길 원하지 않았다.

"우리 아버지와 오빠는, 정말 반역을 저질렀나요?"

루크워렐은 잠시간 말이 없었다. 로즈는 기다렸다. 이건 그들이 건너야 할 강이자 거쳐야 하는 관문이다. 피하고 외면해봤자 남는 건 껄끄러움뿐이다. 침묵을 깨고 루크워렐이 답했다.

"맞아."

예상했던 답이었지만 철렁하는 가슴을 막을 수는 없었다. 손에 힘이 빠졌다. 루크워렐이 그런 로즈의 손을 더 단단히 잡았다. 루크워렐이 찬찬히 이야기를 시작했다.

"카펠리움 가의 반역은, 가주와 그 아들의 합작으로 계획되고 있었어. 그대의 일이 있고 난 후 아버지가 뭔가 놓치지는 않았을까 하여 몇 번이고 확인했지만, 증거와 증인에는 이상이 없었다. 밀고한 설리반이 부추겼거나 협박했을 가능성은 있지만, 협박받았다면 충분히 황제를 찾아와 고할 수도 있었어. 그러함에도 계획을 진행시켰던 건, 그들 자신의 욕망 때문이었겠지. 혹시 확인하고 싶다면 그렇게 해주겠어. 충분히 납득할 시간이 필요할 테니."

루크워렐의 목소리는 침착했지만 착잡함으로 가득했다. 루크워렐은 공정한 성격으로, 비록 황실이 실수했다는 오명을 쓰더라도 진실을 덮어두지는 않을 사람이다. 그의 말은 사실일 것이다.

"그렇다면 저는……."

로즈는 말을 잇지 못했다. 제가 반역자의 딸이 아니라 뒤흔들어놓은 건 설리반이다. 아버지와 오빠가 무고하다 속삭이며, 어머니와 여동생이 억울하게 죽었다 부추기며, 많은 이의 희생은 황가가 책임져야 한다고 설득하며.

혹시나 아닐지도 모른다는 실낱같은 희망은 다시 한 번 설리반의 농간에 의해 사라졌다. 그렇다면 이런 자신이 루크워렐 곁에 서도 괜찮은 걸까? 단지 사랑한다는 이유로, 사랑해서 그를 위해 위험을 무릅썼다는 사실 하나만으로 그의 곁에 있어도 되는 걸까?

가문의 죄는 그녀를 다시 한 번 옭아매었다. 하지만 루크워렐은 그녀의 손을 놓지 않았다.

"그러해서 카펠리움 가가 복원되는 건 불가능해. 그렇지만 그대 또한 설리반이 지어준 이름으로 살고 싶은지는 않을 거야. 그래서 생각했어. 그대에게 어찌해야 할까."

"어떻게…… 하고 싶은데요?"

로즈가 루크워렐을 바라보았다. 이지적인 초록색 눈동자가 말갛게 빛났다.

"그대는 나의 아내이자 동시에 몸을 바쳐 나를 구해낸 공신(功臣)이지. 제국은 그러한 공을 세운 신하를 잊지 않아. 그대는 공식적으로는 알키다스 가에 양녀로 입적되어 있지만, 안타깝게도 알키다스 가는 설리반의 반역에 연루되어 그 영광을 잃었어. 나의 아내가 그런 가문에 적을 두고 있다니 안 될 말이지. 그래서 나는 그대가 공을 세운 상으로, 이름과 성을 바꿔야 한다고 주장했어."

로즈가 놀라 눈을 동그랗게 떴다. 예상 가는 바가 있었으나 차마 입을 뗄 수 없었다. 루크워렐이 빙그레 웃으며 덧붙였다.

"카펠리움은 어때, 로즈?"

잡힌 손이 흠칫, 놀랐다. 그러나 두 사람의 손깍지는 풀어지지 않았다. 어떤 일이 있든 서로에 대한 믿음이 흔들리지 않았던 두 사람처럼.

"반역자들의 무리를 뿌리 뽑은 공으로, 반역으로 더럽혀진 카펠리움 가의 첫 가주로서 성을 받는 거야. 공식적으로는 황실의 위엄과 자비를 성공적으로 보여줄 수 있는 일이라고 모두를 설득했으나, 나는 그대에게 잃어버린 정체성을 찾아주고 싶었어."

"어떻게…… 그런 생각을……."

핑, 돌았던 눈물은 결국 또다시 흘러내렸다. 너무 많이 운다는 생각이 들었으나 오늘 같은 날은 눈물을 멈출 수 없었다.

"솔로미아란 이름을 쓰는 덴 무리가 있으니 이름은 원하는 대로 바꾸어도 돼. 에아기네스란 이름을 계속 쓰고 싶지는 않을 테니."

"로즈. 로즈로 할게요. 폐하께서 절 부르는 애칭이어서, 그 이름으로 꼭 하고 싶어 했다고 이야기해주세요. 다만, 다른 이들이 쉽게 납득했나요?"

그럴듯한 설명을 붙이긴 했지만, 과거 역당으로 낙인찍힌 가문의 이름을 가져다 쓰는 일이다. 게다가 설리반의 반역을 제압한 공로로 그 이름을 내리다니, 파격적이라 할 만한 행보였다. 이유는 타당했지만 보수적인 이들은 받아들이지 못할 터였다.

"찬반이 치열했지만, 여기 들어오기 바로 직전에 결정이 났지. 기쁜 소식을 그대에게 먼저 전해주고 싶었는데, 그대가 눈을 떠 더 기쁜 소식이 되어 내 앞에 있더군."

문밖의 어수선함이 바로 그 때문이었던 모양이다.

로즈가 복잡한 표정으로 웃었다. 가슴에 고여 있던 슬픔이 빠져나가고, 기쁨으로 뒤섞이면서 절로 지어진 표정이다.

"당신은 언제나 날 기쁘게 하네요."

"그렇다면 혹시라도 앞으로 내가 본의 아니게 그대를 속상하게 한다면 지금을 떠올려주면 좋겠군."

"지금 같은 마음이면 당신이 날 슬프게 할 일은 거의 없을 것 같아요. 서로가 서로를 존중하면서, 행복해져요."

행복. 입 밖으로 터진 말은, 밀물처럼 흘러나왔다.

혼자만의 행복이 아닌, 둘이 함께하는 행복. 루크워렐이 가볍게 웃었다.

"처음부터 지금까지, 그대는 참 적극적이야. 그래서 좋아하는 거지만."

루크워렐이 로즈의 입술에 가볍게 입맞춤했다. 그러곤 떨어지는 입술을, 로즈가 루크워렐의 머리를 잡고 더 깊게 키스했다. 행복한 입맞춤이었다.

로즈가 온전히 몸을 일으킨 건, 반나절이 더 지나서였다. 어느새 훤히 든 햇살이 마음을 포근하게 해주었다. 온몸이 욱신거리고 아팠지만, 몸의 고통은 그 전까지 잔존했던 마음의 고통에 비하면 견딜 만하였다.

새로운 시작.

몇 번이고 이름이 바뀌었다. 하지만 제 의지에 의해 바꾼 적은 없었다. 하지만 이번은 자신이 선택했다. 자신이 선택한 이름이다. 로즈 아이시타스 카펠리움.

솔로미아를 떠올리는 사람이 있을지도 모른다. 그러나 인식이라는 건 무서워, 이미 죽어 시신까지 수습된 솔로미아가 자신이라고 생각할 이는 없을 터. 세월과 유행은 금세 지나가고 바뀐다는 게 이렇게나 고마운 적이 없다.

루크워렐은 로즈를 안고 달래준 후, 반역과 관련된 사항을 정리하러 다시 나갔다. 저녁에는 함께 공신들을 만나고 귀족들과의 회담을 가질 예정이다. 로즈는 가볍게 식사를 한 후 시녀들에게 명해 간단히 채비를 갖췄다.

"바퀴 달린 의자를 가져다줘요."

늘어서 있던 시녀 중 하나가 답했다.

"많이 움직이지 않는 편이 발목에 좋다 하였습니다. 가까운 곳이면 저희가 부축해드리겠습니다."

로즈도 지금은 그저 쉬는 게 제 몸에 좋다는 걸 안다. 그래도 꼭 봐야 할 사람들이 있다.

"여러 곳을 들를 것인지라 서로 피곤할 겁니다."

"알겠습니다."

시녀들이 재빠르게 바퀴 달린 의자를 가져왔다. 루크워렐이 얼마 전 무도회에서 아픈 척 반역도들을 속였을 때 사용했던 물건이다. 이 제는 거짓으로 뭔가를 만들어낼 일이 더는 없다. 앞으로도 힘든 날이야 있겠지마는, 이번 일만 할까 싶다.

시녀들이 로즈를 조심히 의자로 옮기곤, 의자를 밀어 로즈가 명하는 곳으로 향했다. 그 뒤론 시녀들이 조용히 따랐다. 복도는 이미 깨끗이 정리되어 그 밤의 참상은 흔적도 없었다.

다행이다. 다시 목도하고 싶지 않았다. 아주 사소한 것이라도, 설리반과 관련된 건 이제 진절머리가 난다. 사람이 사람으로 하여금 이 토록 싫은 감정을 가지게 할 수 있다는 걸 로즈는 설리반을 통해 알았다. 선량한 척 속이며 악의를 가지고 있는 사람이 얼마나 무서운 일을 저지를 수 있는지 생생하게 겪었다.

첫 번째로 향한 곳은 로즈의 처소인 파렌치에 관내라, 그리 멀지 않았다. 문 앞에서 로즈는 잠시 심호흡했다. 다시 본다면 안도감도 들겠지만, 분명 그날의 참상도 떠오를 터였다. 하지만 눈을 돌리고 싶지 않았다.

노크할까 하다가 오히려 병자를 깨울 것 같아 조심히 문을 여는 쪽을 택했다. 로즈의 명을 받은 시녀 하나가 아주 조용히 문을 열었다. 중년 여인 하나가 하얀 이불 속에 누워 있다. 스텔라였다.

스텔라 곁을 지니던 시녀 하나가 놀라 벌떡 일어나자, 로즈가 말없이 손을 들어 앉으라 명했다. 천천히 바퀴의자를 타고 로즈가 침대가로 다가갔다. 스텔라는 혼곤히 잠에 빠져 있었다. 루크워렐의 말대로 안정을 찾은 듯싶다. 자신을 도망치게 하려다 설리반의 검에 맞아 쓰러지던 모습이 아직도 눈앞에 선연했다. 죽었을지도 모른다고 생각한 사람이 살아 있다는 사실이 가슴 뭉클하게 다가왔다.

로즈가 누워 있는 스텔라의 손을 조심히 잡았다. 따뜻한 온기가 흘러들어왔다. 스텔라는 깨지 않았다. 그만큼 몸이 힘들다는 뜻이다. 스텔라를 간호하던 시녀가 아주 조그맣게 물었다.

"잠든 지 얼마 되지 않았습니다. 이야기 나누시도록 깨울까요?"

"아니요. 됐습니다. 쉬는 이를 방해하고 싶지 않네요."

로즈가 양손으로 스텔라의 손을 조심히 그러잡은 후, 가만히 속삭였다.

"고마워요, 스텔라."

잠든 스텔라의 얼굴을 한참 바라보던 로즈는 스텔라의 손을 침상에 내려놓은 후, 나가자고 말없이 손짓했다. 살아 있으니, 다시 볼 수 있으니 감사인사는 나중에 눈을 뜨면 건네도 된다.

두 번째로 향한 곳은 아몰리에 관이다. 아몰리에 관으로 가는 정원은 깨끗하고 싱그러웠다. 푸른 하늘은 비 온 후의 말감을 그대로 보여주고 있어 사람의 마음을 부드럽게 해주었다.

로즈가 아몰리에 관으로 들어서자 시녀들이 일손을 멈추고 모두 그녀에게 인사했다. 그 인사를 정중하게 받은 로즈는 아몰리에 관 시녀에게 말을 건넸고, 시녀 중 서너 명이 로즈의 방문을 알리러 스칼렛에게로 달려갔다. 방문해도 좋다는 허락이 떨어진 후, 로즈는 스칼렛의 처소로 향했다.

스칼렛의 처소는 2층인데, 복도에서부터 그녀의 취향이 어김없이 드러나 있었다. 화려한 진분홍색 리본으로 치장된 연분홍색 벽과 눈이 아플 정도로 반짝거리는 샹들리에를 보며 로즈는 그저 웃었다. 스칼렛의 침소는 단번에 알아볼 수 있었는데, 하얀빛이 섞인 분홍색으로 문을 칠해놓은 데다가 그 위에 분홍색 보석으로 자신의 이름을 자잘하게 박아놓았기 때문이다. 의자에 앉은 로즈 대신 따라온 시녀가 똑똑 문을 두드리자, 들어오라는 허락이 떨어졌다.

"로즈, 어서 와! 콜록! 콜록! 콜록, 콜록, 콜록!"

방 안은 눈이 어지러울 정도로 분홍색의 향연이었다. 심지어는 침대 틀까지도 진분홍색이었다. 드문드문 다른 색들이 섞여 있지 않았으면 어지러움을 느꼈을 정도였다.

스칼렛이 침대 위에서 반갑게 폴짝이며 인사했지만, 이내 너무 흥분한 탓인지 사레들려 쿨럭대자 옆에 있던 시녀가 냉큼 물잔을 건넸다. 스칼렛이 얼른 쭉 들이켜고는 다시 방방 뛰다 갑자기 풀썩 드러누웠다. 스칼렛이 해맑게 웃으며 말했다.

"아, 갑자기 머리가 아파. 하하. 나 실은 엊그제 밤에 비 맞으면서 뛰고 감기 걸렸거든."

"미안해요."

로즈가 슬픈 얼굴로 진지하게 답하자, 스칼렛이 열이 살짝 오른 채 손을 마구잡이로 휘저었다.

"가볍게 말한 건데 왜 이렇게 진지해. 괜찮아. 어차피 그날 뛰지 않앉아도 감기에 걸렸을 거야. 난 심각하게 저질체력이거든. 게다가 아픈 건 나 혼자만이 아닌데 뭘 그렇게 땅 파고 들어가고 그래."

스칼렛이 흘끗 로즈의 다리를 훔쳐보았다. 거동도 혼자 힘으로 하지 못한 채 의자에 앉아 있는 로즈를 보며, 스칼렛이 밝게 외쳤다.

"이왕 온 거 점심이나 같이 먹지 않을래? 달콤한 시럽에 졸인 새고기에 신선한 야채를 곁들어 먹으면 기분이 좋아질 거야. 그리고 전채(前菜)로는 치즈와 달걀을 잔뜩 넣은 걸 해달라고 하자. 난 해산물 수프도 먹고 싶어. 그리고 디저트는 특제 꽃 젤리 케이크로 내라고 할게. 푸딩도 먹고 싶은데 말랑하고 촉촉한 식감으로 하자. 바삭한 음식이 먹고 싶으면 내가 생각해놓은 게 있는데……. 응? 에아기네스, 왜 웃어?"

"그냥, 말만 들어도 즐거워져서요. 전 구운 꼬치요리도 먹고 싶어요. 야채랑 고기를 촘촘히 넣은 걸로요."

"응, 좋아. 그것도 맛있지. 먹는 즐거움은 인생에 있어서 가장 큰 별미지."

그러더니 걷지 못하는 로즈 대신 스칼렛이 어린아이처럼 폴짝 침대에서 내려와 종종종 로즈 앞에 섰다. 스칼렛이 빙그레 웃고는 로즈를 꼭 안아주었다.

"이름, 바꿀 거라며. 루크워렐이 종종 부르던 애칭으로 바꾼다고 들었어."

"네."

"이제 그 이름으로 불러줄게. 그 개자식은 조금도 생각이 안 나도록."

"배려 감사합니다."

스칼렛은 작고 앙상한 데다 어린아이처럼 말했지만, 언행 하나하나에 진실함이 스며 있어 기분 좋은 따스함이 흘러들어오는 것 같았다. 로즈는 스칼렛에게 안긴 채 가만히 있었다. 가족을 잃은 이후로, 루크워렐 외의 타인에게 이렇게 안겨 위로받아본 적이 없었다는 걸 새삼 깨달았다.

"나도 가족이 없고, 너도 가족이 없으니 우리가 새로운 가족이 되자. 내가 네 언니가 되어줄게, 로즈."

마지막에 작게 불린 로즈라는 이름이, 가족이라는 말과 어우러져 묘하게 가슴이 먹먹했다.

아주 오랜 시간 동안 관계를 단절하며 살아왔다. 그게 최선이라는 이유로. 누구에게도 피해주고 싶지 않다는 이유로. 그렇다고 해서, 외로움이 익숙해지는 건 아니었다. 놓아버리고 놓쳐버리고 잡지 못하는 삶이 익숙해지는 건 아니다. 그저 받아들였을 뿐이다. 이제 그 굴레에서 벗어날 때가 되지 않았을까.

로즈도 스칼렛을 꼭 끌어안았다. 달짝지근한 디저트를 먹었는지 스칼렛에게서는 달콤한 냄새가 났다.

"그래요."

"그러니 혹시라도 자책할 생각은 말고. 나쁜 놈이 저지른 일을 자기 탓이라고 생각하는 것만큼 바보 같은 게 없어. 제일 질 나쁜 가해자가 어떤 인간인지 알아? 자기가 가해자라는 걸 인정하지 않고 피해자한테 책임을 떠넘기는 것들이야."

"알고 있어요."

"이제 다 끝났어."

로즈가 긍정의 의미로 고개를 끄덕였다. 그러곤 밝게 말했다.

"이제 맛있는 걸 먹고 기분을 풀죠."

"에아기…… 아니, 로즈. 이제 인생의 즐거움을 알았구나. 자, 그럼 다른 것도 하나씩 알려줄게."

스칼렛이 흥분해서 답했고, 로즈가 쿡쿡 가볍게 웃으며 답했다.

"시간은 많으니 천천히요."

이제 이곳이 자신의 집이 될 터이니, 전처럼 떠날 준비를 않아도 된다. 모든 이들에게 다 제 마음을 허락하지는 않겠지만, 전같이 적당히 거리를 두고 경계하며 아무도 마음속에 들여놓지 않는 일은 없을 것이다. 소소하고 작은 행복거리들을 하나씩 하나씩 채워가도 충분했다.

6

황금빛 테두리에 보랏빛 보석. 황금색 수실로 장식된 보랏빛 망토. 정당한 황권을 위협하던 자들을 처리한 후 공을 치하하는 자리를, 고귀함을 뜻하는 황금색과 희귀함을 상징하는 보라색으로 정했다. 보라는 차가운 파랑과 따뜻한 빨강이 섞여 화합의 의미도 있기에 황족이라면 중요한 행사에 종종 몸에 걸치는 색이다.

이리저리 끌려다니는 바람에 입은 상처들과 타박상으로 인해 아직도 온몸이 얼얼한 데다 한쪽 발목은 바닥에 디디기도 어려운 상황이었지만, 그들을 위해 목숨을 걸고 싸워준 이들과 여러 방면으로 애써준 이들에 대한 치하는 빠르면 빠를수록 좋다는 게 루크워렐과 로즈의 판단이다. 공의 크기와는 상관없이 제 노력을 알아준다면, 그를 알아봐준 상대에 대한 마음은 깊어지기 마련이다. 그리고 또한, 루크워렐과 로즈는 그들이 했던 일들을 당연하다 치부하고 넘어갈 생각이 없었다. 마땅히 감사해야 할 일이었다.

로즈의 머리 위로는 모든 치장의 마지막으로, 그 전까지 했던 머리 장신구와는 다른 황금관이 내려앉았다. 크기는 그렇게 크지 않았지만, 그녀의 입지를 잘 알려주는 것이었다.

성장이 다 끝난 로즈는, 움직이기 위해 바퀴의자에 앉았다. 잘 차려입은 시녀 하나가 바퀴의자를 밀었다. 그 뒤로는 평소보다 훨씬 갖춰 입은 시녀들이 죽 늘어서서 하나의 행렬을 이뤄냈다. 그 끝에는 검을 찬 기사들이 호위로 늘어섰다.

회의장으로 들어서자, 루크워렐이 먼저 도착해 있었다. 로즈와 마찬가지로 황금색과 보라색으로 치장한 루크워렐이 황권을 상징하는 금빛 홀을 든 채 한 손을 내밀어 로즈를 맞았다.

로즈가 우아하게 손을 내밀어 루크워렐의 손을 맞잡고 공신들과 유력가문의 신하들이 모여 있는 쪽을 향했다. 둘에겐 기품과 위엄이 있는 동시에, 서로 간의 애정에서 절로 자아내지는 부드러움도 있었다. 엄격함과 부드러움이 공존하는 그 모습은, 사람들로 하여금 존경을 불러일으키기 충분했다.

로즈가 루크워렐의 옆으로 가자, 기다리고 있던 신하들이 모두 기립했다.

"황제 폐하와 귀비님을 뵙습니다!"

여럿의 소리가 얽혀 회의장을 울렸다. 루크워렐이 짧게 전했다.

"앉도록."

루크워렐의 말이 끝나자, 모두 정해진 자리에 앉았다. 회의장은 꽤 커서, 삼백스무 명의 좌석이 있었다. 회의장은 절반 정도만 차 있었는데, 설리반의 반역과 관련되어 처벌받은 이가 많았기 때문이다. 설리반의 계획을 알고 있음에도 침묵하고 있던 기회주의자도 처벌대상에 포함되었기 때문에 수는 많을 수밖에 없었다.

"알다시피, 황좌를 노린 불미스러운 사건이 있었다. 설리반 프린프란은 황권과 관련하여 아무런 권한도 권리도 없음에도 자신이 나보다 더 우월하다는 걸 증명하기 위해 반역을 일으켰다. 그리하여 많은 물의와 피해를 일으키고, 많은 이들에게 신체적 정신적으로 고통을 주었다. 하지만 내 사랑스러운 귀비가 자신을 악랄한 계획에 참여시키려는 설리반의 계략을 기회로 바꾸고, 그대들이 진실한 마음으로 나를 지지하고 반역을 저지함으로 모든 악의 어린 시도는 완벽하게 저지되었다. 그대들에게 감사한다."

모두 루크워렐의 이야기를 묵묵히 듣고 있다.

"오늘 이렇게 부른 것은, 그대들의 수고를 치하하기 위함이다. 슈나이더, 언제나 옆에서 그대의 노고가 크지. 잘 알고 있으니 이번에도 옆에서 잘 도와주기를 바란다."

루크워렐의 반쯤 농담 섞인 말에, 슈나이더가 조용히 웃음 지으며 답했다.

"알고 있습니다."

그리고 뒤이어 루크워렐이 하나씩 하나씩 호명하며 치하했다. 공로자들에게는 보석과 금으로 세공된 장식용 검과 거울을 주었다. 검은 지금처럼 마음을 단단히 지키라는 의미였고, 거울은 언제든 제 마음을 비춰 보라는 의미였다. 다른 이들에게는 크기가 작은 은과 보석으로 만든 거울이 주어졌다.

공신 중 가산 지역으로 떠난 아인과 프란츠와 줄리오는 거리 문제로 도착하지 못했는데, 도착하면 선물과 보상을 주기로 되어 있었다. 아인의 바람을 담은 편지가 대리인을 통해 전달되었다. 그 편지를 펼쳐든 루크워렐이 미소를 머금었다. 루크워렐의 미소에 로즈가 슬쩍 고개를 돌려 함께 편지를 읽어내렸다.

[혹시 공에 대한 치하를 할 때 청을 들어주시려거든, 가산 지역 재건에 좀 더 많은 예산을 부여해주시기 바랍니다.]

"아인답군."

루크워렐이 가볍게 웃으며 말하자, 로즈가 물었다.

"청렴한 사람이로군요."

"그렇다고 해서 제 몫을 안 챙길 사람도 아니지. 자기가 받을 몫에서 해달라는 말은 없으니."

"그 점을 더 마음에 들어 하는 것 같은데요."

로즈의 말에 루크워렐이 긍정했다.

"그래. 자기 자신이나 자기 사람도 챙기지 못하면서 제 모든 걸 털어 남을 돕는 것은 어리석으니까. 스스로나 혹은 자신한테 소중한 사람조차 버려둔 채 타인을 돕는 선의는 어떻게 보면 기만이 아닌가 싶거든. 절체절명의 순간, 자신을 희생하며 타인을 살리는 고귀한 희생과는 별개의 문제지."

"그 말에는 공감할 수밖에 없네요."

로즈가 웃으며 답했다.

모든 이들에게 선물이 돌아가고, 반역에 참가하여 회수된 영지와 사업에 대한 정리를 할 차례. 일부는 국고로 환수되고, 일부는 공신들에게 고루 나눠지기로 계획되어 있었다. 또한 공신들에게는 가능한 범위 내에서 청을 하나씩 들어주기로 했다. 이러한 결정으로, 이번 일에 선택되지 못한 사람들에게도 루크워렐은 신의를 지키면 확실한 보답을 하는 이로 인식되었다. 차후 비슷한 문제가 발생했을 때, 그들이 어떠한 선택을 해야 하는지 정확한 길을 보여주는 방법이다.

공신들에 대한 치하가 있기 전, 루크워렐이 모여 있는 사람들을 향해 선언했다.

"이번 일에서, 나를 위해 가장 큰 위험을 감수했던 내 사랑스러운 에아기네스를 위해, 나는 한 가지 선물을 해주고 싶다."

이미 한차례 논의가 된 내용이어서, 핵심인사들은 루크워렐이 무슨 말을 할지 대충 알고 있는 눈치였다. 하지만 뒤에서 논의된 것과 정식으로 공표되는 것은 정당성에서 큰 차이가 났다.

"반역을 저지른 자를 저지한 에아기네스는, 그 양부도 함께 반역에 참여했음이 밝혀졌다. 내 사랑스러운 귀비를 성 하나 없이 둘 수는 없는 법, 그리하여 충성에 대한 치하로, 멸문된 카펠리움의 성을 그녀에게 주도록 하겠다. 이는 반역으로 처벌받은 가문의 성을 다시 충성된 이로 복원하여 더 아름답게 세우도록 함이다."

"폐하의 깊은 생각에 동의합니다."

하나둘 사람들이 동의하자, 회의장 안은 어느새 동조하는 의견으로 꽉 찼다. 이미 논의 끝에 결정된 사항을 발표하는지라, 크게 반발하는 이는 없었다.

"더불어 양부모가 지어준 이름도 현 상황에서 계속 사용하는 것이 좋지 않다 판단하였다. 그리하여, 이제 내 귀비를 에아기네스라는 이름 대신, 내가 애칭으로 부르던 로즈라 부르도록 하겠다."

로즈 아이시타스 카펠리움.

평생 찾지 못하리라 생각했던 이름을 찾았다. 큰 잘못으로 인해 끊어졌다 믿었던 이름이, 이제 그녀를 통해 다른 형태로 이어지게 되었다. 로즈는 말로 형용할 수 없을 만큼 벅찼다. 자신이 저지르지 않은 일로 정죄 받던 시간은 끝났다. 이제는 자신이 잘하면 된다. 로즈는 말없이 루크워렐의 손을 잡았다. 감사한 마음이 가득했다.

루크워렐의 선언으로 인한 여파가 지나가자, 루크워렐과 로즈는 공로자들을 향했다. 가장 먼저 위험을 감수했던 리엘라에게로 다가갔다.

리엘라는 한 올도 빠짐없이 단단히 틀어 올리곤 하던 머리를 평소와는 다르게 풀어내리고 있어, 분위기가 한결 달라져 있었다. 그러나 침착하고 강인한 느낌은 여전했다.

바로 옆에는 란첼이 있었는데, 근엄하고 용맹한 인상이었다. 공을 세우고 들떠 있는 이들과는 달리 가라앉은 느낌이었는데, 제가 맡은 역할에서 최선을 다했지만 예기치 못한 일들로 로즈가 크게 다쳤기 때문일 터다.

원망을 하려면 할 수 있었다. 그러나 모든 계획은 언제나 뜻대로 되지 않는 법. 위험에 자신을 던지고 싶어 하는 사람은 없기 마련이나, 어느 정도는 예상치 못한 일이 일어날 수 있다는 점을 각오는 했었다.

처음부터 무작정 상대를 친 게 아니라, 리엘라의 영지에 주둔한 반역자들이 황성으로 갑자기 밀려갔기 때문에 어쩔 수 없이 움직였다 들었다. 그곳의 인원이 황성의 반역자들과 연계된다면 더 좋지 못한 결과를 가져올 수 있었기 때문에 그리 했다 들었다. 그로 인해 일찍 설리반에게 신호가 가 자신은 고초를 겪었지만, 란첼 입장에서는 최선을 다해 막으려 했다고 들었다. 게다가 목숨을 걸고 싸워 반역자들을 모조리 제압했다. 만에 하나 란첼이 저지하지 못했다면 황성이나 혹은 무고한 리엘라의 영지민들이 큰 피해를 입었을지도 모른다.

란첼이라는 사람의 평판은 좋다. 성실하고 제 일에 충실하며 책임감 있게 모든 걸 해낸다는. 그때 당시에는 그렇게 판단할 만한 근거가 있었을 터였다. 그런 사람이니, 이번 일에 대한 죄스러움으로 앞으로 맡은 바를 더 잘 해낼 가능성이 높다. 기회를 주고 앞으로를 보는 게 낫다.

로즈가 란첼에게 말을 붙였다.

"임무를 수행하던 중, 예상치 못한 일이 있었다 들었습니다. 그로 인해 여러 문제가 생기기는 했지만…… 경이 애써준 덕분에 이렇게 일이 해결되었습니다. 나 또한 실수하는 사람이니, 마음에 크게 두지 말고 앞으로 힘써주기를 바랍니다. 애써준 것에 감사를 표합니다."

"귀비님…… 죄송합니다……. 앞으로는 무슨 일이 있어도, 귀비님께 누를 끼치지 않도록 노력하겠습니다."

"그 마음이면 됩니다. 진실하다 믿겠어요."

란첼이 송구함으로 말을 잇지 못하자, 로즈는 그저 빙그레 웃었다. 그리곤 리엘라를 바라봤다.

"리엘라 님도 영지를 내어주는 위험을 무릅쓰기 쉽지 않았을 터인데, 승낙해주셔서 감사합니다. 그로 인해 좋은 결과를 얻었지요."

리엘라가 로즈를 바라보았다. 그녀의 붉은 눈동자는 많은 생각이 깃들어 있었으나, 침착함을 잃지 않았다.

"귀비님만큼이었겠습니까. 직접 그 무도한 자를 대하셨으니. 마음이 매우 좋지 않았습니다."

"자신은 위험을 무릅쓰지 않으면서 다른 이들에게 사지로 가라 할 수는 없습니다."

로즈가 단정히 답하자, 리엘라가 진지한 얼굴로 고개를 끄덕였다. 루크워렐이 리엘라와 란첼에게 말했다.

"리엘라는 크리스토프 가와 별개로 자신이 상속받을 수 있는 영지를 원하고, 란첼은 이번에는 포상에서 제하기로 결정하였다. 혹시 더 할 말 있나?"

"아닙니다. 귀비님이 그리 크게 다치셨으니, 뭐라 할 말이 있겠습니까."

옆에서 듣고 있던 로즈가 입을 열었다.

"노고가 많은 이에게 좋지 못한 결과가 있었다 하여 보상을 뺏는 것도 옳지 않은 것 같습니다. 큰 보상은 아니어도, 이번에 반역자들을 잡는 일에 몫을 해내었으니, 작은 보상이나마 이뤄졌으면 합니다."

루크워렐이 고개를 끄덕였다.

"그 점에 대해선 차후에 논의하도록 하지."

그 이후에도 쭉 치하가 이어졌다. 마지막으로 참여했던 기사들과 목숨을 걸고 로즈를 구해준 시녀장에 대한 적절한 보상과 대우가 이뤄졌고 행사는 마무리되었다. 이안과 프란츠와 줄리오가 오는 대로 대대적인 연회를 베풀기로 했기 때문에 오늘은 이것으로 끝이다.

루크워렐과 로즈가 회의장에서 나오자, 루크워렐이 바퀴의자를 밀던 시녀에게 물러서라 이르고 직접 손잡이를 잡았다. 다른 이들이 그들과 멀찍이 떨어져서 오는 가운데, 루크워렐이 로즈에게 다정한 목소리로 말했다.

"힘든 하루인데 애썼어."

"루크워렐, 그 말은 틀렸어요. 진짜 힘든 하루는 지나갔거든요. 오늘은 행복한 날이지요. 압박하던 적은 사라지고, 당신과 함께 있으니까요."

"그리 말하니 마음이 더 미안해."

"아니에요. 당신이 해준 많은 일들, 당신이 해준 많은 배려, 그 모든 것이 날 살렸어요."

로즈가 몸을 조금 돌려 의자를 밀어주는 루크워렐을 바라보았다. 그리고 아름답게 웃었다.

"당신은 나에게 이름을 주었어요. 평생을 가져갈 수 있는 이름을."

루크워렐이 걸음을 멈추었다. 복도 창문으로는 달빛이 하얗게 스며들어와 있었다. 루크워렐이 밀던 손을 떼고, 로즈의 앞에 무릎 꿇어 앉아 눈을 맞추었다. 그리고 로즈의 손을 들어 가볍게 손가락에 입 맞추며 속삭였다.

"그대의 아픔이 빨리 낫기를 바라고 있어. 몸도 마음도."

“네.”

“사랑하고 있어.”

“네.”

그리고 로즈는 똑같이 사랑한다는 말 대신, 제 앞에 무릎 꿇고 눈높이를 맞추는 남자의 얼굴을 부드럽게 감싼 후 아주 다정히 입 맞추었다.

앞으로도 어려움이 있겠지. 그렇지만 이 사람과 함께라면 분명 이겨나갈 수 있을 거야.

로즈는 따뜻한 입술을 맞댄 채 그렇게 생각했다. 그것만으로도 충분했다.

“폐하와 귀비님이 용서해주셔서 다행이야. 정말 열심히 보필할 거야.”

돌아오는 길에 란첼이 무거운 짐을 내려놓은 듯 한결 가벼운 어조로 말했다. 리엘라가 옆에서 고개를 끄덕였다.

“그래. 다행이네.”

리엘라는 간단히 답했지만, 머릿속은 생각으로 가득 잠겨 있었다.

카펠리움.

그녀는 카펠리움 가의 큰딸이었던 솔로미아를 생각하고 있었다. 황제가 귀비에게 카펠리움이라는 성을 내리겠다고 명하자, 그간의 의심이 다시 피어올랐다. 모두 죽었다 생각하며 기억하지 않는 이들. 카펠리움 가의 사람들. 어쩌면…….

“무슨 생각을 그렇게 해?”

란첼이 말없는 리엘라에게 묻자, 리엘라는 그저 웃었다.

"네 생각."

란첼이 얼굴을 시뻘겋게 물들이더니, 놀란 듯 리엘라를 바라보았다. 리엘라가 빙그레 미소 지었다. 란첼이 중얼거렸다.

"이럴 때 고백하다니……."

"좀 치사하지만, 네가 힘들 때 옆에 있어주는 사람이 나였으면 좋겠다는 생각이 들었어. 이번에 생사를 오가는 일을 겪어보니 더더욱 그런 생각이 들더라고."

란첼이 머뭇머뭇, 리엘라의 손을 부드럽게 잡았다.

"고백은 나한테 먼저 양보했으면 좋았잖아."

다정히 맞잡은 손에 담긴 진심에, 리엘라가 란첼의 마음을 느끼고 웃었다.

"너도 날 좋아한다는 걸 확신할 수 없었으니까."

"이제는 알겠네. 나도 널 좋아해."

란첼의 담백한 답에, 리엘라는 란첼의 손을 더 꼭 붙들었다. 거창한 고백이 아니어도 마음이 통한다는 건, 이런 것일지 몰랐다. 아마 황제 폐하와 귀비님도 이런 마음인 게 아닐까.

귀비가 살아남은 카펠리움 가의 자손일지도 모른다는 의심. 리엘라는 그 생각을 지워버리기로 했다. 설령 그렇다 할지라도, 귀비가 보여준 행보는 루크워렐을 진정 사랑하지 않으면 할 수 없는 것들이다.

가문과 입장과 환경을 떠나, 한 사람과 한 사람으로 서로 사랑하기 때문에 무릅쓴 희생들. 그래서 관용을 보여줄 수 있었던 것이다. 그렇게 힘들게 사랑하면서 다른 이들에 대한 이해심이 더 깊어졌기에. 그 점에 감사하며, 모든 걸 묻어두자.

566

리엘라는 시뻘겋게 달아오른 채 어쩔 줄 몰라 하는 란첼의 옆에 일부러 바짝 붙으며 빙그레 웃었다. 이제 분란은 끝났다. 모두가 행복해질 시간만이 남았다.

뚝뚝뚝. 사각사각사각.

정체 모를 액체가 바닥으로 흘렀다. 벌레들이 움직이며 내는 소리는 조용한 감방에서 아주 잘 들렸다. 운동기능을 상실하고 온전치 않은 몸은 대신에 청각이나 시각 같은 남아 있는 감각을 발달시켰다. 그건 지독한 고문보다도 더했다.

설리반은 사람이라고 볼 수 없는 형체로 누워 있었다. 건더기가 대충 섞여 있는 멀건 유동식을 성의 없이 입에 부어주고 나면, 간수는 덜렁 사라지곤 했다. 고급스러운 음식만 먹어왔기에, 처음에는 구역질도 했지만 이젠 배고픔에 습관처럼 넘겼다. 입마개는 처음 며칠만 채워졌고 금세 치워졌다. 열려진 감옥 문처럼 아무도 없는 이 공간에서 자신이 할 수 있는 건 없다는 뜻 같아 설리반은 더 지독한 절망에 빠져야 했다.

소리도 지르고 악도 써봤지만, 돌아오는 건 자기 외에 텅 빈 지하층에 울리는 메아리뿐이었다. 음식을 가져다주는 간수 외에는 설리반이 있는 깊고 깊은 지하감옥에는 아무도 얼씬도 하지 않았다.

고립.

설리반은 평생 누군가를 제 앞에 세워 방패막이를 시키던 인간이다. 세 치 혀와 권력과 돈과 영악함이면 언제든지 자신을 대신해 더러운 일을 해주고 책임져줄 사람들이 넘쳐났다. 하지만 이곳에서는 아니다.

음식을 먹으면 배출을 한다. 설리반은 치욕스럽게도, 엉덩이 쪽이 뚫린 나무판자 위에 누워 그대로 용변을 보았다. 심지어는 용변을 보았다는 감각조차 없다. 드문드문 찝찝한 불쾌감은 들었다. 하의는 입히지도 않은 채 대충 천으로 덮어놓았는데, 양동이가 가득 차면 벙어리 죄수가 하나 들어와 양동이를 들고 가 비우고 차가운 물 한 바가지를 더러운 몸에 부어준 후 낡은 천으로 중요부위만 대충 덮어놓고 가고는 했다. 그 죄수를 향해 아무리 떠들어대도, 무반응이었다.

게다가 벌레와 쥐들은 지린내와 분뇨의 흔적을 찾아 몸으로 기어 올라오곤 했다. 손을 휘저을 수도 없이 그 모든 걸 고스란히 당해야 했다. 게다가 얼굴의 감각은 그대로 남아 있어 끔찍함은 더할 나위 없었다. 얼굴이 간지러워도 긁을 수 없었다. 이건, 인간으로서 살아 있다고 볼 수 없다. 사육되는 가축도 이보다는 처지가 나을 터다.

불쾌감. 수치심. 모멸감. 치욕. 더러움. 분노. 이런 모든 부정적인 감정들이 엉켜 절망을 낳았다. 게다가 건강은 아주 천천히 나빠졌다. 움직이지 못하고 눌린 몸에는 염증이 생겼으며 조금씩 썩어갈 기미를 보였다. 곰팡이와 쥐와 벌레로 얼룩진 감옥의 공기는 기침을 부르고 폐를 갉아먹었다.

온몸이 꼼짝을 않는데 정신이 멀쩡하니, 미쳐갈 수밖에 없다. 지하는 시간의 흐름조차 알지 못하게 했다. 언제부턴가 식사시간만을 기다렸는데, 그때만이 유일하게 사람을 볼 수 있는 데다 시간의 흐름을 알 수 있었기 때문이다.

설리반은 간수를 매수해보려 온갖 감언이설을 내뱉었지만, 아무런 소용이 없었다. 강한 무력감과 동시에, 격렬한 분노가 치밀어 올라왔다.

제 자리에 앉아 있을 루크워렐과, 그에게 동조해 자신의 뒤통수를 친 에아기네스. 언젠가부터 설리반이 유일하게 하는 일은, 썩어가는 몸뚱이로 힘을 다해 그들을 저주하고 욕하는 것이다. 자신의 실패는 오롯이 그들의 책임이고 그들의 잘못이다. 그는 제가 한 일에 대해 후회하거나 용서를 빌 마음은 조금도 없었다.

그 순간, 바로 옆에서 더러운 쥐가 올라와 제 얼굴을 타고 넘었다. 욕지거리가 튀어나왔지만, 할 수 있는 건 아무것도 없다. 그의 육체는, 그렇게 그의 더러운 정신과 함께 어둠 속으로 침잠하며 썩어들었다.

아인은 프란츠, 줄리오와 함께 황도로 향하며 제 무리를 돌아보았다. 가산 지역으로 떠날 때와 마찬가지로 하나도 빠짐없이 모두 제자리에 있었다. 그건 참 감사한 일이지만, 예상치 못한 인물이 하나 더 늘었다. 아직 여인이 되었다 보기에는 어린 소녀가 말을 타고 있다.

마야다.

끈질긴 부탁과 사정이 딱해 동행하기는 했지만, 그녀의 바람을 들어줄 수 있을지는 알 수 없다. 그녀가 고향에서 몸과 마음을 치유하기를 바랐지만, 그녀의 마을은 송두리째 없어지다시피 했고, 살아남은 이는 매우 적었다. 게다가 부족장의 아들에게 강제로 범해진 마야가 개인의 영달을 위해 몸을 의탁했다고 보는 이들까지 있었다. 그곳에서 자신을 추스르기란 확실히 무리가 있을 터다.

아인은 입이 썼다. 해줄 수 있는 데까지 해준다고 해도, 한계가 있다. 아무도 모르는 곳에서 새롭게 시작하고 싶다는 그녀의 뜻은 이해가 가지만, 자신 또한 그녀를 끝까지는 돌보아줄 수는 없을 것이다. 필요한 도움은 베풀 수 있지만 어찌되었건 인생을 홀로 바로 서야 하는 건 마야 자신의 몫이다. 그래도 찡찡대거나 울지도 않고 말을 탄 채 조용히 이동 중이다.

아인은 그게 더 이상했다. 원래 조용한 성미일 수는 있었으나, 마야에게는 이제 그 나이 또래의 소녀 특유의 발랄함은 찾아볼 수 없었다. 식사 때 외에는 말을 하는 걸 본 적이 없다. 누군가 물어보면 아주 작고 짧게 답하곤 했다. 마야가 가장 길게 말한 적은 처음 니메에게서 도망 나왔을 때와, 살던 고향에서 온전히 떠나 무슨 일을 하든 수도로 올라가고 싶다는 표현을 했을 때뿐이다.

밝지도 어둡지도 않은 무표정이나 멍한 것에 가까웠고, 말은 하지 않지만 가끔 잠을 설치는 듯도 했다. 역모는 완전히 해결되었기 때문에 더 이상 비밀리에 움직일 필요가 없어 야영보다는 가까운 마을에서 짐을 풀고는 했기 때문에 잠자리가 불편해서일 리는 없다.

아마도 끔찍한 경험 탓이겠지. 아인은 그런 일은 겪어본 적이 없었지만, 제 주변의 소중한 사람들이 도륙당하고 스스로의 몸이 타인에 의해 강제로 좌지우지당한다면 느낄 절망과 슬픔과 분노. 극복하기 힘든 경험이겠지. 삶에 어떤 식으로 영향을 미칠지는 모르겠지만, 과연 시간이 흐른다고 모두 해결될 수 있을까.

아인이 그런 생각에 잠긴 채 말을 몰고 있는데, 프란츠가 제 애마를 타고 슬그머니 다가왔다.

"너무 감정에 치우친 거 아니야, 아인? 사정이야 딱하다만 수도로 데려다준다고 딱히 다른 방도가 생기지는 않아. 일자리를 알아봐주는 정도는 할 수 있지만, 저런 경험을 한 친구들은 자칫하면 자포자기해서 나쁜 곳으로 흘러들어가기도 한다고."

"알고 있어."

"네 성격에 돕는다고 나서다 괜한 오해를 살까 염려되어 그런다."

"그럴 일은 없어."

프란츠가 아인 옆에 붙자, 반대편으로 줄리오도 다가와 말을 걸었다.

"그래도 곤란에 처한 사람을 도운 건 잘한 일이라고 생각해, 아인."

아인이 줄리오를 보더니 프란츠에게 말했다.

"괜한 오해를 살 만한 건 줄리오 같은 사람이야, 프란츠."

프란츠가 줄리오를 흘끔 보더니 고개를 끄덕였다.

"그렇지. 아인 네 녀석 말고 줄리오 같은 녀석을 걱정해야 맞는 거지. 저 녀석은 순진한 데다 정의로우니까. 호사가들에게 덥석 당할 수 있는 녀석이야."

"그게 무슨 소리야?"

가만히 있다가 불똥이 튄 줄리오가 되묻자, 프란츠가 씩 웃었다.

"이제 슬슬 수도도 보이는데, 누가 먼저 도착하나 시합할까, 줄리오? 날 잡으면 이야기해주지."

그러더니 프란츠가 시작 소리도 없이 박차를 가했다. 머뭇대던 줄리오가 말을 재촉하며 먼지를 날렸다. 아인이 고개를 절레절레 흔들었다. 어차피 인적이 드문 길이라 말을 좀 빨리 달린들 크게 위험할 일은 없다. 프란츠는 몰라도 줄리오는 그 점을 고려해서 시합에 응했을 터다.

황궁에 들어가면, 가산 지역에 대한 지원이 이뤄졌는지 확인하고, 마야는 지원이 필요한 피해자로 등록해 머물 곳과 일할 곳을 알아봐 줘야겠다고 생각했다. 지나친 오지랖일 수도 있지만, 마야는 토벌에 큰 도움을 주었고 실제적으로 피해자가 맞다. 모든 이를 다 구제할 수는 없을지라도, 적어도 도와달라 손을 내미는 사람에게는 가능한 만큼의 도움을 주는 게 맞다고 생각했다.

물론, 지나치게 관여할 생각은 전혀 없다. 필요 이상의 친절은 독일 뿐, 결코 득이 될 수 없었다. 마야는 홀로서기를 해야 하고, 제게 지나치게 의지하게 만들어 모든 걸 책임져줄 의무도 생각도 없었다. 사람이 사람에게 도움을 줄 수는 있지만, 그 사람이 해야 하는 몫까지 온전히 대신 해준다면 결국에는 그 사람을 망치는 결과를 초래할 뿐이다.

그녀의 감정적인 상처가 아물 수 있게 함께해줄 수 있는 사람이 있기를. 친구든, 연인이든. 언젠가 또다시 생길 수 있는 가족이든. 짧은 바람과 함께, 줄리오와 프란츠가 멀리 사라진 지평선으로 익숙한 도시가 보이기 시작했다.

수도였다.

설리반이 감옥에 갇히고, 많은 것들이 바쁘게 지나갔다. 설리반의 가문은 완전하게 멸문당했다. 설리반에게 협조했던 이들은 사형을 선고받거나 유배당했다. 침묵을 지키며 은밀히 설리반을 지지했던 이들조차 모조리 다 발각되어 처벌을 받았다. 그 모든 일은 신속하고 정확하게 이뤄졌다.

그리함으로, 앞으로 누구도 루크워렐의 정당한 황권에 대해 더러운 수작질을 부릴 수 있을 만한 꼬투리를 주지 않았다. 이러한 일이 완전히 일어나지 않는다 할 순 없지만, 설리반이라는 선례를 통해 잘못된 동기로 불온한 기색을 비친다면, 단박에 처치해도 할 말이 없게 되었다.

그사이 로즈의 발목은 온전히 낫고, 스텔라도 자리에서 일어났다. 외려 가장 오래 몸이 좋지 않았던 이는 스칼렛이었는데, 별다를 게 없는 감기가 반복되며 침상에서 쉬이 일어나지 못했다. 그러나 특유의 긍정적인 성격으로 밝게 생활했다.

가산 지역에 갔던 이들이 돌아왔다는 이야기가 들려왔다. 특이하게도 피해를 입은 소녀도 한 명 같이 왔다고 한다. 가산 지역에 갔던 인원들은 모두 각자의 집이 있었고 대부분 남자였기에 수도 근처 마을에 임시로 처소를 하나 구해주어 거기에 머물게 하고 있다고 들었다. 가족을 한순간에 눈앞에서 잃은 지독한 기억에 더 이상 그곳에서 살 수 없으니 떠나게 도와달라 간청하여, 그 청을 들어준 걸로 대다수의 사람이 알고 있었지만, 로즈는 그녀가 겪었던 또 다른 일도 보고를 통해 알고 있었다.

자신도 당할 뻔한 일이다. 소녀와 자신에게 차이가 있다면 그건 똑같이 끔찍한 경험을 겪었지만, 자신은 불행 중 다행으로 끝까지 가기 전에 구해졌다는 사실이고, 소녀에게는 구해줄 사람이 없었다는 부분이다. 그것만 빼면 다를 게 뭐가 있을까. 귀족이고 황족이고 평민이고를 떠나, 환경과 배경과 성격이 다른 걸 떠나, 한 사람의 여자로서 힘과 공포로 제 의지는 철저히 무시당하고 짓밟혔다는 사실에서 다를 바가 없다.

단순한 성욕에만 근거한 행위가 아니다. 가학적이고 폭력적인, 철저한 이기적인 행위였다. 지배하고 욕구를 충족함으로 밑에 눌린 자는 완전하게 부서트린다.

로즈는 쏟아지던 비와, 형형하던 눈빛과, 그녀를 제 뜻대로 만들기 위해 가하던 폭력을 떠올렸다. 심장을 얼어붙게 만드는 공포와 지독한 무력감, 앞으로 닥쳐올 고통에 대한 예감으로 신경이 하나하나 끊어지는 기분이었다.

생각만으로도 한기가 들어, 로즈는 허공으로 손을 뻗었다. 햇살이 가득 손아귀에 잡혔다. 그날의 그 탑은 루크워렐의 명에 의해 이미 허물어졌지만, 눈을 감으면 차갑고 축축하고 무서웠던 그 안에서의 기억이 망령처럼 따라붙지 않는다고 어떻게 장담할 수 있을까.

설리반은 확실히 알고 있었다. 그렇게 행동함으로 그 이후의 자신의 삶이 얼마나 망가질 수 있는지. 그것에 그치지 않고 자신에게 소중한 사람들도 얼마나 같이 무너질지. 그로 인해, 옆에 없어도 평생에 걸쳐 제 지배하에 두고 싶었던 거다. 지독한 인간이다.

그때 따스한 햇살을 받고 있는 로즈의 뒤에서, 커다란 남자의 팔이 그녀를 둥글게 감쌌다. 그녀가 반사적으로 흠칫 놀랐지만, 익숙한 품에 다시 안도했다. 루크워렐이다. 그랬다. 지금 자신이 있는 곳은 과거 잠시 끌려다녔던 어두운 숲과 부서진 탑 안이 아니라, 자신이 살고 있는 황궁의, 햇살이 가득 담긴 정원이었다.

로즈는 아직도 가끔 악몽에 시달린다. 카펠리움이라는 성을 받은 이후에는 불타는 저택이나 원망하는 이들에 대한 꿈은 흐려졌지만, 이제는 어두운 숲에서 커다란 손이 자신을 덮치는 꿈을 꾸고는 했다. 다행히도, 자신에겐 악몽에서 깨어났을 때 자신을 안아줄 수 있는 사람이 바로 옆에 있다. 이 사람과 가끔은 다투기도 하고 부딪히기도 하겠지만, 서로를 사랑하는 한 서로를 꼭 끌어안고 깊이 사랑하며 위로를 받으며 살아가리라. 마음의 어둠이 온전히 사라질 때까지 이 사람을 안고 있어야지. 언젠가 이 사람이 힘들어서 제 품에 안길 때, 자신도 이 사람을 꼭 안아주어야지.

로즈가 자신을 뒤에서 꼭 끌어안고 있는 루크워렐을 느끼며 다정히 웃었다.

"이렇게 평화롭게 앉아 있을 수 있다니, 꿈만 같아요."

"꿈이 아니야. 그대가 내 옆에 있는 게 현실이지."

"그래요. 행복한 일이네요."

로즈가 부드럽게 웃으며 제 어깨를 감싼 팔에 손을 올렸다.

"아인과 프란츠, 줄리오에게는 적절한 포상이 이뤄졌나요?"

"내일 수여식이 있어."

"자신이 한 일에 대해 제대로 인정받고 있다고 느끼면 힘을 낼 거예요."

"많이 힘들면 내일은 쉬어도 돼. 각종 행사에 업무도 꽤 많이 하고 있는 걸 알아."

로즈가 몸을 돌려 루크워렐에게 가볍게 입 맞추며 속삭였다.

"그건 당신도 마찬가지잖아요. 밀린 일이 많아서 그래요."

루크워렐이 로즈에게 똑같이 입맞춤으로 화답했다. 차이가 있다면, 더 길고 진한 키스라는 사실이다. 몸이 기울어지며 키스만으로 끝날 것 같지 않은 분위기에, 로즈가 쿡쿡 웃으며 그의 귓가에 속삭였다.

"여기는 좀 그래요."

"난 상관없지만, 그대가 그렇다면."

그러더니 루크워렐이 로즈를 번쩍 들어올려 파렌치에 관으로 성큼성큼 걸어갔다. 로즈가 루크워렐의 목덜미에 팔을 둘렀다.

"아직 일이 다 안 끝났잖아요. 그리고 무거워요. 내려줘요."

"무겁지 않아. 그리고 그대를 위해 시간은 충분히 낼 수 있어."

빈말이 아니라는 걸 알았지만 빈말이어도 좋았다. 로즈가 작은 동물처럼 루크워렐의 가슴팍에 얼굴을 묻고선 비비적대었다. 행복했다.

"루크워렐, 부탁이 하나 있어요."

"어떤 부탁인데?"

행복한 표정을 짓고 있던 로즈가, 고개를 들고 진지한 얼굴로 루크워렐을 바라보며 청했다.

"가산에서 왔다는 소녀를 만나고 싶어요."

자신은 행복했다. 어둠과 절망이 자신의 발목을 때때로 잡고 제 구덩이 속으로 들어오라 독촉하곤 했지만, 이겨낼 수 있었다. 하지만 그 소녀의 옆에는 누가 있을까? 한 번이라도 손을 잡아주고 싶다. 제 안에 어둠으로 남은 과거라는 자국을 가진 사람으로서.

로즈는 힘을 실어 말했다.

"청하지 않고 만날 수도 있었지만, 그래도 루크워렐에게 말하고 만나고 싶었어요."

그런 로즈를 보고 루크워렐이 말없이 고개를 끄덕였다. 그리고 안은 채 뚜벅뚜벅 걸어갔다.

"좋은 마음인 건 알아. 그래도 로즈, 난 못난 남자라 혹시라도 그대가 그 소녀를 보고 아픔을 떠올리게 된다면, 말리고 싶어."

"그렇지 않을 거예요, 루크워렐. 당신이 얼마나 나에게 큰 힘을 주는데요. 거기다 나에게 다정히 대해준 사람들이 있으니, 분명 나는 힘을 낼 수 있을 거예요."

"그대가 그러하다면, 그대 뜻대로."

그러더니 루크워렐이 로즈를 조금 더 들어올려 목덜미에 입술을 묻었다 뗐다. 로즈가 애정표현에 작게 웃음을 터트리자, 루크워렐이 속삭였다.

"이 마음은, 내 뜻대로."

작은 웃음소리와 함께, 둘은 파렌치에 관의 은밀한 곳으로 사라졌다. 바깥은 여전히 노란 햇볕이 내리쬐고 있었다.

예쁘장하게 생긴 호리호리한 소녀가 사람들의 인도를 받아 궁 안으로 들어서는 중이다. 전에는 본 적도 없는 크고 웅장한 건물들 앞에서 신기해하거나 주눅이 든다든지 하는 감정변화가 있을 법도 하건만, 소녀는 별다른 표정을 짓지 않았다. 입은 길게 다물어져 있고 시선은 아래를 두고 있었는데, 어두운 색의 옷으로 목 끝부터 발끝까지 자신을 숨기려는 듯 전신을 감싸고 있었다. 그래서 드러난 부분은 하얀 얼굴과 손가락 끝이 전부다.

마야였다.

과거 생기 넘치던 눈동자는 가라앉아 있었다. 황궁의 화려함과 웅장함도 크게 다가오지 않았다. 수도는 전에 살던 곳과는 완연히 달랐다. 문을 열고 나서면 널따란 들판이 보이고 듬성듬성 이웃집이 보이던 과거와는 달리, 이곳은 집들이 더 모여서 지어져 있었고 훨씬 컸다. 사람들도 많고 밤에도 불빛이 많다. 마차나 말 같은 이동수단도 끊임없이 지나다녔다.

수도에 들어와 묵었던 작은 방에서, 그녀는 처음으로 고향의 꿈을 꿨다. 익숙한 풀 내음과 손만 뻗으면 꺾을 수 있었던 야생화. 뛰어가던 마을길. 그리고 사람들……. 평화로운 꿈은 어느새 피와 폭력과 강탈로 끝났다. 제 위에서 헐떡이던 남자의 숨소리와 함께, 제 가슴부터 복부까지 커다란 칼로 쭉 찢기는 듯한 강렬한 고통을 느꼈다. 눈을 뜨고 일어나 낯선 밤을 뜬눈으로 지새우며 그녀는 홀로 펑펑 울었다.

그러나 돌아간다 해도 결코 자신은 예전 같지 않으리라는 걸 잘 알고 있었다. 그리고 그것이 훨씬 더 고통스러우리라는 것도. 살아남은 이들이 제게 친절을 베풀 수도 있지만, 손가락질한다면 더더욱 견디기 어려우리라. 그래서 마야는 떠났다.

도망이라고 불러야 할지, 살기 위해 나온 것인지는 본인조차 분간이 잘 가지 않았다. 다만 거기에 계속 있다가는 숨이 막혀서 죽을 것 같았다. 죽지 않으려고 낯선 곳으로 떠났다. 아는 이가 아무도 없어 외롭다 해도, 익숙한 곳에서 외로운 것보다는 견딜 만하다 생각했으므로.

마야는 제국의 꽃인 귀비가 어째서 자신을 보고자 하는지 이해할 수 없었다. 그녀가 사는 마을에는 귀족이 거의 없었고, 그녀가 본 가장 높은 귀족은 아주 먼발치에서 본 영주님이 다였다.

응당 떨려야 하는데, 이미 너무 많은 고통을 겪은 후라 감정이 단단하게 응축되어 오히려 쉬이 움직이지 않았다. 단단하게 뭉친 감정 중 하나만 빠져도 모든 게 와르르 무너질 것만 같아 조금도 움직이지 않게 단단히 붙들고 있는 것 외에는 아무것도 할 수 없었다. 아니, 솔직히 뭘 어떻게 해야 하는지 모르겠다는 게 더 정확했다.

구불구불 화려하고 복잡한 길을 지나, 몇 개의 복도를 거쳐, 어떤 방에 도착했다. 궁에서 그리 크지 않은 응접실 중 하나였으나 마야의 눈엔 무척이나 크고 화려했다.

거기에는 한 여인이 서 있었다. 반듯하고 우아한 자태는 타고난 듯 아주 잘 어울렸다. 자신을 향한 얼굴은 여태 본 어떤 여자보다도 아름다웠다. 마야 또한 마을에서는 꽤 미인 취급받았지만, 여인을 보는 순간 자신은 그저 평범한 축임을 깨달을 수 있었다. 결이 좋은 머리는 부드럽게 흘러내려 있었고, 지적인 초록빛 눈동자는 보석처럼 빛났다. 주변에는 시녀들이 늘어서 있었는데, 여러 여자들 틈에 있음에도 단번에 눈에 뜨였다.

마야는 그녀가 귀비라는 걸 순식간에 깨닫고, 반사적으로 몸을 굽혔다.

"제국의 아름다운 꽃이신 귀비님을 뵙습니다⋯⋯."

마야는 더 뭐라 말을 해야 할지 알 수 없어 고개를 숙인 채 머뭇거렸다. 그러자 상대가 천천히 제 앞으로 다가오더니 제 손을 잡았다.

"로즈 아이시타스 카펠리움입니다. 고개를 들어도 괜찮습니다, 마야."

"네⋯⋯."

마야가 조심히 고개를 들었다. 그러곤 곧바로 다시 떨구었다. 눈을 마주치기가 어려웠다. 귀비라는 높은 직책 탓도 있지만, 상대에게서 풍겨오는 기품 있고 화사한 분위기 탓이기도 했다.

"이쪽으로 와서 앉도록 해요."

로즈가 친근하게 마야를 응접실에 있는 소파 쪽으로 잡아끌었다. 특이하게 맞은편 자리가 아니라 바로 제 옆에 앉혔다. 로즈와 마야가 착석하자, 대기하고 있던 시녀 둘이 티 트레이를 가져와 탁자에 아름답고 귀여운 형태의 디저트를 가득 놓았다. 은은한 향의 차까지 따르고선, 로즈의 손짓에 시녀들은 조용히 물러갔다. 방에는 로즈와 마야, 둘만이 남았다.

로즈가 부드럽게 권했다.

"우선 차를 좀 마시도록 해요. 그러곤 들고 싶은 대로 드세요."

"알겠습니다."

로즈가 마야의 앞으로 케이크를 한 조각 덜어 접시에 놓아준 후, 시범을 보이듯 차를 한 모금 마시고 쿠키를 한입 먹었다. 마야가 찻잔을 향해 조심히 손을 뻗었다. 따스한 온기가 손끝부터 온몸으로 퍼져나갔다. 차향은 마음을 진정시켜주었다. 마야가 천천히 먹고 마시며 긴장을 풀자, 로즈가 다정히 말을 붙였다.

"먼 곳에서 왔다고 들었어요."

"네. 가산에서 왔습니다."

"이곳에서 자리 잡기를 희망한다고요."

"네."

로즈가 천천히 차를 한 모금 넘기고는, 제 옆의 마야를 부드럽게 바라보았다.

"어떤 일을 하고 싶은 건가요?"

그 말에 마야가 고개를 잠시 숙였다가 말을 이었다.

"사실…… 어떤 일을 당장 해야겠다는 생각까진 자세하게 못 해봤어요. 당장 떠나고 싶다는 생각만 해서……. 공짜로 호의에 기댈 생각은 아니에요. 지금 있는 곳 숙박비도 벌면 갚을 생각으로 착실히 적어놓고 있어요."

마야가 고개를 번쩍 들었으나 로즈와 눈이 마주치자 무례라고 여겼는지 얼른 머리를 숙였다. 로즈는 개의치 않았다.

"그렇군요. 읽고 쓸 줄 아나 봐요?"

"마을에 있을 때 학교를 다녔어요. 성적은 좋은 편이었어요. 집안일도…… 잘했고요. 일을 하면 잘 배울 수 있을 거라…… 생각합니다."

마야가 더듬더듬 제 생각을 말했다. 원래 마야는 자기표현을 못하는 편이 아니었다. 다만 충격적인 경험이 그녀의 입을 막고 생각을 저지했다.

"따로 배우고 싶은 게 있는 건 아니고요?"

"네. 지금은…… 없어요."

"그렇군요."

로즈가 알았다는 듯 고개를 끄덕이며 차를 한 모금 더 마셨다. 마야도 따라 마셨다. 로즈가 이어 말했다.

"특별하게 계획이 없다면, 궁에서 견습시녀로 일해보는 건 어떨까요? 일정한 시험을 거친 후에는 황궁 안에 거주할 수도 있고, 성 밖에 따로 거처를 마련할 수도 있어요."

"네? 제가요……?"

"일을 구할 생각이 아니었나요? 물론 당장 시작하라는 건 아니에요. 다른 일을 하고 싶다면 충분히 더 고려해도 되고. 먼 곳에서 왔으니 우선 쉴 시간이 필요하겠지요. 만약 일을 하겠다면 내가 기거하는 숙소에서는 힘들 것 같고, 다른 곳에서 배우도록 해줄게요. 이곳에서 일을 배우면 안 그래도 내가 권해서 견습시녀로 들어왔는데, 더 큰 혜택을 받는 게 아니냐 다른 사람들이 생각할 수 있으니까요. 나도 마야를 그렇게 대하고 싶진 않고요. 부담 갖지는 않았으면 해요. 그저 기회를 주고 싶어서 그래요."

마야가 무례도 잊고 멍하니 로즈를 바라보았다. 마야는 시골 사람이기는 했지만, 황궁에서 일한다는 게 어떤 의미인지 정도는 알았다. 보수도 좋은 편일 테고, 일을 배우면 전문성도 갖게 되는 직업이다.

"어, 어째서……. 저에게……."

로즈가 빙그레 웃었다. 그 모습마저 무척이나 아름다웠다.

"그저 힘든 일을 겪었던 이에게 조금이나마 힘이 되어주고 싶어서라고 할까요?"

로즈가 조용히 다시 마야의 손을 잡아주었다. 따스한 말과 행동이 마야에게 스며들어, 눈가에 눈물이 맺혔다. 그러나 울지 않기 위해 입안 살을 꾹 깨물었다. 그런 마야를 로즈가 조용히 다독였다.

"울고 싶으면 울어도 돼요. 힘든 일이 있을 때는 누구든 울고 싶은 법이니까요."

높은 신분의 사람이 친근하고 다정히 대해주자, 마야는 터져 나오는 울음을 멈출 수가 없었다. 자신과 전혀 상관없는 사람이 자신에게 호의를 베풀고 힘을 내도록 지지해준다는 사실이 못 견디게 마음을 울렸다. 처음 그 끔찍한 남자에게서 도망쳤을 때 도와준 사람들도 그랬다. 마야는 세상에는 나쁜 의도를 가진 사람들이 있다는 걸 직접 경험으로 알았고, 그러기에 이 사람들의 호의가 두렵기도 했지만 그만큼 마음이 뭉클해지기도 했다.

"힘들면 울고, 아프면 아프다고 말하면 돼요. 그렇지만 그 아픔에 빠져 자기연민에만 자신을 쏟아 넣으면 나중에는 너무 지치고 말아요. 힘내서 앞을 향해 나아가도 돼요. 내가 모르는 힘든 일이 많았겠지만, 그것에 사로잡히면 나쁜 짓을 한 사람들에게서 한 발짝도 떠나지 못하게 되니까요. 나쁜 건 나쁜 짓을 한 사람이니까, 마야가 풀 죽어 있을 필요가 없어요. 괜찮아요."

마야의 눈물을 닦아주는 로즈의 눈가에도 눈물이 살짝 맺혔다. 하지만 로즈는 울지 않았다. 자신마저 울어버리면 결국 둘이 같이 통곡할 것 같았기 때문이었다. 로즈가 천천히 팔을 벌려 소리도 내지 못한 채 울고 있는 마야를 나붓이 안아주었다.

그건 그녀가 스스로에게 하던 말이기도 했다. 위로받을 때 듣고 싶은 말이기도 했다. 그래서 로즈는 마야에게 꼭 해주고 싶었다. 괜찮다고. 마야의 잘못이 아니라고. 나쁜 건 나쁜 짓을 한 사람이라고. 그렇게 말해주고 싶었다.

지하감옥에선 낮과 밤을 구분할 수 없었다. 간수나 혹은 가끔 들르는 벙어리 죄수가 오가는 걸로 시각을 유추할 수는 있었으나, 어느새 설리반은 그조차 깜빡깜빡하고는 했다.

영양을 충분히 공급받지 못하고 제대로 움직이지조차 못하는 몸에선 근육이 조금씩 빠졌고 말라비틀어지기 시작했다. 게다가 눌린 그대로 몸은 조금씩 썩어 들어가고 있었다. 움직일 수는 없었지만 후각은 살아 있어 냄새는 맡을 수 있었다. 그건 쿰쿰하고 성난 죽음의 냄새였다. 감각이 없는 몸은 서서히 죽음을 향해가고 있었다.

설리반은 인정하고 싶지 않았다. 제가 이런 식으로 몰락해 처참해졌다는 사실 자체가 있을 수 없는 일이다.

그날은 매우 이상했다. 설리반에게 식사를 제공하는 간수는 언제나 매우 느긋하게 오고는 했다. 그런데 그날은 단박에 알 수 있을 정도로 새벽같이 왔다. 실제로 시각이 새벽인지도 몰랐다. 무표정한 간수의 눈가에 다 떠나지 않은 잠이 눌어붙어 있었기 때문이다. 간수는 이른 식사를 설리반에게 투입하곤 다시 덜렁 나가버렸다. 그리고 곧이어 자기한테 물을 뿌려 몸에 붙어 있는 이물질을 최소한으로 제거해주는 벙어리 죄수가 다가왔다.

평소와는 완연히 다른 흐름이다. 드문드문 오곤 하던 벙어리 죄수가 간수가 나가자마자 계획된 듯 왔다는 건 다른 일정이 있다는 뜻이 된다.

불길한 예감이 엄습했다. 설리반은 상대가 듣지도 말하지도 못한다는 사실을 망각한 채 미친 사람처럼 떠들어대기 시작했다.

"야, 야! 말해봐. 오늘 무슨 일이 있는 거지? 말해보라고!"

벙어리 죄수는 그를 흘끔 쳐다보기만 했을 뿐 아무런 표현도 하지 않았다. 그러나 설리반은 즉각 깨달을 수 있었다. 벙어리 죄수의 눈길에 담긴 딱한 느낌을.

나는 너 따위에게 동정 받을 인물이 아니야! 훨씬 더 대단한 사람이란 말이야!

설리반의 가슴속으로 불쾌감이 불쑥 솟아올랐다. 아직도 그의 머릿속에서 그는 다른 이들보다 우월한 존재였고 그가 이렇게 된 건 자기보다 못한 다른 이들의 협잡 때문이다.

싸한 기분과 함께, 그의 오물을 씻어낼 물이 뿌려졌다. 평소와는 다르게 미지근한 물이었다. 그러더니 그는 곧바로 가지 않고 낡았지만 깨끗한 천을 꺼내 쓱쓱 설리반의 몸을 닦아주기 시작했다. 몸 군데군데 자리 잡기 시작한 욕창을 보고 이상한 목울림 소리를 내더니 멀쩡한 죄수복을 꺼내 맨몸인 하체에 하의를 입혀주고 상의를 갈아 입혀주었다.

"왜 이러는 거야? 왜 이러는 거냐고!"

설리반이 거의 악을 쓰듯 외쳐댔지만, 벙어리 죄수는 이제 그에게 눈길조차 주지 않는다. 제 할 일을 다 했는지 이내 그는 사라졌다. 그리고 곧 지독한 침묵만이 남았다.

설리반은 깨달았다. 저들이 자신에 대해 이렇게 행동할 까닭은 단 한 가지밖에 없다는 걸. 오늘은 자신의 처형일일 터다.

설리반은 미친 것처럼 웃어젖히다 화를 내다가 종내는 분함에 울었다. 그러다 퍼뜩 떠올렸다. 오늘 자신이 처형된다면, 아마 황제와 로즈가 보러 오겠지. 여기 끌려 들어오기 전까지 제가 얼마나 로즈를 망가트릴 장난감처럼 잔혹하게 다뤘는지 생각났다. 잊고 있던 쾌감과 우월감이 떠올랐다. 루크워렐에게 발목 잡혀 로즈에게 하고 싶었던 일의 절반도 하지 못했지. 설리반에게는 로즈를 범해서 완벽하게 제 흔적을 그 몸에 새기지 못한 게 가장 큰 후회였다. 그래도 로즈에게는 분명 강렬히 각인되었으리라.

제 죽는 순간은 그들에게, 특히 로즈에게는 평생 잊지 못할 기억이 되겠지. 사람의 기억이란 참으로 지독해서 왜곡되고 비틀어져도, 공포와 슬픔은 그대로 남는다. 자신은 그 강렬한 자극을 로즈에게 주었다. 평생 자신이 낸 상처가 아물지 못한 채로 살아가도록 마지막 쐐기를 박을 수 있을 터다. 자신이 죽어나가는 걸 보면 모든 게 끝난 듯 느껴지겠지만, 그 충격적인 장면이 계기가 되어 자신이 박아넣은 공포가 되살아날 수도 있다. 그리고 기억을 서로 물고 끌려다녀 스스로의 꼬리를 잡아먹는 뱀처럼 로즈를 옭아맬 것이다. 자신이 세상에 없어도, 평생. 루크워렐에게 의탁해도, 평생.

설리반은 기뻤다. 몸을 움직이지는 못한다만, 로즈에게 눈으로 말해주리라. 표정과 자신의 존재 그 자체로 말해주리라. 나는 지금 죽어가지만, 네 정신 속에서는 영원히 살아 있으리라고.

설리반은 광인처럼 웃었다. 누군가를 괴롭히고 그 쾌감 위에 살아 있는 건 그에게 있어 가장 큰 기쁨 중의 하나였다. 쓸모가 있을 때는 상대가 부서질 때까지 이용하다 효용을 다하면 쓰레기장에 던져버리는 게 그의 방식이었다. 그는 그런 사람이다.

그렇게 웃어젖히는데 이윽고 시간이 되었는지, 죄수 둘이 처음 그를 이리로 데리고 왔을 때 사용했던 수레를 끌고 왔다. 그들이 그를 수레로 옮기자, 설리반은 제 죽음을 이제는 확신했다.

덜컹덜컹덜컹, 거친 소리와 함께 설리반의 몸이 덜렁덜렁 지상을 향해 올라가기 시작했다. 길고 긴 터널을 지나 지상으로 오르자 설리반은 반사적으로 눈을 찌푸리며 감았다. 지하에 머물며 약한 불빛에 익숙해진 눈은 찌르는 듯한 햇살을 감당하기 어려웠다. 보고 있던 죄수 하나가 그의 눈에 턱, 더러운 천 하나를 덮어주었다. 퀴퀴한 냄새가 코를 찔렀지만, 설리반은 참을 수 있었다.

귀족의 처형장으로 간다면, 거기에는 다른 귀족들도 나와 있을 터다. 본보기를 삼는다는 의미일 테지만, 자신을 보고 깨달으라지. 루크워렐 저 작자는 너희들 따위는 언제든 이렇게 내팽개칠 수 있다는 걸. 설리반은 제 잘못은 조금도 생각하지 않고 완벽하게 남 탓으로 돌렸다.

이번만큼은 입마개를 하지 않았다는 것도 깨달은 설리반이, 로즈와 루크워렐에게 내뱉을 저주의 말을 곰곰이 생각하던 중, 덜컹, 수레가 멈추고 눈에 쓰인 천이 벗겨졌다. 이제 햇살에 어느 정도 익숙해진 눈을 설리반이 조심스레 뜨는데, 주변은 제가 예상한 것과는 전혀 달랐다.

"이게 뭐야! 이 쓰레기 같은 것들이!"

설리반이 그 뒤를 이어 입에 담지 못할 욕설을 내뱉기 시작했다. 설리반이 다다른 곳은 귀족의 처형장이 아니다. 거기에는 설리반이 예상했던 로즈나 루크워렐은커녕 귀족 하나 나와 있지 않았다. 이곳은 죄인 중에도 가장 극악한 죄를 저지른 자들의 형을 집행하는, 평민들조차 찾지 않는 처형장이다. 여기저기 뼈가 뒹구는 살풍경한 곳에는 녹슬고 낡은 단두대 하나와 처형 집행인 하나만 있었다.

그를 여기까지 데려온 죄수들조차 이곳은 꺼림칙한지 설리반을 얼른 들어 단두대에 덜렁 놓고는 도망치듯 사라졌다. 설리반은 악을 쓰며 할 수 있는 온갖 욕과 저주를 퍼부었지만, 들어주는 이는 하나도 없었다.

그리고 곧, 끝이 왔다.

설리반은 그렇게 세상에서 사라졌다. 영원히.

밤이다. 로즈는 잠을 자다 눈을 떴다. 악몽에 시달린 것도 아닌데, 그냥 자연스럽게 눈이 뜨였다. 시야에 가득 담긴 어둠은 더 이상 오롯이 그녀 자신이지 못했던 로즈에게 감당 못 할 모호함과 괴로움이 아니었다. 밤과 새벽이 선사하는 휴식은 누구에게나 필요한 것으로, 이제는 로즈도 그것을 온전히 받아들일 수 있었다.

로즈는 제 옆에 따스한 체온을 전해주며 잠들어 있는 루크워렐을 쓸어주었다. 그러자 루크워렐이 잠결에 본능적으로 그녀의 곁으로 바짝 다가와 그녀를 끌어안았다.

사람과 사람이 함께하는 시간.

귓가에 나지막한 음성이 울렸다.

"악몽을 꿨어?"

"아니요. 그냥 눈이 떠졌어요."

"다행이군."

"깨우려던 건 아니었어요. 오늘도 일이 많았을 텐데."

"괜찮아, 이 정도는."

로즈는 저를 감싼 남자의 팔뚝을 양팔로 그러모아 안았다.

"오늘이었지요? 그자가 죽은 날이."

이름을 말하지 않았는데도, 루크워렐은 그녀가 말하는 인물이 누군지 단번에 알아들었다.

"맞아. 보지 못한 게 후회돼?"

"아니요. 그건 현명한 결정이었어요. 누군가의 죽음을 보는 건 그리 달가운 일이 아니니까요. 그가 세상에서 완전히 사라졌다는 걸 알고 있는데, 굳이 제 눈으로 확인할 필요는 없었어요."

"나도 그렇게 생각해. 그대에게 더는 더러운 꼴을 보여주고 싶지는 않았거든."

"좋은 결정이었어요."

설리반의 처형은 애초부터 결정되어 있던 사항이었다. 그는 죽어 마땅한 죄를 지었고, 결코 뉘우치지 않을 사람에게 자비를 베푸는 건 어리석은 일이다. 다만 처형방식에서 이견이 있었는데, 지금은 모든 지위를 잃었지만 애초에 귀족이었으니 모든 귀족들이 보는 가운데 본보기로 처형되어야 한다는 의견과, 그것마저 특혜라 주장하며 가장 최악의 범죄자만 처형되는 곳에서 볼품없이 쓸쓸히 처형되어야 한다는 의견이 있었다.

로즈는 후자를 찬성했다.

설리반은 늘 자신의 아름다움이나 능력에 큰 가치를 두었고, 자신이 굉장히 우월하다 믿어온 사람이다. 그렇기에 자신보다 못한 타인은 늘 자신을 빛내주어야 할 존재들이었고 그로 인한 피해나 희생은 당연하게 생각해왔다.

그런 그가 사람들의 그 어떤 주목도 받지 못하고 홀로 쓸쓸히 생을 마감하는 것. 그것만 한 형벌이 뭐가 있을까.

그가 목이 부러져 몸이 마비되었다는 건 익히 알고 있었다. 그러기에 타인들에게 자신의 그러한 처지를 보이는 걸 치욕스럽게 생각할 수도 있었으나 그는 그걸 이용하여 타인을 깎아내리고 다른 이들에게 고통을 줄 수 있는 방법을 생각해낼 자였다. 조금의 빌미도 주고 싶지 않았다. 그런 인간한테는.

잠시, 그의 죽음을 눈으로 목격하면 자신에게 들러붙어 있는 이 치욕스러운 감정과 기억이 흐려지거나 사라지지 않을까 생각도 했다. 하지만 그자의 마지막을 본다 해도, 외려 그게 흐릿해져가는 기억을 더 선명하게 만들지 않는다는 보장이 어디 있는가. 그는 최후의 최후까지 이용해 어떻게 해서든 자신에게 스스로를 각인시키고자 노력할 것이다. 그렇게 함으로, 옆에 있지 않아도 평생에 걸쳐 자신의 인생을 망가트리며 지배했다는 희열에 불타겠지.

로즈는 그런 그의 수작에 놀아나고 싶지 않았다. 그에게 이용당하고 괴롭힘 당한 만큼, 그의 그런 비뚤어진 성미를 충분히 파악하고 있었다.

이제 자신의 앞날에 그의 어두운 그림자는 조금도 드리우고 싶지 않다. 자신이 극복해야 하는 것들에 그의 죽음을 목도함으로 더한 안 좋은 기억을 덧붙이고 싶지 않았다. 그에 대해 조금도 생각하고 싶지 않았다.

생각하고 싶은 사람은, 바로 루크워렐뿐. 자신을 진심으로 사랑해 주고, 자신이 그의 손을 뿌리쳤을 때도 제 깊은 곳의 진심을 알아주고 끝까지 손을 내밀어주었던 사람. 사랑할 수밖에 없는 사람. 설렘이 편안함이 되고, 편안함이 안정감을 주고, 그래서 그 안정감이 더 깊은 사랑과 변하지 않을 마음으로 되어가며, 언제나 서로를 바라보고 서로 의지하고 서로 사랑함으로 애틋할 사람.

로즈는 루크워렐의 품에 더 깊이 몸을 맡겼다. 그리곤 그를 꼭 끌어안고 계속해서 속삭였다.

"루크워렐, 사랑해요. 당신을 세상 누구보다도 더 사랑해요. 사랑해요."

그리고 로즈는 뒤이어 제게 쏟아지는 사랑한다는 말의 화답을 계속해서 들을 수 있었다.

그렇게 밤은 깊어가고 있었다. 평화롭고 아름다운 밤이.

어린 시절, 시간은 늘 느리고 아프게 지나갔다.

스칼렛은 가만히 누워 눈을 감고 생각에 잠기곤 했다. 어릴 때의 그녀는 외롭고 무력한 데다 약해, 재미있고 즐거운 것은 언제나 그녀의 옆으로 흘러 지나가는 것만 같았다. 그리하여 그녀는 늘 주변을 관찰하는 게 습관이 되었다. 그래서 그녀는 자신에게 주어진 시간이 적다는 사실이 차라리 좋았다. 침대에 누워 있을 때도 간간히 느끼던 무기력함과 약함을 더는 겪지 않아도 된다는 데 위로를 얻었다.

지금은, 시간이 너무 빠르고 즐겁게 지나갔다. 이렇게나 하루하루가 아까웠던 적 있었던가.

스칼렛은 제 앞의 발그레 볼이 상기된 아름다운 여자를 바라보았다. 이지적이고 화사한 미인이다. 얼굴이 행복으로 물들어 있고 편안한 분위기에 휩싸여 있어 더 빛나 보였다. 그 옆에는, 남자다운 느낌의 매혹적인 미남이 그녀의 손을 다정히 잡은 채 딱 달라붙어 있다. 실제로 그 정도는 아니었지만, 스칼렛의 눈엔 항상 그렇게 보였다.

루크워렐과 로즈다.

남자가 여자의 머리를 부드럽게 쓰다듬으며 그윽하게 바라보자, 스칼렛이 새침한 투로 쏘았다.

"할 말이 있어서 부른 건데…… 뭐야, 그 말랑말랑 노곤노곤한 느낌은."

실제로 못마땅해 퉁퉁거리는 건 아니다. 다만, 둘이 너무 잘 어울리고 행복해 보여 장난을 좀 치고 싶은 것뿐이다. 노상 있는 일에, 루크워렐은 아무렇지도 않은 듯 말을 받았다.

"우리도 할 말이 있어서 왔는데, 먼저 하겠어?"

스칼렛이 가볍게 손사래를 쳤다.

"아니야. 먼저 들을래."

어차피 제가 하려던 건 전에 했던 이야기의 연장이다. 그건 조금 뒤로 미뤄두고, 새로운 이야기를 먼저 듣고 싶었다. 스칼렛이 생크림이 듬뿍 얹어진 케이크를 야무지게 한입 물고 초콜릿 쿠키 접시를 제 쪽으로 당기는 순간, 로즈가 스칼렛을 향해 애정이 담뿍 담긴 얼굴로 웃으며 입을 뗐다.

"스칼렛, 조만간 대모가 될 수 있을 것 같아요."

스칼렛이 케이크를 우물거리며 연이어 초콜릿 쿠키를 베어 물려다 그 소리에 놀라, 멍하니 로즈를 바라보았다. 손가락 사이로 우수수 쿠키 가루가 떨어졌다. 스칼렛은 제 입 가득 씹다 만 케이크가 있는데도 아랑곳 않곤 큰 소리로 외쳤다.

"정말? 로즈, 임신했어?"

목소리가 얼마나 우렁찬지, 루크워렐이 고개를 저으며 스칼렛에게 냅킨을 건넸다.

"우선 입에 든 것부터 넘기고 말하는 게 좋겠어, 스칼렛."

냅킨을 받은 스칼렛은 입가의 과자 부스러기를 닦으며 케이크를 열정적으로 씹어 삼키곤, 로즈에게 덤벼들기라도 할 듯 다급하게 물었다.

"언제부터야? 아기는 언제 나와? 우와, 신난다. 귀여운 아기!"

흥분이 극에 달해 당장이라도 로즈의 어깨를 붙들고 빨리 대답하라며 흔들어댈 기세였기에, 루크워렐은 탄산수 한 잔을 건네며 스칼렛을 진정시켰다.

"이거 좀 마시고 천천히 해. 상대는 임산부야."

"아아, 그렇지."

스칼렛이 탄산수를 쭉 들이켜자 로즈가 뺨을 발그레 물들인 채 대답했다.

"아직 얼마 되지 않았어요. 저도 최근에야 알았어요. 의사 말로는 두 달 정도 되어서 많이 조심해야 된다고 하더라고요."

"그러면, 여덟 달 후에는 나오는구나! 여자아이야, 남자아이야?"

"나와봐야 알죠, 스칼렛."

로즈가 가볍게 후후 웃자, 스칼렛은 자신이 엉뚱한 질문을 했다는 걸 깨달았다. 제 본국에서 이런 소릴 했다면 한참이나 모자란 사람을 보는 듯 한심한 눈초리나 냉정한 무심함밖에는 얻지 못했으리라. 그러나 로즈는 완연히 정반대의 태도를 보여주었다.

로즈가 부드럽게 스칼렛의 손을 감쌌다.

"이렇게 무사히 아기를 갖게 된 것, 스칼렛 덕분도 커요. 고마워요."

저를 향한 상냥한 초록빛 눈동자에 담긴 애정이 느껴져, 스칼렛은 너무 기뻐 외려 울고 싶어졌다. 사람의 애정이 이렇게나 달콤하고 따뜻한 것인지, 이곳에 와서 알았다. 그러니 자신 또한 이 애정에 보답하고 싶다.

스칼렛은 빙그레 웃었다.

"안 그래도 말하고 싶은 게 있는데, 이 일하고도 연관 있으니까 잘 되었다. 왜, 내가 전에 루크워렐과 로즈의 아이에게 후계권을 주겠다고 했잖아. 그거 생각이 바뀌었어."

"그래도 괜찮아요, 스칼렛. 어차피 루크워렐의 아이를 낳을 수 있다는 것만으로도 충분히 기쁜걸요."

제 설명이 부족해 오해가 생겼음을 금세 깨닫고, 스칼렛은 고개를 가로저었다.

"아니야. 그런 게 아니고. 그 후계권을 로즈, 너한테 줄게."

"저한테요?"

로즈가 정말 놀란 얼굴이 되었다가 다시 침착함을 되찾았다.

"그건 힘들 텐데요. 합당한 근거가 없어요. 내가 낳을 아이는 적어도 루크워렐의 아이인지라 어떻게는 가능하다 해도, 나와 스칼렛은 접점이 전혀 없어 불가능해요."

"그래. 그렇기 때문에 로즈 네가 후계권에 직접적인 권한은 없어. 명예직같이 갖고만 있는 거지. 하지만 대신 네가 앞으로 몇 명이 되는 아이를 낳든, 그 아이들 모두에게 후계권이 가고, 그 권리도 행사할 수 있게 해놓을 거야. 이미 황실 변호사를 통해서 서류는 어느 정도 꾸려놨어."

스칼렛이 작은 악동처럼 웃었다.

처음에는 로즈와 루크워렐의 아이에게 주려고 했다. 그러나 그렇게 하면, 한 아이에게 전해지게 되어 그 이후 태어날 다른 아이에겐 그저 라우리드센 황가의 후계권만 주어진다. 그것만으로도 제 이복 오라비는 분개하겠지만, 스칼렛은 좀 더 나아가고 싶었다. 복수는 그 정도론 어림없지 않는가.

몇 명이든, 오라버니와 전혀 상관없는 이들이 오라버니의 자리를 노릴 수 있다. 오라버니의 후손이 오라버니의 뒤를 이어 틸레안 제국의 황실을 잇든, 여기 라우리드센 제국에서 나고 자란 이들이 그 자리를 흔들 수 있다. 멋지다. 그래서 틸레안 제국의 후계권이라는 선물을, 자신이 가장 사랑하는 사람들에게 쥐여주기로 했다. 루크워렐과 로즈의 후손이라면, 얼마든지 내어줄 수 있다.

루크워렐이 고개를 끄덕였다.

"정말 너다운 생각이야, 스칼렛."

"으음. 속으로는 이미 다 영악하게 계산 끝내놓고 뭘 그러시나. 틸레안 제국에서 반발하면서 꼬투리를 잡고 늘어지거든, 그건 네가 다처리해줘. 로즈 힘들게 하지 말고."

"문제없어."

"역시, 루크워렐이네. 그, 왜, 란첸인가 란텔인가 하는 사람, 한동안 궁에 잡아다 두고 일 엄청 시켰지?"

"반성할 시간을 준 것뿐이야."

"이제 란첼 님도 슬슬 집으로 가게 해줘요. 지방에 다녀온 지도 얼마 안 되었는데, 요즘에도 황성에서 가장 일을 많이 한다고 소문이 자자해요. 리엘라와 사귄다는데, 얼굴 보려면 궁에 와서 일할 때뿐이라고 푸념하던걸요."

"처음 석 달 열흘 정도만 그랬을 뿐이야. 그 이후는 스스로가 내켜서 하던걸. 영지나 금전적인 보상은 하지 않았지만, 반역자들을 토벌했다는 글귀가 담긴 황금상도 하나 수여했고."

로즈는 부드럽게 대꾸했다.

"은연중에 죄책감을 이용한 건 아니고요?"

"흐음. 인생에서 귀중한 교훈을 하나 얻었으리라 생각해. 요즘 들어 과잉충성이기는 하지만. 로즈, 로즈는 그런 건 신경 쓸 필요가 없어. 앞으로 아기 생각만 해야지."

루크워렐이 고개를 돌려 로즈의 뺨에 가볍게 입 맞췄다. 로즈가 해맑게 웃었다.

스칼렛이 고개를 절레절레 저으며 신선한 과일즙으로 만든 푸딩으로 손을 내뻗었다. 겉으로야 질색하는 척하나, 그녀는 그들과 함께하는 시간을 제법 좋아했다. 좋아하는 사람들과 행복한 시간, 달콤한 것들. 세상은 분홍빛으로 물들어 있었다.

로즈는 배를 두 손으로 감싼 채 흔들의자에 앉아 따사로이 햇볕을 쬐고 있었다. 아직 배는 불러오지 않고 아기가 자리를 잡으려고 자궁만 조금씩 커지는 상태였지만, 그 약간의 아릿함도 아기가 있어서 그렇다고 생각하면 견딜 만했다.

자신이 겪었던 많은 괴로운 기억이 없어지는 건 아니나, 다행히도 과거로만 남아 다시 겪지 않아도 된다. 자신은 이름을 되찾았고, 사랑하는 사람을 만났으며, 지금, 한 아이의 엄마가 되려 하고 있었다. 충분히 행복했다.

로즈는 가볍게 발을 굴러 흔들의자를 움직였다. 가벼운 흔들림이 기분 좋게 전해졌다.

저 멀리서 아몰리에 관의 시녀 서너 명이 밝은 얼굴로 담소를 나누며 파렌치에 관으로 들어가고 있었다. 거리가 멀어 무슨 이야기가 저리 즐거운지는 알 수 없었지만, 전해지는 분위기만으로도 꽤 재미있어 보였다. 시녀들은 파렌치에 관으로 들어가려다, 로즈가 자신들을 보는 걸 보고 고개를 깊이 꾸벅 숙였다. 그중 하나는 더 깊이 숙였는데, 바로 마야였다.

시녀들의 뒷모습을 보며, 로즈는 안도감을 느꼈다.

잘 극복하고 있구나. 자신처럼.

마야는 견습시녀가 되곤 한동안 몽유병을 겪어 한밤중에 궁 안을 돌아다니곤 했다. 끔찍한 일을 겪은 충격 탓이다. 하지만 계속해서 그녀의 잘못이 아니라고 말하며 지지해준 덕분에, 이제는 그런 일이 없어졌다. 마야는 이제 조금 있으면 1년을 채우고 정식시녀가 될 터다.

사람에게는 크고 작은 상처가 있고, 어떤 상처들은 아물지 못할 것만 같이 커 삶을 괴롭히지만, 그에 발목 잡히지 않고서 열심히 이겨나가는 이들이 있다.

길고 긴 시간이 흐르면, 더 넓고 아름다운 사람이 되어 사람들을 더욱 사랑할 수 있겠지. 사랑하는 마음을 잃지 않아서 다행이다.

"사랑해."

로즈는 제 배 안에서 자라고 있는 다정한 사랑의 결실을 향해 조그맣게 속삭였다. 하늘은 맑고 푸르렀다. 그래서 더 고마웠다. 삶이, 사랑이, 포기하지 않게 만들어준 모든 이들이. 언제까지나 행복하기를.

소망은 맑고 푸른 하늘을 향해 높이높이 올라갔다. 로즈는 부드럽게 웃었다. 행복했다.

-fin.

writer's postscript

안녕하세요, 한하연입니다.

처음 글을 쓸 때는 오히려 후기를 능숙하게 썼던 것 같은데, 해가 지나갈수록 후기를 쓰는 게 쑥스러워지네요. 나이가 들수록 부끄러움이 폭발하는 모양입니다.

우선 '밤은 두 개의 이름을 가지고 있다'를 읽어주셔서 감사합니다. 글은 쓰면 쓸수록 만족스러운 게 아니라, 쓰면 쓸수록 아쉬움이 남습니다. 저를 아는 지인이 제 글을 읽고 만났을 때와 다르게 생각보다 무겁고, 추리소설 같다는 표현을 썼습니다.
겉으로 보이는 것과 달리 사람 마음속에 들어 있는 묵직함은 눈에 잘 보이지 않으니까요. 실제로는 밝은 글도 좋아하는데, 이번 글은 생각보다 무겁게 나왔어요.

사실 이 글은 프롤로그만 쓴 채 몇 년 동안 제 폴더 안에 들어 있던 글인데요, 가하 이 팀장님이 보시고 뒷이야기를 보고 싶다고 하셔서 나오게 된 글입니다. 아마 선택해주지 않으셨다면 제 성격상 그저 폴더 안에 프롤로그와 제 머릿속의 결말만 남긴 채 그냥 그대로 있었을 가능성이 큽니다.

저는 쓸 때 인물의 캐릭터를 많이 생각하는 편인데요. 루크워렐은 균형 잡히고 포용력 있는 지도자를, 로즈는 비밀을 간직한 채 어둠에 발을 담그지만 잘못을 깨닫고 거기서 나오기 위해 적극적으로 노력하는 인물을, 설리반은 겉으로 선량한 척 사람들을 이끌지만 실제로는 매우 악한 존재로 그려보았습니다.

그래서 사실 뒤로 갈수록 설리반이 나오는 장면을 쓰는 게 어려웠습니다. 특히 뒤에서 로즈를 극단적으로 괴롭힐 때가 가장 싫었습니다. 글의 흐름상 그가 '악인'이라는 걸 표현하기 위해 묘사하는 게 정말 쉽지 않더라고요.

저는 상처받은 사람들이 어려움 속에서도 그 상처를 이겨내고, 그 상처를 함께 보듬어줄 사람을 만나고, 그래서 불완전한 가운데서도 행복해지기 위해 노력한 걸 좋아하는 것 같습니다.

시간이 지나면 자연스럽게 잊힐 거라고 주변에서는 생각하기 쉽지만, 상처받은 사람들의 괴로움의 정도는 사실 가늠하기 어렵다고 생각합니다. 하지만 그 마음에 잠식당하지 않고 행복해지면 좋겠다는 마음으로 글을 씁니다.

연재할 때와 다르게 책은 한 번 더 퇴고를 해서 좀 더 정리된 느낌입니다. 살아가는 건 정말 쉽지 않지만, 읽으시는 분들 모두 좋은 일이 더 많으셨으면 좋겠습니다.

읽어주셔서 다시 한 번 더 감사드립니다.
다음에 또 기회 되면 뵙겠습니다.

2018년 초여름

한하연